Titolo originale *Dead Man's Walk*

www.einaudi.it

ISBN 978-88-06-25765-1

Larry McMurtry

Il cammino del morto

Traduzione di Margherita Emo

Einaudi

Il cammino del morto

Per Sara Ossana
très belle
très claire
très fidèle

Parte prima

1.

Matilda Jane Roberts era nuda come l'aria. Conosciuta in tutto il sud del Texas come la «grande occidentale», risaliva dal melmoso Rio Grande portando per la coda una grossa tartaruga azzannatrice. Aveva quasi la stessa stazza della selvaggia cavallina messicana pelle e ossa a cui Gus McCrae e Woodrow Call stavano cercando di mettere la sella. Call la teneva per le orecchie, in attesa che Gus le lanciasse la sella sulla groppa stretta, ma il lancio non arrivava. Quando guardò verso il fiume e vide la grande occidentale in tutta la sua formosa nudità, capí perché: il giovane Gus McCrae si distraeva facilmente; lo spettacolo di una puttana di novanta chili, nuda, che portava una tartaruga azzannatrice adulta aveva catturato tutta la sua attenzione, e anche quella del resto della compagnia dei ranger.

– Guarda là, Woodrow, – disse Gus. – Matty porta quella vecchia tartaruga come se fosse un cesto di pesche.

– Non posso guardare, – rispose Call. – Se no perdo la presa e mi becco un calcio, e sono stufo di essere preso a calci –. Per quanto piccola, la cavalla aveva già dimostrato una propensione a mordere e a scalciare. Se avesse allentato la presa anche solo di poco, si sarebbe beccato un calcio o un morso o entrambi, poteva contarci.

Stravaccato con la schiena appoggiata alla sella a pochi metri da dove i due giovani ranger lottavano con la cavallina selvaggia, Long Bill Coleman seguiva le mosse di Matilda con una certa ansia. Anche se era trascorsa solo un'ora dalla colazione, era già ubriaco. Alterato com'era, gli sembrava che la grande occidentale andasse con la sua preda rabbiosa proprio verso di lui. Forse voleva servirsene come di una specie di arma, o cosí lui sospettava. Matilda Roberts odiava i debiti e serbava rancore a lungo e senza ritegno. Long Bill sapeva di avere degli arretrati notevoli, frutto di una persistente lussuria accompagnata da un'irritante sequela di perdite a carte. In quel momento non aveva il becco di un quattrino e con ogni probabilità non ce l'avrebbe avuto per giorni, addirittura per settimane. Se Matilda, che era capricciosa, decideva di riscuotere i debiti, la sua unica possibilità era darsela a gambe; ma lui non era in grado di correre e comunque non c'era nessun posto che offrisse il benché minimo riparo. I ranger erano accampati lungo il Rio Grande, a ovest del salmastro Pecos. L'abitazione civile piú vicina era a quasi trecento miglia di distanza e il territorio che si stendeva tra loro e la città non era invitante.

– Maggiore, quand'è il prossimo giorno di paga? – chiese Long Bill, lanciando un'occhiata al proprio capo, il maggiore Randall Chevallie. – Quella donna si comporta come se volesse aizzarmi contro la tartaruga, – aggiunse, sperando che il maggiore Chevallie decidesse di impartire un ordine o qualcosa di simile. Alcuni militari vietavano alle puttane di avvicinarsi troppo al campo: dovevano stare ad almeno trenta metri di distanza, anche quando non erano armate di tartarughe azzannatrici.

Il maggiore Chevallie aveva passato a West Point solo tre settimane; se n'era andato perché trovava le lezioni noiose e la disciplina esasperante. Nondimeno, si era attribuito il grado di maggiore dopo che una violenta rissa a Baltimora l'aveva convinto che la vita da borghese imponeva una tale montagna di restrizioni legali che non valeva la pena di perseguirla. Si era nascosto su una nave che l'aveva portato a Galveston; allo sbarco in quell'umido porto sabbioso si era dichiarato un maggiore e da allora lo era.

Adesso, con l'eccezione dei due giovani ranger che cercavano di sellare la cavalla messicana, tutta la compagnia era ubriaca, a causa di un'imprudente scorreria in territorio messicano il giorno prima. Avevano attraversato il Rio Grande per noia e prontamente sequestrato un carretto tirato da un asino che conteneva alcune staia di mais e due grosse fiasche di mescal, un liquore cosí potente che aveva steso parecchi ranger all'istante. Non bevevano alcol da piú di un mese; avevano tracannato il mescal come acqua. Anzi, era di gran lunga piú buono dell'acqua che bevevano da quando avevano attraversato il Pecos.

Tuttavia, il mescal non era acqua; due uomini avevano perso la vista per un po' e parecchi altri avevano avuto visioni di torture e smembramenti. Al momento non era difficile evocare simili visioni, anche senza mescal, a causa della scempiaggine dello sventurato messicano a cui avevano sequestrato il carretto. Benché loro non avessero intenzione di fargli del male – non troppo, quanto meno –, alla vista dei gringos era scappato ed era ancora a portata d'orecchio quando era caduto nelle mani dei Comanche o degli Apache: dalle urla era impossibile capire quale tribú lo stesse torturando. Sapevano solo che alle torture avevano preso parte unicamente in tre. Al ritorno da una lunga ricognizione, il famoso scout Bigfoot Wallace aveva riferito di aver visto le tracce di tre guerrieri, non di piú. Le tracce conducevano al fiume.

Molti ranger trovarono cavillosa quella precisazione, visto che il messicano non avrebbe urlato piú forte se a torturarlo fossero stati in cinquanta; con quelle urla era difficile dormire, soprattutto a lungo. Quella notte la grande occidentale non aveva guadagnato un centesimo. Solo il giovane Gus McCrae, il cui appetito per la fornicazione non conosceva impedimenti, aveva tentato un approccio, ma ovviamente era squattrinato e Matilda non era in vena di fare credito.

– Ti conviene lasciar andare la cavalla per un po', – suggerí Gus. – Matty sta arrivando con quella grossa tartaruga, non so cosa vuole farci.

– Non posso lasciarla andare, – ribatté Call, ma poi la liberò lo stesso, saltando di lato appena in tempo per sottrarsi ai suoi sferzanti zoccoli anteriori. Era chiaro che Gus non aveva intenzione di cercare di sellarla, non nell'immediato. Quando c'era una puttana nuda da guardare, era improbabile che volesse fare granché, a parte guardarla.

– Maggiore, allora il giorno di paga? – chiese di nuovo Long Bill.

Il maggiore Chevallie guardò Long Bill Coleman, un uomo noto per la sua assoluta pigrizia, inarcando un sopracciglio.

– Che diamine, Bill, qui oltre il Pecos la posta è inaffidabile. Non vediamo una diligenza da quando abbiamo lasciato San Antonio.

– Mi sa che quella puttana con la maledetta tartaruga vuole essere pagata subito, – disse Johnny Carthage, che aveva un occhio solo.

– Non ho mai visto una puttana cosí coraggiosa da pescare una vecchia tartaruga dal Rio Grande, – commentò Bob Bascom. A parer suo, il maggiore non si era dimostrato affatto militaresco a permettere a Matilda Roberts di accompagnarli nella spedizione, benché fosse difficile dire come avrebbe potuto fermarla, salvo che con una sparatoria. Si era accodata a loro quando avevano lasciato gli insediamenti. Montava un grosso cavallo grigio di nome Tom, che era dimagrito alla svelta dopo che avevano superato le valli fertili. Matilda non aveva paura degli indiani, né di nient'altro, per quel che ne sapeva lui. Si serviva con generosità del loro rancio e sbrigava i suoi affari su un pagliericcio che stendeva fra i cespugli, quando ce n'erano. Bob doveva ammettere che avere una puttana al seguito era una comodità, ma lo considerava comunque poco militaresco, anche se non era cosí incauto da esprimere la sua opinione.

Il maggiore Randall Chevallie aveva un carattere a dir

poco imprevedibile. Si vociferava che avesse giustiziato uomini in maniera sommaria, agendo personalmente da plotone d'esecuzione. Impugnava spesso la pistola e, se il suo modo di comandare era stravagante, lo stesso non si poteva dire della sua mira. Due volte aveva abbattuto un'antilocapra in corsa con la pistola; la maggior parte dei ranger non l'avrebbe colpita con il fucile, e nemmeno con una mitragliatrice Gatling.

– Quella puttana non ha pescato la tartaruga dal fiume, – disse Long Bill. – Quando sono andato a sciacquarmi dal vomito, ho visto la tartaruga che dormiva su una pietra. Lei si è avvicinata di soppiatto e l'ha presa. Guardate come prova ad azzannarla. Ora sí che l'ha fatta arrabbiare!

La tartaruga agitava il collo di qua e di là, schioccando le fauci, ma poiché Matilda Roberts la teneva a distanza azzannava solo l'aria.

– E adesso? – chiese Gus a Call.

– Non lo so, – rispose Call, un po' stizzito. Prima o poi avrebbero dovuto riprovare a sellare la cavalla: un'impresa rischiosa. – Forse vuole cucinarla.

– Ho sentito dire che gli schiavi mangiano le tartarughe. Nel Mississippi le mangiano.

– Be', io non le mangerei. Voglio sellare la cavalla, se non sei troppo impegnato per aiutarmi.

La cavalla era legata a un alberello di mesquite; scalciando e dibattendosi, stringeva la fune sempre di piú.

– Prima vediamo cosa ha in testa Matilda, – disse Gus. – Abbiamo tutto il giorno per domare cavalli.

– D'accordo, ma stavolta le orecchie le prendi tu. Io metto la sella.

Matilda fece oscillare il braccio un paio di volte e lanciò la grossa tartaruga verso un gruppetto di ranger; i ragazzi pulivano le armi meditando sul loro mal di testa. Quando videro il rettile solcare l'aria, si sparpagliarono come quaglie. La tartaruga girò due volte su se stessa e atterrò sul guscio, a meno di un metro dal fuoco.

Accanto al fuoco era accovacciato Bigfoot Wallace; si era appena versato una tazza di caffè. Era caffè di cicoria, ma almeno era nero. Bigfoot non badò alla tartaruga; ai suoi occhi, Matty Roberts era sempre stata alquanto eccentrica. Se voleva lanciare tartarughe azzannatrici, era affar suo. Lui aveva questioni piú urgenti a cui pensare, una delle quali era l'identità dei tre guerrieri che avevano torturato a morte il messicano. Qualche ora dopo averne trovato le tracce, si era appisolato e aveva fatto un sogno inquietante sugli indiani. Nel sogno Buffalo Hump montava un cavallo pomellato, mentre Gomez camminava al suo fianco. Buffalo Hump era il Comanche piú cattivo di cui si fosse mai sentito parlare, e Gomez il piú cattivo degli Apache. Il fatto che un assassino comanche e un assassino apache viaggiassero insieme, nel sogno, era altamente sgradevole. A quanto ricordava, non aveva mai sognato niente di cosí improbabile. Si sentiva quasi in dovere di riferirlo al maggiore Chevallie, ma in quel momento il maggiore era distratto da Matilda Roberts e dalla tartaruga.

– Buongiorno, signorina Roberts, quello è il vostro nuovo animale da compagnia? – chiese il maggiore, quando Matilda si avvicinò.

– No, quella è la colazione. La carne di tartaruga è piú buona della pancetta, – rispose Matilda. – Qualcuno ha una camicia da prestarmi? Ho lasciato la mia accanto al paglericcio.

Era scesa al fiume nuda perché aveva voglia di lavarsi nell'acqua fredda. Non era abbastanza profonda per nuotare, ma si era data una bella sciacquata. La vecchia tartaruga sonnecchiava su una pietra lí vicino, sicché l'aveva presa. La metà dei ranger aveva paura di lei comunque, alcuni al punto che la guardavano appena, che fosse nuda o vestita. Il maggiore non aveva paura di lei, né ce l'avevano Bigfoot e il giovane Gus; per come la vedeva lei, gli altri erano incapaci, di quelli con la tendenza ad accumulare debiti e farsi ammazzare prima di poterli pagare. Gli aveva lanciato la tartaruga per informarli che si aspettava un comportamento onesto. Mostrarsi nuda non nuoceva. Era grossa, e le stava bene; poteva stendere la maggior parte degli uomini con un pugno, se era costretta, e a volte lo era. Sognava di andare in California e diventare proprietaria di un bel bordello, ragion per cui si era unita alla prima compagnia di ranger diretta a ovest. Era una piccola compagnia scalcagnata, composta piú che altro di ubriaconi e vagabondi inconcludenti, ma lei se l'era presa e la sfruttava al meglio. L'alternativa era aspettare nel Texas, invecchiare e non avere mai un bordello in California.

Alla sua richiesta diversi ranger si sfilarono subito la camicia, ma Bigfoot Wallace non accennò a togliersi la sua, l'unica abbastanza grande da coprire Matty Roberts almeno in parte.

– Non ti pavoneggerai nuda ancora per molto, Matty, – commentò, sorseggiando la cicoria.

– Perché no? Non lesino occhiate ai miei clienti, – disse Matilda, rifiutando le camicie che le venivano offerte.

Bigfoot fece un cenno verso nord, dove un'ombra scura all'orizzonte contrastava con la luce vivida del sole.

– È in arrivo uno dei nostri bei venti del nord. Tra un'ora avrai i ghiaccioli appesi alla fica, se non la copri.

– Non avrei bisogno di coprirla, se qui ci fosse qualcuno di abbastanza ricco da scaldarmela, – ribatté Matilda, ma vide che a nord l'orizzonte era diventato di un azzurro cupo. Se ne accorsero anche parecchi ranger e cominciarono a infilare mutandoni e altri indumenti che li proteggessero dal vento del nord. Bigfoot Wallace aveva fama di avere un occhio eccezionale per il tempo. Perfino Matilda lo rispettava; andò al paglericcio e s'infilò un grembiule da maniscalco che aveva accettato come pagamento per un lavoretto a Fredericksburg. Possedeva una cappa logora che si era procurata qualche anno prima nella Pennsylvania e indossò anche quella. I venti del nord risucchiavano velocemente il calore dell'aria, anche in una bella giornata di sole.

– Be', abbiamo vinto una tartaruga, – disse il maggiore Chevallie, alzandosi. – Presumo che il messicano sia morto, non si sente granché dall'altra parte del fiume.

– Se ha fortuna, è morto, – disse Bigfoot. – Erano solo tre indiani, Comanche, penso. Per me tre Comanche non si fermano piú di una notte per fare a pezzi un messicano.

Piú o meno in quel momento Josh Corn e Ezekiel Moody tornarono dalla duna dove avevano montato la guardia. Josh Corn era un piccoletto, alto circa la metà dell'amico spilungone. Si stupirono tutti e due vedendo una tartaruga azzannatrice di dimensioni notevoli che agitava le zampe per aria, a poche spanne dal bricco del caffè.

– Perché vi mettete in ghingheri, ci sarà una parata? – chiese Josh, accorgendosi che parecchi ranger si stavano vestendo.

– Il messicano non aveva modo di uccidersi, – osservò Bob Bascom. – Era disarmato.

– Sí, ma aveva un coltello, – gli ricordò Bigfoot. – Basta quello, se sai dove tagliare.

– Ecco, appunto, tu dove taglieresti? – chiese Gus, lasciando di punto in bianco Call a pensare alla cavalla messicana da solo. Adesso era un ranger sulla frontiera selvaggia e aveva bisogno di assorbire quante piú informazioni tecniche possibile sui metodi di suicidio, dato che correva il rischio di essere catturato da nemici con la passione della tortura.

– Nessun Comanche è abbastanza veloce da ricucirti la vena giugulare, se te la squarci in due o tre punti, – spiegò Bigfoot. Sapendo che molti ranger erano inesperti in quelle faccende, tese il lungo collo, mise un dito sul punto dove occorreva tagliare e aggiunse: – Proprio qui. Se rimanete senza coltello, potete anche conficcarci una grossa spina di mesquite o squarciarvi la gola con una bottiglia rotta.

Long Bill Coleman provò un leggero senso di nausea, un

po' per il mescal e un po' per il pensiero di doversi infilare una spina nel collo per evitare le torture dei Comanche.

– Io mi sparo in testa, se ho tempo, – disse.

– Be', non è detto che funzioni, – lo informò Bigfoot. Quando prendeva una piega educativa, non gli piaceva cambiare argomento senza aver prima completato la lezione. Si considerava estremamente pratico: se occorreva uccidersi alla svelta, era meglio sapere di preciso come fare. – Non mettetevi un'arma in bocca, a meno che non è una doppietta, – consigliò, notando che Long Bill aveva la faccia verdognola. Probabilmente l'acqua salmastra non gli faceva bene.

– Perché no? Con un'arma in bocca è difficile non centrare la testa, – osservò Ezekiel Moody.

– Invece no. La pallottola può rimbalzare su un osso e uscire dall'orecchio. Sareste ancora abbastanza in forma per farvi torturare per una settimana. Premete la canna contro un occhio e sparate, cosí andate sul sicuro. Vi escono le cervella dall'altra parte. Se poi arriva una squaw e vi stacca palle e pennello a morsi, non sentirete la differenza.

– Caspita, questa sí che è una conversazione allegra, – disse il maggiore Chevallie. – Vorrei che Matilda tornasse e portasse via questa tartaruga.

– Io vorrei dare un'altra occhiata a quelle tracce, – disse Bigfoot. – Era quasi buio quando le ho viste. Un'altra occhiata non mi farebbe male.

– Potrebbe, se ti prendono i Comanche che hanno preso quel messicano, – osservò Josh Corn.

– Diamine, quei ragazzi ormai saranno a metà strada per il Brazos, – replicò Bigfoot, mentre Matilda si avvicinava al fuoco. Matilda si accovacciò accanto alla tartaruga e la guardò dimenarsi, con un'espressione felice sulla faccia larga. Aveva un'accetta in una mano e un coltellino Bowie nell'altra.

– Quando ti acchiappano, queste tartarughe non ti mollano finché non tuona, – disse Ezekiel. Matilda Roberts ignorò quell'opinione trita e ritrita. Prese la tartaruga per la testa, le tenne chiuse le fauci e cominciò a segarle il collo con il coltellino Bowie. La guardavano tutti, perfino Call. Parecchi di loro battevano la frontiera occidentale da una vita. Si consideravano uomini navigati, ma nessuno aveva mai visto una puttana decapitare una tartaruga azzannatrice.

Blackie Slidell guardava Matilda segare il collo alla tartaruga con occhi vitrei. Il mescal l'aveva reso completamente cieco per diverse ore; in realtà, ci vedeva ancora in modo incerto. Aveva una voglia insolita: il suo orecchio destro era nero come il carbone, motivo per cui si chiamava cosí. Malgrado non ci vedesse bene, la battuta di Bigfoot sulle abitudini delle squaw comanche l'aveva turbato non poco. Sentiva dire quelle cose da un pezzo, ovviamente, ma le considerava voci infondate. Bigfoot Wallace, però, era l'autorità in merito alle usanze indiane. Il suo commento non era ignorabile, anche se tutti gli altri guardavano Matilda che tagliava la testa della tartaruga.

– Che diavolo, se vediamo gli indiani, ammazziamo tutte le squaw, – disse, indignato. – Non hanno motivo di comportarsi cosí.

– Oh, succede di peggio, – osservò Bigfoot con disinvoltura, notando che il sangue della tartaruga sembrava verde, se era sangue. Dalla ferita che Matilda le aveva inferto stillava una specie di umore verdastro. Matilda aveva difficoltà a tagliare il collo della tartaruga. Le torse il capo due o tre volte, sperando che si spezzasse come quello di un pollo, ma il collo si limitò ad attorcigliarsi come una spessa corda nera.

– Cosa c'è di peggio che farsi staccare il pennello a morsi? – chiese Blackie.

– Oh, possono tirarti fuori un capo delle budella e legarlo a un cane, – disse Bigfoot, versandosi un altro po' di cicoria. – Poi fanno correre il cane per l'accampamento, fino a quando non hai quindici metri di budella srotolate di fronte, pronte a essere mangiate dai mocciosi.

– Mangiate? – ripeté Long Bill.

– Sí, che diamine. I mocciosi comanche mangiano budella come i nostri mangiano caramelle.

– *Fiuuu*, fortuna che stamattina non avevo molta fame, – commentò il maggiore Chevallie. – Discorsi come questi scombussolerebbero uno stomaco delicato.

– Oppure t'infilano un bastone nel deretano e gli danno fuoco, cosí quando te le tirano fuori le budella sono già cotte, – spiegò Bigfoot.

– Cos'è il deretano? – chiese Call. Era andato a scuola per un anno solo e non aveva trovato quella parola nel sillabario. Lo portava con sé nella bisaccia e di tanto in tanto, quando aveva un dubbio su una lettera o una parola, lo consultava.

Bob Bascom sbuffò, divertito dall'ignoranza del giovane.

– È un buco che hai nel corpo, e non è né il naso né la bocca né un maledetto orecchio. A quest'ora avevo domato la cavallina, se ero io.

A quel rimprovero Call si sentí bruciare; non avevano avuto polso con la cavalla, che ormai si era legata ben bene all'alberello. Tremava, ma non poteva andare da nessuna parte, perciò Call le piazzò sopra la sella alla svelta e la tenne ferma mentre la cavalla dava un paio di piccole sgroppate.

Matilda Roberts stava penando, ma non si arrendeva. Le prime folate di vento sparpagliarono le ceneri del fuoco. Il maggiore Chevallie, che si era appena accovacciato per riempirsi la tazza, si trovò un'abbondante spruzzata di sabbia nel caffè. Quando finalmente la testa della tartaruga venne via, Matilda la lanciò con noncuranza verso Long Bill, che scattò in piedi come se gli avesse tirato un serpente a sonagli vivo.

La tartaruga aveva gli occhi rabbiosi ancora aperti e le fauci continuavano a schioccare con scatti secchi.

– Non muore manco senza la testa, – protestò Long Bill, seccato.

Shadrach, il piú vecchio dei ranger, un individuo alto, brizzolato, con un passato torbido, andò ad accovacciarsi accanto alla testa della tartaruga per studiarla. Parlava di rado, ma era di gran lunga il miglior tiratore della compagnia. Possedeva un eccellente fucile Kentucky, con il calcio in ciliegio, e disdegnava le ingombranti carabine adottate dalla maggior parte dei ranger.

Trovò uno stecco di mesquite e lo mise di fronte alla testa della tartaruga. La bocca si chiuse subito sullo stecco, senza romperlo. Shadrach raccolse lo stecco con la testa attaccata e se lo infilò nella tasca del vecchio giaccone nero.

Josh Corn rimase esterrefatto.

– Perché vuoi tenere una cosa simile? – gli chiese, ma il vecchio si disinteressò della domanda.

– Perché si tiene la vecchia testa puzzolente di una tartaruga? – chiese allora a Bigfoot Wallace.

– Perché Gomez farebbe razzie con Buffalo Hump? – ribatté Bigfoot. – Ecco una domanda migliore.

Matilda intanto aveva spaccato il guscio della tartaruga con l'accetta e tagliava la carne a striscioline. Guardarla affettare quella carne verdastra fece tornare la nausea a Long Bill Coleman. Anche se si era beccato un calcio da uno degli zoccoli posteriori, il giovane Call era riuscito a stringere il sottopancia alla cavalla messicana.

Il maggiore Chevallie sorseggiava il caffè pieno di sabbia. Il vento del nord si era già fatto tagliente. Non aveva prestato molta attenzione alle chiacchiere da ubriachi intorno al fuoco, ma tra un sorso di caffè e l'altro la domanda di Bigfoot lo strappò alle sue fantasticherie.

– Cos'avete detto a proposito di Buffalo Hump? Non penso che quella canaglia sia da queste parti.

– Be', magari sí, invece, – disse Bigfoot.

– Ma cos'avete detto, un attimo fa? È difficile concentrarsi, con Matilda che fa a pezzi quello schifo di tartaruga.

– Ho fatto un brutto sogno. C'era Gomez che faceva razzie con Buffalo Hump.

– Sciocchezze, Gomez è apache.

Bigfoot non rispose. Sapeva che Gomez era apache e che gli Apache non andavano con i Comanche; non era l'ordine naturale delle cose. Tuttavia, aveva sognato quello che aveva sognato. Se non desiderava sentirlo, il maggiore Chevallie poteva sorseggiare il caffè e stare zitto.

Tutta la compagnia tacque per un po'. Agli uomini bastava sentir nominare i due terribili guerrieri per riflettere sulle incertezze del loro mestiere, che erano notevoli.

– Quel discorso sulle budella non mi fa impazzire, – disse Long Bill. – Ho intenzione di tenermi le mie in pancia, se non vi dispiace.

Shadrach stava sellando il cavallo; si sentiva libero di lasciare la compagnia quando gli pareva e in genere le sue assenze duravano uno o due giorni.

– Te ne vai, Shad? – chiese Bigfoot.

– Ce ne andiamo tutti, – rispose Shadrach. – Ci sono indiani a nord. Sento l'odore.

– Credevo che qui comandassi ancora io, – intervenne il maggiore Chevallie. – Non capisco perché avete fatto un sogno simile, Wallace. Perché quei due diavoli farebbero razzie insieme?

– Ho già fatto sogni premonitori, – rispose Bigfoot. – Shad ha ragione riguardo agli indiani. Li sento anch'io.

– Cosa… dove sono? – chiese il maggiore Chevallie, proprio mentre il vento del nord si abbatteva su di loro con tutta la sua forza. Si scatenò un fuggi fuggi alla ricerca di armi e riparo. L'ansia fu eccessiva per lo stomaco oberato di Long Bill Coleman. Prese il fucile, ma prima di cercare copertura si piegò a vomitare.

Il vento freddo faceva vorticare la polvere bianca per il campo. Quasi tutti i ranger si erano rifugiati dietro alle dune di sabbia e ai cespugli di chaparral. Solo Matilda rimase impassibile; continuò a disporre sul fuoco strisciline di carne verdastra. Le prime fette già colavano e sfrigolavano.

Il vecchio Shadrach montò a cavallo e partí al galoppo

verso nord, con il lungo fucile di traverso sulla sella. Bigfoot Wallace prese un fucile e sparí in mezzo all'artemisia.

– Cosa facciamo con la cavalla, Gus? – chiese Call. Era un ranger da sole sei settimane; l'unico problema con quel lavoro era la quasi impossibilità di ottenere istruzioni precise nei momenti di crisi. Adesso aveva finalmente sellato la cavalla messicana, ma nel campo erano tutti sdraiati dietro alle dune con i fucili pronti. Perfino Gus aveva preso la sua vecchia arma ed era corso al riparo.

Il maggiore Chevallie cercava di spastoiare il cavallo, ma non se la cavava bene e ci stava mettendo un sacco.

– Ragazzi, venite ad aiutarmi! – gridò. Visto il comportamento precipitoso di Shadrach e Bigfoot, i piú esperti della compagnia, pensava che il campo corresse il rischio di essere attaccato.

Gus e Call si precipitarono ad aiutarlo. Il vento era cosí freddo che Gus ritenne prudente allacciarsi il primo bottone della camicia di flanella.

– Accidenti al vento! – imprecò il maggiore. Durante la colazione aveva riletto una lettera di Jane, la sua cara moglie. L'aveva letta almeno venti volte, ma era la sola lettera che avesse con sé e lui amava la sua incantevole Jane. Quando era saltata fuori quella faccenda di Gomez e Buffalo Hump, se l'era ficcata distrattamente nella tasca della giacca, ma non l'aveva infilata bene e adesso il vento sibilante gliel'aveva rubata. Era una lettera lunga – la sua cara Jane non lesinava particolari sulla situazione nella Virginia – e ora diverse pagine stavano volando via, verso il Messico.

– Su, ragazzi, recuperate la mia lettera! – ordinò. – Non posso permettermi di perderla. Finisco io di sellare il cavallo.

Call e Gus lasciarono il maggiore a occuparsi di stringere il sottopancia al grosso sauro e si diedero a rincorrere la lettera, che in parte aveva percorso sottovento una bella distanza. Tutti e due continuavano a voltarsi, aspettandosi di vedere gli indiani alla carica.

Call non aveva avuto il tempo di prendere il fucile; era armato solo della pistola.

Impegnato con la cavalla, aveva faticato a seguire i discorsi sulle torture e il suicidio. Gli piaceva fare le cose nel modo giusto, ma era in dubbio su quale fosse il modo giusto di uccidersi, nel caso i Comanche l'avessero circondato all'improvviso.

– Cos'ha detto Bigfoot sul farsi saltare le cervella? – chiese all'amico allampanato.

Gus aveva recuperato quattro pagine della lunga lettera del maggiore. Call ne aveva tre. Gus non sembrava particolarmente preoccupato dalla possibilità di essere catturato dai Comanche: talvolta nei momenti di scontro il suo approccio disinvolto alla vita era seccante.

– Se potevo guadagnarci una scopata, andavo ad aiutare Matty a pulire la tartaruga, – disse Gus.

– Gus, stanno arrivando gli indiani. Dimmi solo cos'ha detto Bigfoot sul farsi saltare le cervella, – insisté Call, e aggiunse: – Quella puttana non ha bisogno di aiuto con la tartaruga.

– Oh, ti devi sparare in un occhio. Col cavolo che lo farei, però. Mi servono tutti e due per guardare le puttane.

– Dovevo tenere il fucile a portata di mano, – disse Call, arrabbiato con se stesso per aver trascurato il procedimento corretto. – Vedi indiani?

– No, ma vedo Josh Corn che caca, – disse Gus, indicando l'amico. Sbrigava i suoi bisogni accovacciato dietro a un cespuglio di artemisia, con il fucile pronto. – Penserà che è la sua ultima occasione prima di farsi scalpare.

Il maggiore Chevallie balzò in groppa al sauro e si lanciò all'inseguimento di Shadrach, ma un attimo dopo essere uscito dal campo tirò le redini. Call lo vedeva appena, in mezzo al polverone; la pianura a nord del campo era diventata una muraglia di sabbia.

– Chissà come possiamo fare un po' di quattrini, ho veramente bisogno di una scopata, – disse Gus. Dando le spalle al vento, leggeva con disinvoltura la lettera del maggiore, un'azione che sconvolse Call.

– Quella è la lettera del maggiore. Non ti riguarda.

– Be', non dice granché comunque, – disse Gus, passando le pagine a Call. – Pensavo che magari era piccante, ma no.

– Se mai scrivo una lettera, non voglio beccarti a leggerla. Mi sa che Shad sta tornando indietro –. A forza di scrutare nel polverone a Call bruciavano gli occhi.

Alcune figure si avvicinavano al campo da nord. Call non le distingueva con chiarezza e Gus non sembrava particolarmente interessato. Quando si metteva a pensare alle puttane, faceva fatica a togliersele dalla testa.

– Se catturiamo un messicano, possiamo rubargli i soldi. Magari ne ha abbastanza per un bel po' di scopate, – disse Gus, mentre tornavano indietro.

Il maggiore Chevallie aspettava in groppa al cavallo, guardando. Due figure arrivavano a piedi. Poi Bigfoot si affiancò a loro. Shadrach comparve a cavallo, qualche passo piú indietro.

In tutto il campo i ranger cominciarono ad alzarsi e pulirsi i vestiti dalla sabbia. Indifferente al trambusto, Matilda cucinava la tartaruga. Il guscio insanguinato giaceva accanto al fuoco. Call sentí l'odore della carne sfrigolante e si rese conto di avere fame.

– Che diamine, sono solo una vecchia e un ragazzo, – disse, quando finalmente riuscí a distinguere le due figure che arrancavano nella tempesta di sabbia, con Shadrach da un lato e Bigfoot Wallace dall'altro.

– Accidenti, scommetto che non hanno un centesimo, – si lagnò Gus. – Dovremmo sgattaiolare oltre il fiume e catturare un messicano, prima che si faccia tardi.

– Aspetta, – rispose Call. Era impaziente di vedere i prigionieri, se erano prigionieri.

– Che mi venga un colpo, – disse Long Bill. – La vecchia è cieca. Il ragazzino la sta guidando.

Long Bill aveva ragione. Un ragazzino di circa dieci anni, che sembrava piú messicano che indiano, camminava lentamente verso il fuoco, guidando una vecchia indiana canuta; Call non aveva mai visto nessuno con l'aria cosí vecchia.

Quando arrivarono abbastanza vicino al fuoco da sentire l'odore della carne, il ragazzino cominciò a fare versi strani. Non erano proprio parole; somigliavano piú a gemiti.

– Che cosa vuole? – chiese Matilda, spaventata da quei versi.

– Diamine, un paio di fette della tua carne di tartaruga, credo, – disse Bigfoot. – È piú che probabile che abbia fame.

– Perché non me le chiede, allora? – domandò Matilda.

– Non può, – rispose Bigfoot.

– Perché no, non ha la lingua?

– No. Qualcuno gliel'ha tagliata.

2.

Il vento del nord s'inasprí, scagliando verso il Messico sabbie e terre della grande pianura del Texas. In poco tempo azzerò la visibilità. Shadrach e il maggiore Chevallie, a cavallo, non vedevano il terreno. Gli uomini non vedevano al di là del fuoco. Call trovò il fucile, ma quando provò a prendere la mira scoprí che non vedeva la punta della canna. Trasportata dal vento freddo, la sabbia li tempestava come pallini. Ai cavalli non restava che voltarle le spalle, e cosí agli uomini. Quasi tutti si coprirono il capo con la sella, e pure con la coperta da sella. Il guscio insanguinato della tartaruga si riempí velocemente di sabbia. Il fuoco si era quasi spento. Per impedire che si estinguesse, gli uomini formarono una barriera a nord. Bigfoot e Shadrach si legarono la bandana sulla faccia; Long Bill ne aveva una, ma volò via e andò perduta per sempre. Matilda rinunciò a cucinare e si sedette con le spalle al vento e il capo tra le ginocchia. Il ragazzo senza lingua prese due fette di carne sfrigolante dal fuoco semispento. Ne diede una alla vecchia cieca; benché la carne fosse dura e bollente, divorò la sua in soli tre bocconi.

Kirker e Glanton, i cacciatori di scalpi, sedevano insieme con le spalle al vento. Attraverso la foschia di sabbia fissavano il ragazzo e la vecchia, soppesandoli. Kirker tirò fuori il coltello per scalpare e una piccola cote. Provò a sputare sulla cote, ma il vento portò via lo sputo; si mise comunque ad affilare il coltello. La donna girò gli occhi ciechi verso il rumore; parlò al ragazzo, in un idioma che

Call non aveva mai sentito. Ma il ragazzo era senza lingua e non poteva rispondere.

Perfino sopra gli ululati del vento, Call sentiva il rumore stridente di Kirker che affilava il coltello. Anche Gus lo sentí, ma i suoi pensieri non si erano allontanati molto dal suo argomento preferito, le puttane.

– Sarebbe difficile scopare con un vento come questo. La puttana si riempirebbe di sabbia. Se non ci vai piano, ti scortichi.

Call ignorò il commento, reputandolo sciocco.

– Kirker e Glanton non sono ranger, non so perché il maggiore li lascia viaggiare con noi.

– È un paese libero, come glielo impedisce? – chiese Gus, anche se doveva ammettere che i cacciatori di scalpi erano una compagnia sgradevole. La loro attrezzatura puzzava di sangue e non si lavavano mai. Lui era d'accordo con Matilda che fosse bene tenersi puliti. Si sciacquava regolarmente, se c'era acqua a disposizione.

– Potrebbe spararargli. Se ero io il comandante, gli sparavo, – disse Call. – Sono schifosi assassini, secondo me.

Il giorno prima, con Kirker e Glanton per poco non era scoppiata una rissa. Erano arrivati a cavallo da sud, avendo preso otto scalpi. Erano appesi alla sella di Kirker. Benché il sangue si fosse seccato, erano circondati da un nugolo ronzante di mosche. Quasi tutti i ranger si tenevano alla larga da Kirker; era un uomo magro con tre denti a rastrello che conferivano al suo sorriso una piega crudele. Glanton era piú grosso e piú pigro: dormiva piú di chiunque altro nella compagnia e capitava che si addormentasse e si mettesse a russare perfino in groppa al cavallo. Shadrach non aveva paura di loro, e nemmeno Bigfoot Wallace. Quando Kirker smontò, Shadrach e Bigfoot si avvicinarono per esaminare i trofei. Shadrach toccò uno scalpo e guardò Bigfoot, che scacciò per un attimo il nugolo di mosche e annusò i capelli un paio di volte.

– Comanche... chi ha detto che li riconoscete dall'odore? – fece Kirker. Masticava la carne secca di antilocapra che gli aveva dato Black Sam, il cuoco. Lo irritava vedere il vecchio pioniere e il grosso scout che maneggiavano i suoi nuovi trofei.

– Li abbiamo abbattuti tutti e otto, a una pozza, – disse Glanton. – Io ne ho uccisi quattro, e pure John.

– È una bugia bella e buona, – rispose Bigfoot. – Otto Comanche sparpagliavano i vostri resti da qui a Santa Fe. Se mai avrete la sfortuna di incontrarne un gruppo cosí numeroso, non saremo piú costretti a sentire la vostra maledetta puzza.

Fece un cenno al maggiore Chevallie, che li raggiunse, a disagio. Estrasse la pistola, una precauzione che prendeva sempre quando avvertiva tensioni. Con la pistola in pugno, si poteva esprimere un giudizio decisivo, e alla svelta.

– Questi cani schifosi hanno ucciso dei messicani, maggiore, – disse Bigfoot. – Probabilmente hanno cenato con una famigliola, poi li hanno uccisi tutti e gli hanno preso i capelli.

– Se fosse vero, non sarebbe un gesto di buon vicinato, – disse il maggiore Chevallie. Guardò gli scalpi, ma non li toccò.

– Non sono capelli indiani, – confermò Shadrach. – I capelli indiani puzzano di indiano, ma questi no. Questi sono capelli messicani.

– Sono capelli comanche e voi due potete andare all'inferno, – ribatté Kirker. – Se vi serve un biglietto, ve lo procuro io.

Portava tre pistole e un coltello, e teneva il fucile nella piega del braccio, come suo solito.

– Sedetevi, Kirker. Non tollero che maltrattiate i miei scout, – disse il maggiore.

– Maltrattare, che diavolo, – ribatté Kirker. Quando si adirava, diventava rosso e gli si gonfiava una vena azzurrognola accanto al naso. – Li faccio fuori qui, se non lasciano stare i miei scalpi –. Glanton aveva gli occhi socchiusi, ma teneva la mano sulla pistola, un fatto che sia Bigfoot che Shadrach ignorarono.

– Non sono unti, maggiore, – disse Bigfoot. – Gli indiani si ungono i capelli. Prendete uno scalpo comanche e avrete le braccia unte fino al gomito. Kirker non è manco furbo. Se voleva ingannarci, poteva ungerli, ma non l'ha fatto. Si vede che è stato troppo pigro.

– Giú le mani da quegli scalpi, adesso sono proprietà dello Stato, – disse Kirker. – Li ho presi e ho intenzione di riscuotere la taglia.

Shadrach guardò il maggiore; non lo considerava risoluto, anche se era innegabilmente un tiratore preciso.

– Se si presenta una *posse* messicana, lasciategli questi due. Questi non sono capelli indiani, e vi dirò di piú: non sono capelli di adulti. Questi due sono andati in Messico e hanno ucciso un mucchio di bambini.

Kirker si limitò a ghignare.

– I capelli sono capelli. Adesso questa è proprietà dello Stato e siete pregati di mettere giú le vostre maledette mani.

Call e Gus rimasero in attesa, aspettandosi che il maggiore sparasse a Kirker, e magari anche a Glanton, ma il maggiore non sparò. Bigfoot e Shadrach si allontanarono, disgustati. Shadrach montò a cavallo, attraversò il fiume e non tornò per parecchie ore. Kirker continuò a masticare la carne secca e Glanton si addormentò profondamente, appoggiato al cavallo.

Il maggiore Chevallie squadrò Kirker. Sapeva che avrebbe dovuto sparare ai due uomini e lasciarli alle mosche. Senza dubbio Shadrach ci aveva visto giusto: quei due avevano ucciso bambini messicani; era molto piú facile dare la caccia ai bambini messicani che ai Comanche.

Ma non sparò. La compagnia si trovava in una posizione vulnerabile, esposta all'attacco da un momento all'altro, e Kirker e Glanton erano due combattenti in piú, due fucili extra per le loro magre forze. Se fosse avvenuto uno scontro importante, forse uno o tutti e due sarebbero morti. In caso contrario, poteva sempre giustiziarli in seguito.

– Da ora in poi rimanete da questa parte del fiume, – disse, ancora con la pistola in pugno. – Se uno di voi due lo attraversa un'altra volta, vi bracco come cani.

Kirker non si scompose.

– Non siamo cani, però. Siamo lupi, almeno io. Se me ne vado, non mi prenderete. Quanto a Glanton, fate pure. Maledizione, sono stufo di sentirlo russare.

Gus si scordò presto dell'accaduto, ma Call no. Adesso ascoltava Kirker affilare il coltello e avrebbe voluto avere l'autorità per ucciderlo. Ai suoi occhi era un serpente, e anche peggio. Se trovavi un serpente nel letto, era ragionevole ucciderlo.

Il maggiore Chevallie aveva guardato in faccia il serpente, ma non l'aveva ucciso.

La tempesta infuriò per un'altra ora, ricoprendo di sabbia il campo e tutto quello che conteneva. Quando infine si placò, gli uomini scoprirono di non riuscire a trovare gli utensili che avevano posato senza riflettere prima che scoppiasse la tempesta. Il cielo era di un azzurro freddo. In tutte le direzioni la pianura era una distesa uniforme di sabbia; ne increspavano la superficie solo le cime dei cespugli di artemisia e chaparral. Il Rio Grande era torbido e brunastro. Ancora legata all'alberello, la cavallina sprofondava nella sabbia fino alle ginocchia. Gli uomini si spogliarono per scuotere dai vestiti piú sabbia possibile; ma altra se ne infilò dentro, cadendo dai capelli e dai colletti. Gus urtò un ramo di mesquite e gli cadde addosso una pioggia di sabbia.

Solo la vecchia indiana e il ragazzo senza lingua non fecero alcun tentativo di liberarsene. Alla fine il fuoco si era spento, ma loro due erano ancora seduti lí accanto, con la sabbia ammucchiata contro la schiena. A Call quasi non sembravano umani. Era come se facessero parte della terra.

Allegro, Gus decise di fare il domatore. Si mise in testa che avrebbe montato la cavalla messicana.

– La tempesta le avrà fatto abbassare la cresta, – disse a Call.

– Gus, non ha abbassato la cresta, – replicò lui. La teneva di nuovo per le orecchie e non avvertiva alcuna differenza nel suo atteggiamento.

Infatti la cavalla disarcionò Gus alla seconda sgroppata. Parecchi ranger nudi risero e continuarono a scrollare i vestiti.

3.

Nel primo pomeriggio, con i vestiti ancora troppo carichi di sabbia per i suoi gusti, il maggiore Chevallie cercò di interrogare la vecchia e il ragazzo. Prima gli diede un po' di caffè e gallette, nella speranza di farli sbottonare, ma il banchetto, per quello che era, fallí nel suo intento, piú che altro perché nella compagnia nessuno parlava il comanche. Il maggiore pensava che Bigfoot Wallace padroneggiasse quella lingua, ma Bigfoot negò recisamente qualunque competenza in merito.

– Che diamine, no, maggiore. Ne ho fatto una regola, di stare il piú possibile alla larga dai Comanche. Ai pochi che mi sono trovato di fronte ho sparato. Altri hanno sparato a me, ma non ci siamo mai fermati a chiacchierare.

La vecchia portava al collo un unico dente d'orso su una cordicella di pelle grezza. Il dente aveva le dimensioni di un piccolo temperino. Diversi uomini lo occhieggiavano con invidia; sarebbero stati contenti di possederne uno altrettanto grosso.

– Doveva essere la moglie di un capo, – ipotizzò Long Bill. – Altrimenti perché una squaw potrebbe tenersi un dente di grizzly bello come quello?

Matilda Roberts sapeva cinque o sei parole di comanche e le provò tutte con la vecchia, senza risultato. La vecchia sedeva là dove si era accomodata al suo arrivo nel campo, sostenuta da un cumulo di sabbia. Teneva gli occhi cisposi fissi sul fuoco o su quello che era stato il fuoco.

Ancora affamato, il ragazzo senza lingua pescò dalle ceneri quasi tutta la sabbiosa carne di tartaruga e se la mangiò. Nessuno si oppose, ma Matilda ne ripulí a sua volta un paio di pezzi e si mise a rosicchiarli. Dopo aver mangiato gran parte della tartaruga azzannatrice, il ragazzo si rianimò parecchio. Si sforzò di parlare, ma emise solo gemiti e gorgoglii. Diversi uomini cercarono di comunicare con lui a gesti, senza cavarne nulla.

– Accidenti a Shadrach, dov'è andato? – si lagnò il maggiore. – Qui abbiamo una prigioniera comanche e l'unico dei nostri uomini capace di parlarci se ne va.

Nel corso della giornata Gus e Call si alternarono nel farsi disarcionare dalla cavalla. Una volta Call riuscí a resistere per cinque salti, il risultato migliore ottenuto da uno dei due. Ben presto i ranger si stufarono di guardarli mentre venivano scaraventati di qua e di là. Alcuni misero su una partita a carte. Altri si esercitarono nel tiro al bersaglio, usando per bersagli i fichi d'India. Bigfoot Wallace si tagliò le unghie dei piedi, molte delle quali erano diventate nere come il carbone perché aveva portato calzature troppo piccole per lui; l'alternativa era andare scalzo e, in quel territorio spinoso, i piedi scalzi sarebbero stati uno svantaggio.

Verso il tramonto Call e Gus furono assegnati al primo turno di guardia. Si sistemarono dietro a una bella macchia di chaparral, un quarto di miglio a nord del campo. Quando si allontanarono, il maggiore stava di nuovo cercando di parlare con la vecchia comanche. Aveva provato con i gesti, ma lei lo guardava assente, indifferente.

– Shadrach se n'è andato e non è tornato, – disse Call. – Mi sento meglio quando c'è.

– Io mi sentivo meglio se c'erano piú puttane, – commentò Gus. Nel pomeriggio aveva tentato un altro approccio con Matilda Roberts, ma lei l'aveva respinto. – Dovevo restare sui battelli fluviali. Lí le puttane non mancavano mai.

Call guardava verso nord. Si chiedeva se era vero che Shadrach e Bigfoot sentivano gli indiani dall'odore. Certo, se ti avvicinavi a un indiano o a chiunque, ne sentivi l'odore. A volte nelle giornate sudaticce sentiva facilmente quello di Gus, e di qualunque ranger si trovasse nei paraggi. Black Sam, il cuoco, aveva un odore piuttosto forte, e anche Ezekiel; quest'ultimo, da che lo conosceva, non si era mai preso la briga di lavarsi.

Tuttavia, quando avevano detto di sentire gli indiani dall'odore, Bigfoot e Shadrach non parlavano del sudore e dello sporco. La vecchia e il ragazzo erano quasi a un miglio da loro quando avevano detto che li sentivano. Di sicuro nemmeno il migliore degli scout poteva sentire una persona a quella distanza.

– Forse quando Shad ha detto che li sentiva c'erano altri indiani là fuori, – ipotizzò. – Forse ce ne sono un mucchio, là fuori in agguato.

Gus McCrae prendeva il turno di guardia molto piú alla leggera del compagno, Woodrow Call. Lo considerava una fuga gradita dalle incombenze che saltavano fuori al campo: raccogliere la legna, per esempio, o spaccarla, o insaponare la sella del maggiore. Poiché lui e Woodrow erano i piú giovani della compagnia, ci si aspettava che sbrigassero la maggior parte delle incombenze. Varie volte gli avevano chiesto addirittura di ferrare i cavalli, benché Black Sam, il cuoco, fosse un maniscalco piú che discreto.

Gus trovava quei compiti fastidiosi; pensava di essere stato mandato sulla terra a divertirsi, e dal ferrare cavalli non si traeva alcun divertimento. Erano bestie pesanti; il piú delle volte, quando gli sollevava uno zoccolo, tendevano ad appoggiarsi a lui.

Bere il mescal era molto piú di suo gradimento; per la verità gliene restavano alcuni sorsi in una fiaschetta di cui era riuscito a impadronirsi. L'aveva tenuta sepolta nella sabbia tutto il giorno, per paura che un ranger assetato la scoprisse e si scolasse il mescal. Aveva un sarape di lana, comprato a un banco del mercato di San Antonio, ed era riuscito a trafugare la fiasca dal campo nascondendola lí sotto.

Quando la tirò fuori e prese una sorsata, Call parve contrariato.

– Se ti sorprende a bere durante il turno di guardia, il maggiore ti spara, – disse. Era vero. Il maggiore tollerava molte debolezze nella sua compagnia, ma pretendeva sobrietà dagli uomini incaricati di montare la guardia. Erano accampati in prossimità del grande sentiero di guerra comanche; gli spietati predatori del nord potevano apparire da un momento all'altro. Anche solo un attimo di distrazione da parte delle guardie rischiava di mettere a repentaglio l'intera compagnia.

– Be', ma come fa a sorprendermi? – chiese Gus. – Sta cercando di parlare con quella vecchia. Per sorprendermi dovrebbe arrivare di soppiatto e io dovrei essere piú ubriaco di cosí per non accorgermi di un grassone che si avvicina di soppiatto.

Era senz'altro vero che il maggiore Chevallie era grasso. Pesava almeno venti chili piú di Matilda, e Matilda non era minuta. Il maggiore per giunta era basso, il che rendeva la sua stazza ancora piú evidente. Tuttavia, era il maggiore. Solo perché non aveva sparato ai cacciatori di scalpi non voleva dire che non avrebbe sparato a Gus.

– Non ci credo, che sei stato su un battello fluviale. Perché dovevano ingaggiarti? – chiese Call. Nei momenti d'irritazione gli tornavano alla mente tutte le bugie che Gus gli aveva raccontato. Gus McCrae aveva per la verità lo stesso riguardo che aveva per le regole dei ranger.

– Diamine, certo che ci sono stato. Accidenti, ho fatto il timoniere per un anno intero, ed ero pure bravo. Vengo dal Tennessee. So guidare un battello come chiunque altro. In tutto il tempo che ho lavorato, l'ho fatto incagliare una volta sola.

La verità era che una volta si era intrufolato a bordo di un battello fluviale per due giorni; quando l'avevano trovato, la giovane puttana che l'aveva nascosto si era presa una bella strigliata dal capitano e lui era stato scaricato su un banco di fango, vicino a Dubuque. Poco dopo, il battello si era incagliato; era l'unico elemento vero del racconto. All'amico ingenuo, però, l'aneddoto sembrava grandioso. Woodrow Call non si era mai avventurato piú in là della misera fattoria dello zio nei dintorni di Navasota. I suoi genitori se li era presi il vaiolo, ragion per cui l'aveva cresciuto lo zio, un tiranno che lo frustava cosí forte che non appena era diventato abbastanza grande per seguire la strada per San Antonio era scappato. Era a San Antonio che lui e Gus si erano incontrati, o meglio, che lui aveva trovato Gus addormentato contro il muro di un saloon, vicino al fiume. All'epoca Call lavorava per un maniscalco messicano, attizzando il fuoco nella fucina e aiutandolo a ferrare i cavalli dall'alba al tramonto. Jesús, il messicano, un vecchio gentile che lavorando canticchiava tutto il giorno motivi tristi, lo lasciava dormire su un giaciglio di sacchi per chiodi in una piccola rimessa dietro la fucina. Fare il maniscalco era un lavoro sporco. Call stava andando al fiume a sciacquarsi di dosso un po' di fuliggine quando aveva visto un giovane allampanato che dormiva della grossa contro il muro del piccolo saloon di adobe. A tutta prima aveva pensato che lo sconosciuto fosse morto, tanto dormiva profondamente. Gli omicidi non erano infrequenti per le strade di San Antonio; Call si era sentito in dovere di fermarsi a controllare, dato che, se era morto, bisognava denunciarlo.

Tuttavia, era venuto fuori che Gus era semplicemente troppo stanco perché gliene importasse qualcosa se lo contavano tra i vivi o i morti. Per dieci giorni e nove notti aveva viaggiato in una diligenza gremita, compiendo il viaggio da Baton Rouge a San Antonio attraverso le pinete del Texas orientale. All'arrivo, gli altri passeggeri avevano deciso che era rimasto con loro abbastanza a lungo; quando l'avevano buttato fuori, lui era cosí intontito per la stanchezza che non aveva opposto resistenza. Non ricordava da quanto tempo dormiva contro il saloon; gli sembrava di dormire da una settimana circa. Quella notte Call gli aveva permesso di dividere con lui il giaciglio di sacchi per chiodi e da allora erano amici. Era stato Gus a decidere che dovevano fare domanda per i Texas Ranger; Call non si sarebbe mai considerato all'altezza. Era stato sempre Gus a farsi coraggiosamente avanti con il maggiore quando si era sparsa la voce che stavano formando una compagnia allo scopo – oltre che di impiccare i ladri di cavalli e gli assassini che incontravano – di esplorare una possibile pista per diligenze fino a El Paso. Per fortuna il maggiore Chevallie non era stato difficile da convincere: aveva lanciato un'occhiata ai due ragazzi vigorosi e li aveva ingaggiati per la somma principesca di tre dollari al mese. Gli avrebbero fornito cavalcature, coperte e un fucile a testa. La partenza era imminente; il problema principale si rivelarono le selle. Né Gus né Call ne avevano una, e nemmeno una pistola. Alla fine il maggiore aveva intercesso per loro presso un vecchio tedesco che possedeva un negozio di ferramenta e selleria, con il retro pieno zeppo di selle malandate e armi di ogni sorta, la maggior parte delle quali non funzionava. Dopo lunghe ricerche erano saltate fuori due pistole che sembravano in grado di sparare, una volta caricate, oltre che due selle di pelle sbrindellata che il tedesco aveva accettato di cedere a un dollaro l'una, pistole comprese.

Il maggiore Chevallie aveva anticipato i due dollari e il giorno dopo all'alba lui, Call, Gus, Shadrach, Bob Bascom, Long Bill Coleman, Ezekiel Moody, Josh Corn, Johnny Carthage il guercio, Blackie Slidell, Rip Green e Black Sam, che conduceva il mulo con gli attrezzi da cucina, erano usciti al trotto da San Antonio. Call non era mai stato cosí felice in vita sua: da un giorno all'altro era diventato un Texas Ranger, la cosa piú strepitosa che si potesse essere.

Gus, invece, era seccato dall'assenza di cerimonie alla partenza. Un cane rognoso aveva abbaiato un po' di volte, ma gli abitanti non si erano assiepati lungo le strade per incoraggiarli. Secondo lui, ci sarebbe dovuto essere perlomeno un trombettiere.

– La suonavo io la tromba, se ce n'era una a disposizione.

Call l'aveva trovato un commento strampalato. Se anche avessero avuto una tromba e Gus avesse saputo suonarla, chi l'avrebbe sentita, a parte qualche messicano e un paio di asini? Era già abbastanza che fossero ranger: due giorni prima erano solo ragazzi senza una casa.

Bigfoot Wallace, lo scout, li aveva raggiunti il giorno successivo; al momento della partenza si trovava in prigione. A quanto pareva, aveva buttato un vicesceriffo dalla finestra del primo piano del bordello piú lussuoso della comunità. Il vice si era rotto la clavicola, una seccatura sufficiente perché lo sceriffo sbattesse Bigfoot in galera per una settimana.

Arrivato da poco nel Texas, Gus McCrae non aveva mai sentito parlare di Bigfoot Wallace e non vedeva perché lasciarsi impressionare. Buttare un vicesceriffo dalla finestra non gli sembrava un'impresa particolarmente degna di nota.

– Ora, se buttava giú il governatore, quella sí che era una bella cosa, – aveva detto.

A Call era parso un commento assurdo. Perché il governatore avrebbe dovuto trovarsi in un bordello, comunque? Bigfoot Wallace era lo scout piú rispettato della frontiera texana; perfino a Navasota, nel lontano est, si conosceva il suo nome e si commentavano le sue prodezze.

– Dicono che è andato fino in Cina. Conosce tutti i corsi d'acqua del Texas e sa se sono paludosi oppure no, e poi è un cacciatore di indiani di prim'ordine.

– Per quel che mi riguarda, preferirei conoscere tutte le puttane, – aveva risposto Gus. – Ci si diverte molto di piú con le puttane che con i governatori.

Call aveva visto parecchie puttane per la strada, ma non era mai andato con nessuna di loro. Benché ne avesse voglia, non aveva mai avuto i soldi. Gus McCrae, invece, sembrava aver trascorso la vita in compagnia delle puttane; anche se una volta aveva detto di avere una madre e tre sorelle nel Tennessee, preferiva parlare delle puttane, spesso fino alla noia.

Dal canto suo, Call aveva il massimo rispetto per Bigfoot Wallace; intendeva osservarlo e imparare da lui il piú possibile su come si affrontava un territorio selvaggio. Sebbene quasi tutti i ranger piú vecchi fossero buoni conoscitori di quella vita, Bigfoot e Shadrach erano chiaramente i maestri. Se arrivava alla biforcazione di un ruscello o di un fiume mentre gli scout erano piú avanti, la compagnia aspettava fino a quando uno dei due non tornava e diceva quale ramo seguire. Il maggiore Chevallie non era mai stato piú a ovest di San Antonio; una volta che si erano lasciati alle spalle gli insediamenti e si erano avviati verso il Pecos, aveva permesso agli abili scout di scegliere il percorso.

Era stato Shadrach a condurli a sud, in quel territorio desolato di sabbia e artemisia dove ora i due ragazzi erano accovacciati dietro il cespuglio di chaparral. A San Antonio girava voce che si preparasse una guerra con il Messico; fin dall'inizio il maggiore aveva dato ordine di sparare a qualunque messicano dall'aria ostile.

– La prudenza non è mai troppa, – aveva detto, e molti avevano annuito.

Di fatto, però, l'unico messicano che avevano visto era quello sventurato carrettiere. Nelle grandi distese dell'Ovest nessuno sapeva con certezza dove finisse il Messico e dove cominciasse il Texas. Il Rio Grande era un confine pratico, ma né il maggiore Chevallie né nessun altro lo considerava particolarmente ufficiale.

I messicani, ostili o no, non occupavano molto l'attenzione della compagnia, che era quasi tutta riservata ai Comanche. Call non ne aveva mai visto uno, anche se nel corso del viaggio Long Bill, Rip Green e gli altri ranger gli avevano assicurato che, entro due ore al massimo, i Comanche si sarebbero fatti vedere senz'altro, pronti a scotennare e torturare.

– Chissà quanto sono grandi i Comanche, – disse a Gus, mentre scrutavano l'oscurità silenziosa a nord.

– Piú o meno come Matilda, ho sentito dire.

– La vecchia non lo è. Non è piú alta di Rip.

Con il suo metro e cinquanta scarso, Rip Green era il piú piccolo dei ranger. Gli mancava anche il pollice della mano destra, perché si era sparato pulendo una pistola che aveva dimenticato di scaricare.

– Sí, ma è vecchia, Woodrow. Si sarà rimpicciolita.

Gus aveva appena tracannato l'ultimo goccio di mescal e il pensiero di una lunga guardia senza alcol lo scoraggiava. Almeno aveva un sarape, però. Call era senza giacca: aveva intenzione di comprarne una con la prima paga. Possedeva due camicie e nelle mattine gelide, quando le spine dei cespugli di chaparral erano orlate di bianco, le metteva entrambe.

Proprio allora un lupo ululò lontano verso nord, nella direzione in cui guardavano. Un altro lupo si uní al primo. Poi, piú vicino, si udí il guaito di un coyote.

– Dicono che gli indiani sanno imitare qualunque verso, – osservò Gus. – Possono farti credere di essere lupi, coyote, gufi o grilli.

– Non ce lo vedo, un Comanche, a fare finta di essere un grillo.

– Be', una locusta, allora. Le locuste ronzano. Se uno sciame di locuste si mette a ronzare, diventa difficile sentire altro.

Udirono di nuovo il lupo, e di nuovo il coyote.

– Sono indiani che parlano, – disse Gus. – Parlano nella lingua degli animali.

– Non è detto, però, – rispose Call. – Proprio ieri ho visto un lupo. Ci sono anche molti coyote. Forse sono solo animali.

– No, sono Comanche, – ribadí Gus, alzandosi. – Andiamo ad ammazzarne uno. Immagino che, se ne uccidiamo tre o quattro, il maggiore ci alzerà la paga.

A Call parve un ragionamento ardito. Erano già a una certa distanza dal campo: il fuoco era solo un debole bagliore alle loro spalle. Le nuvole si stavano addensando, coprendo le stelle. E se si fossero allontanati e li avessero presi? Forse avrebbero subito le torture descritte da Bigfoot. E poi avevano l'ordine di montare la guardia, non di andare a caccia di indiani.

– Io non vengo. Non è quello che ci hanno detto di fare.

– Dubito che quello stupido grassone sia un vero maggiore, comunque, – disse Gus. Era irrequieto. Passare mezza nottata seduto accanto a un cespuglio non gli andava molto a genio. Senza dubbio da lí a un bordello la strada era lunga, ma almeno forse c'era qualche indiano da combattere. Uno scontro era meglio di nulla: senza altro mescal da bere, le prospettive erano magre.

Call, tuttavia, non aveva risposto al richiamo dell'avventura. Era ancora accovacciato accanto al cespuglio di chaparral.

– Diamine, Gus, eccome se è un maggiore. Hai visto come l'hanno salutato i soldati, a San Antonio. Anche se non lo è, ci ha dato un lavoro. Guadagniamo tre dollari al mese. Long Bill dice che prima di tornare agli insediamenti avremo tutti gli scontri con gli indiani che vogliamo.

– Ciao, io vado in esplorazione. Ho sentito dire che da queste parti ci sono le miniere d'oro.

– Le miniere d'oro. Come fai a trovarne una nel cuore della notte, e cosa te ne fai se la trovi? Non hai nemmeno un badile.

– No, ma pensa a quante puttane mi potrei permettere se avessi una miniera d'oro. Potrei addirittura comprarmi un bordello. Avrei venti ragazze, e tutte carine. Se non mi andasse di far entrare i clienti, il lavoro lo sbrigherei io.

Con quelle parole Gus si allontanò di qualche passo.

– Non vieni? – disse, quando sentí che Call non lo seguiva.

– No, mi hanno detto di montare la guardia, non di andare in cerca di oro. Ho intenzione di stare qui fino a quando non è il mio turno di dormire. Se te ne vai e ti prendono, al maggiore non piacerà per nulla. E manco a te. Ricordati come urlava quel messicano.

Gus se ne andò. Woodrow Call era testardo: perché sprecare la nottata a discutere con un testardo? Camminava lesto nel freddo notturno, verso il punto dove aveva ululato il lupo. Lo irritava che l'amico fosse cosí incline a obbedire agli ordini. Ai suoi occhi, fare il ranger voleva dire essere libero di muoversi, ed era quello che avrebbe fatto.

Tuttavia, pensò che fosse meglio armare la pistola, nel caso l'avessero colto alla sprovvista. Aveva sentito uomini urlare sotto i ferri del dentista, ma nella sua esperienza durante un intervento ai denti nessuno urlava forte come quel messicano.

Dopo aver camminato per quasi venti minuti nel territorio sabbioso, decise di fermarsi per capire dov'era. Guardò indietro per vedere se riusciva a scorgere il fuoco, ma la lunga pianura era buia. Si era messo a tuonare e, a ovest, balenò un fulmine.

Mentre era fermo, gli parve di sentire un rumore alle sue spalle e si girò appena in tempo per adocchiare un tasso, a meno di un metro di distanza. Il tasso trotterellava senza guardare dove andava. Gus non gli sparò, ma gli appioppò un calcio. Era irritato con l'animale perché gli aveva fatto prendere un colpo. Quel genere di cosa poteva tendere i nervi a un uomo, e glieli tese. A causa di quell'intrusione, gli venne una gran voglia di tornare al posto di guardia. Ad andarsene in giro di notte non si concludeva granché. Era seccante che Woodrow Call fosse stato troppo noioso per accompagnarlo.

Tornando indietro, Gus cercò di pensare a un'avventura da raccontare per suscitare l'invidia dell'amico. Non aveva ancora avvistato il fuoco da campo. Probabilmente i ranger erano stati troppo pigri per raccogliere abbastanza legna e avevano lasciato che si spegnesse. Cominciava a chiedersi se andava nella direzione giusta. Era difficile cogliere punti di riferimento in una notte senza stelle e comunque in quella parte del paese ce n'erano pochissimi. Andava verso il fiume, naturalmente, ma il fiume serpeggiava; se contava solo su quello, rischiava di finire a parecchie miglia dal campo. Forse si sarebbe addirittura perso la colazione o quello che spacciavano per colazione.

Mentre camminava, il lupo ululò di nuovo. Gus concluse che, dopotutto, probabilmente era solo un lupo. Era stata la noia del servizio di guardia a spingerlo a immaginare che fosse un Comanche. Provò una certa irritazione. Con il suo ululato il lupo l'aveva distratto e adesso lui aveva la sensazione di essersi perso. Aveva sempre creduto di avere un senso dell'orientamento perfetto. Non si era perso nemmeno quando l'avevano scaricato su un banco di fango nel bel mezzo del Mississippi. Era andato diritto a Dubuque. Certo, Dubuque non era difficile da trovare: era lí in bella vista, sul suo promontorio. Ma tra il fiume e la città si stendevano saliceti e una fitta boscaglia. Fosse stato ubriaco, si sarebbe potuto benissimo perdere e ritrovare sulla strada per Saint Louis o chissà dove. Invece era andato diritto a Dubuque e aveva convinto un barista a spillargli un boccale di birra; il viaggio su quel vecchio battello gli aveva fatto venire sete. La birra dell'Iowa gli era sembrata deliziosa.

Adesso, però, non c'erano né il Mississippi né il promontorio. Poteva camminare per un mese in qualunque direzione senza trovare una città delle dimensioni di Dubuque, né un barista disposto a spillargli un boccale di birra solo perché lui gliel'aveva chiesto. Possedeva le sue armi da poche settimane soltantoe per il momento non aveva colpito niente di quello a cui aveva sparato, anche se credeva di aver ferito un tacchino selvatico a un'ala, lungo il Colorado. Forse avrebbe girato per il Texas fino a crepare di fame, visto che non era capace di colpire la selvaggina che si trovava lí. Era ombrosa, per lo piú; nel Tennessee i cervi erano docili quasi come vacche, e quasi altrettanto pasciuti. Ne aveva ammazzati due o tre dal portico dietro la vecchia casa di famiglia, mentre lí nel Texas i cervi scappavano già a un miglio di distanza.

Gus si fermò ad ascoltare. Di notte talvolta i ranger cantavano; la notte in cui avevano bevuto il mescal avevano vociato e danzato parecchio. Se aguzzava le orecchie, forse avrebbe sentito l'armonica di Josh Corn o dell'altra musica. A volte, quando era giú di morale, Black Sam si esibiva nei suoi inni da nero; aveva una voce piena che si sentiva a grande distanza, anche quando cantava a basso volume.

Ma quando Gus si fermò, la pianura intorno a lui era perfettamente silenziosa, tanto che il silenzio gli risuonò nelle orecchie; il buio della notte era altrettanto assoluto. Non vedeva nulla, tranne che a intermittenza, quando balenavano i lampi. Era proprio grazie a un lampo che aveva scorto l'odioso tasso che gli aveva teso i nervi.

Fece qualche passo e si fermò di nuovo. Dopotutto, la notte non sarebbe durata per sempre e lui non si era allontanato molto dal campo. La cosa piú semplice era avvolgersi ben bene nel sarape e dormire per qualche ora. Con la luce dell'alba alle spalle avrebbe raggiunto il campo in pochi minuti. Se continuava a camminare, rischiava di addentrarsi in quel grande vuoto e non trovare piú la strada del ritorno. La scelta piú ragionevole era aspettare. Avrebbe potuto urlare nella speranza che Woodrow Call rispondesse, ma Woodrow era stato troppo noioso per allontanarsi dal posto di guardia; forse sarebbe stato troppo noioso per rispondere.

I fulmini si facevano sempre piú vicini, offrendo una specie di soluzione. Poteva pazientare, individuare la direzione e muoversi di lampo in lampo. Qualche goccia di pioggia gli bagnò la faccia. Dall'odore dell'artemisia intuiva che stava per arrivare un acquazzone; sentiva perfino il crepitio della pioggia non lontano a ovest. Per un attimo si accosciò, stringendosi nel sarape; se stava per diluviare, era pronto. Poi un fulmine vividissimo squarciò il cielo. Per un secondo illuminò la prateria a giorno. Eppure lui non vide nulla di familiare: né il fiume, né il fuoco, né il cespuglio di chaparral, né Call.

Si era appena avvolto nel sarape preparandosi per il rovescio che si alzò e cominciò a camminare veloce in mezzo all'artemisia. Aveva intenzione di aspettare; era ragionevole farlo, eppure l'aveva colto una sensazione che gli diceva di muoversi. Anzi, gli diceva di correre; stava già andando di buon trotto, ma si fermò un attimo per disarmare la pistola. Non voleva spararsi sul pollice come il giovane Rip Green. Poi riprese a trottare, quasi a correre.

Trottando, si rese conto che era spaventato. La sensazione che l'aveva spinto a scattare in piedi e mettersi a trottare era paura. Era una sensazione cosí inattesa e sconosciuta che all'inizio non era riuscito a darle un nome. Dopo la primissima infanzia di rado aveva avuto paura. Siccome le assi scricchiolanti del vecchio fienile di casa lo facevano pensare ai fantasmi, da piccolo evitava il fienile, fino al punto di farsi frustare perché non aveva sbrigato i suoi compiti. Da allora, però, raramente aveva visto qualcosa che lo spaventasse. Una volta nell'Arkansas si era imbattuto in un orso che mangiava un cavallo morto e si era preoccupato un po'; all'epoca era disarmato e aveva abbastanza buon senso per sapere che non poteva competere con un orso. Ma da quando era cresciuto, non aveva incontrato molto che lo spaventasse davvero, a parte quell'orso.

A farlo ansimare e incespicare adesso era la sensazione di avere qualcuno vicino, qualcuno che non riusciva a vedere. Quando aveva insinuato che il lupo era un indiano, stava solo prendendo in giro Call. Si sentiva irrequieto e aveva voglia di fare quattro passi. Se avesse scovato una miniera d'oro, tanto meglio. Non si aspettava seriamente di ammazzare un indiano, però. In quel momento non aveva alcun desiderio di imbattersi in un Comanche, né in nessun altro indiano. L'aveva detto solo per stuzzicare Call. Non aveva mai visto un Comanche e ne aveva un'idea cosí vaga da non sapere cosa aspettarsi, ma non credeva che potesse essere grosso e feroce come quell'orso.

Adesso, però, a spingerlo a trottare nel buio era la travolgente sensazione che lí vicino ci fosse qualcuno, e chi poteva essere se non un Comanche? Non era Call, perché la sua vicinanza non l'avrebbe spaventato. Eppure era vicino a qualcuno, qualcuno a cui non voleva essere vicino, qualcuno di malintenzionato. Shadrach e Bigfoot sostenevano di essere in grado di sentire gli indiani dall'odore, e di saperlo fare da una distanza notevole, ma lui non aveva quella capacità. Sentiva solo l'artemisia bagnata e il deserto umido. Non era dall'odore che sapeva di avere qualcuno vicino. Era una sensazione, una sensazione che veniva da una parte di lui che non sapeva nemmeno di avere. Quella parte gli diceva di correre, muoversi, allontanarsi, anche se adesso la notte era spaccata in due, per metà buissima e per metà vividamente illuminata. La metà vividamente illuminata era dovuta ai lampi, che erano diventati piú frequenti e accendevano la pianura tanto da costringerlo a chiudere gli occhi. Ciò nonostante, la luce permaneva come una riga sotto le palpebre anche quando la pianura tornava buia, cosí buia che correndo Gus andava a sbattere contro il chaparral e una volta sprofondò con i piedi nella sabbia e per poco non cadde.

Subito dopo quel capitombolo mancato, i fulmini si fecero cosí vicini e frequenti che gli venne una nuova paura, e cioè che la canna della pistola ne avrebbe attirato uno e lui sarebbe morto folgorato. Tre giorni prima erano caduti alcuni fulmini nelle vicinanze e i ranger, soprattutto Bigfoot, avevano raccontato parecchie storie di uomini che erano morti in quel modo. A sentire Bigfoot, il fulmine a volte folgorava perfino il cavallo che portava il cavaliere.

Adesso Gus avrebbe corso volentieri il rischio di finire folgorato con il cavallo, se solo ne avesse avuto uno per muoversi piú in fretta. Proprio mentre formulava quel pensiero, un grosso fulmine cadde a meno di cinquanta metri di distanza e in quell'attimo di vivo biancore vide il qualcuno che temeva: un indiano con una grossa gobba di muscoli o cartilagine tra le spalle, una gobba cosí pesante che da seduto teneva il capo un po' chino, come un bisonte.

Buffalo Hump sedeva da solo, su un drappo di qualche tipo; con il capo chino e la grossa gobba bagnati di pioggia, guardò Gus come se si aspettasse il suo arrivo. Era a non piú di tre metri da lui, poco piú lontano di quanto era stato il tasso, e aveva gli occhi di pietra.

Buffalo Hump lo guardò, e poi la pianura tornò buia. Nel buio Gus corse come mai prima, passando proprio accanto all'indiano. Cadde un altro fulmine, ma lui non si voltò a dare una seconda occhiata: corse. Anche quando sfiorò un rovo e qualcosa gli lacerò la gamba, non rallentò. Nella riga sotto le palpebre dove permanevano i fulmini adesso c'era il Comanche, il grosso indiano gobbo, l'uomo piú temuto della frontiera. Gli era andato cosí vicino che quasi avrebbe potuto scavalcarlo con un salto. Per quel che ne sapeva, Buffalo Hump lo stava inseguendo, deciso a strappargli i capelli. La sua unica speranza era la velocità. Con una simile gobba da portarsi dietro, forse l'indiano non era veloce.

Gus dimenticò tutto all'infuori della corsa. Voleva scappare dall'uomo con la gobba; se avesse corso tutta la notte, forse i ranger si sarebbero svegliati e sarebbero andati in suo aiuto. Non sapeva se stesse andando verso il fiume o nella direzione opposta. Non sapeva se Buffalo Hump lo stesse inseguendo né quanto fosse vicino. Correva e basta, troppo spaventato per fermarsi, troppo spaventato per gridare. Pensò di buttare via la pistola per guadagnare velocità, ma non lo fece: voleva qualcosa con cui sparare, se fosse finito in trappola o a terra.

Al posto di guardia dietro il cespuglio di chaparral, Call oscillava tra il dispetto e la preoccupazione. Era convinto che l'amico, che in primo luogo non se ne sarebbe dovuto andare, era chissà dove là fuori nella pianura, completamente perso. C'erano poche speranze di trovarlo prima dell'alba e a quel punto sarebbe stata di certo una faccenda umiliante. Shadrach era bravissimo a seguire le piste e senza dubbio avrebbe rintracciato Gus, ma questo avrebbe arrecato alla compagnia un ritardo e un disturbo.

Forse il maggiore Chevallie avrebbe licenziato Gus; forse avrebbe licenziato pure lui, visto che gli aveva permesso di andarsene. Il maggiore si aspettava che obbedissero ai suoi ordini, e lui non lo biasimava. Tollerava che gli scout si allontanassero un po' – era il loro lavoro –, ma non necessariamente l'avrebbe tollerato da parte di un soldato semplice.

Quando cominciò a piovere, Call non poté fare altro che incurvare le spalle e bagnarsi. Il cespuglio era troppo spinoso per strisciarci sotto e lui era senza giacca. I fulmini erano vividi e i tuoni forti, ma lui non era particolarmente spaventato. I lampi, almeno, gli permettevano di guardarsi intorno. In uno gli parve di cogliere un movimento; concluse che era il lupo che avevano sentito ululare.

In un altro lampo abbagliante vide Gus che correva. La pianura tornò buia, cosí buia che lui non era sicuro se aveva visto l'amico o se l'era solo immaginato. Gus correva velocissimo, a rotta di collo. A Call non restò che aspettare il lampo successivo; quando arrivò, rivide Gus, piú vicino, e vide anche qualcos'altro: il Comanche.

Il bagliore si spense cosí in fretta che Call pensò di essersi immaginato anche quello. Nella luce aveva visto la grande gobba, una massa con l'aria di pesare come la metà di molti uomini; eppure l'indiano correva veloce alle calcagna di Gus, impugnando la lancia. Call sparò a casaccio, piú o meno nella direzione dell'indiano; prima che risuonasse lo scoppio, tornò l'oscurità. Se non altro, forse lo sparo sarebbe servito a distrarre il gobbo. Nel lampo successivo, però, Buffalo Hump si era fermato e aveva scagliato la lancia; Call la intravide appena fendere la pioggia, volare verso Gus, che correva ancora a gambe levate per mettersi in salvo. Call sparò di nuovo, stavolta con la pistola. Forse Gus l'avrebbe sentito e si sarebbe rincuorato, anche se era una speranza vaga. I tuoni erano cosí incessanti che lui stesso aveva sentito lo sparo a malapena.

Call puntò il fucile, deciso a essere pronto quando il lampo successivo avesse illuminato la prateria. Ma quando accadde, la pianura era deserta. Buffalo Hump era scomparso. A Call si rizzarono i capelli sulla nuca. Era sparito in aperta pianura. Se si muoveva cosí rapidamente, poteva essere ovunque. Call indietreggiò nel chaparral, incurante delle spine, e attese. Nessuno, nemmeno un Comanche poteva attraversare un cespuglio di chaparral e attaccarlo da dietro, di sicuro non uno con una gobba simile.

Poi si ricordò la lancia a mezz'aria, che fendeva la pioggia. Non sapeva se avesse colpito nel segno. In tal caso forse il suo amico Gus McCrae era morto. Forse Buffalo Hump l'aveva raggiunto e scalpato, o trascinato via per torturarlo.

Era un pensiero cosí orribile che Call non poteva restare accovacciato tra i rovi. Decise di aspettare il lampo successivo – una discreta attesa, perché il temporale si stava spostando a est e i lampi andavano scemando – e poi dirigersi là dove aveva visto Gus per l'ultima volta. Non appena i tuoni si fossero calmati un po', avrebbe sparato con la pistola. Forse i ranger l'avrebbero sentito, se Gus non poteva. Forse sarebbero accorsi in tempo per impedire al Comanche con la gobba di uccidere Gus, o di trascinarlo via.

Tuttavia, mentre aspettava, Call ebbe la sensazione che l'aiuto, se fosse giunto, sarebbe giunto troppo tardi. Probabilmente Gus era già morto. Aveva visto la lancia solcare l'aria: Buffalo Hump non sembrava uno che scagliava la lancia a vuoto.

Quando il lampo arrivò, meno acceso di prima, la pianura era ancora deserta. Call s'incamminò verso il punto dove aveva visto Gus; il campo era da quella parte, comunque. Urlò due volte il nome dell'amico, senza ottenere risposta. Di nuovo gli si rizzarono i capelli sulla nuca. Buffalo Hump poteva essere ovunque. Poteva essere acquattato nel buio dietro qualunque cespuglio di artemisia, qualunque macchione di chaparral, in attesa che gli passasse davanti un altro ranger incauto.

Call non voleva essere un ranger incauto; voleva prendere tutte le precauzioni, ma che precauzioni poteva prendere in una pianura deserta, di notte, con un pericoloso indiano nei paraggi? Peccato che Shadrach e Bigfoot non l'avessero istruito meglio su come comportarsi in quelle situazioni. Combattevano gli indiani da anni, loro l'avrebbero saputo. Ma fino a quel momento nessuno dei due gli aveva rivolto piú di un paio di parole, e solo per dirgli qualcosa su come ferrare i cavalli o sbrigare qualche altro compito.

I lampi si affievolivano sempre di piú man mano che il temporale si spostava a est. Call non vedeva traccia di Gus, ma naturalmente tra un lampo e l'altro la pianura sprofondava nel buio. Gus poteva giacere morto e scotennato dietro a qualunque cespuglio di artemisia o macchia di chaparral.

Call camminò su e giú per un po', sperando che Gus lo sentisse e lo chiamasse. Decise che sparare era imprudente; c'era il rischio che il maggiore Chevallie lo rimproverasse perché aveva sprecato munizioni.

Sconsolato, sicuro che l'amico fosse morto, Call si avviò verso il campo trascinando i piedi. Era soprattutto colpa sua se era avvenuta quella tragedia. Si sarebbe dovuto battere con Gus, se necessario, per tenerlo al posto di guardia. Ma non l'aveva fatto; Gus se n'era andato e adesso tutto era perduto.

Mentre tornava indietro in preda allo sconforto, gli pareva che Gus avrebbe fatto meglio a lasciarlo nella bottega del maniscalco. Lui non ne sapeva abbastanza per fare il ranger; e manco Gus, e adesso l'ignoranza l'aveva ucciso. Ormai ne era certo. Gus aveva una voce sonora, addirittura piú sonora di quella di Black Sam. Se fosse stato ancora in vita, avrebbe fatto rumore.

Poi, all'apice dello sconforto, Call sentí proprio la voce che pensava di non sentire mai piú: la voce di Gus McCrae, che urlava nel campo. Corse piú veloce che poté, ed entrò nel campo cosí di volata che Long Bill Coleman per poco non gli sparò, prendendolo per un nemico.

E infatti ecco Gus McCrae, vivo e con le brache calate. Una lancia comanche gli spuntava dall'anca. Il motivo per cui urlava era che Bigfoot e Shadrach stavano cercando di estrarla.

4.

La lancia era conficcata cosí in profondità nell'anca di Gus che Bigfoot e Shadrach insieme non riuscivano a estrarla. Era lunga e pesante; come avesse fatto Gus a correre per una distanza simile con la lancia che gli penzolava dall'anca, Call non riusciva a immaginarlo. Mentre gli scout tiravano, Gus non la smetteva di urlare. Rip Green provò a tenerlo fermo, ma da solo non era abbastanza forte, e Bob Bascom dovette andare ad aiutarlo.

Ben presto Shadrach si stancò delle urla di Gus, che erano assordanti.

– Maledizione, piantala di sgolarti. Urli abbastanza forte da richiamare tutti gli indiani tra qui e il Cimarron.

– C'era un indiano solo, – li informò Call. – Aveva una grossa gobba sulla schiena. L'ho visto.

La notizia attirò l'attenzione di tutti. Bigfoot e Shadrach smisero di tirare. Il maggiore Chevallie scrutava l'oscurità, ma sentendo nominare la gobba si voltò di scatto.

– Hai visto Buffalo Hump?

– È stato lui a scagliare la lancia, – rispose Call. – L'ho visto in un lampo, proprio mentre la scagliava. Pensavo che l'aveva mancato.

– No, non l'ha mancato, – disse Bigfoot. – Questa è la sua lancia da bisonti. Mi stupisce che l'abbia sprecata su un ragazzo.

– Vorrei che non l'avesse fatto, – disse Gus, con voce tremante. – Mi si deve essere conficcata nell'osso.

– No, non si avvicina nemmeno al tuo maledetto osso, – ribatté Shadrach. Si accovacciò a guardare meglio la punta della lancia, poi, allontanato Bigfoot con un gesto, la fece ruotare un po' e con uno strattone la tirò fuori. Gus svenne. Rip e Bob avevano allentato un attimo la presa; prima che si riscuotessero, Gus era caduto a faccia in giú. Bob Bascom era girato dall'altra parte, per sputare il tabacco. Ne teneva cosí tanto in bocca che nei momenti di azione rischiava spesso di soffocarsi. Rip Green aveva appena dato un'occhiata al suo rotolo di coperte; era sospettoso per natura e lo controllava in continuazione per assicurarsi che nessuno gli rubasse nulla. Sia Rip che Bob sobbalzarono quando Gus cadde a faccia in giú; anche Call sobbalzò. Non pensava che Gus McCrae fosse il tipo da svenire.

Ma aveva del sangue che gli sgorgava dall'anca e anche da un punto piú in basso, lungo la gamba.

– Vieni qui, Sam, – disse il maggiore Chevallie chiamando il cuoco con un cenno. – Sei tu il dottore, occupati di quest'uomo prima che muoia dissanguato.

– Bisogna avvicinarlo al fuoco, cosí posso ricucirlo, – disse Sam. Era basso piú o meno come Rip Green, con i ricci bianchi. Call si sentiva a disagio con lui: aveva poca esperienza con i neri, ma doveva ammettere che questo cucinava benissimo e sembrava abile nel curare i foruncoli e altre piccole magagne.

Sam raccolse velocemente un po' di cenere e la usò per arrestare il flusso di sangue. La compattò sulla ferita fino a quando non smise di sanguinare; nel frattempo, infilò un grosso ago da rammendo.

Pressappoco in quel momento arrivò Matilda, trascinando il paglericcio. Le urla di Gus l'avevano svegliata ed era di umore irritabile. Con un calcio tirò della sabbia addosso a Long Bill Coleman, senza motivo. Il ragazzino messicano dormiva, ma la vecchia era ancora seduta accanto al fuoco, silenziosa e immobile.

– Ricuci il ragazzo prima che riprenda conoscenza e

ricominci a urlare, – disse Shadrach. – Se ci sono indiani nei paraggi, sanno dove siamo. Questo sbarbatello fa troppo rumore.

– Diamine, gli basta il fuoco per trovarci, non gli servono le urla, – replicò Bigfoot. Gus si rivelò presto abbastanza cosciente da essere sensibile all'ago da rammendo. Ci vollero Matilda, Bigfoot e Bob Bascom per tenerlo fermo in modo che Sam potesse ricucirgli la lunga ferita.

– Perché mi hai tirato addosso la sabbia? – chiese Long Bill a Matilda, durante il lavoro di cucitura. Il suo evidente disprezzo lo offendeva un po'.

– Perché avevo voglia di tirare sabbia addosso a un figlio di puttana, – rispose Matilda. – Tu eri il piú vicino.

– Questo ragazzo è fortunato, – disse Sam. – La lancia non ha colpito l'osso.

– Lui sarà anche fortunato, ma noi no, – ribatté il maggiore Chevallie. Camminava nervoso su e giú. – Quello che non capisco è cosa ci facesse Buffalo Hump seduto lí da solo.

– Era seduto su una coperta, – disse Gus. Sam aveva finalmente smesso di infilzarlo con il grosso ago; tra quello e il fatto di essere vivo si sentiva un po' meglio. Inoltre, era al campo. Se la sarebbe cavata, ne era sicuro, e voleva essere d'aiuto, se poteva. – Gli sono passato accanto, per quello mi ha inseguito. Aveva una gobba enorme.

Gus aveva voglia di rilassarsi e schiacciare un pisolino, ma il suo piano fu ostacolato dalla vecchia comanche, che a un tratto cominciò a lamentarsi. I suoi alti lamenti fecero trasalire tutti.

– Cos'ha ora da mettersi a strillare? – chiese Long Bill.

Shadrach andò dalla vecchia e le parlò in comanche, ma lei continuò a lamentarsi. Lui aspettò con pazienza che smettesse.

– È una visionaria, – spiegò. – Anche mia nonna lo era. Quando vedeva cose brutte, si lamentava proprio come questa povera vecchietta.

Call avrebbe voluto che la vecchia tacesse. I lamenti sortivano un cattivo effetto su tutti ed erano tristi come i mormorii del vento nelle pianure deserte. Non voleva sentire quei versi inquietanti, cosí come non volevano sentirli gli altri ranger.

Shadrach era ancora accovacciato accanto a lei, a parlare nella sua lingua. Il vento faceva vorticare intorno a loro manciate di sabbia fine.

– Be', adesso cosa c'è? Cosa sta dicendo? – chiese il maggiore Chevallie.

– Dice che Buffalo Hump le taglierà il naso, – rispose Shadrach. – Era una delle mogli di suo padre. Si vede che non si è comportata tanto bene. La sua gente l'ha mandata via a morire e Buffalo Hump lo è venuto a sapere. Ora vuole trovarla e tagliarle il naso.

– Strano che non abbia di meglio da fare, – disse il maggiore. – È vecchia, morirà. Perché perdere tempo con il suo naso?

– Perché si è comportata male con suo padre, – ribadí Shadrach, un po' spazientito. L'ignoranza del maggiore Chevallie in merito ai costumi indiani lo irritava spesso.

– Questa storia non mi piace, – disse Long Bill. – Dopo aver tagliato il naso alla vecchia potrebbe continuare a tagliare. Magari taglia un paio di pezzi a tutti, prima di smettere.

– Diamine, Bill, se sei preoccupato, va' ad ammazzarlo, – disse Bigfoot.

– Corre veloce, anche con quella gobba, – li informò Gus. – Mi ha quasi preso e io sono una scheggia.

Il maggiore Chevallie continuava ad andare su e giú, con la pistola armata.

– Montiamo a cavallo e andiamo, – disse a un tratto. – Qui non siamo al sicuro, è meglio muoversi.

– Aspettate un attimo, – protestò Shadrach. – È una visionaria a parlare. Vediamo cos'altro ha da dire.

Si avvicinò al fuoco, versò un po' di caffè in una tazza

di latta e la porse alla vecchia. Al maggiore non andò giú che Shadrach ignorasse il suo ordine, ma lasciò correre. Si sedette accanto a Matilda, che era ancora di pessimo umore.

– Continuo a non capire perché Buffalo Hump si darebbe la briga di tagliare il naso a una vecchia, – borbottò, rivolto piú che altro a se stesso. Bigfoot Wallace, però, lo sentí.

– Voi non siete Comanche. I Comanche si aspettano che le mogli restino nella tenda giusta.

Il maggiore Chevallie pensò a Jane, la sua cara moglie. Se non fosse stato per quella rissa a Baltimora, in quel momento si sarebbe trovato a casa con lei; magari sarebbero stati abbracciati, in un bel letto di piume. Quanto tempo sarebbe passato prima che lui potesse fare ritorno alla loro accogliente casa di pietra nella contea di Loudon? Ci sarebbe mai tornato, lí e dalla sua appassionata Jane? Era triste, molto triste. Il Texas era troppo polveroso. Ogni boccone di cibo che aveva messo in bocca quel giorno era coperto di sabbia. La grossa puttana che aveva accanto era scontrosa; non sarebbe mai stata profumata come la sua Jane. Ma lei era lí, e Jane no. Era piacente, anche se scontrosa; lui era disperato. Il capo guerriero comanche era nelle vicinanze. Un attimo di sollievo con Matilda sarebbe stato d'aiuto, ma naturalmente non era il momento di far vedere alla compagnia che era poco militaresco. Era chiaro che Bigfoot e Shadrach avevano già una scarsa opinione del suo modo di comandare. Chevallie era un nome antico, molto rispettato nel Tidewater, ma a ovest del Pecos non significava niente. Nell'Ovest, in quel territorio, tra quegli uomini, tutto quello che contava era l'abilità; laggiú saper ballare il valzer con grazia non aiutava a conservare lo scalpo.

Il fatto era che lui per primo non aveva una grande opinione delle proprie capacità militari. Le tre settimane alla Point gli avevano insegnato ben poco, e nulla riguardo alle finezze della guerra con i Comanche.

Call andò a sedersi accanto a Gus; l'amico sembrava tranquillo, anche se un po' provato.

– Ti ho visto in un lampo. L'ho visto che ti inseguiva. Ho sparato, ma dubito di averlo colpito. Ti inseguiva di brutto.

– Sí, e mi ha quasi preso, – rispose Gus.

– Ti avevo detto di non andare, – gli ricordò Call, ma a bassa voce. Non voleva che il maggiore sapesse che Gus si era allontanato dal posto di guardia, anche se, nel caso in cui non l'avesse fatto, non avrebbero mai saputo che Buffalo Hump era nei paraggi.

– Non ho trovato miniere d'oro, solo un tasso e quel grosso indiano, – ammise Gus. – Era seduto lí su una coperta. Cosa ci faceva, seduto lí, sotto i fulmini?

Quando ebbe finito di parlare con la vecchia comanche, Shadrach parve un po' agitato.

– Che notizie ci sono, Shad? – chiese Bigfoot. Intuiva che ce n'erano. Shadrach impugnava il fucile e guardava a nord.

– Cattive notizie, – rispose Shadrach. – Nei prossimi giorni dobbiamo stare attenti ai capelli. O resteremo senza.

– Che diamine, Shad, io ai capelli ci sto attento sempre, – disse Bob Bascom. A quelle parole Ezekiel emise un gridolino e Josh Corn sorrise. Il motivo dell'ilarità stava nel fatto che Bob Bascom quasi non aveva capelli a cui stare attento. Era calvo, tranne che per qualche ciuffetto sopra le orecchie. Blackie Slidell era quasi altrettanto calvo; capitava di sentirlo dire che a scalparlo un indiano avrebbe piú che altro perso tempo.

– Per scalpare uno di noi due, Bob, il vecchio Buffalo Hump avrebbe bisogno di una lente d'ingrandimento, – osservò, asciutto.

– La vecchia dice che sta per scoppiare una guerra, – proseguí Shadrach.

– Be', forse è davvero una visionaria, – disse il maggiore. – A quanto ho sentito, il generale Scott parlava di conquistare il Messico.

– No, non quella guerra, – replicò Shadrach. – Non parla di una guerra di bianchi. Dice che i Comanche hanno intenzione di attaccare un posto giú in Messico... la città di Chihuahua, immagino.

– Chihuahua? Gli indiani? – esclamò il maggiore. – Ci vorrebbero parecchi guerrieri per attaccare una città di quelle dimensioni.

– Forse non cosí tanti, – disse Bigfoot.

– Perché no? – gli chiese il maggiore.

– I Comanche fanno paura. Un guerriero comanche in groppa a un cavallo magro basta a mettere in fuga i bianchi di diverse contee. Con ogni probabilità, se s'impegnano, cinquanta Comanche possono prendere anche Città del Messico.

– La vecchia non parla di cinquanta uomini, – precisò Shadrach. – Parla di una marea, centinaia, credo.

– Centinaia? – ripeté il maggiore, allarmato. A quanto ne sapeva, nessuno aveva mai affrontato una forza di centinaia di Comanche. Passando in rassegna la compagnia – dodici uomini e una puttana – vide che quasi tutti stringevano il fucile terrorizzati. Nessun comandante voleva contemplare il pensiero di centinaia di Comanche che cavalcavano come un'unica forza.

– Il gobbo era da solo, – disse Call. Era raro che parlasse senza essere interpellato, ma stavolta pensò di dover ricordare al maggiore quello che aveva visto.

– Però quando mi dava la caccia valeva per cinquanta o cento, – disse Gus, tirandosi su.

– Hai detto che se ne stava seduto lí su una coperta? – chiese Bigfoot.

– Sí, – disse Gus. – Era su una collinetta. Una duna, piú che altro.

– Forse aspettava Gomez, – disse Bigfoot. – Questo spiegherebbe il mio sogno.

– No, non dire follie, – intervenne Shadrach. – Se ha centinaia di guerrieri in arrivo, non ha bisogno di aspettare un Apache.

– Ho già fatto sogni premonitori, – ribatté Bigfoot. – Secondo me aspettava Gomez. Avranno intenzione di prendere Chihuahua insieme e spartirsi i prigionieri.

– Ossignore, se ce ne sono centinaia in arrivo, ci daranno la caccia e ci massacreranno tutti, – disse Long Bill. Nutriva un certo rancore. In fondo, se n'era andato da San Antonio per aiutare a trovare una buona strada verso ovest, non per farsi massacrare dai Comanche.

– Per battere noi non ne servono centinaia, – lo corresse Bigfoot. – Venticinque bastano e avanzano, e probabilmente ne basterebbero anche dieci o quindici.

– Questo sí che è un commento inutile, – protestò Bob Bascom, offeso dalla scarsa stima di Bigfoot per le capacità di combattimento della compagnia. – Quindici, possiamo affrontarli.

– No, a meno che la metà non viene colpita da un fulmine, – disse Bigfoot. – Ieri vi ho guardati esercitarvi nel tiro al bersaglio. La metà di voi giovani non si colpirebbe il piede nemmeno appoggiandoci sopra la canna del fucile.

Shadrach conversò ancora un po' con la vecchia. Dopodiché lei riprese a lamentarsi. Era un rumore cosí fastidioso che Call avrebbe voluto tapparsi le orecchie con il cotone, ma non ne aveva.

– Non sa niente di Gomez, – disse Shadrach. – Il tuo maledetto sogno era inesatto.

– Vedremo, – rispose Bigfoot. Non insisté, non con Shadrach, che non si fidava delle opinioni di nessuno tranne che delle sue.

Gus McCrae si alzò. Voleva provare la gamba, nel caso gli fosse toccato correre di nuovo. Andò a prendere il fucile, camminando piano. L'anca non gli doleva molto, ma aveva lo stomaco sottosopra. Quando la lancia gli si era conficcata nell'anca, l'aveva vista piú che sentita. Era perfino riuscito a tenere l'asta sollevata mentre correva. Adesso, anche in mezzo ai compagni, la paura che aveva provato allora non lo abbandonava. Avrebbe voluto nascondersi da qualche parte. Non si sarebbe mai immaginato di scappare da qualcuno, eppure sentiva che avrebbe fatto bene a continuare a correre. Doveva allontanarsi da Buffalo Hump, e il piú in fretta possibile. Solo che non sapeva dove andare.

A Matilda parve che lo spilungone del Tennessee avesse l'aria verdognola. Anche se era rigida con lui quando la importunava, le stava simpatico e aveva sussultato mentre gli estraevano la lancia. Era un ragazzo vivace, sfacciato ma non cattivo. Un paio di volte gli aveva perfino fatto credito; sembrava che ne avesse cosí bisogno, e di solito con lui bastava un minuto o anche meno. Di tanto in tanto lei riusciva a trovare un minuto per un ragazzo sfacciato con una buona parlantina.

– Siediti, Gussie, – disse. – È troppo presto per la ginnastica.

– Lascialo fare, cosí forse la gamba non gli s'irrigidisce, – disse il maggiore. – È un bene che quella ferita abbia sanguinato tanto.

– Sí, – confermò Sam. – O tra poco moriva.

– I Comanche intingono le lance nella merda di cane, – li informò Bigfoot. – Non conviene avere dentro tanta roba di cane, se si può evitare. Meglio che esca con il sangue.

– Siediti, Gussie, – ripeté Matilda. – Siediti accanto a me, a meno che non ti piaccia piú.

Gus andò da lei zoppicando e le si sedette accanto. Era un po' stupito che fosse stata cosí invitante. Altro che non piacergli piú, gli piaceva fin troppo; per un attimo fu tentato di gettarle le braccia al collo e scoppiare in lacrime. Certo, in mezzo ai duri ranger quel gesto sarebbe stato la sua rovina. Invece di piangere, si avvicinò alla mole consolante di Matilda quanto piú possibile senza sedersi sulle sue ginocchia. Deglutí un paio di volte, ma riuscí a non scoppiare in singhiozzi. Vide il vecchio Shadrach montare a cavallo e allontanarsi nell'oscurità. Shadrach non disse una parola e nessuno cercò di fermarlo né gli chiese dove andava.

– Non lo sa che il grosso Comanche con la gobba è ancora là fuori? – chiese Gus. Il vecchio doveva essere completamente pazzo per allontanarsi nel buio quando c'era un indiano come quello nei paraggi.

Anche Call era sconvolto dalla partenza di Shadrach. Là fuori c'era Buffalo Hump e nemmeno Shadrach poteva competere con lui. Non conosceva nessuno che potesse competere con lui, non da solo; ne era sicuro, anche se l'aveva visto per un secondo soltanto, nel bagliore di un fulmine.

Ma Shadrach se ne andò, senza che nessuno lo mettesse neppure in guardia. Bigfoot non parve darsi pensiero della cosa e il maggiore Chevallie si limitò ad accigliarsi un po'.

– Adesso cosa facciamo, maggiore? – chiese Ezekiel Moody. Era una domanda di cui tutti volevano conoscere la risposta, ma il maggiore Chevallie la ignorò. Non disse nulla.

Ezekiel guardò Josh Corn, e Josh Corn guardò Rip Green. Long Bill guardò Bob Bascom, che guardò Johnny Carthage il guercio.

– Dove se ne va Shad, a quest'ora della notte? – domandò Johnny. – Se lo chiedete a me, non è il momento di far esercitare il cavallo, se comporta lasciare la compagnia.

– Non ho sentito Shad che te lo chiedeva, Johnny, – disse Bigfoot.

– Oggi è la seconda volta che se ne va, però, – disse il maggiore. – È seccante.

Bigfoot andò al bordo del campo, si sdraiò e premette l'orecchio contro il terreno.

– Sta cercando di sentire i vermi? Vuole andare a pesca? – chiese Gus a Call, perplesso.

– No, cerca di sentire i cavalli, i cavalli comanche, – spiegò Matilda. – Sta' zitto e lascialo ascoltare.

Poco dopo Bigfoot si alzò e tornò al fuoco.

– Ora come ora non sta arrivando nessuno. Se c'erano centinaia di cavalli in movimento, li sentivo. Questo non significa che domani non si faranno vedere.

– Perché domani? – chiesero in coro parecchi uomini. Al giorno successivo mancavano solo un paio d'ore.

– Luna piena. Loro la chiamano «luna comanche». Quando c'è, gli piace andare a fare razzie in Messico lungo il loro vecchio sentiero di guerra. Gli piace, la vecchia luna comanche.

Il maggiore Chevallie sapeva di avere circa un'ora per decidere sul da farsi. Certo, forse la vecchia era scimunita; forse non erano in programma né attacchi a Chihuahua né raduni di centinaia di guerrieri, pronti a calare dal *llano estacado* per terrorizzare gli insediamenti del Messico e del Texas. Forse erano solo i vaneggiamenti di una vecchia che aveva paura di perdere il naso.

Ma se quello che diceva la vecchia era vero bisognava avvertire gli insediamenti. Un simile numero di guerrieri in viaggio verso sud avrebbe minacciato l'intera frontiera. Tutte le fattorie a ovest della linea Austin-San Antonio sarebbero state in pericolo; bastavano cinque o sei guerrieri separati dal gruppo principale per bruciare case, rapire bambini e in generale seminare distruzione.

L'aspetto diabolico era che si trovavano proprio a metà strada, lontani tanto dagli insediamenti a est quanto dal Paso del Norte. Proseguire a ovest per El Paso forse era la scelta piú sicura per la compagnia; il sentiero di guerra correva un bel po' a est della città. D'altro canto, ormai Buffalo Hump sapeva che si trovavano lí e che erano in pochi. Se aveva a disposizione una forza numerosa, poteva dargli la caccia per puro piacere. Senza dubbio sapeva che insieme a loro c'erano i due cacciatori di scalpi. Scotennare un cacciatore di scalpi era un obiettivo interessante per qualunque indiano, Comanche o Apache che fosse.

Svoltare a est significava mettere fine alla missione – e mancavano solo un paio di settimane per portarla a termine – oltre che tagliare la strada ai razziatori, se c'erano. Svoltare a est implicava affidarsi a velocità e fortuna.

L'unica cosa certa era che una decisione andava presa, e alla svelta. Gli uomini non avevano i ceppi: di norma i ranger prestavano servizio perché volevano; se non volevano piú, magari avrebbero fatto tutti quello che aveva appena fatto Shadrach. Se ne sarebbero andati. I giovani Call e McCrae sarebbero rimasti, ovviamente. Erano troppo acerbi per prendere iniziative. Ma era improbabile che gli uomini piú esperti rimanessero lí ad aspettare la sua decisione molto dopo l'alba. Il ricordo della lancia da bisonti che spuntava dall'anca di Augustus McCrae era vivido. Non avrebbero avuto voglia di giocare a carte, né di fare proposte a Matilda, né di sparare ai baccelli di cactus, non quando c'era un grosso raduno di guerrieri che calava lungo le pianure verso di loro.

Il maggiore sospirò. La prospettiva di finire in prigione a Baltimora cominciava ad apparirgli vantaggiosa. Andò da Bigfoot; l'alto scout mordicchiava pigramente un rametto di chaparral.

– La vecchia è cieca. Secondo voi ha ragione riguardo alla banda di razziatori? Forse Shadrach ha frainteso i numeri. Forse lei parlava di una razzia accaduta trent'anni fa.

Bigfoot sputò il rametto. – Forse. Ma forse no.

Stava pensando a quanto erano stati fortunati i due giovani ranger, soprattutto il giovane Gus. Andare a sbattere contro Buffalo Hump ed essere ancora lí a raccontarlo era una fortuna che non molti uomini potevano vantare. Anche solo aver visto il capo con la gobba era piú di quanto potessero vantare molti uomini esperti. Lui stesso l'aveva intravisto una volta sola, durante una tempesta di nevischio nei pressi del Clear Fork del Brazos, parecchi anni prima. Era uscito da un boschetto di querce bianche e alzando gli occhi aveva visto il capo con la gobba che puntava una freccia contro di lui. Nel momento esatto in cui Buffalo Hump l'aveva scoccata, lui aveva posato il piede su una radice coperta di ghiaccio ed era scivolato. La freccia era rimbalzata sul coltello Bowie che portava alla cintura. Si era rotolato e aveva spianato il fucile, ma ormai il Comanche era sparito. Quella notte non aveva acceso il fuoco per paura che Buffalo Hump lo trovasse ed era quasi morto di freddo. I piedoni a cui doveva il proprio soprannome erano diventati insensibili come pietre.

Adesso il maggiore andava su e giú, cercando di convincersi che Shadrach e la vecchia comanche si sbagliavano sulla banda di razziatori. Gli uomini avevano paura, e a ragione; il maggiore non era ancora riuscito a dare un ordine.

– Maledizione, non ho nessuna voglia di tornare indietro, – imprecò il maggiore. – Avevo intenzione di bagnarmi il becco a El Paso.

Montò sul sauro e per alcuni minuti lo tenne al passo intorno al campo; nelle mattine fredde il cavallo tendeva a dare qualche sgroppatina. Mentre cavalcava lentamente in tondo, Shadrach tornò. Placare il cavallo diede al maggiore il tempo di pensare, e anche il tempo di alleviarsi un po' il mal di testa. Ne aveva spesso di violenti, ed era stato male per gran parte della notte. Ma il sole stava sorgendo. Si annunciava una bella giornata; si sentí meglio e decise di proseguire verso ovest. Tornare indietro non si sposava con le sue ambizioni. Se avesse trovato una buona strada per El Paso, magari lo avrebbero nominato colonnello o addirittura generale.

– Andiamo a ovest, ragazzi, – disse, tornando al fuoco. – Ci hanno mandato a trovare una strada, andiamo a cercarla.

I ranger erano sopravvissuti a una notte spaventosa. Non appena furono a cavallo, scaldati dal sole, molti di loro furono colti dal sonno e si appisolarono in sella. A Gus doleva la ferita all'anca. Camminare non era facile, ma anche cavalcare era difficile. Il ronzino nero aveva un trotto rigido. Gus scrutava le distese di artemisia, aspettandosi di vedere Buffalo Hump alzarsi da dietro un cespuglio.

Kirker e Glanton, i cacciatori di scalpi, cavalcarono con la compagnia per mezzo miglio e poi voltarono i cavalli.

– Non venite, ragazzi? – chiese Long Bill.

I due non risposero. Dopo che furono passati anche i muli da soma, si diressero verso il Messico.

5.

– Non molti soldati sanno quello che fanno, vero, Shad? – chiese Bigfoot. – Il maggiore di sicuro non lo sa.

– Dubito che sia un maggiore, non è manco un soldato, – rispose Shadrach. – Secondo me ha rubato un'uniforme.

Cavalcavano verso ovest in una zona cosí secca che anche l'artemisia si era diradata fino quasi a sparire.

Bigfoot sospettava che Shadrach avesse ragione. Con ogni probabilità il maggiore Chevallie aveva solo rubato un'uniforme. Il Texas era uno di quei posti dove la gente poteva dichiararsi qualcosa e poi cominciare a essere quello che aveva dichiarato. Con il tempo acquisiva le competenze della nuova professione oppure no, a seconda dei casi.

– Be', manco io sono un soldato, – disse Shadrach.

– Lo sei mai stato? – chiese Bigfoot. Stava guardando una rupe, o una specie di montagnola, qualche miglio piú a nord. Nell'aria limpida e secca gli pareva di vedere sul versante un puntino bianco. Era perplesso. Cosa poteva esserci di bianco su una montagna molto a ovest del Pecos?

Shadrach ignorò la domanda di Bigfoot: non rispondeva alle domande sul suo passato.

– La vedi quella macchiolina bianca, su quell'altura? – chiese Bigfoot.

Shadrach guardò, ma non vide nulla. Bigfoot spiccava per l'acutezza della sua vista, uno dei motivi per cui era richiesto come scout. Non era né attento né meticoloso, almeno per i suoi canoni, ma era innegabile che vedesse molto lontano.

– Che mi venga un colpo, è una capra delle nevi, – disse Bigfoot. – Non ho mai sentito dire che c'erano le capre delle nevi nel Texas, ma eccola là, ed è bianca.

Preso dall'entusiasmo per quell'avvistamento – adesso era sicuro che fosse una capra delle nevi, un animale di cui fino ad allora aveva solo sentito favoleggiare –, dimenticò subito l'irritazione nei confronti del maggiore.

Dopo aver guardato un altro po', gli parve di scorgere una seconda capra, non lontano dalla prima.

– Guardate, ragazzi, sono capre delle nevi, – gridò ai ranger, facendoli trasalire, dato che molti di loro si trascinavano mezzi addormentati.

La compagnia si rianimò all'istante. I ranger dalla vista debole come Johnny Carthage il guercio o il piccolo Rip Green a stento vedevano la montagna, figurarsi le capre, ma questo non ne annacquò l'entusiasmo. Nel giro di un minuto l'intera compagnia galoppava verso la montagnola su cui apparentemente pascolavano le due capre, invisibili a tutti tranne che a Bigfoot. Solo Matilda e Black Sam resisterono alla tentazione di lanciarsi al galoppo sfrenato. Procedettero a un'andatura regolare. La vecchia comanche e il ragazzo senza lingua li seguivano su un mulo da soma.

Gus e Call galoppavano a spron battuto tra la rada artemisia insieme al resto della compagnia. Nella frenesia della corsa Gus dimenticò il dolore pulsante all'anca.

– Cosa pensano di fare, Sam, volare su per la montagna? – chiese Matilda. Rispetto all'uniforme pianura i fianchi della montagna sembravano decisamente troppo ripidi per i cavalli.

Sam avrebbe voluto che il Texas non fosse cosí vasto e sconfinato; per quanto uno spingesse lo sguardo fino a dove gli era possibile, non vedeva niente di incoraggiante. Quando avevano rinchiuso Bigfoot, lui era in prigione per aver fatto cadere un cocomero. Aveva preso un cocomero da un banco e gli aveva dato un colpetto per vedere se era maturo, ma poi gli era caduto e si era sfracellato sui ciottoli. Il commerciante gli aveva chiesto dieci centesimi, ma lui ne aveva solo tre. Benché si fosse offerto di ripagarlo lavorando, il commerciante l'aveva fatto arrestare. Il cuoco della prigione di San Antonio si era ubriacato al punto da farsi schiacciare un piede da un carro e stava troppo male per cucinare. Avevano offerto il lavoro a Sam e lui l'aveva accettato; sapeva cucinare da quando aveva sei anni. A Bigfoot la sua cucina era piaciuta cosí tanto che l'aveva raccomandato al maggiore Chevallie, il quale aveva prontamente saldato il debito di sette centesimi e l'aveva preso con sé.

Adesso eccolo lí, nel territorio piú vasto che avesse mai visto, con un orizzonte cosí lontano che lo sguardo non voleva cercarlo e un sole cosí acceso che lo sopportava solo calandosi la visiera del vecchio berretto sugli occhi; cavalcava di fianco a una puttana seguendo una torma di bianchi irascibili che avevano deciso di dare la caccia alle capre. Almeno la puttana era amichevole, anche se mangiava tartarughe azzannatrici per colazione.

I ranger, con il giovane Gus in testa, si erano precipitati ai piedi della montagna solo per scoprire da vicino quello che Matilda aveva visto da lontano: la montagnola era troppo ripida per i cavalli, e forse anche per gli uomini. Ora che si trovavano sotto la rupe non vedevano nemmeno le capre; erano nascoste da rocce e massi, chissà dove sopra di loro. Inoltre i cavalli erano rimasti senza fiato per la corsa; la montagna che nell'aria limpida appariva vicinissima in realtà era a parecchie miglia di distanza. Quando i ranger smontarono, molti cavalli – ronzini macilenti, perlopiú – ormai incespicavano e tremavano.

Call non aveva mai visto una montagna, anche se conosceva le colline, naturalmente. Quella lí si ergeva dritta; se fossero saliti sulla cima, non sarebbero stati molto lontani dal cielo. Ma non erano sulla cima; erano giú in basso, vicino ad alcuni grossi massi che a un certo punto erano caduti giú rotolando nella pianura.

Come la maggior parte degli uomini, il maggiore Chevallie si era goduto immensamente quella pazza galoppata. Dopo tanta incertezza e preoccupazione era un sollievo lanciare il cavallo a tutta velocità nella pianura. Inoltre, se avessero abbattuto un paio di capre delle nevi, avrebbero avuto un po' di carne da mettere in pentola. Nella Virginia cacciava spesso – cervi piú che altro, qualche orso, e ovviamente oche e tacchini –, ma non aveva mai visto una capra delle nevi ed era impaziente di sparare un colpo prima che qualcun altro lo battesse sul tempo. Diversi uomini avevano già impugnato i fucili ed erano pronti a sparare.

Josh Corn smontò da cavallo e vomitò, in mezzo all'ilarità generale. Era di costituzione delicata; quando galoppava a lungo, non tratteneva mai la colazione: era un ostacolo a quella che sperava fosse una bella carriera nei ranger.

– Ragazzi, saliamo, – disse Bigfoot. – È improbabile che le capre cadano dalla montagna.

Long Bill Coleman era il pessimista del gruppo. Era troppo miope per vedere le capre; a dire il vero, oltre una certa altezza non vedeva bene nemmeno la montagna. Grazie a quella mancanza di fiducia nella caccia, il suo cavallo era in condizioni migliori degli altri. Mentre i compagni correvano a spron battuto, lui aveva tenuto il suo al piccolo galoppo. A differenza del resto della compagnia, non aveva dimenticato che nei dintorni c'erano i Comanche. Era piú interessato ad avere una cavalcatura abbastanza fresca da portarlo in salvo dai Comanche che a sparare alle capre. Nella sua esperienza, comunque, erano dure da masticare, piú che dure, nel caso di un vecchio caprone.

Matilda e Black Sam arrivarono al trotto ai piedi della rupe dove i cacciatori si stavano radunando. Il solo ad avventurarsi su per il pendio fu il giovane McCrae, che era salito di una trentina di metri quando la gamba ferita gli cedette all'improvviso.

– Attenti, sta cadendo, – disse Bob Bascom.

Call s'imbarazzò, perché l'amico stava veramente cadendo o meglio ruzzolando giú per il ripido pendio dov'era appena salito. Gus cercò di afferrare un cespuglietto per frenare la caduta, ma lo mancò e ruzzolò fino in fondo, fermandosi sotto al cavallo del maggiore Chevallie, che s'imbizzarrí subito. Il maggiore aveva lasciato andare le redini per regolare il mirino del fucile. Con sua somma irritazione, all'improvviso il cavallo scappò lanciandosi a ovest nella pianura.

– Stammi a sentire, giovane idiota, chi ti ha detto di salire? – sbottò. – Adesso mi hai fatto scappare il cavallo!

Gus McCrae era ammutolito per l'imbarazzo. Un momento stava salendo senza problemi, il momento dopo stava ruzzolando. Call era altrettanto imbarazzato. Il maggiore era paonazzo di rabbia. Con ogni probabilità avrebbe licenziato Gus su due piedi.

La scena però aveva un lato comico; alla vista di Gus che cadeva ruzzoloni molti ranger si erano messi a ridere dandosi pacche sulle cosce. Matilda sghignazzava e perfino Sam ridacchiava. Anche Call stava per scoppiare a ridere, ma si trattenne per riguardo dell'amico. Matilda rideva cosí forte che il suo cavallo Tom, solitamente placido, cominciò a saltellare e a comportarsi come se volesse disarcionarla.

– Accidenti, – disse Gus, cosí paralizzato dall'imbarazzo che non gli venne in mente nient'altro da dire. Benché fosse ruzzolato fino in fondo alla discesa, il fucile si era fermato a metà strada. Era incastrato contro una roccia venti metri piú in alto.

– Monta a cavallo, maledetto furfante, e va' a riprendere il mio prima che scompaia, – ordinò il maggiore. – Il fucile puoi recuperarlo quando torni.

Diversi ranger, tra cui Ezekiel Moody, guardavano il cavallo in fuga, in uno stato di grande ilarità. Rip Green si sbellicava cosí tanto che a stento si reggeva in piedi. A parte Gus e il maggiore, tutti si stavano godendo l'intermezzo comico, quando a un tratto videro il cavallo stramazzare a terra.

– La tana di un cane della prateria. Spero che non si sia rotto la zampa, – disse Johnny Carthage. Non aveva ancora finito di parlare che dalla montagna dietro di loro giunse l'eco di uno sparo.

– Altro che tana, gli hanno sparato, – disse Bigfoot.

Shadrach condusse immediatamente il proprio cavallo dietro uno dei massi piú grossi.

– Ossignore, e adesso? – esclamò il maggiore. Dalla sella aveva preso solo il fucile: le munizioni e tutta l'attrezzatura erano sul cavallo caduto.

Nessuno fiatò. La pianura di fronte a loro appariva deserta come quando l'avevano attraversata al galoppo. Non si vedeva nessuno. Due falchi volteggiavano in cielo. Il cavallo non si rialzò.

Pronti a tirare qualche schioppettata alle capre delle nevi, i ranger furono colti alla sprovvista. Dopo aver svuotato lo stomaco, il giovane Josh Corn aveva avvertito il bisogno di svuotare anche le viscere e si era allontanato di circa trenta metri costeggiando il pendio fino a una piccola macchia di artemisia; la maggior parte dei ranger non si faceva scrupoli a sbrigare i propri bisogni fisiologici davanti a tutti, ma lui gradiva un po' di riservatezza. Si era appena aperto i calzoni quando Gus era ruzzolato giú per la scarpata. Ma il suo bisogno era impellente; quando il cavallo del maggiore era scappato, lui era accovacciato tra i cespugli. Sentendo lo sparo, pensò che fosse solo uno dei ranger che aveva azzardato un tiro lungo contro una delle capre. Per un attimo i crampi alle viscere occuparono tutta la sua attenzione. Da quando si era riempito la pancia di acqua del Pecos lo affliggevano crampi talmente gravi che di tanto in tanto era costretto a smontare da cavallo e a espellere fluidi cosí salsi che al sole diventavano bianchi.

Josh rimase accovacciato, a svuotarsi di altri sali del Pecos. Non aveva fretta di tornare dagli altri; i crampi erano ancora forti, tanto forti che avrebbe potuto camminare solo piegato in due, diventando lo zimbello dei compagni. Inoltre gli bastava guardare la rupe per sapere che era troppo debole per salire molto. A meno che non avesse avuto un colpo di fortuna, qualcun altro avrebbe dovuto sparare alle capre.

Stava per strappare alcune foglie di artemisia per pulirsi quando scorse un movimento tra i cespugli a una quindicina di metri da lui. Vide solo il dorso di un animale; pensò che fosse un porco che attraversava il folto della piccola macchia di artemisia e chaparral. Subito allungò la mano verso la pistola. Di lí a un attimo il porco sarebbe comparso e lui aveva intenzione di scaricargliela addosso. Gli altri ranger corressero pure su per la montagna per sparare alle capre, se volevano; la carne l'avrebbe procacciata lui: carne di porco. Nel corso del viaggio da San Antonio avevano banchettato con diversi pecari. Alcuni erano duri, altri succulenti. Quando aveva tempo, Sam seppelliva l'intero animale per la notte, con la testa, la cotenna e tutto quanto, sotto un mucchio di braci. La mattina la carne era tenerissima; Sam disseppelliva l'animale e i ranger si godevano un buon pasto.

Buffalo Hump lo stava osservando. Quando il giovane ranger fece per prendere la pistola, si sollevò sulle ginocchia e scoccò una freccia appena sopra la cima dell'artemisia: Josh Corn lo vide solo per una frazione di secondo, poi la freccia gli perforò la gola e gli mozzò la trachea. Lasciò cadere la pistola e riuscí a prendere la freccia, ma cadde sul fianco stringendola e non sentí il coltello che gli tagliò la gola. Indietreggiando nell'artemisia, Buffalo Hump si trascinò dietro il cadavere sussultante. Kicking Wolf aveva appena sparato al cavallo del maggiore; tutti i ranger guardavano la pianura. Si erano dimenticati del ragazzo che svuotava le viscere tra i cespugli.

Buffalo Hump aveva legato il cavallo in una gola poco profonda. Non appena vi ebbe trascinato il morto, lo spogliò, gli tagliò i genitali e lo lanciò in groppa al cavallo. Dal taglio alla gola il sangue era già colato su tutto il tronco.

Buffalo Hump montò, ma si tenne basso. Con una mano reggeva il cadavere sanguinante sul posteriore del cavallo. Attese per vedere se i ranger avevano intenzione di montare in sella e andare a indagare sulla morte improvvisa del cavallo del maggiore. Li aveva osservati attentamente il giorno della tempesta di sabbia e pensava di conoscere le loro capacità. L'unico da tenere d'occhio era il vecchio Shadrach, che i Comanche chiamavano Coda d'orso. Il lungo fucile di Coda d'orso andava rispettato. Era raro che il vecchio sbagliasse un colpo. Bigfoot Wallace era forte e veloce, ma non un buon tiratore; rimpiangeva di non averlo ucciso il giorno della grande tempesta sul Clear Fork del Brazos. Il grasso maggiore sparava bene con la pistola, ma usava il fucile di rado.

Mentre Buffalo Hump aspettava, il sangue di Josh Corn colava lungo le zampe posteriori del cavallo e gli inzuppava i fianchi. Nella smania di uccidere le capre delle nevi – in realtà due ragazzi comanche con pelli di capra sulle spalle – i ranger avevano affaticato stupidamente i cavalli. Nella fretta avevano anche lasciato indietro la vecchia e il ragazzo senza lingua. Lui aveva già preso la vecchia e le aveva spuntato il naso per vendicare l'offesa al padre. Il ragazzo senza lingua l'aveva dato a Kicking Wolf, che l'avrebbe venduto come schiavo. E poi il mulo da soma era carico di munizioni; se si fossero messi a sparare, ben presto i ranger sarebbero rimasti a corto di proiettili. Lui si era infilato nella gola solo per osservarli da vicino, ma poi quel giovane avventato si era addentrato nell'artemisia per svuotare le viscere. Farlo fuori era stato piú facile che tendere una trappola a un cane della prateria o uccidere un tacchino.

Quando fu sicuro che i bianchi non sarebbero andati in gruppo a cercare chi aveva ucciso il cavallo del maggiore, Buffalo Hump si precipitò fuori dalla gola. Lanciò il suo grido di guerra piú forte che poté e passò al galoppo proprio davanti ai bianchi, continuando a reggere il cadavere insanguinato sul posteriore del cavallo. Vide una pallottola alzare la polvere ben lontano da lui. Il vecchio Coda d'orso tirava basso. Scivolò comunque sul fianco opposto del cavallo, tenendosi aggrappato alla criniera con una mano e al corpo dell'animale con una gamba. Il vecchio avrebbe continuato a sparare e forse non avrebbe sempre sparato basso.

Poi, ancora perfettamente visibile ai ranger, Buffalo Hump tornò in groppa, prese il cadavere di Josh Corn per un piede e lo lanciò per aria. Dopodiché si girò a fronteggiare i bianchi per qualche secondo, urlando la sua sfida. Quando vide i proiettili alzare la polvere sotto gli zoccoli del cavallo, si girò e si mise al sicuro cavalcando lentamente.

Ai piedi della ripida montagna, i ranger erano tramortiti e in preda al caos.

– Dov'è la vecchia? – chiese il maggiore. A un tratto ricordò che nella fretta di raggiungere la montagna erano partiti al galoppo abbandonando il mulo da soma che portava la vecchia e il ragazzo; ricordò anche che su quel mulo si trovava la maggior parte delle loro munizioni.

Si guardò intorno e vide che nessuno aveva sentito la sua domanda. I ranger erano corsi tutti a ripararsi dietro ai pochi massi e ai radi cespugli. Gus e Call erano rannicchiati dietro una roccia, ma non era un vero e proprio masso e non li nascondeva bene. Giravano gli occhi di qua e di là in cerca di una roccia piú grande, ma tutte quelle piú grandi avevano ranger rannicchiati dietro.

Il maggiore si nascose dietro l'altro mulo da soma, l'unica copertura disponibile.

Per come la vedeva Call, il grido che Buffalo Hump aveva lanciato galoppando nel deserto era molto peggio dei lamenti della vecchia comanche. Pulsava di odio, un odio tremendo. Quando il Comanche si girò a fronteggiarli e scagliò per aria un corpo nudo, bianco e striato di sangue, i due ragazzi rimasero sconvolti.

– Diamine, ha ucciso qualcuno, – disse Gus con voce tremante.

Call era piú colpito dall'atroce quantità di sangue sul cadavere. Chiunque fosse – e vedeva che era un bianco – ne aveva riversato un sacco.

– Dov'è il giovane Josh? – chiese Bigfoot; a un tratto aveva un brutto presentimento. – Non lo vedo da nessuna parte.

Ezekiel Moody trasalí: Josh Corn era il suo miglior amico. Si erano arruolati nei ranger per capriccio. Zeke passò in rassegna i vari ranger acquattati dietro i ripari di fortuna. Non vide traccia dell'amico.

– Diamine, era proprio qui, – disse, alzandosi. – Mi sa che è andato a fare la cacca, ha la mossa.

– Sciocco, – commentò il maggiore. Neanche lui vedeva il ragazzo e all'improvviso si sentí tremare le budella.

– Ha mal di pancia da quando ha bevuto quell'acqua salmastra, – protestò Zeke. Era sicuro che Josh non avesse fatto nulla di sbagliato.

– Non mi riferivo a Josh, – rispose il maggiore. Si riferiva a se stesso. Il balenare di una capra delle nevi – vista solo da Bigfoot, per giunta – li aveva spinti a quella folle carica e a sfinire i cavalli. Il pensiero della caccia era qualcosa con cui spezzare la monotonia del lento viaggio verso ovest. Be', adesso non c'era nessuna monotonia: i Comanche l'avevano spezzata definitivamente.

Ora si trovavano con le spalle contro una rupe, il suo cavallo era morto e forse anche un ragazzo.

– Mi sa che quello che ha lanciato per aria era Josh, – disse Bigfoot. – Mi sa che quel subdolo demonio l'ha preso.

– No, non può essere Josh! – esclamò Zeke, di colpo disperato. – È solo andato a fare la cacca in quei cespugli.

– Mi sa che l'ha preso, Zeke, – disse Bigfoot, con tono gentile. Sapeva che i ragazzi erano amici.

– Oh, no, tutto quel sangue, – disse Zeke. Prima che qualcuno potesse fermarlo, balzò in sella e si avviò verso il punto in cui Buffalo Hump aveva lanciato il cadavere.

– Che diavolo, dove va quello sbarbatello? – disse Shadrach. Si avvicinò, seccato con se stesso per essersi lasciato condurre in quel tranello. Quando aveva sparato a Buffalo Hump, non si aspettava di colpirlo, a meno di non avere fortuna, e non aveva intenzione di sprecare altri proiettili con quella speranza. Forse gli sarebbero serviti tutti, anzi era probabile.

Quando raggiunse il gruppo, gli parve di cogliere un movimento: il movimento era una freccia, che si conficcò con un colpo sordo nel cavallo di Bigfoot. Il cavallo nitrí e s'impennò. La freccia era arrivata dall'alto, dalla montagna.

– Sono sopra di noi! – gridò Shadrach. – Portate i cavalli fuori tiro!

– Oh, maledizione, non erano capre, erano Comanche! – esclamò Bigfoot, mortificato per essersi lasciato ingannare cosí facilmente. Trascinò il cavallo ferito piú lontano dalla montagna. Dall'alto piovevano frecce, anche se nessuno vedeva gli indiani che le scoccavano. Parecchi ranger spararono alla montagna, invano. Tre cavalli furono colpiti e Johnny Carthage il guercio si beccò una freccia nella coscia. A Call ne rimbalzò una sul gomito: sapeva di essere fortunato. I cavalli erano in preda al panico; non aveva tempo di pensare a nulla tranne che a non lasciar scappare il suo.

I ranger si ritirarono verso la macchia di artemisia dove era stato sorpreso Josh Corn. Fu Call, tirando per le briglie il cavallo che s'impennava, a individuare il punto insanguinato dove Josh era stato ucciso. Sapeva che quello era il sangue di Josh perché la merda per terra era bianca; da quando avevano attraversato il Pecos, il piú delle volte era bianca pure la sua.

– Guarda, – disse a Gus, che era appena dietro di lui.

Alla vista di tutto quel sangue fresco, all'improvviso Gus si sentí mancare le forze. Cadde in ginocchio e si mise a vomitare, lasciando andare le redini del cavallo. Il cavallo aveva una freccia conficcata nell'anca ed era nervoso; Call acchiappò le redini appena in tempo per impedirgli di scappare. Long Bill e Rip Green sparavano ai Comanche sulla montagna, anche se non li vedevano.

– Smettetela di sparare, idioti, – gridò Bigfoot. – Non colpirete un indiano che sta a trecento metri di altezza su una montagna!

Era molto avvilito. Avrebbe dovuto saper distinguere una pelle di capra con sotto un ragazzo comanche da una capra viva, e ci sarebbe riuscito se solo avesse avuto la pazienza di avvicinarsi un po' e osservare le capre al pascolo. La sua furia aveva condotto i ranger in trappola. Certo, non si aspettava quella corsa precipitosa per sparare alle capre, ma avrebbe dovuto: la maggior parte dei ranger avrebbe cavalcato mezza giornata pur di sparare a una preda qualunque, tanto piú a una preda insolita come una capra delle nevi.

Adesso un uomo era morto, diversi cavalli erano feriti, un ranger aveva una freccia nella gamba, Zeke Moody si era appena allontanato scioccamente e nessuno aveva la piú pallida idea di quanti indiani si trovassero ad affrontare. Ce n'erano parecchi sulla montagna e almeno due nella pianura, uno dei quali era Buffalo Hump, un avversario non da poco. Ma potevano essere in quaranta o anche di piú. Nella fretta di raggiungere la montagna non aveva prestato attenzione ai segni. Se non altro, Matilda e Sam non erano rimasti tagliati fuori. Dal momento che loro due erano sopravvissuti, probabilmente non avevano a che fare con un gruppo numeroso. Tuttavia, la perdita delle munizioni che si trovavano sul mulo da soma era grave.

Ora c'era da pensare a Ezekiel Moody, ancora in cerca del cadavere dell'amico. Bigfoot sapeva che, escludendo colpi di fortuna, di lí a poco Zeke sarebbe morto o finito prigioniero.

– Accidenti a quel ragazzo, lo prenderanno di sicuro, – disse il maggiore. Tutti i ranger, piú Sam e Matilda, erano stretti insieme nella piccola macchia di artemisia. Shadrach vide la gola dove Buffalo Hump aveva legato il cavallo e trovò la scia di sangue che aveva lasciato trascinando il cadavere di Josh Corn. Gus McCrae aveva ancora i conati di vomito. Non riusciva a smettere. La vista dell'indiano con la grossa gobba gli aveva ricordato la sua fuga atterrita; l'odore del sangue di Josh Corn gli rivoltava lo stomaco come una zangola. Sapeva che Buffalo Hump l'aveva quasi preso; la vista del cadavere striato di sangue gli aveva mostrato chiaramente che fine avrebbe fatto se l'indiano avesse scagliato la lancia con un po' piú di precisione. Sarebbe bastato un metro di differenza nella corsa e lui sarebbe morto come Josh.

Finalmente si alzò in piedi e si allontanò incespicando dal sangue; doveva ricomporsi per essere in grado di sparare nel caso i Comanche avessero sferrato un attacco.

Il maggiore Chevallie sentiva di aver preso una decisione stupida: doveva seguire il suo primo impulso e dirigersi a est. Rimpiangeva sempre di piú di non aver tentato la sorte con il giudice di Baltimora.

Adesso era intrappolato in un luogo esposto, con una gola poco profonda come unica copertura e un numero ignoto di selvaggi da affrontare. La speranza andava riposta nelle abilità dei due scout. Shadrach era tranquillo, benché infastidito, e Bigfoot era frastornato, senz'altro perché sapeva che la responsabilità di quel guaio era sua. La sua vista sopraffina non era bastata a svelare il trucco e impedire la corsa.

A disturbarlo piú di tutto era il caos che implicava combattere quegli indiani. Nella Virginia o anche nella Pennsylvania, se scoppiava una lite, di solito uno sapeva con chi si batteva e come procedere. Ma all'Ovest, con pochi sparuti uomini in mezzo a orizzonti sconfinati, era diverso. Gli indiani conoscevano il territorio sempre meglio dei bianchi; sapevano come usarlo, dove nascondersi, come sopravvivere in posti dove un bianco non avrebbe avuto alcuna possibilità di farcela. Nella Virginia nessuno sarebbe andato in giro con un cadavere nudo e insanguinato che ballonzolava sul posteriore del cavallo. Nella Virginia e nella Pennsylvania nessuno avrebbe gridato come aveva gridato Buffalo Hump.

Il tiratore nascosto nella pianura sparò un'altra volta e il cavallo di Zeke Moody rovinò a terra.

– Lo temevo, adesso lo ammazzano, quel giovane idiota, – disse Bigfoot.

Zeke non era ferito; non aveva sentito lo sparo e pensava che il cavallo fosse semplicemente inciampato. Ma il cavallo non si rialzò, e in un attimo Zeke capí che era morto. Subito si voltò e si mise a correre verso la montagna e i ranger. Ma non aveva fatto neanche dieci metri che Buffalo Hump comparve alle sue spalle, sul cavallo con i fianchi inzuppati del sangue di Josh Corn.

– Sarà meglio che andiamo ad aiutarlo, – disse Call, ma il vecchio Shadrach lo afferrò per il braccio prima che potesse muoversi.

– Maledizione, basta aiutare, – disse Shadrach. – Non sappiamo in quanti sono. Se non restiamo uniti, di noi non ne rimarrà nemmeno uno.

– Il ragazzo non ha speranze comunque, – disse il maggiore, cupo. – Dovevo sparare al cavallo prima che si allontanasse troppo. Cosí l'avremmo salvato.

I ranger guardavano impotenti la corsa disperata di Ezekiel Moody. Il maggiore aveva ragione. Non aveva speranze. Il vecchio Shadrach puntò il lungo fucile, nel caso Buffalo Hump si fosse spinto per sbaglio a portata di tiro, ma non ci contava e infatti non sparò.

– Spero che si ricordi quello che ho detto su come uccidersi, – disse Bigfoot. – Farebbe meglio a smettere di correre e ad ammazzarsi. Sarebbe la cosa piú facile.

Ezekiel Moody ebbe lo stesso pensiero. Correva piú veloce che poteva, ma quando si guardò indietro vide che l'indiano con la grossa gobba lo stava raggiungendo alla svelta. Il cuore gli batteva cosí forte per la paura che temeva gli scoppiasse. Quando il cavallo era stramazzato, aveva appena trovato il cadavere di Josh Corn. Aveva visto il grosso cappuccio rosso di sangue dove prima c'era lo scalpo. Aveva anche visto la freccia insanguinata che gli spuntava dalla gola.

Tuttavia, aveva paura di fermarsi e cercare di uccidersi. Aveva paura che il Comanche gli piombasse addosso senza dargli il tempo di estrarre la pistola. Inoltre, era abbastanza vicino ai ranger perché uno di loro colpisse Buffalo Hump con un tiro fortunato o lo costringesse a deviare. Il vecchio Shadrach aveva fama di aver eseguito alcuni tiri notevoli; se avesse continuato a correre, magari uno dei ranger avrebbe messo a segno un buon tiro lungo.

Poi all'improvviso cambiò idea e si arrese. Si fermò e cercò di tirare fuori la pistola e di puntarsela contro l'occhio, seguendo le istruzioni di Bigfoot. L'indiano sul cavallo insanguinato gli era quasi addosso, doveva essere veloce.

Dopo aver estratto la pistola, però, si girò a guardare l'indiano che caricava e la pistola gli cadde dalla mano sudata. Prima che potesse recuperarla, il cavallo e l'indiano erano lí: aveva fallito, era stato preso.

Buffalo Hump si chinò ad afferrare il ragazzo terrorizzato per i lunghi capelli neri. Fermò il cavallo con uno strattone, sollevò Zeke Moody per aria e con il coltello gli incise la pelle appena sopra le orecchie. Poi si voltò e passò al galoppo davanti ai ranger stretti insieme, trascinando Zeke per i capelli. Quando il cavallo accelerò, lo scalpo venne via e Zeke cadde, libero. Giratosi un'altra volta, Buffalo Hump innalzò lo scalpo insanguinato. Poi si voltò e se ne andò lentamente, al passo, per mostrare il suo disprezzo per la mira dei ranger. Teneva in alto lo scalpo insanguinato.

Ezekiel Moody arrancava tra l'artemisia e i cactus, urlando per il dolore. Gli colava tanto di quel sangue sugli occhi che non ci vedeva. Voleva tornare indietro a prendere la pistola, per uccidersi, ma Buffalo Hump l'aveva trascinato lontano da dove gli era caduta. Quasi non ci vedeva per il sangue. Soffriva troppo per tornare indietro. Riusciva solo ad avanzare, urlando di dolore quasi a ogni passo.

Shadrach mirò al Comanche con la grossa gobba che si allontanava. Poi prima di sparare alzò un po' la canna. Era un vecchio trucco da cacciatori di bisonti, ma non funzionò. Buffalo Hump era fuori tiro e Zeke Moody aveva perso lo scalpo e urlava di dolore.

– Nessuno va a prendere Zeke? – chiese Matilda. Turbata dalle urla, si era messa a piangere. In tempi tranquilli, a San Antonio, a volte Zeke si era seduto a suonare l'armonica per lei. – Qualcuno deve aiutarlo, è gravemente ferito.

– Matilda, Zeke può arrivare fino a qui da solo. Quando è piú vicino, lo andiamo a prendere, – disse il maggiore. – Non doveva lasciare la compagnia. Il giovane Corn sarebbe vivo, se non l'avesse fatto.

Il maggiore era molto seccato per la brutta situazione in cui si trovava. I cacciatori di scalpi avevano disertato, i due prigionieri erano perduti, un giovane ranger era morto e un altro menomato; Johnny Carthage aveva una freccia nella gamba che nessuno era ancora riuscito a estrarre; inoltre avevano perso due cavalli, un mulo da soma e quasi tutte le munizioni. Le cose avevano preso una pessima piega. Ancora non sapeva quanti indiani si trovassero ad affrontare: l'unico a mostrarsi era il capo, Buffalo Hump, che aveva passato la mattina a divertirsi in modo sanguinario a loro spese.

– Be', che allegria, – disse Bigfoot. – Mentre noi scorrazzavamo come polli, Buffalo Hump ci tagliava la testa.

– Su, a Zeke non ha tagliato la testa, solo i capelli, – lo corresse Bob Bascom. Aveva un carattere pratico e disapprovava le affermazioni imprecise, per quanto spiritose.

– Quest'inverno Zeke dovrà tenersi il cappello, – continuò Bigfoot. – Farà paura alle donne, adesso che l'hanno scotennato.

– A me non fa paura, è soltanto un ragazzo, – disse Matilda. La passività degli uomini la disgustava al punto che s'incamminò per andare ad aiutare Zeke.

– Fermati, Matty, ci manca solo che ammazzino anche te, – la richiamò il maggiore.

Matilda lo ignorò. Gli ufficiali grassi non le erano mai piaciuti e questo era cosí grasso che quando le faceva visita aveva difficoltà a tirare fuori l'arnese da sotto la pancia. In ogni caso, non aveva mai permesso a un soldato, grasso o no, di darle ordini.

Inginocchiati uno accanto all'altro, Call e Gus stringevano forte le redini dei cavalli. Tutti e due vedevano Zeke, che aveva la faccia e il corpo completamente rossi.

– Mi sa che morirà, senza scalpo, – disse Call.

– Non sapevo che le persone contenevano tutto quel sangue, – disse Gus. – Credevo che dentro avevamo piú che altro ossa.

Call non lo ammise, ma aveva la stessa convinzione; da quanto aveva visto quella mattina, però, sembrava che le persone fossero solo sacchi di sangue a cui erano attaccati braccia e gambe.

– Stammi vicino, – disse Gus. – Qui intorno potrebbero esserci altri di quei subdoli demoni.

– Ti sto *già* vicino, – rispose Call, continuando a pensare al sangue. Di tanto in tanto, lavorando per il vecchio maniscalco, si era tagliato, talvolta in profondità, con la lama di una sega o di un coltello. Ma quello che aveva visto negli ultimi minuti era diverso. Il terreno su cui Josh era stato ucciso era zuppo come se fosse caduta una pioggia rossa. Gli ricordava il retro del banco del macellaio a San Antonio, dove uccidevano e appendevano a dissanguarsi capre e bovini.

Adesso Zeke, che fino a pochi minuti prima era un uomo sano, barcollava senza scalpo. Se Buffalo Hump fosse stato un poco piú veloce nell'inseguirlo, Gus avrebbe avuto lo stesso aspetto di Josh e Zeke.

A San Antonio chiunque, che fosse un famoso cacciatore d'indiani come Bigfoot o un contadino venuto in città a fare rifornimenti, riportava storie di atrocità indiane; lui sapeva da un pezzo che combattere gli indiani lungo l'aspra frontiera tra il Brazos e il Pecos era un mestiere sanguinoso e violento. Ma sentirne parlare e vederlo erano cose diverse. Fare il ranger doveva essere un'avventura, ma quella non era solo un'avventura. Era lotta e morte, entrambe violente. Sentirne parlare e vederlo accadere erano cose diverse.

– Adesso ci toccherà stare in guardia tutto il tempo, – disse Gus. – Non possiamo piú andare a caccia di porci. Dobbiamo stare in guardia. Quegli indiani sono troppo bravi a nascondersi.

Call sapeva che era vero. Aveva lanciato un'occhiata a Josh Corn proprio mentre si abbassava i calzoni per cacare e non aveva visto nulla di preoccupante, solo alcuni cespugli di artemisia. Eppure l'indiano con la gobba che aveva inseguito e quasi acciuffato Gus era nascosto lí. Non solo: era anche riuscito a uccidere Josh e a mutilarlo senza fare alcun rumore, a pochi metri di distanza dai ranger e da Matilda.

Fino a quella mattina Call non si era mai sentito davvero in pericolo, nemmeno quando, seduto intorno al fuoco, aveva ascoltato le urla del messicano torturato. Il messicano era un uomo solo, mentre loro erano una compagnia di ranger. Nessuno sarebbe entrato nel campo a infastidirli.

Ora però era successo: un indiano era arrivato a un tiro di sasso e aveva ucciso Josh Corn. Lo stesso indiano aveva acchiappato Zeke e l'aveva scalpato con la stessa rapidità con cui il cuoco Sam avrebbe tirato il collo a un pollo.

Gus McCrae avrebbe voluto che gli si placasse il rimescolio allo stomaco. Non aveva fiducia nelle sue capacità di tiro, non oltre una certa distanza, e sentiva di essere in una situazione che forse gli avrebbe richiesto di sparare bene, il che non sarebbe stato facile, non con lo stomaco sottosopra. Voleva essere saldo, ma non lo era.

Un altro pensiero che lo opprimeva era che fino a quel

momento era riuscito a vedere un indiano solo: Buffalo Hump. Quando alzava gli occhi sulla montagna, non vedeva quelli che avevano scoccato le frecce e, quando guardava la pianura, non vedeva quello o quelli che avevano sparato al cavallo del maggiore e poi a quello di Ezekiel.

Senza motivo, proprio mentre si sentiva assalire da altri conati, ricordò la conversazione tra Shadrach e il maggiore riguardo alle centinaia d'indiani forse in procinto di attaccare il Messico. Adesso che aveva visto con i propri occhi cosa erano in grado di fare uno o due di loro, era difficile restare calmi all'idea di centinaia di Comanche. Dando Zeke per spacciato, la loro piccola compagnia era già ridotta a dieci uomini. Non sarebbero stati necessari centinaia d'indiani per annientarli. Ne sarebbero bastati tre o quattro, forse meno. Buffalo Hump poteva farcela anche da solo, se si ostinava.

– Secondo te in quanti sono? – chiese a Call, che stringeva la canna del fucile cosí forte che sembrava sul punto di appiattirla.

Call pensava le stesse cose. Se i Comanche erano in tanti, sarebbe stata una fortuna se fosse sopravvissuto anche solo uno di loro.

– Io non ho visto che lui. Ce ne saranno altri, però. Qualcuno ha sparato ai cavalli.

– Quello non è difficile. Chiunque può colpire un cavallo.

– Gli hanno sparato mentre galoppavano e li hanno uccisi tutti e due. Chi ha detto che è facile? I cavalli non si sono piú neanche mossi.

– Sulla montagna saranno tantissimi. Ci hanno tirato un sacco di frecce. Strano che non hanno preso Matilda. È il bersaglio piú grosso.

Per come la vedeva Call, quel commento era un esempio del modo di ragionare poco pratico dell'amico. Matilda Roberts non era nemmeno armata. Un combattente dotato di buonsenso prima avrebbe cercato di far fuori gli uomini armati e poi si sarebbe preoccupato delle puttane.

– Dovrebbero mirare a Shadrach e Bigfoot. Sono loro i combattenti migliori.

– Conto di dargli del filo da torcere, se riesco a vederli, – disse Gus, chiedendosi se sarebbe riuscito a essere di parola. Aveva lo stomaco ancora parecchio sottosopra. – Per me, non ce ne sono piú di cinque o sei, – aggiunse, piú che altro per parlare. Quando non parlava, cadeva in preda a pensieri sgradevoli, per esempio domandarsi come ci si sentiva a essere scotennati come Zeke.

– Come fai a saperlo? – chiese Call. – Magari ce ne sono un sacco nascosti in una gola e noi non li vedremmo mai.

– Se erano in tanti, venivano ad ammazzarci.

– Matilda ha quasi recuperato Zeke.

Quando Matilda finalmente lo raggiunse, il ragazzo ferito era caduto in ginocchio e raspava tra la polvere in cerca della pistola.

– Eccomi, Zeke, sono qui, – disse Matilda. – Sono venuta a riportarti al campo.

– No, devo trovare la pistola, – rispose Zeke, stupito che Matilda fosse andata a prenderlo. – Devo trovarla, perché quel tizio grande e grosso potrebbe tornare. Devo fare quello che ha detto Bigfoot: infilarmela nell'occhio e sparare prima che torni.

– Non tornerà, Zeke, – disse Matilda, cercando di farlo alzare in piedi. – Se ti voleva, ti portava via –. Per un attimo, vedendo la testa del ragazzo, ebbe il voltastomaco. Aveva visto diversi uomini buscarsi una pallottola o una coltellata durante una rissa, ma non aveva mai dovuto guardare una ferita cosí grave. Sembrava che a Zeke Moody fosse crollata anche la faccia: doveva essere lo scalpo a tenerla su.

– Forza, andiamo, – disse, riprovando ad alzarlo.

– Lasciami stare, aiutami solo a trovare la pistola, – rispose Zeke. – Non dovevo scappare. Dovevo uccidermi, come aveva detto Bigfoot. Dovevo fermarmi e farlo.

Matilda lo prese per le ascelle e lo tirò su. Una volta rimesso in piedi, Zeke camminava abbastanza bene.

– La pistola non c'è, Zeke. Torniamo dai ragazzi. E non stai morendo. Ti hanno solo scuoiato la testa.

– No, non lo sopporto, Matty. Mi sembra di avere la testa in fiamme. Sparami e basta, Matty. Sparami e basta.

Matilda ignorò suppliche e lamenti e, un po' accompagnandolo, un po' trascinandolo, lo riportò verso la compagnia. A circa cinquanta metri dal campo, furono soccorsi dal giovane Call. Era un lavoratore volenteroso, che già diverse volte l'aveva aiutata con piccole incombenze. Quando vide la testa di Ezekiel Moody, sbiancò. Gus McCrae andò a dare una mano e, non appena arrivò, Zeke svenne per il dolore e lo shock. Ora che non dovevano piú ascoltarne gemiti e singhiozzi, occuparsi di lui diventò piú facile. In poco tempo furono tutti e tre coperti di sangue, ma lo riportarono al campo e lo misero sdraiato accanto a Sam, a cui sarebbe toccato medicarlo, per quanto possibile.

– Dio onnipotente! – esclamò Long Bill, quando vide la chiazza rossa sulla testa di Ezekiel.

Johnny Carthage attaccò a vomitare, mentre Bob Bascom si allontanò con gambe tremanti. Il maggiore Chevallie diede un'occhiata alla testa del ragazzo e si girò dall'altra parte.

Bigfoot e Shadrach si guardarono. Avrebbero preferito che il ragazzo si fosse ammazzato. Se volevano sopravvivere, dovevano muoversi in fretta e in silenzio, obiettivi difficili quando ci si portava dietro un uomo scotennato.

Sam si accovacciò accanto al ragazzo e tolse un po' del sangue con un pezzo di tela da sacchi. Non avevano acqua di riserva; ce ne sarebbe voluto un secchio per lavare bene una ferita simile, e non ce l'avevano.

– Dobbiamo dargli un cappello, – disse. – O le mosche si poseranno sulla ferita.

– Quanto ci metterà a fare la crosta? – chiese il maggiore.

Sam guardò di nuovo la ferita e la pulí ancora un po'.

– Quattro o cinque giorni, se non muore prima.

Shadrach scrutò il deserto, cercando di farsi un'idea della posizione e del numero dei Comanche. Dovevano essercene tre sulla montagna, e probabilmente almeno altri tre da qualche parte nella pianura. Secondo lui, non era stato lo stesso guerriero a uccidere i due cavalli. Ma potevano essercene altri, lo sapeva benissimo. A sud la montagna si protendeva a formare un piccolo sperone, abbastanza alto da nascondere una banda consistente. Se erano fortunati, i guerrieri non erano piú di sette o otto, all'incirca il numero consueto per una banda di razziatori comanche. Nel caso in cui fossero stati molti di piú, probabilmente li avrebbero travolti mentre erano sparpagliati nella corsa verso la montagna. A quel punto sarebbe stato facile dividerli e farli fuori.

– Dubito che siano piú di dieci, – disse Bigfoot. – Se erano in tanti, i nostri cavalli fiutavano i loro. Scalciavano e sbuffavano.

– Non gli servono piú di dieci uomini, – replicò Shadrach. – Il gobbo è con loro.

Bigfoot non rispose. Pensava di saper sopravvivere in quelle terre selvagge al pari di chiunque altro, e non temeva nessuno; ma c'era un certo numero di uomini che rispettava abbastanza per starci attento e Buffalo Hump era sicuramente tra questi. Si considerava un esperto delle pianure; tra il Sabine e il Pecos non c'erano molti tratti con cui non avesse familiarità, e a nord si era spinto fino all'Arkansas. Credeva di conoscere bene il territorio, eppure non aveva individuato la gola dove Buffalo Hump aveva nascosto il cavallo prima di uccidere Josh Corn. Né aveva mai visto o ritenuto possibile vedere un uomo scalpato vivo, anche se aveva sentito parlare di un paio di uomini che erano stati scotennati ed erano ancora lí a raccontarlo. Quelle terre selvagge riservavano sempre sorprese, sempre nuove cose da imparare.

Il maggiore Chevallie osservava nervoso gli scout. Aveva un mal di testa lancinante e la febbre, per giunta. La vita militare non si addiceva alla sua costituzione, ed essere perseguitato dai Comanche ancora meno. La metà della compagnia vomitava o si reggeva a malapena in piedi, se per la paura o per l'acqua cattiva non lo sapeva. Mentre rimuginava sulla mossa successiva, vide Matilda avventurarsi un'altra volta tra i cespugli di artemisia, incurante come se camminasse per una strada di San Antonio.

– Ehi, Matilda, non puoi andartene cosí, non siamo su un viale.

– Vado a prendere Josh. Non ho intenzione di lasciarlo lí, in pasto ai parassiti. Se qualcuno intanto scava una fossa, lo riporto indietro e ce lo metto dentro.

Matilda non aveva fatto venti metri che gli indiani comparvero da dietro lo sperone di roccia. Erano nove in tutto, con Buffalo Hump in testa.

Il maggiore Chevallie rimpianse il binocolo rimasto sul cavallo che era stato ucciso.

Quando comparvero gli indiani, diversi ranger spianarono i fucili, ma Bigfoot gli urlò di non sparare.

– A questa distanza non colpireste la maledetta montagna, tanto meno gli indiani. E poi stanno andando via.

Infatti il gruppetto di indiani a cavallo passò davanti alla postazione dei ranger a passo lento. Andavano a est, senza alcuna fretta. Cavalcavano lentamente verso il Pecos. Ormai Matilda era a piú di cento metri dal campo, per cercare il cadavere di Josh Corn, ma non guardò gli indiani e loro non guardarono lei.

Call e Gus rimasero a osservare, uno accanto all'altro. Non avevano mai visto una banda di indiani in movimento. Certo, a San Antonio c'erano alcuni indiani di città, quasi sempre ubriachi. Ogni tanto ne vedevano uno di stampo diverso, uno che sembrava capace di gesti selvaggi.

Ma anche quelli turbolenti non assomigliavano affatto agli uomini che Call e Gus vedevano ora: guerrieri comanche che cavalcavano a proprio agio nel loro territorio. Quelli erano diversi da chiunque i due giovani ranger avessero mai visto. Erano selvaggi, ma abili. Buffalo Hump aveva tenuto un cadavere sul posteriore del cavallo al galoppo con una mano sola. Aveva scotennato Zeke Moody senza nemmeno smontare. Erano indiani selvaggi e cavalcavano nel loro territorio. Non avevano le stesse regole dei bianchi, e neppure lo stesso modo di pensare. Guardarli andarsene ebbe un effetto potente su entrambi i giovani. Nessuno dei due parlò fino a quando i Comanche non furono quasi spariti alla vista.

– Per fortuna erano pochi, – disse infine Gus. – Mi sa che non li battevamo se ce n'erano molti altri.

– Non possiamo batterli, – disse Call.

Proprio in quel momento, Buffalo Hump si fermò, alzò di nuovo i due scalpi e lanciò il suo grido di guerra, che echeggiò riflesso dalla montagna alle spalle dei ranger.

Call, Gus e quasi tutti i ranger puntarono i fucili e alcuni spararono, anche se il capo comanche era di gran lunga fuori dalla portata di tiro.

– Se eravamo in battaglia ed era questione di vita o di morte, potevamo, – disse Gus. – Se era questione di vita o di morte, non volevo morire.

– Se era questione di vita o di morte, morivamo, – disse Call. Ciò che aveva visto quella mattina l'aveva privato della fiducia che in precedenza riponeva nelle capacità di combattimento dei ranger. Forse se la sarebbero cavata in uno scontro con i messicani o con i bianchi. Ma vedere come guerreggiavano i Comanche – e oltre allo scotennamento di Zeke Moody aveva visto soltanto Buffalo Hump che scagliava la lancia, una scena fugace nel bagliore di un lampo – l'aveva convinto non solo sul piano mentale ma anche a livello delle viscere e del midollo che non sarebbero sopravvissuti a un vero attacco. Forse Bigfoot e Shadrach conoscevano le pianure abbastanza bene da scappare, ma lui e gli altri sarebbero morti.

– Tre di loro a caso ci fanno fuori tutti. Quello con la gobba probabilmente ce la faceva da solo, se voleva.

Gus McCrae non rispose. Aveva paura e non gli piaceva neanche un po'. Non era tanto la paura che provava in quel momento, quanto il fatto che non sapeva se avrebbe mai provato altro. Aveva bisogno di andare di corpo – ce l'aveva da un po' –, ma aveva paura di farlo. Non voleva allontanarsi da Call piú di due o tre passi. Josh Corn aveva fatto solo pochi passi – pochissimi – e adesso Buffalo Hump sventolava il suo scalpo per aria. Sventolava anche quello di Ezekiel, e Zeke non aveva fatto altro che allontanarsi di poco dal campo. Inoltre lui si trovava piú o meno dove Josh era stato ucciso. Guardandosi intorno, non capiva come facesse a nascondersi lí anche solo una lucertola, tanto meno un indiano, eppure Buffalo Hump ci era riuscito.

A un tratto Gus si rese conto con imbarazzo che gli tremavano le ginocchia. Sentí un rumore insolito e ci mise un attimo a capire che erano le sue ginocchia che sbattevano. Non gli era mai successo, neanche lontanamente. Si guardò intorno, sperando che nessuno se ne fosse accorto e nessuno se n'era accorto. Gli uomini guardavano ancora i Comanche. Erano tutti spaventati: si vedeva. Forse il vecchio Shadrach no, e forse nemmeno Bigfoot, ma gli altri perlopiú erano scossi come lui. Non lo era neppure Matilda: tornava indietro con il cadavere di Josh Corn tra le braccia.

Gus guardò Call, un ragazzo della sua età. Avrebbe dovuto tremare proprio come lui, ma stava solo guardando gli indiani. Magari non era contento della situazione, ma non tremava. Guardava fermo i Comanche. Anche se aveva il fucile pronto, piú che altro li studiava.

– Non mi piacciono, – disse Gus, con veemenza. Non gli piaceva che ci fossero uomini in grado di spaventarlo al punto da mettergli addirittura paura di cacare. – Vorrei avere un cannone. Se eravamo meglio armati, ci lasciavano in pace.

– Siamo meglio armati di loro, – disse Call. – Lui ha ucciso Josh con una freccia e scotennato Zeke con il coltello. Dalla montagna ci hanno attaccato con le frecce. Se sparavano con il fucile, ci ammazzavano tutti o quasi.

– Ne hanno almeno uno, però. Hanno sparato ai cavalli.

– Se anche avevamo dieci cannoni, non cambiava niente. Non li vedevamo neanche, come facevamo a colpirli? Mi sa che non rimanevano lí a guardare mentre caricavamo un cannone e gli sparavamo. Nel frattempo arrivavano a metà strada per il Messico.

Ormai i Comanche erano solo puntini in lontananza.

– Non ho mai visto gente simile, – continuò Call. – Non sapevo com'erano fatti gli indiani selvaggi. Quelli sono Comanche.

Gus non sapeva cosa volesse dire. Certo che erano Comanche. A corto di risposte, tacque.

Dopo che Buffalo Hump e i suoi uomini furono scomparsi, la compagnia si rilassò un poco; proprio allora partí uno sparo.

– Ossignore, si è ammazzato! – disse Rip Green.

Zeke Moody era riuscito a sfilare la pistola di Rip dalla fondina e si era sparato. Il sangue era schizzato sulla gamba del calzone di Rip.

– Ossignore, guarda qui, – si lamentò lui. Si chinò e cercò di pulirsi con una manciata di sabbia.

Il maggiore Chevallie provò sollievo. Il ragazzo scotennato avrebbe rallentato il viaggio e con ogni probabilità sarebbe comunque morto d'infezione. Anche Johnny Carthage sarebbe stato fortunato a evitarne una; Sam aveva dovuto tagliare fino all'osso per estrarre la freccia. Durante l'intervento Johnny aveva strillato, ma Sam aveva fasciato bene la ferita e adesso Johnny stava aiutando Long Bill a scavare una fossa poco profonda per il giovane Josh.

– Adesso vi tocca scavarne un'altra, – li informò il maggiore.

– Che diamine, erano amici, che dormano insieme nell'aldilà, – disse Bigfoot. – È troppo sassoso qui per scavare tante fosse.

– Non sono tante, solo due, – disse il maggiore e fu irremovibile. Per come la vedeva lui, il minimo che un guerriero caduto meritasse era una fossa tutta per sé.

Quando capí quello che aveva fatto Zeke, Matilda scoppiò a piangere. Le grosse spalle le tremavano tanto che per poco non le cadde il cadavere di Josh.

– Matty è forte, – disse Shadrach ammirato. – Ha portato il cadavere per quasi cinquecento metri.

Matilda singhiozzò per tutta la durata della sepoltura e della piccola cerimonia, che consisté in un padrenostro recitato dal maggiore. Entrambi i ragazzi le avevano fatto visita parecchie volte; li ricordava con affetto perché i ragazzi avevano una dolcezza che non durava a lungo quando diventavano uomini. Secondo lei, meritavano di meglio che una fossa poco profonda accanto a una montagna oltre il Pecos, una fossa che i parassiti non avrebbero rispettato a lungo.

– Credete che Buffalo Hump se ne sia andato? – chiese il maggiore a Bigfoot. – O sta solo giocando con noi?

– Per adesso se ne sono andati, – rispose Bigfoot. – Non credo che ci daranno piú fastidio, se non facciamo sciocchezze.

– Forse i cacciatori di scalpi li uccideranno, – suggerí Long Bill. – Uccidere gli indiani è un lavoro da cacciatori di scalpi. Kirker e Glanton dovrebbero darsi da fare e portarlo a termine.

– È meglio che torniamo indietro, – disse il maggiore. – Abbiamo perso due uomini, due cavalli e quel mulo.

– E le munizioni, – gli ricordò Shadrach.

– Sí, dovevo spostarle, – ammise il maggiore. Sospirò, guardando a ovest, poi con rimpianto aggiunse: – La strada la tracciamo un'altra volta.

Gli scout non commentarono.

– Evviva, torniamo indietro, – disse Gus a Call, quando la notizia fu annunciata.

– Se ce lo permettono, sí, – rispose Call. Guardava la

pianura dove si erano allontanati i Comanche, pensando a Buffalo Hump.

La terra di fronte a loro, che sembrava vuota, non lo era. Lí c'era un popolo che conosceva il vuoto meglio di lui; lo conosceva anche meglio di Bigfoot e Shadrach. Lo conosceva e lo rivendicava come suo. Era il popolo del vuoto.

– Sono contento di averli visti, – disse.

– Io no, – ribatté Gus. – Zeke e Josh sono morti, e io l'ho scampata per un soffio.

– Sono comunque contento di averli visti, – ripeté Call.

Quel giorno al crepuscolo, mentre si spostavano con prudenza verso est, trovarono la vecchia comanche che vagava in mezzo all'artemisia. Le mancava un pezzetto della narice destra.

Del ragazzo senza lingua non c'era traccia. Quando chiesero alla vecchia che fine avesse fatto, lei si lamentò e indicò in direzione nord, verso il *llano*. Black Sam la aiutò a salire dietro di lui sul mulo e proseguirono lentamente verso il Pecos.

Parte seconda

6.

– Dov'è Santa Fe? – chiese Call, quando sentí che si preparava una spedizione per conquistare la città. Gus McCrae aveva appena saputo la notizia ed era corso a informarlo il piú in fretta possibile, in modo che fossero fra i primi ad arruolarsi.

– Dicono che sarà Caleb Cobb a guidare la compagnia, – disse Gus.

Per Call quel nome era fumoso tanto quanto il posto. Gli sembrava di aver sentito nominare varie volte un posto chiamato Santa Fe, ma a quanto ricordava non aveva mai sentito nominare Caleb Cobb.

Gus, che stava tinteggiando un saloon quando aveva ricevuto la notizia, era emozionatissimo, ma parco di dettagli.

– Diamine, lo sanno tutti chi è Caleb Cobb, – disse, benché in realtà fosse un nome nuovo anche per lui.

– No, non tutti, perché io non lo so. È un soldato o cosa? Non mi arruolo se devo lavorare per un altro soldato.

– Caleb Cobb è quello che ha preso il vecchio Santa Anna, credo. A volte fa il soldato e a volte no. Ho sentito che ha combattuto gli indiani con Sam Houston in persona.

Quest'ultima affermazione era una bugia bella e buona, ma era una bugia con uno scopo serio, e lo scopo era vincere l'ostinato scetticismo di Woodrow Call e invogliarlo a unirsi alla spedizione che stava per andare alla conquista di Santa Fe.

Call aveva ancora quattro muli da ferrare e non era in vena di discutere. Da quando la piccola compagnia era tornata a San Antonio, non c'erano state altre missioni, anche se lui e Gus ricevevano ancora la paga da ranger.

L'ozio non si addiceva a Call; di tanto in tanto dava ancora una mano al vecchio Jesús con la ferratura. Gus McCrae non faceva quasi nulla, tranne che andare a puttane; con ogni probabilità era stato un ruffiano di nome Redmond Dale, proprietario dell'ultimo saloon aperto a San Antonio, a convincerlo a tinteggiare: quasi sicuramente gli aveva offerto come incentivo servizi gratis. Quando non era in un bordello, di solito Gus era in prigione. Senza lavoro, aveva sviluppato la tendenza a bere, e bere lo rendeva polemico. In pratica non passava giorno senza che si cacciasse in una rissa, finendo di norma per picchiare tre o quattro cittadini sobri e per farsi trascinare in galera. Anche quando non menava le mani, gridava, sparava con la pistola e in generale disturbava la quiete pubblica.

– Comunque, dobbiamo arruolarci il prima possibile, – disse Gus. – Per farlo bisogna andare a Austin. Io di sicuro non voglio perdermela, questa spedizione. Vuoi toglierti quei maledetti chiodi dalla bocca e parlarmi?

Al momento Call aveva in bocca quattro chiodi da ferro di cavallo. Per accontentare l'amico se li tolse e posò un attimo a terra lo zoccolo del mulo.

– Ancora non so dov'è Santa Fe. Non voglio unirmi a una spedizione senza sapere dove va.

– Non vedo perché no, – disse Gus, seccato dall'abitudine dell'amico di fare troppe domande. – I ranger ci vanno tutti. Long Bill è già andato ad arruolarsi e Bob Bascom sta per partire. Johnny Carthage muore dalla voglia di aggregarsi, ma ormai è storpio, dubito che lo prenderanno.

La ferita provocata dalla freccia comanche non si era rimarginata bene. Johnny il guercio camminava ancora, ma non era veloce e, se avesse dovuto correre, sarebbe stato in grave svantaggio.

– Secondo me Santa Fe è dove siamo andati la prima volta, solo piú lontano, – commentò Call.

– Be', sí, forse è da quella parte, – concesse Gus. Lo imbarazzava ammettere di non sapere granché del posto che la grande spedizione imminente si apprestava a conquistare.

– Gus, se è piú lontano di dove siamo andati la prima volta, non ci arriveremo mai. E se anche ci arriviamo, cosa ti fa credere che la prenderemo?

– Certo che la prenderemo, che diamine! Accidenti, perché sei cosí dubbioso?

Call fece spallucce e sollevò di nuovo lo zoccolo del mulo.

– È una città messicana, difesa solo da messicani, – insisté Gus. – Certo che la prendiamo, e alla svelta. Non credo proprio che Caleb Cobb si lascerà sconfiggere da un branco di messicani!

– Se con noi c'era qualcuno in grado di trovare il posto, forse venivo. Bigfoot viene?

– Immagino di sí, certo che viene, – rispose Gus, anche se qualcuno gli aveva detto che Bigfoot Wallace era andato a caccia di orsi.

– Secondo me non sai nulla. Hai sentito parlare qualcuno e adesso vuoi andare a combattere. Per quel che ne sai, Santa Fe è a duemila miglia di distanza. Manco ho un cavallo in grado di andare cosí lontano.

– Oh, i cavalli ce li procurano loro. Dicono che a Santa Fe ci sono mucchi d'oro e d'argento ovunque. Girando per le strade ne prenderemo abbastanza da comprarci cinquanta cavalli.

– Saresti pronto a credere a qualunque cosa. E Buffalo Hump? Se Santa Fe è dalla sua parte, ci troverà e ci ucciderà tutti.

– Non credo che gliene importi, se prendiamo Santa Fe, – disse Gus, pur sapendo che era un'obiezione fiacca. Il pensiero di Buffalo Hump raffreddò il suo entusiasmo. Conquistare Santa Fe e raccogliere oro e argento da terra era una bella prospettiva, ma se implicava attraversare la Comanchería, com'era probabile, l'intera faccenda presentava un aspetto di gran lunga meno piacevole. Da quando avevano fatto ritorno con la compagnia, lui e Call non si erano mai allontanati dalla città di piú di poche miglia; un paio di volte si erano avventurati sulle colline per cacciare porci e tacchini, ma non si erano accampati. In pratica non passava settimana senza che gli indiani ammazzassero qualche viaggiatore, spesso quasi alle porte della città. Quando andavano a caccia, lui e Call lo facevano in gruppo, badando a essere pesantemente armati. Ormai, a meno che non si dedicasse a un lavoro leggero come tinteggiare un saloon, Gus portava due pistole. Non aveva dimenticato quello che era successo a ovest del Pecos: innumerevoli volte, in sogno, aveva visto Buffalo Hump. Ricordava che Zeke Moody aveva fatto cadere la pistola e di conseguenza era stato scotennato vivo. Lui ne portava due, cosí, se si fosse agitato e ne avesse fatta cadere una, avrebbe avuto comunque l'altra di riserva.

Uno degli aspetti piú seccanti del suo amico Woodrow era che gli forniva sempre informazioni non volute.

– Ho sentito che alla spedizione parteciperà anche gente dell'esercito. Dubito che gli indiani ci importuneranno, se con noi c'è l'esercito.

– Anche Buffalo Hump ha un esercito, – ricordò Call all'eccitabile amico. – Se trova dieci guerrieri che l'accompagnano, ha un esercito. E poi lui abita lí. Ha tutto il suo popolo. Se proviamo ad attraversare il suo territorio, ci importunerà eccome.

– Accidenti, non vieni? – chiese Gus, esasperato dalla cocciutaggine di Call. – Non preferisci partecipare a una spedizione che stare qui a ferrare muli?

– Se la compagnia è abbastanza grande, magari vengo. Vorrei saperne di piú sull'uomo che hai nominato, com'è che si chiama?

– Caleb Cobb, è quello che ha preso Santa Anna, – ripeté Gus. Non sapeva se Caleb Cobb avesse fatto niente di simile, ma voleva esagerare il piú possibile le sue imprese eroiche. Forse questo avrebbe invogliato Woodrow Call a mettersi in viaggio. Esagerando un altro po', aggiunse: – Dicono che a Santa Fe c'è abbastanza oro per terra da riempire due chiese.

– Perché mai i messicani ci darebbero due chiese piene d'oro? I messicani che ho incontrato io non lo farebbero.

Benché Call non scartasse l'idea di un'avventura – ferrare muli era lungi dall'essere la sua occupazione preferita; lo faceva piú che altro per dare una mano al vecchio Jesús, che era stato gentile con lui quando era arrivato a San Antonio –, quella descritta da Gus McCrae gli sembrava abbastanza improbabile. Avrebbe dovuto cercare di raggiungere una città che non aveva mai sentito nominare, guidato da un uomo che non aveva mai sentito nominare. Non sapeva chi avrebbe comandato i ranger, ammesso che ci andassero come compagnia, ma non sarebbe stato il maggiore Randall Chevallie, perché il maggiore Chevallie era morto di febbre meno di tre settimane dopo il ritorno dalla spedizione fallita a El Paso. Durante il tragitto era piovuto parecchio e poi avevano viaggiato senza sosta. Il maggiore Chevallie si era messo a letto per un paio di giorni, era peggiorato, era morto e l'avevano sepolto prima che qualcuno avesse il tempo di pensarci.

– Accidenti, sei proprio cocciuto, – lo rimproverò Gus. – Non ho mai conosciuto nessuno di piú pronto di te a pensare sempre il contrario degli altri, sei a dir poco esasperante.

– Avrò passato troppo tempo con i muli. Quando dovremmo partire, se andiamo?

– Perché non adesso? La spedizione potrebbe partire da un momento all'altro, io di sicuro non voglio restare indietro. Diventiamo ricchi a vita se raccogliamo un po' d'oro e d'argento.

– Spero che riusciremo a sconfiggere i messicani, se ci arriviamo.

– Perché non dovremmo, idiota?

– All'Alamo non li abbiamo sconfitti. Magari arriviamo

chissà dove nelle pianure e crepiamo di fame, c'è da pensare anche a quello. Lungo il Pecos a stento trovavamo da mangiare per dodici uomini. Come sfameremo un esercito? Da quella parte poi c'è poca acqua, – disse Call, prima che Gus lo interrompesse con qualche altra bugia sull'oro raccoglibile a Santa Fe.

– Diamine, attraversiamo le pianure. Lí piove parecchio.

– Se non hai nient'altro da fare, puoi ferrare uno di questi muli. Una volta che li avremo ferrati, magari conquistare Santa Fe m'interesserà di piú.

Gus respinse subito quella proposta. Intuí che la resistenza di Call si stava affievolendo e si rallegrò al pensiero della grande avventura che li attendeva.

– Lascia perdere i muli, dico io, voglio partire per Austin. Redmond Dale troverà qualcun altro per il saloon. Certo, magari c'è tempo per andare al bordello, se mai ti stanchi di lavorare.

– Non me lo posso permettere, sto mettendo da parte i soldi per un'arma migliore. Se ci avventuriamo in territorio indiano, un'arma migliore mi serve.

Tuttavia, Call era andato al bordello con Gus diverse volte; era un passatempo che non disdegnava. In attesa di un passaggio a ovest, Matilda Roberts lavorava lí. L'aveva preso in simpatia. Anche Gus aveva il suo lato simpatico, ma era troppo insistente e, per giunta, chiacchierone. Talvolta le riusciva piú facile sopportare l'insistenza delle chiacchiere.

Il giovane Call, invece, spiccicava di rado due parole. Si limitava a darle le monete. Nei suoi occhi Matilda leggeva una tristezza che la toccava. Dopo qualche visita aveva capito che la sua mole lo spaventava e l'aveva mandato da una giovane messicana di nome Rosa, a cui era piaciuto quasi subito.

Call pensava spesso a Rosa; lei gli insegnava molte parole spagnole: i numeri, il nome dei cibi. Era una ragazza magra che sorrideva raramente, anche se di tanto in tanto a lui sorrideva. Call pensava a lei quasi tutti i pomeriggi mentre lavorava nei caldi recinti dietro la bottega del maniscalco. Pensava a lei anche di notte, mentre dormiva sulla coperta, accanto alla stalla. Avrebbe voluto vederla piú spesso; Gus non si sbagliava, a consigliare le puttane, ma Gus era avventato con i soldi e lui no. Pur di averne abbastanza per le puttane, Gus li prendeva in prestito, imbrogliava a carte o faceva promesse che non poteva mantenere.

Lui, però, non se la sentiva di essere cosí spendaccione. Voleva fare il ranger e alla prima occasione ripartire con la compagnia, il che significava che prima o poi avrebbe combattuto contro gli indiani. Stavolta, al momento dello scontro, voleva essere equipaggiato al meglio delle sue possibilità. Nessuna delle due armi da poco che aveva era affidabile. Se mai avesse dovuto affrontare di nuovo il Comanche con la grossa gobba, voleva un'arma che non lo tradisse. Per quanto pensasse a Rosa, se voleva sopravvivere come ranger professionista doveva mettere le armi al primo posto.

Una volta sicuro che l'amico l'avrebbe accompagnato nella nuova spedizione, Gus si rilassò, individuò una chiazza d'ombra sotto un carro, si mise lungo disteso, si coprí il viso con il cappello e si fece un bel sonnellino sereno, mentre Call si dava da fare con i muli. L'ultimo era piccolo ma mordeva; Call lo colpí varie volte, ma il mulo mostrò i denti palesando che aveva tutte le intenzioni di usarli sulla sua carne, se poteva. Per finire il lavoro, Call fu costretto a legargli la bocca con una corda. Gus russava stridendo come una raspa; quando non martellava i chiodi, Call lo sentiva con chiarezza.

Aveva appena inchiodato l'ultimo ferro che nella strada si udí del trambusto. Alzò gli occhi e vide arrivare Long Bill Coleman, Rip Green, Johnny Carthage lo storpio e Matilda Roberts. Matilda era in sella a Tom, il grosso castrone grigio.

– Sella il cavallo, Woodrow. È Santa Fe o la morte, – disse Long Bill. Portava un berretto di pelliccia che aveva trovato in un armadio del bordello.

– Accidenti, Bill, pensavo che eri già partito, – disse Call. – Non fa un po' caldo per quel cappello?

Lui era fradicio di sudore per aver ferrato i quattro muli.

– È per ingannare i grizzly, se li incontriamo, – rispose Long Bill. – Ho paura dei grizzly e anche degli altri orsi. Se porto questo berretto di pelliccia, mi prenderanno per uno di famiglia e mi lasceranno in pace.

– Quel berretto era di Joe Slaw. L'hanno impiccato, quel figlio di puttana, – disse Matilda. – Si credeva un pioniere.

Sentendo le voci, Gus McCrae si tirò su all'improvviso, scordando di trovarsi sotto un carro. Sbatté la testa cosí forte che risero tutti.

– Smettetela, penso di essermi aperto il cranio, – protestò Gus, seccato da quell'ilarità; aveva solo commesso un banale errore. Aveva preso una gran botta in testa, però. Raggiunse barcollando la cisterna dell'acqua e ce la ficcò dentro: l'acqua fresca gli fece bene.

Mentre il gruppo guardava Gus infilare la testa sott'acqua, Blackie Slidell arrivò di corsa; quando gli altri avevano lasciato il saloon, era in compagnia di una puttana. Il motivo di tanta fretta era che temeva di essere lasciato indietro e di dover attraversare le praterie fino a Austin da solo.

– Allora, sei dei nostri, Woodrow? – chiese Rip Green. Benché Call fosse piú giovane di lui, lo considerava affidabile e sperava di averlo con loro.

– Pensavo che eri già partito, Bill, – ripeté Call.

– No, che diamine, stiamo radunando i ranger, ma non troviamo Bigfoot, e Shadrach il piú delle volte preferisce viaggiare da solo, – rispose Bill. – È già partito per Austin. Ci toccherà abbandonare Bigfoot. Immagino che ci raggiungerà.

Con tanti compagni in sella e pronti a partire, Call non esitò piú. In ogni caso lo scopo principale delle sue critiche e proteste era infastidire Gus. La voglia di avventura era irresistibile.

– Allora, chi comanda i ranger? – chiese, sciogliendo la corda intorno al muso del mulo.

– Diamine, ci comandiamo da soli, a meno che non si fa avanti qualcuno, – disse Long Bill.

– Aspetta, io non faccio il ranger per Bob Bascom, – s'intromise Gus. – Non mi piace la sua lingua tagliente. Mi sa che prima della fine del viaggio mi toccherà suonargliele.

Long Bill parve scettico di fronte a quel pronostico.

– Quando gliele suoni, prendi un buon bastone. Bob è forte.

– Prendine due, – intervenne Blackie. – Bob è bellicoso.

– Non pensavo che volevi combattere i messicani, Matty, – disse Call, stupito di vedere Matilda con i ranger.

– Voglio andare a ovest prima di diventare vecchia, – rispose Matilda. – Ho sentito dire che da Santa Fe ci sono strade che portano a ovest.

Call aveva poche cose, anche se adesso in aggiunta alle due camicie possedeva una giacca. Per via delle sue urgenti spese, Gus McCrae aveva soltanto i vestiti che portava e le due pistole. Quando vide che Call era in partenza, il vecchio Jesús sospirò. Il pensiero di dover ferrare cavalli e muli da solo lo faceva sentire stanco. Aveva lavorato sodo tutta la vita ed era pronto a fermarsi, ma non poteva. Tutti i suoi figli se n'erano andati tranne una bambina, e lei non era in grado di ferrare i muli. Eppure non biasimava Call perché se ne andava: anche lui aveva viaggiato, da giovane. Aveva lasciato Saltillo per andare lí, nella terra dei texani, ma adesso era stanco e il suo unico aiutante stava partendo. E poi quel ragazzo aveva qualcosa che gli andava a genio, e non erano molti i ragazzi texani che gli andavano a genio.

– *Adiós*, – disse, mentre Call legava alla sella la coperta e la camicia di riserva.

– *Adiós*, Jesús, – disse Call. Voleva bene al vecchio. Non

si erano scambiati una sola parola irosa in tutto il tempo che aveva lavorato per lui.

– Andiamo, ragazzi, – disse Long Bill. – C'è un bel pezzo di strada da qui a Austin.

– Andiamo, ma io non sono un ragazzo, – precisò Matilda, mentre uscivano da San Antonio. Gus McCrae aveva mal di testa per essersi alzato troppo in fretta dal suo sonnellino.

7.

– Ragazzi, il cielo si sta annuvolando, – disse Long Bill, verso la fine della loro prima giornata di viaggio. – Ci prenderemo una bella lavata.

– Preferisco passare tutta la notte a cavallo che dormire bagnato, – commentò Rip Green.

– Io no, – disse Gus. – Se devo bagnarmi, tanto vale sonnecchiare.

– Da queste parti ci sono molte fattorie, – intervenne Matilda. – Famiglie tedesche, piú che altro. Se ne troviamo una, magari ci lasciano dormire per terra. O se hanno una specie di tettoia per gli animali possiamo infilarci lí sotto.

Al calare del sole, Call vide che l'intero quadrante sudoccidentale del cielo era diventato nero come il carbone. In lontananza si udí un rombo di tuono. All'orizzonte alcuni fasci di luce dorata squarciavano il nero, ma la luce nella parte inferiore del cielo non faceva che accentuare la nerezza di quella superiore. Si levò il vento; gli strappò il cappello di paglia e lo fece volare per una decina di metri, il che lo irritò. Non c'era niente che odiasse quanto perdere il controllo del proprio copricapo.

A quella vista Long Bill sghignazzò.

– Dovresti avere un buon berretto di pelliccia, come me.

Superarono un dosso e videro proprio quello che Matilda si augurava: una piccola fattoria. Nella modesta radura c'era un edificio solo, ma era un edificio di tronchi abbastanza grande.

– Se è una famiglia amichevole, ci stiamo tutti, comodamente, – osservò Blackie Slidell.

– Spero che cucinano carne di maiale, se stanno cucinando, – disse Gus. – Mi piacerebbe una bella cenetta a base di maiale.

Call recuperò il cappello, ma il vento si era alzato tanto che non aveva senso rimetterselo. Ormai gli altri se lo tenevano tutti con la mano. Erano a un paio di miglia dalla casetta e l'oscurità in cielo si andava gonfiando nella loro direzione. Spense bruscamente il tramonto, ma la forza del sole lasciò una luce sinistra sulla lunga prateria.

I rombi di tuono si fecero piú cupi. Call aveva visto molti temporali, e ormai non ci badava troppo, ma quello attirò la sua attenzione. Era stata una giornata afosa: il vento che arrivava dalla nube non era fresco. Era caldo e all'inizio soffiava a sprazzi. Alcune folate erano cosí forti che obbligarono il suo cavallo a cambiare andatura; certo, il cavallo era un ronzino macilento che nelle ultime settimane aveva mangiato ben poco. Non ci sarebbe voluto un gran vento per spostarlo dalla sua traiettoria.

– Perbacco, guardate, – disse Gus. – Quella maledetta nube si comporta come un serpente.

Call guardò e vide che era vero. Una porzione della nube aveva preso la forma di una colonna, o di un imbuto, e roteava nella parte bassa del cielo con movimento serpentino.

– Accidenti a voi, giovani sciocchi, quello è un ciclone, – disse Matilda. – Conviene che ci sbrighiamo, a raggiungere la casa.

La nube-serpente si abbassava sempre di piú, risucchiando nel proprio vortice polvere ed erbacce. Un falco che rasentava il terreno in cerca di topi o quaglie s'innalzò e sfrecciò via; Call vide due cervi lanciarsi fuori da un boschetto, mostrando la coda bianca mentre scappavano dalla nuvola vorticante. Ormai mugghiava cosí forte che i cavalli cominciarono a impennarsi e sgroppare. Volevano scappare come i cervi.

– Non arriveremo mai a quella casa, dobbiamo sdraiarci per terra, – consigliò Long Bill. – È cosí che si fa quando arriva un ciclone. Sarà meglio che troviamo un fosso, una gola o qualcosa del genere, se no siamo spacciati.

– C'è una conca di bisonte, – disse Blackie. – Non vedo altro.

– Non è profonda, – disse Gus. Stava bene, pregustava l'avventura e adesso una nube pericolosa era uscita dal nulla e gli aveva rovinato quella sensazione. Non erano neanche a un miglio dalla casa, ma la nube vorticante, mugghiante e risucchiante stava arrivando troppo in fretta. Per tutto il giorno aveva aguzzato gli occhi, teso, in cerca di indiani. Non voleva vedere il Comanche gobbo precipitarsi fuori da un boschetto con la lancia alzata. Se fosse comparso Buffalo Hump, o qualunque altro pellerossa ostile, lui era pronto a correre e a sparare. L'ultima cosa che si aspettava era una tempesta micidiale, ma ora una tempesta micidiale era a duecento metri da lui. Una lince rossa sbucò da un boschetto e corse nella stessa direzione dei cervi.

I ranger raggiunsero la piccola conca e smontarono al volo.

– E i cavalli? – gridò Call, mentre il fragore aumentava.

– Al diavolo i cavalli, sdraiati! – lo esortò Long Bill. – Sdraiati e non alzare gli occhi.

Call obbedí. Liberò il cavallo imbizzarrito e si appiattí sotto il bordo della conca. Gli altri ranger lo imitarono.

Gus era preoccupato per Matilda: era cosí grossa che non poteva nascondersi in una conca bassa come quella. Ma non c'era il tempo di scavare, Matilda avrebbe dovuto sperare nella sua buona sorte.

Poi il fragore divenne cosí intenso che nessuno riuscí piú a pensare. A Call si gonfiò la camicia; visto quant'era larga, pensò che il vento riempiendola l'avrebbe sollevato da terra. Si udiva una specie di fischio, come il sibilo di un serpente, solo piú forte: era il rumore della sabbia che veniva risucchiata via dalla conca. Ormai era buio pesto, buio come una mezzanotte senza luna.

Gus rimpiangeva di essere andato nel Texas: cos'era, se non un pericolo dopo l'altro? Stava pensando alla casetta davanti a loro e alla braciola di maiale che sperava di mangiare, e adesso aveva la faccia nella terra e veniva strattonato da una nuvola che somigliava a un gigantesco serpente. Nel Tennessee le nuvole non si comportavano in quel modo. E poi avevano perso i cavalli, dopo nemmeno mezza giornata di viaggio. E le sue pistole erano sulla sella; se fosse sopravvissuto alla tempesta e fosse comparso Buffalo Hump, sarebbe stato impotente.

Il mugghio del ciclone era cosí forte e la polvere che si alzava mulinando cosí tanta che alcuni ranger si sentivano assordare e soffocare allo stesso tempo. Blackie Slidell, che era snodato, riuscí a piegare il collo fino a infilare il naso nella camicia, per cui respirava un po' meglio.

Ma il vortice e il fragore piano piano diminuirono; quando giudicarono sicuro alzare il capo, i ranger videro la luce del sole filtrare a ovest, in lontananza, sotto il bordo nero della nube. La luce sinistra incombeva ancora sulla prateria, una luce che a Rip Green parve infernale.

– Deve essere cosí la luce che vedi quando sei morto, – commentò.

Matilda si tirò su a sedere, sollevata. Aveva sentito dire che i cicloni prendevano la gente e la portavano fino a quaranta miglia di distanza. Chi sopravviveva a quegli spostamenti non tornava piú a posto, cosí aveva sentito. Certo, essendo pesante, aveva meno probabilità degli altri di volare via, ma a volte volavano via anche i carri e lei non era piú pesante di un carro.

– Siamo tutti vivi? – chiese. La luce grigia era talmente insolita che li faceva apparire diversi; molti avevano avuto cosí tanta paura mentre si schiacciavano nella conca che, quando provarono a parlare, gli uscí una voce strana.

– Siamo vivi, ma appiedati, – disse Call. Benché scosso, non aveva avuto il tempo di spaventarsi troppo: il ciclone andava oltre le sue forze e quelle di chiunque altro. Un indiano poteva combatterlo, ma chi poteva combattere un serpente d'aria ruggente? Il suo cappello era andato; tutti i cappelli erano andati, eccetto il berretto di pelliccia di Long Bill Coleman, che l'aveva infilato sotto di sé mentre si aggrappava al terreno sabbioso.

– Dovevamo legare i cavalli, in qualche modo, – aggiunse Call. – Ormai saranno già a metà strada per San Antonio.

– Preferisco perdere il cavallo che volare via, – ribatté Gus. – Comunque erano solo cavalli da trenta dollari.

– Del ronzino faccio anche a meno, ma si sono portati via tutti i nostri averi, – disse Blackie. – Ci toccherà trascinarci fino a Austin, sperando che ci facciano credito.

– Siete proprio inesperti, ragazzi, i cavalli non saranno andati lontano, – disse Long Bill. – Se domattina non si fanno vedere, seguiremo le tracce.

Adesso che era sopravvissuto alla tromba d'aria, Gus si ringalluzzí. La paura gli aveva scacciato il mal di testa, ma non l'appetito.

– Ho ancora voglia di una braciola di maiale. Andiamo a quella casa. Magari stanno per sedersi a cena.

A corto di alternative, i ranger accolsero la proposta, salvo poi scoprire che la tromba d'aria aveva distrutto la casa dove speravano di passare la notte. Quando raggiunsero la zona dove prima sorgeva la casa, al suo posto trovarono solo pochi tronchi e sei disgraziati che incespicavano di qua e di là in lacrime, con l'aria inebetita: quattro bambini, un uomo e una donna. I genitori illuminavano le macerie con le lanterne, sperando di recuperare un po' dei loro beni. I bambini erano ammutoliti per la paura. Una bimbetta si mordicchiava l'orlo del vestito.

Il padre, un giovane robusto con una barba rigogliosa, s'interrogava sul tetto nel tono perplesso che avrebbe potuto usare per lamentarsi di un martello smarrito.

– Maledizione, dov'è finito il tetto? Era qui e adesso non c'è piú. Ci ho lavorato una settimana, a quel tetto, e adesso sarà volato nel bel mezzo del bosco.

– Be', noi abbiamo perso i cavalli, – disse Gus, con una

certa insensibilità, secondo Call. Il robusto barbuto aveva una famiglia da alloggiare. Perdere un cavallo da trenta dollari con sopra una sella scadente e una coperta non era paragonabile alla perdita del tetto per quell'uomo.

Lo spiazzo dove prima s'innalzava la casa era un caos pazzesco. Faceva quasi buio, ma i ranger videro che vestiti, utensili, attrezzi e animali erano sparpagliati alla rinfusa come se li avessero scaricati da un carro in fretta e furia. Un gallo nero, appollaiato su un tronco caduto, si lamentava a gran voce. Due maialetti grugnivano e frugavano nel disordine e diverse galline schiamazzavano.

Quando Matilda e i sei ranger arrivarono nell'ultimo barlume di luce, nessuno gli badò molto. L'unica ad avere un'aria ragionevolmente calma era la giovane padrona di casa, che raccoglieva in silenzio utensili e vestiti e li disponeva in mucchi ordinati.

– Maledetta sfortuna, è un dolore aver perso quel tetto, – si lamentò l'uomo robusto. Non si rivolgeva né alla moglie né ai ranger: sembrava che parlasse da solo.

– Basta imprecare, Roy, – lo riprese la giovane. – Abbiamo ospiti, e non è necessario che i bambini ti sentano imprecare solo perché la casa è volata via. Possiamo costruirne un'altra.

– Posso, intendi dire, Melly, – ribatté l'uomo. – Tu non sei abbastanza forte per sollevare i tronchi.

– Ho detto che abbiamo ospiti, Roy. Perché non cerchi di essere gentile e non li inviti a sedersi, almeno? – rispose la giovane, con un lampo di collera. – Il maltempo va preso come viene. Imprecare non cambia nulla.

– Su, forse possiamo aiutarvi a mettere in ordine, – si offrí Gus. La giovane donna, Melly, gli piaceva. Anche con quella poca luce vedeva che era bella. Il marito sembrava un maleducato; era un peccato che non fosse volato via anche lui. Una giovane cosí bella, se solo avesse voluto, avrebbe potuto indurlo ad abbandonare la vita da ranger.

– Be', signori, mi auguro che non siate dei maledetti

ladri, perché tutti i nostri beni terreni sono sparpagliati qui a disposizione del primo che passa, – disse Roy. Era ancora agitato per la perdita del tetto.

Alla luce delle lanterne i ranger fecero il possibile per aiutare la famigliola a radunare i propri averi. Non c'erano braciole, ma la giovane aveva un po' di pancetta e farina di granturco. Long Bill Coleman era un maestro ad accendere il fuoco; ben presto nelle rovine del piccolo camino ardeva un bel fuoco vivace. Mangiarono pancetta e frittelle di granturco e parlarono di com'era strano vedere una normale nube temporalesca trasformarsi in un ciclone.

– Ha risucchiato la corteccia di quell'albero, – disse Roy, indicando nell'oscurità un albero che nessuno vedeva. – Che razza di vento risucchia la corteccia di un olmo?

– Ringraziando il Signore, però, siamo tutti vivi, – gli fece notare Melly, grata. Era seduta accanto a Matilda Roberts. Benché troppo educata per chiederlo, si domandava che razza di donna vagasse per le praterie con sei Texas Ranger. Naturalmente sulla frontiera le cose erano meno regolari di com'erano nell'est del Missouri, da dove veniva lei.

Dal canto suo, Matilda si concedeva una piccola fantasticheria in cui era sposata a un contadino con la barba e aveva quattro marmocchi, un po' di polli e un paio di maialetti. In quel caso non avrebbe avuto bisogno di accettare qualunque canaglia puzzolente si presentasse con un paio di dollari e qualcosa di duro nei calzoni.

I bambini, nessuno dei quali aveva ancora cinque anni, stando alla madre, dormivano su una trapunta scampata all'acqua, raggomitolati come piccoli opossum. Long Bill Coleman tirò fuori l'armonica – non si fidava a metterla nelle bisacce, la teneva sempre con sé – e suonò una melodia che si chiamava *Barbara Allen*. A Call piaceva ascoltarlo suonare l'armonica. La vecchia melodia, limpida e malinconica, risvegliò in lui la tristezza. Non sapeva perché la musica lo rendesse triste né perché lo fosse. In fondo, come aveva detto la giovane, erano ancora tutti vivi, e non molto piú poveri di prima che il ciclone li colpisse. La perdita dei cavalli era una seccatura, ovviamente, ma non era per i cavalli che era triste. Era triste per tutti loro: i ranger, Matilda, la famigliola rimasta senza tetto. Loro erano piccoli e il mondo era grande e violento. Erano vivi e, per il momento, abbastanza ben nutriti; ma il giorno dopo sarebbe potuta sopraggiungere un'altra tempesta, o una banda d'indiani, e allora forse non lo sarebbero piú stati.

– Be', con quella vecchia melodia non posso ballare, – si lagnò Gus con Long Bill. – Preferisco quelle ballabili.

– Diamine, eccoti *Buffalo Gals*, allora, – rispose Long Bill e cominciò subito a suonare un motivo piú allegro. Gus si alzò e si mise a saltellare, sperando cosí di fare colpo su Melly. Rip Green si uní a lui per un po', ma gli altri si rifiutarono di ballare.

– Col cavolo che ballo la sera che mi è volato via il tetto, – disse Roy.

Un attimo dopo prese la lanterna e rovistò di qua e di là finché non trovò la fiasca del whiskey, che fece girare con generosità. Long Bill Coleman non tardò a mettere via l'armonica per poter bere, il che seccò Gus, perché non era stanco di ballare. Era ancora piú convinto che sarebbe stato un buon marito per Melly, di certo migliore dello sgarbato Roy.

Quando venne l'alba, Roy trovò gran parte del tetto al limitare di un boschetto di querce sempreverdi, a oltre cento metri da dove sorgeva la casa. Long Bill aveva ragione riguardo ai cavalli: li trovarono tutti a meno di mezzo miglio dalla conca di bisonte. La pancetta era finita, ma Melly preparò una colazione a base di frittelle di granturco e caffè di cicoria.

Rendendosi conto di avere a disposizione una forza lavoro eccezionale, Roy cercò di convincere i ranger a fermarsi per aiutarlo a ricostruire la casa. A Gus McCrae non sarebbe dispiaciuto. Melly aveva una pelle di pesca. Nella luce del mattino appariva ancora piú bella che nel fosco crepuscolo. Ma gli altri ranger dichiararono affari urgenti a Austin; in poco tempo furono in sella e pronti a partire.

– Andiamo alla conquista di Santa Fe, – comunicò Blackie Slidell ai coloni. – Il nostro capo è Caleb Cobb.

– Santa Fe? – chiese Roy. – Intendi dire Santa Fe nel New Mexico?

– Proprio quella, perché? – domandò Rip Green, notando che Roy aveva un'espressione alquanto scettica.

– Diamine, è a piú di mille miglia da qui. Fareste prima partendo da Saint Louis. Da lí c'è una buona pista. Mio padre ha commerciato lungo quella pista fino a quando non l'ha assassinato un messicano velocissimo.

– Perché l'ha assassinato? – chiese Johnny Carthage.

– Senza un vero motivo. Ha estratto la pistola per primo e gli ha sparato. Da ragazzo sono andato a Santa Fe tre volte.

– Toh, raccontaci qualcosa, – disse Gus. – Ho sentito che in giro c'è tanto di quell'oro e argento che basta raccoglierlo.

– Allora hai sentito parlare un idiota. Non c'è oro, e per l'argento bisogna contrattare duramente. Mio padre se la cavava meglio con le pellicce. I pionieri ne portano con una certa regolarità o almeno una volta era cosí. Io ho sposato Melly e ho abbandonato il commercio.

– Pellicce? – chiese Gus. – Vuoi dire come il berretto di Long Bill?

– Oh, quella è solo pelle di coniglio. Non la chiamerei pelliccia. Parlo di castori, piú che altro. Qui non ce ne sono, non potete sapere di cosa sto parlando.

– Comunque, una volta che ci arriviamo, abbiamo intenzione di annettere il New Mexico, credo, – disse Blackie Slidell. – Immagino che la gente sarà contentissima di vederci.

– Col cavolo! Quelli li odiano, i texani. Ragazzi, nessuno di voi ha un po' di esperienza?

– Be', a Santa Fe non ci siamo mai stati, se è questo che vuoi dire, – ammise Long Bill. – Ma Caleb Cobb non guiderebbe una spedizione fino a Santa Fe, senza sapere come stanno le cose.

Roy guardò la moglie divertito. La bimbetta che si era spaventata per il ciclone continuava a mordicchiarsi l'orlo del vestito. Due dei maschi lanciavano sassi a un maialetto e il gallo nero si lamentava ancora.

– Li hanno ingannati, – disse Roy a Melly. – Sono convinti che quando arriveranno a Santa Fe, sempre che ci arrivino, i messicani gli ammucchieranno oro e argento sui carri. Caleb Cobb è uno sciagurato e imprudente contrabbandiere di liquori. Vi farà uccidere o catturare tutti. Certo, ho i miei dubbi che sappia trovare Santa Fe. Forse finirete solamente per perdervi. Se vi perdete nelle praterie, cercate il fiume Arkansas. Una volta che lo trovate, siete salvi.

I ranger se ne andarono, lasciando la famigliola a mettere in ordine i suoi fradici averi. Il pessimismo di Roy aveva alquanto guastato l'umore della compagnia.

– Secondo me mentiva, – disse Gus. – È un contadino. Probabilmente non ha mai messo piede a Santa Fe.

– Secondo me, invece, sapeva quello che diceva, – ribatté Call.

– No, non ci si può fidare di quelli del Missouri, – sentenziò Rip Green.

– Perché no? Io sono del Missouri, – intervenne Johnny Carthage. – Il Missouri non è un posto meno onesto di altri.

– Perché mentire? – chiese Call. – Non ci ha mai visti.

– Ah! – esclamò Matilda Roberts. – Gus non lo considererebbe un buon motivo per non mentire. Mente di continuo a gente che non ha mai visto, soprattutto alle ragazze.

A quel commento Gus arrossí; stava pensando la stessa cosa, anche se ovviamente non l'avrebbe mai detto. Uno dei guai principali con le donne era che dicevano sempre cose che non andavano dette. Certo, mentiva spudoratamente per fare colpo sulle ragazze, ma erano forse affari di Matilda?

– Guardate là, quello non è il cavallo di Bigfoot? – disse Blackie Slidell. – Mi sembra proprio il suo grosso sauro.

Al pensiero di ricongiungersi con Bigfoot Wallace l'intera compagnia si rianimò. Shadrach era uno scout encomiabile, piú esperto di Bigfoot sulle usanze delle terre selvagge, ma aveva un caratteraccio e, se qualcuno lo avvicinava quando non era dell'umore per una conversazione, tendeva a grugnire e a ringhiare. Parlare non gli piaceva e non gli interessava condividere le proprie informazioni con uomini meno esperti di lui. Poteva aiutarti, se gli saltava il ghiribizzo, oppure andarsene e basta.

Bigfoot Wallace, invece, adorava parlare. Era portato per le spiegazioni; una volta, da brillo, aveva passato un'ora a istruire Call e Gus sulle tracce di tre cavalli in cui si erano imbattuti. Gli aveva detto tutto quello che sapeva al riguardo: da cosa deduceva che fossero di cavalli messicani, quanto pesavano i cavalieri, a quando risalivano e, a suo giudizio, in che condizioni erano gli animali che le avevano lasciate. Call e Gus erano andati in cerca di un'altra pista e avevano provato ad applicare quello che gli aveva insegnato Bigfoot, ma con scarsi risultati. In sostanza sapevano solo che erano tracce di cavallo; quanto al peso, alla nazionalità e alla salute generale degli uomini che li montavano, potevano solo avanzare delle ipotesi. Anzi, erano cosí inesperti nel leggere le tracce che non erano nemmeno sicuri che qualcuno montasse i cavalli. Forse erano solo cavalli al pascolo. Sapevano che non erano ferrati, naturalmente, ma lí si fermava la loro preparazione.

– Forse ha ucciso un cinghiale, – disse Gus. – Potremmo mangiarlo –. Il cavallo di Bigfoot era ancora a una certa distanza; l'omone non si vedeva.

– Per quel che mi riguarda, preferirei una cerva pasciuta, – disse Rip Green. – Mangerei molto piú volentieri un po' di tenera cacciagione che quella vecchia e dura carne di cinghiale.

– Quelle frittelle di granturco non riempiono la pancia, – disse Gus. – Melly è bella, però.

– Sí, ho visto che eri pronto a scappare con lei, – commentò Matilda. Nonostante il buio, la reazione di Gus alla giovane non le era sfuggita.

– Non è che il ciclone si è preso Bigfoot? – ipotizzò Long Bill. – Magari quello è solo il suo ronzino e lui è volato via.

– Improbabile, – rispose Gus. – Si sarà sdraiato in una conca di bisonte come noi.

– Magari nelle vicinanze non ce n'erano, – disse Johnny Carthage. – Magari il tornado l'ha sorpreso in una zona pianeggiante.

Il sollievo che tutti avevano provato al pensiero di avere presto una guida affidabile che li conducesse per le praterie fino a Austin sfumò, rimpiazzato dall'angoscia. L'esperienza oltre il Pecos li aveva segnati tutti; anche nel territorio relativamente colonizzato tra San Antonio e Austin si annidavano Comanche e Kiowa, pronti a rubare cavalli e talvolta anche bovini. La pianura di fronte a loro, dove vedevano il cavallo di Bigfoot, era ampia e deserta; l'ultimo boschetto che avrebbe potuto fornire copertura era alle loro spalle, vicino alla casa distrutta. Vedere Bigfoot Wallace li avrebbe resi molto piú fiduciosi di arrivare a Austin sani e salvi.

– Accidenti, è solo il suo sauro, – disse Rip Green. – Scommetto che si è spaventato per la tempesta, come i nostri ronzini. Probabilmente Bigfoot è rimasto a piedi e in questo momento lo sta cercando.

Continuarono ad avanzare nella vasta prateria, che non era piatta come sembrava. Era un po' ondulata, con qualche avvallamento. A cento metri dal sauro guardarono in uno di quei piccoli avvallamenti e scorsero l'uomo di cui stavano parlando: Bigfoot Wallace. Inginocchiato accanto a due carri anneriti, scavava con un grosso coltello Bowie.

– Perché si è messo a scavare nel bel mezzo della prateria? – chiese Long Bill. – Secondo voi va in cerca di cipolle, o forse di patate?

Quando vide arrivare il gruppo, Bigfoot smise di scavare. Lo salutarono tutti, anche se erano a cento metri di distanza. Bigfoot non salutò. Li guardò un attimo e poi riprese a scavare.

Call era un po' piú avanti degli altri; nell'aria c'era un odore che non aveva mai sentito prima, un odore di bruciato con una dolcezza che a volte aveva la carne cotta quando era fresca. Quando il vecchio Jesús arrostiva un agnellino con tutta la pelle, a volte c'era un odore simile a quello che aleggiava in quel momento.

Poi, d'un tratto, Call vide quello che Bigfoot stava facendo; fermò il cavallo e Gus, che era appena dietro di lui, gli andò addosso.

– Oh, cosa c'è? – chiese Gus, confuso per un attimo.

– Bigfoot non scava in cerca di cipolle, – disse Call.

– Allora cosa fa? – chiese Long Bill. Era troppo miope per distinguere con chiarezza quello che vedeva il giovane Call.

– Scava una fossa.

8.

La compagnia di ranger si avvicinò, troppo lentamente per i gusti di Bigfoot Wallace. Aveva già liberato i cadaveri anneriti dei due mulattieri dalle ruote del carro a cui erano stati legati. Non era la prima volta che sentiva l'odore della carne umana bruciata, ma non gli piaceva e aveva fretta di portare a termine la sepoltura, nel caso gli indiani che avevano dato fuoco ai due uomini avessero deciso di tornare indietro e provarci con lui.

– State pregando? Se non state pregando, smontate e datemi una mano, – disse, impaziente.

– Ossignore, guardate! – esclamò Rip Green. Era appena sceso da cavallo che si mise a vomitare. Gus non osava guardare per davvero; lanciò un'occhiata rapidissima ai due cadaveri anneriti e distolse lo sguardo. Anche cosí, ebbe il voltastomaco; si allontanò di qualche passo, sperando di togliersi quell'odore dalle narici prima di dover smontare a vomitare come Rip.

Call scese da cavallo e si mise subito ad aiutare Bigfoot. Cercò di non guardare i due cadaveri, ma non poté fare a meno di notare che avevano i denti digrignati per i tormenti tra cui erano morti. Davanti alle ruote a cui li avevano legati c'erano le ceneri. Dai fuochi s'innalzava ancora una voluta di fumo.

Call aveva un buon coltello. Il vecchio Jesús l'aveva forgiato per lui, l'aveva affilato con cura e ne aveva avvolto strettamente il manico con la pelle grezza. Scavò di buona lena: era l'unico modo per non pensare a quello che era successo a quegli uomini. Uno dei carri fumava ancora. Fu solo quando alzò lo sguardo che si accorse che la prateria all'intorno era bianca: i due mulattieri trasportavano farina e gli indiani avevano strappato i sacchi e l'avevano sparsa sull'erba.

– Perdio, questi ragazzi non hanno avuto fortuna, – osservò filosofico Long Bill, aggirandosi per il luogo della tortura.

– No, e non erano nemmeno preparati, – disse Bigfoot. – L'unica arma che avevano era quel vecchio schioppo –. Con un cenno del capo indicò l'arma, che era stata spezzata in due su una grossa pietra che spuntava da terra.

– Non partirei mai con un carico di farina e solo un fucile da caccia leggero per difendermi, non in questo territorio, – commentò Blackie Slidell.

– Sull'altro carro ci sono alcuni sacchi vuoti non troppo bruciati, – disse Bigfoot. – Prendine un po', Gus, e avvolgici questi uomini. Dobbiamo sloggiare. Secondo me sono stati circa nove indiani ad arrostire questi due, e uno di loro era Buffalo Hump.

– L'hai visto? – chiese Johnny Carthage, sbiancando. I ranger toccarono tutti le armi per assicurarsi di averle ancora.

– No, ma monta ancora il cavallo pezzato che montava il giorno in cui ha ucciso Josh e Zeke, – rispose Bigfoot. – Ho studiato le tracce, dato che potevo trovarmelo di nuovo davanti, e qua intorno sono dappertutto.

– Ossignore, proprio come temevo, – disse Rip Green. Era pallido e tremava.

Johnny Carthage era un discreto calzolaio. A San Antonio gli avevano offerto un lavoro come fabbricante di scarpe. Guardando i due carrettieri bruciati, con i corpi gonfi e anneriti, i denti scoperti in terribili smorfie, si chiese perché non avesse avuto il buonsenso di accettare quel lavoro. Fabbricare scarpe in riva al San Antonio presentava molti vantaggi. Non era emozionante, ma non ti esponeva nemmeno al rischio di essere sorpreso in aperta prateria, legato alla ruota di un carro e bruciato vivo. Certo, poteva tornare indietro e accettare il lavoro – al vecchio calzolaio stava simpatico –, ma ormai era bello distante da San Antonio e, se avesse cercato di tornare indietro da solo, avrebbe corso proprio il rischio che voleva evitare.

– Vorrei che su questa strada ci fossero piú alberi, – disse Blackie Slidell. – Se ci caricano, non so se riusciamo a sconfiggere nove di quei furfanti, senza un posto dove nasconderci.

– Nove è piú o meno il numero giusto per una banda di razziatori, – osservò Bigfoot. Aveva quasi finito di scavare. La fossa non era molto profonda, ma doveva bastare.

– Perché? – chiese Call.

– Perché, cosa? – rispose Bigfoot. Il ragazzo scavava bene e poi era solido. Di tutta la compagnia era il meno impressionato dalla vista dei cadaveri carbonizzati. Certo, Long Bill non tremava né vomitava, ma la sua cattiva vista era proverbiale. Probabilmente non si era avvicinato abbastanza per vedere bene.

– Perché nove è il numero giusto? – chiese Call, mentre Gus gli passava una bracciata di sacchi. Stese uno strato di tela su ciascuno dei due cadaveri, poi li fece rotolare e coprí la parte posteriore con un altro strato. Era strano quanto s'irrigidivano i corpi: le membra dei due morti erano rigide come il legno.

– Nove è piú o meno il numero giusto, – ripeté Bigfoot, colpito dal fatto che il giovane Call desiderasse imparare anche mentre sbrigava un compito sgradevole. – Nove uomini che conoscono il territorio possono passare tra gli insediamenti inosservati. Possono studiare i coloni e capire quali fattorie attaccare. Se c'è una famiglia con quattro o cinque ragazzotti robusti che hanno l'aria di saper sparare, la lasciano in pace e proseguono fino a quando non ne trovano una composta piú che altro di donne.

Ferma immobile, Matilda Roberts guardava i cadaveri mentre Call e Gus finivano di coprirli con la tela da sacchi. Aveva riconosciuto uno dei due uomini; si chiamava Eli e le aveva fatto visita piú di una volta.

– Quello piú vicino è Eli Baker. Lavorava al mulino. Lo riconosco dall'orecchio.

– Che cos'ha il suo orecchio? – chiese Bigfoot.

– Guardalo, prima di coprirlo di terra. Ne ha perso la metà da piccolo, la parte inferiore. Quello è senz'altro Eli Baker. Dovremmo avvertire la sua famiglia. Aveva parecchi bambini, mi sa.

– E una moglie? – chiese Bigfoot.

– Be', non li ha fatti lui, i bambini. Non lo vedevo da un paio d'anni, ma so che è Eli Baker.

Quando i cadaveri furono coperti, rimasero tutti lí impacciati per un po'. La vasta prateria era deserta, anche se il venticello faceva frusciare l'erba alta. Il sole splendeva. Bigfoot prese il calcio dello schioppo rotto e compattò la terra sulla tomba dei due carrettieri.

– Se qualcuno conosce un buon passo della Bibbia, lo reciti pure, – disse. – Dobbiamo filare. Oggi preferirei non dover gareggiare con i Comanche, ho il cavallo azzoppato.

– C'è quello sui pascoli erbosi, – ricordò Long Bill. – Quello che dice che il Signore è un pastore.

– Allora recitalo, Bill, – lo incalzò Bigfoot. Recuperò il cavallo e attese, impaziente di montare.

Long Bill tacque.

– Be', ci sono i pascoli erbosi. Non ricordo altro. È un pezzo che non ho piú a che fare con la Bibbia.

– Qualcun altro lo sa? – chiese Bigfoot.

– Ad acque tranquille mi conduce, – disse Matilda. – Secondo me Bill si riferisce a quello.

– Be', almeno questo è un pascolo erboso, – commentò Bigfoot. – Lo sarà ancora di piú, se continua a piovere.

– Chissà perché la gente vuole recitare passi della Bibbia dopo che ha sepolto qualcuno, – disse Call rivolto a

Gus mentre proseguivano al trotto verso Austin. – Sono morti. Non li sentono, i discorsi sacri.

Gus aveva di nuovo quella sensazione di paura. L'indiano che l'aveva quasi ucciso con la lancia era lí da qualche parte. Forse in quel preciso istante li stava seguendo o osservando. Poteva essere ovunque, con i suoi guerrieri. Si stavano avvicinando a un boschetto di querce sempreverdi abbastanza folto da nascondere una banda di Comanche. E se Buffalo Hump e i suoi guerrieri fossero sbucati fuori all'improvviso, lanciando le loro terribili grida di guerra? Sarebbe stato in grado di sparare bene? Avrebbe avuto il coraggio di spararsi un colpo nell'occhio, se la battaglia avesse preso una brutta piega? Sarebbe finito bruciato, gonfio e rigido come i due uomini che avevano appena sepolto? Erano quelle le domande importanti, quando ti trovavi nella prateria abitata dagli uomini selvaggi. Perché la gente recitasse passi della Bibbia per i morti non era una questione su cui riusciva a concentrarsi, non quando aveva quella sensazione di paura nello stomaco. Se anche avesse potuto mangiare la braciola di maiale che la sera prima gli aveva fatto venire l'acquolina in bocca, probabilmente non sarebbe riuscito a trattenerla.

– È l'usanza, – disse infine. – Quando muore qualcuno, la gente pensa al paradiso.

Call non rispose. Si chiedeva che cosa pensavano e sentivano i mulattieri quando i Comanche li avevano legati alle ruote del carro e avevano cominciato a preparare il fuoco sotto di loro. Pensavano agli angeli o desideravano semplicemente la morte?

– Appena arriviamo a Austin, voglio comprarmi un'arma migliore. E ho intenzione di esercitarmi. Se partiamo per questa spedizione, dobbiamo imparare a sparare.

Verso sera, il cielo si oscurò di nuovo a sud-ovest. Ancora una volta diventò nero come il carbone, con solo una sottile striscia di luce all'orizzonte. I rombi di tuono erano cosí forti che i ranger rinunciarono a parlare.

– Potrebbe essere un altro ciclone, – gridò Blackie. – Cerchiamo una gola o un fosso.

Stavolta, però, non si formò una vorticante nube-serpente, anche se un violento temporale li sferzò per circa un quarto d'ora, inzuppandoli. Si aspettavano una notte fredda e bagnata, ma ebbero la fortuna d'imbattersi in una grossa quercia sempreverde appena colpita e spaccata in due da un fulmine. Quando la pioggia diminuí, una parte dell'albero bruciava ancora. Era un bel fuoco caldo e permise a tutti di spogliarsi e di mettere i vestiti ad asciugare. Matilda si spogliò per prima, niente affatto intimidita; Call era restio a denudarsi in sua presenza, non cosí Gus. Non aveva un centesimo, ma sperava che il suo aspetto la inducesse a mostrarsi amichevole, o un po' piú che amichevole, piú tardi quella sera, una speranza che andò delusa. Bigfoot era preoccupato per Buffalo Hump: c'era un tempo per divertirsi e un tempo per stare in guardia. Nessuno dei ranger dormí molto, ma il grande fuoco procurava una certa consolazione. A mezzanotte, quando toccò a Call montare la guardia, il cielo era senza nubi e le stelle splendevano.

9.

Caleb Cobb e Billy Falconer, il suo scontroso capitano, arruolarono immediatamente i sei ranger per la spedizione contro il New Mexico. Ai ranger bastò presentarsi all'albergo dove avveniva l'arruolamento e la faccenda fu risolta.

Billy Falconer era un omuncolo scuro, dagli occhi vigili, ma Caleb Cobb era grosso; a Call pareva lento. Era alto quasi due metri e aveva lunghi e fluenti capelli biondi. Quando lanciò un'occhiata pigra agli uomini che speravano di accompagnarlo nella spedizione, sul tavolo di fronte a lui c'erano due pistole Colt Walker, l'ultima novità in fatto di armi. A Call sarebbe piaciuto possederne una; almeno gli sarebbe piaciuto prenderla e impugnarla, anche se naturalmente quelle belle pistole erano ben oltre le sue possibilità.

– La paga non c'è, è un servizio volontario, – precisò subito Caleb Cobb. – Forniamo solo rancio e munizioni.

– Tra l'altro, quando possibile, ci aspettiamo che il rancio ve lo procuriate da soli, – aggiunse il capitano Falconer.

Caleb Cobb aveva una voce grave; teneva in mano un mazzo di carte e lo mescolava di continuo.

– Questo è un esercito di uomini liberi, ma non lo chiameremo esercito, – disse.

– Non lo chiamerei comunque esercito, se gli individui fuori dall'albergo sono esemplari dei soldati, – disse Bigfoot.

Caleb Cobb sorrise o accennò un sorriso. Mentre gli occhi di Billy Falconer schizzavano da tutte le parti, lui a stento apriva i suoi. Adagiato in una grossa poltrona, osservava la procedura con l'aria mezza addormentata.

– Siamo soprattutto una spedizione commerciale, signor Wallace, – disse, dopo un momento. – Saint Louis ha dominato gli affari con Santa Fe abbastanza a lungo. Qui nella Repubblica del Texas c'è chi pensa che dovremmo andare a prendercene una fetta.

– Quelli là fuori sono perlopiú banchieri e barbieri, – ribatté Bigfoot. – Se vogliono commerciare, va benissimo, ma dove li troviamo i combattenti se i messicani decidono che non gli andiamo a genio?

– Non sta a voi preoccuparvene, sta a noi, – scattò il capitano Falconer.

– Sta a me, se porto il mio scalpo da quella parte.

– Diamine, i combattenti li recupereremo qua e là, – disse Caleb. – Il capitano Billy Falconer è una tale testa calda che potrebbe affrontare l'esercito messicano da solo.

– Se è cosí bellicoso, che vada ad affrontare Buffalo Hump, – suggerí Bigfoot. – Ieri lui e i suoi ragazzi hanno arrostito due mulattieri, a meno di trenta miglia da questo albergo.

– Diamine, quel brutto furfante, – esclamò Falconer, afferrando una delle Colt Walker. – Raduno una squadra e vado subito a dargli la caccia. Potete venire anche voi, ragazzi, se ve la sentite.

– Calma, Billy, – intervenne Caleb Cobb. – Insegui pure Comanche violenti, se vuoi, ma non ti porti una delle mie pistole nuove. Il gobbo potrebbe avere la meglio e a quel punto avrei una pistola in meno.

– Oh, pensavo che una di queste fosse mia, – disse Falconer. La posò sul tavolo con l'aria imbarazzata.

– Invece no, – disse Cobb, raddrizzandosi un po' nella poltrona. Poi diede un'altra occhiata a Bigfoot e passò il suo sguardo sonnolento sulla compagnia. A Call non piaceva il suo modo di fare, lo trovava insolente. Ma si rendeva conto che lui e Gus erano i piú giovani dei ranger, quindi non toccava a lui parlare.

– Allora, quando partiamo? – chiese Bigfoot.

– Dopodomani, se arriva il generale Lloyd, – rispose Caleb. – A quanto pare, le strade dalle parti di Houston sono fangose, di solito lo sono. Immagino che il generale sia rimasto bloccato.

– Il generale Lloyd? – chiese Bigfoot, un po' stupito. – Qualche anno fa ho fatto lo scout per lui. Perché ci portiamo un generale, se la spedizione è commerciale?

– Averne uno al seguito non nuoce, specialmente quando si ha a che fare con i messicani. Nella mia esperienza, gli piace trattare con lo *jefe*. Se diventano riottosi, infiliamo qualche medaglia al collo di Phil Lloyd e lo mandiamo a parlamentare con il governatore di Santa Fe. Magari ci risparmia qualche ostilità. Preferirei evitarle, se possibile, – rispose Caleb, mescolando le carte.

– Anch'io. Saremo in inferiorità numerica di cinquanta a uno, – commentò Bigfoot. – Se il generale Lloyd non è ancora arrivato, è perché si è ubriacato e si è perso. Quando facevo lo scout per lui, era sempre ubriaco marcio e si perdeva ogni volta che usciva dalla tenda per pisciare. Quello non trova il Messico nemmeno se lo puntate a sud e gli date un anno, e c'è di piú, non sa andare a cavallo.

Caleb Cobb ridacchiò. – Be', sa andare su un carro, altrimenti lo leghiamo.

– I nostri cavalli sono debolucci, – intervenne Long Bill. – Come facciamo?

– Sembrate uomini esperti. La Repubblica del Texas vi fornirà un cavallo a testa. Billy, firmagli qualche buono. La metà degli abitanti di Austin sono commercianti di cavalli, penso che ne troverete di soddisfacenti.

– E le pistole? – chiese Call. – Ho un'arma scadente. Vorrei sostituirla prima di partire, se possibile.

– Le pistole sono un problema vostro, – scattò il capitano Falconer. – Se siete ranger, ricevete la paga da ranger. Le pistole ve le comprate da soli.

– No, Billy, credo che delle pistole nuove siano un valido investimento, – lo contraddisse Caleb. – I messicani probabilmente ci accoglieranno a braccia aperte, cucineranno qualche capra e ci allestiranno un banchetto. Ma la gente è imprevedibile. Se quei maledetti bastardi si ribellano, sarà meglio essere bene armati, cosí gli spariamo. Di' all'intendente di aiutare i signori ad armarsi come si deve.

– Che strada facciamo, colonnello? – s'informò Bigfoot.

– Fate troppe domande. La strada non l'abbiamo ancora decisa, – scattò Falconer. – E non possiamo perdere la giornata in chiacchiere.

Caleb Cobb si limitò a sorridere.

Il capitano Falconer compilò velocemente alcuni buoni per i cavalli – validi per ogni commerciante di Austin, asserí – e poi li condusse da un certo Brognoli, che era responsabile di vettovaglie e armamenti. Quando lo trovarono, Brognoli stava comprando il bestiame. Avevano condotto lí venti bovini: si aggiravano per la piazza cittadina, che in quel momento era un vortice di attività. Un carovaniere montava un carro nuovo a colpi di martello, vari sellai riparavano le selle portate dai volontari e in mezzo a quella baraonda un dentista cavava un dente a un uomo. Questi ululava, ma il dentista perseverò ed estrasse un dente con una lunga radice rossa.

– Col cavolo che permetto a qualcuno d'infilarmi un paio di pinze in bocca e di cavarmi i denti, – disse Gus, mentre attraversavano la ressa. Cavalli, muli, pecore, maiali e polli affollavano la piazza. Call, che non si era mai trovato in mezzo a tanto fermento, si sentiva un po' in gabbia. C'era cosí tanto da vedere che era a dir poco disorientante. Passò mezz'ora prima che l'intendente Brognoli, presissimo dall'acquisto del bestiame, si occupasse della loro richiesta di armi. Quando trovò il tempo per loro, si rivelò un uomo affabile.

– Moschetti, ecco cosa abbiamo. Le pistole non me le hanno fornite. I moschetti vanno bene sia per i bisonti che per gli indiani.

Li condusse in un magazzino dietro un grosso emporio: casse di moschetti erano impilate le une sopra le altre. Mentre Call e i compagni soppesavano fucili e guardavano giberne, Gus sbirciò dentro l'emporio: in piedi a un banco c'era una ragazza cosí incantevole che dimenticò subito moschetti a percussione, giberne e tutto il resto. A quanto pareva, la ragazza lavorava nell'emporio; stava aiutando una vecchia signora a provarsi un cappellino da sole. Era snella, aveva un'espressione vivacissima e poi era attenta. Le aveva lanciato appena un'occhiata, pensando che fosse troppo occupata per accorgersene, ma lei l'aveva colta e l'aveva guardato in maniera cosí diretta da intimidirlo. Avrebbe battuto in ritirata tra i moschetti se lei non gli avesse prontamente sorriso, in modo rapido, amichevole.

Imbaldanzito, Gus abbandonò i compagni ed entrò nell'emporio. Era un grande negozio dal soffitto alto, pieno zeppo di mercanzie di ogni genere, da chiodi e martelli a cappelli eleganti; non resisté alla tentazione di provarsene uno grigio con la tesa larga, pur sapendo di non poterselo permettere. Sentiva chiacchierare la vecchia signora: non aveva fretta di scegliere. Due volte concluse che la giovane era cosí impegnata con la vecchia arpia che poteva azzardare un altro paio di occhiate, ma entrambe le volte lei colse il suo sguardo, come se le avesse lanciato una palla. Non permetteva a quegli sguardi di distrarla dal lavoro, ma non mancava di notarli.

Gus si mise a esaminare una cassa piena di coltelli, per i quali aveva sempre avuto una passione. In qualunque altro giorno alcuni di quelli nella cassa l'avrebbero entusiasmato; avevano lame scintillanti, manici di corno e avorio, ma in confronto alla bella ragazza che vendeva cappellini da sole erano di scarso interesse.

Quando finalmente la vecchia ebbe scelto e pagato il cappellino, Gus cercò di trovare il coraggio per salutare la ragazza, ma in quel mentre ci fu un'altra interruzione:

un ometto brusco con indosso una redingote nera entrò e andò dritto ai sigari.

– Buongiorno, signorina Forsythe, – disse. – Sono qui per il mio sigaro.

– Eccolo, dottor Morris. L'abbiamo già incartato. Mio padre se n'è occupato personalmente.

– Sí, ma se n'è occupato fin troppo bene, – rispose il dottore, strappando alla svelta l'incarto del pacchettino che la ragazza gli aveva consegnato. Ne estrasse un lungo sigaro e se lo passò lentamente sotto il naso.

– Non comprate mai un sigaro senza annusarlo, – consigliò alla ragazza, poi si toccò il cappello e uscí, con il sigaro che gli pendeva dalle labbra.

– Credo sia un buon consiglio, – disse lei, andando da Gus. – Ma non lo seguirò.

– Be', perché no? – chiese Gus, stupefatto che la ragazza si fosse avvicinata in quel modo e gli avesse parlato.

– Perché i sigari non mi piacciono, – disse lei, con un sorriso.

Poi gli ficcò in mano l'involucro accartocciato del pacchetto.

– Prego, signore, buttatelo, – disse, con un sorriso accattivante.

– Cosa devo fare? – chiese Gus, paralizzato dall'ansia di sbagliare qualcosa e di spaventarla; anche se, doveva ammetterlo, la ragazza non sembrava una che si spaventava facilmente.

– Buttate quella cartaccia. Che siete alto lo vedo, ma non so se siete utile. Io mi chiamo Clara. E voi?

– Augustus McCrae, – disse Gus. Usava di rado nome e cognome, ma in quell'occasione gli pareva opportuno.

– Augustus. Avete sentito, signor Brognoli? È romano come voi, – disse Clara, rivolta all'intendente, che era entrato nell'emporio per consegnarle i buoni per i moschetti.

– Non credo proprio, signorina Forsythe, – rispose Brognoli, toccandosi il cappello. – È solo un giovane briccone del Tennessee –. Poi, guardando Gus, aggiunse: – Faresti meglio a prenderti un moschetto, ti servirà dove stai andando. Che cos'hai in mano? Non avrai rubato qualcosa alla signorina Forsythe, vero?

– Oh, no, è solo una carta che gli ho chiesto di buttare, – intervenne Clara. – Mi piace scoprire in fretta se un uomo è utile oppure no. Per ora non l'ha buttata. Vorrà dire che è un indolente.

– Oh, questa ho intenzione di tenerla per sempre, – disse Gus, arrossendo per l'imbarazzo. Brognoli se n'era già andato; era solo con Clara Forsythe, che lo osservava con occhi vispi.

– Tenerla per sempre, quella cartaccia! Perché fareste una sciocchezza simile, signor McCrae? Vi aspetta una missione importante, immagino che vi serviranno entrambe le mani.

– La terrò perché me l'avete data voi, – disse Gus.

Clara smise di sorridere e lo guardò calma. Quell'uscita non parve stupirla, anche se stupí profondamente Gus. Non aveva intenzione di dire nulla di simile. Ma Clara Forsythe aveva suscitato in lui un sentimento cosí forte che non riusciva a muovere gli arti né a controllare le proprie parole.

– Senti, non vuoi scegliere un fucile? – chiese Call, affacciandosi un attimo all'emporio. Vide Gus accanto a una ragazza e pensò che stesse cercando di comprare qualcosa che non poteva permettersi e che non gli serviva, mentre un fucile gli serviva.

– Scegline tu uno per me, immagino che andrà bene, – disse Gus, deciso a non allontanarsi dalla signorina Forsythe fino a quando non fosse stato assolutamente necessario.

– Stiamo andando a comprare i cavalli, non vuoi sceglierti nemmeno quello? – chiese Call, un po' perplesso per il comportamento dell'amico.

Lanciò un'altra occhiata alla giovane commessa e vide che era insolitamente bella, il che forse spiegava le cose. Tuttavia, stavano per partire per una lunga spedizione pericolosa: scegliere l'arma e la cavalcatura giuste poteva fare la differenza tra la vita e la morte, una volta nelle praterie. Se la commessa gli piaceva tanto, Gus poteva tornare a chiacchierarci in seguito, anche se, caso piú unico che raro, non stava chiacchierando. Stava lí impalato, come inchiodato al pavimento, con delle cartacce in mano. Era un comportamento insolito. Call entrò nell'emporio, pensando che forse l'amico stava male. Avvicinandosi, si toccò il cappello di paglia, rivolto alla bella commessa.

– Buongiorno, signore, siete romano anche voi? – chiese Clara, con un sorriso.

Call rimase spiazzato: non capiva la domanda. La giovane aveva uno sguardo cosí diretto che lo fece trasalire. Cosa intendeva, e perché gliel'aveva chiesto?

– No, questo è Woodrow Call, è un semplice texano, – disse Gus. – Non so come faceva quell'individuo a sapere che vengo dal Tennessee.

Il commento di Brognoli l'aveva infastidito: che diritto aveva l'intendente di fare congetture sulla sua provenienza con la signorina Forsythe?

– Caspita, il signor Brognoli è un grande viaggiatore, – rispose Clara. – Mi ha parlato dell'Europa. Ho intenzione di andarci un giorno, a vedere le bellezze del posto.

– Dubito che avrò tempo di andarci, se è piú lontano di Santa Fe, – disse Call. Scoprí che parlare con la commessa non lo metteva a disagio: era cosí amichevole che parlare era facile, anche se lui non aveva idea di dove fosse l'Europa né di cosa ci fosse da vedere per una signorina.

Era impaziente, però: dovevano attrezzarsi per una grande spedizione e avevano un giorno solo per farlo. Si guardò intorno e vide che l'emporio conteneva beni di ogni sorta, molti dei quali probabilmente sarebbero stati utili per la spedizione, ma i buoni coprivano solo armi e cavalli. Non aveva senso sprecare tempo a curiosare nell'emporio, quando non avevano un soldo. Eppure Gus sembrava restio a muoversi.

– Arrivo, Woodrow, arrivo. Prendimi un moschetto uscendo.

– Diamine, credo di aver colpito il signor McCrae, – disse Clara con una risata. – Ma dubito che potrei colpire voi, signor Call, se non con un bastone.

Senza aggiungere altro, si voltò e si mise a svuotare uno scatolone di tessuti.

Call se ne andò, un po' confuso da quel commento. Perché avrebbe dovuto colpirlo con un bastone? Sembrava una ragazza amichevole, ma quel commento era difficile da decifrare.

Svuotando lo scatolone, Clara fischiettava un motivo. Dopo un po' alzò lo sguardo e vide che Augustus McCrae, il giovane del Tennessee, non si era mosso.

– Ehi, voi, andate, – lo incitò. – Il vostro amico, il signor Call, vi aspetta.

– No, non mi aspetta. Se n'è andato con i ragazzi.

– Siete davvero un Texas Ranger? Non ne ho conosciuti molti. Mio padre dice che sono mascalzoni, perlopiú. Siete un mascalzone, signor McCrae?

Gus non sapeva bene come rispondere a quella raffica di domande.

– Forse un paio di mascalzonate le ho fatte, – ammise. Poiché Clara era cosí franca, pensò che la sincerità fosse la linea di condotta migliore. Lei lo guardava sorridendo, il che lo lasciava perplesso.

– Su, visto che siete ancora qua, mettete questo cotone su quella panca. Si è stropicciato, lungo il viaggio. Temo che dovremo lavarlo prima di venderlo. Da queste parti la gente non paga per i tessuti di cotone stropicciati.

Gus prese il campione di cotone e andò a metterlo dove lei gli aveva detto. In quel mentre, entrò un vecchio con un cappotto marrone. Portava un cappello grigio e aveva una benda su un occhio. Parve un po' stupito di vedere uno sconosciuto che spostava i suoi tessuti.

– Ciao, papà, questo è il signor Augustus McCrae, del

Tennessee, – disse Clara allegra. – È un Texas Ranger, ma sembra che abbia tempo da perdere, perciò l'ho messo subito al lavoro.

– Capisco, – disse il signor Forsythe. Strinse la mano a Gus e guardò la figlia Clara con grande affetto. Poi, rivolto a Gus, disse: – È sfacciata, vero? Quando c'è lei, le opinioni non si fanno attendere. Ti dà la sua prima che tu abbia ripreso fiato.

Clara continuava a tirar fuori le merci, fischiettando. Si era arrotolata le maniche, esponendo i bei polsi.

– Be', devo andare a vedere quei cavalli, – disse Gus. – Molte grazie per la visita.

– Era una visita? – chiese Clara, lanciandogli uno dei suoi sguardi diretti.

– Lo sembrava, – rispose Gus. Gli parve una risposta inadeguata, ma non gliene venivano in mente altre.

– La porta non è chiusa a chiave. Tornate pure a darmi una mano con gli scatoloni, se avete tempo, – disse Clara.

Il vecchio Forsythe ridacchiò.

– Se non ce l'ha, lo troverà, – disse, mettendo un attimo il braccio intorno alle spalle della figlia.

Gus si toccò il cappello rivolto a entrambi e uscí dalla porta principale, stringendo i pezzi di involucro. Appena Clara non poté vederlo, piegò con cura la carta marrone e se la infilò nel taschino.

Benché fosse uscito dall'emporio e tornato in mezzo alla ressa di ambulanti e commercianti, tutti interessati a trarre profitto dall'imminente spedizione, in cuor suo Gus era ancora accanto allo scatolone di tessuti, in attesa che Clara Forsythe gli passasse un altro campione. Call, che era con Long Bill e Blackie Slidell a meno di venti metri da lui, dovette chiamarlo tre volte per attirare la sua attenzione.

– Tieni, spero che questo moschetto ti vada bene, – disse, quando finalmente Gus si avvicinò. – È nuovo e ha un bel peso. Non so come faremo per le pistole. Il signor Brognoli dice che sono costose.

– Non voglio partire, – rispose Gus, secco. – Chissà se il padre di quella ragazza mi assumerebbe per lavorare nel negozio.

– Che cosa? – disse Call, sconvolto. – Non vuoi partire per la spedizione?

– No, preferisco sposare quella ragazza.

Long Bill e Blackie Slidell la trovarono la battuta piú divertente dell'anno. Risero cosí forte che il dentista, sul punto di estrarre un dente a un altro paziente, s'interruppe un attimo per lo stupore.

Call, tuttavia, era in imbarazzo per l'amico. La spedizione a Santa Fe era una faccenda seria. Loro erano ranger, dovevano difendere la Repubblica. Eppure Gus era entrato in un negozio per scegliere un moschetto, aveva adocchiato una ragazza dai modi schietti e ora voleva lasciare i ranger.

– Sposarla... non hai un centesimo. Comunque, perché dovrebbe accettare? La conosci da meno di dieci minuti.

– Dieci minuti sono sufficienti, – rispose Gus. – Voglio sposarla e ho intenzione di farlo.

– Che filibustiere! – commentò Long Bill. – Incontra una ragazza e un attimo dopo va in cerca di un pastore.

– Be', mi avete sentito, – ribadí Gus. – Ho intenzione di sposarla, e questo è quanto.

– No, adesso non puoi, sarebbe diserzione, – gli fece notare Blackie. – Hai firmato stamattina, proprio davanti a Caleb Cobb. T'impicca all'istante se provi a ritirarti.

Quell'osservazione fece rinsavire Gus. Si era completamente dimenticato di aver messo la firma che lo obbligava a sottostare agli ordini militari. Si era dimenticato di gran parte della sua vita precedente all'incontro con Clara. Non gli era neanche passato per la testa che potessero giustiziarlo per aver cambiato idea.

– Diamine, quel segno non vale granché, – disse Gus. Non voleva finire impiccato, ma non voleva nemmeno lasciare Austin, adesso che aveva trovato la donna che aveva intenzione di sposare.

– Devi andare al bordello, ti schiarirà le idee, – disse Long Bill. – Anch'io ho la mente annebbiata. Andiamoci tutti, dopo che abbiamo scelto i cavalli.

– Non voglio una puttana, – disse Call, ma poi, dopo aver scelto i cavalli ed essersi comprati un'incerata a testa, scesero tutti in riva al fiume, dove diverse puttane lavoravano fuori da una baracca. C'erano sei cubicoli, separati da coperte appese. Gus scelse una ragazza messicana e fece alla svelta; non appena ebbe finito, già mentre si allacciava i calzoni, riprese a pensare a Clara Forsythe e ai suoi bei polsi.

Call scelse una giovane bianca di nome Maggie, che prese le monete e lo accettò in silenzio. Aveva gli occhi grigi, sembrava triste. Lo sguardo che aveva mentre lui si tirava su i calzoni lo mise un po' a disagio: era uno sguardo addolorato. Sentiva di dover dire qualcosa, forse provare a parlare un po' con lei, ma non sapeva come farlo, né perché pensasse di doverlo fare.

– Grazie, arrivederci, – disse infine.

Maggie non sorrise. Rimase in fondo al cubicolo, vicino alla trapunta su cui dormiva e lavorava, in attesa che entrasse il ranger successivo.

Quando Call uscí, Johnny Carthage era lí che aspettava. Non comprava le messicane per prassi, dato che era stata una puttana messicana a cavargli l'occhio con un coltello cercando di derubarlo.

– Be', che ne pensi? È vivace? – gli chiese Johnny.

– Non penso niente, – disse Call, ancora turbato dalla tristezza negli occhi di Maggie.

10.

Gus McCrae tenne il broncio per tutto il pomeriggio, rifiutandosi di muovere un dito. Call, che era diventato un maniscalco esperto, s'incaricò di ferrare i nuovi cavalli dei ranger. Non voleva che si azzoppassero, non durante un viaggio cosí lungo e rischioso. Mentre lavorava, arrivò Shadrach: era grigio e impolverato. Quando gli chiesero da dove veniva, rispose che era stato a ovest, a dare la caccia ai puma.

– Accidenti, quando vado a caccia voglio qualcosa di piú saporito di un puma, – disse Bigfoot.

– Prendo solo il fegato, – rispose Shadrach.

– Il fegato dei puma? – chiese Bigfoot, stupito. – Ho sentito dire che lo mangiano i Comanche, ma i Comanche mangiano anche le moffette. Io non ne ho mai mangiate e spero di non dover mai mangiare il fegato di un puma.

– È una medicina. Una buona medicina. Probabilmente attraversando le pianure vedrò qualche puma.

– Oh, ti sei messo a pensare come un indiano, Shad, – disse Bigfoot.

– Per combatterli meglio, – replicò Shadrach. Andò a immergere il capo in un grosso abbeveratoio per togliersi un po' di polvere dai lunghi capelli arruffati.

Finalmente Gus accettò di dare una mano con la ferratura, ma aveva la testa altrove. Se Call chiedeva la raspa, lui era capace di passargli un punteruolo o addirittura un chiodo. Due volte si spinse fino all'emporio, ma Clara era andata a sbrigare delle commissioni. Il signor Forsythe fu gentile con lui, per quanto vago riguardo a quando la figlia sarebbe tornata.

– È imprevedibile. È come il vento. A volte è quieta e a volte no.

Seccato con la ragazza (perché non restava dove poteva trovarla?), Gus scelse la miglior alternativa rimasta, ovvero ubriacarsi. Comprò una fiasca di liquore da un ambulante messicano e si sedette a berla sotto una tettoia, intanto che l'amico finiva di ferrare i cavalli. Mentre Call lavorava, passò un calesse: sopra c'era un vecchio addormentato con indosso un cappotto militare. Il vecchio aveva la faccia rossa e russava cosí forte che continuarono a sentirlo anche quando il calesse si fu allontanato.

– Be', quello è Phil Lloyd, maledetto ubriacone, – disse Bigfoot. – È un generale, ma non uno bravo. Dubito che basterebbe una carrettata di barili di whiskey per tenerlo buono fino a Santa Fe, a meno che non viaggiamo veloci.

Call giunse alla conclusione che l'esercito era strano: perché nominare generale un vecchio che non era nemmeno in grado di trovare la strada? Cercò d'interessare Gus alla questione, ma a Gus quelle faccende non importavano.

– Non c'era, – ripeteva, parlando di Clara. – Sono tornato a trovarla due volte, mi aveva detto lei che potevo, ma non c'era.

– Immagino che domattina ci sarà, – rispose Call. – Puoi passare da lei e dirle *adiós*. Dicono che partiamo domani.

– Voi partite, io no. Né domani, né mai.

Call sapeva che l'amico era troppo ubriaco per ragionare, perciò non insisté.

– Andiamo a camminare lungo il fiume, mi sento irrequieto, – disse Gus poco dopo. – Ormai il negozio è chiuso, fino a domani non posso andare a trovarla.

Call era contento di accompagnarlo. Era una notte stellata e i ranger avevano appena fatto una scorpacciata dei *tamales* che Blackie Slidell aveva comprato da una messicana. Una passeggiatina sarebbe stata piacevole. Prese il moschetto nuovo, nel caso avessero incontrato guai. Capitava che i Comanche entrassero a Austin e rapissero bambini o anche giovani donne. Essere armati non nuoceva.

Percorsero un bel tratto lungo il ripido argine del Colorado; si vedeva una luce in mezzo all'acqua. Qualcuno era uscito in barca.

– Staranno pescando, – disse Call.

Gus era ancora abbastanza ubriaco.

– Che razza di idiota va a pesca di notte? I pesci non vedono l'esca, – rispose. Poi, tra un passo e l'altro, all'improvviso precipitò nel vuoto. Era cosí ubriaco che non si spaventò; a volte, quando beveva molto, sveniva: era un po' come cadere. Per un attimo pensò di star svenendo. La luce della lanterna sull'acqua vorticava, una cosa che associava all'ubriachezza.

Gli parve di capovolgersi, un'altra sensazione che provava da ubriaco; poi vide di nuovo il fiume, ma gli sembrava che fosse sopra di lui. Capí che stava cadendo, in una notte cosí buia che non vedeva nulla. Non ricordava nemmeno cosa facesse prima di cadere.

– Un pesce non ha bisogno di vedere, sente l'odore, – ribatté Call, un attimo prima di rendersi conto, con sgomento, che non parlava con nessuno. Gus McCrae, che fino a un secondo prima era al suo fianco, era scomparso. Lí per lí pensò che l'avesse rapito un indiano, anche se non sapeva come, dato che lui e Gus si trovavano solo a un passo di distanza. Ma Buffalo Hump aveva preso Josh Corn e neppure lui era tanto lontano.

Si girò di scatto e per poco non cadde a sua volta dall'argine. Non vedeva il bordo, ma al chiarore delle stelle vedeva il fiume. Era parecchio piú in basso. Capí allora che Gus doveva essere caduto. Non sapeva cosa fare, probabilmente era troppo tardi per fare alcunché. Forse Gus era già morto o stava morendo. Doveva raggiungerlo, ma non sapeva come, senza cadere a sua volta. Non aveva una corda e faceva cosí buio che aveva paura di provare a calarsi.

Poi ricordò che durante il giorno aveva visto un vecchio con una canna da pesca scendere lungo una specie di pista. Dunque una discesa c'era, ma per trovarla gli serviva luce.

Si mise a correre verso la città, tenendosi alla larga dall'argine; sperava di incontrare qualcuno con un lume. Ma era come se all'improvviso si trovasse nella lunga pianura oltre il Pecos: non vide anima viva finché non raggiunse il campo dei ranger. Quando arrivò, scoprí che l'unico a non essere ubriaco marcio era Johnny Carthage lo storpio, il piú lento di tutti. Blackie Slidell e Rip Green erano cosí sbronzi che non si ricordavano nemmeno chi fosse Gus McCrae. Se non altro, Johnny Carthage era volenteroso; lui e Call trovarono una lanterna e tornarono al fiume. Dopo un po' individuarono un punto in cui scendere la scarpata.

Il problema era che Call non sapeva quanto avessero camminato prima che Gus cadesse. Con l'aiuto della lanterna, però, vide che l'argine non era abbastanza alto perché una caduta si rivelasse fatale, a meno che Gus non avesse avuto sfortuna e si fosse spezzato l'osso del collo o la schiena.

Finché erano in cima all'argine, Johnny Carthage era stato abbastanza coraggioso. Ma una volta in basso, lungo il fiume, lontano da qualunque aiuto, la sua paura degli indiani s'ingigantí al punto che sussultava a ogni ombra.

– Gli indiani sanno nuotare, – annunciò, guardando l'acqua scura.

– Chi? – chiese Call. Voleva chiamare Gus, ma ovviamente, se c'erano indiani nelle vicinanze, il richiamo li avrebbe traditi. Temeva che Johnny si lasciasse prendere dal panico, se i pericoli fossero aumentati molto.

– Gli indiani, – ripeté Johnny. – Quello grosso con la gobba potrebbe essere lí nell'acqua.

– Perché dovrebbe essere in acqua, a quest'ora di notte? – chiese Call. Cercava di distrarre Johnny dalla paura ponendogli domande ragionevoli.

– Be', potrebbe, – disse Johnny. Sentiva il forte bisogno

di sparare, anche se non vedeva alcun bersaglio. Semplicemente aveva la sensazione che, se avesse sparato, avrebbe avuto un po' meno paura.

Con stupore e sgomento di Call, a un tratto Johnny sparò. Call pensò che avesse visto un indiano; forse Buffalo Hump era davvero nel fiume. Johnny Carthage aveva dieci anni piú di lui ed era piú esperto: magari in qualche modo aveva individuato un indiano nell'acqua.

– L'hai colpito? – chiese.

– Colpito chi?

– L'indiano a cui hai sparato.

Johnny aveva cosí paura che si era già dimenticato di aver sparato. Ricordava di averne avuto voglia, perché l'avrebbe reso meno nervoso, ma non ricordava minimamente di aver premuto il grilletto.

Gus McCrae non riusciva a mettere a fuoco le stelle, lassú in alto. Giaceva supino, con un dolore terribile alla caviglia sinistra, chiedendosi se era ubriaco o morto. Se fosse stato morto, di certo la caviglia non gli avrebbe fatto cosí male. Ma poi non ne era sicuro: forse i morti sentivano ancora. Non era sicuro di nulla: sapeva solo che la caviglia sinistra gli faceva male. Sentiva lo sciabordio dell'acqua contro la riva, il che probabilmente voleva dire che era ancora vivo. Non era nemmeno bagnato, e questo era un bene. Uno degli aspetti piú spiacevoli della vita da ranger era che molto spesso lo esponeva alla furia degli elementi. Durante la prima marcia verso il Pecos, si era inzuppato diverse volte; in un'occasione, mentre attraversava un ruscelletto insignificante, gli stivali gli si erano riempiti d'acqua. Quando se li era tolti per svuotarli, parecchi dei ranger piú vecchi avevano riso, ma lui non aveva capito per quale motivo finché non aveva provato a rimetterli. Non ci riusciva: i piedi che aveva appena tolto da quegli stessi stivali non volevano saperne di rientrarci. Non ci rientrarono per quasi due giorni, fino a quando gli stivali non si furono asciugati per bene. Quell'episodio gli era tornato in mente soprattutto perché la caviglia gli faceva malissimo: non sarebbe mai riuscito a infilarsi uno stivale, con la caviglia che gli doleva tanto. Sarebbe dovuto andare in giro senza uno stivale per un po', in attesa che la caviglia guarisse.

Mentre pensava alle difficoltà che comportava bagnarsi, risuonò uno sparo. Pensò che fosse un indiano; cercò di rotolare sotto un cespuglio, ma sulla riva del fiume non ce n'erano. Anche se bagnarsi non gli piaceva, il pensiero di essere catturato da un indiano gli piaceva ancora meno. Stava per buttarsi in acqua, convinto di poter nuotare abbastanza al largo da non farsi trovare dagli indiani, quando sentí poco lontano le voci di Johnny Carthage e Woodrow Call, che parlavano proprio di quello a cui pensava anche lui: gli indiani.

– Ehi, ragazzi, sono io! – chiamò. – Venite, svelti, sono accanto all'argine.

Un attimo dopo, con suo grande sollievo, Call e Johnny lo trovarono.

– Temevo che fosse quello grosso, – disse, quando lo raggiunsero con la lanterna. – Se mi sorprendeva cosí a terra, mi trafiggeva con la lancia.

Seppur contento di aver trovato Gus vivo, Call non era ancora sicuro di quale fosse la situazione. Non lo era nemmeno Johnny. Lo sparo li aveva confusi entrambi. Anche se non era ubriaco marcio, in realtà Johnny era meno sobrio di quanto Call avesse supposto al campo. Sembrava sobrio in confronto a Blackie e Rip, ma ora quello che aveva bevuto si stava facendo sentire. Non ricordava se avesse sparato perché aveva visto un indiano o tanto per sparare; era anche possibile che lo sparo fosse partito unicamente per sbaglio.

Call era esasperato. Non aveva mai visto nessuno di cosí incerto riguardo al proprio comportamento.

– Sei stato tu a sparare, – ricordò a Johnny per la terza volta. – A cosa hai sparato, a un indiano?

– Matilda ha mangiato quella grossa tartaruga, – rispose Johnny, sempre meno in possesso delle proprie facoltà. Della sua vita fino a quel momento ricordava solo che Matilda Roberts aveva cucinato una tartaruga azzannatrice in un campo di ranger lungo il Rio Grande.

– Non era stasera, Johnny. Era molto tempo fa e non so cosa c'entra con stasera. Non hai sparato a una tartaruga azzannatrice, vero?

Johnny Carthage tacque, perplesso. Call non poté fare a meno di seccarsi. Era questione di vita o di morte, perché non riusciva a ricordarsi a cosa aveva sparato?

– A cos'hai sparato stasera? – chiese un'altra volta.

Gus era sempre piú convinto di essere vivo e di stare bene, tranne che per la caviglia ferita, ovviamente.

– Mi fa male la caviglia, spero di non essermela rotta. Tanto vale che lasci in pace Johnny, però. Non ha idea di perché ha sparato.

– Dovrei essere alla fame per mangiare una maledetta tartaruga, – disse Johnny Carthage. Fu l'ultima cosa che disse quella sera. Con somma irritazione di Call, sprofondò nel torpore e poco dopo cadde riverso come Gus.

– Adesso siete a terra in due, – si lagnò Call. – È una maledetta seccatura.

Gus era troppo sollevato per darsi pensiero del malumore dell'amico.

– Chissà se domani quella ragazza sarà al negozio, – disse a voce alta. – Vorrei tanto rivederla, anche se ho la caviglia malconcia.

– Valla a trovare allora, – rispose brusco Call. – Magari ti vende una stampella.

11.

Quando Call aiutò Gus a rientrare al campo zoppicando – Johnny Carthage non fu di alcun aiuto, dato che era svenuto per l'ubriachezza vicino a dove Gus era caduto –, Bigfoot era lí a bere con Long Bill e Rip Green. Dopo una certa quantità di colpetti, durante i quali Gus si lasciò sfuggire un paio di gemiti, dichiarò che la caviglia era slogata, ma non rotta. Ora Gus aveva il morale a terra: temeva che non gli permettessero di partecipare alla spedizione.

– Tanto non ci volevi venire, avevi intenzione di restare qui e sposare quella ragazza, – gli ricordò Call.

– No, ci voglio venire eccome, – disse Gus. – Se riesco a prendere un po' di quell'argento possiamo vivere da ricchi, se la sposo davvero.

In realtà era combattuto. Aveva una voglia matta di sposare Clara; allo stesso tempo, però, il pensiero di veder partire i compagni per quella grande avventura lo rendeva triste e di cattivo umore.

– Secondo voi il colonnello Cobb mi lascerà qui, per via della caviglia?

– No, che diamine, i carri su cui viaggiare non mancano. Una storta di solito guarisce nel giro di una settimana, – rispose Bigfoot. – Magari ti mettono sul calesse con il vecchio Phil Lloyd, a meno che non vogliono caricarlo su un carretto.

– Viaggiare con un generale? – disse Gus. – Non saprei cosa dirgli.

– A Phil Lloyd non dovrai dire una parola, sarà troppo ubriaco per parlare, – lo rassicurò Bigfoot.

L'indomani mattina, Gus aveva la caviglia cosí gonfia che non poteva appoggiarci nemmeno un briciolo di peso. La cosa lo amareggiò profondamente; sperava di essere all'emporio all'orario di apertura, per aiutare la signorina Forsythe a svuotare gli scatoloni. Ma gli faceva male anche solo reggersi in piedi: fitte di dolore gli attraversavano la caviglia.

– Immagino che in quel negozio avranno della pomata, – disse Call. – Posso andare a comprartene un po'.

– Ah, come no! – disse Gus, agitandosi al pensiero che Call vedesse Clara prima di lui. – Presumo che vorrai anche aiutarla a tirare fuori i tessuti.

– Che cosa? – chiese Call, confuso dall'irritazione di Gus. – Perché dovrei aiutarla? Non lavoro al negozio.

– Il grasso d'orso è la cosa migliore per le storte, – lo informò Long Bill.

– Be', ne abbiamo? – chiese Gus, ansioso d'impedire a Call di andare all'emporio.

– Diamine, no, non me lo porto dietro, – rispose Long Bill. – Magari la prossima volta che uccidiamo un orso ne raccogliamo un po'.

– Una volta ho visto un orso che mangiava un cavallo, – disse Gus. – Non l'ho ucciso, però.

Call si stufò di quei discorsi sconclusionati e andò al negozio. La ragazza era lí, piú sveglia che mai. Ma non stava tirando fuori i tessuti. Impilava centesimi sul banco, fischiettando.

– Zitto, non interrompetemi, – disse, lanciando a Call un'occhiata allegra. – Se perdo il conto, mi tocca ricominciare da capo.

Call attese paziente mentre la ragazza finiva di sommare i centesimi e scriveva il totale su un pezzetto di carta.

– Dunque siete voi e non il signor McCrae, – disse, quando ebbe finito. – Aspettavo lui. Immagino che non sia colpito come pensavo.

– Oh, è terribilmente colpito, – le assicurò Call. – Voleva essere qui di buonora, ma è caduto e si è fatto male alla caviglia.

– Tipico, tutti cosí gli uomini. Se l'è rotta? Sarà successo mentre ballava con una *señorita*. Mi sembra il tipo di Texas Ranger che fa visita alle *señoritas*.

– No, è caduto dall'argine. Ero con lui quand'è successo. Si è preso una brutta storta e pensava che della pomata poteva giovargli.

– Potrebbe, se gliela spalmassi io, – disse Clara.

Call era imbarazzatissimo. Non aveva mai sentito di una donna che spalmava pomata sul piede di un uomo. Gli pareva sconveniente, anche se riconosceva che forse a Austin non valevano le stesse regole.

– Se posso comprarne un po' e portargliela, se la spalmerà da solo.

– Vedo che di medicina non sapete nulla, signore, – disse Clara, pensando che non aveva mai conosciuto un giovane sciocco e sussiegoso come il signor Woodrow Call.

– Be', posso comprarne un po'? – chiese Call. Tutte quelle chiacchiere lo stancavano, tanto piú che la ragazza era sfacciata e aveva un atteggiamento incomprensibile.

– Sí, eccola qua, abbiamo la miglior pomata di tutti i negozi della città, – rispose Clara. – Mio padre usa questa. Credo sia a base di radici.

Gli diede un grosso barattolo di pomata e gli chiese venti centesimi. A sentire quel prezzo Call restò sgomento: non pensava che ne costasse piú di dieci.

– Dite al signor McCrae che lo reputo molto sbadato, a essere caduto dall'argine senza il mio permesso, – disse Clara, avvolgendo il barattolo nella carta marrone. – Se non era cosí sbadato, oggi poteva essermi utile.

– Non aveva idea di essere cosí vicino al bordo, signorina, – disse Call, sentendosi in dovere di difendere l'amico.

– Niente scuse, ditegli che sono molto contrariata. Una volta che colpisco un uomo, mi aspetto un comportamento piú cauto.

Quando Call gli riferí la conversazione, Gus diede tutta la colpa a lui.

– Le avrai detto che ero ubriaco. Hai intenzione di sposarla tu, scommetto, – disse, arrabbiato.

La sua irrazionalità lasciò Call di stucco.

– Non so nemmeno come si chiama.

– Puah, non ci vuole tanto a imparare un nome. Hai intenzione di sposarla, vero?

– Devi esserti rotto il cervello, quando sei caduto. Non ho intenzione di sposare nessuno. Io vado a Santa Fe.

– Be', anch'io. Non dovevo permetterti di avvicinarti al negozio, – disse Gus. Lo assillava il pensiero che Clara Forsythe potesse aver preso in simpatia Call. Magari aveva deciso che preferiva lui, un pensiero cosí tormentoso che si alzò e cercò di andare al negozio. Ma non poteva appoggiare il peso sulla caviglia ferita; gli toccava saltellare su un piede solo e capí quasi subito di non poter fare molta strada. E poi, comunque, cosa avrebbe pensato Clara di un uomo che entrava saltellando su un piede solo?

Fu costretto a rimanere al campo tutto il giorno, immusonito, mentre gli altri ranger sbrigavano i loro affari. Long Bill Coleman, impegnato a riparare una staffa crepata, perse di vista la fiasca di whiskey che aveva comprato la sera prima. Gus strisciò fino alla sua piccola pila di coperte, stappò la fiasca e ne bevve una buona parte. Poi tornò strisciando al proprio posto, ubriaco.

Piú o meno in quel momento si presentò l'intendente Brognoli, in cerca di uomini che caricassero i carri delle munizioni. Reclutò Call e Rip Green. Gus temeva che, venendo a sapere della caviglia, lo espellesse dalla compagnia, ma Brognoli lo degnò a malapena di un'occhiata.

– Tra pochi giorni rincorrerete i bisonti, signor McCrae. Vi avverto, però: una volta in viaggio, state attento a non farvi male. Il colonnello Cobb non sopporta i ritardatari. Se non reggete lo sforzo, vi abbandonerà e dovrete tornare indietro alla bell'e meglio.

Gus riuscí a sgraffignare diverse altre sorsate dalla fiasca di Long Bill ed era ubriaco perso quando si svegliò da un sonnellino e vide una ragazza avanzare verso il campo. Si rese conto con raccapriccio che si trattava di Clara Forsythe. Era una catastrofe: oltre che ubriaco e troppo malconcio per prendersi cura di sé, era anche lercio, perché durante la notte era rotolato per sbaglio in una pozzanghera fangosa.

Si guardò intorno in cerca di un carro sotto il quale nascondersi, ma non ce n'erano. Johnny Carthage russava, con il capo sulla sella, e nel campo non c'era nessun altro.

– Eccovi, speravo che veniste di buonora e mi aiutaste a tirare fuori quei tessuti pesanti, – disse Clara. – Vedo che siete inaffidabile, dovevo sospettarlo.

Sorrideva, rimbrottandolo, ma Gus era cosí consapevole di essere ubriaco e sudicio che quasi non sapeva cosa fare.

– Fatemi vedere il piede, – disse Clara, inginocchiandosi accanto a lui.

Gus era sbigottito. Benché Call l'avesse informato che Clara aveva intenzione di spalmargli la pomata sul piede di persona, lui non ci aveva creduto. Era una bugia che Call si era inventato per farlo stare peggio di come stava. Era improbabile che una bella ragazza di classe come la signorina Forsythe volesse spalmargli la pomata sulla caviglia sudicia.

– Che cosa? – chiese. Era cosí ubriaco che a stento riusciva a balbettare. Ora rimpiangeva di essere stato cosí sciocco da scolarsi la fiasca di Long Bill, ma come poteva aspettarsi una visita della signorina Forsythe? Solo le puttane si aggiravano per i rozzi campi dei ranger e Clara chiaramente non era una puttana.

– Ho detto: fatemi vedere il piede, – ripeté Clara. – La caduta vi ha reso anche sordo?

– No, ci sento. A cosa vi serve il piede?

– Voglio sapere se vi riprenderete, signor McCrae, –

rispose Clara, con un sorriso di sfida. – Se vi riprendete, forse ho dei piani in serbo per voi, ma se siete spacciato non voglio perdere tempo.

– Che genere di piani?

– Be', al negozio ci sono molti scatoloni da svuotare. Se vi comportate bene, potreste farmi da assistente.

Gus cedette il piede malridotto, scalzo e assai poco pulito. Clara lo toccò con delicatezza, mettendogli una mano a coppa sotto il tallone.

– Il fatto è che sono un ranger, – le ricordò Gus. – Mi sono arruolato nella spedizione per Santa Fe. Se adesso cerco di ritirarmi, il colonnello potrebbe considerarla diserzione e farmi impiccare.

– Stupidaggini, – disse Clara, tastando la caviglia gonfia. Posò il piede a terra, vide il barattolo di pomata appoggiato su una pietra lí vicino e tolse il coperchio.

– Be', quella è gente che, se vuole, ti impicca per diserzione sul serio, – disse Gus.

– Lo so, state zitto, – disse Clara. Prese della pomata e cominciò a spalmarla un po' per volta massaggiandogli la caviglia gonfia. – Secondo mio papà la spedizione è una buffonata. Dice che morirete di fame, quando arriverete nelle pianure. Dice che tra un mese sarete di ritorno. Penso di poter aspettare un mese.

– Me lo auguro, – disse Gus. – Non vorrei che qualcuno mi rubasse il lavoro.

Clara lo guardò senza dire nulla. Continuò ad applicargli la pomata sulla caviglia a piccoli tocchi e a spalmarla delicatamente.

– Questa pomata puzza, – la informò Gus. – Sa di disinfettante per le pecore.

– Mi sembrava di avervi detto di tacere. Se non foste malconcio, potremmo fare un picnic, giusto?

Gus decise d'ignorare quel commento: era malconcio e comunque non sapeva bene che cosa fosse un picnic. Pensava che avesse a che vedere con l'andare in chiesa, ma lui non andava in chiesa e non voleva fare brutta figura ammettendo la propria ignoranza.

– E se stiamo via due mesi? Non darete il lavoro a nessun altro, vero?

Clara ci pensò su un attimo; sorrideva, ma non a lui, esattamente. Sembrava che sorridesse piú che altro fra sé e sé.

– Be', ci sono altri aspiranti, – ammise.

– Sí, quel maledetto Woodrow Call, immagino. Non gli ho mai detto di andare a comprare la pomata. Ha fatto tutto di testa sua.

– Oh, no, non il caporale Call, – disse immediatamente Clara. – Non credo che mi piacerebbe avere il caporale Call come aiutante. È un po' troppo serioso per i miei gusti. Ci metterebbe troppo a rendersi ridicolo.

– Avete ragione, non è ridicolo, – disse Gus. Gli pareva un criterio alquanto bizzarro, ma non aveva intenzione di discutere con lei.

– Mi piacciono gli uomini che tendono a rendersi ridicoli fin da subito, – disse Clara. – Come voi, signor McCrae. Caspita, quanto al rendervi ridicolo non esitate un momento.

Gus decise di non rispondere. Non aveva mai incontrato nessuno che lo confondesse come la giovane inginocchiata davanti a lui, con il suo piede quasi in grembo. Sembrava che non gliene importasse un fico secco del fatto che il piede era sporco e lui stesso non proprio pulito.

– Siete ubriaco, signore? – chiese lei brusca. – Mi pare che l'alito vi puzzi di whiskey.

– Be', Long Bill ne aveva un po', – ammise Gus. – L'ho preso come medicina.

Clara non degnò quella bugia di uno sguardo né di una risposta.

– A cosa pensavate quando siete caduto dall'argine, signor McCrae? Ve lo ricordate?

In realtà Gus non se lo ricordava. Del giorno prima ricordava soprattutto di essere stato accanto a lei nell'emporio, a guardarla tirare fuori i tessuti. Ricordava i suoi polsi leggiadri e il movimento dei granelli di polvere in un raggio di sole che entrava dalla grande vetrina. Ricordava di aver pensato che Clara era la donna piú bella che avesse mai incontrato e che voleva stare con lei, non concepiva altro piano che quello; non aveva alcun ricordo di quando era caduto dall'argine, né la piú pallida idea di che cosa lui e Woodrow Call si stessero dicendo. Ricordava uno sparo e poi Call e Johnny che lo trovavano ai piedi dell'argine. Ma cosa fosse successo prima o si fosse detto sul sentiero, non lo ricordava.

– Mi sa che mi preoccupavo degli indiani, – disse, dato che Clara lo guardava in un modo che lasciava intendere che voleva una risposta.

– Uffa, pensavo che magari pensaste a me. Mi ero fatta l'idea di avervi colpito, ma evidentemente mi sbagliavo. Di sicuro non ho colpito il caporale Call.

– Non è un caporale, è solo un ranger, – la corresse Gus, seccato che lo nominasse un'altra volta. Non si fidava di lui, almeno non per quanto riguardava Clara.

– Caspita, cosí va meglio, allora forse vi ho colpito davvero.

Clara chiuse il barattolo, appoggiò delicatamente a terra il piede di Gus e si alzò.

– La pomata puzza un po' di disinfettante per le pecore, è vero. Cosa usano lor signori per lavarsi qui al campo?

– Niente, non si lava nessuno. In viaggio a volte ci laviamo in un ruscello, altrimenti restiamo sporchi.

Clara prese una camicia che qualcuno aveva buttato per terra e si pulí le dita con cura.

– Spero che al proprietario non dispiacerà avere un po' di disinfettante per le pecore sulla camicia.

– Quella è la camicia di riserva di Call, non gli dispiacerà.

– Oh, il caporale Call. A proposito, dov'è?

– Non è un caporale, ve l'ho detto, – rispose Gus. Lo irritava molto che usasse quel termine; che poi provasse il bisogno di parlare di lui era piú che fastidioso.

– Ho intenzione di chiamarlo caporale Call comunque, e come lo chiamo non sono affari vostri, – rispose Clara con fare impertinente. – Sono libera di scegliere i nomi per i miei ammiratori, presumo.

Gus era cosí seccato che non sapeva come rispondere. Tenne il muso per un po', pensando che avrebbe preso a pugni Call, se fosse stato lí, che la caviglia gli dolesse o no.

– Be', arrivederci, signor McCrae, – disse Clara. – Spero che la vostra caviglia migliori. Se domani sarete ancora al campo, tornerò a farvi un altro trattamento. Non voglio un assistente invalido, con tutti gli scatoloni da svuotare che ci sono.

Con stupore di Gus, si chinò e gli diede una stretta di mano; le sue dita odoravano della pomata che aveva appena finito di spalmargli.

– Dovremmo partire domani, ma io spero di no, – rispose Gus.

– Sapete dov'è il negozio. Mi aspetto una visita, prima della partenza.

Clara fece per andarsene, poi si voltò a guardarlo un'altra volta.

– Porgete i miei omaggi al caporale Call. È un peccato che non sia piú ridicolo.

– Se lui è un caporale, allora lo sono anch'io, – ribatté Gus, profondamente irritato dai modi della ragazza.

– Caporale McCrae, no, non suona bene. Caporale Call, chissà perché, ha un suono convincente.

Poi, con un cenno della mano, Clara se ne andò.

Quella sera, quando tornò al campo sudato dopo aver caricato munizioni tutto il giorno, Call trovò Gus ubriaco e furente. Era cosí arrabbiato da essere rosso in faccia e avere una grossa vena gonfia sul naso.

– Ti chiama caporale, mascalzone! – disse con voce furibonda. – Ti ho detto di stare alla larga da quel negozio. Se non lo fai, quando guarisco ti do una bastonata che non te la dimentichi.

Call fu colto di sorpresa e Long Bill, Rip Green e una nuova recluta di nome Jimmy Tweed, un lungagnone dell'Arkansas, rimasero tutti di sasso per l'ostilità di Gus. Jimmy Tweed non l'aveva mai visto e restò scioccato da quell'atteggiamento rissoso.

Call non sapeva come rispondere, perciò non disse nulla. Sapeva che a volte, con la febbre, la gente andava fuori di testa; doveva essere successo a Gus. Si avvicinò per vedere se delirava e in cambio della sua preoccupazione si beccò un forte calcio nello stinco. Gus era riuscito a sferrarglielo benché fosse sdraiato sulla pancia.

– Diamine, è turbolento, vero? – disse Jimmy Tweed. – Se non era invalido, ci toccava incatenarlo.

– Non ti conosco, non t'immischiare! – lo ammoní Gus. – Facevo di peggio che prenderlo a calci, se potevo.

– Sarà la febbre, – disse Call, incapace di spiegare altrimenti il comportamento dell'amico.

Prima che la lite andasse oltre, Bigfoot arrivò in groppa a un grosso cavallo grigio che si era appena procurato.

– Buffalo Hump ha attaccato una fattoria dalle parti di Bastrop. Un vecchio è scappato e ha dato la notizia. Stiamo radunando una compagnia per andare all'inseguimento degli indiani. Siete tutti invitati, tranne Gus e Johnny. Sbrigatevi. Dobbiamo muoverci finché le tracce sono fresche.

– Perché io non sono invitato? – chiese Johnny Carthage. Era appena entrato nel campo zoppicando.

– Perché tu devi fare i bagagli, – rispose Bigfoot. – La spedizione parte domani di buonora. Dubito che saremo di ritorno. Devi sistemare l'equipaggiamento e caricare Gus su un carro o un carretto o qualcosa. Vi ritroveremo sulla pista, se ne usciamo vivi.

– È un sacco di roba da sistemare per una persona sola, – commentò cupo Johnny. – Gus non mi darà una mano, sta male.

– Male, ma non abbastanza. Mi ha quasi staccato la gamba con un calcio, – disse Call. Piú ci pensava, piú si sentiva offeso. Aveva caricato munizioni tutto il giorno, perché doveva beccarsi un calcio per colpa di chissà quale battuta di quella ragazza?

Shadrach arrivò al trotto, con il lungo fucile di traverso sulla sella. Non disse nulla, ma era chiaro che fremeva di impazienza.

– Andiamo, ragazzi. Buffalo Hump sarà già a metà strada per il Brazos, – disse Bigfoot.

Quel giorno avevano assegnato a Call un cavallo nuovo. Fino ad allora l'aveva a malapena toccato, ma in un attimo fu in sella. Il cavallino baio fece subito un balzo e per poco non lo disarcionò; dopo quell'unico balzo, non sgroppò piú. Call ebbe appena il tempo di prendere fucile e giberna. Shadrach era già partito. Long Bill, Rip Green e Jimmy Tweed si affrettarono a montare a cavallo. Nel campo l'unico calmo era Bigfoot. Senza smontare si chinò, prese un pezzo di pancetta portata lí da qualcuno e lo mise alla svelta nella bisaccia.

– È un sacco di roba da sistemare, – ripeté Johnny Carthage, guardando il caos di coperte, pentole e attrezzatura intorno a lui.

– Oh, piantala di frignare, – lo zittí Bigfoot.

Blackie Slidell arrivò di corsa; si era tolto la camicia per aiutare a caricare un carro e aveva cosí paura di restare indietro che se l'era infilata a rovescio, cavalcando.

Call guardò Gus: era ancora sdraiato sulla pancia, ma non cosí arrabbiato.

– Non ho idea del perché sei irritato. Ci vedremo lungo la pista, immagino.

– Arrivederci, – disse Gus, a un tratto dispiaciuto per come si era comportato. Prima che potesse aggiungere altro, Bigfoot voltò il cavallo e seguí Shadrach; i ranger, che si stavano ancora radunando, lo imitarono il piú in fretta possibile.

Gus provò il desiderio improvviso di aggregarsi a loro, anche se sapeva che era impossibile. Guardando i compagni che se ne andavano, gli vennero le lacrime agli occhi. Avrebbe sofferto di solitudine, avendo solo lo scorbutico Johnny Carthage con cui parlare per tutta la notte.

Dopo un paio di minuti, però, si sentí meglio. Aveva ancora molte fitte alla caviglia, ma Clara Forsythe aveva detto che, se la spedizione non fosse partita troppo presto, sarebbe tornata a spalmargli un altro po' di pomata. Doveva solo passare la notte e l'avrebbe rivista.

Si sentiva ancora meglio perché stavolta avrebbe avuto Clara tutta per sé. Call se n'era andato. Quel pensiero lo rallegrò al punto che nel giro di dieci minuti si mise ad assillare Johnny perché andasse a comprare una nuova fiasca di whiskey dall'ambulante messicano.

– Non posso bere troppo, devo sistemare tutta questa roba, – protestò Johnny, ma Gus liquidò l'obiezione.

– Tu compra il whiskey, – ordinò. – A bere ci penso io.

12.

Durante la notte scoppiò un temporale, con pioggia battente, vento e tuoni. Incuranti, Shadrach e Bigfoot imposero un'andatura rapida, senza fermarsi. Nell'oscurità, Call aveva paura di restare indietro e perdersi. Attraversarono diverse macchie di querce sempreverdi e boscaglia; Call temeva che, dopo essersi fatti largo tra la vegetazione, lui e il piccolo baio potessero ritrovarsi soli all'uscita. Si teneva il piú vicino possibile al posteriore del cavallo di fronte. Non voleva perdersi durante la sua prima caccia agli indiani. La compagnia era composta di quindici uomini, molti dei quali a lui sconosciuti. Pensava che sarebbe stato facile tenere d'occhio quindici cavalieri, ma non aveva considerato le difficoltà legate alla pioggia e al buio. A tratti non vedeva la testa del proprio cavallo: gli toccava andare a naso, come un predatore notturno.

Quando venne l'alba, brumosa e grigio fumo, fu un sollievo scoprire che era ancora con la compagnia. Gli uomini erano tutti bagnati fradici, con l'acqua che gli grondava dal cappello e dai capelli. Non si fermarono per colazione. Shadrach se ne andò per conto suo, avventurandosi a nord. Lo persero di vista per un'ora o piú, ma quando arrivarono alla fattoria incendiata lui era lí a studiare le tracce.

Dapprima Call non vide vittime; pensò che la famiglia l'avesse scampata. La casa era bruciata, ma alcuni tronchi fumavano ancora. Intorno regnava il caos e quasi tutto era sporco di fango. C'erano vestiti e suppellettili da cucina, sedie rotte, una Bibbia inzaccherata, qualche bottiglia. I materassi erano stati strappati, e le foglie di granturco dell'imbottitura sparpagliate nel fango.

Bigfoot smontò da cavallo, entrò nello scheletro della casa e un attimo dopo uscí.

– Dove sono? – chiese a Shadrach, che alzò un secondo gli occhi e indicò il vicino campo di granturco.

– Call, prendi quelle lenzuola bagnate, – ordinò Bigfoot. In mezzo al caos giacevano diverse lenzuola sporche di fango.

– Perché? – chiese Call, confuso.

– Per metterceli dentro, perché sennò? – rispose Bigfoot, rimontando in sella.

La donna giaceva tra due file di granturco, sventrata, con sei frecce nel petto. L'uomo era stato falciato vicino a un muricciolo di pietre; quando l'avevano scalpato, dalla schiena gli era venuto via un lungo lembo di pelle. Un ragazzino di circa dieci anni aveva tre frecce in corpo e il cranio fracassato da un grosso sasso. Un bambino piú piccolo, di sei o sette anni, presentava una grossa ferita alla schiena.

– Trafitto da una lancia, – disse Bigfoot. – Credevo che qui ci fosse una ragazzina.

– L'hanno presa, – lo informò Shadrach. – Hanno preso anche il mulo. Lo starà cavalcando lei.

Call si sentiva tremare, ma non vomitò. Vide Bigfoot e Shadrach che lo guardavano dal bordo del campo. Benché tutti si aspettassero una carneficina, la maggior parte di loro non era pronta per quei cadaveri gonfi, squarciati, con la testa fracassata, il ventre sbudellato.

– Avvolgili nelle lenzuola meglio che puoi, – disse Bigfoot. – Quando arrivi alla donna, spezza le frecce. Sono conficcate troppo in profondità, è impossibile toglierle.

Shadrach andò ad accovacciarsi accanto alla donna. Sembrava studiare le frecce. Poi ne tirò delicatamente una, piantata al centro dello sterno.

– Questa l'ha trapassata e si è infilata nel terreno. È di Buffalo Hump.

– Come fai a saperlo? – chiese Call.

Shadrach gli mostrò l'impennatura.

– Sono penne di gallo delle praterie. Buffalo Hump le usa sempre per ornare le sue frecce. Ha scoccato la freccia da sopra di lei, trafiggendole lo sterno.

Anche Bigfoot andò a esaminare la freccia. Il cadavere della donna non si mosse. Era come se fosse inchiodato al terreno. La freccia era piccola e sottile, con l'asta un po' piegata. Call cercò d'immaginare la forza necessaria a far sí che un esile pezzetto di legno attraversasse il corpo di una donna e si piantasse nella terra. Alcuni dei nuovi ranger si avvicinarono e si fermarono in silenzio accanto al cadavere. Un paio gli lanciarono una rapida occhiata, poi si allontanarono. In diversi strinsero le armi cosí forte che gli si sbiancarono le nocche. Call ricordò che era successo anche oltre il Pecos: uomini che strizzavano i fucili cosí forte da farsi sbiancare le nocche. Avevano paura: erano passati da Austin a un mondo dove le regole non erano le regole dei bianchi, dove torture e mutilazioni attendevano i deboli, gli incauti, i lenti e i giovani.

Bigfoot se ne andò con Shadrach a studiare le tracce, lasciando Call ad avvolgere i quattro cadaveri nelle lenzuola inzaccherate. Dal centro del campo la casetta, ormai ridotta al solo scheletro, con i tronchi che fumavano ancora, gli sembrava piccola e triste. La famigliola l'aveva costruita nella radura con molta fatica, vi aveva trovato riparo, aveva lavorato e seminato quelle colture. Poi, in un'ora o meno, tutto era andato distrutto: quattro morti, una ragazzina fatta prigioniera, la casa bruciata. Perfino la vacca da latte era morta, crivellata di frecce. Ora giaceva tumefatta, con le zampe per aria.

Call fece del suo meglio con i cadaveri, ma quando arrivò alla donna fu costretto a chiedere aiuto a Blackie Slidell. Per liberarla dovettero prenderla Blackie per i piedi e lui per le braccia, tanto la freccia di Buffalo Hump era conficcata in profondità nel terreno. Quando lavorava per Jesús, Call aveva macellato diverse capre e un paio di pecore; la donna che cercava di avvolgere in un umido lenzuolo ammuffito era stata macellata nello stesso identico modo.

– Dio mio, spero che riusciremo a sconfiggerli, se li raggiungiamo, – disse Blackie, con voce tremolante. – Non voglio essere preso da uno di quei demoni.

Long Bill andò ad aiutare Call con le fosse. – Ti do una mano io. Preferisco lavorare che pensare.

Scavarono quattro fosse poco profonde, ci fecero scivolare dentro i cadaveri e li coprirono con pietre prese dal muricciolo che la famiglia stava costruendo.

– Ora non hanno piú bisogno di muri, – commentò Rip Green. – Tanto lavoro, e adesso sono morti.

Prima che finissero la sepoltura, Bigfoot e Shadrach tornarono. Bigfoot portava il cadavere di una ragazzina di traverso sul cavallo.

– Ecco l'ultima, seppellitela, – disse, passando il corpo a Call. – Il mulo si è azzoppato a qualche miglio da qui. Si vede che non avevano un cavallo di riserva. Le hanno spaccato la testa e hanno sparato al mulo.

Un po' piú tardi, viaggiando verso nord, la compagnia superò il mulo morto. Qualcuno aveva tagliato un grosso pezzo dalla coscia.

– È stato Shadrach, – disse Bigfoot. – Dice che quest'anno la selvaggina è scarna, e il mulo era grasso.

Cavalcarono tutto il giorno verso nord, entrando in un territorio frastagliato di colline calcaree. Pioveva a sprazzi, le nubi incombevano. Poggiavano sulle basse colline in lontananza come cappucci. Di tanto in tanto Shadrach e Bigfoot si allontanavano in una direzione o l'altra, ma mai a lungo. Nel pomeriggio si fermarono a cucinare la carne del mulo. Shadrach tagliò la coscia a fettine e ne diede una a ciascuno, da cuocere come preferiva. Call infilzò la sua con un bastoncino e la rosolò al fuoco fino a quando non diventò nera. Non aveva mai avuto intenzione di mangiare carne di mulo e non pensava che gli piacesse, ma con sua sorpresa si rivelò saporita e succulenta.

– Quando li prenderemo? – chiese a un certo punto a Bigfoot. Non avevano visto traccia dei Comanche, eppure per quel che ne sapeva erano vicini, in una delle valli pietrose tra le colline. Parecchie volte, mentre cavalcavano, Call aveva puntato lo sguardo a terra, cercando di individuare la pista che la compagnia stava seguendo. Ma non aveva visto altro che il terreno. Gli sarebbe piaciuto sapere che indizi coglievano i due scout per guidare l'inseguimento, ma nessuno si era offerto di istruirlo. Non gli andava di chiederlo: avrebbe fatto la figura dell'ignorante. In effetti lo era, ignorante, e scontento di esserlo. Shadrach, almeno, gli aveva insegnato a riconoscere le frecce di Buffalo Hump; credeva di saper distinguere le penne, se le avesse riviste. Quello, però, era stato l'unico insegnamento che aveva ricevuto.

A quella domanda, per un attimo Bigfoot parve pensieroso.

– Non li prenderemo, – rispose.

Call restò perplesso. Se non c'era speranza di prenderli, perché inseguirli?

Il modo di fare di Bigfoot non lo incoraggiò a porre altri quesiti. Lungo il Rio Grande Bigfoot aveva parlato volentieri delle finezze del suicidio, ma riguardo all'inseguimento della banda di razziatori comanche non era loquace. Call cavalcò in silenzio per qualche miglio e poi ci riprovò.

– Se tanto non li prendiamo, perché gli diamo la caccia?

– Oh, intendevo solo che non possiamo superarli. Viaggiano piú veloci di noi. Ma magari li prendiamo comunque.

– Come? – chiese Call, confuso.

– C'è un solo modo per prendere un indiano, e cioè aspettare che si fermi. Quando avranno attraversato il Brazos, si sentiranno un po' piú al sicuro. Magari si fermano.

– E allora noi li uccidiamo? – chiese Call, che credeva di aver capito.

– Allora ci proviamo, – rispose Bigfoot.

13.

Con sgomento di Gus, l'ordine di lasciare Austin giunse alle tre di mattina. Il capitano Falconer attraversò gli accampamenti in groppa a un cavallo baldanzoso e sbuffante, ordinando agli uomini di radunare l'attrezzatura.

– Il colonnello Cobb è pronto. Niente indugi. Lasciamo la città all'alba.

– Accidenti, è il cuore della notte, – si lamentò Johnny Carthage. Benché gli avessero fornito due muli e un carretto pesante, fino a quel momento aveva trascurato completamente l'ordine di fare i bagagli. Aveva preferito ubriacarsi con Gus. Non c'era niente di pronto, pioveva ed era buio pesto.

L'unico modo in cui Gus contribuí ai preparativi per la grande spedizione a Santa Fe fu trascinare se stesso, le sue armi e una coperta sul carretto. Ci si rannicchiò dentro, cosí ubriaco che il fatto che Johnny Carthage gli lanciasse addosso tutti gli oggetti che riusciva a trovare non lo disturbò piú di tanto. Pentole, finimenti di riserva, coperte, armi, corde e scatole di medicine finirono sul carretto alla rinfusa.

– Perché dobbiamo partire nel cuore della notte? – chiese Gus piú volte, ma Johnny Carthage, tutto preso a borbottare e tossire, non rispose. Con una vecchia lanterna perlustrava la vasta area del campo, ben consapevole che se avesse dimenticato qualcosa avrebbero incolpato lui. Ma con un occhio solo, una gamba zoppa e Gus troppo ubriaco e malridotto per aiutarlo, raccogliere gli averi dell'intera compagnia in una notte buia e piovosa era un lavoro rischioso.

Molto prima dell'alba l'intendente Brognoli ispezionò la zona, per assicurarsi che i quindici o venti diversi gruppi di liberi avventurieri, molti dei quali commercianti o aspiranti tali, fossero a buon punto con i preparativi per la partenza. Gus fece capolino da sotto la coperta gocciolante solo il tempo di parlargli un attimo.

– Perché partire con il buio? Perché non aspettare il levar del sole?

Brognoli aveva preso in simpatia il ragazzo alto del Tennessee. Benché acerbo, era amichevole e svelto. Dopo tanti anni a cercare di far muovere i soldati, Brognoli aveva sviluppato un'avversione per i lenti.

– Al colonnello Cobb non interessano il buio e la luce, – informò Gus. – Non gli interessano l'ora del giorno, il mese, l'anno. Quando decide di partire, partiamo.

– Ma le tre di mattina sono un orario strano per intraprendere una spedizione.

– No, è abbastanza normale. Se cominciamo a muoverci verso le tre, i ritardatari lasceranno Austin tra le sei e le sette. Il colonnello Cobb è partito un'ora fa. Faremo sosta a Brushy Creek per colazione, perciò sarà meglio sbrigarsi. Se non arriviamo per quando ci aspetta il colonnello, non ci sarà nessuna colazione.

Avevano attaccato i muli, e il carretto con tutta la roba dei ranger stava attraversando il centro di Austin, quando a un tratto Gus McCrae si ricordò Clara Forsythe. Piú di trenta carri, piccoli gruppi di pecore e bovini e oltre cento cavalieri di tutte le età e abilità si contendevano le vie gremite. Alcuni mulattieri erano provvisti di lanterne, ma la maggior parte no. Ci furono parecchi scontri e molte imprecazioni. Si spararono un paio di colpi. Di tanto in tanto un lampo illuminava il cielo a ovest; a est s'intravedeva il fievole grigiore di un'alba nuvolosa.

Il motivo per cui Gus si ricordò Clara fu che il piccolo

carretto, guidato da un Johnny Carthage stanco, bagnato e ansioso, passò proprio davanti all'emporio. All'improvviso si rammentò che a un certo punto del giorno nascente la giovane graziosa che lui desiderava tanto sposare aveva intenzione di andare a spalmargli la pomata sulla caviglia ferita. Beveva da un bel po' di ore – in pratica da quando era caduto dall'argine, a dire il vero – e aveva raggiunto un tale livello di ubriachezza da essersi momentaneamente dimenticato la cosa piú importante di tutte: Clara, la sua futura moglie.

– Fermati, devo vederla! – disse a Johnny, che stava guidando i muli attraverso una ragguardevole pozzanghera di fango e allo stesso tempo cercando di evitare uno scontro con il carro che portava l'inerte generale Lloyd. Sapeva che era il carro del generale perché vi avevano eretto una sorta di piccola tenda per proteggerlo dalle intemperie mentre beveva e sonnecchiava.

– Che cosa?

– Fermati, maledizione, fermati! Ho da fare all'emporio.

– Ma è chiuso. Se mi fermo adesso non usciremo mai dal fango.

– Fermati o ti strozzo, accidenti a te! – intimò Gus. Non aveva mai proferito una minaccia simile, ma aveva un bisogno cosí disperato di vedere Clara che sarebbe stato capace di metterla in pratica. Johnny Carthage non lo sentí, però: proprio in quel momento uno dei muli si era messo a ragliare, sommandosi all'assordante canto di un gallo che si era infilato nel carro del generale Lloyd.

Il fango era denso; il carretto avanzava comunque a fatica, perciò Gus decise di lasciarsi scivolare giú e basta. Impaziente di raggiungere Clara, si scordò della caviglia dolorante, ma solo fino a quando non toccò terra con il piede. Provò una fitta di dolore cosí intensa che cercò di ricadere in avanti nel carretto, ma proprio allora quello avanzò con uno scossone e lui cadde a faccia in giú nel fango scivoloso. La pozzanghera era anche profonda; Gus stava cercando di sollevarsi a fatica sul solo piede buono, con il fango che gli arrivava ai gomiti, quando gli parve di udire uno scoppio di risa fanciullesche da qualche parte sopra di lui.

– Guarda, papà, è il signor McCrae, venuto a chiedere la mia mano, scommetto, – disse Clara.

Gus alzò gli occhi e vide una figura bianca, affacciata a una finestra che dava sulla strada. Pur sapendo di essere coperto di fango, si rincuorò al pensiero che almeno non se l'era persa. Era lei. Rideva di lui, ma che importanza aveva? A faccia in su, si augurò che spuntasse il sole per vederla meglio. Ma sapeva che era lei, per il suono della voce e perché si trovava a una finestra sopra il negozio. Il pensiero che il padre di Clara lo vedesse in quello stato era imbarazzante, ma in realtà del vecchio non c'era traccia. Forse lei lo stava solo prendendo in giro, sembrava che le piacesse molto farlo.

– Non scendete? Ho ancora male al piede.

– Uffa, che razza di Romeo cade da un argine e si fa male al piede proprio quando è ora di chiedere la mano di Giulietta? – domandò Clara. – Dovreste cantarmi un paio di canzoni e poi arrampicarvi fin quassú e supplicarmi di sposarvi.

– Eh? – fece Gus. Non sapeva di che cosa Clara stesse parlando. Perché doveva arrampicarsi su per il fianco dell'emporio quando lei non aveva che da scendere le scale? Le aveva viste con i propri occhi mentre era nel negozio ad aiutarla.

– Come, non avete letto Shakespeare? Cosa è andato storto nella vostra istruzione? – chiese Clara.

A Gus si era snebbiato un po' il cervello. Quando si era alzato in piedi, o meglio su un piede solo, era cosí ubriaco che gli ballava la vista. Teneva ancora la caviglia dolorante sospesa appena sopra il fango. Adesso che era in posizione eretta ricordò che le sorelle erano grandi ammiratrici dello scrittore Shakespeare, anche se non ricordava di preciso cosa fosse successo tra Romeo e Giulietta.

– Non posso arrampicarmi, non volete scendere? – disse. Perché mai Clara pensava che un uomo in equilibrio su un piede solo in una pozzanghera di fango potesse scalare un muro e perché continuava a parlare di Shakespeare quando lui stava per partire per una lunga spedizione? Era quasi esasperato; inoltre non poteva restare in equilibrio su un piede solo per sempre.

– Be', magari scendo, anche se è presto, – disse Clara. – Di solito non accogliamo i clienti a quest'ora.

– Non sono un cliente. Voglio sposarvi, ma devo partire. Non venite? Johnny non mi aspetterà ancora per molto.

In realtà Johnny aveva già difficoltà ad aspettarlo. Per le strade di Austin scorreva la spedizione al gran completo, tra lo scricchiolio dei finimenti e il sibilo delle ruote dei carri. Johnny aveva cercato di mettersi da una parte, ma non c'era molto spazio; un grasso mulattiere inveí contro di lui per il ritardo che causava.

– Non venite? Devo andare, – ripeté Gus. – Dobbiamo sbrigarci a raggiungere il colonnello Cobb, non gli piace aspettare.

Clara non rispose, ma sparí dalla finestra e un attimo dopo aprí la porta dell'emporio. Stringendosi addosso la vestaglia, scese i gradini del negozio scalza, fin nel pantano della strada.

– Santo cielo, vi sporcherete, – disse Gus; non pensava che Clara fosse cosí avventata da camminare a piedi nudi nel fango.

Clara ignorò quel commento; il giovane signor McCrae era sporco di fango fino ai gomiti e alle ginocchia. Era ubriaco, ma non si era dimenticato di passare a salutarla. Gli uomini non erano perfetti, lo sapeva; perfino suo padre, per quanto buono, montava in collera almeno una volta al mese, di solito quando faceva i conti.

– Non vedo il caporale Call. Che fine ha fatto?

– Oh, su… è proprio da voi chiedermelo, – si lamentò Gus. – È andato a caccia di indiani. E non è un caporale, ve l'ho detto.

– Be', nelle mie fantasie sí. Non siate sfacciato con me.

– Accidenti, non voglio che sia nelle vostre fantasie! Per quel che ne sappiamo, è già morto e scotennato.

Poi Gus si rese conto che non voleva nemmeno quello. Per quanto irritante, Call era pur sempre un ranger e un amico. Clara l'aveva provocato con la sua battuta pronta; era proprio da lei nominare Call, perfino in mezzo alla strada all'alba, con la spedizione in partenza.

– Su, non siate inclemente con il vostro amico, – lo rimproverò Clara. – Come vi ho già detto, non andrebbe mai bene per me, troppo serioso! Almeno voi non lo siete. Potreste andare, quando avrete acquisito un po' di finezza e vi ricorderete chi è Romeo e che cosa dovrebbe fare.

– Non ho tempo. Mi sposerete quando torno?

– Caspita, non lo so. Come faccio a sapere chi entrerà nel negozio, mentre voi andate a zonzo per le pianure? Magari incontro un signore in grado di recitarmi Shakespeare per ore, o perfino Milton.

– Non è quello il punto, io vi amo. Non sarò felice nemmeno un secondo, senza la certezza che mi sposerete quando torno.

– Temo di non potervelo assicurare, non subito. Ma vi darò un bacio, se vi è d'aiuto.

Gus rimase cosí sbalordito che non rispose. Prima che potesse muoversi, Clara si avvicinò, gli posò le mani sulle braccia infangate, alzò il viso e lo baciò. Gus voleva abbracciarla stretta, ma non lo fece; si sentiva un blocco di fango. Però restituí il bacio, con tutto se stesso. Durò solo un attimo. Poi sorridendo Clara tornò di corsa sotto il portico dell'emporio, con i piedi e le caviglie neri di fango.

– Arrivederci, signor McCrae, non fatevi scotennare, se riuscite a evitarlo. Mentre voi viaggiate per le praterie, io mi darò da fare con gli scatoloni come meglio posso.

Gus era troppo soffocato dall'emozione per rispondere. Si limitò a guardarla. Johnny Carthage urlava e minacciava di abbandonarlo. Gus arrancò verso il carretto, continuando a guardare Clara. Il sole aveva fatto capolino tra le nuvole. Clara lo salutò con la mano, sorridendo. Nel restituire il saluto, lui per poco non scivolò. Sarebbe caduto nel fango un'altra volta se qualcuno non l'avesse afferrato con forza per il braccio. Passando di lí sul suo grosso cavallo grigio, Matilda Jane Roberts, la grande occidentale, aveva visto il rischio che correva e l'aveva preso appena in tempo.

– Tieni, stringi le cinghie della sella, stringile e saltella, ti porto io da Johnny, – disse.

Gus obbedí. Si guardò indietro, ansioso, chiedendosi che cosa avrebbe pensato la giovane che l'aveva appena baciato vedendo una puttana che lo aiutava un attimo dopo il loro bacio.

Ma il portico dell'emporio era deserto: Clara Forsythe era rientrata.

14.

Quando la compagnia di ranger raggiunse il Brazos, l'ampio fiume brunastro era in piena. Le acque scendevano vorticose da nord attraverso un varco nelle basse colline. Le alture al di là del fiume erano fittamente ricoperte di olmi e querce bianche. Call ricordò che i Comanche erano riusciti a nascondersi alla perfezione in aperta pianura. Trovarli in boschi come quelli sarebbe stato impossibile.

Quando vide il Brazos in piena, Long Bill parve preoccupato.

– Se anche qualcuno non annega all'andata, finisce annegato al ritorno. Io a nuoto non vado lontano. Il mio massimo è dieci metri.

– Aggrappati al cavallo, allora, – consigliò Bigfoot. – Scendi e afferralo per la coda. E non mollare la presa. Se ti vede in acqua, il cavallo ti manda sotto a calci.

Alla vista dell'acqua il piccolo baio di Call si era messo a tremare. Shadrach era entrato subito ed era già a metà del fiume. Con una mano stringeva le cinghie della sella e con l'altra teneva il lungo fucile sopra la piena. Dopo di lui entrò Bigfoot; il suo grosso baio nuotava con facilità. Gli altri ranger indugiarono, con gli occhi pieni di timore.

– È larghissimo, questo fiume, – disse Blackie Slidell. – Accidenti ai Comanche! Figurarsi se non lo attraversavano prima di noi.

Call colpí i fianchi del piccolo baio con il fucile, cercando di farlo saltare in acqua. Era ora di andare, voleva andare. Il cavallo si tuffò con un grande salto e per un attimo finí sotto, e Call con lui. Dopodiché il cavallino nuotò con vigore. Call riuscí ad afferrargli la coda; tenere su il fucile era stancante. Quando la intravedeva, la riva opposta gli sembrava cosí lontana che non sapeva se un cavallo potesse coprire una tale distanza a nuoto. Onde rossastre gli s'infrangevano di continuo sopra il capo. In un paio di minuti perse di vista tutti gli altri ranger. Per quel che ne sapeva, era nel fiume da solo. Ma era in acqua: non poteva fare niente se non stringere la coda del cavallo e cercare di non affogare.

Quando arrivò a metà, Call scorse qualcosa che gli andava incontro nella schiumante piena rossastra. Sembrava un cavallo che galleggiava sul fianco. In quel momento finí sott'acqua; quando riemerse, vide che in realtà si trattava di un mulo morto, tutto gonfio, che andava proprio verso di lui. Il cavallino baio nuotava piú forte che poteva; per un attimo sembrò che il mulo morto li avrebbe travolti. Call pensò che la cosa migliore fosse scansarlo con la canna del fucile; ruotò un poco e puntò il fucile, con l'intenzione di spingere via il mulo. Ruotando, però, vide due occhi che non erano né morti né di mulo, e lo fissavano di tra le zampe rigide dell'animale morto. Nell'istante in cui sparò, il mulo e il ragazzo indiano che ci era aggrappato si trovavano solo a un metro e mezzo di distanza. Il ragazzo aveva appena alzato la mano, impugnando un coltello, quando il proiettile lo colpí alla gola. Poi il mulo e il ragazzo morente investirono Call, trascinandolo sotto e facendogli allentare la presa sulla coda del castrone baio. Finí sott'acqua, impigliato nel cadavere del ragazzo comanche che aveva appena ucciso. La corrente rossa li girò e li rigirò; lui sapeva solo che non doveva perdere il moschetto. Lo strinse forte, pur sapendo che forse sarebbe annegato. Era cosí confuso che per un attimo non fu in grado di distinguere il sopra dal sotto. Gli sembrava di andare sempre piú a fondo; tutto era una rossa oscurità, con rametti e pezzi di cespuglio che ci galleggiavano dentro, ma poi si sentí sollevare e poté riprendere fiato.

Mentre lottava sott'acqua, le nubi si erano aperte; quando riemerse, la luce del sole, la vivida luce del sole sull'acqua punteggiata di schiuma, sovrastata da un cielo azzurro intenso, gli parve lo spettacolo piú bello che avesse mai visto.

– Non nuotare, lascia che ti trascino, – disse una voce. – Se stai fermo, credo di riuscire a portarti fino a dove si tocca, ma se ti agiti probabilmente affogheremo tutti e due.

Call riconobbe nel suo soccorritore il lungagnone dell'Arkansas, Jimmy Tweed. A differenza degli altri ranger, Jimmy si era rifiutato di smontare e di attraversare il fiume aggrappato alla coda del cavallo. Era ancora in sella, benché questa fosse in gran parte sommersa. La sua cavalla, una robusta giumenta nera, continuava a nuotare, anche se sopra il pelo dell'acqua aveva poco piú del muso e delle orecchie.

Immergendo un braccio, Jimmy Tweed aveva afferrato Call per il colletto della camicia e ora lo teneva stretto. Call riuscí a infilare una mano nella criniera della giumenta, dopodiché si sentí un po' piú al sicuro.

– Occhio ai muli morti, possono portare un Comanche, – avvisò il compagno. Jimmy Tweed sembrava calmo come se fosse seduto in chiesa.

– Ti ho visto, mentre sparavi a quell'indiano. L'hai centrato al collo. Un bel colpo, direi, considerato che eri in acqua e stavi per annegare.

Proprio in quel momento qualcosa colpí l'acqua a poca distanza dalla spalla di Call, con un rumore come di uno sputo. Non erano lontani dalla sponda orientale; Call guardò e vide sbuffi di fumo uscire da un boschetto appena sopra il fiume.

– Ci sparano! – disse; un altro proiettile aveva tagliato l'acqua poco lontano. – Non dovresti stare cosí dritto in sella, sei un ottimo bersaglio.

– Preferisco beccarmi una pallottola che annegare, – rispose Jimmy Tweed. – Se c'è una cosa che non mi è mai piaciuta, è l'acqua nel naso.

Un attimo dopo Call toccò il fondo. L'acqua gli arrivava ancora fino al mento, ma si sentiva un po' piú fiducioso e disse a Jimmy di lasciarlo andare. Proprio allora vide cadere un ranger. Uno di quelli nuovi aveva appena raggiunto la riva e stava avanzando tra il fango quando un proiettile lo fece cadere all'indietro.

– Diamine, quello è Bert, – disse Jimmy Tweed, con lieve sorpresa. – Non ha scelto un buon posto per uscire dall'acqua.

– Non possiamo uscire qui, ci faranno fuori come scoiattoli, – disse Call. – Scivola giú e gira il cavallo.

– Mi sa che Bert è morto, – disse calmo Jimmy. Ne ebbero la conferma un attimo dopo, quando due Comanche si precipitarono giú per la riva fangosa e gli fecero rapidamente lo scalpo.

Call riuscí a puntare la cavalla nera a valle; a tastoni si mise dietro di lei, aggrappandosi prima alle cinghie della sella e poi alla coda, in modo che lo riparasse dalla sponda del fiume. Poiché affiorava solo un po' con la testa, non pensava che un tiratore comanche avesse molte probabilità di colpirlo. Jimmy Tweed, invece, si rifiutò seccamente di scivolare in acqua.

– No, preferisco rischiarmela in sella, – ribadí, ma accettò di abbassarsi sul collo della cavalla nera.

Sentirono sparare dalla sponda vicina e videro che Shadrach, Bigfoot e Blackie Slidell erano riusciti ad attraversare e avevano trovato riparo dietro un mucchio di legname trascinato lí dalla corrente. Call alzò gli occhi e vide nell'acqua quello che sembrava un topo muschiato, non lontano da dove i ranger si erano asserragliati. A un'occhiata piú attenta il topo muschiato si rivelò il berretto di pelliccia che Long Bill Coleman si era procurato prima di lasciare San Antonio. Sotto il berretto c'era Long Bill. Usciva piano piano dal fiume, anche se l'acqua gli arrivava ancora al pomo d'Adamo. Del cavallo con cui aveva cercato di attraversare il Brazos non c'era traccia.

Quando Call e Jimmy Tweed si trascinarono fuori dal fiume e si ripararono dietro il legname, la sparatoria era ormai finita. Bigfoot si era spinto a valle di qualche metro, per tirare fuori dall'acqua un cadavere. Call pensava che avessero colpito un ranger, ma vide con sorpresa che era il ragazzo comanche a cui aveva sparato. Diversi altri ranger uscirono faticosamente dal fiume in piena, aggrappati chi alle redini e chi alla coda del cavallo. Altri erano rimasti senza, avendo perso la presa durante l'attraversamento.

– Be', l'hai ucciso tu, – disse Bigfoot, guardando Call. – Mi ero dimenticato di dirti di stare attento agli animali morti. I Comanche li usano come galleggianti.

Call fu stupito da quanto il ragazzo fosse giovane. Non poteva avere piú di dodici anni.

– Sei fortunato che il fucile ha fatto fuoco, – disse Shadrach. – Di solito, quando si bagnano, quei vecchi moschetti s'inceppano.

Call non disse nulla. Sapeva di aver avuto fortuna: un secondo in piú e il ragazzo l'avrebbe accoltellato. Ricordava i suoi occhi che lo fissavano di tra le zampe del mulo morto.

Non voleva guardare il cadavere, però; fece per allontanarsi e vide che Shadrach e Bigfoot lo fissavano entrambi in modo strano. Si fermò, perplesso; il loro sguardo lasciava intendere che aveva trascurato qualcosa.

– Non gli fai lo scalpo? – chiese Bigfoot. – L'hai ucciso tu. Lo scalpo è tuo.

Call rimase esterrefatto. Non gli era nemmeno passato per la mente di scotennare il ragazzo comanche. Era poco piú di un bambino. Benché fosse contento di averla scampata, non provava orgoglio per quello che aveva appena fatto; ai suoi occhi, il ragazzo era stato audace ad affrontare un fiume ingrossato stretto a un mulo morto, e munito solo di un coltello, nella speranza di sorprendere e uccidere un ranger armato. Come ricompensa per il suo coraggio aveva ricevuto un proiettile che gli aveva quasi staccato la testa. Non avrebbe mai piú cavalcato per la prateria né razziato fattorie. Anche se era stato costretto a ucciderlo, Call pensava che meritasse di meglio rispetto a quello che aveva avuto in sorte. Non ci sarebbe stato il tempo di seppellirlo, comunque. Il pensiero di fargli lo scalpo non lo attirava.

– No, non mi va.

– Lui lo faceva, se poteva, – disse Bigfoot.

– Non ne dubito. Scotennare è l'usanza indiana. Non è la mia.

– Quando avrai un paio di anni in piú, lo sarà, ragazzo, se sopravvivi, – disse Shadrach. Poi s'inginocchiò con disinvoltura accanto al ragazzo comanche e gli fece lo scalpo. Quando ebbe finito, trascinò il cadavere in mezzo alla corrente e lo lasciò andare.

– Dovevo seppellirlo, l'ho ucciso io, – disse Call.

– No, non si seppelliscono gli indiani, – lo informò Bigfoot. – Quando possono, sono loro a recuperare i cadaveri. Stavolta Shad vuole costringerli a impegnarsi.

Shadrach si era appena girato per tornare a riva quando da molto piú a valle giunse un urlo.

– Ossignore, è Rip. Si è spinto troppo a valle, – disse Long Bill. – Mi sa che si è impantanato.

– Cavallo debole, – sentenziò Bigfoot, spianando il fucile. Il cavallo di Rip sembrava essersi impantanato a circa venti metri dalla riva. Cinque Comanche si precipitarono fuori dal bosco di querce, lanciando le loro grida selvagge. Sia Bigfoot che Shadrach spararono, ma erano troppo lontani e mancarono entrambi. Proprio in quel momento scoppiò un acquazzone che rese difficile vederci abbastanza bene per sparare con precisione a quella distanza. Rip urlò di nuovo e sferzò il cavallo, che però era troppo fiaccato dalla lunga nuotata per tirarsi fuori dal denso fango. Il primo Comanche era già entrato nel fiume tra gli spruzzi. Call aveva ricaricato il moschetto; mirò con cura e gli parve di aver colpito l'indiano, ma troppo di striscio per rallentarlo. Videro Rip spianare il fucile e sparare a bruciapelo sul primo Comanche, ma il fucile fece cilecca e in un attimo gli indiani gli furono addosso. Il suo ultimo grido fu troncato a metà. Prima che Call potesse sparare di nuovo, Rip Green era stato massacrato e scotennato. Poco dopo il suo cadavere viaggiava verso valle come quello del ragazzo indiano.

Diversi ranger spararono agli indiani che avevano ucciso Rip, ma invano. Avendo concluso che a quella distanza non c'erano speranze, Bigfoot e Shadrach evitarono.

– Non conviene giudicare male i cavalli, in questo territorio, – osservò Bigfoot. – Rip non doveva attraversare il fiume in groppa a quel ronzino, non quando il fiume era cosí gonfio.

– Cosa doveva fare? Mica poteva stare lí a guardare, – obiettò Call. Rip Green era entrato in acqua proprio come lui; era solo questione di sfortuna se era stato trascinato troppo a valle, dove nessuno poteva aiutarlo.

– Be', poteva lasciar andare il cavallo e nuotare, come ho fatto io, – intervenne Long Bill. – So nuotare meglio di quello che pensavo. Il mio cavallo ha ceduto quando eravamo proprio nel mezzo, eppure eccomi qui.

– Se non ti abbassi, non avrai bisogno di nuotare in nessun altro fiume: galleggerai su questo, morto, – disse Bigfoot.

I proiettili colpivano l'acqua tutto intorno a loro; i ranger furono costretti a rannicchiarsi insieme dietro un piccolo mucchio di legname. Nessuno fu colpito, però; probabilmente la pioggia scrosciante ingannava i tiratori comanche. Call scrutò il bosco sopra di loro il piú attentamente possibile, ma non scorse nemmeno un indiano: solo gli sbuffi di fumo delle loro armi. Gli spari arrivavano da un gruppo di alberi disposti a semicerchio.

– Sono troppi, Shad, – concluse Bigfoot. – Dovevano avere una banda che li aspettava.

Call cercò di farsi un'idea di quanti indiani si trovassero a fronteggiare contando gli spari, ma sapeva che era un metodo impreciso. Dopotutto, gli indiani erano nascosti. Potevano muoversi a piacimento, sparando prima da una parte e poi dall'altra.

Quando si contarono, i ranger scoprirono di essere rimasti in undici, quattro in meno di prima dell'attraversamento. Rip era morto, e cosí l'uomo che si chiamava Bert; non c'era modo di stabilire dove fossero gli altri due.

– Probabilmente sono affogati, per poco non affogavo anch'io, – disse Long Bill.

– No, probabilmente hanno disertato, – ribatté Shadrach. – Uno è quel tizio di Cincinnati. Non mi sembrava molto coraggioso.

Dell'altro disperso ricordavano solo che montava un cavallo roano. Tra i cavalli non si vedevano roani, però mancavano anche quelli di Long Bill e di altri due uomini.

Call si aspettava che i Comanche li caricassero da un momento all'altro. Tenne il fucile il piú asciutto possibile e si preparò a sparare con precisione. Ancora una volta si trovò a dubitare delle capacità dei ranger: eccoli lí, rannicchiati dietro qualche tronco, con quattro uomini e tre cavalli in meno di quando avevano cominciato, ad affrontare una forza comanche che fino ad allora era rimasta invisibile e dominava i boschi sopra di loro. Alle loro spalle scorreva l'impetuoso Brazos in piena. L'eventuale ritirata sarebbe stata bagnata. Solo quelli i cui cavalli nuotavano bene ce l'avrebbero fatta.

Ma la giornata passò senza che gli indiani caricassero. Di tanto in tanto il cielo si schiariva e splendeva il sole; poi le nuvole si riversavano oltre le colline occidentali e i piovaschi li bagnavano di nuovo, proprio quando loro cominciavano a sperare di asciugarsi. Shadrach e Bigfoot avevano concluso da un pezzo che la scelta migliore era ritirarsi oltre il fiume; Shadrach stimava che avessero contro una trentina di guerrieri, piú di quelli che potevano ragionevolmente sperare di sconfiggere.

Tuttavia, una ritirata alla luce del sole sarebbe stata un

suicidio. Appena li avessero visti entrare nel fiume, i Comanche sarebbero sciamati come calabroni sulla riva e li avrebbero uccisi a uno a uno.

– Aspetteremo, – disse Bigfoot. – È la parte piú difficile nei combattimenti con gli indiani. Aspettare. Non sai mai cosa stanno facendo quei pellerossa. Magari sono lassú che cucinano un procione o un opossum, oppure si stanno avvicinando di soppiatto. Cercate di non stancare gli occhi. È quando avete gli occhi stanchi che il vostro scalpo è piú a rischio.

Call non aveva idea di come evitare il pericolo degli occhi stanchi, quando i Comanche erano cosí bravi a nascondersi. Chi avrebbe mai pensato di cercare un ragazzo indiano tra le zampe di un mulo galleggiante?

La giornata passò molto lentamente. Anche se diversi ranger ipotizzavano che il fiume sarebbe calato presto, non avvenne. Il cielo si riannuvolava di continuo; a Call la piena fangosa pareva piú alta, non piú bassa. Temeva l'attraversamento: se l'erano vista brutta di giorno, al buio sarebbe stato ancora peggio. E non era il solo a essere preoccupato. Nonostante la nuotata fortunata di quella mattina, Long Bill non era piú tanto sicuro di poter sopravvivere in acqua, se doveva percorrere piú di dieci metri.

Mentre scendeva il crepuscolo e la cima delle colline si scuriva, i ranger discutevano chiedendosi se era meglio stringere la criniera o la coda del cavallo, una staffa, le cinghie o perfino il pomo della sella. Call non partecipò alla discussione – quello che lo preoccupava era mantenere il moschetto in condizioni di sparare –, ma pensava che, aggrappandosi a una staffa, sarebbe stato piú facile tenere il fucile di traverso sulla sella, dove sarebbe rimasto abbastanza asciutto.

Nel bel mezzo di quei discorsi, mentre Shadrach e Bigfoot, accovacciati al bordo del mucchio di legname, sorvegliavano il bosco, all'improvviso l'uomo accanto a Call – uno di quelli nuovi – sobbalzò, s'inclinò in avanti e cadde a faccia in giú nell'acqua, con una freccia tra le scapole. Call spianò il fucile e si voltò di scatto a guardare l'acqua sempre piú scura. Vide un tronco che galleggiava e appena sopra, per un attimo, la curva di una grossa gobba bagnata; poteva essere un pesce enorme che si tuffava, ma lui sapeva che dietro al tronco c'era Buffalo Hump. Sparò immediatamente e una scheggia di legno volò via dal tronco; poi diversi ranger lo imitarono, ma invano. La corrente trascinò il tronco a valle, nell'oscurità del crepuscolo, e del capo comanche non si vide piú traccia.

Longen, l'uomo che era caduto, non era ancora morto: sussultava e si dimenava nell'acqua, come un pesce arpionato ma non ucciso.

Seccato di essersi lasciato raggirare cosí facilmente, Bigfoot entrò in acqua di qualche passo, come se volesse inseguire il tronco a nuoto e attaccare il Comanche, ma Shadrach gli urlò di tornare indietro.

– Torna qua. Non tentare combattimenti da ignorante.

Bigfoot esitò un attimo – voleva andare –, ma nel crepuscolo il tronco galleggiante si vedeva appena. Se avesse cercato di raggiungerlo, Buffalo Hump sarebbe potuto sgusciare verso riva, dove l'acqua era poco profonda, e riempirlo di frecce mentre nuotava. Anche se sapeva che era una pazzia provarci, il sangue gli ribolliva dalla voglia di combattere; si trattenne a fatica, ma si trattenne. Tenendosi basso, tornò dal gruppetto di ranger accanto al mucchio di legname.

– Accidenti, mi fa imbestialire che gli abbiamo permesso di attaccarci cosí. Maledetto demonio! Ha ucciso Josh e Zeke e adesso pure questo spilungone.

I ranger rimasero lí impacciati mentre lo spilungone di nome Longen sussultava e si dimenava. Lo trascinarono su per la buia riva fangosa, ma non avevano un rimedio per il fatto che aveva una freccia conficcata nella spina dorsale. Sussultava e si dimenava, senza emettere alcun suono. Shadrach tentò di estrarre la freccia, ma quella non si mosse.

– Potremmo legarlo a un cavallo, – ipotizzò Bigfoot. – Se riusciamo a portarlo oltre il fiume, magari resisterà fino a quando arriviamo da un dottore.

– No, lascialo morire, – disse Shad. – Si sta spegnendo.

Un attimo dopo Longen – nessuno ricordava il suo nome di battesimo – smise di agitarsi. Shadrach gli tastò il collo e lo dichiarò morto.

– Prendetegli i mezzi, ragazzi, – disse Shadrach, rivolgendosi a Call.

Call non sapeva di cosa stesse parlando. Che cos'erano i mezzi?

– Vuol dire svuotategli le tasche, prendetegli fucile e munizioni, – spiegò Bigfoot. – Non lasciategli addosso niente che può aiutare i pellerossa. Non hanno bisogno di assistenza. A quanto pare, hanno ucciso cinque di noi senza alcun aiuto.

Poco dopo, l'ultimo barlume di luce si spense. Di tanto in tanto le nuvole si aprivano, lasciando intravedere le stelle pallide o la luna sottile. Call spogliò il cadavere di ogni oggetto utile: armi, proiettili, tabacco, un coltello, qualche moneta. Il coltello era buono; l'avrebbe tenuto per Gus, che non ne aveva e gli invidiava da un pezzo quello che il vecchio Jesús aveva fatto per lui.

– Fa abbastanza buio, è ora di nuotare, – disse Bigfoot.

– Accidenti, spero che là in mezzo non ci siano pellerossa che galleggiano su tronchi o muli morti, – disse Long Bill. – Non ci vedo bene, con questo tempo.

Call infilò il fucile di Longen nel sottopancia e condusse il piccolo baio nel fiume. Il cavallo era piú sicuro della prima volta. Entrò in acqua senza problemi e nuotò bene. Bigfoot e Shadrach li precedevano. Fedele ai suoi principî, Jimmy Tweed si rifiutò di abbandonare la sella. Long Bill e Blackie Slidell seguivano dappresso Call. Il cavallo di Blackie Slidell si rivelò un nuotatore frenetico. Superò il baio di Call, passandogli cosí vicino da farlo deviare e annaspare un momento. Call si seccò, ma in quell'oscurità non vedeva nemmeno Blackie. Quando aprí la bocca per protestare, gli si riempí d'acqua e per poco non soffocò. Cercò di stare attento ai tronchi e ai muli galleggianti, ma faceva cosí buio che a monte non vedeva nulla. Si concentrò sul tenere saldamente il moschetto di traverso sulla sella. Quando finalmente toccò il fondo e lui e il piccolo baio si trascinarono fuori dall'acqua, si sentí baciato dalla fortuna. Il fiume non l'aveva ucciso e nemmeno i Comanche. Era stanco e pensava che si sarebbero fermati, ma si sbagliava. Shadrach e Bigfoot li guidarono attraverso le colline per tutta la notte, verso il grande accampamento lungo il Brushy Creek.

15.

Un'ora dopo essere arrivato al grande accampamento, con suo stupore e imbarazzo, Woodrow Call fu nominato caporale dei Texas Ranger. La compagnia era tornata con cinque uomini in meno e Bigfoot aveva fatto un rapporto sommario al colonnello Cobb, che sedeva fuori dalla tenda a fumare un grosso sigaro e a grattare la testa dell'imponente levriero irlandese che l'accompagnava ovunque. Il cane era vecchio. Teneva la lunga lingua penzoloni e ansimava rumorosamente.

– Sí, questo giovincello ha ucciso il suo primo Comanche, – disse Bigfoot. – Il Comanche galleggiava sul Brazos aggrappato a un mulo morto. Il giovane Call gli ha sparato a bruciapelo.

Per un attimo Caleb Cobb posò gli occhi sonnolenti su Call; poi guardò di nuovo il levriero irlandese.

– Questo sí che è un comportamento vigile, signor Call. Vi nomino subito caporale. Non ne abbiamo molti in questa compagnia e immagino che ce ne servirà qualcuno.

– Mi pare prematuro, magari ha avuto fortuna, – intervenne il capitano Falconer, seccato. Considerava il giovane Call decisamente troppo inesperto per un simile riconoscimento.

Il capitano indossava una giubba nera e sembrava di un umore altrettanto cupo. Stava affilando un coltello su una grossa cote.

Caleb Cobb sorrise.

– Su, Billy, lascia che sia io a decidere chi promuovere. Se un Comanche ti sorprendeva nel bel mezzo di un grande fiume, sotto un mulo morto, forse ti ritrovavi senza scalpo prima di accorgerti del mulo.

– Quando attraverso un fiume, diffido sempre degli animali morti, – rispose il capitano Falconer in tono sostenuto. Era chiaro che non aveva apprezzato il commento del colonnello.

– Perché non vai ad arrotare il coltello dove non ti sento? – ribatté Caleb. – Faccio fatica a pensare quando arroti il coltello, e ho bisogno di pensare.

Senza dire una parola, Falconer si alzò e si allontanò dalla tenda.

– Billy è troppo istruito, – commentò Caleb Cobb. – Pensa di saperla lunga. Quanti Comanche avete ammazzato voialtri?

– Nessuno, – ammise Bigfoot. – Forse ne abbiamo feriti leggermente un paio, ma dubito. Erano ben riparati.

Il colonnello non mutò espressione, ma abbassò il tono di voce.

– Avete perso cinque uomini e questo sbarbatello è il solo che è riuscito a uccidere un indiano?

– Il tempo faceva schifo, – gli ricordò Bigfoot.

– Faceva schifo anche per Buffalo Hump e i suoi guerrieri. Non manderò altre missioni punitive, se questo è il meglio che sappiamo fare. Non posso permettermi di perdere cinque uomini per uccidere un indiano solo. Da adesso in poi lasceremo che siano loro a cercarci. Forse, se serriamo le file e ci atteggiamo a esercito, riusciremo ad attraversare le pianure e ad avere ancora qualche uomo con cui combattere i messicani, se necessario.

– Colonnello, non avevamo cavalli buoni. Alcuni di noi sí, ma gli altri avevano cavalcature scarse. Ci hanno rimesso la pelle in tre.

– Cos'è successo agli altri due? Non ne avevate persi cinque? – chiese Caleb. Il grosso levriero irlandese aveva gli occhi gialli; Call aveva sentito dire che acchiappava i cervi, li azzoppava e poi gli squarciava la gola. Di certo era abbastanza grande: arrivava alla vita di Bigfoot, e Bigfoot non era basso.

– Gli altri due non hanno avuto fortuna, – rispose lo scout. – Uno non sono sicuro che è morto, ma non l'abbiamo piú visto, perciò lo sospetto.

– Se avete perso un terzo della compagnia per colpa di cavalli scarsi, andate a lamentarvi con l'intendente, – disse il colonnello. – Non sono un cowboy. Ammetto, però, che in questa parte del Texas ci sono molti cavalli deboli.

– Grazie per la promozione, – disse Call, anche se non sapeva che cosa significasse, essere un caporale. Probabilmente comportava qualche dovere in piú: appena possibile, l'avrebbe chiesto a Brognoli. Ma la curiosità ebbe la meglio e lo chiese prima a Bigfoot.

– Significa solo che guadagni un dollaro in piú al mese. Caporale o soldato semplice, la vita non è meno pericolosa, – rispose Bigfoot, e poi aggiunse: – Con un dollaro in piú puoi comprarti piú alcol e piú puttane. O almeno, puoi farlo se non permetti a Gus McCrae di fregarti i soldi a carte.

La compagnia in tutta la sua varietà e confusione si apprestava alla tappa giornaliera. Carri e carretti trainati da buoi avanzavano serpeggiando in mezzo alle colline rocciose e sobbalzavano tra gli arbusti delle anguste valli. Parecchi tra i commercianti piú indolenti accusavano già gli effetti del viaggio nelle praterie: il dentista, che aveva deciso di trasferirsi a Santa Fe nella speranza di fare affari d'oro con i signori messicani, era inciampato nel proprio bagaglio ed era caduto di testa in una macchia di fichi d'India. Quando Call lo superò, un uomo dai capelli biondo rossicci gli stava estraendo le spine dalla faccia e dal collo con un paio di tenaglie da maniscalco. Il dentista gemeva, ma nel complesso i suoi gemiti erano piú moderati delle urla dei suoi pazienti.

Quando trovò Gus McCrae e Johnny Carthage, Call

fu contento di vedere che l'amico aveva riacquistato la sua consueta esuberanza e che la caviglia stava molto meglio. Gus tornava zoppicando da una visita a una giovane puttana di nome Ginny; Caleb Cobb aveva permesso ad alcune donne poco costose di viaggiare con la compagnia fino al Brazos, dopodiché, erano state informate, avrebbero dovuto fare ritorno a Austin: ci si aspettava, infatti, che a quel punto un numero sufficiente di commercianti rinunciasse al viaggio e potesse fornirgli il passaggio necessario. Se la grande occidentale costituisse un'eccezione alla regola era argomento di numerose discussioni tra gli uomini, molti dei quali erano restii a impegnarsi in un lungo viaggio senza avere a disposizione almeno una puttana esperta.

– Non la chiamerei esperta, Matilda, – obiettò Johnny Carthage. – Il piú delle volte non è nemmeno amichevole. Una che cattura tartarughe azzannatrici per colazione è da evitare, se lo chiedete a me.

Si rendeva conto con imbarazzo che lui stesso era riuscito a evitarla solo in parte; in generale, però, preferiva donne piú piccole e giovani.

Gus aveva rimediato una vanga chissà dove e ogni tanto la usava come stampella. Poteva appoggiare il peso sulla caviglia ferita per brevi tratti, ma di quando in quando era costretto a riposarsi.

Aveva cominciato a portare entrambe le pistole alla cintura, come se si aspettasse un attacco da un momento all'altro.

– Ciao, ti sei bagnato? – chiese, molto contento di vedere Woodrow Call. Per quanto cocciuto, Woodrow era il suo migliore amico. Il pensiero che potesse morire e non ricomparire nemmeno gli aveva fatto passare due notti agitate. In sogno aveva visto Buffalo Hump che impugnava scalpi insanguinati.

– Sono quasi affogato nel Brazos, ma non ho perso il fucile, – disse Call. Era una cosa di cui andava particolarmente fiero, anche se nessun altro pareva considerarlo un grande successo. – Il fiume era in piena. I Comanche sono scappati quasi tutti.

– Hai visto quello grosso? – chiese Gus.

– Ho visto la sua gobba. Si nascondeva dietro un tronco galleggiante e ha piantato una freccia nell'uomo accanto a me. Gli ha spezzato la spina dorsale.

Il sole aveva squarciato le ultime nuvole: con la sua luce accesa faceva brillare l'erba bagnata di valli e colline.

– Peccato che non c'ero anch'io. Se ci davamo da fare insieme, ne ammazzavamo parecchi, – disse Gus.

Piú o meno in quel momento si avvicinò Long Bill Coleman, in vena di scherzi.

– Gli hai già fatto il saluto militare? – chiese a Gus, con profondo imbarazzo di Call.

– Perché dovrei? È il mio compare, – rispose Gus.

– Sarà anche il tuo compare, ma adesso è un caporale. Ha ucciso un ragazzo pellerossa e il colonnello l'ha promosso.

Gus non sarebbe rimasto piú sbigottito se Call fosse tornato senza scalpo. Era accaduto proprio quello per cui Clara lo punzecchiava. Adesso Woodrow era il caporale Call. Al loro ritorno, senza dubbio Clara si sarebbe affrettata a fargli la corte.

– Allora è questa la novità? – disse, sentendosi a un tratto mancare le forze. Non aveva dimenticato Clara e il suo bacio. La giovane Ginny era piacevole, ma il bacio di Clara apparteneva a un altro mondo.

– Sí, mi ha appena promosso, – ammise Call, ben consapevole del turbamento che la notizia avrebbe causato.

– Com'è stato, ammazzarne uno? – chiese Gus, cercando di comportarsi in modo normale e di non mostrare il forte disagio per l'improvviso successo dell'amico.

– Mi era quasi addosso, ho sparato appena in tempo. Quando la tua caviglia guarirà, avremo un altro scontro, vedrai. Dopo che avrai ucciso un Comanche, il colonnello promuoverà anche te e faremo i caporali insieme.

Call voleva fare il possibile per alleviare il brutto colpo a Gus.

– Se non ci riesco, uno di loro ucciderà me e sarà tutto finito, – disse Gus, ancora senza forze. – Spero solo che non mi scotenneranno vivo, com'è successo a Ezekiel.

– Diamine, non ti ammazzeranno, – disse Call, preoccupato per il brusco crollo dell'amico. Lo spirito combattivo non gli mancava, ma chissà come la testarda ragazza dell'emporio gliel'aveva tolto. Gus pensava solo a lei, e non andava bene. Non si poteva pensare alle commesse degli empori, quando si era in territorio indiano e bisognava stare all'erta.

Con l'aiuto di Call, Gus riuscí almeno a sellare il piú basso dei due cavalli che gli avevano assegnato e a montare. I due giovani ranger cavalcarono fianco a fianco per tutto il giorno, a un'andatura pigra, mentre carri e carretti arrancavano per le valli e le basse colline. Call raccontò l'inseguimento e lo scontro in riva al fiume, ma l'amico non gli parve particolarmente interessato.

Si morse la lingua, però. Se non altro, Gus era in sella. Magari doveva solo attraversare il Brazos, allontanandosi ulteriormente dalla ragazza, e poi l'avrebbe dimenticata e si sarebbe goduto la spedizione.

Il pomeriggio del terzo giorno avvistarono un'ansa del Brazos, tra due colline a ovest. Il sole calante ravvivava l'acqua brunastra. A est il fiume non si vedeva, ma un po' alla volta i ranger in testa al gruppo, tra cui Gus e Call, sentirono un rumore che non riuscirono a identificare. Somigliava a quello che avrebbe fatto una mucca sguazzando nel fiume, solo moltiplicato per migliaia di volte, come se qualcuno sbattesse l'acqua con un'enorme zangola.

Il capitano Falconer si trovava proprio alla guida della compagnia, in groppa al suo ambiatore nero. Quando sentí quel rumore, fermò il cavallo. In quel momento il grosso levriero irlandese del colonnello gli sfrecciò accanto, guattendo. Teneva le orecchie abbassate all'indietro;

in un attimo sparí nella valle sterposa, restando tuttavia a portata d'orecchio.

– Bisonti, – disse Shadrach, estraendo il fucile dal lungo fodero.

Proprio allora due cavalieri arrivarono al galoppo da est. Uno dei due cavalli saltò quasi il levriero irlandese, che era ricomparso. Poi il cane scappò via, guattendo forte.

– Bes-Das li ha visti, – aggiunse Shadrach.

Bes-Das era uno scout pawnee: si spingeva talmente avanti che molti ranger l'avevano a malapena visto. L'altro cavaliere era Alchise, un messicano che si pensava fosse mezzo apache. Erano entrambi elettrizzati per quello che avevano scoperto oltre le colline a est. Il colonnello Cobb gli andò incontro al galoppo; poco dopo i tre voltarono i cavalli e si precipitarono all'inseguimento del cane. I cavalli alzavano la testa e sbuffavano. L'entusiasmo che aveva conquistato gli uomini della compagnia all'idea di andare a caccia delle capre delle nevi s'impossessò di loro un'altra volta; ben presto in quaranta sfrecciavano dietro al colonnello, al levriero irlandese e ai due scout.

Mentre i cavalli si lanciavano giú per la collina, Gus strinse con forza il pomo della sella. Poteva appoggiare un po' di peso sulla caviglia ferita, ma non abbastanza da tenere ferma la staffa mentre galoppava velocissimo in discesa su un terreno roccioso. Se fosse caduto e si fosse fatto ancora piú male, l'avrebbero rimandato a Austin: allora avrebbe perso ogni speranza di ricevere una promozione e uguagliare il suo amico Call.

Lo spettacolo che videro quando insieme alla compagnia raggiunsero la cima della collina successiva e tirarono le redini, né Gus né Call l'avrebbero mai dimenticato. Fino a quel momento nessuno dei due aveva mai visto un bisonte, anche se durante la marcia verso il Pecos avevano visto parecchie carcasse e un paio di crani. Laggiú in basso, dove il Brazos tagliava l'ampia vallata, si snodava una colonna di bisonti che pareva larga almeno un miglio. A sud, diretta verso il fiume, una mandria apparentemente infinita si muoveva tra valli e colline. A migliaia si trovavano già sull'altra sponda e procedevano verso nord infilandosi in un piccolo passo tra le alture. I bisonti attraversavano il fiume cosí stretti l'uno all'altro che si sarebbe potuto usarli come ponte.

– Guardali! – disse Gus. – Guarda i bisonti! Quanti sono, secondo te?

– Non so contare fino a numeri cosí alti, – ammise Call. – Sono piú di quelli che riuscivo a contare se contavo per un anno.

– Quella è la mandria meridionale, – commentò il capitano Falconer; perfino lui era troppo impressionato dalla vista di quelle migliaia di bisonti, piú bruni dell'acqua brunastra, per trattare con sufficienza i giovani ranger. – Saranno almeno un milione. Dicono che ci vogliono due giorni per superarla, anche al trotto.

Bes-Das tornò indietro e andò dal capitano Falconer. Disse qualcosa che Call non sentí e indicò, invece dei bisonti, un crinale a un paio di miglia di distanza, dall'altra parte della valle.

– È lui! – esclamò Gus, trattenendo il fiato e afferrando la pistola. – È Buffalo Hump. Ha tre scalpi sulla lancia.

Call guardò e vide una banda di indiani sul lontano crinale, otto in tutto. Riconosceva il cavallo pezzato di Buffalo Hump e vedeva che l'uomo era grosso, ma non gli scalpi sulla sua lancia. Provò una punta d'invidia per la vista dell'amico, chiaramente piú acuta della sua.

– Sono i pellerossa che vi hanno sconfitto? – chiese Caleb Cobb, raggiungendo Bigfoot.

Bes-Das, un uomo basso con i capelli unti e i denti storti, si mise a parlare con il colonnello in pawnee. Cobb lo ascoltò e scosse il capo.

– No, per dargli la caccia dovremmo attraversare quella maledetta fiumana di bisonti. Dubito che i ragazzi resisterebbero alla tentazione di sparare ai bisonti invece che ai Comanche. Raggiungeremmo gli indiani a corto di munizioni e probabilmente ci faremmo massacrare. Comunque, non credo che starebbero lí ad aspettare che arriviamo, lenti come siamo.

– Non possiamo uccidere un po' di bisonti, colonnello? – chiese Falconer. – Facciamo scorta di carne per un po'.

– No, prima attraversiamo il fiume. La metà dei carri colerà a picco comunque. Se li carichiamo di arrosti di bisonte, finiremo per dare da mangiare alle tartarughe.

Gli indiani stupivano Call. Perché se ne stavano lí, quando una forza di piú di cento uomini avanzava verso di loro? Probabilmente gli scalpi sulla lancia erano quelli di Rip Green, Longen e dell'uomo di nome Bert. Avevano cosí poca stima delle capacità di combattimento dei bianchi che non sentivano di dover battere in ritirata, anche quando erano in inferiorità numerica schiacciante?

Un po' alla volta, sempre piú cavalieri e carrettieri raggiunsero la cima e si misero a contemplare la mandria di bisonti. Alcuni giovani volevano precipitarsi giú a ucciderli, ma il colonnello Cobb impartí un ordine perentorio e tutti rimasero dov'erano.

Shadrach e Bigfoot si tenevano in disparte e parlavano con Bes-Das e Alchise. Guardavano i Comanche, fermi sulla collina di fronte mentre l'immensa mandria bruna si riversava oltre il Brazos. Giú in basso il levriero irlandese abbaiava e cercava di saltare addosso ai bisonti, che non gli badavano affatto. Di tanto in tanto Call lo vedeva mordere i garretti di una femmina di bisonte rimasta indietro, ma la femmina si limitava a dargli un calcio o a fare una piccola finta per poi procedere al trotto con la mandria.

– Sono davvero troppi per il vecchio Jeb, – disse Caleb, sorridendo della frustrazione del cane. – Uno alla volta riesce a catturare la loro attenzione, ma in questo momento non lo considerano piú di un moscerino.

Poi tirò fuori un cannocchiale dalla bisaccia e se lo portò all'occhio. Osservò i Comanche per un po' e vide qualcosa che lo fece trasalire.

– C'è Kicking Wolf, – disse, rivolgendosi a Falconer come se gli stesse dando una notizia importante. Call ricordava di aver già sentito quel nome: durante la prima marcia verso ovest qualcuno, forse Bigfoot, aveva detto che poteva essere stato Kicking Wolf a sparare al cavallo fuggitivo del maggiore.

– Mi dispiace, non l'ho mai sentito nominare, – rispose il capitano Falconer. Per quanto guardingo nei confronti degli indiani, era piú interessato ai bisonti, una specie di selvaggina che non aveva mai ucciso, anche se la caccia era la sua passione. Ora aveva di fronte un milione di animali, ma il colonnello gli aveva ordinato di trattenersi fino a quando non avessero attraversato il fiume. Nel bagaglio aveva un bel fucile da caccia, fabbricato a Londra da Holland & Holland; si trattenne a fatica dal correre a prenderlo dal carro delle salmerie.

– Buffalo Hump è l'assassino, Kicking Wolf il ladro, – disse il colonnello. – È il miglior ladro di cavalli delle pianure. Se non stiamo attenti, ci ruberà tutti i cavalli e i muli prima che attraversiamo il Red.

S'interruppe ed estrasse un sigaro dal taschino della camicia, soppesando la situazione.

– Se potessi scegliere da chi farmi importunare, forse opterei per Buffalo Hump, – continuò. – Se perdessi, mi ucciderebbe e basta. Magari sarebbe cruento, ma definitivo. Se avessi contro Kicking Wolf, invece, al primo sonnellino resterei appiedato. A nord di qui ci sono posti dove preferirei essere morto che appiedato. Avete mai bevuto piscio di cavallo?

Mentre poneva quella domanda, il colonnello guardò Call e Gus.

– Nossignore, – rispose Gus. – Non l'ho mai bevuto e non ho intenzione di farlo.

– Io l'ho bevuto una volta, mentre viaggiavo con Zeb

Pike, – disse il colonnello. – Abbiamo tenuto in vita un cavallo solo per poter bere il suo piscio. Avevo cosí tanta sete che mi pareva nettare di pesca. Quando finalmente abbiamo trovato l'acqua, abbiamo mangiato il cavallo.

Con imbarazzo di Call, il suo cavallo si stiracchiò e si mise a pisciare proprio mentre il colonnello parlava. Il fiotto giallo che schizzò per terra non odorava di nettare di pesca, però.

– Cosa facciamo con i nostri vicini pellerossa, Billy? – chiese Caleb. – Eccoci, noi qui e loro lí, con una marea di maledetti bisonti nel mezzo.

– Diamine, signore, immagino che se ne andranno, – disse Falconer. – Posso inseguirli, se preferite.

– No, non voglio che li insegui, – disse il colonnello. – Avevo un'altra idea. È quasi ora di accamparci e preparare da mangiare. Forse dovremmo invitarli a cena.

– Come, signore? – disse il capitano Falconer, che non era sicuro di aver sentito bene.

– Invitarli a cena. Mi divertirebbe. Un piccolo colloquio potrebbe essere d'aiuto.

– Be', ma chi ci va a invitarli? – chiese il capitano Falconer.

– Perché non il caporale Call e il suo *compañero*? – disse il colonnello. – Il caporale avrà l'opportunità di dimostrarsi all'altezza della sua promozione. Strappa un lenzuolo e avvolgilo intorno alla canna di un fucile. I Comanche rispettano la bandiera bianca, immagino. Manda Bes-Das con loro, per fare le presentazioni. Presumo che lo conoscano.

Gus sentí che gli tremavano le gambe come quel giorno vicino alle montagne a ovest, accanto alla terra imbevuta del sangue di Josh Corn. Quando aveva affidato l'incarico a Call e al suo *compañero*, il colonnello guardava proprio lui.

Il capitano Falconer era tornato indietro per cercare un lenzuolo sui carri. Gli indiani erano ancora fermi sulla collina di fronte. Il lungo crinale dove si trovavano i ranger si riempí ben presto di uomini: l'intera spedizione si schierò ad ammirare il grande spettacolo in basso. La colonna di bisonti non aveva fine, né a nord né a sud. Si muoveva verso il fiume e si snodava al di là come il corpo di un immenso serpente con la testa e la coda nascoste. In mezzo alla folla di ranger, commercianti, maniscalchi, puttane e avventurieri a un tratto Call scorse John Kirker, il cacciatore di scalpi che li aveva abbandonati lungo il Rio Grande. Glanton, il suo grosso collega, non era con lui. Kirker teneva un fucile sull'arcione posteriore della sella; mentre tutti gli altri guardavano i bisonti, lui guardava gli indiani.

– Ma quindi dobbiamo andare lí a parlare con loro? – chiese Gus. Quell'ordine era un brutto colpo. Si sentiva uno sciocco ad aver lasciato cosí presto il carro dei malati. Avrebbe dovuto tenere la caviglia dolorante a riposo per almeno un'altra settimana, ma alcuni ranger l'avevano accusato di fare finta e lui aveva ripreso a viaggiare a cavallo prima del tempo.

– È quello che ha detto il colonnello Cobb, – rispose Call. – Non so come faremo a passare in mezzo ai bisonti, però. Sono compatti.

– Io non ci voglio passare. Non ci voglio andare. Già una volta Buffalo Hump mi ha infilzato con la lancia, magari stavolta mi trafigge.

– No, avremo una bandiera di tregua. Non ti darà fastidio.

– Lui non ha mica alzato un lenzuolo bianco. Perché dovrebbe importargliene qualcosa?

– Se hai paura, è meglio che torni indietro e sposi quella ragazza. Spacchetta tessuti per tutta la vita. Io voglio fare il ranger e diventare capitano, prima o poi.

– Anch'io voglio diventare capitano, se non richiede bere piscio di cavallo. Non ho intenzione di finire in posti cosí secchi che poi mi tocca bere piscio di cavallo.

– Be', forse ti capiterà, al colonnello è capitato. Hai visto? C'è quel maledetto Kirker.

– È arrivato alla chetichella mentre tu partecipavi all'inseguimento. Da quel che ho capito, è un amico del colonnello Cobb.

– Detesto viaggiare con un uomo che va a caccia di scalpi. Non vedo perché dovrebbe essere un compare del colonnello.

– I Comanche vanno a caccia di scalpi.

– No, loro li prendono in guerra. Kirker lo fa per i soldi. Bes-Das è pronto. Andiamo.

16.

Sotto gli occhi di tutta la spedizione, Call e Gus seguirono Bes-Das giú per la discesa verso la mandria di bisonti. Bigfoot chiudeva la fila. Nessuno gli aveva ordinato di andare o di non andare: si era unito all'ambasceria perché voleva vedere i Comanche piú da vicino di quanto non avesse fatto durante la piovosa giornata sul Brazos. Bes-Das teneva alzato il fucile con il lenzuolo bianco che sventolava.

Dall'altra parte della valle, gli otto Comanche aspettavano. Erano diventati immobili come statue. Si muovevano solo i tre scalpi che ondeggiavano sulla lancia di Buffalo Hump.

Avvicinandosi all'enorme massa di bisonti in movimento, i quattro cavalli cominciarono a manifestare un certo nervosismo. Dilatarono le froge e cercarono di tornare indietro; Call faticava a tenere a freno il piccolo baio. Anche Gus aveva problemi, aggravati dalla caviglia dolorante. Bes-Das, il Pawnee dai denti storti, colpí il cavallo con il fucile due volte e il cavallo si placò. Bigfoot teneva sotto stretto controllo il cavallo grigio. L'odore di quelle migliaia di animali influiva in ugual misura su uomini e cavalli; il polverone che sollevavano era denso come una tempesta di sabbia.

– Non passeremo mai, sono troppo fitti, – disse Gus. – Ci calpesteranno di sicuro.

– Andate veloci, – li incitò Bes-Das, portando il cavallo parallelo alla mandria. – Andate con i bisonti.

Mentre Call e Gus si tenevano vicini, il Pawnee s'infilò

nella mandria, entrando solo di poco per poi lasciare che il cavallo prendesse la stessa direzione dei bisonti. Muovendosi con regolarità, cedendo terreno e girandosi verso il fiume quando non c'era spazio tra gli animali, in poco tempo Bes-Das fu a metà della mandria.

– Cosí si fa, tenete la briglia stretta e avanzate un po' per volta, – disse Bigfoot. Ben presto fu nel folto della mandria; Bes-Das era quasi arrivato dall'altra parte.

– Avanti, tocca a te, – disse Call a Gus.

– Non tocca a me, vai tu, – rispose Gus. – Ti vengo dietro.

– No, il caporale sono io e ti dico di andare. Se ti lascio indietro, magari ti metti a dire che hai male alla caviglia e ti fai sparare per diserzione.

– Accidenti, che diavolo... non ti fidi del tuo compagno, – disse Gus, cosí irritato che diede un colpo di tacco al cavallo e s'infilò tra i bisonti. In effetti pensava proprio di trovare una scusa per aspettare; non voleva entrare nella mandria con il cavallo, tanto meno avvicinarsi ai guerrieri di Buffalo Hump. Ma non avrebbe permesso a Woodrow Call di offendere il suo coraggio. Aveva sempre pensato di avere fegato come chiunque altro, ma i sanguinosi avvenimenti della prima marcia gli avevano scosso i nervi e non ne aveva ancora recuperato del tutto il controllo. Ciononostante, era sicuro di poter competere con Woodrow Call in ogni cosa e di poterlo battere pressoché sempre. Tanto per cominciare, ci vedeva meglio, anche se trovarsi in mezzo a una mandria di bisonti non offriva molte opportunità di mettere alla prova la vista. Vedeva solo gli animali bruni tutto intorno. Non sembravano molto interessati né a lui né al suo cavallo e Gus si rese conto alla svelta di sapersela cavare quanto Bes-Das e Bigfoot. Una volta lasciò che il cavallo si avvicinasse troppo alle corna di un giovane maschio, ma il cavallo si scansò in tempo. Nell'arco di dieci minuti aveva quasi attraversato la mandria: Bes-Das e Bigfoot erano lí ad aspettarlo. Non sapeva dove fosse Woodrow Call: muoversi tra i bisonti richiedeva tutta la sua attenzione. Gli restavano venti metri quando di punto in bianco i bisonti intorno a lui si misero a scartare e a saltare. Anche il suo cavallo saltò e poco ci mancò che non lo disarcionasse. I bisonti dal lato opposto della mandria stavano abbassando il capo come per incornare qualcosa. Venne scaraventato oltre il pomo della sella, sul collo del cavallo, ma riuscí per un soffio a non cadere e a rimettersi in arcione. Vide Bes-Das e Bigfoot che ridevano e provò una certa irritazione: cosa c'era di cosí divertente nel fatto che era stato quasi sbalzato di sella e calpestato?

Spronò il cavallo per superare gli ultimi bisonti e si voltò a guardare che cosa aveva causato tanta agitazione: vide solo un grosso tasso che cercava di azzannare una femmina di bisonte. Il tasso era cosí arrabbiato che aveva la bava alla bocca, e i bisonti cedevano terreno. Il cavallo di Woodrow Call sgroppava, innervosito dalla femmina sbuffante alle prese con il tasso. Woodrow rimase in sella e riuscí ad attraversare la mandria.

– Perché un bisonte grande e grosso dovrebbe aver paura di un tasso? – chiese Gus, quando raggiunse Bigfoot. – Gli basta un calcio per spedirlo quasi in Cina.

– Il tasso li ha ingannati, – rispose Bigfoot. – È cosí arrabbiato da averli convinti che è grande come loro e due volte piú cattivo.

– Chissà se loro sono arrabbiati, – si chiese Call, guardando i Comanche, immobili sulla collina sopra di loro.

– Se lo sono, siamo prede facili, – disse Bigfoot. – Non attraverseremo mai la mandria abbastanza in fretta da scappare e la compagnia non l'attraverserà mai abbastanza in fretta da salvarci.

Call guardò gli indiani e poi, dall'altra parte della valle, il corpo della spedizione. Avrebbe preferito che Bigfoot non facesse quel commento. La mandria era come un muro mobile che li separava dalla sicurezza della compagnia.

I Comanche non dovevano fare altro che scendere al trotto dalla collina e ucciderli con le lance o le frecce. A quel pensiero si sentí vacillare e mancare le forze.

Né Bigfoot né Bes-Das sembravano preoccupati, però. Avviarono i cavalli a passo lento verso la collina; Bes-Das teneva alzato il fucile con il lenzuolo bianco. Call e Gus li seguirono.

– E se ignorano il lenzuolo? – chiese Call. Voleva sapere come procedere, nel caso avessero dovuto combattere.

– Se ci attaccano, riempite di pallottole quello grosso, – rispose Bigfoot. – Bisogna sempre uccidere prima il piú grosso e poi il piú piccolo.

– Perché il piú piccolo? – chiese Gus.

– Perché il piú piccolo tende a essere il piú cattivo, come il tasso. Quello che sta a destra per conto suo è Kicking Wolf: è lui il piú piccolo e il piú cattivo. Quando è nei paraggi, meglio non lasciar pascolare il cavallo. È cosí abile che ti ruberebbe il cavallo da sotto il culo.

– È tozzo, vero? – disse Gus.

– Kicking Wolf cavalca sempre all'esterno del gruppo. Buffalo Hump è il martello, ma lui è il chiodo. Non gli piace stare in mezzo alla folla. Con il fucile è il miglior tiratore di tutta la nazione comanche. Se fanno una scorreria e hanno un fucile solo, lo danno a lui. Buffalo Hump è vecchio stile. Preferisce l'arco.

Con Bes-Das qualche passo piú avanti, la delegazione salí lentamente la collina verso gli indiani in attesa. Call diede un'occhiata a quello basso e tozzo a destra del gruppo e vide che era il solo a essere armato di fucile. Tutti gli altri portavano archi o lance. Appena arrivarono a mezzacosta, Buffalo Hump spronò il cavallo e gli andò incontro. Quando era ancora a cinquanta metri da loro, Call guardò Gus, per vedere se era fermo. Sorprendentemente, aveva l'aria disinvolta, come se stesse facendo una cavalcata di piacere con gli amici.

– Eccolo che arriva, spero che è bendisposto, – disse

Gus. – Non mi aspettavo di parlamentare con lui, non dopo che mi ha infilzato con la lancia.

– Sta' zitto. Sarà Bes-Das a parlamentare, – ordinò Bigfoot. – Maledizione, ragazzi, tenete il becco chiuso. Non ci vuole molto per dare sui nervi a un Comanche.

Via via che Buffalo Hump si avvicinava, tenendo il cavallo pezzato a un passo lento, Call sentí cambiare l'aria. Il Comanche aveva il corpo scintillante di grasso; sul petto nudo portava una collana di artigli. Call guardò Gus, per vedere se avvertiva il cambiamento, e Gus annuí. Erano entrati nell'aria degli uomini selvaggi: perfino l'odore dei cavalli indiani era diverso.

Bes-Das si fermò, in attesa. Buffalo Hump avanzò fino a quando il muso del cavallo pezzato fu a pochi passi dalla giumenta nera del Pawnee. Poi alzò la lancia e indicò prima Gus e poi Call. Benché si tenesse dritto in sella, la grossa gobba era visibile, alta tra le spalle dietro la nuca. Quando parlò, aveva una voce cosí irosa e selvaggia che Call dovette trattenersi dall'afferrare il fucile. Per un attimo i loro sguardi s'incrociarono: il Comanche aveva occhi di pietra. Buffalo Hump abbassò la lancia, gettò un'occhiata indifferente a Bigfoot e poi aspettò che Bes-Das parlasse. Sembrava che di Bigfoot non gliene importasse nulla. Lo scout ricambiò il favore fissando a bella posta Kicking Wolf, in cima alla collina.

Bes-Das parlò brevemente in comanche. Buffalo Hump alzò il braccio e gli altri uomini lo raggiunsero. Si voltò a parlare con loro per alcuni minuti. Kicking Wolf grugní qualcosa e si allontanò, riprendendo la sua posizione laterale.

– Spero che non si prepara a sparare, – disse Gus.

– Maledizione, ti ho detto di tenere il becco chiuso, – disse Bigfoot. – Se stai zitto, ne usciamo con i capelli.

Bes-Das ascoltò Buffalo Hump, che fece un lungo discorso con la sua voce rauca, irosa. Fu allora che Call decise che avrebbe fatto il possibile per imparare la lingua comanche. Gli sembrava sciocco parlamentare con i selvaggi pellerossa senza sapere che cosa dicevano. Per quel che ne sapeva, l'indiano stava parlando di come ucciderli.

Quando Buffalo Hump ebbe finito, Bes-Das disse qualche parola, poi voltò subito il cavallo e si diresse al passo verso la mandria di bisonti. Bigfoot aspettò un attimo, come soprappensiero, poi voltò anche lui il cavallo. Call e Gus li seguirono. Call sentiva cosí tanto pericolo nell'aria che per non voltarsi dovette fare ricorso a tutto il suo sangue freddo. Una lancia come quella che aveva ferito Gus all'anca poteva fendere l'aria da un momento all'altro. Diede un'occhiata all'amico: sembrava fermissimo. Nel breve lasso di tempo trascorso da quando avevano lasciato l'accampamento e attraversato la mandria di bisonti era accaduto qualcosa che l'aveva temprato.

Riattraversarono la mandria velocemente: ormai avevano imparato la tecnica e in un attimo furono dall'altra parte. Quando tra loro e gli indiani ci fu la mandria, Call si sentí libero di voltarsi. L'aria era cambiata di nuovo: erano nell'aria della sicurezza, non in quella della morte rapida.

– Ti è ricresciuta la spina dorsale, – disse, notando che Gus era cosí allegro che per poco non fischiettava.

– Sí, ormai non mi fa piú paura, – rispose Gus. – Clara non vorrebbe un vigliacco. Mi sono concentrato su di lei. Quando torniamo a Austin, ci sposeremo.

L'incontro l'aveva rinfrancato veramente. Aveva guardato Buffalo Hump negli occhi ed era sopravvissuto: si sentiva di nuovo fortunato. Tuttavia, un aspetto del colloquio lo incuriosiva.

– Perché ci ha puntato addosso la lancia quando è arrivato?

Bes-Das si voltò un attimo e rise mostrando i denti storti.

– Ha detto che voi due gli appartenete. Dice che quando sarà pronto vi ucciderà, ma non oggi. Viene a cenare con il colonnello e porta le mogli.

– Perché noi gli apparteniamo, e tu e Bigfoot no? – chiese Gus.

– Tu hai ingannato la sua lancia. Dice che la sua lancia ha fame del tuo fegato.

– Che si tenga la fame, – disse Gus, spavaldo, anche se la minaccia gli rimescolò un attimo lo stomaco.

– E io perché, allora? – chiese Call. – Non ho ingannato la sua maledetta lancia.

Bes-Das rise un'altra volta.

– No, con te è diverso, – disse, sorridendogli.

– Perché? – chiese Call, rammaricandosi di non aver capito il discorso dell'indiano.

– Perché tu hai ucciso suo figlio, – rispose il Pawnee.

17.

La notizia riportata da Bes-Das raggelò piú Call che Gus. Aveva ucciso il figlio del capo guerriero. Buffalo Hump poteva dimenticarsi di non aver fatto fuori Gus con la lancia, ma non si sarebbe dimenticato di aver perso un figlio. Finché il Comanche con la gobba fosse rimasto in vita, lui avrebbe avuto un nemico. Tutte le volte che avesse viaggiato in territorio comanche la sua sopravvivenza sarebbe dipesa dallo stare all'erta.

Mentre tornavano all'accampamento tacque, pensando agli anni di vigilanza che lo attendevano.

Gus McCrae, invece, era di ottimo umore. Adesso che era sopravvissuto, era contento di aver partecipato al colloquio. Non solo si era fatto largo nella grande mandria di bisonti, ma aveva anche guardato in faccia l'assassino comanche e se n'era andato incolume. Adesso era di nuovo al sicuro con la grande compagnia. Che Buffalo Hump lo minacciasse pure quanto voleva: la sua lancia sarebbe rimasta affamata. Sentendo quello che aveva fatto, Clara Forsythe avrebbe saputo di aver baciato un uomo coraggioso, un ranger su cui il suo affetto non sarebbe stato sprecato.

La notizia non ci avrebbe messo molto a raggiungerla: di lí a poco, parecchi commercianti e quasi tutte le puttane sarebbero tornati indietro. In una cittadina piccola come Austin la notizia che lui era stato prescelto per una missione pericolosa non avrebbe tardato a giungerle all'orecchio.

Quando andarono a fare rapporto, intorno a Caleb Cobb era radunata una folla. Il grosso levriero irlandese era tornato: sedeva ansimando ai piedi del colonnello, con la lunga lingua penzoloni. John Kirker era lí, seduto su un ceppo, con il grosso coltello per scalpare alla cintura. Shadrach si teneva in disparte, con l'aria contrariata. Non aveva mandato giú l'ordine di non sparare ai bisonti fino a quando non avessero attraversato il Brazos. Guardava il colonnello in cagnesco.

Accanto a lui c'era Matilda Roberts. Negli ultimi tempi il vecchio pioniere e la grossa puttana sembravano aver legato parecchio. Spesso, quando Shadrach andava in esplorazione, cavalcavano insieme. La sera a volte sedevano fianco a fianco, attorno a un focherello tutto loro. Nessuno li aveva sentiti scambiarsi una parola, eppure erano insieme, uniti nel loro silenzio. Ora alcuni degli uomini piú giovani avevano paura di avvicinarsi a lei: non volevano incorrere nell'ira del vecchio pioniere. Si vociferava che una volta in collera fosse terribile, anche se nessuno dei presenti ricordava di averlo mai visto perdere le staffe.

– Be', abbiamo ospiti a cena? – chiese Caleb Cobb. – Il capo preferisce mangiare con la forchetta o con il coltello per scalpare?

– Viene tra un'ora, – rispose Bes-Das. – Vuole mangiare alla svelta. Al calar del sole lascerà l'accampamento. Porterà con sé tre mogli, ma nessun guerriero.

– Be', questo sí che è insolito, – disse Caleb. – Ha altre richieste, il capo?

– Sí, vuole un fucile.

Caleb ridacchiò. – Un fucile con cui farci fuori. Spero tanto che la cena sarà di suo gusto. Se non la trova saporita, magari scotenna Sam.

Black Sam era diventato il cuoco personale di Caleb Cobb. Il colonnello andava matto per la carne di coniglio, tanto che Sam aveva infilato una gabbia di pasciuti conigli in uno dei carri delle provviste. Siccome invece non gradiva la selvaggina di grossa taglia, Sam prendeva in trappola le quaglie e lo nutriva di succulenti coniglietti.

– Be', se arriva tra cosí poco, il cuoco si deve sbrigare, – disse Caleb. – Falconer, visto che ti diverti a sparare, va' a uccidere un paio di vitelli di bisonte. Prendi fegato e animelle e lascia il resto. Call e McCrae ti accompagneranno, i loro cavalli sono già abituati ai bisonti.

Falconer si avviò verso il carro per prendere il suo bel fucile, ma il colonnello lo fermò con un gesto d'impazienza.

– Non ti serve quel maledetto fucile inglese solo per sparare a due vitelli. Sparagli con la pistola o lascia che lo faccia il caporale Call.

Mentre si dirigevano verso la mandria, Call rimase sconcertato vedendo che John Kirker li tallonava a pochi metri di distanza. Proseguí un altro po' e poi decise che non sopportava la sua presenza. Fece un cenno del capo a Gus ed entrambi si voltarono ad affrontare il cacciatore di scalpi.

– Non ti ha detto di venire, – lo apostrofò Call. – È meglio se torni indietro.

– Non lavoro per nessun esercito e nessuno mi dice cosa fare, – ribatté Kirker. – Caleb Cobb può fingere di essere un colonnello, se vuole. Ma non mi dice cosa fare e tanto meno voi, maledetti pivelli.

– Non ti ha detto di venire, – ripeté Call. Stava cercando di mantenere la calma, ma sentiva montare la collera.

– Intorno ai bisonti ci sono gli indiani, – disse Kirker. – Ci s'intrufolano in mezzo e sparano da sotto le pance. Ho del lavoro che mi aspetta, non m'importa se viene a cena quel gobbo assassino. Levatevi dai piedi.

– Diteglielo voi, capitano, – disse Call rivolto a Falconer, ma Falconer ignorò la richiesta.

– L'ultima volta che hai viaggiato con noi hai scalpato dei messicani, – osservò Gus.

Kirker spianò il fucile e li guardò gelido, con le labbra sottili contratte in una specie di ghigno.

– Disprezzo i giovani idioti. Se non vi va a genio il mio lavoro, attaccatemi e fatelo subito. Se m'impegno, potrei prendere uno scalpo prima del tramonto.

Kirker parlò con la stessa insolenza con cui si era rivolto a Bigfoot e a Shadrach lungo il Rio Grande.

Gus non lo tollerò. Con sorpresa di Call, tirò fuori dalla cintura una delle sue grosse pistole e la diede sulla fronte a Kirker. Si sentí un rumore sordo, come di un mulo che dava un calcio a un palo. Kirker si accasciò all'indietro, cadendo da cavallo. Rimase immobile per un attimo, raggomitolato per terra, ma aveva gli occhi aperti.

Call balzò giú da cavallo e, mentre Kirker cercava di rialzarsi, gli soffiò la pistola. Kirker allora fece per prendere il suo grosso coltello, ma Call non gliene lasciò il tempo: gli diede un colpo di moschetto sul braccio, poi lo colpí altre due volte.

– Fermo, Woodrow, – lo richiamò Gus, spaventato dallo sguardo di Call e dalla forza bruta dei suoi colpi. Anche lui era abbastanza arrabbiato da aver buttato Kirker giú da cavallo con la pistola, ma quell'unica, violenta botta l'aveva appagato. L'uomo aveva la fronte lacerata, grondava sangue. Tanto bastava a insegnargli il rispetto. Ma a Woodrow Call non interessava il rispetto. Picchiava per uccidere.

– È un amico del colonnello, non c'è bisogno di ucciderlo, – disse Gus, balzando giú da cavallo, cosí come Black Sam, che li aveva raggiunti per scegliere i tagli. Call calò il moschetto una terza volta, sul pomo d'Adamo di Kirker: a salvare il cacciatore di scalpi fu solo il fatto che Sam afferrò la canna attutendo in parte la forza del colpo, ma Kirker ricadde a terra comunque, rotolandosi e stringendosi la gola, nel tentativo di riprendere fiato. Gus e Sam insieme riuscirono a trattenere Call dallo spaccargli la testa con il moschetto.

Falconer, a cui il cacciatore di scalpi non andava a genio, si voltò un attimo a guardarlo.

– Disarmatelo. Ha le pistole negli stivali. Se gli lasciamo qualcosa con cui sparare, non appena riprende fiato cercherà di ammazzarci tutti.

Call ricordava i luridi scalpi infestati dalle mosche appesi alla sella dell'uomo; ricordava anche che secondo Bigfoot alcuni di quegli scalpi appartenevano a bambini messicani.

– Non picchiarlo a morte, non qui, – disse Sam. – Il colonnello Cobb ti impiccherà. Impicca la gente in continuazione.

A fatica Call si costrinse a montare a cavallo e a proseguire verso la mandria. Quando se ne andarono, Kirker era in ginocchio, a sputare sangue.

– Hai estratto quella pistola molto in fretta, – disse Falconer a Gus. – Credo che ti farò il mio caporale. Potresti essere un buon pistolero.

– Grazie, Kirker è stato maleducato, – rispose Gus. – Secondo voi il colonnello mi lascerà fare il caporale?

Benché Falconer non gli stesse molto simpatico, le sue parole riempirono Gus di sollievo. Si era rimesso in pari con Call, in termini di grado. Aveva anche recuperato la propria solidità e si era dimostrato capace di combattere quando necessario. Non aveva piú la sensazione di debolezza che lo tormentava da quando aveva visto per la prima volta Buffalo Hump, o almeno non ce l'aveva sempre. Forse sarebbe morto, ma se non altro prima si sarebbe battuto, invece di passare le giornate a tremare nell'attesa di essere massacrato.

Raggiunsero la mandria, spararono velocemente a due grassi vitelli e presero fegato e animelle, come gli era stato ordinato. Sam era un abile macellaio. Aveva portato un sacco su cui mettere la carne e, quando ebbe finito, lo annodò con perizia.

– Domani andrò a caccia grossa, – disse Falconer, mentre tornavano all'accampamento. – Una volta attraversato il fiume, al colonnello non darà fastidio.

– Domani i bisonti non ci saranno piú, – disse Sam.

– Che vuoi dire, non ci saranno piú? Ce ne sono a migliaia, – rispose Falconer, stupito.

– Domani non ci saranno piú, – ripeté Sam, senza aggiungere spiegazioni.

Quando superarono il punto dove era avvenuto lo scontro con Kirker, di lui non c'era traccia, anche se l'erba era macchiata del sangue della sua fronte spaccata.

– Accidenti, spero almeno di avergli rotto il braccio, – disse Call.

Tacquero tutti per un po'. Cavalcarono verso la compagnia in silenzio; Sam teneva con cura il sacco della carne.

– Sam sa come si taglia un vitello di bisonte, – commentò Gus. – Potresti insegnarcelo alla prossima occasione. Sarei capace di palpare un bisonte per un'ora senza sapere se ho trovato il fegato.

– La prossima volta guardami e basta, – rispose Sam. – Il fegato di bisonte è squisito.

18.

La notizia che Buffalo Hump sarebbe venuto a cena impressionò a tal punto il generale Phil Lloyd, in gioventú uno degli eroi della battaglia di New Orleans, che costrinse il suo servitore Peedee a frugare tra la sua roba fino a quando non trovò una giubba pulita. Era sgualcita, vero, ma non macchiata di succo di tabacco, sugo di manzo o qualunque altra sostanza con cui il generale Lloyd tendeva a sbrodolarsi nel corso delle sue libagioni quotidiane.

– Forse mi sto mettendo in ghingheri per nulla, – disse a Caleb Cobb. – In questo accampamento ci sono almeno cento uomini che vorrebbero far fuori quella canaglia. Perché dovrebbe venire?

– Oh, Phil, verrà, – rispose Caleb Cobb. – Vuole mettere in mostra le mogli.

Guardandosi intorno, Call si trovò d'accordo con il generale. Quasi tutti i ranger, e non pochi tra i commercianti e i viaggiatori comuni, avevano perso amici o familiari per mano dei Comanche, alcuni per mano dello stesso Buffalo Hump. Via via che si avvicinava l'ora del suo arrivo, si udivano mormorii e imprecazioni. Parecchi degli individui piú drastici suggerivano di impiccare Caleb Cobb: secondo molti ranger non avrebbe mai dovuto fare quell'invito. Sam dovette accelerare la cottura, ma quando l'odore del fegato sfrigolante si diffuse per l'accampamento lo scontento generale aumentò. Perché un assassino cenava con quei manicaretti mentre quasi tutti loro dovevano accontentarsi di manzo stopposo?

– Verrà, – disse Gus. – Non sarà certo questa gente qui a spaventarlo.

Al pari di Call, cominciava a dubitare delle capacità dei capi militari. Il generale Lloyd, che era stato ubriaco per tutto il viaggio e privo di sensi per la maggior parte, si era fatto appuntare dal servitore una decina abbondante di medaglie sul davanti della giubba azzurra.

– Le avrà guadagnate bevendo, non fa nient'altro, – commentò Gus.

Mentre il fegato sfrigolava e le animelle sobbollivano in un pentolino con un po' di cipolle e di orzo selvatico scovato da Sam, avvertendo il malumore degli uomini Caleb Cobb ordinò a Falconer di radunare gli insoddisfatti. Niente garbava di piú a Falconer che ordinare agli uomini di fare quello che non volevano: possedeva un frustino nero che faceva schioccare sulla gamba e girò per l'accampamento facendolo schioccare e costringendo gli uomini a presentarsi davanti alla tenda di Caleb Cobb.

Cobb era grosso; amava imporsi. Quando gli uomini si furono riuniti, si stiracchiò e indicò la collina a est. Quattro cavalli si muovevano lungo il crinale: Buffalo Hump andava da loro con le mogli.

– Eccolo che arriva, puntualissimo, – disse Caleb. – Parlerò poco. È un demonio omicida, ma l'ho invitato a cena e non tollero che s'infastidisca un mio ospite.

– Volete dire che non possiamo sputare mentre lui è nell'accampamento? – chiese Shadrach. Non aveva un gran rispetto per Caleb Cobb, che, ai suoi occhi, era solo un pirata che aveva deciso di scendere a terra. Si diceva che avesse catturato diverse navi messicane e fosse fuggito con l'oro, l'argento e le donne. Cosí, perlomeno, si vociferava nelle acque di Galveston. Shadrach sospettava che il motivo principale della spedizione dal Texas a Santa Fe fosse che Cobb voleva prendere l'oro e l'argento direttamente alla fonte. Niente di tutto questo gli dava il diritto di imporgli un certo comportamento e voleva che Cobb lo sapesse.

– Potete sputare, ma non verso di lui, – rispose Caleb. Era ben consapevole di non andare a genio al pioniere.

– Colonnello, perché l'avete invitato, se è un assassino? – chiese Elihu Carson, il dentista. Aveva sentito dire che a volte i Comanche staccavano la mandibola ai prigionieri con i denti intatti; da professionista avrebbe voluto interrogare Buffalo Hump sulla tecnica richiesta, ma era improbabile che ne avesse l'opportunità a un colloquio cosí importante.

– Curiosità, – replicò Caleb. – Non l'ho mai incontrato e mi piacerebbe. Se si vuole sapere di che tempra è il proprio avversario, guardarlo negli occhi non nuoce. E poi conosce il territorio, magari ci presta uno scout.

– Non vi presterà uno scout, ucciderà quelli che abbiamo, – intervenne Bigfoot.

– Tentar non nuoce, signor Wallace. Vi ho fatti venire qui per dirvi una cosa semplice: Buffalo Hump è mio ospite a cena. Impiccherò seduta stante qualunque rabbioso figlio di puttana gli dia fastidio.

Gli uomini lo fissarono, né impressionati né convinti.

– Se lo uccidiamo, i Comanche e i Kiowa si solleveranno e distruggeranno ogni maledetta fattoria tra il Brazos e il Nueces, – continuò Caleb. – Per arrivare a Santa Fe, dobbiamo attraversare il territorio di Buffalo Hump e non ne sappiamo granché. Se viene fuori che dobbiamo batterci con lui, ci batteremo, ma ora come ora voglio vedere un po' di buone maniere in questo accampamento.

Gli uomini tacquero, guardando i cavalli che si avvicinavano. Arretrarono di qualche passo per permettere ai Comanche di raggiungere la tenda di Caleb, ma erano di umore tetro. Nessuno di loro aveva voglia di finire impiccato, ma sapevano che l'impiccagione era delicata rispetto a quello che gli sarebbe successo se li avesse presi Buffalo Hump. Quelli che avevano perso figli nelle guerre con i Comanche o a cui avevano rapito le figlie ritenevano l'impiccagione un piccolo prezzo da pagare per l'opportunità di ficcare una pallottola in corpo al grande capo guerriero. Eppure si trattennero, vincolati, seppur a malincuore, dagli ordini del loro comandante.

Buffalo Hump entrò nell'accampamento con i tre scalpi ancora legati alla lancia. Portava i calzoni ma non la camicia; aveva la faccia e il corpo ricoperti di argilla rossa e strisce gialle sulla fronte e sulle guance. Le tre donne al suo seguito erano giovani e paffute. Se avevano paura di entrare nell'accampamento dell'uomo bianco, non lo mostrarono. Cavalcavano a poca distanza da Buffalo Hump, tenendo gli occhi puntati a terra.

Call riteneva che il capo guerriero fosse incredibilmente coraggioso a entrare in un accampamento come quello da solo. Gus era d'accordo. Cercò d'immaginarsi mentre entrava in un accampamento comanche senza nessuno accanto a parte un paio di puttane, ma ricordando le torture descritte da Bigfoot pensò che avrebbe declinato l'invito, se mai ne avesse ricevuto uno.

– Non ha paura di noi, e qui tutti vogliono ucciderlo, – disse Call. – Non ha grande stima dei ranger, mi sa.

Quando Buffalo Hump smontò da cavallo, smontarono anche le mogli; si affrettarono a stendere una coperta per lui davanti alla tenda del colonnello. Caleb Cobb offrí del tabacco. Una delle mogli lo prese e lo diede a Buffalo Hump, che lo annusò brevemente e lo restituí. Doveva essere forte anche solo per portarsi dietro quella gobba, pensò Call, una massa di cartilagine larga quanto la schiena che gli arrivava fino alle orecchie.

Eppure, Buffalo Hump non era curvo. Non degnò di un'occhiata l'assembramento dei ranger, invece notò il levriero irlandese di Caleb Cobb, che lo guardava all'erta. Non ringhiava, ma aveva il pelo ritto.

– Digli che è il benvenuto e infiora il discorso con qualche stupidaggine sulla sua grandezza come capo, – ordinò Caleb a Bes-Das.

Bes-Das si girò verso Buffalo Hump e disse cinque o sei parole. Buffalo Hump guardava il cane; non rispose.

– Era un complimento troppo breve, – disse Caleb. – Digli che è piú forte del bisonte e piú saggio dell'orso. Che basta il suo nome per gelare il sangue messicano. Qui ci vogliono un po' di paroloni, se li aspettano.

Bes-Das riprovò, ma Buffalo Hump non parve prestare la minima attenzione a quello che diceva. Indicò le pietanze, che Sam teneva pronte, senza rivolgere alcun gesto a Caleb Cobb. Due delle giovani paffute presero delle scodelle di legno e andarono da Sam, che in una serví le animelle e nell'altra mise grosse fette di fegato. Gus pensò che l'argilla rossa e la pittura gialla conferivano al Comanche un'apparenza ancora piú terribile. Call osservò con attenzione, chiedendosi perché l'aria stessa sembrava cambiare in presenza di un indiano selvaggio. Decise che era perché nessuno, a parte l'indiano, conosceva le regole che determinavano le sue azioni, sempre che esistessero.

Per un attimo sembrò che Buffalo Hump avrebbe mangiato in piedi e basta, ignorando Caleb Cobb. Caleb era preoccupato: di fronte ai suoi uomini poteva accettare di farsi insultare solo fino a un certo punto. Dopo aver annusato i piatti, però, Buffalo Hump fece un altro gesto alle giovani donne, che presero altre due scodelle, le riempirono e le portarono a Caleb.

Buffalo Hump lo guardò per la prima volta, alzando le scodelle. Poi prese posto sulla coperta e diede le scodelle alle giovani mogli, che a turno gli servirono da mangiare con le mani.

– Se trovavo una donna pronta a imboccarmi di animelle, mi sposavo anch'io, – disse Caleb. – Diglielo, a quella canaglia.

Alla parola «canaglia» Buffalo Hump alzò leggermente il capo. A Caleb venne in mente troppo tardi che il Comanche poteva aver imparato qualche parola d'inglese; dopotutto, aveva avuto molti prigionieri che lo parlavano.

Bes-Das parlò a lungo, in comanche, ma se le sue parole lo colpirono in qualche modo, Buffalo Hump non lo diede a vedere. Le giovani mogli continuavano a servirgli il fegato e lo stufato di animelle. L'accampamento era sprofondato nel silenzio. Gli uomini che l'avevano maledetto guardavano Buffalo Hump impalati. I non pochi che erano disposti a rischiare l'impiccagione pur di tentare di ucciderlo non lo minacciarono in alcun modo. Call e Gus rimasero fermi immobili a guardarlo mangiare. Caleb Cobb prese un paio di bocconi di fegato, ma pareva aver perso il suo solito robusto appetito.

Buffalo Hump non prestò molta attenzione alla compagnia, almeno fino a quando non notò Matilda Roberts, in piedi accanto a Shadrach. Dopo averla vista, la squadrò ben bene; poi si rivolse a Bes-Das e fece quello che sembrò un lungo discorso. Bes-Das lanciò un'occhiata a Matilda e scosse il capo, ma Buffalo Hump ripeté quello che aveva detto.

– Si è invaghito di Matty? – chiese Caleb.

– Sí, la vuole per moglie, – rispose Bes-Das. – L'ha già vista. La chiama Donna che acchiappa le tartarughe.

– Prima vuole un fucile e adesso vuole una moglie. Com'è che chiamano Shadrach, in comanche?

– Coda d'orso.

– Di' al grande capo che Matilda è la moglie di Coda d'orso. Non è libera di sposarsi a meno che non divorzi.

Bes-Das parlò con Buffalo Hump, che parve divertito. Rispose con un lungo discorso dal tono beffardo che, sembrò a Call, mise Bes-Das alquanto a disagio.

– Be', cos'hai da riferire? – chiese Caleb, impaziente.

– Dice che Coda d'orso è troppo vecchio per una donna cosí grossa, – rispose Bes-Das. – Dice che in cambio gli darà un cavallo giovane.

Né Matilda né Shadrach si mossero, né cambiarono espressione.

– Digli che non possiamo accettare, non è nostra usanza barattare un essere umano con un cavallo, – disse Caleb. – Falconer, va' a prendere il tuo fucile pregiato.

Il capitano Falconer trasalí.

– Perché?

Ignorando quello scambio, a un tratto Buffalo Hump riprese a parlare. Stavolta parlò piú a lungo, guardando Shadrach. Quando ebbe finito, prese il pentolino che conteneva lo stufato di animelle e lo vuotò.

– Adesso cos'ha detto? – chiese Caleb. – Suonava ostile.

– Ha detto che se Coda d'orso attraversa il Canadian gli farà lo scalpo. Poi rapirà la donna e si terrà il cavallo.

– Va' a prendere il fucile, Billy. La cena è quasi finita, – disse Caleb, seppur con un tono calmo.

– Perché? È mio, – protestò il capitano Falconer.

– Va' a prenderlo, Billy. Ci serve un buon regalo e il tuo fucile è l'unico in tutto l'accampamento che sia adatto a un capo. Sbrigati. Te ne compro uno altrettanto bello non appena arriviamo a Santa Fe.

Il capitano Falconer s'impuntò. Il fucile da caccia Holland & Holland era l'oggetto piú raffinato che avesse. L'aveva ordinato appositamente da Londra e aveva aspettato il suo arrivo per ben due anni. Lo teneva in una custodia di legno di ciliegio. Uno dei motivi per cui si era unito alla spedizione era il desiderio di mettere alla prova il fucile con la selvaggina delle praterie: bisonti, wapiti, antilocapre, magari perfino un grizzly. Il fucile gli era costato sei mesi di paga e intendeva farne tesoro per tutta la vita. Il pensiero di cederlo a un selvaggio assassino con la faccia pitturata di giallo era piú di quanto potesse sopportare, e lo disse.

– Non ci rinuncio, – affermò brusco. – Dategli un moschetto. È piú di quello che si merita.

– Lo decido io, quello che si merita, capitano, – disse Caleb Cobb. Era seduto, ma si alzò in piedi; immediatamente si alzò anche Buffalo Hump.

– Non lo faccio, colonnello. Piuttosto mi dimetto, – rispose il capitano Falconer.

Con un gesto che nessuno vide chiaramente, Caleb Cobb

estrasse la pistola e sparò a bruciapelo al capitano Falconer. La pallottola lo centrò in fronte, subito sopra il naso.

– Siete stato dimesso, capitano, – disse Caleb. Andò al carro delle salmerie dove si trovava il bagaglio dell'ufficiale e tornò con la custodia di legno di ciliegio con dentro il fucile Holland & Holland. Il cadavere di Billy Falconer giaceva a mezzo metro appena dal bordo della coperta di Buffalo Hump. Né il capo guerriero né le sue donne diedero segno di aver notato l'uccisione.

Caleb Cobb aprí la custodia e la mostrò a Buffalo Hump. Il fucile era smontato: la canna riposta tra le falde di una scanalatura di velluto, il calcio e il grilletto in un'altra. Caleb posò la custodia, tirò fuori i pezzi e li montò rapidamente. Quindi consegnò l'arma a Buffalo Hump, che la soppesò una volta e poi, senza dire una parola, la prese e andò al cavallo. Montò e fece segno alle mogli di prendere la coperta e la custodia di legno. Non ringraziò Caleb, ma guardò un'altra volta Matilda e si chinò un attimo a parlare con Shadrach.

– Se prima non te lo faccio io, – rispose piano Shadrach.

Dopodiché Buffalo Hump se ne andò, seguito dalle mogli. Il sole stava tramontando.

Lo strano silenzio che si era impadronito della compagnia perdurò anche quando ormai i Comanche erano abbastanza lontani da non sentirli.

La ferita del capitano Falconer sanguinava appena: un filo sottile di sangue gli colava lungo l'orecchio.

– Seppellite quel furfante, non tollero l'insubordinazione, – disse Caleb. Lanciò un'occhiata alla compagnia, per vedere se qualcuno intendeva contestare la sua azione. Gli uomini rimasero lí come statue, tutti tranne Sam. Oltre alla cucina, le sepolture erano compito suo. Prese una pala.

– L'ambiatore nero è vostro. Ho intenzione di farvi scout, – disse Caleb a Call.

– Signore, il capitano Falconer mi ha nominato caporale, – disse Gus McCrae. Sapeva che era azzardato parlare cosí poco tempo dopo che il capitano dei ranger era stato giustiziato per insubordinazione, ma il fatto era che il grado gli era stato assegnato e lui voleva rivendicarlo. Riteneva legittima la sua nomina e voleva che Clara Forsythe sapesse che Woodrow Call non era il solo a essersi guadagnato una rapida promozione.

Caleb Cobb era un po' sorpreso, ma piú che altro divertito. Perlomeno il ragazzo del Tennessee dimostrava grinta, a insistere sulla promozione in un momento come quello.

– Be', sentiamo il rapporto, cos'avete fatto per guadagnarvi questo onore? – chiese Caleb.

– Ho dato una botta in testa con la pistola a John Kirker, – rispose Gus. – Ci ha seguiti senza aver ricevuto l'ordine di farlo e, quando gli abbiamo chiesto di andarsene, non ci ha dato retta.

– Avete dato una botta a Johnny? – chiese Caleb, stupito. – Quanto forte?

– L'ha buttato giú da cavallo e gli ha lacerato la fronte, – intervenne Bigfoot. – L'ho visto. Kirker era stato offensivo, volevo dargli una botta anch'io.

– I cacciatori di scalpi non brillano per le buone maniere, – disse Caleb. – John Kirker è il genere d'individuo che è capace di ucciderti perché ti stai stuzzicando i denti, se per caso non è dell'umore di vedertelo fare. Se l'avete steso, Falconer si è sbagliato a nominarvi solo caporale, doveva nominarvi generale.

S'interruppe e sorrise.

– Tuttavia, dato che non ho assistito alla scena e non conosco i particolari, confermo solo il grado di caporale. Cosa ne è stato di Kirker dopo la botta?

– Non lo sappiamo, – disse Call. – Se n'è andato.

Caleb annuí. – Se fossi in voi, caporale McCrae, mi guarderei le spalle per qualche giorno. John Kirker non è uno che si dimentica una bastonata.

Poi si voltò ed entrò nella tenda.

Poco dopo la compagnia recuperò l'uso delle gambe e

tornò lentamente alle occupazioni abituali: cucinare, bere, montare la guardia, accendere fuochi. Sentendo un'affinità con Sam perché venivano tutti da San Antonio, Call e Gus presero badile e piccone e lo aiutarono a scavare la fossa per Falconer.

Il generale Phil Lloyd rimase accanto alla tenda di Caleb Cobb, sentendosi dimenticato. Anche Falconer era sulla buona strada per essere dimenticato, benché fosse morto da appena dieci minuti. La differenza era che Falconer era morto davvero, mentre il generale Lloyd sentiva semplicemente che tanto valeva che lo fosse. Per prepararsi alla visita di Buffalo Hump, aveva indossato la sua giubba piú pulita. Aveva perfino costretto Peedee ad appuntarvi tutte e dodici le sue medaglie. Una volta ne possedeva addirittura diciotto – era abbastanza sicuro che il numero esatto fosse diciotto –, ma sei erano andate perdute in varie uscite da ubriaco, in varie cittadine fangose.

Tuttavia, dodici medaglie non erano poche; erano una dozzina precisa, di fatto. Una dozzina precisa era un numero considerevole di medaglie, eppure lí lungo il Brazos, mentre il cielo si annuvolava e calava un fosco crepuscolo, sembrava non contare nulla. Buffalo Hump non aveva degnato di uno sguardo né lui né le sue medaglie, sebbene nella sua esperienza di solito le decorazioni militari attirassero i pellerossa.

Non solo: Caleb Cobb non si era preso la briga di presentarlo, né l'aveva invitato a sedersi. Il fegato di bisonte mandava un odore estremamente appetitoso, ma Caleb Cobb non gliene aveva offerto nemmeno un po'.

Il caporale Call e il caporale McCrae, i giovani ranger, si avvicinarono al cadavere del capitano Falconer e lo arrotolarono nella copertura di un carro. Il generale Lloyd li raggiunse e li guardò legare il cadavere in quel rozzo sudario. Una volta lui era l'eroe della battaglia di New Orleans: Andrew Jackson gli aveva dedicato un discorso. Forse i due giovincelli, agli inizi della loro carriera militare, avrebbero apprezzato la sua storia. Magari volevano sapere com'era stato, battersi con gli inglesi: di certo molto diverso che battersi con selvaggi come Buffalo Hump. Magari volevano guardare le medaglie e chiedergli come aveva conquistato l'una o quale prodezza celebrava l'altra.

– Sarà bello essere a Santa Fe, l'aria ad alta quota fa benissimo ai polmoni, – disse, per mettere i giovani a loro agio.

– Sissignore, – rispose Gus. Si chiedeva se era necessario il saluto militare, dato che faceva già quasi buio.

Prima che Call aprisse bocca – aveva intenzione di dire una cosa semplice, come Gus –, il generale Lloyd decise che non voleva restare vicino a un cadavere avvolto nella copertura di un carro. Non riusciva a togliersi dalla testa un brutto pensiero, ovvero che in realtà quello morto e avvolto nella copertura era lui.

Quel pensiero lo turbò a tal punto che si voltò e se ne andò incespicando in cerca del suo carro, del servitore Peedee e della bottiglia. Forse avrebbe mandato Peedee a chiamare una puttana.

Ai vecchi tempi, a New Orleans c'erano ragazze creole attraenti e disponibili; sperava che Santa Fe offrisse qualcosa di simile. Era una città bella in alto e si diceva che l'aria a quella quota giovasse alla carnagione delle donne. Forse a Santa Fe avrebbe trovato una giovane bellezza disposta a sposarlo; se ci fosse riuscito, il fatto che aveva perso le medaglie e che nessuno lo tenesse in considerazione durante i colloqui non avrebbe piú avuto molta importanza.

Per il momento, però, erano arrivati solo fino al Brazos e le uniche donne a disposizione erano le ruvide puttane dell'accampamento. Tuttavia, pensò che avrebbe mandato Peedee a chiamarne una. Forse l'avrebbe aiutato a dormire.

Gus e Call stavano cercando di non pensare alla brusca esecuzione di Falconer. Nessuno dei due immaginava che la carriera militare comportasse rischi tanto estremi. Erano talmente turbati da quello che avevano visto che faticavano ad avvolgere il cadavere di Falconer nel suo rozzo sudario; non erano molto esperti di sepolture. Quando vide allontanarsi il generale Lloyd, Gus si preoccupò. Se la pena per non aver dato un bel fucile a un indiano era la morte immediata, qual era la pena per non aver fatto il saluto militare a un generale?

– Non gli abbiamo fatto il saluto militare. E se ci fa impiccare? – chiese Gus. Temeva di aver compiuto una grave infrazione dell'etichetta militare pochi minuti dopo esser stato promosso caporale.

Call stava ancora cercando di decifrare la logica dell'esecuzione di Falconer. Caleb Cobb in pratica non aveva lasciato spazio a obiezioni. Senza avvertimento, aveva semplicemente estratto la pistola e freddato il capitano. Certo, Falconer si era rifiutato di eseguire un ordine, ma era un capitano. Non poteva sospettare che il rifiuto di consegnare il suo prezioso fucile implicasse l'esecuzione immediata. Se Caleb gli avesse reso noto che la considerava una faccenda tanto importante – che era una questione di vita o di morte –, senza dubbio il capitano Falconer avrebbe ceduto il fucile. Ma Caleb non gli aveva dato la possibilità di discutere. Call si aspettava che ci fosse una qualche forma di processo prima che un capitano dei ranger venisse giustiziato. Alla prima occasione avrebbe chiesto informazioni a Bigfoot.

– Potevamo fargli il saluto militare, – ripeté Gus. Con il calare del buio e un morto da seppellire, quell'omissione occupava tutti i suoi pensieri.

– Basta con questa storia, – disse Call. – Non so neanche come si fa. Aiutami ad annodare questo capo della copertura. Altrimenti il capitano scivola fuori.

19.

A mezzanotte si mise a piovere e andò avanti fino all'alba e poi per tutta la giornata. Call e Gus s'infilarono sotto un carro, nella speranza di dormire un po', ma si trovarono ben presto circondati dall'acqua e dormirono poco. Gus non riusciva a smettere di pensare all'espressione confusa di Falconer quando Caleb Cobb aveva alzato la pistola per ucciderlo. Accennò alla cosa talmente tante volte che alla fine Call gli disse di piantarla.

– Era confuso, sí. Lo eravamo tutti. Non ci si aspetta di veder freddare un uomo in quel modo, solo per compiacere un indiano.

– Dubito che Bigfoot era confuso, – obiettò Gus. – Ce ne vuole per confonderlo.

Quando arrivò il loro turno di guardia, Call ne fu contento. Fare la guardia era meglio che cercare di dormire in una pozzanghera.

A metà mattina il Brazos era impraticabile; la pioggia cadde per tre giorni e, prima che il fiume calasse abbastanza da consentire un attraversamento generale, ne passarono altri tre, e a quel punto il morale della spedizione era bassissimo.

In seguito alla morte di Falconer agli uomini tornarono in mente altre storie che avevano sentito, o credevano di aver sentito, sulla violenza di Caleb Cobb come comandante. Long Bill Coleman raccontò che qualcuno gli aveva detto che una volta, ai tempi in cui era un pirata, Caleb aveva impiccato sei uomini in alto mare. A quanto ricordava, la loro unica colpa era averci dato dentro con il grog ed essere stati trovati ubriachi.

– Io avevo sentito che erano quattro, – precisò Blackie Slidell.

– Be', sono comunque tanti da impiccare solo perché erano ubriachi, – ribatté Long Bill.

Durante il giorno bande di cacciatori setacciavano la sponda meridionale del Brazos, certi che tra le migliaia di bisonti che avevano visto ce ne fossero alcuni ancora su quella riva del fiume; le loro speranze andarono deluse. Non ne scovarono neanche uno, né era facile trovare cervi e cinghiali. Caleb fece abbattere tre bovini, ma la carne era fibrosa e il malcontento degli uomini aumentò.

– Potevamo mangiare fegato di bisonte tutte le sere, – si lamentò Johnny Carthage. – Ho sentito che anche la gobba è buona.

– No, la gobba è grassa, – disse Bigfoot. – Io di solito prendo il fegato e la lingua.

Gus McCrae non aveva idea che si potesse mangiare la lingua.

– Lingua? Non mangerò lingua, non m'importa se è di bisonte.

– La tua allora la prendo io, – disse Bigfoot. – La lingua di bisonte è molto piú buona della carne di moffetta, anche se le moffette non sono male, se le sali a dovere.

– Cosa succede in un esercito se il colonnello impazzisce? – chiese Call. Pensava che forse Caleb Cobb era matto. La sua stessa promozione, quando non aveva fatto altro che difendersi da morte sicura, era stata un capriccio del colonnello, un capriccio al pari dell'esecuzione di Falconer. Durante le lunghe serate piovose, stretti intorno al fuoco, con i calzoni fradici, gli uomini avanzavano una congettura dopo l'altra sull'azione sorprendente di Caleb Cobb.

– Doveva mettersi in mostra con Buffalo Hump, – affermò Bigfoot. – Voleva fargli sapere che il coraggio non gli mancava. Quando si convincono che non ce l'hai, gli indiani non mostrano alcuna pietà.

– Quello lí non ne mostra, coraggio o no, – disse Long Bill. – Zeke Moody aveva coraggio da vendere, e anche Josh.

– Forse Falconer aveva cercato di rubargli la ragazza o l'aveva battuto a carte o chissà cosa, – suggerí Blackie. – Forse Caleb gli portava rancore.

Secondo Call, il motivo non aveva importanza, non piú. Ai suoi occhi l'esecuzione non si era svolta nel modo corretto, ma lui era giovane e non diede voce alla sua opinione. Il capitano Falconer era un ufficiale. Se era accusato di qualcosa, come minimo doveva esserne informato. Ma l'unico messaggio che aveva ricevuto era la pallottola che l'aveva ucciso. Probabilmente Caleb Cobb avrebbe ucciso con la stessa rapidità chiunque si fosse trovato lí in quel momento. Probabilmente Bigfoot aveva ragione: Caleb voleva solo mostrare a Buffalo Hump che un colonnello dei ranger poteva essere crudele tanto quanto un capo guerriero e dispensare la morte come e quando voleva.

Call decise di svolgere i propri compiti al meglio, ma di evitare Caleb Cobb ogni qual volta possibile. Lo reputava matto, anche se Gus non era d'accordo.

– Non sei matto solo perché uccidi qualcuno, – obiettò.

– Secondo me lui è matto eccome, tu pensa pure quello che vuoi, – rispose Call. – Ricorda che è stato Falconer a nominarti caporale. Magari il colonnello decide che non gli vai a genio, senza altri motivi.

Gus ci pensò su e concluse che forse in parte era vero. Tuttavia, a differenza di Call, era attratto da Caleb Cobb. Lo incuriosiva che un pirata fosse riuscito a diventare comandante di un esercito. Tutte le volte che si trovava vicino a lui, lo ascoltava con attenzione.

Il sesto giorno, il colonnello decise di attraversare il fiume, anche se l'acqua era ancora pericolosamente alta. Ogni notte le truppe diminuivano: gli uomini sgattaiolavano via, tornando a Austin. Capivano di non avere il fegato per viaggiare nelle praterie e se ne andavano. Caleb non li faceva inseguire: la metà della compagnia tanto non aveva idea del perché andassero a Santa Fe e moltissimi sarebbero stati inutili in combattimento e un fardello se, com'era probabile, nelle alte pianure le provviste avessero cominciato a scarseggiare. Eppure, il sesto giorno lo scontento era cosí diffuso che il colonnello decise di guadare il fiume a dispetto del pericolo. Un altro paio di giorni di attesa e l'intera spedizione dal Texas a Santa Fe si sarebbe sciolta nel fango del Brazos. Con il senno di poi Caleb rimpiangeva di non aver permesso agli uomini di cacciare i bisonti: gli avrebbe dato qualche prodezza sportiva di cui parlare intorno al fuoco. Li aveva trattenuti per validi motivi, ma il brutto tempo gli offuscava la ragione, come spesso accadeva.

Sia Bes-Das che Alchise erano contrari all'attraversamento. Il Brazos era ancora troppo alto. Shadrach era contrario e pure Bigfoot, anche se Bigfoot concordava con il colonnello che, se non avessero attraversato a breve, la spedizione si sarebbe silenziosamente sbandata. Memori della sorte del capitano Falconer, tuttavia, gli scout erano parchi di consigli, sapendo che per quello sbagliato potevano farsi sparare.

Gus non aveva partecipato all'attraversamento precedente, ma aveva attraversato il Mississippi e non temeva il Brazos.

– Diamine, è solo un ruscello. Posso attraversarlo nuotando a dorso.

– Io no, – rispose Call. – L'ho attraversato due volte ed è tanto se ci sono riuscito, anche con il cavallo che mi tirava.

Non c'era alcun accordo sulle capacità natatorie delle pecore, perciò legarono e caricarono le venti che avevano sul carro piú robusto. Poi, per un motivo che nessuno riuscí a stabilire, in mezzo al fiume il carro si capovolse, facendo annegare il carrettiere – gli si era impigliato un piede nei finimenti –, due cavalli e tutte e venti le pecore.

Tre bovini finirono nelle sabbie mobili sulla riva meridionale: erano sprofondati al punto che Caleb ordinò di spargli. Sam entrò nel fango fino alle cosce, con il coltello da macellaio, per prendere quanta piú carne possibile dalle tre carcasse inzaccherate. Sei commercianti e quattro puttane decisero che il Brazos era il loro limite e ripresero la via degli insediamenti. Brognoli fu il solo ad attraversare il fiume a nuoto senza cavallo. Si diceva che sapesse nuotare per cinque miglia o piú, ma non c'era uno specchio d'acqua abbastanza vasto da consentire di verificare quell'affermazione. Caleb Cobb attraversò a bordo di una canoa che si era portato su un carro apposta. Il carro fu colpito da un pesante pezzo di legno trascinato dalla corrente; andò in pezzi poco prima di approdare alla riva settentrionale. Solo quattro carri superarono indenni l'attraversamento, ma erano quelli che portavano provviste e munizioni. Seppur leggermente ridotto, il corpo della spedizione era ancora in gran parte intatto. I carri superstiti erano già abbastanza carichi, ma Caleb Cobb issò comunque la canoa in cima al piú grosso, benché gli scout insistessero che non ne avrebbe avuto bisogno.

– Colonnello, quasi tutti i corsi d'acqua tra qui e l'Arkansas sono soltanto ruscelli, – disse Bigfoot. – La canoa è piú larga di alcuni. Potreste capovolgerla e usarla come ponte.

– Bene, sempre meglio che viaggiare bagnati, – rispose Caleb. – Detesto viaggiare bagnato.

Il quarto giorno a nord del Brazos olmi e querce bianche si diradarono e la compagnia si ritrovò in un'aperta prateria ondulata. Gli alberi abbondavano ancora lungo i numerosi ruscelli, perciò non erano a corto di legna da ardere, ma il viaggio diventò piú facile e l'umore degli uomini migliorò. La prateria era punteggiata di piccole polle che fornivano acqua piú limpida e buona di quella del melmoso Brazos. Per quanto piccoli, i cervi non mancavano, ma gli uomini non erano molto interessati alla loro carne. Da un giorno all'altro si aspettavano d'imbattersi nella grande mandria di bisonti. Avevano sentito tutti l'odore del fegato di bisonte che Sam aveva cucinato per i Comanche ed erano decisi ad assaggiarlo anche loro.

Call e Gus erano stati nominati scout, con l'incarico di andare in esplorazione con Bes-Das e Alchise. Il colonnello teneva Bigfoot a portata di mano; benché apprezzasse i suoi consigli, lo voleva vicino soprattutto perché conversare con lui lo divertiva. Shadrach si era preso la tosse e non andava molto in giro. Cavalcava accanto a Matilda Roberts, con il lungo fucile sempre di traverso sulla sella.

Attraversarono il Trinity in una giornata di sole, senza subire perdite, tranne che per un cagnetto marrone, un bastardino che ronzava intorno all'accampamento fin dalla partenza. Stava simpatico a Sam, che lo cibava di avanzi. Nuotava accanto a un grosso castrone baio quando il cavallo si era lasciato prendere dal panico e l'aveva mandato sotto a calci. Quella sera Sam era malinconico, cosí malinconico che si dimenticò di salare i fagioli.

Le stelle sopra la prateria erano luminosissime, tanto che Call faceva fatica a dormire. Gli unici indiani che avevano visto erano un gruppetto di Kickapoo indigenti, che sembravano campare di radici e cani della prateria. Quando gli chiesero se la mandria di bisonti era vicina, loro scossero il capo con l'aria assente.

– Niente bisonti, – disse un vecchio.

Nessuno riusciva a capire che cosa ne fosse stato della mandria: centinaia di migliaia di capi avevano attraversato il Brazos meno di una settimana prima, eppure non ne avevano visto neanche uno, e nemmeno le tracce. Call interrogò Bigfoot e Bigfoot alzò le spalle.

– Dopo aver attraversato il fiume, siamo andati a ovest. Si vede che i bisonti sono andati a est.

Ciononostante, tutti i giorni gli uomini si mettevano in marcia aspettandosi di vedere la mandria. La sera parlavano di bisonti, pregustando la bontà della carne quando finalmente ne avrebbero uccisi un po'. A Austin parlavano di donne e delle partite a carte memorabili che avevano giocato; nella prateria parlavano di carne. Sam promise di insegnare a tutti l'anatomia dei bisonti, di mostrargli dove si trovava il fegato e qual era il modo migliore per estrarre la lingua. Dopo settimane tra gli alberi, la vastità e il silenzio della prateria spaventavano alcuni uomini.

– Accidenti, non riesco a mettermi comodo, – si lamentò Johnny Carthage. – Non c'è niente che fermi il maledetto vento.

– Perché vuoi fermarlo? Lascia che soffi, – rispose Gus. – È solo aria in movimento.

– Ma mi fischia nelle orecchie. Preferirei dormire dietro un cespuglio.

– Chissà fino a dove arriva la prateria, – disse Jimmy Tweed.

– Be', lontano, – rispose Blackie Slidell. – Dicono che se la attraversi tutta arrivi in Canada.

– Il Canada non m'interessa, – ribatté Jimmy Tweed. – Preferisco trovare Santa Fe e farmi la barba.

C'era un gruppo di uomini arrivato dal Missouri apposta per partecipare alla spedizione. Agli occhi di Gus era gente scontrosa: di rado scambiavano piú di qualche parola con i texani, e non parlavano molto nemmeno tra di loro. Si accampavano un po' in disparte ed erano capeggiati da un uomo basso con la barba rossa che si chiamava Dakluskie. Gus aveva cercato di fare amicizia con un paio di loro, con l'intenzione di trascinarli in una partita a carte, ma l'avevano respinto. L'unico che aveva preso in simpatia era un ragazzino di nome Tommy Spencer, che non aveva piú di quattordici anni. Dakluskie era suo zio e l'aveva portato con sé perché sbrigasse i lavoretti del campo. Tommy Spencer trovava che i Texas Ranger fossero tipi a posto. Quando poteva, sgattaiolava a sedersi intorno al fuoco con loro, per ascoltarli raccontare storie. Aveva un animo marziale e possedeva una vecchia pistola di cui andava orgoglioso.

– Vorrei tanto essere del Texas, – confidò a Gus. – Nel Missouri non si combatte piú granché.

Il secondo giorno a nord del Trinity, Gus e Call erano andati con Bes-Das alla ricerca di guadi semplici lungo i numerosi ruscelli quando, superato un dosso, videro un bisonte che correva dritto verso di loro. Era una femmina e correva da un pezzo: aveva la lingua penzoloni e l'andatura incerta. Una trentina di metri piú indietro c'era un indiano che la braccava, seguito a una certa distanza da un altro indiano. La femmina di bisonte e i suoi due inseguitori comparvero cosí all'improvviso che nessuno pensò di sparare né alla bestia né ai Comanche. Il primo indiano brandiva una lancia, il secondo l'arco. Passarono a meno di trenta metri da Call, ma non parvero minimamente accorgersene, tanto erano concentrati sulla bestia che volevano uccidere.

Bes-Das aveva l'aria divertita: fece un rapido sorriso con i denti storti e voltò il cavallo per tornare indietro e assistere all'inseguimento. Anche Gus e Call voltarono i cavalli; l'accampamento era solo un paio di miglia piú indietro: i Comanche stavano spingendo la femmina di bisonte sfinita proprio nella direzione di un centinaio di texani e qualche missouriano.

Era una bella mattina calda. Quasi tutti gli uomini si sentivano pigri e speravano che per quel giorno il colonnello si accontentasse di una marcia breve. Erano adagiati sulle selle o sulle coperte da sella, a giocare a carte, discorrendo di questo e di quello, quando a un tratto la femmina di bisonte e i due Comanche piombarono dentro l'accampamento, con Bes-Das, Call e Gus alle calcagna. La scena era talmente strana e inaspettata che in parecchi si convinsero di star sognando. Rimasero fermi dov'erano, sdraiati o in piedi, esterrefatti. Caleb Cobb era appena uscito dalla tenda e rimase sbalordito vedendosi sfrecciare davanti un bisonte e due Comanche, a meno di sei metri di distanza. Il levriero irlandese era andato a caccia e si perse la scena. Nessuno dei due Comanche parve rendersi conto che si trovava nel bel mezzo di un accampamento di ranger, tanto erano impegnati a non lasciarsi sfuggire la stanca preda. Avevano quasi attraversato l'intero accampamento da nord a sud quando risuonò uno sparo e la femmina di bisonte ruzzolò a terra, morta. Il vecchio Shadrach aveva sparato da sopra la sella.

Quando la femmina di bisonte stramazzò, i due magri Comanche si fermarono e rimasero lí, in groppa ai cavalli tremanti per la fatica. Avevano lo sguardo vitreo; erano troppo esausti per smontare e macellare la carne che tanto volevano. In giro per l'accampamento i ranger cominciarono ad alzarsi e cercare le armi. Prima che qualcuno potesse sparare, i Comanche si riebbero con un sussulto e sferzarono i cavalli.

– Che diavolo, uccideteli... uccideteli! – gridò Shadrach. Aveva le munizioni accanto alla sella di Matilda, non poteva recuperarle e ricaricare in tempo per sparare lui stesso.

I ranger spararono qualche colpo, ma ormai i Comanche si erano infilati in un boschetto di querce bianche; i proiettili tagliuzzarono le foglie.

– Be', questo è un primato, credo, – disse Caleb. – Due pellerossa hanno attraversato l'accampamento a cavallo, inseguendo un bisonte sfinito, e nessuno gli ha sparato.

– È ancora peggio, – disse Call. – Abbiamo cavalcato con loro per due miglia senza spararagli.

– Inseguivano il bisonte, – disse Gus. – Non si sono nemmeno accorti di noi.

– No, avevano troppa fame, immagino, – disse Bigfoot. Aveva assistito all'accaduto con solenne stupore. Gli indiani dovevano aver preso qualche polverina, per non notare che stavano attraversando un accampamento di ranger.

– Sí, immagino di sí, – disse Caleb. – Volevano quella bestia a tutti i costi.

– Andiamo a stanarli, signore? – chiese Long Bill. – I loro cavalli sono quasi sfiancati.

– No, lasciateli andare, forse moriranno di fame, – rispose Caleb. – Se mando una compagnia a inseguirli, ne uccideranno la metà e ruberanno cavalli freschi.

Shadrach rimase stizzito tutto il giorno perché nessuno aveva sparato ai Comanche.

– Doveva spararigli Bes-Das, li ha visti per primo. Bigfoot sarà stato ubriaco o gli sparava lui.

Shadrach aveva cominciato a ripetersi, Matilda Roberts era preoccupata.

– Dici sempre le stesse cose, Shad, – lo ammoniva, ma Shadrach continuava a ripetersi. Innumerevoli volte le aveva raccontato la storia di come si era salvato durante una terribile bufera di neve lungo il Platte: aveva ucciso una grossa femmina di bisonte, l'aveva sventrata e ci si era infilato dentro; il corpo dell'animale era rimasto caldo abbastanza a lungo da tenerlo in vita.

Matilda non voleva pensare a Shadrach dentro a una femmina di bisonte. Sam macellò quella che i due Comanche avevano inseguito fin dentro l'accampamento; con il sangue preparò il sanguinaccio, ma lei non ne mangiò. La storia di Shad l'opprimeva troppo.

Quella sera, sdraiata accanto al vecchio che fumava la sua lunga pipa, Matilda gli tenne la mano ruvida. Le pianure la spaventavano, voleva stare vicino a lui. Da quando aveva attraversato il Brazos, si era resa conto che era stanca di fare la puttana. Era stanca di doversi appartare tra i cespugli con la trapunta solo perché un ranger aveva un impulso momentaneo. Del resto, non c'erano piú cespugli. Fare la puttana nelle praterie significava superare un dosso o una collina, e dall'altra parte poteva sempre esserci un Comanche.

Inoltre, ormai era cosí affezionata a Shadrach che andare con altri uomini non le interessava e di fatto non le piaceva. Ogni tanto a Shad dolevano le giunture per le troppe bufere lungo il Platte e le troppe notti passate a dormire al bagnato. Grugniva e gemeva nel sonno. Aveva bisogno del suo calore per alleviare i fastidi.

Shadrach era diventato cosí rigido che non riusciva a chinarsi per mettersi e togliersi gli stivali. Matilda glieli toglieva fedelmente. Nessuna donna era mai stata cosí gentile con lui e questo lo toccava. Quando un ranger si avvicinava a lei con l'interesse del cliente, diventava sgarbato.

– Ti sposeresti mai, Shad? – chiese Matilda quella sera.

– Dipende dalla ragazza, – rispose Shadrach.

– E se la ragazza ero io? – chiese Matilda. Era una domanda ardita, ma aveva bisogno di saperlo.

Shadrach sorrise. Sapeva che Matilda era affezionata a lui e ne era lusingato. Dopotutto, lui era vecchio e irsuto, e l'accampamento era pieno di giovani birbanti, alcuni grandi appena appena da avere i peli sulle palle.

– Tu… perché mai vorresti stare con me? – chiese, per prenderla in giro. – Sono un ferrovecchio. Con il pisello quasi rinsecchito.

– Io ti sposerei comunque, Shad, – disse Matilda.

Un tempo Shadrach era sposato con una bellezza cree lungo il Red River del Nord. Una quarantina di anni prima la moglie era morta durante una razzia sioux. Di lei ricordava solo che preparava il pemmican piú saporito delle pianure settentrionali.

– Diamine, Matty, pensavo che volevi andare in California, – disse Shadrach. – Non credo di avere le forze per un viaggio cosí lungo. Sono andato a ovest fino al Gila e quello è già abbastanza a ovest per me.

– Un giorno ci sarà un treno per la California. Aspetterò e prenderemo il treno. Fino a quel momento il New Mexico andrà benissimo, se non è troppo sabbioso.

– Certo che mi sposerei con te. Magari lungo la pista incontriamo un predicatore.

– Se non lo incontriamo, possiamo chiedere di sposarci al colonnello.

Un po' piú tardi, mentre il vecchio dormiva, Matilda si alzò e andò a rubare due coperte dal carro delle salmerie. Di notte si formava un'insolita quantità di rugiada. Non voleva che il futuro marito si bagnasse sul terreno rugiadoso.

Black Sam la vide prendere le coperte. Lui per cuscino usava un ciocco di legno. A volte, quando il fuoco si smorzava, si girava e dava il cuscino alle fiamme.

– Mi servono le coperte, Sam, non fare la spia, – disse Matilda. Era affezionata anche a lui, seppure in modo diverso.

– Potete stare tranquilla, signorina Matty, – rispose Sam.

20.

In due settimane la compagnia era rimasta senza bovini e campava di polenta. Dopo aver puntato a nord-ovest, arrivarono a una lunga distesa di territorio brullo e accidentato che saliva verso una grande scarpata. La vedevano anche se era ancora a cinquanta miglia di distanza.

– Cosa c'è lassú? – chiese Gus a Bigfoot.

– I Comanche, – rispose Bigfoot. – E i Kiowa.

Jimmy Tweed, il lungagnone, aveva cominciato ad accamparsi con Call e Gus. Jimmy e Gus si prendevano in giro e cercavano di superarsi a vicenda negli scherzi e nei trucchi con le carte. Avrebbero fatto a gara anche nell'andare a puttane, sennonché tutte le puttane a parte Matilda erano tornate indietro al Brazos e Matilda aveva smesso. La situazione era cosí disperata che un giovane di Navasota di nome John Baca fu sorpreso ad avere un rapporto con la sua giumenta. Gli uomini ne risero per giorni; Johnny Baca arrossiva tutte le volte che lo guardavano. Ma in segreto molti si chiedevano se non avesse fatto una mossa ragionevole. L'intendente Brognoli scrollò le spalle con tolleranza al pensiero di un ragazzo che aveva un rapporto con una giumenta.

– Perché no? Alla giumenta non dà fastidio.

– Forse a lei no, ma che mi venga un colpo se vado con una cavalla, – disse Gus, e poco dopo aggiunse: – Del resto, non ho una giumenta.

La scomparsa della grande mandria continuava a lasciarli tutti perplessi. Call, Gus e Bes-Das si spingevano anche trenta miglia piú avanti degli altri, eppure non avevano trovato neanche un bisonte.

– Non c'è da stupirsi se i Comanche hanno inseguito quella femmina fin dentro all'accampamento, – disse Gus la terza sera che si sedettero a mangiare polenta. – Mi sa che l'alternativa era crepare di fame.

– La prateria è grande, – gli ricordò Bigfoot. – Ormai quei bisonti potrebbero essere tre o quattrocento miglia piú a nord.

Poco prima di avvistare la scarpata, erano giunti a un fiumicello che Bes-Das credeva fosse il Red, il fiume che contavano di seguire verso ovest fino al New Mexico. Bes-Das era lo scout che in teoria conosceva meglio il territorio comanche; quando avevano raggiunto il fiume, tutti avevano tirato un sospiro di sollievo. A quanto pareva, erano quasi arrivati nel New Mexico. L'acqua era cattiva, però; non cattiva come quella del Pecos, secondo Call, ma abbastanza perché in poco tempo il grosso della compagnia fosse afflitto dai crampi e dai conati di vomito. La zona si rivelò anche insolitamente infestata dai serpenti. Le basse colline di scisto ne traboccavano al punto che a volte Call ne sentiva tre o quattro che agitavano il sonaglio allo stesso momento.

Si trovavano in riva al fiume da meno di mezza giornata quando Elihu Carson, il dentista, si allontanò per accovacciarsi un attimo in preda a un attacco di crampi ed ebbe la sfortuna di beccarsi un morso nel culo da un serpente a sonagli. Diversi uomini affermarono di aver sentito il serpente agitare il sonaglio, ma Elihu Carson era un po' sordo, e il monito gli sfuggí.

– Avete la maledizione addosso, Carson, – disse il colonnello, quando lo informarono dell'incidente. – Prima inciampate nella valigia e vi riempite la faccia di spine, e ora vi ficcano i denti nel culo.

– Signore, in questa parte del paese tutto è acuminato, – rispose il dentista.

In molti si aspettavano che Carson morisse e quelli a cui aveva estratto i denti se lo auguravano. Ma Elihu Carson li rimise al loro posto. Patí le conseguenze solo per poco; quattro ore dopo il morso cavò un dente al giovane Tommy Spencer. Il ragazzo del Missouri aveva permesso a un cavallo di dargli un calcio in faccia e a riprova della sua sbadataggine aveva due dei denti davanti rotti.

Piú tardi quel giorno un puma balzò fuori da una piccola macchia di cespugli spaventando i muli che tiravano il carro dei rifornimenti principale. Gus e parecchi altri spararono a raffica, ma il felino riuscí a scappare illeso. I muli fuggirono giú per una gola, portandosi dietro il pesante carro: andò a sbattere contro una roccia, si capovolse e si sfasciò. Una ruota si staccò dall'asse e rotolò giú per la gola sparendo alla vista. La canoa di Caleb Cobb, che si trovava in cima al carico, andò in frantumi. Un mulo si ruppe la zampa e dovettero spararli.

Mentre Brognoli e diversi altri ranger dibattevano intorno al rottame chiedendosi se c'era qualche speranza di ripararlo, Alchise, lo scout meticcio, indicò a nord. Call vide solo una nuvola di polvere che si avvicinava; la compagnia si mise al riparo, preparandosi a combattere, ma la causa del polverone si rivelò un branco di una ventina di cavalli, guidato da due bianchi e un nero. Uno dei bianchi, un uomo corpulento con una folta barba bruna, guidava un altro cavallo con in groppa due bambine. Le bambine avevano circa cinque o sei anni ed erano entrambe bionde. Avevano un bel po' di graffi e sembravano spaventate. Nessuna delle due aprí bocca, anche se Sam e Brognoli cercarono di convincerle a smontare con le blandizie e gli offrirono delle gallette. I tre uomini avevano l'aria di essersi rotolati nella polvere. Era chiaro che avevano cavalcato veloce e senza fermarsi.

– Salve, sono Charlie Goodnight, – disse quello grosso. – Questo è Bill e questo è Bose.

– Smontate e prendete un po' di caffè, – li invitò Caleb.

– Abbiamo appena avuto un incidente. La mia canoa è distrutta e non so che cos'altro.

– No, non possiamo fermarci, – rispose Charles Goodnight. – Le bambine sono state rapite due settimane fa, dalle parti di Weatherford. I genitori non avranno pace fino a quando non gliele riporto. Quelle canaglie ci avevano rubato anche i cavalli. Abbiamo dovuto correre per raggiungerli.

– Almeno ci siete riusciti, – commentò Caleb. – Sono stati i Comanche?

– Sí, Kicking Wolf, è un ladro abile. Cosa ci fate con questi carri nel deserto?

– Diamine, signor Goodnight, non avete sentito parlare di noi? – chiese Caleb. Ormai l'intera compagnia si era radunata intorno ai viaggiatori. – Sono il colonnello Cobb. Siamo la spedizione dal Texas a Santa Fe, diretta nel New Mexico.

– Perché? – chiese Goodnight senza peli sulla lingua. Secondo Call, la bruschezza dei suoi modi rasentava la maleducazione. Non era insolente, però, solo franco.

– Be', abbiamo intenzione di annetterlo, – rispose Caleb. – Forse ci toccherà impiccare qualche messicano per farlo, ma immagino che non ci metteremo molto a sconfiggerli.

– No, saranno loro a impiccare voi, se ci arrivate, – disse Goodnight.

– Perché non dovremmo arrivarci, signore? – chiese Caleb, un po' offeso dalla secchezza dell'altro.

– Dubito che conosciate la strada. Ecco il primo motivo. Tra qui e Santa Fe non c'è abbastanza acqua per tenere in vita tutti quei cavalli. Ecco il secondo.

Goodnight si sollevò sulla sella e indicò la scarpata, una linea sottile in lontananza sopra la quale fluttuavano nuvole bianche.

– Quella è Caprock. Una volta là sopra non c'è nulla.

– Be', qualcosa ci sarà pure, – rispose Caleb. – Almeno l'erba.

– Sissignore, molta erba. Però di rado ho incontrato uomini che vivevano d'erba e di rado ho visto cavalli in grado di viaggiare per cinquecento miglia senz'acqua.

Caleb Cobb rimase sbalordito.

– Cinquecento miglia, siete sicuro? Pensavamo che ne mancassero al massimo cento.

– È quello che ho detto all'inizio. Non sapete dove state andando.

Goodnight si voltò a guardare i tre carri rimasti. I muli erano stremati per averli trascinati su e giú per le gole, e Call vedeva che a ovest si stendevano gole a non finire. Goodnight scosse il capo e si voltò a guardare le bambine, per accertarsi che stessero bene.

– Gradiremmo qualche galletta. Le bambine non mangiano niente da un giorno, a parte qualche boccone di coniglio.

– Dategli quello che vogliono, – ordinò Caleb. – Dategli le gallette e anche un po' di pancetta.

Guardò la scarpata, chiaramente turbato dalla notizia che gli aveva dato Goodnight.

– Non avete grande stima dei nostri carri, vero?

– Sarebbero perfetti per andare al mercato. Ma voi non state andando al mercato. Non riuscirete mai a portarli lassú. Vi conviene prendere quello che riuscite e augurarvi di trovare selvaggina.

– Maledizione, mi avevano detto che lungo il Red River c'era un passaggio. Speravo di arrivarci domani.

Goodnight guardò Caleb in modo strano, come se ascoltasse un bambino.

– Se pensate di trovarvi sul Red, siete piú smarriti di quanto pensavo. Questo non è il Red, è il Big Wichita. Il Red è un bel pezzo piú avanti, è lí che ho recuperato i cavalli, appena prima del fiume. Se non saltate altri puma e non perdete altri muli, forse arriverete al Prairie Dog Fork del Red.

– Siete un portento, signore, come fate a sapere del puma?

– Dalle tracce. Non sono cieco. Non ho mai incontrato un mulo in grado di tollerare un puma.

Poi Goodnight notò Shadrach, accanto a Matilda; Bigfoot era poco lontano.

– Diamine, Shad, hai già compiuto cent'anni? Buongiorno, signorina Roberts.

Goodnight si toccò il cappello, e cosí fecero il cowboy di nome Bill e il nero di nome Bose.

– Ci vado vicino, Charlie, – rispose Shadrach.

– Ciao, Wallace, perché vuoi camminare fino al New Mexico per farti impiccare? – chiese Goodnight rivolto a Bigfoot. – Nel Texas non ci sono abbastanza capestri per te?

– Non ho intenzione di farmi impiccare, Charlie, – rispose Bigfoot. – Conto di riempirmi le tasche d'oro e d'argento e di tornare nel Texas a comprarmi un ranch.

Goodnight annuí. – Ah, è cosí? Siete tutti a caccia di bottino. Avete sentito dire che ci sono grossi pezzi d'oro e d'argento per le strade, immagino.

– Be', abbiamo sentito dire che i metalli abbondano, – disse Caleb. Quell'individuo senza peli sulla lingua, Charlie Goodnight, gli piaceva sempre meno; eppure, per quanto sgradite, le sue informazioni erano preziose, considerata la situazione. Era mortificante essere a capo di una spedizione e scoprire che non si trovava nemmeno lungo il fiume giusto.

– Nei sotterranei del governatore ci sono metalli in abbondanza. Magari li apre e vi invita a prendere quello che volete, ma non credo. Non è usanza dei governatori, non di quelli che ho conosciuto io.

Sulla compagnia era calato il silenzio. Goodnight non era particolarmente simpatico, ma pochi dubitavano del fatto che sapesse di cosa stava parlando. Se diceva che si stavano mettendo in pericolo di morire di fame solo per poi all'arrivo correre il rischio di essere impiccati, magari era vero.

– È un prodigio che siate riusciti a recuperare i cavalli, signor Goodnight, – disse Caleb. – Noi non abbiamo avuto molta fortuna nell'inseguire i pellerossa. Se usate un metodo particolare, vi sarei grato se ce lo spiegaste. Magari ci capita di perdere del bestiame e non possiamo permettercelo.

– No, infatti, probabilmente sarete costretti a mangiare la maggior parte dei vostri cavalli, – rispose Goodnight.

Guardò quel gruppo di uomini dall'espressione solenne, alcuni ancora pieni di sogni di avventura e bottino nel New Mexico. La pazzia degli uomini lo colpí, e non per la prima volta.

– Come li avete recuperati, signore? – chiese di nuovo Caleb.

– Be', erano i miei cavalli. Maledizione, che mi venga un colpo se lascio venti cavalli a Kicking Wolf senza nemmeno inseguirlo, – rispose Goodnight. Poi, toccandosi il cappello, aggiunse: – Mi perdoni l'imprecazione, signorina Roberts. Con gli indiani l'unico modo per riprendersi i cavalli è correre piú veloce di loro. È per quello che cerco sempre di montare cavalli buoni. Li abbiamo raggiunti vicino al Red. C'erano quattro guerrieri e le bambine. Abbiamo ucciso due guerrieri, ma Kicking Wolf e suo fratello sono scappati.

Sam consegnò a Goodnight un pacchettino di gallette e un po' di carne.

– Grazie, – disse Goodnight. – Queste signorine hanno avuto troppa paura per mangiare. Ma non sono ferite. Uno di questi giorni gli tornerà la fame.

– Sono belle bambine, spero che mangeranno, – disse Sam. – Ho messo da parte un po' di marmellata di prugne. Forse le tenterà.

Diede un vasetto di marmellata a Goodnight, che lo guardò e lo mise nella bisaccia.

– Se non tenta loro, di sicuro tenterà me, – disse. Poi guardò di nuovo Caleb Cobb.

– Se arrivate al Red e qualcuno di questi carri ha ancora le ruote, costeggiate il fiume verso ovest. C'è un posto che si chiama i Narrows, dove forse riuscirete a passare.

– Angosturas, – disse Alchise, annuendo.

– Sí, i messicani lo chiamano cosí, – disse Goodnight. – Io lo chiamo i Narrows.

Poi, rivolto a Matilda, si toccò il cappello per la terza volta.

– Andiamo, Bose.

Poco dopo la nuvola di polvere sollevata dai venti cavalli s'innalzava sopra le gole a sud.

– Charlie Goodnight è pungente, – commentò Bigfoot.

– Sono d'accordo, – disse Caleb.

21.

Caleb Cobb cavalcò in solitudine per gran parte del giorno, accompagnato solo dal levriero irlandese. Se scoprire che non era sul fiume lungo il quale credeva di essere l'aveva turbato, non lo disse. Ciononostante, la compagnia era a disagio. Si parlava poco. Ciascuno cavalcava solo con i propri pensieri. Gus tentò un paio di volte di affrontare l'argomento con Call, ma Call non rispose. Stava cercando di reprimere la sensazione che l'intera spedizione fosse una sciocchezza. Non sapevano nemmeno su che fiume si trovavano e il comandante aveva sbagliato a stimare la distanza dalla meta di centinaia di miglia. Avevano già perso diversi uomini e quasi tutti i carri; avevano abbattuto e mangiato gli ultimi bovini. Se da quelle parti c'era selvaggina, nessuno l'aveva avvistata.

– Disprezzo i piani fatti male, – disse.

Gus, invece, era allegro. Non poteva restare avvilito a lungo quando la giornata era bella e il paesaggio magnifico.

– Diamine, se ti alzi sulle staffe, vedi fino a cento miglia di distanza. Per quel che mi riguarda, lo preferisco agli alberi. Tanto per cominciare, tra gli alberi possono nascondersi gli indiani.

– Oltre il Pecos si sono nascosti benissimo e laggiú, alberi, non ce n'erano, – gli ricordò Call. – In questo momento potrebbero essercene cento che ci guardano e non li vedresti mai.

– Oh, sta' zitto, pensi sempre al peggio, – lo rimbeccò Gus, seccato dall'indole pessimista dell'amico. Lui voleva soltanto godersi un bel pomeriggio nelle praterie. Non gli andava di considerare il fatto che potevano esserci cento indiani nascosti nella gola successiva, o in qualunque altra gola. Voleva solo godersi la galoppata verso il New Mexico; stare sempre a preoccuparsi, come faceva l'amico, privava l'avventura del suo sapore.

Call non era l'unico della compagnia a essere preoccupato, però. Quella notte Bes-Das e Alchise sparirono, portandosi via sei cavalli.

– Si vede che non volevano farsi sparare come Falconer, – disse Bigfoot. – Caleb s'infuria troppo in fretta. Non è un buon modo di comandare, sparare a gente che ci potrebbe servire.

– Non siamo messi molto peggio di prima, – osservò Long Bill. – Comunque quei due non sapevano dov'erano. Quel Goodnight è piú o meno il solo a orientarsi, da queste parti.

Altri due carri andarono persi tra il Prairie Dog Fork del Brazos e l'ampio bacino del Red. Caleb fece mettere tutte le munizioni sull'unico carro rimasto e disse agli uomini di tenere solo l'equipaggiamento che riuscivano a portare sul cavallo. Quella sera mangiarono pesce gatto: il fiume era basso e alcuni pesci erano rimasti intrappolati in pozze poco profonde. Gli uomini aguzzarono stecchi di salice per crearsi arpioni rudimentali. Catturarono, cucinarono e divorarono piú di cinquanta pesci di notevoli dimensioni, ma andarono a dormire insoddisfatti.

– Mangiare il pesce è come mangiare l'aria, – commentò Jimmy Tweed. – Va giú, ma non ti riempie.

Dopo che ebbero attraversato i Narrows, la grande pianura si spalancò davanti a loro verso ovest. Benché viaggiassero nella prateria da settimane, nessuno di loro era pronto al modo in cui cielo e terra parvero espandersi, una volta saliti sul *llano estacado*. Dopo un paio di giorni sul *llano* la distanza parve mutare di significato. La grande pianura, silenziosa e sconfinata, diventò il mondo. In confronto si sentivano formiche. Il mondo minuto delle cittadine, dei ruscelli e dei boschetti era difficile da ricordare. Di notte, sotto un cielo che era una pianura buia disseminata di stelle, Gus cercava di tenere a mente Clara, ma il pensiero di essersi innamorato di una ragazza in un piccolo emporio polveroso di Austin gli sembrava ora lontano e inconsistente, come i granelli di polvere che volteggiavano nei raggi di sole dentro il negozio. La ragazza e il negozio erano per un giorno, la grande pianura era per sempre.

Tutti nella compagnia erano sgomenti per la distesa vuota che gli si apriva davanti. Se gli indiani li avessero sorpresi lí sul *llano*, che possibilità avevano di cavarsela?

Bigfoot era stato messo a capo degli scout. Ogni giorno portava con sé Gus e Call. Gus lo portava soprattutto per la vista. Era universalmente riconosciuto che Gus ci vedeva piú lontano e con maggior precisione di chiunque altro nella compagnia. Call, invece, lo portava per la fermezza; non si tirava indietro di fronte ai guai.

Il terzo giorno nella pianura notarono una differenza nell'orizzonte. Nessuno di loro, tuttavia, riusciva a capire in cosa consistesse. Le nuvole sembravano piú vicine a terra. Gus fu il primo ad accorgersi di una stranezza: non molto piú avanti un falco era calato in picchiata su un coniglio o una quaglia ma, invece di ghermire la preda per poi rialzarsi in volo, aveva proseguito la discesa, come se si fosse tuffato in un buco.

Dieci minuti dopo arrivarono al bordo del Palo Duro Canyon e il mistero fu risolto. Il falco non si era tuffato in un buco; si era tuffato nel canyon, che sembrava largo parecchie miglia e cosí lungo che a ovest non si vedeva la fine. Decine di metri piú in basso i bisonti pascolavano nell'erba alta.

– Evviva, abbiamo trovato i bisonti, – disse Gus. – Scendiamo a ucciderne un po', magari il colonnello ci promuove.

– Non lo farà, invece, perché scendendo ti spezzerai il collo e, se anche non te lo spezzi, non riuscirai mai a risalire, di certo non portando carne di bisonte, – disse Bigfoot e poco dopo aggiunse: – Ho sentito parlare di questo canyon. Non sapevo che eravamo cosí vicini.

Mandò Call a informare di corsa la compagnia; lui e Gus rimasero lí a esplorare la parete del canyon per vedere se c'era una discesa. La vista dei bisonti al pascolo aveva ricordato a Bigfoot che era affamato di carne: la polenta e i pesci gatto del Red River non riempivano come le costate di bisonte.

Mentre Call galoppava in direzione sud-est verso l'accampamento che avevano lasciato poco prima, a un tratto il cavallo scartò con tanta violenza che lo disarcionò e gli fece fare un bel volo. Call riuscí a non lasciar andare le redini, ma atterrò sulla testa e sulle spalle con un colpo cosí forte che per un attimo gli si annebbiò la vista. Quando la recuperò, vide una cosa bianca poco lontano. Un istante dopo si rese conto che la cosa bianca che aveva spaventato il cavallo era il cadavere di un uomo. All'inizio pensò che si trattasse di un ranger, uscito a caccia o per una cavalcata. L'avevano ucciso con un colpo di arma da fuoco, scotennato, spogliato e mutilato. Gli avevano sfondato il torace e ne avevano estratto gli organi vitali. Studiò attentamente la faccia, che era quella di uno sconosciuto. Non gli sembrava uno della compagnia. Non indossava il brandello di un vestito. Non c'era modo di identificarlo. Gli tastò il collo, che era freddo.

Tuttavia, il suo assassino o i suoi assassini potevano essere vicini. Call estrasse la pistola, per sicurezza, e montò in sella guardingo. Proprio allora scorse un movimento con la coda dell'occhio: tre Comanche a cavallo parvero sorgere dalla nuda terra a soli cento metri da lui. Call spronò il cavallo al galoppo e si chinò sul collo dell'animale. Sapeva che la sua unica possibilità era la fuga. Con suo sollievo, Buffalo Hump non era tra gli inseguitori. La compagnia probabilmente si trovava a non piú di cinque miglia e lui era in groppa a Betsy, una veloce giumenta saura. Betsy era uno dei cavalli piú veloci dell'accampamento e aveva una resistenza eccezionale. Eppure, Call non galoppava neanche da un minuto quando si rese conto che i Comanche guadagnavano terreno. I loro cavalli non erano piú veloci di Betsy, ma loro conoscevano meglio il terreno; era la stessa cosa che aveva intuito a ovest del Pecos. I Comanche sfruttavano ogni gobba e avvallamento. Il guerriero in testa aveva arco e frecce e stava per raggiungerlo. Alla sua sinistra avvistò una cosa che aveva notato all'andata: una grossa colonia di cani della prateria. Senza esitare indirizzò Betsy da quella parte. Era un rischio: la giumenta poteva infilare una zampa in una tana, nel qual caso sarebbe stata la fine, ma era un rischio anche per i Comanche. Forse avrebbero rallentato, lui non aveva alcuna intenzione di farlo. Se la fortuna l'avesse assistito, forse avrebbe attraversato la colonia e guadagnato alcuni metri. Doveva tentare.

All'arrivo della giumenta al galoppo, i cani della prateria fischiarono e si rifugiarono nelle tane. Betsy fece schizzare la terra dall'orlo di piú d'una tana, ma zigzagò attraverso la colonia senza rallentare. Tuttavia, Call non guadagnò molto terreno. Anche i Comanche evitavano le tane. Superata la colonia, sentí un colpetto al braccio sinistro, abbassò lo sguardo e vide che aveva una freccia conficcata appena sopra il gomito. Non l'aveva sentita entrargli nella carne e non aveva il tempo di occuparsene. Spronò Betsy, incitandola ad accelerare ancora, e per un miglio gli parve di guadagnare un po' di terreno. Non volarono altre frecce. Quando osò voltarsi a guardare, però, vide che non ne aveva guadagnato. I Comanche galoppavano fianco a fianco e lui era ancora piú o meno a portata di freccia.

Call si voltò e sparò un colpo di pistola, senza alcun effetto. Ora galoppava lungo il bordo di una piccola balza di circa quattro metri; piú avanti, il terreno digradava a poco a poco, ma lui non poteva aspettare. Fece saltare Betsy; atterrando, la cavalla riuscí per un soffio a non perdere l'equilibrio e lui riuscí per un soffio a rimanere in sella. Sentí subito un ronzio. Betsy si mise a sgroppare e a saltellare. Call si guardò intorno e vide serpenti a sonagli ovunque. Era saltato sul bordo di un covo di serpenti. Gli sembrava di averne intorno almeno un centinaio; si crogiolavano al sole sul pendio pietroso: il brusco arrivo di un cavallo con cavaliere li aveva spaventati. Ora agitavano il sonaglio in coro. Da sopra giunse uno sparo, ma il proiettile rimbalzò sibilando su una pietra. Call spronò di nuovo Betsy, non poteva preoccuparsi dei serpenti: se non correva, era morto comunque.

Vedendo i serpenti, i Comanche preferirono perdere terreno e non rischiare il salto. Ma si lanciarono al galoppo per il breve pendio e di lí a poco avrebbero cercato di superarlo. Quando oltrepassò il dosso successivo, Call vide la compagnia: eccola lí, ma sembrava ancora a miglia di distanza e i Comanche avevano ripreso a tallonarlo. Erano cento metri piú indietro, ma sapeva che l'avrebbero raggiunto prima che lui potesse arrivare dalla compagnia, a meno di non avere molta fortuna. I Comanche si erano aperti a ventaglio. Due cercavano di affiancarlo a destra, mentre il terzo galoppava dritto dietro di lui. Betsy correva a tutta velocità: per ora il fiato le aveva retto. Call si chiese se era saggio sparare con la pistola, nella speranza che qualcuno della compagnia lo sentisse e accorresse in suo aiuto. Era un punto tattico su cui non aveva riflettuto prima. Se avesse sparato, presto avrebbe scaricato la pistola.

Tenne la pistola pronta, ma non sparò. In caso di scontro ravvicinato, credeva di poter uccidere un indiano. Forse ne avrebbe ferito un altro. Se il terzo l'avesse ucciso, almeno si sarebbe difeso con forza.

Poi sentí alcuni colpi di fucile poco piú avanti, dove due o tre alberi orlavano un ruscelletto. Una cerva balzò fuori dagli alberi, cosí vicina che Betsy quasi le andò addosso. Call costeggiò la sorgente e si trovò davanti Long Bill Coleman: stava dando la caccia alla cerva. Aveva sparato una volta e stava ricaricando. Sussultò nel vedere Call, ma ancor di piú nel vedere i Comanche. Benché i rapporti di forza fossero cambiati, i Comanche andavano ancora all'attacco.

– Oh, cavolo, dov'è quel maledetto Blackie quando ce n'è bisogno? – esclamò Long Bill, voltando il cavallo. – Siamo partiti insieme, ma secondo lui la cerva era troppo magra e non valeva il disturbo.

Una freccia cadde in mezzo a loro e poi giunsero due spari, uno dei quali smangiò la tesa del cappello di Call. Continuarono a galoppare, sperando che qualcuno della compagnia sentisse gli spari e reagisse; ci misero un po' a rendersi conto che i Comanche non li inseguivano piú. Quando si fermarono e si girarono a guardare, videro che, avendo mancato gli scalpi, i tre Comanche avevano preso la piccola cerva. Uno di loro aveva appena buttato la carcassa sul cavallo.

– Oh, cavolo, sono senza fiato, – disse Long Bill. – Volevo solo trovare un po' di carne. Di sicuro non andavo in cerca di un combattimento con gli indiani.

Call si ricordò che Gus e Bigfoot erano soli, sul bordo del grande canyon. Forse i tre uomini che li avevano inseguiti facevano parte di un gruppo piú numeroso. Con tutti quei bisonti che pascolavano nel canyon, era probabile che nei dintorni ci fossero altri indiani.

Quando Call arrivò al galoppo, Caleb Cobb si stava godendo un lungo sigaro: pareva piú interessato a Betsy che alla notizia.

– Stavo quasi per sceglierla io, quella piccola giumenta. Vi è andata bene che non l'ho fatto. Il signor Bigfoot Wallace aveva ragione quando diceva che in genere sono i cavalli a fare la differenza nei combattimenti con gli indiani.

– Colonnello, giú nel canyon ci sono centinaia di bisonti, – disse Call. – Potrebbero esserci anche altri indiani.

– Va bene, andiamo in soccorso di quei due, – disse Caleb. – Portiamo una decina di uomini. Veniamo anche io e Jeb. È una bella mattina per una zuffa.

Call si era dimenticato di parlare del morto. Aveva avuto solo un attimo per guardarlo, prima che i Comanche lo attaccassero. Quando glielo riferí, il colonnello alzò le spalle.

– Probabilmente è solo un viaggiatore che ha scelto la strada piú lunga. È da avventati viaggiare da soli in questa parte del paese.

– Non lo farei per settanta dollari, – commentò Long Bill.

All'arrivo di Call, Shadrach sonnecchiava. Il cambiamento nel vecchio pioniere stupiva tutti: se prima era indipendente, severo e incuteva soggezione, anche quand'era bendisposto, adesso era invecchiato. Benché avesse sempre saputo che Shadrach era vecchio, Call non aveva mai pensato a lui in quel modo finché non avevano attraversato il Brazos; adesso, però, era impossibile pensare a lui diversamente. Una volta si allontanava da solo per giorni; adesso quando andava a caccia tornava sempre dopo poche ore. Ogni tanto si appisolava, perfino a cavallo. A meno che non venisse direttamente interpellato, parlava solo con Matilda.

Alla notizia che erano vicini al Palo Duro Canyon, tuttavia, Shadrach parve ringiovanire di molti anni; montò subito in sella ed estrasse il lungo fucile dal fodero.

– Ne sento parlare da una vita, adesso ho intenzione di vederlo, – disse.

Poi si rivolse a Matilda.

– Se è sicuro, torno a prenderti, Matty, – disse e partí al galoppo.

Sam esaminò rapidamente la ferita di Call, spezzò l'asta della freccia e incise la carne per far uscire la punta. Call scalpitava; non la considerava una ferita grave: voleva partire. Ma Sam lo costrinse ad aspettare mentre lo fasciava perbene, e il colonnello, benché fosse già in sella, attese senza mostrare impazienza.

– Voglio che il caporale Call sia ben medicato. Non possiamo permetterci di averlo malato.

Call li condusse dal morto, che Shadrach riconobbe.

– È Roy Char, un minatore, – disse Shadrach.

– Non so cosa ci sia da estrarre, in questo territorio, – commentò Caleb.

– Andava in cerca di quel vecchio oro.

– Quale vecchio oro? Se da queste parti c'è un mucchio di vecchio oro, ci conviene cercarlo e scordarci il New Mexico.

– Nei tempi antichi è passato di qua un pezzo grosso spagnolo. Dicono che ha trovato una cittadina fatta d'oro. Roy avrà pensato che ce n'era ancora un po' in giro.

– Oh, parlate del señor Coronado, – disse Caleb. – Non ha trovato nessuna città d'oro, solo un mucchio di indiani poveri. Il signor Char ha perso la vita per nulla. Qui non c'è oro.

Il canyon invece c'era. Seppellirono alla svelta Roy Char e cavalcarono lungo il bordo del canyon fino a quando non trovarono Gus e Bigfoot nascosti dietro ad alcuni cespugli spinosi su un piccolo pendio. Entrambi tenevano il fucile pronto all'uso.

– Perché ci avete messo tutto il giorno? – chiese Gus; era molto seccato di aver dovuto passare un'ora acquattato dietro un cespuglio, in attesa che Call conducesse lí la compagnia.

– Mi sono beccato una freccia in un braccio, ma non è grave come quello che è successo a un uomo che abbiamo appena sepolto, – disse Call.

– Rischiavate di dover seppellire noi. E vi toccava, se non ci nascondevamo alla svelta, – disse Bigfoot. – Ci sono cinquanta o sessanta indiani là sotto, era meglio se portavate l'intera compagnia.

– Be', possiamo tornare a prenderla, – disse Caleb. – Dubito che quegli indiani salgano per il dirupo a cavallo e ci scalpino tutti.

– No, ma è il loro canyon, – gli ricordò Bigfoot. – Forse conoscono una pista.

Caleb si avventurò lungo un piccolo promontorio e guardò in basso. Vide un buon numero di indiani che macellavano bisonti. Ne avevano uccisi almeno sei.

– Se conoscono una pista, spero che ce la mostreranno, – disse Caleb, tornando indietro. – Cosí scendiamo a mietere un po' di quei bisonti anche noi.

– Potrebbero esserci mille indiani qua intorno, – disse Bigfoot. – Non mi metto nella condizione di dovermi arrampicare per sfuggirgli. Magari sanno scalare meglio di me.

– Avete ragione, ma odio rinunciare alla carne, – disse Caleb.

Nondimeno, ci rinunciarono. Fecero avanzare la compagnia e proseguirono verso ovest lungo il bordo del canyon. Avevano sempre sotto gli occhi i bisonti, e gli indiani. L'intendente Brognoli, che aveva fiducia nei numeri – tanti stivali, tanti fucili, tanti sacchi di farina –, ne contò piú di trecento giú nel canyon, quasi tutti impegnati a macellare bisonti. Call e Gus continuavano a guardare in basso, la distanza era cosí grande da attirare lo sguardo. Aguzzavano gli occhi per vedere se riuscivano a individuare Buffalo Hump, ma non lo videro.

– C'è, però, – disse Gus. – Lo sento.

– Non puoi sentire un indiano che si trova a miglia di distanza, – disse Call.

– Sí, invece, – ribadí Gus, senza dare spiegazioni.

– Potrebbe essere a cinquecento miglia da qui, ci sono migliaia di indiani.

– Lo sento. Quando è nei paraggi, sento un calore sotto le costole. Non ti capita mai?

– No, se non mangio carne di manzo andata a male, – disse Call. Due volte durante il viaggio aveva mangiato del manzo andato a male e il suo organismo si era ribellato.

La notte era senza luna, il che preoccupava alquanto Caleb Cobb e ancora di piú Bigfoot. Chiusero i cavalli in un recinto di corde e decisero di cambiare la guardia ogni ora. La sera Caleb radunò gli uomini e tenne un discorsetto.

– Abbiamo fatto troppa strada per tornare indietro.

Siamo diretti a Santa Fe. Ma gli indiani sanno che siamo qui e sono abili ladri di cavalli. Dobbiamo stare attenti. Se perdiamo i cavalli, non riusciremo ad attraversare questa lunga prateria. I pellerossa ci staranno alle calcagna e ci uccideranno uno per uno come polli.

Nonostante il discorso e il rafforzamento della guardia, all'alba la *remuda* contava venti cavalli in meno. Nessuna delle guardie aveva chiuso occhio. Caleb Cobb era fuori di sé dalla rabbia.

– Come hanno fatto a scappare con venti cavalli senza che nessuno li sentisse? – inveí. Brognoli continuava a girare intorno alla mandria, contando e ricontando. Per un po' pensò di aver sbagliato il conto: non era facile contare i cavalli quando erano ammassati. Contò e ricontò finché Caleb non perse la pazienza e gli ordinò di smetterla.

– Quei maledetti cavalli non ci sono piú! Molto probabilmente a quest'ora sono a quaranta miglia da qui. Non li puoi contare perché non ci sono piú!

– Sarà stato Kicking Wolf, – disse Bigfoot. – Sarebbe capace di rubare i cavalli da un negozio.

– Se lo acchiappo, lego quella canaglia alla coda di un cavallo e lascio che lo uccida a calci, – disse Caleb. – Gli starebbe proprio bene, a quel figlio di puttana, visto che si chiama Kicking Wolf.

Dopo il furto di quella notte, la situazione dei cavalli si fece critica. Tre uomini erano rimasti senza e nessuno ne aveva di riserva. A peggiorare la situazione, tra quelli rubati c'era anche Tom, il grosso cavallo grigio di Matilda. Adesso era appiedata. Pianse per tutta la mattina. Era affezionata a Tom. Vederla piangere turbò l'intero accampamento. Da quando si era messa con Shadrach, Matilda si arrabbiava di meno; tutti avevano notato la sua mitezza. Ma veder piangere una donna cosí grande e grossa metteva gli animi a dura prova. Shadrach si agitò al punto che diventò irrequieto e si allontanò a cavallo, nonostante le proteste di Matilda.

– Adesso va a farsi ammazzare, – si lamentò Matilda.
– Be', se la smetti di piangere, forse tornerà indietro, – disse Long Bill. Era uno di quelli appiedati ed era di pessimo umore. La prospettiva di camminare fino a Santa Fe in una pianura immensa non lo allettava, ma non lo allettava nemmeno l'idea di tornare a Austin a piedi. Aveva visto quello che era appena successo a Roy Char, il minatore. Era deciso a restare con la compagnia, anche se questo voleva dire avere le vesciche.

Call e Gus avevano montato entrambi la guardia durante la parte piú buia della notte. Call si vergognava di non essere stato abbastanza vigile da sventare il furto.

– Diamine, non avevo per niente sonno, – disse Gus. – Non può essere successo durante il nostro turno. Quando sono cosí sveglio, sento muoversi anche i topi.

– Sentirai pure i topi, ma non hai sentito gli indiani, né i cavalli che se ne andavano.

Quella notte Call, Bigfoot e numerose altre guardie posarono regolarmente l'orecchio a terra per ascoltare. Sentirono solo lo scalpitio dei cavalli dentro il recinto di corde. Oltre a chiuderli nel recinto, ne avevano impastoiati molti, in modo che non potessero scappare. Call e Gus avevano il turno di guardia appena prima dell'alba. Si muovevano in cerchio intorno alla mandria, incrociandosi ogni cinque minuti. Call era sicuro che non ci fossero indiani. Fu solo quando spuntò l'alba che ebbe un momento d'incertezza. Vide la prima luce del giorno, una luce gialla come di fiamma. Ma quella luce era a ovest e l'alba non arrivava da ovest.

Un attimo dopo la vide anche Bigfoot e gridò abbastanza forte da svegliare l'intero accampamento.

– Quella non è l'alba, ragazzi!

Proprio allora Call scorse un movimento a nord. Due indiani si erano avvicinati di soppiatto e avevano sfilato le pastoie a diversi cavalli. Call sparò un colpo, ma era ancora molto buio, non vedeva piú niente da quella parte.

– Maledizione, sono scappati di nuovo. Non so quanti cavalli si sono portati via stavolta.

– Ora non ha importanza, dobbiamo tornare indietro all'ultimo ruscello, – disse Bigfoot.

– Perché? – chiese Call, sbigottito.

Bigfoot si limitò a indicare l'ovest, dove l'intero orizzonte era giallo.

– Quella non è l'alba, – disse, con voce scossa. – È fuoco.

22.

La compagnia si era appena girata verso sud per tornare al ruscelletto di cui aveva parlato Bigfoot quando da quella parte vide lo stesso bagliore giallo sopra la prateria. A ovest le fiamme erano già visibilmente piú vicine. Bigfoot voltò il cavallo e andò da Caleb.

– L'hanno appiccato loro. I Comanche. Hanno aspettato un vento favorevole. Adesso abbiamo il canyon alle spalle e fuochi di prateria su due lati.

– Tre, – disse Caleb, indicando a est, dove si scorgeva un altro violento bagliore.

La compagnia intese al volo che pericolo correva. Call guardò Gus, che cercò di apparire indifferente.

– O bruciamo o saltiamo, – disse. – Detesto di piú l'idea di bruciare.

Gus guardò nell'abisso del canyon: era a soli sei metri dal bordo. Adesso la prateria era un grande anello d'erba in fiamme. Benché stesse seduto tranquillo in groppa al cavallo, in attesa che Bigfoot e il colonnello decidessero sul da farsi, dentro sentiva lo stesso profondo rimescolio che aveva sentito oltre il Pecos. Gli indiani facevano piani migliori dei loro. Avrebbero sempre teso trappole intelligenti.

– Andiamo, ragazzi, – disse Bigfoot. – Proviamo a ovest, è l'alternativa migliore che abbiamo.

La compagnia si diede alla fuga, piú di venti uomini montavano in coppia per mancanza di cavalli. Shadrach fece montare Matilda dietro di sé; cavalcò lungo il bordo del canyon, cercando una discesa.

– Credo che a piedi riusciremmo a scendere, – disse a Caleb. – Se scendiamo un poco, non bruceremo. Non c'è niente da bruciare, in quel dirupo.

Caleb si fermò un attimo a valutare l'incendio. Il cerchio si era chiuso. A ogni raffica di vento il fuoco pareva balzare verso di loro di altri cinquanta metri. L'erba era alta, le fiamme s'innalzavano da cinque a dieci metri.

– Maledetti demoni, – imprecò Caleb. – Forse possiamo appiccare un incendio per fermare il loro. Ho sentito dire che funziona.

– Non c'è tempo, e il vento è contrario, – disse Bigfoot. – Shad ha ragione. Dobbiamo scendere un po' lungo la parete.

Caleb esitò. Forse era l'unica strategia valida, ma significava abbandonare i cavalli. Non c'era una pista adatta agli animali. Forse sarebbero sopravvissuti all'incendio, ma poi cos'avrebbero fatto? Si sarebbero ritrovati nella spoglia prateria, senza cavalli, senza viveri, senza acqua. Quanto ci avrebbero messo i Comanche a ucciderli a uno a uno?

La compagnia si strinse intorno a Bigfoot e al comandante. Tutti guardavano il fuoco con gli occhi pieni d'ansia. Le fiamme avanzavano quasi al galoppo. Erano a meno di trecento metri da loro. Gli uomini sentivano crepitare l'erba secca man mano che prendeva fuoco. Quando si levò il vento, le fiamme furono risucchiate verso il cielo con un ruggito.

Call era amareggiato dall'imprudenza dimostrata dal loro comandante nel condurli in un luogo tanto esposto. La spedizione era stata organizzata male sotto ogni aspetto. Certo, nessuno immaginava che gli indiani potessero rubare cavalli a piacimento, con una sorveglianza tanto stretta. Ma adesso erano in trappola: immaginava Buffalo Hump da qualche parte oltre le fiamme, con la lancia in pugno, in attesa di andare a prendere qualche scalpo.

Caleb Cobb aspettò che le fiamme fossero a cento metri di distanza per decidersi. Aspettò, sperando d'individuare un varco, un punto attraverso cui passare al galoppo. Ma non c'erano varchi: gli indiani che avevano appiccato il fuoco sapevano il fatto loro. L'anello di fiamme si stringeva di minuto in minuto. Il generale Lloyd, ubriaco come al solito, tremava di freddo e di paura, benché il calore del grande incendio si avvertisse già.

– Siamo spacciati, finiremo arrosto, – disse.

– No, ma dobbiamo scendere per questo maledetto dirupo, – disse Caleb, voltando il cavallo verso il bordo del canyon. Si era appena voltato quando sentí uno sparo: il generale Phil Lloyd aveva tirato fuori la pistola e si era sparato alla testa. Penzolava dal cavallo, con un piede impigliato nella staffa.

I cavalli stavano diventando difficili da controllare; saltavano e sgroppavano, dilatando le froge. Due o tre uomini furono disarcionati, un cavallo si precipitò tra le fiamme.

– Andiamo, ragazzi, tenete le armi e scendete oltre il bordo come meglio potete, – gridò Caleb.

Con sollievo di Gus le pareti del canyon non erano a strapiombo come sembravano a prima vista. Oltre a precipizi di decine di metri, c'erano anche sporgenze, cornici e pendii non troppo ripidi da affrontare. Il levriero irlandese si precipitò giú di corsa, con la coda ritta. Non erano scesi neanche di dieci metri che avvenne un'altra tragedia: ormai in preda al panico, alcuni cavalli si buttarono tra le fiamme, ma altri si buttarono nel canyon. Alcuni finirono su una cornice, ma i piú rotolarono un paio di volte per poi precipitare nel vuoto. Un cavallo cadde proprio addosso a Dakluskie, il capo dei missouriani. Diversi ranger videro cadere l'animale, ma Dakluskie no. Finí schiacciato prima ancora di alzare lo sguardo. Il cavallo continuò a rotolare, portandolo con sé. Quello del generale Lloyd saltò piú lontano di tutti: volò sopra il gruppo e sparí alla vista, con il cadavere del generale ancora appeso alla staffa.

– Oddio, guardate! – disse Gus, indicando dall'altra parte del canyon. – Guardate, dove vanno?

Non tutti gli uomini potevano permettersi di guardare; alcuni erano aggrappati a piccoli cespugli o in equilibrio su strette cornici, in preda al terrore. Sopra di loro l'incendio divampava ruggendo fino al bordo del canyon; sudavano tutti per il caldo, pur essendo raggelati dalla paura.

Call guardò, tuttavia, e anche Caleb Cobb. Dapprima Call pensò che fossero capre che s'inerpicavano per la parete opposta del canyon. Mentre guardava, la cornice sotto Black Sam si sbriciolò; Call vide lo sguardo allarmato sulla faccia del cuoco che cadeva. Non urlò.

– Dio mio, guardateli! – disse Caleb.

Dall'altra parte del canyon, su una pista tanto stretta che dovevano procedere in fila, cinquanta Comanche si spostavano verso ovest. A quella distanza sembrava che camminassero sull'aria.

Alla testa del gruppo c'era Buffalo Hump, con la lancia che abitava le paure di Gus.

– Guardateli! – disse Bigfoot. – Stanno volando?

– No, c'è una pista, – disse Shadrach. Si trovava su una piccola cornice di roccia con Matilda. La chetava come una bambina, sperando che questo la trattenesse dal fare movimenti inconsulti.

– E se l'incendio non si ferma? – chiese Matilda, guardando in alto. Aveva sempre avuto paura del fuoco; adesso non riusciva a smettere di tremare. Si aspettava che le fiamme si sporgessero oltre il bordo del canyon e scendessero a incendiarle la camicia. Il pensiero di avere i vestiti in fiamme la terrorizzava al punto che cominciò a spogliarsi.

– Cosa... smettila! – disse Shadrach, con un occhio su di lei e l'altro sui Comanche.

– No, devo togliermi la camicia, non voglio prendere fuoco, – disse Matilda e si spogliò per metà sulla piccola cornice.

Call vedeva le fiamme sul bordo del canyon, ma sapeva che la paura di Matilda era infondata. La cenere della prateria ardente fioccava su di loro, ma il fuoco non avrebbe superato il bordo. Continuava a guardare gli indiani dall'altra parte del Palo Duro. In effetti sembrava che i loro cavalli camminassero delicatamente sull'aria.

– Tu che hai gli occhi fini, riesci a vedere la pista? – chiese a Gus.

Gus strizzò gli occhi; il fumo dell'incendio aleggiava sopra il canyon. Ma guardando con attenzione vide che gli indiani non volavano. Buffalo Hump si faceva strada lentamente, un passo per volta, lungo una piccola pista.

– Non sta volando, c'è una pista. Ma se c'è qualcuno in grado di volare, è quella canaglia. La notte che mi ha inseguito era come se volasse.

– Non m'interessa se volano o camminano, – disse Caleb, aggrappato a un cespuglietto. – Ero piú contento se andavano dall'altra parte. Si direbbe che ci vogliono affiancare.

In quel momento Elihu Carson perse l'equilibrio e cominciò a ruzzolare verso il basso.

– Afferralo per il piede! – gridò Call a Long Bill, che era il piú vicino al dentista. Long Bill tese il braccio, ma lo mancò di pochissimo. Era in una posizione cosí precaria che non osò sporgersi di piú. Il dentista rimbalzò su un masso e volò giú, strillando forte.

– Adesso dobbiamo stare attenti a non farci venire il mal di denti, – disse Bigfoot, tenendo gli occhi puntati sulla fila d'indiani che, oltre il canyon, parevano camminare sull'aria.

23.

Quando i ranger strisciarono fuori dal canyon, la prateria era nera e fumante a perdita d'occhio. Qua e là da un cespuglietto, da un cactus o dalla tana di un ratto mercante si alzava ancora qualche fiammella. Si vedevano diversi cavalli morti; l'equipaggiamento abbandonato fumava come le tane dei ratti. Il giovane Tommy Spencer singhiozzava forte. Dakluskie era il suo unico parente. Black Sam non c'era piú, cosí come il dentista; Brognoli aveva ricevuto un calcio al collo da un cavallo che cadeva, e sedeva con lo sguardo vitreo. Teneva il capo in una posizione strana; di tanto in tanto gli scattava avanti e indietro velocemente. Non riusciva a parlare, se per la paura o per un danno nessuno lo sapeva ancora.

Molte delle munizioni di riserva erano esplose. Rimasero tutti stupiti, perché nessuno ricordava di aver sentito esplosioni. A un rapido conto, mancavano piú di venti uomini, precipitati senza che nessuno se ne accorgesse. Considerato il fatto che a ovest c'erano almeno cinquanta indiani, per non parlare delle truppe di Santa Fe, la perdita delle munizioni era un problema grave. Diversi uomini espressero preoccupazione in proposito, ma Bigfoot Wallace si limitò a sorridere.

– I proiettili non mi preoccupano ancora. Siamo a piedi e non ci sono molte pozze d'acqua. Probabilmente moriremo di fame prima di trovare qualcuno a cui sparare.

Jeb, il levriero irlandese di Caleb Cobb, era sceso cosí

tanto che non riusciva a risalire. Accovacciato su una piccola cornice oltre trenta metri piú in basso, rischiava di cadere dallo strapiombo da un momento all'altro.

– O gli sparo o lo salvo, – disse Caleb. – Qualcuno si offre volontario per salvarlo?

La compagnia taceva: il pensiero di andare oltre il bordo un'altra volta, solo per salvare un cane che non stava simpatico a nessuno, tranne che a Caleb, non era allettante.

– Nomino sergente chi mi salva il maledetto cane, – disse Caleb.

– Lo faccio io, – si offrí subito Gus. Pensava a Clara Forsythe, quando lo disse. La sventura del cane gli offriva un'occasione d'oro per superare Call. Una volta in vantaggio nella corsa al grado, intendeva rimanere in vantaggio. Se fosse tornato dalla spedizione con il grado di sergente, probabilmente Clara sarebbe corsa a baciarlo. Il caporale Call non gli avrebbe fatto ombra, non piú.

La sciocca decisione di Gus lasciò Call esterrefatto. Intorno al cane non c'era posto per mettere i piedi: solo una cornice minuscola. Non c'erano né cespugli né alberi a meno di sei metri dal cane; non c'era niente a cui aggrapparsi. Per di piú, il cane era grosso.

– Gus, non farlo, – disse. – Finirai di sotto, come il dentista.

Ma Gus si sentiva temerario, imbaldanzito dal pensiero che Clara sarebbe stata orgogliosa di lui, se fosse tornato con il grado di sergente. A separarlo dal cane c'era una ripida discesa, ma aveva superato il bordo del canyon già una volta ed era sopravvissuto. Senza dubbio sarebbe sopravvissuto di nuovo.

– Qualcuno mi leghi con una corda. Cosí sarò al sicuro, a meno che le corde non sono bruciate tutte.

Call e Long Bill frugarono alla svelta tra i bagagli incandescenti, usando le canne dei fucili per rivoltare gli stracci arroventati e le coperte fumanti. Trovarono tre corde di pelle di cavallo bruciacchiate, ma non logore. Call le esaminò attentamente, centimetro per centimetro, per vedere se c'erano punti deboli. Non ne trovò nessuno.

– Mi sembra comunque una sciocchezza, – disse, legando con cura le corde una all'altra. Le tre corde annodate insieme gli parevano ancora troppo corte. Tutte le volte che guardava oltre il bordo del canyon il cane gli sembrava piú lontano. Aveva abbaiato fino allo sfinimento. Stava sdraiato sulla cornice, con il capo sulle zampe. La coda penzolava nel baratro.

Sei ranger, con Call in testa, presero un capo della corda e calarono lentamente Gus oltre il bordo. In certi punti poteva aggrapparsi ai cespugli. Fermo sull'orlo del canyon, Caleb Cobb soprintendeva all'operazione.

– Con le altezze il punto è non guardare in basso, caporale. Guardate la terra che avete davanti.

Gus seguí il consiglio. Tenne diligentemente gli occhi sulla parete, scendendo con cautela, un piede per volta. Tuttavia, se non guardò verso il basso, guardò verso l'alto e provò subito un forte sussulto allo stomaco. Il bordo del canyon sembrava quasi in cielo. Non vedeva nemmeno gli uomini che tenevano la corda. Sapeva che erano affidabili, ma vederli l'avrebbe rassicurato.

A un tratto si ricordò i Comanche, quelli che sembravano camminare sull'aria. E se avessero attraversato il canyon e li avessero attaccati? Gli uomini l'avrebbero lasciato cadere di sicuro, non avrebbero avuto altra scelta.

– Calatemi piú in fretta, – disse. – Sono impaziente di tornare su.

Quando fu a quindici metri di distanza, il cane si mise a grattare e a uggiolare. Aveva capito che stava andando a salvarlo, ma la corda non era abbastanza lunga e la distesa che li separava era ripida e sassosa. Gus fu assalito dalla paura. Se gli uomini perdevano la presa o lui scivolava cercando di afferrare il cane, sarebbe precipitato per decine di metri e sarebbe morto. Voleva la promozione e anche l'amore di Clara, ma la sua paura crebbe e soffocò i sentimenti che l'avevano spinto a offrirsi volontario.

Un attimo dopo raggiunse l'ultimo appiglio per i piedi e vide che era sconfitto: la corda era troppo corta.

– Colonnello, non potete chiamarlo? – gridò. – Non posso scendere di piú, forse lui può salire un po'.

Caleb Cobb lanciò un urlo e il cane cominciò ad arrampicarsi.

– Ohé, Jeb! Ohé, Jeb! – gridava Caleb.

Il cane fece uno sforzo disperato per risalire il dirupo. Si lanciò abbastanza in alto perché Gus lo afferrasse per lo spesso collare. Ma il peso del cane fu uno scossone improvviso: pesava quanto un uomo minuto. Quando Gus cercò di sollevare il cane per il collare, per poco Call non fu trascinato oltre il bordo; se Bigfoot non l'avesse preso per la cintura, sarebbe scivolato giú.

Il peso del cane costò a Gus il suo stretto appiglio. Si trovò a oscillare nel vuoto, stringendo il collare con una mano. Poi, con suo orrore, cominciò ad avvitarsi su se stesso. La corda era legata alla cintura; il peso del cane lo fece ruotare nell'aria. Un attimo dopo si ritrovò a testa in giú con le gambe in alto.

– Tirate, tirate! – gridò. Quando apriva gli occhi, il mondo vorticava. Un attimo guardava la rupe, l'attimo dopo guardava il vuoto. A un certo punto, mentre ruotava, gli passarono accanto due avvoltoi, cosí vicini che sentí il battito delle ali nell'aria.

Poi, in un istante, il cane precipitò, cosí velocemente che non abbaiò nemmeno. Gus aveva ancora il collare in mano: la testa magra del cane era sgusciata fuori. Gus ruotò e ruotò, via via che gli uomini lo tiravano su. Perse conoscenza; quando rinvenne, era sdraiato sulla schiena e guardava il cielo immenso. Call, Bigfoot e Long Bill torreggiavano su di lui; stringeva ancora il collare del cane. Lo consegnò a Caleb Cobb, che lo prese, accigliato.

– Niente promozione, caporale, – disse Caleb. – Volevo il cane, non il collare.

Poi si allontanò.

– Rallegrati di essere tornato sulla terra ferma, – disse Bigfoot.

– Mi rallegro, eccome se mi rallegro, – rispose Gus.

24.

La prateria era bruciata per cinque miglia intorno al canyon; i ranger rimasero fermi dov'erano tutto il giorno, per paura che l'erba carbonizzata gli rovinasse gli stivali.

– Magari qualche cavallo ce l'ha fatta a mettersi in salvo, – disse Gus. – Non possono essere bruciati tutti.

– Buffalo Hump avrà preso i sopravvissuti, – disse Bigfoot. – Ora dobbiamo contare sui nostri piedi. Per fortuna ce li ho grandi.

– Io no, invece, – disse Johnny Carthage, preoccupato. – E ho una gamba sola che funziona. Quanto dobbiamo camminare prima di trovare i messicani?

Nessuno rispose, perché nessuno lo sapeva.

– Mi sa che manca ancora un bel pezzo, – disse Long Bill. – Abbastanza perché ci venga una gran sete, se non troviamo un ruscello.

Accovacciati o seduti, gli uomini guardavano la pianura annerita. Nell'arco di una mattina ne avevano passate di tutti i colori. Il pensiero dell'acqua li attanagliava. Talvolta era stato difficile scovare le pozze anche a cavallo. A piedi rischiavano di arrancare in cerca d'acqua per giorni o fino a quando non crepavano. Caleb Cobb era ancora molto arrabbiato per la perdita del cane. Sedeva sul bordo del canyon, con le gambe penzoloni, senza parlare con nessuno. Gli uomini avevano paura di avvicinarsi, eppure sapevano tutti che una decisione andava presa alla svelta. Non potevano stare seduti lí, senza viveri e quasi senza acqua; alcuni erano provvisti di borraccia, ma molti no.

Molti avevano fatto affidamento su otri che erano bruciati o esplosi nell'incendio.

Finalmente, dopo tre ore, Caleb si alzò.

– Be', non siamo messi peggio del vecchio Coronado, – disse, e s'incamminò verso ovest. Gli uomini lo seguirono lentamente, temendo di scottarsi. La pianura era punteggiata di pennacchi di fumo che si alzavano dalle piante. Call seguiva Caleb dappresso: lo vide chinarsi a prendere una lepre che era morta arrostita uscendo dalla tana. Camminando, Caleb staccò un lembo di pelle bruciacchiata e mangiò qualche boccone di carne.

Voltandosi a guardare, notò che Call era sbigottito.

– Ora dobbiamo mangiare tutto quello che riusciamo a raccattare, caporale. Conviene cercare una lepre anche a voi.

Meno di dieci minuti dopo, Call ne individuò un'altra. La prese per la zampa e la portò con sé; non aveva abbastanza fame per mangiare una lepre abbrustolita, non ancora. Gus, che non si era del tutto ripreso dallo spavento, lo vide raccoglierla.

– A che ti serve la lepre?

– A mangiarla. Il colonnello ne ha mangiata una. Dice che adesso dobbiamo mangiare tutto quello che troviamo. La strada è lunga prima di arrivare in un posto dove c'è di che sfamarsi.

– Voglio trovare di meglio di una maledetta lepre. Se aguzzo gli occhi, magari avvisto un cervo o un'antilocapra.

– Conviene prendere quello che c'è! – suggerí Bigfoot. – Quanto a me, sto cercando una moffetta arrosto. La carne di moffetta è piú saporita della lepre.

Un po' piú tardi la compagnia s'imbatté in cinque cavalli morti; erano incappati in una parete di fuoco ed erano morti insieme. Uno di loro era il piccolo baio di Call: ricordare che il cavallo l'aveva trascinato oltre il Brazos lo rese triste; ancora piú triste era il fatto che la terra bruciata finiva solo cento metri piú avanti. Un briciolo di velocità in piú o un cambiamento del vento, e forse sarebbero riusciti a passare.

– Perché lasciare qui questa carne? – chiese Shadrach. Calzava un paio di mocassini: attraversare le pianure roventi l'aveva messo a dura prova. Di fatto, Matilda Roberts l'aveva portato per metà in braccio. Ma non aveva perso la testa: la maggior parte degli uomini era cosí sconvolta dalla perdita dei cavalli e dal gravissimo pericolo dell'incendio che si trascinava a capo chino, incapace di pensare al futuro.

Caleb Cobb fece dietrofront e tirò fuori il grosso coltello.

– Avete ragione. C'è della carne di cavallo ed è già cotta. È un bene, dal momento che abbiamo perso il cuoco.

Guardò la compagnia affaticata e sorrise.

– Adesso ognuno pensa per sé, ragazzi. Prendete quello che riuscite a portare e andiamo avanti.

Call trinciò un grosso pezzo di coscia, non del suo baio, ma di un altro cavallo. Gus tagliò un pezzetto dal posteriore di un castrone, ma era chiaro che lo faceva a malincuore.

– Sarà meglio che fai quello che ha detto il colonnello, – lo esortò Call. – Tra un paio di giorni mendicherai un po' della mia.

– Non credo. Ho ancora in mente di prendere un cervo.

– Che cosa ti fa pensare che lo colpirai, se anche ne vedi uno? È tutto aperto qui. Un cervo ti vedrà da lontano: non arriverai mai abbastanza vicino da spararargli.

– Ti preoccupi troppo, – disse Gus. In quel momento non pensava alla carne. Pensava al tradimento di Caleb Cobb nel negargli la promozione. Lui aveva corso il rischio di scendere nel canyon. E se gli si fosse sfilata la cintura, com'era successo al cane con il collare? Sarebbe morto, e tutto per salvare un cane. Ai suoi occhi, questo voleva dire non saper comandare. Lui era l'unico a essersi offerto volontario, meritava la promozione anche solo per quello. Per un po' era andato orgoglioso di essere un caporale, ma ora gli sembrava un titolo di poco conto, considerati i sacrifici richiesti.

Rimuginando sui sacrifici, fu attraversato da un pensiero orribile. Camminavano in aperta pianura, con l'erba che gli arrivava alla vita. Il canyon era già parecchie miglia piú indietro.

Dove fossero i Comanche, però, nessuno lo sapeva. Forse in quel preciso istante stavano tracciando un cerchio intorno a loro. Se incendiavano di nuovo la prateria, non ci sarebbe stato un canyon in cui nascondersi. Erano senza cavalli, e nemmeno i cavalli erano riusciti a correre piú veloci del fuoco.

– E se appiccano un altro incendio, Woodrow? Siamo fritti, come la lepre che hai in mano.

Call continuò a camminare. Quello che Gus aveva appena detto era innegabilmente vero. Se gli indiani avessero incendiato di nuovo la prateria, sarebbero morti tutti. Era cosí lampante che non gli pareva necessario parlarne. Secondo lui, Gus avrebbe fatto meglio a pensare al cibo e alle pozze d'acqua.

– Non ti preoccupa nemmeno? – chiese Gus.

– Tu pensi troppo, – disse Call. – E alle cose sbagliate. Credevo che volevi fare il ranger, ma poi hai incontrato quella ragazza. Adesso mi sa che preferiresti occuparti di tessuti.

Gus era seccato dallo strano modo di ragionare dell'amico.

– Non pensavo a nessuna ragazza. Pensavo alla possibilità di morire bruciato.

– Fare il ranger significa poter morire ogni giorno. Se non vuoi correre il rischio, conviene che ti dimetti.

In quel momento un'antilocapra scattò in mezzo all'erba alta, proprio davanti a loro. Gus portava il fucile sopra la spalla, con la canna in avanti, il calcio all'indietro. Il tempo di imbracciarlo e l'antilocapra era già a una distanza incredibile. Gus sparò, ma l'antilocapra continuò a correre. Call spianò il fucile, solo per scoprire che Gus era proprio tra lui e l'animale in fuga. Fece un passo di lato e prese la mira, ma l'antilocapra era ormai cosí lontana che non sparò. Shadrach, che aveva assistito alla scena, era irritato.

– Non serviva sparare, bastava una botta in testa con il fucile.

– Be', si è mossa veloce, – si giustificò fiaccamente Gus. Chi si aspettava che un'antilocapra si muovesse piano? La compagnia lo guardava come se la perdita di quella preda saporita fosse tutta colpa sua.

L'episodio rianimò Bigfoot, però, e anche Shadrach. Il vecchio aveva affidato il fucile a Matilda, ma se lo riprese.

– Era poco piú che un cucciolo, – disse Bigfoot. – Dubito che correrà piú di un miglio. Forse se procediamo con cautela possiamo ancora ucciderlo.

– Forse, – rispose Shadrach. – Andiamo.

I due scout partirono insieme; Caleb Cobb camminava cosí tanto piú avanti che non si rese conto di nulla fino a quando non decise che era ora di accamparsi per la notte, anche senz'acqua. Aveva sentito lo sparo e ipotizzava che qualcuno avesse sorpreso della selvaggina. Quando tornò indietro e scoprí che entrambi gli scout erano andati a caccia di un'antilocapra, non fu affatto contento.

– Sono andati in due a dare la caccia a un cucciolo? Che sciocchezza, soprattutto visto che abbiamo tanta buona carne di cavallo da mettere sotto i denti.

Calò la sera; man mano che il tramonto si spegneva lentamente sul vasto orizzonte occidentale, il buio s'infittiva. Matilda Roberts camminava su e giú, agitatissima. Si rimproverava per non aver fatto di piú per scoraggiare Shadrach dall'andare a caccia dell'antilocapra. Bigfoot era piú giovane, poteva seguire le tracce da solo.

A mezzanotte ormai tutto l'accampamento dava i due scout per persi. Matilda non riusciva a smettere di singhiozzare. Il ricordo degli indiani era fresco nella memoria di tutti. Forse in quel momento i due uomini subivano feroci torture. Piú e piú volte Gus ripensò al colpo che aveva mancato. Se solo non avesse avuto il fucile sopra la spalla, avrebbe colpito l'antilocapra. Ma rievocare la scena non serviva a nulla. L'antilocapra non c'era piú, e nemmeno gli scout.

– Magari si sono accampati e hanno preso sonno, – ipotizzò Long Bill. – In questa maledetta pianura è già abbastanza difficile orientarsi alla luce del sole. Chi ci riuscirebbe al buio?

– Shadrach non si è mai perso, né di giorno né di notte, – disse Matilda. – Sa orientarsi ovunque. È morto, se no sarebbe qui.

Poi scoppiò di nuovo a piangere.

– È morto, è morto, lo so. L'ha ucciso quel maledetto gobbo.

– Se non è morto, gli sparo io, a lui e pure a Wallace, – disse Caleb. – Ho perso il cane e i miei due scout nello stesso giorno. Perché ci vogliono due scout per seguire le tracce di una sola antilocapra? Ecco dove sta il busillis.

– Eh? Il cosa? – chiese Long Bill. Brognoli sedeva accanto a lui, con la testa che scattava ancora, lo sguardo ancora vitreo. Quando non scattava, la testa era inclinata sul collo a un angolo strano.

– Il busillis. Una volta ho visitato il college di Harvard e per caso ho imparato questa parola.

– Cosa significa, signore? – chiese Call.

– È latino, mi sa, – intervenne Gus. Un pomeriggio una delle sorelle gli aveva impartito una lezione di latino e lui voleva fare colpo su Caleb Cobb con le sue facoltà mentali; forse poteva ancora diventare sergente.

– Oh, siete uno studioso, signor McCrae? – chiese Caleb.

– No, ma penso comunque che è latino, sono andato a lezione, – disse Gus. Era una bugia. Dopo una lezione della durata di trenta minuti aveva rinunciato alla lingua latina per sempre.

– Be', io l'ho sentita a Boston, e Boston non è molto latina, – disse Caleb. – Il busillis è una cosa che non riesci a capire. Quello che non capisco è perché due scout vanno insieme a caccia di una sola antilocapra.

– Qui è meglio essere in due, – disse Long Bill. – Non vorrei allontanarmi senza avere accanto qualcuno che sa come tornare indietro.

– Se non è morto, Shad se n'è andato, – disse Matilda. – Parlava comunque di andarsene.

– Andarsene per fare cosa? – chiese Caleb. – Siamo nelle Staked Plains. Non c'è niente da fare se non vagare.

– Se n'è andato, se n'è andato e basta. Si vede che non voleva portarmi con sé.

Poi Matilda riprese a piangere. Singhiozzò amaramente per un po' fino a quando i singhiozzi non si trasformarono in urla. Tremando con tutto il corpo, urlò e urlò, come se urlando cercasse di buttare fuori le viscere. Nel vuoto delle praterie le sue urla sembravano aleggiare nell'aria. Mettevano gli uomini a disagio: era come se a urlare fosse una grossa lupa, solo che la lupa era in mezzo a loro. Nessuno capiva. Shadrach era andato a uccidere un cucciolo di antilocapra e adesso Matilda urlava: una donna abbandonata.

Molti si agitarono, augurandosi solo che tacesse. Era una puttana. Nessuno le aveva chiesto di intrecciare un legame con il vecchio Shadrach, comunque. Era un pioniere, e i pionieri erano fatti per andare in giro.

Parecchi speravano che Matilda riprendesse a fare la puttana; li aspettava una lunga scarpinata e accoppiarsi almeno sarebbe stato un diversivo. Ma ascoltandola urlare, gli stessi uomini, tra cui Long Bill, ci ripensarono. Urlava come un animale, e un animale pericoloso, per giunta. Accoppiarsi con lei sarebbe stato rischioso. E poi forse il vecchio Shadrach non se n'era andato. C'era la possibilità che tornasse in un momento inopportuno e si offendesse.

Caleb Cobb non era turbato dalle urla di Matilda. Mangiava un pezzo di carne di cavallo; di tanto in tanto le lanciava un'occhiata. Lo divertiva che la compagnia fosse cosí a disagio solo per il pianto di una donna. L'amore, con tutto il suo mistero, era arrivato in mezzo a loro e non lo gradivano. Una puttana si era innamorata di un vecchio pioniere. Non sarebbe dovuto succedere, ma era successo. Gli uomini erano scombussolati: era una cosa inutile, addirittura innaturale. In un certo senso, perfino i Comanche li preoccupavano di meno. I Comanche facevano quello che ci si aspettava da loro, ovvero uccidere i bianchi. Forse significava combattere fino alla morte, ma almeno uno sapeva cosa aspettarsi. Ma lí c'era una donna che urlava come una lupa: che senso aveva?

– L'amore è un prezzo terribile da pagare per un po' di compagnia, vero, Matty? – disse Caleb. – Io non sono disposto a pagarlo. Preferisco fare a meno della compagnia.

Uno a uno, esausti, gli uomini si addormentarono. Gus voleva giocare a carte; di rado passava sera senza che gliene venisse voglia. Ma gli altri lo ignorarono. Non volevano giocare a carte quando non c'era niente per cui giocare, e comunque avevano sete. Non aveva senso giocare a carte quando Buffalo Hump e i suoi guerrieri potevano piombargli addosso da un momento all'altro, e Johnny Carthage lo disse.

– Be', adesso non ci sono, quindi perché non giocare qualche mano? – chiese Gus, seccato dalla scarsa resistenza degli amici.

Gli uomini non risposero nemmeno. Lo ignorarono e basta. Una volta che Matty ebbe smesso di urlare, per un po' nell'accampamento si udí solo il fruscio delle carte: Gus mescolava e rimescolava il mazzo per tenere le mani occupate.

Call andò a montare la guardia; per farlo, si allontanò leggermente. La sera preferiva tenersi in disparte, per ripensare ai combattimenti della giornata, se ce n'erano stati. Forse un giorno avrebbe comandato una compagnia. Voleva imparare, ma non aveva maestri. Era la sua seconda spedizione da ranger e in entrambe le occasioni niente era stato ben pianificato. In tutti gli scontri che avevano avuto, gli indiani li avevano superati sia nei piani che nel combattimento, in modo tanto netto che era in parte fortuna se qualcuno di loro era ancora vivo.

Call non capiva. Caleb Cobb aveva parlato del college di Harvard e il maggiore Chevallie era andato a West Point; del college di Harvard Call non sapeva granché, ma West Point era dove addestravano generali e colonnelli. Se erano cosí ben istruiti, perché non facevano piani migliori? Era preoccupante. Adesso erano in mezzo a una grande pianura e nessuno sapeva dove stavano andando né come fare a sopravvivere nel frattempo. Nessuno conosceva metodi affidabili per trovare l'acqua, né sapeva quali piante potevano mangiare, se costretti. Andava bene contare sulla selvaggina, finché c'era, ma se invece non c'era? Perfino il vecchio Jesús, il maniscalco messicano di San Antonio, conosceva le piante meglio di qualunque ranger, anche se forse non meglio di Sam.

Era chiaramente un errore lasciare che solo uno o due uomini fossero i depositari di tutto il sapere necessario alla sopravvivenza della compagnia. Sam s'intendeva di medicazioni, ma era caduto da una rupe e nessuno si era preso la briga di imparare da lui come curare le ferite. Le urla di Matilda l'avevano messo un po' a disagio, ma non ne era turbato come la maggior parte degli altri. Probabilmente Matilda avrebbe smesso di piangere per sfinimento; probabilmente l'indomani si sarebbe alzata e sarebbe stata quella di sempre. Gli stava simpatica: l'aveva aiutato in piú di un'occasione. Il fatto che si fosse attaccata a Shadrach non lo riguardava. La gente poteva amare chi voleva, supponeva. Quello era giustificabile; ai suoi occhi non era invece giustificabile partire per una lunga spedizione pericolosa senza un'adeguata preparazione. Se mai avesse guidato i ranger, avrebbe fatto in modo che tutti gli uomini ai suoi ordini ricevessero un addestramento chiaro e istruzioni efficaci, cosí avrebbero avuto la possibilità di sopravvivere anche senza di lui.

Call si godette il turno di guardia. Adesso che non c'erano piú cavalli da rubare, gli indiani non avrebbero avuto bisogno di presentarsi, se non per assassinarli. Non avevano motivo di rischiare un attacco diretto. I ranger erano senz'acqua e avevano ben poco da mangiare. Mancavano centinaia di miglia alla destinazione finale e nessuno conosceva la strada. I Comanche non avevano bisogno di esporsi solo per annientarli; il territorio l'avrebbe fatto al posto loro.

A Call piaceva stare un po' in disparte e ascoltare i rumori notturni della prateria. I coyote ululavano e altri coyote rispondevano. Di tanto in tanto sentiva zampettare degli animaletti. Uccelli rapaci, falchi o gufi, volavano in cielo. A volte avrebbe voluto essere un indiano per qualche giorno o almeno incontrarne uno bendisposto che gli insegnasse i loro trucchi. In due notti i Comanche avevano rubato trenta cavalli da un posto ben sorvegliato. Gli sarebbe piaciuto aggregarsi ai ladri in quella razzia, per vedere come facevano. Voleva sapere come facevano a intrufolarsi in una mandria di cavalli senza disturbarli. A portarli via senza essere né visti né sentiti.

Tuttavia, nessun indiano si sarebbe presentato offrendosi di istruirlo; gli toccava imparare guardando. Lo seccava che Gus McCrae fosse cosí poco interessato alle competenze necessarie a fare il ranger. Pensava solo alle puttane, alle carte e alla ragazza dell'emporio di Austin. Se avesse portato il fucile nel modo corretto, avrebbe ucciso l'antilocapra e la compagnia non avrebbe perso i suoi scout.

La notte era tranquilla e, appena prima dell'alba, Call si rilassò e si appisolò un attimo. Gli parve di sonnecchiare solo per pochi minuti, ma il risveglio fu brusco. Qualcuno gli tirò indietro la testa per i capelli e gli passò un dito sulla gola.

– Dicono che non senti il coltello che ti taglia la gola, – disse Bigfoot. – Se ero un Comanche, eri morto.

Call era terribilmente imbarazzato. L'avevano sorpreso a dormire. Albeggiava appena. Vide Shadrach, che seguiva Bigfoot a una certa distanza conducendo tre cavalli.

– Sí, abbiamo recuperato tre ronzini, – disse Bigfoot. – Sono stati fortunati e hanno trovato un punto dove il fuoco era poco esteso.

– Vi davamo per morti. Matty era disperata per Shad.

– Shad sta bene. Vuole andare a cercare altri cavalli. Tre ronzini non porteranno la compagnia nel New Mexico.

Caleb Cobb riservò agli scout un'accoglienza gelida. Durante la notte gli era passato sopra un serpente a sonagli, disturbandogli il sonno. Era di pessimo umore e non si preoccupò di nasconderlo.

– Nessuno vi ha detto di andare a caccia di antilocapre. Ma visto che ci siete andati, dov'è la carne? Se ne avevo ancora, vi mettevo in catene.

La carcassa del cucciolo di antilocapra era buttata di traverso su uno dei cavalli recuperati. Shadrach la tirò giú e la gettò ai piedi di Caleb. Era arrabbiato, ma Bigfoot Wallace lo era di piú. Tra gli uomini presenti pochi l'avevano visto montare in collera, ma quelli che l'avevano visto sapevano che era meglio girare al largo. Fronteggiava Caleb Cobb, con la faccia rossa e gli occhi minacciosi.

– Maledizione, non mi mettevate in catene, non credo proprio. Non mi faccio incatenare, né da voi né da nessun altro. Non siete un colonnello! Siete solo un pirata di terra. Vi hanno cacciato dai mari, perciò adesso siete qui a cercare di saccheggiare Santa Fe. Non prenderò altri ordini da voi, signor Cobb, e Shadrach la pensa come me.

Caleb si alzò, calmo, e sfoderò il grosso coltello. – Combattiamo. Vediamo se è difficile incatenarvi dopo che vi ho tagliato la maledetta gola.

In un baleno Bigfoot tirò fuori il coltello, pronto ad attaccare Caleb Cobb, ma Shadrach batté entrambi sul tempo mettendosi in mezzo. Aveva preso le due pistole di Gus e ne puntava una contro ciascun contendente.

– Niente tagli, – intimò. Teneva le pistole puntate contro il petto dei due. L'intervento di Shadrach era stato cosí inaspettato che placò il furore di entrambi.

– Maledetti idioti! – sbraitò Shadrach. – Ci servono tutti gli uomini che abbiamo. Vi ammazzo io, se c'è da ammazzare qualcuno.

Caleb e Bigfoot abbassarono i coltelli; sembravano un po' imbarazzati, ma la minaccia non si era del tutto dissipata.

– È meglio che risparmiamo le forze per combattere i Comanche, – concluse Shadrach, restituendo le pistole a Gus.

– Sta bene, – disse Caleb. – Ma non tollero l'insubordinazione. Gli ordini li do ancora io, Wallace.

– Allora datene di migliori, – ribatté Bigfoot. – Non sprecherei una scoreggia per i vostri maledetti ordini.

Dopo aver percorso cinque miglia nell'erba fuligginosa, quasi tutti i ranger erano neri fino alla cintola. Avevano finito l'acqua delle borracce e avevano già sete, anche se era mattina presto e faceva ancora fresco. Inseguendo l'antilocapra, Bigfoot e Shadrach non avevano visto acqua. Il vecchio Shadrach aveva sbavature rosse sulla barba. Aveva tagliato la gola dell'antilocapra e bevuto un po' del suo sangue.

– Chissà a chi verranno assegnati i cavalli, – disse Gus. – Uno dovremmo darlo a Johnny. È cosí zoppo che non sta al passo.

In effetti, camminare sull'erba calda aveva messo Johnny Carthage a dura prova. Nel corso della marcia era rimasto indietro di almeno un'ora rispetto alla compagnia. Sapeva di essere una preda facile per un Comanche. Per tenere il ritmo si era affaticato tanto da sfinirsi e, non appena era arrivato al limitare dell'accampamento, si era sdraiato e si era addormentato come un sasso. Montando la guardia, Call aveva sentito il suo russare affannoso.

– Probabilmente ci sono altri cavalli che non si sono ustionati, – disse Gus.

Call non rispose. Un paio di cavalli in piú non avrebbero risolto i loro problemi. Il sole era sorto e illuminava la pianura fino a ovest e a nord. In fondo in fondo nuvolette bianche segnavano l'orizzonte. La pianura era assolutamente deserta. Call non vedeva né animali, né uccelli, né alberi, né corsi d'acqua, né indiani: niente.

– Secondo te chi vinceva, se Caleb e Bigfoot si battevano? – chiese Gus.

– Shadrach. Li uccideva tutti e due.

– Non è quello che intendevo, – ribatté Gus, ma Call non lo guardava piú. Long Bill stava cucinando l'antilocapra e la carne aveva un buon odore. Ne voleva una fetta, prima che finisse. Con tutti quegli uomini affamati un cucciolo di antilocapra non sarebbe durato molto.

– Oggi porta il fucile come si deve, – disse a Gus, quando ripresero la marcia. – Magari vediamo un'altra antilocapra e non possiamo permetterci di mancare il colpo.

– La prossima volta non lo mancherò, – rispose Gus.

25.

Il giorno dopo trovarono altri quattro cavalli. Due avevano ustioni gravi, ma due erano sani. Caleb uccise quelli ustionati e mise a essiccare la carne. Nel pomeriggio s'imbatterono in una minuscola conca fangosa nella pianura, con dentro un po' di acqua torbida. La conca era piena di rane e girini; sebbene l'acqua fosse verdastra, i ranger bevvero comunque. Alcuni la vomitarono subito. Nonostante la sete, non riuscirono a trattenerla.

L'indomani mattina, Caleb decise di dividere la compagnia.

– Il caporale Call e il caporale McCrae verranno con voi, Wallace. Prendete tre cavalli e cercate di raggiungere gli insediamenti. Viaggiate giorno e notte, ma fate riposare le cavalcature ogni tre ore. Cercate un villaggio chiamato Anton Chico. Dovrebbe essere il primo.

– Chi prende gli altri cavalli? – chiese Long Bill.

– Io ne prendo uno e Shadrach può prendere l'altro, – rispose Caleb. – Viaggiamo paralleli, come meglio possiamo. Qualcuno di noi dovrebbe trovare l'acqua.

– E se non la troviamo? – chiese Johnny.

– Non ci resta che pregare, – rispose Caleb. – Magari Dio ci manda un acquazzone.

Né Call né Gus si aspettavano di doversi separare dalla compagnia. Avevano legato molto con Jimmy Tweed, che era riuscito a mantenere un atteggiamento brioso malgrado tutto quello che era successo. La sera, quando Long Bill e Blackie Slidell cantavano, Jimmy si univa sempre al coro. Tommy Spencer, il ragazzino del Missouri, sedeva ad ascoltare. Johnny Carthage lamentava il fatto che non aveva modo di ubriacarsi. Soffriva di incubi spaventosi e gli piaceva stordirsi con l'alcol prima di dormire. I ragazzi costituivano un gruppo all'interno del gruppo piú grande e salutarli era difficile. Gus avrebbe voluto che Matilda andasse con loro; a volte, quando lui si piangeva addosso, lei si prodigava in cure materne. Non vedeva perché il vecchio Shadrach dovesse avere le cure materne tutte per sé.

– Se vi catturano i messicani, non parlate, – disse Caleb, quando erano in partenza.

– Non parliamo di cosa? – chiese Bigfoot.

– Non ditegli quanti siamo. Lasciategli credere che siamo un migliaio.

Bigfoot guardò gli uomini anneriti, esausti, molti dei quali già cosí assetati che avevano la lingua gonfia.

– Non mi vanterò di un esercito possente. La metà di voi potrebbe essere morta prima che troviamo qualcuno a cui fare rapporto.

Si avviò verso ovest e poi girò il cavallo.

– Essere catturati forse è l'unico modo che avete di sopravvivere. Se potevo farvi catturare, lo facevo subito.

Poi si voltò e partí al galoppo verso nord-ovest. Gus e Call salutarono Long Bill e gli altri e lo seguirono. Mentre cavalcavano, lo spazio davanti a loro parve diventare piú ampio e vuoto. Dopo qualche minuto Gus si girò per dare un'ultima occhiata alla compagnia e scoprí che era scomparsa. La grande pianura l'aveva inghiottita. Anche se appariva uniforme, presentava molti avvallamenti poco profondi e lievi ondulazioni. Gus fece in modo di tenere il passo. Non voleva restare indietro e perdersi. Il cielo era cosí vasto e profondo che lo privava del senso dell'orientamento. Perfino quando aveva il sole di fronte, non era sicuro di sapere da che parte stava andando.

Cavalcarono per sei ore senza vedere neanche un movimento, a parte l'ondeggiare dell'erba e un paio di lepri.

Cavalcando, Call si sentiva un intruso. Era in un territorio che non era il suo. Non sapeva dove finisse il Texas e dove cominciasse il New Mexico, ma il territorio che attraversava non era né dei texani né dei messicani: stava violando il territorio dei Comanche. Guardarli muoversi lungo la parete del canyon, su una pista cosí stretta che non la vedeva, gli aveva mostrato per l'ennesima volta che i Comanche erano padroni del loro territorio a un livello irraggiungibile per i ranger. Costeggiando la rupe, nessun cavallo e nessun Comanche era caduto né aveva incespicato; invece, benché fossero scesi lungo la parete a piedi e avessero numerosi appigli, parecchi ranger erano precipitati ed erano morti. Gli indiani erano capaci di fare cose di cui loro non erano capaci.

Lo disse a Bigfoot, che scrollò le spalle.

– Tra poco li avremo superati. Entreremo nel territorio degli Apache, forse ci siamo già. Non sono migliori, ma hanno meno cavalli, perciò sono piú lenti. La maggior parte degli Apache si muove a piedi.

– Oh, be', allora penso di poter correre piú veloce di loro, – disse Gus. – Ammesso che li vedo prima che mi accoltellano. Sono sempre stato un fulmine.

– Solo che non li vedrai prima che ti accoltellano, – disse Bigfoot. – Gli Apache si nascondono meglio dei Comanche, ed è tutto dire. Un Apache è capace di nascondersi sotto una merda di vacca, se non c'è altro.

Un paio di minuti dopo videro un puntino all'orizzonte. Non sembrava muoversi. Bigfoot pensava che fosse un carro. Call non lo vedeva affatto e se la prese con i propri occhi. Perché non vedevano lontano come quelli degli altri?

Gus, la cui vista era l'orgoglio della compagnia, escluse che il puntino fosse un carro. Quando aguzzava gli occhi, il puntino ballava. A volte si divideva in due o tre, ma non diventava mai un carro.

– No, se era un carro, c'erano i muli o i cavalli. O gente. Ma non ci sono né muli né cavalli, e non vedo gente.

– Forse è solo un mucchio di terra, – disse Bigfoot. – Ho sentito dire che nel New Mexico ogni tanto s'innalzano montagnole di terra. Sarà una di quelle.

Ma dopo un paio di miglia Gus vide muoversi il puntino. Un mucchio di terra poteva innalzarsi, ma non muoversi. Si lanciò al galoppo, desideroso di identificare per primo qualunque cosa stessero vedendo, e lo identificò: era un bisonte solitario.

– Be', c'è carne, uccidiamolo, – disse Bigfoot, sfoderando il fucile.

Un attimo dopo, il bisonte li vide arrivare e intraprese una goffa ritirata. Sembrava muoversi cosí piano che Call era sicuro che l'avrebbero raggiunto in un paio di minuti, ma le apparenze si rivelarono di nuovo ingannevoli. Il bisonte sembrava lento, ma i loro cavalli non erano piú veloci. Avevano pascolato poco, ed erano magri e stanchi. Anche andando a tutta velocità, guadagnavano poco terreno. Inseguirono il bisonte per quasi tre miglia prima di arrivare a portata di tiro, ed era comunque un tiro lungo. A trenta metri di distanza si misero a sparare tutti, e poi a ricaricare e a sparare di nuovo, e poi ancora. Ma il bisonte non stramazzò a terra, non si fermò, non barcollò nemmeno. Continuò la sua goffa corsa nella pianura deserta.

Tre volte i ranger arrivarono a sei metri dal bisonte, frustando i cavalli stanchi. Diverse volte scaricarono i fucili sparando quasi a bruciapelo, senza mancare il colpo. Quando i pesanti proiettili andavano a segno, Gus vedeva volare ciuffi di pelo bruno. Eppure il bisonte non cadeva, non sobbalzava nemmeno. Continuava a correre alla stessa andatura regolare.

– Ragazzi, è meglio che ci fermiamo, – disse Bigfoot, dopo la terza carica. – Stiamo massacrando i cavalli per niente. Quel bisonte ha quindici proiettili in corpo e non ha nemmeno rallentato.

– Perché quel maledetto animale non cade? – chiese Gus, nervosissimo. L'ostinazione del bisonte solitario lo mandava in collera. Per tutte le leggi della caccia sarebbe dovuto cadere. Quindici proiettili dovevano bastare a uccidere qualunque cosa: perfino un elefante, perfino una balena. Il bisonte non era molto grosso. Sarebbe dovuto cadere, eppure si ostinava a non farlo. Gli sembrava che nel Texas fosse tutto cosí. Gli indiani spuntavano dalla nuda terra o dai fianchi delle montagne, camuffati da capre delle nevi. I serpenti s'intrufolavano nei rotoli di coperte, e nel *brush country* le spine erano velenose come morsi di serpente, una volta che ti si conficcavano dentro. Ai suoi occhi era tutto una seccatura. Nel Tennessee, uomini e bestie si comportavano molto meglio.

Ma non erano nel Tennessee. Erano in una pianura deserta, a dare la caccia a un lento animale bruno che sarebbe dovuto morire da un pezzo. Deciso a ucciderlo una volta per tutte, Gus costrinse il cavallo stremato a un'accelerazione disperata e affiancò il bisonte. Sparò con la canna del fucile a meno di due spanne dal torace dell'animale ansimante, ma quello continuò a correre. Tirò le redini – il cavallo barcollava – e sparò di nuovo; il bisonte continuò a correre.

– Fermo, ora, fermo, – lo ammoní Bigfoot. – È meglio che ci arrendiamo o ammazzeremo i cavalli.

Call azzardò un tiro lungo e gli parve di aver colpito il bisonte proprio all'altezza del cuore, ma il bisonte incespicò per un paio di passi e poi riprese la sua goffa corsa.

– Sarà un bisonte stregato, – disse Bigfoot, smontando per far riposare il cavallo.

– Un cosa? – chiese Gus. Non aveva mai sentito parlare di bisonti stregati.

– Il gobbo gli avrà fatto un incantesimo. Ormai ha venticinque proiettili in corpo, forse trenta. Se non era stregato, gli stavamo già mangiando il fegato. Gli indiani sanno fare gli incantesimi. In questo sono molto piú bravi dei bianchi. Buffalo Hump è un capo guerriero, ma nella sua tribú ha alcuni stregoni potenti. Avrà mandato qui quel bisonte per farci esaurire le munizioni.

– Diamine, come avrebbe fatto? – chiese Gus, sconvolto da quell'idea.

– Pregando e danzando. È cosí che fanno.

– Non ci credo, – disse Call. – Non l'abbiamo colpito bene, tutto qua.

– Colpito bene! Gli abbiamo sparato trenta volte, – ribatté Gus.

– Questo non vuol dire che l'abbiamo colpito bene, – insisté Call.

In quel momento il cavallo di Gus cedette. Si accasciò a terra e rovesciò gli occhi, con gli arti tremanti.

– Tiralo su! Tiralo su! – ordinò Bigfoot. – Tiralo su! Se non lo facciamo, morirà.

Gus strattonò le redini, ma il cavallo si limitò ad alzare la testa.

Call lo afferrò per la coda e Bigfoot si mise a prenderlo a calci e a gridare, ma non serví a nulla. Il cavallo non fece alcuno sforzo per rialzarsi e loro tre insieme non riuscivano a sollevarlo. Quando ci provarono, usando tutte le loro forze, il cavallo divaricò le zampe; non appena lasciarono la presa, cadde a terra pesantemente.

– Lascialo andare, non sopravvivrà, – disse Bigfoot. – Dovevamo fermarci prima. Saremo fortunati se non moriremo tutti e tre.

Il bisonte aveva continuato a correre per circa cinquecento metri e poi si era fermato. Non era caduto, ma almeno si era fermato. Gus sentí la collera montargli dentro; adesso, per colpa di quel bisonte esasperante, il suo cavallo stava morendo. Gli sarebbe toccato andare a Santa Fe a piedi.

– Lo ammazzo, dovessi ammazzarlo di botte, – disse, prendendo fucile e giberna.

– Se è stregato, non lo ammazzi, sarà lui ad ammazzare te, – lo ammoní Bigfoot. – La cosa migliore da fare con un bisonte stregato è lasciarlo stare.

– Quando è arrabbiato, non ascolta, – disse Call. Staccò il rotolo di coperte dell'amico dal cavallo morente e lo portò con sé. Gus lo precedeva a grandi falcate, deciso ad andare dritto dal bisonte ferito e a fargli saltare le cervella. Non credeva che un indiano potesse impedire a un bisonte di morire pregando e danzando. Che Bigfoot credesse pure a quelle stupidaggini, se voleva.

Eppure, quando lui si avvicinò, il bisonte si voltò e sbuffò. Abbassò il capo e raspò il terreno con lo zoccolo. Dal naso gli colava una bava sanguinosa, ma a parte quello non dava segni evidenti che i trenta proiettili l'avessero gravemente indebolito. Non solo non era morto, ma si mostrava anche combattivo.

Gus s'inginocchiò e con cura ficcò un proiettile nel punto esatto in cui pensava che si trovasse il cuore del bisonte. Era a meno di venti metri da lui. A quella distanza non poteva mancare il colpo. Sparò di nuovo, un po' piú in alto, sempre senza risultato.

– Lascialo stare, abbiamo sprecato abbastanza munizioni, – disse Bigfoot. – Dobbiamo conservarne un po' per i messicani.

– Se andiamo avanti cosí, messicani non ne vedremo mai, – replicò Call.

Stava perdendo fiducia nella loro capacità di orientarsi nella pianura. Era troppo vasta e loro non avevano una carta. Bigfoot ammetteva di non sapere di preciso dove si trovassero gli insediamenti del New Mexico, né quanto distassero.

Prima che Call potesse aggiungere altro, Gus buttò il fucile e tirò fuori il coltello.

– È un fucile poco potente, si vede che i proiettili non vanno abbastanza a fondo. Lo ammazzo con il coltello, questo maledetto, se non c'è altro modo.

Quando si avventò sul bisonte e cominciò a prenderlo a coltellate nel fianco, l'animale non fece alcun tentativo di scappare o di battersi. Rimase fermo lí, con il capo chino, a soffiare bava sanguinosa dalle narici.

– Perdio, lo finirà, andiamo ad aiutarlo, – disse Bigfoot, estraendo il coltello. Ben presto si era unito a Gus e affondava il coltello nella gola del bisonte. Call lo trovò un comportamento folle. Erano solo in tre; se anche l'avessero ammazzato, non avrebbero mangiato molto del bisonte. Ma per Gus e Bigfoot, l'animale era diventato una specie di prova. Non riuscivano a pensare ad altro se non ad ammazzare quell'unico animale. Se non ci fossero riusciti, non sarebbero potuti andare avanti. Se non l'avessero ucciso, non avrebbero mai raggiunto gli insediamenti.

Call sfoderò il coltello e si avvicinò all'animale dall'altro lato. Aveva il collo corto e spesso, ma la grossa vena doveva essere lí da qualche parte; se l'avesse tagliata, prima o poi il bisonte sarebbe morto, poco importava quanto avessero pregato e danzato i Comanche.

Call prese a coltellate l'animale e ne fece sgorgare il sangue, e cosí fecero Gus e Bigfoot; andarono avanti fino a quando non ebbero le braccia stanche a forza di alzare i coltelli, fino a quando non furono tutti e tre lordi di sangue. Alla fine, rossi e ansimanti per la fatica, si arresero. Si fermarono a un passo dal bisonte, stremati, incapaci di ucciderlo.

Come ultimo tentativo, Call estrasse la pistola, la puntò contro la testa del bisonte, appena sotto l'orecchio, e fece fuoco. Il bisonte avanzò di un passo e cadde in ginocchio. Loro tre si tirarono indietro, pensando che sarebbe rotolato su un fianco, ma non lo fece. Chinò il capo e morí, ancora inginocchiato.

– Peccato che non c'è un ruscello, vorrei tanto lavarmi, – disse Gus. Non gli era mai piaciuto l'odore del sangue e lo sconvolgeva trovarsene ricoperto in un posto dove non c'era la possibilità di lavarsi.

Si buttarono tutti sull'erba a riprendere fiato, troppo stanchi per macellare il loro trofeo.

– Come fanno gli indiani a ucciderli? – chiese Call, guardando il bisonte. Sembrava che si stesse solo riposando, con il capo sulle ginocchia.

– Diamine, con le frecce... come sennò? – rispose Bigfoot.

Call non disse nulla, ma ancora una volta si sentí un intruso. Tre uomini armati di fucili, pistole e coltelli ci avevano messo un'ora a uccidere un animale; eppure, gli indiani riuscivano a farlo solo con le frecce: li aveva visti ucciderne parecchi sul fondo del Palo Duro Canyon.

– Non tutti i bisonti sono cosí difficili, – li rassicurò Bigfoot. – Non ne ho mai visto uno di cosí difficile.

– Accidenti, vorrei tanto lavarmi, – disse Gus.

26.

Bigfoot Wallace prese solo la lingua e il fegato del bisonte. La lingua la cosparse di sale e la mise nella bisaccia; il fegato lo affettò e lo mangiò crudo, dopo aver versato sulle fette una o due gocce del liquido contenuto nella cistifellea.

– Un po' di bile lo rende saporito, – disse, offrendo la carne a Call e a Gus.

Call ne mangiò tre o quattro bocconi, Gus uno solo, che si affrettò a sputare.

– Non possiamo cuocerla? Ho fame, ma non abbastanza da digerire la carne cruda.

– Domani ne avrai abbastanza, se non siamo fortunati, – disse Bigfoot.

– Preferirei cuocerla, – ripeté Gus. Dall'atteggiamento di Bigfoot era chiaro che la considerava una richiesta oltremodo schizzinosa.

– Se bruci i tuoi vestiti, otterrai un focherello sufficiente a scottare un paio di fette, – disse Bigfoot, indicando la pianura deserta intorno a loro. Fino a dove si spingeva lo sguardo non si vedevano né piante, né cespugli, né alberi che potessero fornire anche solo uno stecco di legna da ardere. La pianura non era perfettamente uniforme, ma era perfettamente spoglia.

– Che razza di posto maledetto, – si lagnò Gus. – Uno o si porta la legna da ardere o si accontenta della carne cruda.

– No, c'è lo sterco di bisonte, se vuoi andare in cerca, – rispose Bigfoot. – Tante volte ho cucinato il fegato sopra lo sterco di bisonte, ma non ci sono molti bisonti da queste parti. Non me la sento di camminare dieci miglia solo per raccoglierne abbastanza per farti contento.

Mentre si allontanavano dalla carcassa del bisonte, videro due lupi trotterellare da quella parte. I lupi erano molto lontani, ma il fatto di vedere due esseri viventi nella pianura era rassicurante, soprattutto per Gus. Si sentiva piú a suo agio in una compagnia di ranger che da solo con Call e Bigfoot. Erano tre puntini umani circondati dalla pianura.

Bigfoot guardò i lupi con interesse. Avevano bisogno di bere, proprio come uomini e donne. Non sembravano nemmeno macilenti: doveva esserci acqua nel raggio di poche miglia, se solo avessero saputo da che parte andare.

– Lupi e coyote non sono molto diversi dai cani, – commentò. – Intorno a un accampamento ronza sempre qualche coyote. Amano la gente, o almeno, amano mangiare gli avanzi. Il colonnello farebbe bene a catturare un paio di cuccioli di coyote e a insegnargli ad andare a caccia per lui. Prenderebbero il posto di quel grosso cane che hai lasciato cadere.

Call pensava che probabilmente sarebbero morti di fame. Era cavalleresco da parte di Bigfoot fare ipotesi sul colonnello e i suoi animali da compagnia quando erano in una situazione tanto disperata. Il colonnello si trovava nella stessa situazione, solo peggiore: aveva l'intero gruppo a cui pensare; doveva preoccuparsi di non far morire di fame gli uomini, non di sostituire il suo grosso levriero irlandese.

Cavalcarono tutta la notte; non avevano un goccio d'acqua. Non erano veloci, ma costanti. Quando l'alba infiammò il vasto orizzonte orientale, si fermarono a riposare. Bigfoot offrí fette di lingua di bisonte a entrambi. Call ne mangiò diversi bocconi, ma Gus rifiutò, preferendo la carne di cavallo.

– Non mi rassegno a mangiare lingua. Mia madre non approverebbe. Mi ha insegnato a stare attento a quello che mi ficco in bocca.

Per un attimo Call pensò alla propria madre, chiedendosi che faccia avesse: di lei aveva solo un ricordo nebuloso, seduta sul sedile di un carro; anzi, non era nemmeno sicuro che la donna del ricordo fosse sua madre. Poteva essere sua zia; in ogni caso, sua madre non gli aveva dato istruzioni riguardo al cibo.

Nel corso della lunga, lenta cavalcata di quel giorno, i morsi della fame si rivelarono presto insignificanti rispetto a quelli della sete. Non bevevano da un giorno e mezzo. Bigfoot disse che se non avessero trovato dell'acqua entro la mattina dopo avrebbero dovuto uccidere un cavallo e bere quello che aveva nella vescica. Gli consigliò di tagliare alcune striscioline di cuoio dalle cinghie della sella e di masticarle, per produrre saliva. Era uno stratagemma che funzionava per un po' – masticando il cuoio, avevano meno sete –, ma aveva un limite. A sera avevano finito la saliva da un pezzo. Avevano la lingua cosí gonfia che era difficile chiudere le labbra. Uno dei lati peggiori del tormento della sete era il pensiero di tutta l'acqua che avevano sprecato in giorni di pioggia e tempi di abbondanza.

– Adesso darei tre mesi di paga per attraversare il Brazos, – disse Gus. – Ne berrei la metà.

– Rinunceresti alla ragazza dell'emporio per una bevuta? – chiese Bigfoot, facendo l'occhiolino a Call. – Quella sí che è una prova.

– Mi berrei mezzo fiume, – ripeté Gus. Date le circostanze, la domanda su Clara gli pareva impertinente e non aveva intenzione di rispondere. Se fosse morto di fame, voleva almeno dedicare i suoi ultimi pensieri a lei.

L'indomani mattina, il sauro che cavalcavano Gus e Call rifiutò di muoversi. Aveva gli occhi spalancati e strani e non rispondeva né agli ordini né alle percosse.

– Non serve a nulla prenderlo a calci o gridargli contro, è spacciato, – disse Bigfoot, avvicinandosi al cavallo. Prima che Gus e Call avessero il tempo di reagire, estrasse la pistola e gli sparò. Il sauro stramazzò a terra e non aveva neanche smesso di sussultare che Bigfoot tirò fuori il coltello e si mise all'opera per prendergli la vescica. Lavorò con attenzione, per non forarla, e poco dopo la sollevò, una sacca chiara con dentro un po' di liquido.

– Io non bevo, – disse subito Gus. Anche solo la vista della pallida vescica molliccia gli dava il voltastomaco.

– Non abbiamo altri liquidi, – gli ricordò Bigfoot. – Se non beviamo, moriremo tutti.

Alzò con cura la vescica e bevve come avrebbe bevuto da un otre di vino. Call la prese per secondo, esitando un attimo prima di portarla alle labbra. Non sarebbe sopravvissuto un altro giorno senz'acqua. Aveva la lingua scorticata, a forza di sfregarla contro i denti, da quanto era gonfia. Chiuse gli occhi alla svelta e mandò giú qualche sorso. L'odore dell'urina era piú forte del sapore. Quando stimò di aver bevuto la sua parte, passò la vescica a Gus.

Gus la prese ma, dopo un attimo, scosse il capo.

– Devi bere, – lo incitò Call. – Bevine tre sorsi, magari bastano a salvarti. Se muori non ti posso seppellire, sono troppo debole.

Gus scosse di nuovo il capo. Poi, d'un tratto, il bisogno di idratarsi ebbe la meglio sul disgusto e bevve tre sorsi. Non voleva essere lasciato insepolto nella prateria. Sarebbero arrivati coyote e avvoltoi, per non parlare di tassi e altri parassiti. La realtà si rivelò meno peggio del previsto. Di lí a poco ripresero il cammino, con Bigfoot in groppa all'unico cavallo rimasto.

Quel pomeriggio giunsero a una minuscola pozza d'acqua, cosí piccola che Bigfoot avrebbe potuto scavalcarla, o meglio, avrebbe potuto se nella pozzanghera non ci fosse stato un mulo morto. Lo riconobbero tutti, per di piú. Black Sam era affezionato a quel mulo; nei primi giorni della spedizione ogni tanto gli dava le carote. I Comanche l'avevano rubato durante la loro prima razzia notturna.

– Diamine, è John, – disse Gus. – Non era cosí che lo chiamava Black Sam?

John aveva due frecce in corpo, entrambe ornate di penne di gallo delle praterie: le frecce di Buffalo Hump.

– L'ha portato qui e l'ha ucciso, – disse Bigfoot. – Non voleva che bevevamo quest'acqua fangosa.

– Non voleva che bevevamo niente, – disse Call, guardando le frecce.

– Io la bevo comunque, – disse Gus, ma Bigfoot lo trattenne.

– Non farlo. Il piscio del cavallo era pulito in confronto a quest'acqua. Andiamo.

Quella sera non avevano appetito: non riuscivano a mandare giú nemmeno un boccone. Gus tirò fuori la carne di cavallo rancida, la guardò e la buttò via, un gesto che Bigfoot si affrettò a criticare.

– Va' a prenderla. Stanotte forse pioverà. Sento odore di bagnato e il mio naso non mi tradisce spesso. Se mandiamo giú un po' di liquidi, quella carne di cavallo ci sembrerà buonissima.

Verso mezzanotte sentirono tuonare e videro alcuni lampi lontano a ovest. Gus si rallegrò subito: vedeva la fine della siccità. Call era piú cauto. Non pioveva e i tuoni erano a miglia di distanza. Forse pioveva da qualche parte nella pianura, ma sarebbe piovuto dov'erano loro? E l'acqua si sarebbe raccolta in una pozza, in modo che potessero berla?

– Ragazzi, siamo salvi, – disse Bigfoot, guardando i fulmini lontani.

– Sarò anche salvo, ma ho ancora sete, – rispose Gus. – Non posso bere la pioggia che cade a miglia e miglia di distanza.

– Viene dalla nostra parte, – disse Bigfoot, eccitatissimo. In cuor suo li aveva dati tutti e tre per persi, anche se ai giovani ranger non l'aveva detto.

– Se la pioggia non viene da noi, vado io dalla pioggia, – disse Call.

Di lí a poco ne sentirono l'odore. L'aria calda si rinfrescò. Avevano cosí sete che dovettero trattenersi dal correre incontro al temporale, sebbene non avessero niente con cui correre, tranne un cavallo sfinito e le loro gambe.

Bigfoot aveva ragione: la pioggia arrivò. Per raccoglierla avevano solo i cappelli; non erano perfettamente stagni, ma si riempirono abbastanza da permettere agli uomini famelici di dissetarsi.

– Bagnatevi le labbra, non mandatela giú a sorsate, o starete male, – li ammoní Bigfoot.

I fulmini si avvicinavano. Ben presto presero a cadere a un centinaio di metri da dove loro stavano rannicchiati; poi a cinquanta metri. Call non aveva mai avuto molta paura dei fulmini, ma in quel susseguirsi di saette si chiese se non fossero troppo esposti.

– Mettiamoci sotto la sella, – disse Gus. I fulmini lo spaventavano. Aveva sentito dire che un fulmine aveva tagliato un uomo in due e arrostito entrambe le parti prima che cadessero a terra. Non voleva finire tagliato in due né arrostito. Ma non sapeva come evitarlo, lí nella spoglia pianura. Sedeva immobile, sperando che i fulmini passassero oltre senza incenerire nessuno.

Poi un fulmine parve cadere quasi addosso a Bigfoot. Non lo colpí, ma lui gridò comunque, gridò e si coprí gli occhi con le mani.

– Ossignore, – urlò, nell'oscurità. – L'ho guardato troppo da vicino. Mi ha bruciato gli occhi e adesso sono cieco. Ossignore, cieco, ho gli occhi ustionati –. Call e Gus aspettarono che un altro fulmine illuminasse lo scout. Quando arrivò, fecero in tempo solo a intravederlo: vagava per la prateria, con le mani sugli occhi. Quando tornò l'oscurità, strillò di nuovo come un animale.

– Tieni gli occhi chiusi, non guardare i fulmini, – disse Call. – Bigfoot è cieco, abbiamo già abbastanza guai.

– Forse non resterà cieco a lungo, – rispose Gus. Con lo scout accecato, quante possibilità avevano di arrivare in un luogo abitato del New Mexico? Rimpiangeva amaramente la decisione impulsiva di unirsi alla spedizione. Perché non era rimasto a lavorare all'emporio con Clara Forsythe?

Bigfoot urlò di nuovo, sempre piú lontano. Con il buio che faceva, una volta passato il temporale, le sue urla sarebbero state l'unico modo per rintracciarlo. Call valutò se gridargli di sedersi ad aspettarli, ma se aveva gli occhi bruciati non gli avrebbe dato retta.

– Se non altro, il temporale sta lavando via quel maledetto sangue, – disse Gus. Dover portare vestiti incrostati di sangue di bisonte l'aveva messo a dura prova.

Per alcuni minuti i fulmini diventarono ancora piú intensi. Call e Gus rimasero seduti immobili, con gli occhi chiusi, in attesa che il temporale scemasse. Alcuni lampi erano cosí forti e vicini che il fulgore penetrava attraverso le palpebre serrate come una lanterna attraverso una stoffa sottile.

Anche quando il temporale si spostò a est e tuoni e fulmini diminuirono, per un po' Call e Gus non si mossero. Il rumore era stato assordante tanto quanto i fulmini erano stati abbaglianti. Call si sentiva rintronato; doveva andare a cercare Bigfoot, ma era rallentato nei movimenti.

– Chissà dov'è finito il cavallo, – disse Gus. – Quando è scoppiato il temporale, era proprio qui, ma ora non lo vedo.

– Ovvio, è buio, – gli ricordò Call. – Immagino che domattina lo troveremo. Ne avremo bisogno per Bigfoot, se è ancora cieco.

Call gridò tre o quattro volte, sperando di farsi un'idea di dove si trovava Bigfoot, ma lo scout non rispose.

– Prova tu, hai la voce piú forte, – disse Call. La capacità di Gus di farsi sentire in mezzo al baccano era ben nota ai ranger.

Ma l'urlo piú forte di Gus portò allo stesso risultato: il silenzio.

– Si muore, con gli occhi bruciati? – chiese Gus.

Se lo chiedeva anche Call. Non aveva mai visto una tempesta di fulmini del genere. Aveva avuto l'impressione che tuoni e saette facessero tremare la terra. Un paio di volte aveva temuto che gli si fermasse il cuore, solo per lo spavento. E se fosse successo a Bigfoot? Forse giaceva morto chissà dove nella prateria.

– Spero che non è morto, – disse Gus. – Se è morto, siamo nei pasticci.

– Forse ha continuato a camminare. Gli insediamenti sono a nord e a ovest. Se andiamo avanti, prima o poi troveremo i messicani.

– Probabilmente ci spareranno.

– Per quale motivo, se siamo solo in due? Non siamo un esercito. Comunque abbiamo quasi finito i proiettili.

– Durante la guerra hanno fucilato un bel po' di texani. Li hanno messi in fila e li hanno fucilati. Ho sentito dire che prima li hanno costretti a scavarsi la fossa. Vorrei tanto tornare a Austin. Perché non possiamo? Il colonnello non sa nemmeno dove siamo. Probabilmente a quest'ora si è arreso ed è tornato indietro anche lui.

– Abbiamo un cavallo solo e pochi proiettili. Non ce la faremo mai a riattraversare la pianura.

Gus si rese conto che Call aveva detto il vero. Avrebbe voluto che Bigfoot fosse lí: c'era ben poco che turbasse il grosso scout. Sentiva la sua mancanza.

– Forse Bigfoot non è morto, – disse.

– Spero di no, – rispose Call.

27.

Bigfoot non era morto. Mentre il temporale andava scemando, si era sdraiato e aveva premuto la faccia sull'erba per proteggere gli occhi. L'erba era bagnata: il fresco sulle palpebre gli aveva procurato un po' di sollievo. In quella posizione, si era addormentato. Durante la notte si girò: il primo raggio di sole sulle palpebre gli provocò un dolore cocente.

Gus e Call dormivano quando udirono gemere forte. Prima di sdraiarsi, Bigfoot si era allontanato di circa mezzo miglio.

Quando lo raggiunsero, lo scout teneva il capo chino e le braccia premute sugli occhi.

– È come la cecità da neve, soltanto peggio, – spiegò. – Mi è già capitato con la neve, dopo un po' passa. Forse passerà anche questo.

– Immagino di sí, – disse Call. Bigfoot era cosí sensibile alla luce che doveva tenere gli occhi coperti.

– Dovete fabbricarmi dei paraocchi. Dei paraocchi... e piú spessi sono, meglio è. Poi issatemi sul cavallo.

Fino a quel momento Call e Gus si erano scordati del cavallo, che non si vedeva da nessuna parte.

– Non lo vedo, – disse Gus. – Forse l'abbiamo perso.

– Uno di voi vada a cercarlo. Altrimenti vi toccherà guidarmi.

– Vacci tu, – disse Call a Gus. – Io resto con Bigfoot.

– E se trovo il cavallo e poi non riesco a trovare voi? – chiese Gus. La pianura era priva di punti di riferimento. Era piena di avvallamenti e ondulazioni, ma bastava allontanarsi un po' perché avvallamenti e ondulazioni si somigliassero tutti. Forse non sarebbe riuscito a tornare indietro.

– Vado io allora, – disse Call. – Rimani tu.

– Non sarà lontano, – disse Bigfoot. – Era troppo stanco per scappare lontano.

La previsione si rivelò corretta. Call trovò il cavallo che pascolava ad appena un miglio di distanza. Si era sforzato di memorizzare meticolosamente il percorso – non voleva perdere i compagni – e fu sollevato nel trovare il cavallo cosí vicino.

Mentre lui era via, Gus aveva ricavato una benda per Bigfoot da una vecchia camicia. Andava un po' aggiustata: il minimo raggio di sole sulle palpebre faceva gemere Bigfoot. Finirono la carne di cavallo e quel giorno durante la marcia bevvero spesso dalle pozzanghere disseminate per la prateria. A fine giornata Call uccise un'oca che galleggiava sola in una piccola pozzanghera.

– Un'oca sola probabilmente è malata, – disse Bigfoot, ma la mangiarono comunque. Giunsero a un ruscello che intorno aveva qualche cespuglio e piccolo albero, e accesero un fuoco. Il profumo dell'oca che arrostiva li rese famelici e irrequieti: erano tentati di strappare l'oca dallo spiedo prima che fosse pronta, ma allo stesso tempo avevano una gran voglia di mangiare qualcosa di cotto. Bigfoot, che non ci vedeva ma il profumo lo sentiva eccome, chiese ripetutamente a Gus e a Call se era quasi pronta. La mangiarono ancora mezza cruda, eppure a tutti parve piú buona di qualunque volatile avessero mai mangiato. Bigfoot spezzò perfino le ossa, per succhiarne il midollo.

– È il burro dei pionieri. Una volta che ci fai la bocca, non capisci perché la gente si prende il disturbo di fare il burro. È meglio spezzare un osso.

– Sí, ma magari non ce l'hai, l'osso, – disse Gus. – Magari è ancora dentro l'animale.

Bigfoot teneva ancora la benda ben stretta sugli occhi, ma non gemeva piú tanto.

– Cosa farai, Big, se resti cieco? – chiese Gus. Call aveva la stessa curiosità, ma non gli sembrava opportuno chiederglielo. Bigfoot Wallace aveva girato per quelle terre selvagge tutta la vita; spesso vederci bene gli era stato fondamentale per sopravvivere. Un cieco non sarebbe durato a lungo in quell'ambiente. Non avrebbe piú potuto fare lo scout per le compagnie, avrebbe dovuto smettere. Se fosse andata cosí, sarebbe stato un triste cambiamento.

– Oh, immagino che mi passerà, – rispose Bigfoot.

Gus non aggiunse altro, ma la domanda rimase sospesa nell'aria.

Bigfoot ci pensò su per qualche minuto, poi riprese a parlare.

– Se resto cieco, dovrò dire addio alle praterie. Mi toccherà trasferirmi in città e dirigere un bordello.

– Perché un bordello? – chiese Gus.

– Be', non vedrei la mercanzia, ma la potrei toccare. Toccare, annusare e scopare. Comunque, sono già stato in un bordello quando ero troppo ubriaco per vedere granché. Non serve vederci, per godersi una puttana.

– A proposito di puttane, chissà come sono a Santa Fe, – disse Gus. Mangiare l'oca gli aveva risollevato notevolmente il morale. Era sicuro che il peggio fosse passato. Aveva perfino discusso con Call sostenendo che, se era stato cosí facile uccidere l'oca, era perché si trattava di un'oca domestica scappata da una fattoria vicina.

– No, era malata, – aveva ribattuto Call. – Da queste parti non può esserci una fattoria. È troppo secco.

Malgrado lo scetticismo di Call, Gus si era messo a pregustare i piaceri di Santa Fe, tra cui c'erano indubbiamente le puttane.

– Non te la puoi permettere, se anche ci arriviamo sani e salvi, – gli ricordò Bigfoot.

– Posso sempre trovarmi un lavoro, fino a quando non

arriva il colonnello, – disse Gus. – Poi derubiamo i messicani e diventiamo ricchi.

– Non so se il colonnello ce la farà, – disse Bigfoot. – Probabilmente morirà di fame o tornerà indietro.

Quella notte gli rubarono il cavallo. Erano un trio cosí miserabile che a nessuno era venuto in mente di montare la guardia. Dopo aver mangiato l'oca, si erano rilassati. In ogni caso era un cavallo scadente. Non si era mai del tutto ripreso dalla folle caccia al bisonte. Era imbolsito; avanzava lentamente, portando Bigfoot. Ma era la loro unica cavalcatura, la loro unica risorsa sotto diversi aspetti. Se non avessero raggiunto gli insediamenti alla svelta, sapevano tutti che forse l'avrebbero dovuto mangiare. L'oca era stata un colpo di fortuna: non era detto che gliene ricapitassero.

Call aveva impastoiato il cavallo per assicurarsi che pascolando non si allontanasse troppo: la mattina dopo, almeno, non avrebbe rischiato di perdersi per cercarlo. Lo chiamavano Moonlight, per il mantello chiaro. Prima di addormentarsi, Call l'aveva sentito pascolare poco lontano. Era un rumore rassicurante, ma poi si era addormentato. Al risveglio scoprí che qualcuno aveva tagliato le pastoie e che di Moonlight non c'era piú traccia. Lui, Gus e Bigfoot erano soli nella prateria.

– Seguiamo le tracce, probabilmente non sono lontani, – disse Bigfoot, prima di ricordarsi che non ci vedeva. Gli occhi gli dolevano meno, ma non osava ancora togliersi i paraocchi.

– Se era abbastanza vicino da rubare Moonlight, poteva ammazzarmi, – disse Call. La furtività degli indiani non cessava di stupirlo. Aveva il sonno leggero; si svegliava per il minimo rumore. Ma il ladro di cavalli si era spinto piú volte a pochi passi da lui, senza che lui ne avesse alcun sospetto.

– Accidenti, è un peccato che voi ragazzi non sapete seguire le tracce, – disse Bigfoot. – Sarà stato Kicking Wolf.

Il vecchio gobbo non ci seguirebbe fino a qui per un cavallo solo. Kicking Wolf è piú tenace.

– Troppo tenace, maledizione, – disse Gus. Era oltraggiato. Per l'ennesima volta i pellerossa avevano avuto la meglio su di loro. – Non fanno che batterci. È ora che li battiamo noi in qualcosa.

– Be', possiamo batterli nel crepare di fame, – disse Bigfoot. – Non mi viene in mente nient'altro.

– Perché non ci hanno ucciso? – chiese Call.

– Dubito che erano in tanti, sarà stato solo Kicking Wolf. Rubare cavalli è un lavoro silenzioso, ma uccidere uomini no. Rischiava di svegliare qualcuno, che magari ammazzava lui.

– È un sacco di strada da fare per un maledetto cavallo, – commentò Gus. Bruciava ancora per la vergogna di essersi lasciato derubare cosí facilmente.

– Kicking Wolf va pazzo per i cavalli come tu vai pazzo per le puttane. Tu andresti ovunque per una puttana e lui andrebbe ovunque per un cavallo.

– Non so se attraverserei un maledetto deserto per una puttana. Di sicuro non lo farei per un cavallo sfiancato come Moonlight. Kicking Wolf è piú pazzo di me.

Bigfoot parve divertito. – Non c'è una legge che stabilisce che un indiano non può essere piú pazzo di un bianco.

Per tre giorni Call e Gus guidarono Bigfoot a turno. Era un lavoro stancante. Bigfoot aveva il passo lungo, perfino piú lungo di quello di Gus; per precederlo, dovevano quasi trottare. Inoltre la prateria era piena di crepe e golette. Dovevano concentrarsi per tenere Bigfoot su un terreno uniforme: inciampare lo irritava. La seconda notte ci fu un altro temporale, ma con meno fulmini. L'acqua si raccolse qua e là; non avevano sete, ma dopo aver finito gli ultimi bocconi di carne di cavallo, erano rimasti senza niente da mangiare. Call non voleva allontanarsi troppo per andare a caccia, per paura di perdere Gus e Bigfoot. In ogni caso non videro selvaggina, tranne un'antilocapra solitaria.

L'antilocapra rimase in vista per diverse ore; Gus pensava che fosse solo a tre miglia da loro, ma secondo Call era piú lontana. Nel nulla era difficile valutare le distanze.

Bigfoot trovava strano che l'antilocapra rimanesse in vista cosí a lungo. Lo frustrava non poter usare i propri occhi.

– Se solo potevo dare un'occhiata, vi dicevo la mia. Forse non è neanche un'antilocapra. Vi ricordate le capre delle nevi che si sono trasformate in Comanche?

A quelle parole, Gus e Call scrutarono l'animale meglio che poterono. Gus riteneva che potesse trattarsi di un Comanche, ma Call era convinto che fosse solo un'antilocapra.

– Braccala, allora, – disse Bigfoot. – Noi ci sediamo ad aspettare. Un piccolo culaccio di antilocapra sarebbe squisito.

– Può braccarla Gus, – disse Call. – Ci vede meglio. Io aspetto qui con te.

Gus non fece i salti di gioia per quell'incarico. Se l'antilocapra si fosse rivelata un Comanche, sarebbe stato nei guai. Era affamato, però, e lo erano anche gli altri.

– Non sparare fino a quando non sei vicino, – disse Bigfoot. – Se non riesci a colpirla al cuore, mira alla spalla. La rallenterà abbastanza da permetterci di prenderla.

Gus braccò l'antilocapra per tre ore. Per gli ultimi trecento metri strisciò sulla pancia. Di tanto in tanto l'antilocapra sollevava il capo, ma per lo piú pascolava. Gus si avvicinò sempre di piú: ricordava di aver mancato la prima antilocapra sparando quasi a bruciapelo. Voleva arrivare vicinissimo: procacciare un po' di carne avrebbe giovato al suo amor proprio, e anche la sua pancia l'avrebbe apprezzato.

Arrivò quasi a duecento metri, ma decise di avanzare un altro po'. Da centocinquanta sarebbe riuscito a colpirla. Tenne il capo chino, per non mostrare la faccia all'animale. Bigfoot gli aveva detto che gli animali della prateria erano particolarmente spaventati dalle facce bianche. Gli indiani riuscivano ad avvicinarsi abbastanza per ammazzarli perché non erano bianchi. Tenne giú il cappello, e anche la faccia. Quando pensò di essere piú o meno alla distanza giusta, azzardò una sbirciata e con suo sgomento non vide l'antilocapra. Guardò, poi si alzò per vedere meglio, ma l'antilocapra era sparita. Corse fino al punto in cui si trovava prima, pensando che si fosse sdraiata, poi l'adocchiò che correva verso nord, piú lontana di quando l'avevano vista la prima volta. Seguirla sarebbe stato inutile; per un attimo, barcollando dietro all'animale, si sentí prendere dal panico. Non sapeva con certezza da che parte fosse arrivato. Forse non avrebbe nemmeno ritrovato Bigfoot e Call. Poi ricordò una pietra che sporgeva un po' dal terreno. L'aveva superata strisciando. Camminò in semicerchio fino a quando non la individuò e ritrovò la strada.

Ciononostante, quando raggiunse i compagni era disgustato.

– Ho sprecato un sacco di tempo. È scappata. Sbrighiamoci ad arrivare nel New Mexico.

– Oh, ci siamo già, – rispose Bigfoot. – Solo che non siamo ancora nel punto giusto. Se non altro, i miei occhi stanno migliorando. Tra poco non dovrete piú guidarmi.

Via via che Bigfoot recuperava la vista, la loro pancia si faceva sempre piú vuota. Il terzo giorno dopo il temporale, nel tardo pomeriggio, Bigfoot si tolse i paraocchi. Poco dopo trovò una piccola chiazza di aglio selvatico e ne sradicò abbastanza perché ognuno di loro ne avesse un po' da mangiucchiare. Non era molto, ma era qualcosa.

L'indomani mattina, svegliandosi presto, Gus vide le montagne. A tutta prima pensò che quelle forme in lontananza a nord fossero nubi: nubi temporalesche. Quando il sole fu piú alto, però, capí che erano montagne. Anche Call le vide. In piena luce Bigfoot doveva stare ancora attento agli occhi: voleva guardare, ma dovette rinunciare.

– Se sono le montagne, siamo salvi, ragazzi. Tra qui e le montagne ci sarà qualcuno.

Tuttavia, dopo un'intera giornata di cammino senza mangiare, le montagne non sembravano piú vicine.

– E se non siamo salvi? – bisbigliò Gus a Call. – Ho abbastanza fame da mangiare lingua, insetti o qualunque altra cosa. Per quel che ne sappiamo, le montagne sono a cinquanta miglia di distanza. Non resisto per cinquanta miglia, se non trovo da mangiare.

– Resisterai, se devi, – rispose Call. – Bigfoot dice che prima di arrivare alle montagne incontreremo dei villaggi. Forse mancano solo venti o trenta miglia.

– Mi mangerei la cintura, – disse Gus. Tagliò veramente un pezzetto di cintura e se lo mangiò, o almeno lo masticò e lo ingoiò. Ma il risultato lo lasciò insoddisfatto. Il pezzetto di cuoio non placò affatto i morsi della fame.

Camminarono assiduamente tutto il giorno verso le alte montagne. Fecero del loro meglio per ignorare il vuoto nello stomaco, ma c'erano momenti in cui Call pensava che Gus avesse ragione. Rischiavano di morire di fame prima di raggiungere i villaggi. A Bigfoot era salita la febbre: arrancò per gran parte del giorno in preda al delirio; credeva di parlare con James Bowie, il prode combattente che era morto all'Alamo.

– Non siamo lui, siamo solo noi, – gli ripeté Gus diverse volte, ma Bigfoot continuava a parlare con James Bowie.

Verso sera, quando l'ombra delle montagne si allungò sulla pianura, a Gus parve di vedere qualcosa d'incoraggiante: una sottile colonna di fumo s'innalzava tra le ombre. Guardò meglio e la vide di nuovo.

– Esce da un camino. C'è una casa con un camino, lassú da qualche parte.

Anche Call vide il fumo e Bigfoot affermò di sentirne l'odore.

– È fumo di legna, eccome. Secondo me è pino del Colorado. Qui nel New Mexico lo usano per accendere il fuoco.

Accelerarono per tre miglia e ancora non erano arrivati al villaggio. Proprio quando stavano per scoraggiarsi, superarono un piccolo poggio e videro quaranta o cinquanta pecore che brucavano nella pianura. Un cane si mise ad abbaiare; due pastori che stavano accendendo il fuoco alzarono gli occhi e li videro. Non erano armati e alla vista dei tre ranger si spaventarono.

– Ci prenderanno per demoni, – disse Bigfoot, mentre i due pastori si precipitavano verso il villaggio, a un paio di miglia da lí. Lasciarono le pecore in custodia ai due grossi cani, che abbaiavano e ringhiavano.

– Non c'era bisogno di scappare, sono solo contento di essere qui, – disse Gus. In effetti, alla vista delle case lontane si era commosso quasi fino alle lacrime. Attraversando la prateria si era chiesto spesso se mai avrebbe rivisto una casa, se mai ci avrebbe dormito o si sarebbe ritrovato in mezzo alla gente. Gli spazi vuoti gli avevano fatto venire nostalgia delle cose normali: donne che cucinavano, bambini che si rincorrevano, maniscalchi che ferravano cavalli, uomini che bevevano nei locali. Diverse volte nel corso del viaggio aveva creduto di aver perso quelle cose per sempre, e che non sarebbe mai uscito dalla pianura per sedersi di nuovo alla mensa di una donna. Ma adesso l'aveva fatto.

Anche Call era contento di essere arrivato al villaggio. Sentiva parlare del New Mexico da mesi, ma prima di quei pastori non aveva mai visto nemmeno un messicano. Aveva cominciato a dubitare che nel New Mexico ci fossero paesi.

– Ora come ora non mi dispiacerebbe fermarmi a cucinare una di quelle pecore, – disse Bigfoot. – Ma immagino che non sarebbe amichevole. Forse ne cucineranno una per noi, quando capiranno che non siamo demoni.

– Forse ci prenderanno per demoni anche se ci comportiamo in modo amichevole, – disse Gus. – Ho bisogno di un barbiere, e anche voi.

Call sapeva che aveva ragione. Erano sporchi e irsuti. Avevano solo i fucili e i vestiti che portavano. Ed erano a piedi. Chi, se non dei demoni, sarebbe sbucato a piedi dalla grande pianura?

Si tennero alla larga dalle pecore: i grossi cani sembravano pronti ad attaccarli alla minima provocazione e nessuno di loro era in vena di lottare con un cane.

– Mi sono sempre chiesto perché la gente tiene i cani, – disse Bigfoot. – Gli indiani mangiano i cagnolini e forse i cagnolini sono saporiti. Ma un cane grosso è quasi un lupo, ed è sciocco avvicinarsi troppo ai lupi.

Il villaggio era composto da una ventina di case, tutte di adobe bruni. Molto prima che ci entrassero, l'intero villaggio si era radunato per assistere al loro arrivo. Uomini, donne e bambini si stringevano in gruppo, chiaramente preoccupati. Un paio di uomini avevano vecchi fucili.

– Perdio, Caleb potrebbe veramente conquistare questo stato, se ci arriva, – disse Bigfoot. – Non hanno nemmeno un fucile a testa e in ogni caso dubito che sanno sparare.

– Non parlare di conquiste, – disse Gus. Sentir accennare alla carne di montone gli aveva fatto capire quanto era affamato. Non voleva perdere la possibilità di un buon pasto per colpa di sciocchi discorsi militari. La conquista poteva aspettare che si riempissero la pancia.

– Salutateli, fategli capire che veniamo in pace, – disse Bigfoot. – Non sembrano ostili, ma potrebbe esserci uno spaccone che vuole fare colpo su una ragazza. Di solito in queste situazioni è quello a provocare lo scontro.

Entrarono nel villaggio camminando piano, dando chiari segni di non avere cattive intenzioni. Alcuni dei bambini piú piccoli nascosero la faccia nelle sottane delle madri. Quasi tutte le donne tenevano gli occhi bassi; solo alcune ragazzine coraggiose fissavano i forestieri. Gli uomini erano immobili come statue.

– Vorrei cavarmela meglio con lo spagnolo, – disse Bigfoot. – So alcune parole, ma a pronunciarle mi si annoda la lingua.

– Spara un po' di nomi di roba da mangiare, – disse Gus. – *Frijoles*, tortillas, *cabrito* o che so io. M'interessa soprattutto scroccare un pasto e scroccarlo alla svelta.

Sorridendo alla gente riunita, avanzarono fino ad arrivare al centro del piccolo villaggio, vicino al pozzo comune. Avevano appena tirato su un secchio d'acqua; Bigfoot si guardò intorno e sorrise, prima di chiedere se potevano bere.

– *Agua?* – chiese, rivolgendosi a un vecchio in piedi accanto al pozzo. Il vecchio pareva imbarazzato: non alzò nemmeno gli occhi.

– Certo, bevete pure a piacimento, dal Texas è una scarpinata lunghissima, – disse una voce vigorosa alle loro spalle.

Si girarono e si trovarono dieci moschetti puntati addosso. Un piccolo drappello di soldati si era nascosto dietro una delle case di adobe. L'uomo che aveva parlato si teneva un po' in disparte. Indossava un berretto militare e aveva un paio di baffetti sottili.

– Che cos'è questo? Vogliamo solo bere, – disse Bigfoot. Pareva mortificato. Ancora una volta erano caduti facilmente in un'imboscata.

– Potete bere, ma prima devo chiedervi di deporre le armi, – disse l'uomo grosso, con fermezza.

– Chi siete? – chiese Bigfoot. – Siamo appena arrivati. Veniamo in pace. Perché ci puntate addosso un mucchio di fucili?

– Sono il capitano Salazar. Deponete le armi e nessuno vi farà del male.

Bigfoot esitò un attimo, e cosí Gus e Call. Benché avessero dieci fucili puntati addosso, a meno di dieci metri di distanza, non volevano posare le armi.

Per qualche secondo, mentre i ranger soppesavano l'ordine, nel villaggio calò un silenzio di tomba. Il capitano Salazar aspettò: sorrideva, ma non era un sorriso amichevole. I soldati avevano i fucili pronti all'uso.

– Questo sí che è un benvenuto con i fiocchi, – disse Bigfoot, sperando di intavolare una conversazione con il capitano. Se avessero parlato un po', forse si sarebbe ammorbidito.

– Non è un benvenuto, *señor.* Siete in arresto. Per favore, deponete le armi.

Bigfoot capí che non avevano speranze.

– Se è questo che pensate, l'avete vinta voi, – disse. Posò a terra le armi.

Un attimo dopo, Call e Gus lo imitarono. Un soldato corse a prenderle.

– Bevete pure, – disse il capitano Salazar.

28.

– Se la musica è questa, tanto vale bere, – disse Bigfoot. Nel secchio dell'acqua c'erano due mestoli di pietra. Ne riempí uno e offrí l'altro a Gus. Call aspettò che finissero di bere. I dieci soldati non avevano abbassato i moschetti. Benché avesse sete, trovava spiacevole bere con i fucili puntati addosso. Mentre aspettava il proprio turno, passò in rassegna il drappello messicano. Era un gruppo eterogeneo: molti erano ragazzini di non piú di dodici o tredici anni, ma c'erano due vecchi che sembravano averne almeno settanta. Nessuno aveva l'aria di essere un combattente temibile: tre ranger qualunque li avrebbero sbaragliati facilmente, non fosse stato per il fatto imbarazzante che i messicani li tenevano sotto tiro. Inoltre, il capitano Salazar sapeva il fatto suo e conosceva gli uomini. Se avesse dato l'ordine, avrebbero sparato all'unisono.

– Mi stupisce che abbiate intrapreso una camminata tanto lunga, *señores*, – disse il capitano Salazar. – Pochissime persone hanno attraversato il *llano*. Forse siete i primi, nel qual caso meritate le mie congratulazioni.

Fece cenno a un maniscalco, fermo davanti a una delle casupole, che aveva un'incudine e un mucchio di catene.

– Mettigli i ferri alle gambe, – ordinò.

– I ferri alle gambe, – ripeté Gus. – Avete detto che meritiamo le vostre congratulazioni. I ferri alle gambe non sono la mia idea di congratulazioni.

– Chi di noi ottiene quello che merita nella vita? – chiese Salazar, sfoderando di nuovo quel sorriso ostile. – Io meriterei di essere un generale, ma sono solo un capitano, spedito in questo disgraziato villaggio a catturare gli invasori. Sparategli, se fanno resistenza, – concluse, rivolto ai soldati.

Call guardò Bigfoot, che stava tranquillo accanto al pozzo. Aveva dominato la collera e sembrava calmo come se ascoltasse un sermone.

– Siamo proprio costretti? – chiese Call. – Non mi va per niente di farmi incatenare.

– No, non sei costretto, – rispose Bigfoot. – Ma o ti fai incatenare o ti fucilano. Io mi faccio incatenare. Non è la prima volta. Non è una condizione permanente come la morte.

– Il vostro comandante è saggio, – disse Salazar. – Preferirei sfamarvi che fucilarvi, ma se non obbedite vi fucilerò.

– Vado per primo, ho piú esperienza con le catene, – disse Bigfoot. Andò dal maniscalco, gli sorrise e piazzò sull'incudine uno dei suoi piedoni.

– Sta' attento con il martello. Non voglio che mi rompi le dita dei piedi.

Il maniscalco era giovane. Lavorò con molta, molta attenzione e in poco tempo ebbe messo i ferri a Bigfoot.

Il capitano Salazar andò a ispezionarli. Era chiaro a Call che nel villaggio si era fatto temere. Se Bigfoot era calmo mentre veniva incatenato, il giovane maniscalco non lo era.

– Sono prigionieri importanti, – lo ammoní Salazar. – Fa' un buon lavoro. Se uno di loro scappa mentre è nel villaggio, ti impicco.

Mentre il giovane maniscalco gli stringeva il ferro intorno alla caviglia, Call sentí la furia montargli dentro. Rimpiangeva di aver posato il fucile. Sarebbe stato meglio morire combattendo che sottoporsi all'umiliazione delle catene.

Per tutto quel tempo gli abitanti del villaggio non si mossero. I pastori non tornarono dalle pecore. Due vecchi con la zappa rimasero fermi dov'erano. Le donne del villaggio, molte delle quali erano grassottelle, tennero gli occhi bassi; eppure, a Call parve di cogliere un paio di sguardi di compassione da parte loro. Una ragazzina di non piú di dodici anni lo guardò diverse volte. Non osò sorridere, però lo guardò. Era graziosa, ma la vista di una ragazza graziosa non lo distraeva dal fatto che, martellata dopo martellata, il giovane maniscalco gli aveva appena fissato un anello di ferro intorno alla gamba.

– Immagino che in questo paese non c'è una prigione, – disse Gus al capitano Salazar. – Altrimenti ci sbattevate dentro e basta.

– No, infatti, è un villaggio povero. Se c'era una prigione, stanotte vi rinchiudevo. Ma i ferri servono per la marcia.

– Quale marcia? Abbiamo già marciato fino allo sfinimento.

– Non preoccupatevi, non partiamo prima di domani. Le donne vi porteranno *pozole* in abbondanza e avrete tutta la notte per riposarvi.

– Oh, andiamo a Santa Fe? – chiese Bigfoot. – Almeno la vediamo.

– No, andate a El Paso. El Paso è a sud. Non vedrete mai Santa Fe, temo.

– Be', è un peccato. Ho sentito dire che è una bella città, – replicò Bigfoot. Era molto amichevole; troppo, secondo Call. Lui non aveva nessuna intenzione di esserlo con quell'uomo: era chiaro che Salazar li avrebbe uccisi tutti in un attimo, se gli fosse saltato il ghiribizzo.

Mentre lo incatenavano, Gus si divertí a osservare le donne del villaggio. Parecchie sembravano bendisposte nei loro confronti, anche se nessuna alzava gli occhi per piú di un secondo. Due o tre ripresero a cucinare nei forni tondi all'aperto. Cuocevano tortillas di mais. Il profumino era un tormento per uno affamato come lui, ma cercò di non darlo a vedere.

Salazar si rivolse ai soldati e indicò una casetta di adobe.

– Metteteli lí dentro. Chiudete la porta a chiave e fate

la guardia in quattro. Sono uomini pericolosi. Se li lasciate scappare, vi annodo il capestro con le mie stesse mani.

La casetta in cui li rinchiusero aveva una porta cosí bassa che Gus e Bigfoot dovettero quasi inginocchiarsi per entrare. Era una stanza sola con il pavimento di fango e una finestrella con le sbarre. Dentro non c'era nulla: né catino, né letto, nulla. Né Gus né Bigfoot potevano stare diritti. Call sí, ma toccava il soffitto con il cappello.

– Sono piccoletti, vero? – disse Bigfoot, sistemandosi in un angolo. – Ne battevamo un bel po', se non cadevamo in una maledetta imboscata.

– Salazar non è uno pauroso, – osservò Call. – Li ha spaventati tutti.

– Be', non fa che parlare di impiccare gente, – disse Gus. Si sistemò in un altro angolo. Gli avevano concesso una caraffa d'acqua; ricordava di aver sentito accennare al *pozole*, ma passarono due ore e non arrivò nessuno. Le quattro guardie stavano proprio davanti alla finestrella. Avevano abbassato i moschetti e parlavano con tre ragazze del villaggio. Una era quella graziosa che Call aveva notato mentre lo incatenavano. Anche se chiacchierava con i soldati, continuava a guardare la casetta dove li tenevano prigionieri.

Troppo affamato per preoccuparsi di essere fucilato o impiccato, alla fine Gus perse le staffe e urlò alle guardie.

– Siamo Texas Ranger, abbiamo bisogno di mangiare! Il vostro capitano ha detto di portarci del *pozole*, perciò andate a prenderlo.

– Non ti capiscono, – gli fece notare Bigfoot. – Non sanno l'inglese.

– Sanno che cos'è il *pozole*. Non è inglese, è messicano.

Uno dei soldati andò a una casa poco lontano e disse qualcosa a una vecchia. Ben presto, lei venne insieme a un'altra a portare tre scodelle di *pozole* caldo. Quando i ranger le ebbero svuotate, cosa che fecero in fretta, le vecchie ne portarono ancora.

– Visto? Tentar non nuoce, neanche quando si è in prigione, – disse Gus. – Non hanno il permesso di lasciar morire di fame i prigionieri.

– Come fai a conoscere le loro regole? Non sei messicano, – ribatté Call.

29.

Mentre Gus e Bigfoot erano stati in prigione diverse volte, Call non era mai stato rinchiuso, tanto meno rinchiuso e incatenato. Le trovò esperienze umilianti. Rimpiangeva sempre piú di aver deposto le armi. Nessuno dei messicani sembrava un buon tiratore. Certo, la distanza era poca, ma piú ripensava alla resa piú si pentiva di non aver combattuto.

– Ne uccidevamo almeno la metà.

– Che importanza aveva se ne uccidevi nove su dieci, se poi il decimo uccideva te? – gli fece notare Gus. – Quel *pozole* era buono. Sono stato in prigioni peggiori. In quella di San Antonio non ti danno niente di neanche lontanamente simile.

– Ci vorrà ben altro che quei dieci messicani per acchiappare Caleb Cobb, – disse Bigfoot. – Se quando comincia la battaglia i ragazzi non sono troppo affamati per combattere, farà vedere al capitano Salazar un paio di numeri.

– La casetta è fatta solo di fango, – disse Call. – Possiamo scavarci un'uscita, se ci proviamo.

– Scavarci un'uscita per andare dove? – chiese Gus. – Siamo quasi morti di fame per arrivare fino a qui. E poi siamo in catene.

– Ho lavorato abbastanza come maniscalco per toglierci queste catene in due minuti, – gli ricordò Call. – Dovremmo tentare la fuga. Qualcuno deve avvisare i ragazzi.

– Io non ci vado, che Caleb combatta pure le sue battaglie, – disse Bigfoot. – Quelle vecchie sembrano simpatiche. Sono stanco, ho camminato troppo. Stiamo sdraiati qui un paio di giorni a mangiare zuppa prima di azzardare qualunque cosa.

– Nel villaggio ci sono un paio di ragazze carine, – disse Gus. – Magari una s'impietosisce e viene a liberarci.

– No, Salazar le ha soggiogate, – disse Bigfoot. Un attimo dopo si addormentò e si mise a russare forte.

Call soffriva ancora per la facilità umiliante con cui si era fatto prendere. Erano sfuggiti a indiani abilissimi per poi lasciarsi catturare da una banda raffazzonata di messicani con i moschetti arrugginiti. Ce l'aveva con se stesso, perché era deciso a fare piani accurati e a evitare le trappole, ma aveva permesso alla fatica del viaggio di logorarlo. Chiunque avrebbe saputo che nel paese potevano esserci dei soldati; eppure, ancora una volta, non era stato all'erta.

– Finora, in tutti gli scontri, siamo stati vergognosi, – disse a Gus, ma Gus non era in vena di cupe analisi militari.

– Be', ma non siamo morti. Abbiamo ancora tempo per imparare. Mi sa che non è questa la parte del New Mexico che è piena d'oro e d'argento.

– Te l'avevo detto di non aspettartelo, – ribatté Call.

Poco dopo si addormentò anche Gus, ma Call non ci riuscí. Rimase in piedi alla finestrella per quasi tutta la notte, a guardare fuori. La luna era alta sopra le praterie. Di tanto in tanto, quando un coyote si avvicinava troppo al gregge, i cani da pastore abbaiavano. Poco piú che ragazzi, i soldati di guardia giocavano a carte alla luce di una piccola lanterna a olio. Non sembravano capaci di uccidere nessuno, se non per sbaglio.

Verso mattina la vecchia tornò, portando il caffè. Call vide la ragazza graziosa uscire da una casupola con la giara dell'acqua e andare al pozzo. Benché non fosse nella posizione di dirle granché, aveva una gran voglia di darle almeno il buongiorno. Rimpiangeva di non sapere meglio lo spagnolo, anche se lavorando per il vecchio Jesús aveva imparato un paio di frasi. Al sorgere del sole, vide che il villaggio era minuscolo: solo poche case basse sull'orlo dell'enorme pianura.

Bigfoot si svegliò e bevve il caffè, ma Gus McCrae continuò a dormire, comodamente sdraiato, occupando la metà del pavimento.

– Dormiva cosí anche se stavano per impiccarlo, – disse Call.

– Be', se stavano per impiccarlo, faceva bene a dormicchiare, – disse Bigfoot. – Poteva passare da un sonnellino al vecchio sonnellino da cui non ti svegli piú.

Quando il sole fu piú alto, la vecchia tornò, portando tortillas calde. Il profumino svegliò Gus; si sollevò a sedere, mezzo addormentato, ma mangiò come se fosse perfettamente sveglio.

Un po' piú tardi il capitano Salazar percorse l'unica strada del villaggio in groppa a un bel cavallo nero. Sembrava che durante la notte il drappello fosse aumentato: circa venticinque soldati stavano sull'attenti, in attesa degli ordini.

Salazar si avvicinò alla finestra e si chinò sulla sella per guardare dentro.

– Buongiorno, *señores*. Spero che vi siate riposati. Ci attende un lungo viaggio.

– Be', ce la siamo presa comoda, – rispose Bigfoot. – Il sole è sorto da un'ora. Da cosa dipende il ritardo?

– Vedrete, ho dovuto processare qualcuno. Ora lo portano qui, quel furfante. Non appena l'avremo fucilato, ci metteremo in marcia.

– Non sono dell'umore di veder fucilare nessuno. Dormicchio un altro po', – disse Gus, quando Salazar proseguí lungo la strada. – Chissà cos'ha fatto quell'uomo.

Prima che Gus potesse sdraiarsi, arrivarono sei soldati; uno aprí la porta della piccola prigione. Di nuovo, Gus e Bigfoot dovettero piegarsi quasi in due per uscire. Una volta fuori, Call vide che tutto il paese si era radunato per assistere a quello che stava per accadere. Salazar aveva raggiunto una chiesetta e aspettava impaziente, facendo schioccare di tanto in tanto il frustino contro la gamba. La chiesa era poco piú grande di alcune case, ma in cima aveva una piccola campana ed era imbiancata a calce. Uscirono quattro soldati, trascinando un uomo bendato.

– Diamine, è Bes. Come l'avranno preso? – esclamò Bigfoot, riconoscendo lo scout pawnee.

Era proprio Bes-Das: scalzo, bendato e con la camicia sporca di sangue.

– Quelle carogne, l'hanno picchiato, – disse Gus.

– È una carogna pure lui, ci ha abbandonati, – gli ricordò Call; ma anche a lui dispiaceva per lo scout. Tutto il villaggio tacque mentre Bes-Das veniva spinto attraverso la piazzetta e messo di fronte al muro bianco della chiesa. Lo scout zoppicava.

Salazar andò dai soldati e, indicandoli a uno a uno, ne scelse sei tra quelli giovani. Un vecchio prete, scalzo come il prigioniero, uscí dalla chiesetta per guardare; non si avvicinò al prigioniero. I sei soldati si schierarono davanti a Bes-Das e puntarono i moschetti. Gus ebbe un fremito allo stomaco: non voleva veder fucilare Bes-Das, eppure non riusciva a distogliere lo sguardo. Salazar fece un cenno al plotone d'esecuzione e tutti spararono; uno sparo giunse un secondo dopo gli altri. Bes-Das fu scaraventato contro la chiesa e poi cadde a faccia in giú. Salazar si avvicinò a cavallo, estrasse la pistola e la diede a un giovane soldato, che scavalcò rapidamente Bes-Das e gli sparò un colpo alla testa.

– Quella è una pallottola sprecata, – disse Bigfoot. – Il vecchio Bes era morto.

Salazar si chinò a recuperare la pistola, guardando Bigfoot.

– Non sarebbe la prima volta che un uomo sopravvive a sei proiettili. Il colpo di pistola era per sicurezza.

– Che cosa ha fatto? – chiese Call, guardando il cadavere dello scout. Alcuni giovani soldati del plotone d'esecuzione non avevano apprezzato l'incarico, un paio tremavano.

– Era un ladro, – disse Salazar. – Tutti gli indiani sono ladri. Ha rubato un anello alla moglie del governatore.

Infilò la mano nella tasca della giubba blu e tirò fuori un grosso anello d'argento.

– Questo.

Nell'anello era incastonata una pietra verde. Salazar andò dai texani e glielo mostrò, a uno a uno.

– Argento finissimo. L'argento delle nostre miniere, quelle che voi texani sperate di sottrarci. È per questo che avete camminato tanto, per rubarci l'oro e l'argento, non è vero?

– Capitano, non siamo minatori, – rispose Bigfoot. – Siamo venuti per il paesaggio, piú che altro, e per l'avventura.

– Oh, certo, il paesaggio è gratis. Se lo guardate con rispetto, non abbiamo niente in contrario. Quanto all'avventura…

Salazar s'interruppe e si voltò a guardare il cadavere dell'uomo che aveva appena fatto giustiziare. Due vecchi scavavano una fossa dietro la chiesa.

– Come vedete, alcune avventure finiscono male. Quell'uomo ha saldato il suo debito. Ora dobbiamo sbrigarci ad andare incontro ai vostri amici.

Il piccolo drappello si radunò e seguí Salazar a sud-ovest, nella pianura ma verso le montagne. I tre texani marciavano nella retroguardia, sorvegliati da due soldati a dorso di mulo e fiancheggiati da tre soldati per lato.

Mentre uscivano dal villaggio, i due vecchi stavano trasportando Bes-Das, il Pawnee dai denti storti, verso la piccola fossa dietro la chiesa imbiancata a calce.

– L'hanno ucciso per un anello, – commentò Call.

– Mi sembrava di argento puro, – disse Gus. – Si vede che pensava di prenderlo e filarsela.

– Allora non se l'è filata abbastanza in fretta, – disse Bigfoot. – Chissà cos'è successo a quel ragazzo apache con cui se n'è andato. Se è a piede libero da queste parti, mi piacerebbe saperlo. Gli Apache sono agili, quando si tratta di scappare.

– Non hanno intenzione di lasciarci scappare, – disse Call, guardando i soldati armati che camminavano di fianco a loro. In testa alla piccola colonna, Salazar voltava spesso il cavallo e di tanto in tanto tornava indietro e cavalcava per qualche passo alle spalle dei prigionieri, per ricordargli che li sorvegliava.

– Non ne hanno l'intenzione, ma potremmo infinocchiarli, – ribatté Bigfoot.

– Quell'anello era di argento puro, – disse Gus. – Ve l'avevo detto che qui c'era l'argento.

– Non avevi parlato del plotone d'esecuzione, però, – rispose Call.

30.

Ai ranger non ci volle neppure un miglio per capire con disappunto le difficoltà del camminare incatenati. In poco tempo i ferri gli scorticarono le caviglie; per proteggerle un po' dalla ruvidezza del metallo, furono costretti a strappare alcuni lembi di camicia e ad avvolgerceli intorno.

– Accidenti, tra neanche dieci miglia avrò le gambe consumate fino all'osso, – disse Gus. – Dovrebbero toglierci le catene per la marcia. Ce le potrebbero rimettere la sera.

Lo sfregamento, però, era solo una parte del fastidio. Le catene strusciavano per terra e s'impigliavano in piccole sporgenze: sassi, cactus, cespuglietti. Benché fosse il piú basso, Call aveva ricevuto la catena piú lunga. Scoprí che poteva agganciarla alla cintura e procedere a un passo normale, ma lo stesso non valeva per Gus McCrae e Bigfoot Wallace, che furono costretti a adattare le falcate alla lunghezza delle catene. Incespicare un miglio dopo l'altro li indispettí al punto che in poco tempo maturarono un odio assassino per il capitano Salazar e tutti i messicani.

– Strozziamo i due ragazzi qua dietro, prendiamo i muli e svigniamocela, – suggerí Gus piú di una volta. La pianura si stendeva deserta di fronte a loro per almeno cinquanta miglia.

– Ci sono due muli e noi siamo in tre, – gli fece notare Call. – Sono pure muli piccoli. Ci sparano cinquanta volte prima che arriviamo fuori dalla portata di tiro.

Bigfoot ce l'aveva con i ferri tanto quanto Gus, ma dopo aver valutato la situazione decise che Call aveva ragione.

– Forse una notte si farà vivo quel ragazzo apache e ci aiuterà a squagliarcela.

Secondo Call la speranza che Alchise andasse a liberarli era nella migliore delle ipotesi remota. Alchise non era mai stato particolarmente amichevole. Quella notte, però, Call si addormentò tremando di freddo e sognò che Johnny Carthage il guercio, il piú lento della compagnia, s'intrufolava nel campo e lo aiutava a scappare in groppa al cavallo nero di Salazar. Fu un sogno cosí vivido che alle quattro di mattina Call si svegliò battendo i denti e per un attimo non si capacitò di essere lí, invece che in fuga sul cavallo nero. La sera prima non gli avevano dato il *pozole*, ma solo alcuni avanzi di tortillas e una manciata di duri chicchi di mais. Non avevano neppure le coperte; il gelo era sceso dalle montagne e si era insinuato nella pianura. Molti soldati messicani erano stanchi e infreddoliti come i prigionieri. Si stringevano intorno ai focherelli, alcuni sonnecchiando, altri cercando solo di tenersi al caldo. Parecchi erano scalzi e pochi portavano calzature che non fossero sandali. Al mattino si udirono gemiti in tutto il campo quando gli uomini cercarono di camminare con i piedi freddi. I texani scoprirono con sorpresa di essere meglio equipaggiati di quasi tutti quelli che li avevano fatti prigionieri. Per quanto logori e sbrindellati, i loro vestiti erano comunque piú caldi di quelli che portavano i messicani.

– Diamine, non sarà necessario sconfiggere quest'esercito, – disse Bigfoot. – Una metà creperà di freddo prima di cominciare a combattere e l'altra metà avrà troppo sonno per caricare il fucile.

Il capitano Salazar era l'unico della compagnia a portarsi dietro un riparo. Possedeva una bella tenda di tela. Un grosso mulo la trasportava per lui da un campo all'altro e a fine giornata due soldati avevano il compito di montarla. Oltre alla tenda, c'erano una branda e parecchie coperte dai colori vivaci per tenerlo al caldo. La mattina Salazar usciva, avvolto in una coperta, e si sedeva di fronte a un fuoco gagliardo affidato alle cure di un soldato. Aveva anche un cuoco personale, un vecchio di nome Manuel, che gli preparava il caffè e glielo portava in una grossa tazza di latta. Due capre seguivano la compagnia per fornire il latte per il suo caffè.

– Potrebbe offrircene un po', – disse Gus. – Con qualche goccia di una bevanda calda, forse avrei meno freddo.

Bigfoot Wallace non sembrava accusare la temperatura.

– Voi ragazzi avete vissuto troppo tempo al Sud. Il sangue si annacqua, quando si vive al Sud. Non fa freddo. Se tra un paio di mesi siamo ancora da queste parti, in confronto questa vi sembrerà estate.

Gus McCrae ricevette quell'informazione con aria cupa. La mattina era cosí gelida che quasi non era riuscito a orinare, una difficoltà che non aveva mai incontrato.

– Che diavolo, fa cosí freddo che ci ho messo dieci minuti a pisciare. Se pensi che farà piú freddo di cosí, senza una pelle di bisonte in cui avvolgermi o una grossa puttana con cui dormire, tra un paio di mesi non sarò qui.

L'accenno alla grossa puttana li fece pensare a Matilda; si chiesero che fine avessero fatto i compagni nella lunga pianura a sud.

– Chissà se sono ancora vivi, – disse Gus. – E se il gobbo li ha inseguiti con duecento guerrieri? Per quel che ne sappiamo, sono tutti morti. Se è cosí, non li troveremo neanche se i messicani ci fanno marciare fino in Cina.

– Non gli servirebbero duecento guerrieri, – disse Call.

– Oh, sono lí da qualche parte, – disse Bigfoot. – I messicani avranno ricevuto dei rapporti. Non facevano camminare questi ragazzi scalzi per la prateria, se non pensavano che da qualche parte c'era qualcuno da combattere.

Il capitano Salazar aspettò fino a metà mattina prima di far partire la compagnia. Dopo la nottata fredda molti uomini erano cosí stanchi che arrancavano. Il capitano Salazar cavalcava davanti a tutti in groppa al suo bel castrone nero.

A metà pomeriggio sopra le montagne a nord comparve un ricciolo di nubi scure. Un'ora prima del buio cominciò a cadere la neve, spinta dalla tramontana. Call non ne aveva mai vista molta, solo una spolverata ogni tanto, in pieno inverno. Non era nemmeno la fine di ottobre, ma nevicava fitto, con i fiocchi bianchi che scendevano silenziosi dal cielo scuro. In mezz'ora la pianura s'imbiancò.

– Sarà una nottataccia per quei ragazzi scalzi, – disse Bigfoot. – Non sono vestiti per un tempo come questo.

– Non lo siamo manco noi, – ribatté Gus. Era inorridito per la scomodità in cui si trovava. I ferri erano come fasce di ghiaccio intorno alle caviglie; di lí a poco fu costretto a trascinare le catene nella neve semisciolta.

Il capitano Salazar aveva preso l'abitudine di tornare indietro piú o meno una volta all'ora per scambiare qualche parola con i prigionieri. Si era imbacuccato in un poncho caldo e pareva godersi la bufera improvvisa.

– La neve ci rinvigorirà per la battaglia, – disse.

– Magari rinvigorisce quelli che non congela, – disse Bigfoot.

– I miei uomini sono robusti, *señor*. Non congeleranno.

Quella sera almeno servirono il caffè a tutti, prigionieri compresi. Gus tenne le mani intorno alla tazza il piú a lungo possibile, per il calore; aveva sempre avuto difficoltà a tenere calde le mani quando faceva freddo. La cena fu ancora a base di tortillas e duri chicchi di mais. La neve volteggiava fitta nel crepuscolo. Call, Gus e Bigfoot sedevano vicini intorno a un focherello quando d'un tratto il cavallo del capitano Salazar mandò un alto nitrito di terrore. Legate poco lontano, le capre si misero a belare disperate. I muli cominciarono a ragliare; erano animali mansueti e non li avevano impastoiati. Fuggirono nell'oscurità. Il capitano Salazar sparò con la pistola a qualcosa che Call non vedeva. Un attimo dopo, una grossa sagoma piombò dentro al campo. Gli uomini agguantavano i moschetti e sparavano, ma la grossa sagoma non si fermò.

– È un bisonte? – chiese Gus; poi vide la sagoma sollevarsi sulle zampe posteriori, una cosa che nessun bisonte avrebbe mai fatto.

– No, è un grizzly, – disse Bigfoot, balzando in piedi. – È la nostra occasione, ragazzi. Andiamo, finché sono sparpagliati.

Il grosso orso bruno era inferocito; Call ne vedeva luccicare le zanne al bagliore dei molti fuochi. L'orso andò bramendo fino al centro del campo. I soldati messicani scappavano da tutte le parti; lasciarono il mangiare e le armi, pensando solo alla fuga. L'orso bramí di nuovo e si voltò verso la comoda tenda del capitano Salazar: all'interno il vecchio Manuel gli aveva appena servito una bella costata di cervo. Salazar sparò diverse volte, ma l'orso non parve accorgersene. Scaricata la pistola, Salazar se la diede a gambe. Il vecchio Manuel uscí dalla tenda finendo proprio nella traiettoria dell'orso, che lo scansò con una zampata ed entrò.

– Prendete un fucile e cercate un martello, cosí ci leviamo i ferri, – disse Bigfoot. – Sbrigatevi, dobbiamo muoverci mentre l'orso mangia la cena del capitano.

Call e Gus trovarono fucili in abbondanza: presero due moschetti e qualche giberna a testa. Mentre Call cercava un martello, l'orso strappò il fianco della tenda e uscí. Il cavallo nero si dimenava selvaggiamente all'estremità della corda di pelle grezza con cui era legato. Sotto lo sguardo dei texani, l'orso gli diede una zampata, come aveva fatto con Manuel. Il castrone nero cadde come se gli avessero sparato e il grizzly gli fu addosso.

– Andiamo, ora che è impegnato con il cavallo, – disse Bigfoot. Aveva preso una pistola e un fucile.

– Non sapevo che un orso poteva stendere un cavallo, – disse Gus. – Me ne vado volentieri.

– Un orso può stendere qualunque cosa. Stende un elefante, se ne incontra uno. Ha mangiato la cena del capitano e adesso gli frega il cavallo.

Sotto i loro occhi, il grosso orso affondò le zanne nel collo del castrone ormai morto, lo sollevò e se lo portò via nell'oscurità. Lo trascinò sopra il vecchio Manuel, uscendo dal campo che non era piú un campo, ma solo qualche fuoco morente con l'equipaggiamento ammucchiato intorno. Quando i texani se ne andarono, non si vedeva un solo messicano.

– Quell'orso ci ha fatto un favore, – disse Bigfoot. – Ci facevano marciare finché non ci cadevano i piedi, se non arrivava lui a metterli in fuga.

Call ripensava alla facilità con cui l'orso aveva sollevato il cavallo e se n'era andato. Il castrone nero era pesante, ma l'orso se l'era portato via con la facilità con cui un coyote si sarebbe portato via un gattino.

Nevicava ancora; fuori dal cerchio di luce del fuoco, faceva molto buio.

– L'orso è andato verso le montagne, – disse Bigfoot. – Lasciamocele alle spalle. Forse domattina riusciremo a prendere un paio di quei muli.

Gus si chinò a sistemare un ferro e per un attimo temette di aver perso i compagni.

– Aspettate, ragazzi, non abbandonatemi.

– Perdio, se mai ho visto una notte tenebrosa, è questa, – disse Bigfoot. – Sarà meglio che ci teniamo per la cintura o di qui a poco viaggeremo soli.

Restando vicini, si tolsero le cinture e le srotolarono una dietro l'altra: Bigfoot in testa, Call in coda.

– Non sappiamo nemmeno da che parte andiamo, – disse Call. – Magari stiamo tornando a Santa Fe. Se non stiamo attenti, ci catturano un'altra volta.

– Io so da che parte vado, – disse Bigfoot. – Dalla parte opposta di un grizzly inferocito.

– Non sarà cosí cattivo, dopo che ha mangiato il cavallo, – disse Gus.

– È solo un cavallo, magari non lo soddisfa, – disse Bigfoot. – Magari vuole un paio di uomini del Tennessee, per dessert. Camminiamo, dei messicani ci preoccupiamo domani.

– Mi sta bene, – disse Call.

31.

I tre ranger camminarono sotto la neve per tutta la notte, aggrappati l'uno alla cintura dell'altro. Pensavano tutti all'orso. Aveva ucciso un grosso cavallo con una sola zampata. Call ricordava il luccichio delle zanne quando si era girato di scatto verso la tenda di Salazar. Gus ricordava di aver visto parecchi uomini che gli sparavano; a quella distanza ravvicinata dubitava che avessero mancato il colpo, eppure l'orso non aveva dato il benché minimo segno di aver sentito i proiettili.

– Spero che ci stiamo allontanando, – ripeté piú volte. – Spero che non gli andiamo incontro.

– Se ci vuole, non importa da che parte andiamo, – lo informò Bigfoot. – Gli orsi seguono l'odore. Se ci voleva, in questo momento poteva essere tre metri dietro di noi. Quando non sono inferociti come quello, si muovono a passi felpati. Uno ha ucciso un mio amico, vicino a Fort Worth. Ho trovato i resti, anche se non ho trovato l'orso.

Dopo aver dato quell'informazione, Bigfoot tacque.

– Be', allora? – chiese Gus, esasperato. – Se l'hai trovato, com'è andata?

– Oh, ti riferisci a Willy, il mio amico ucciso dall'orso? È successo lungo il Trinity, l'ho capito dalle tracce. Willy era seduto lí a pescare e l'orso gli è arrivato da dietro cosí silenzioso che lui non si è neanche reso conto che ce n'era uno nei paraggi. Ecco fino a che punto sanno essere silenziosi, quando si avvicinano di soppiatto.

– Quindi… racconta… era conciato male? – chiese Call.

Anche lui era seccato dall'abitudine di Bigfoot di cominciare una storia per poi lasciarla in sospeso.

– Sí, se l'era mangiato quasi tutto, si era mangiato perfino la fibbia della cintura. Willy si era fatto fare una fibbia con una moneta d'oro da venti dollari. Mi era sempre piaciuta e avevo intenzione di prenderla, dato che Willy era morto comunque e, a quanto ne sapevo, non aveva parenti. Ma quel maledetto orso se l'era mangiata, insieme a gran parte di Willy.

– Forse gli piaceva il sapore della cintura, – suggerí Gus. Non riusciva a riconciliarsi con il pensiero che, tre metri piú indietro, potesse esserci un orso che li braccava. Mentre camminavano, si voltò a controllare cosí tante volte che al mattino aveva il collo indolenzito. Era buio pesto e non avrebbe visto l'orso nemmeno se fosse stato cosí vicino da morderlo, ma non riusciva a togliersi dalla testa la storia di Bigfoot e a trattenersi.

L'alba giunse fredda e caliginosa. La neve si trasformò in una fitta pioggerella e le pianure erano coperte di nebbia. Non avevano niente da mangiare e il tentativo di spezzare le catene martellandole con i pochi sassi che avevano trovato non era andato a buon fine. I sassi si erano rotti, ma le catene avevano resistito. Esasperato oltre ogni limite, Bigfoot Wallace cercò di sparare alla catena con il moschetto, ma la pallottola rimbalzò e gli trapassò il polpaccio.

– Non ha preso l'osso o ero spacciato, – commentò torvo, esaminando la ferita che si era scioccamente procurato.

Anche Gus stava per sparare alla sua catena con l'intento di spezzarla, ma quando vide cos'era successo allo scout cambiò idea.

– Dovremmo fermarci e aspettare che torni il sereno, magari siamo diretti in Canada, – disse Bigfoot. – In Canada ci sono indiani cattivi: si chiamano Sioux. Non voglio andare da quella parte.

Tuttavia, non si fermarono. Il ricordo della prigionia era fresco e li spingeva a proseguire. La necessità di scaldarsi era un altro elemento: non avevano niente da mangiare, né un fuoco intorno a cui sedersi. Aspettare significava solo prendere ancora piú freddo.

A poco a poco la nebbia si dissipò; a mezzogiorno le cime delle montagne erano di nuovo visibili. A metà pomeriggio il cielo si schiarí e i ranger videro con sollievo che avevano camminato verso sud, come si auguravano. Erano nel bel mezzo della pianura, senza alberi né cespugli in vista.

– Spero che quell'orso non ci vedrà, – disse Gus.

Per quanto avvilenti, almeno la nebbia e la pioggerella gli avevano dato un certo senso di protezione; ora si sentivano esposti: gli indiani da una parte, un grizzly dall'altra.

– Vedo qualcuno, – disse Bigfoot, indicando due puntini a ovest, verso le montagne. – Forse sono cacciatori di pellicce. In tal caso, siamo fortunati. I cacciatori di pellicce hanno sempre da mangiare.

Invece venne fuori che i puntini erano soldati messicani, due ragazzi di non piú di quindici anni che per caso erano scappati dall'orso nella loro stessa direzione; erano infreddoliti, smarriti e affamati. Nessuno dei due era armato. Quando videro avvicinarsi i texani ben armati, alzarono le mani, aspettandosi di essere uccisi seduta stante.

– Cosa facciamo, ragazzi? – chiese Bigfoot. – Gli spariamo o li portiamo con noi?

– Non c'è bisogno di spararagli, – disse Call. – Non ci faranno alcun male. Dovrebbero tornare a casa e basta.

I ragazzi si chiamavano Juan e José. Call si ricordò che uno dei due si occupava delle capre che fornivano il latte al capitano Salazar.

– Andate dalla parte sbagliata, ragazzi, – disse Bigfoot. Indicò il nord, nella direzione del villaggio da cui erano partiti. – Smammate. Non abbiamo tempo da perdere in chiacchiere.

I ragazzi, però, si rifiutarono di lasciarli. Quando i ranger si avviarono verso sud, li seguirono, tenendosi a rispettosa distanza.

– Avranno paura dell'orso, – disse Bigfoot. – Non gli do tutti i torti. L'orso è da quella parte.

Call non pensava che l'orso li stesse seguendo – dopotutto, aveva un cavallo da mangiare, oltre che un vecchio –, ma ammetteva che era difficile toglierselo dalla testa. Era convinto che all'Ovest non ci fosse niente di piú temibile dei Comanche, ma il grosso grizzly era ancora piú formidabile di Buffalo Hump. Nemmeno Buffalo Hump poteva uccidere un cavallo con una manata. Call ricordava quante pallottole e quante coltellate avevano speso sul bisonte cocciuto. Eppure il grizzly era molto piú forte del bisonte. Che razza di fucile ci voleva per ucciderne uno? Sapeva che c'erano uomini che avevano ucciso orsi, perfino grizzly, ma dopo aver visto l'orso sparpagliare i soldati e terrorizzare addirittura Salazar, si chiedeva cosa fosse necessario per abbatterlo.

In ogni caso, era un motivo in piú per stare all'erta. Se un orso poteva avvicinarsi di soppiatto, come aveva fatto con Willy, l'amico di Bigfoot, urgeva stare attenti.

Poco prima del crepuscolo sorpresero sei galli delle praterie e riuscirono ad acchiapparli. I pesanti uccelli erano in grado di volare solo per brevi tratti. Con l'aiuto degli affamati messicani, i ranger li catturarono tutti. Al calare del buio attraversarono un ruscelletto con alcuni alberi intorno, quanto bastava per accendere un bel fuoco. Permisero a Juan e José di mangiare con loro e di dormire accanto al fuoco: i ragazzi portavano solo indumenti leggeri.

– È stato un colpo di fortuna, – disse Bigfoot, mentre finivano l'ultimo gallo. – Caleb non può essere molto lontano, a meno che non li hanno massacrati tutti. Se camminiamo di buon passo, domani dovremmo trovarli.

Call pensava che fosse solo una speranza. Fino ad allora niente era andato come Bigfoot né chiunque altro aveva previsto. La pianura era un vasto oceano d'erba: Caleb poteva essere ovunque. In uno spazio come quello perfino una compagnia di uomini poteva perdersi facilmente.

Stavolta, però, lo scout ci aveva azzeccato. Camminarono tutto il giorno in direzione sud nella pianura inondata di sole. Verso sera, in lontananza videro del fumo che s'innalzava nell'azzurro sempre piú scuro del cielo. Come il fumo che usciva dai comignoli del villaggio dove li avevano catturati, anche quello era piú lontano di quanto sembrava. Mentre cercavano di raggiungerlo, calò il buio; di tanto in tanto, dalla cima di un dosso scorgevano il bagliore dei fuochi.

– Ma forse non sono i nostri, – fece notare Call. – Forse sono i messicani.

Continuarono ad avanzare, seguiti con timore dai due ragazzi. Passò un'altra ora prima che fossero abbastanza vicini. Quando si approssimarono, nessun cavallo nitrí. Gus cominciò ad avere paura. Decise che Call aveva ragione: probabilmente intorno ai fuochi c'erano i messicani, non i texani.

– Potremmo accovacciarci e aspettare l'alba, – bisbigliò. – Cosí vediamo chi è. Se sono indiani, potremmo ancora scappare.

– Zitto, ti sentono, – lo riprese Call.

– Bisbigliavo, – ribatté Gus.

– Be', bisbigli abbastanza forte da svegliare i morti.

– Altolà... chi va là? – disse una voce e il sollievo invase subito i ranger, perché ad averli apostrofati altri non era che Long Bill Coleman.

– Billy, siamo noi, non sparare! – gridò Bigfoot.

Seguí un attimo di silenzio, mentre Long Bill assimilava quelle parole.

– Ragazzi, siete voi?

– Siamo noi, Bill, – disse Gus, cosí sollevato che non vedeva l'ora di parlare.

– Diamine, sembra la voce di Gus McCrae.

– Siamo noi, Bill, siamo noi, – ripeté Gus.

Long Bill Coleman scrutò l'oscurità come meglio poté, ma non vedeva un accidente. Anche se sembravano proprio le voci di Bigfoot Wallace e Gus McCrae, rimaneva timoroso. Era un orario strano per arrivare. Aveva sentito dire che gli indiani sapevano imitare alla perfezione le voci dei bianchi, cosí come imitavano i versi degli uccelli e gli ululati dei coyote.

Voleva credere che le voci che sentiva erano quelle dei suoi amici, ma aveva la testa piena di tutte quelle storie sui Comanche che imitavano le voci dei bianchi.

– Se siete voi, con chi siete? – domandò, chiedendosi se fosse un invito a farsi scotennare. Armò il fucile, tanto per andare sul sicuro.

– Gus, Call e due prigionieri, – rispose Bigfoot. – Non ci riconosci?

Proprio allora Long Bill scorse Bigfoot e capí di essere stato troppo diffidente.

– Ho i nervi a fior di pelle. Su, venite, ragazzi.

– Siamo solo noi, Bill, – disse Gus, per rassicurarlo che non stava per cadere in un'imboscata. – Siamo solo noi. Siamo tornati.

32.

L'arrivo dei tre ranger con i ferri alle gambe, seguiti da due tremanti ragazzi messicani, destò l'intero accampamento. In poco tempo il maniscalco fece saltare le catene. C'era chi sosteneva che José e Juan andavano incatenati, ma Bigfoot non ne volle sapere. Alla vista di tutti quei texani armati fino ai denti, i due ragazzi si erano messi a tremare come se fosse giunta la loro ora e cosí sarebbe stato, se gli animi piú crudeli l'avessero spuntata. Nessuno, però, era abbastanza assetato di sangue messicano da opporsi a Bigfoot.

– Quei ragazzi non vogliono combattere, – disse lo scout. – Hanno troppa fame, e anche noi. Cosa c'è da mangiare?

Caleb Cobb assunse un'aria mesta.

– Mi piacerebbe allestire un banchetto per voi e i caporali, signor Wallace. Di certo ne meritate uno per essere riusciti a tornare da noi in circostanze cosí pericolose.

– Pericoloso è la parola giusta, un maledetto orso ci ha quasi ucciso tutti, – intervenne Gus.

– Se uno di voi aveva l'accortezza di spararglі, allestivamo un banchetto. Sta di fatto che non possiamo. Siamo senza viveri da ieri. Non abbiamo un tubo da mangiare.

– Niente? – chiese Gus, stupito.

– A meno che non mangiate la legna da ardere, – disse Long Bill. – Siamo tutti affamati.

L'intendente Brognoli sedeva accanto a uno dei fuochi. Le sue condizioni non erano migliorate. Aveva ancora lo sguardo vitreo e il capo che scattava.

– Che diavolo, ci conveniva restare prigionieri, – disse

Bigfoot. – Almeno i messicani ci davano il mais. Quando eravamo ancora nel paesino, abbiamo mangiato perfino la zuppa.

– Le montagne sono vicine, ci saranno dei cervi, immagino, – disse Caleb. – Con un po' di fortuna domani mangeremo carne tutti quanti.

Call notò subito che la compagnia sembrava meno numerosa di quando l'avevano lasciata, neppure una settimana prima. Mancavano un bel po' di facce, anche se perlopiú non erano facce a cui sapeva associare un nome. Semplicemente c'erano meno uomini di quando erano partiti. Jimmy Tweed c'era ancora, alto e allampanato, cosí come Johnny Carthage, e Shadrach e Matilda, stretti insieme intorno a un fuoco a parte. Ma la compagnia sembrava ridotta, e Bigfoot lo disse a Caleb Cobb.

– Sí, diversi idioti se ne sono andati per conto loro. Ormai saranno tutti morti, per un motivo o per l'altro. Non avevo abbastanza munizioni per sparare a tutti, perciò li ho lasciati andare. Siamo rimasti in quaranta, – ammise Caleb, e un attimo dopo si corresse: – Quarantatre, ora che voi siete tornati.

– Quarantatre, tutto qua? – ripeté Bigfoot. – Alla partenza da Austin avevate quasi duecento uomini.

– Quei maledetti ragazzi del Missouri hanno tagliato la corda per primi. Creperanno tutti di fame, – intervenne Long Bill Coleman. – Poi un gruppo è tornato indietro a cercare un fiume. Non mi stupirà se crepano di fame pure loro.

– Non m'interessa chi crepa di fame e chi no, – rispose Bigfoot. – I messicani hanno schierato contro di noi mille uomini. Me l'ha detto Salazar. Anche se sono in gran parte ragazzi, come Juan e José, ci toccherà sparare benissimo per sconfiggere mille uomini.

Caleb Cobb non parve turbato.

– Il numero sarà esagerato. Mi preoccupo di mille messicani quando li vedo.

– Quello che ci ha catturati ha detto che arrivava un generale, – disse Call; Salazar ne aveva parlato di sfuggita durante la marcia.

– Be', un generale non vale l'altro, – rispose Caleb. – Forse il loro sarà un ubriacone, come il vecchio Phil Lloyd.

– Caleb, sono troppi, – disse Bigfoot. – Ci stanno sollevando contro l'intero paese. Se non vi bastano i proiettili per sparare a qualche disertore, come facciamo a battere mille uomini?

– Voi maledetti scout siete troppo pessimisti. Andiamo a dormire. Magari riusciamo ad annientare un battaglione e a rubargli le munizioni.

Caleb andò a sedersi davanti al proprio fuoco, lasciando gli uomini in preda alla preoccupazione. Vedere i ferri alle gambe dei tre ranger aveva messo tutti di pessimo umore.

– Dovremmo tornare indietro, – disse Johnny Carthage. – Io già faccio fatica a camminare. Se mi prendono e mi mettono i ferri, sarò fortunato se riesco a stare al passo.

– È come durante la prima spedizione, – si lamentò Call. – Nessuno sa cosa fare. Siamo messi peggio che con il maggiore Chevallie. Non abbiamo né viveri né munizioni. Non possiamo sconfiggere i messicani e non possiamo tornare a casa. Se facciamo marcia indietro, moriremo di fame e, in caso contrario, ci cattureranno tutti.

Gus non aveva nulla da ribattere. Era mogio perché nell'accampamento non c'era niente da mangiare. Per tutta la lunga marcia al freddo, sotto la neve e la pioggerella, si era consolato pensando alla bella scorpacciata che avrebbero fatto una volta tornati dai compagni. Magari qualcuno avrebbe ucciso un bisonte: immaginava le grasse costate di bisonte che sgocciolavano sul fuoco.

Ma le costate di bisonte non c'erano, non c'era nemmeno la polenta. Dopo i galli delle praterie Gus non aveva mangiato niente; doveva trovare del cibo alla svelta, o rischiava di diventare troppo debole per muoversi.

– Almeno i messicani ci sfamavano, – disse, echeggiando le parole di Bigfoot. – Preferirei essere prigioniero che morire di fame.

L'indifferenza di Caleb Cobb per la loro situazione irritava Call. Per colpa sua si erano spinti cosí avanti nella pianura che non potevano tornare indietro, ma erano anche troppo deboli e a corto di approvvigionamenti per poter sconfiggere un esercito di messicani. Si chiese se avrebbe vissuto abbastanza a lungo per servire un capo militare che sapeva quello che faceva. Fino a quel momento non ne aveva trovato uno che fosse capace di sopravvivere in quel territorio, tanto meno di vincere il territorio e il nemico. Con soli nove uomini, Buffalo Hump aveva quasi annientato l'unità del maggiore Chevallie, e adesso i duecento uomini di cui era forte Caleb Cobb si erano ridotti a quarantatre prima ancora di arrivare a destinazione.

Non restava che tenere acceso il fuoco e aspettare la mattina. Ne accesero uno non lontano da dove Shadrach giaceva con Matilda. Il vecchio tossiva in continuazione. Matilda passò da loro a dargli il benvenuto. Sembrava scoraggiata, però.

– Il brutto tempo fa male a Shad. Ho paura che, se non diventa piú asciutto, morirà. Faccio del mio meglio per tenerlo al caldo, ma lui peggiora comunque.

In effetti, il vecchio pioniere tossí tutta la notte: lunghi colpi di tosse affannosi. Alla fine Gus si riscaldò abbastanza per stendersi a dormire, ma Call rimase sveglio. Non si allontanò dal fuoco per camminare, come faceva spesso, ma non chiuse occhio. I due ragazzi messicani andarono a sedersi accanto a lui. Avevano paura dei texani, tranne che dei tre che conoscevano.

Finalmente, quando una luce grigia si allungò sulla vasta pianura, Call dormí un poco, ma il sonno gli portò un incubo in cui il grosso orso e Buffalo Hump attaccavano insieme la compagnia. Gli uomini morivano e scappavano, e lui era lontano dalle armi e non poteva difendersi. Vedeva Long Bill Coleman trafitto dalle frecce; il grosso orso aveva buttato a terra Gus e gli rugliava addosso. Lui voleva attaccarlo, ma era a mani nude. Poi vedeva Buffalo Hump prendere Bigfoot e tagliargli la testa con il coltello. La testa si staccava e il gigantesco Comanche la innalzava lanciando un terribile grido di guerra.

– Svegliati... Woodrow... hai spaventato tutto l'accampamento! – disse Matilda, scuotendolo. Juan e José lo fissavano come se fosse impazzito. Gus dormiva ancora, ma gli uomini intorno agli altri fuochi si stavano tirando su per guardarlo, il che lo mise profondamente in imbarazzo.

– Non volevo spaventare nessuno, – disse, con le mani che tremavano. – Stavo solo sognando quell'orso.

33.

La compagnia, affamata, infreddolita e abbattuta, marciava da sole cinque miglia quando arrivò in cima a un'altura e vide l'esercito messicano accampato nella pianura sottostante. L'accampamento sembrava coprire l'intera pianura, allungandosi verso le montagne.

Bigfoot lo vide per primo e fece cenno alla compagnia di fermarsi, ma il segnale arrivò troppo tardi. Due scout indiani in groppa a cavalli veloci sfrecciavano già verso l'accampamento messicano.

Caleb Cobb era l'unico a cavallo. Raggiunse la cresta e studiò l'accampamento, in silenzio.

– Ve l'avevo detto che ci stavano sollevando contro l'intero paese, – disse Bigfoot.

– Zitto, sto contando, – rispose Caleb. Aveva tirato fuori il cannocchiale e ispezionava i messicani; se era allarmato, non lo mostrò.

Bigfoot, invece, vide subito qualcosa che non gli piacque.

– Colonnello, hanno la cavalleria. Direi che ci sono almeno cento cavalli.

– Piú di cento, – rispose Caleb, senza staccare il cannocchiale dall'occhio. – Sto contando quelli. Io direi che sono centocinquanta.

Poi abbassò il cannocchiale e guardò gli uomini. Lui era sempre in sella all'unico cavallo.

– Sono in vantaggio di centoquarantanove cavalli.

– Che diavolo, hanno perfino un cannone, – disse Bigfoot. – Hanno trascinato un cannone fino a qui, pensando che eravamo un esercito.

– Siamo un esercito, signor Wallace. Solo che siamo un esercito piccolo. A quanto pare, ci troviamo ad affrontare numeri superiori.

– Non tutti gli eserciti sanno combattere, – intervenne Shadrach. – Forse è un esercito di ragazzi, come questi due. Noi siamo un esercito di uomini.

Call e Gus guardavano l'attruppamento di messicani, chiedendosi che cosa sarebbe successo.

– Ci servirebbe un branco di orsi, – disse Call. – Una decina di grossi orsi probabilmente li sparpaglierebbe come quell'unico orso ha sparpagliato gli altri.

Long Bill Coleman si guardò intorno in cerca di copertura; ma non c'era nessun posto dove ripararsi, solo la prateria ondulata. Shadrach tossiva ancora, ma impugnava il lungo fucile e pareva rinvigorito alla prospettiva della battaglia. Matilda, che aveva recuperato un fucile da qualcuno, si piazzò accanto a lui.

La compagnia si teneva compatta, guardando i due scout che galoppavano verso l'accampamento messicano.

– Sono Apache Mescalero, – disse Bigfoot. – Quelle montagne sono il loro territorio. I messicani devono averli pagati profumatamente, perché di solito gli Apache non lavorano per loro.

L'arrivo dei texani, in bella vista sul crinale, precipitò l'accampamento messicano in un fermento di attività. I cavalleggeri corsero a sellare le cavalcature, molte delle quali erano ombrose e recalcitranti. Dappertutto gli uomini caricavano i fucili e si preparavano alla guerra. Al centro del campo s'innalzava un'enorme tenda bianca.

– Immagino che lí dorme il generale, – disse Caleb. – Rimpiango la mia canoa.

– Perché? – chiese Bigfoot. – Siamo sulla terraferma.

– Lo so, ma se avevo la canoa tornavo di corsa al fiume piú vicino e lo scendevo pagaiando fino ad arrivare all'Arkansas, poi scendevo l'Arkansas fino ad arrivare al Mississippi, e poi scendevo lungo il vecchio Miss fino ad arrivare a New Orleans.

Si fermò e sorrise a Brognoli, che lo fissò con lo sguardo vitreo.

– Una volta arrivato a New Orleans, mi fermavo e pagavo una puttana, – proseguí Caleb. – Quando ne avevo abbastanza delle puttane, riprendevo la vita da pirata, nel buon vecchio golfo, e depredavo tutte le navi partite dal Messico. È quello il modo facile di procurarsi l'argento ispanico. Lo mandano quasi tutto in Spagna, tanto. Di certo è meglio che scarpinare per queste maledette pianure.

– Colonnello, ci conviene contare le munizioni, – disse Bigfoot. – Non possiamo sprecarne neanche una.

Caleb ignorò quel saggio consiglio.

In groppa al cavallo, guardava il turbine di preparativi nell'accampamento messicano.

– La verità è che da quando il caporale McCrae ha lasciato precipitare il mio cane non la penso piú come prima riguardo a quest'impresa. Andrò a parlamentare con l'esercito. Abbiamo ancora la bandiera?

Avevano portato con loro la bandiera della Repubblica del Texas, ma nessuno la vedeva da un po'.

– A cosa vi serve? – chiese Bigfoot.

– Be', abbiamo portato quel maledetto straccio, perché non usarlo? Magari fa colpo sul generale, se c'è.

Alla fine trovarono la bandiera tra le cose di Johnny Carthage. A un certo punto ne era diventato il custode, ma la vita era stata cosí faticosa che se l'era scordato.

Caleb legò la bandiera alla canna del fucile e si apprestò a partire. Non conoscendo le sue intenzioni, la compagnia era preoccupata. La metà degli uomini propendeva per darsela a gambe, anche se darsela a gambe per le praterie, a stomaco vuoto, era una magra prospettiva, considerato che secondo il conteggio di Caleb i messicani avevano centocinquanta cavalleggeri.

All'ultimo momento Caleb guardò Call e gli fece un cenno.

– Venite con me, caporale, mi servono accompagnatori. Anche voi, McCrae. Andiamo a saggiare le buone maniere del generale. Se non ne è sprovvisto, ci inviterà a colazione.

– Se lo fa, rubate un po' di pancetta, – disse Long Bill Coleman. – Ho proprio voglia di un bel boccone di pancetta.

– Possiamo portare le armi? – chiese Gus. Non voleva andare disarmato in mezzo a tutti quei messicani.

– Siete la mia scorta, portatele pure, – disse Caleb. – La scorta apre la strada. Vorrei un tamburino, ma non ne abbiamo. Diamoci una mossa.

Gus e Call si avviarono verso l'accampamento messicano. Caleb indugiò il tempo necessario ad accendersi un sigaro – li aveva conservati con cura e razionati – e poi li seguí.

– Santo cielo, guardali, – disse Gus, indicando l'accampamento messicano. – Dovevamo portare l'intera compagnia per scorta.

– Non credo che ci spareranno, è un colloquio, – disse Call, anche se non ne era del tutto sicuro. L'esercito messicano li aspettava, schierato in battaglia da un capo all'altro della pianura. I centocinquanta cavalleggeri erano in sella; i numerosi capitani e tenenti andavano su e giú a cavallo tra le file di centinaia di fanti, gridando istruzioni. C'era gente accanto al cannone. Un uomo imponente in uniforme bianca era fermo davanti alla tenda, circondato da aiutanti.

Per una volta, la legge della distanza che pareva governare il loro viaggio nelle praterie s'invertí. Invece di essere piú lontano di quello che sembrava – una mezza giornata di cammino sarebbe andata bene a Gus –, l'esercito messicano si rivelò piú vicino. In un baleno, Call e Gus si trovarono a guardare dentro la canna del cannone o cosí gli parve. La prima fila di soldati era a meno di cento metri di distanza.

– Non ci uccideranno, – disse Call. – Non ne vale la

pena. Siamo solo in tre e guarda loro. Approfittarsi di noi sarebbe da vigliacchi.

– Ma forse lo sono, – suggerí Gus. – Se ci sparano con il cannone, ci fanno a pezzi.

Di tanto in tanto si voltavano a guardare il comandante Caleb Cobb: con aria imperturbabile, teneva il cavallo al passo e fumava il lungo sigaro.

– Ignorate l'esercito, – aveva detto. – Andate dritti verso la tenda. La sola persona con cui dobbiamo parlare è lo *jefe*.

I giovani ranger seguirono le istruzioni, passando in mezzo alle file di fanti e alla cavalleria. Guardavano dritto davanti a sé, cercando d'ignorare il fatto che intorno a loro centinaia di uomini erano pronti a ucciderli.

Sul crinale, Matilda Roberts scoppiò in lacrime.

– Sono perduti, sono soltanto ragazzi. Sono perduti, li uccideranno di sicuro.

– Su, Matty, è solo un colloquio, – disse Bigfoot, ma Matilda era inconsolabile. Travolta dall'ansia, si mise la faccia tra le mani e singhiozzò.

Avvicinandosi alla tenda del generale, Gus rimase sconcertato nel vedere tra gli ufficiali il capitano Salazar.

– Speravo che l'orso l'aveva ucciso, – disse.

– Be', non l'ha fatto, – rispose Call.

Sette ufficiali attorniavano il generale, un uomo corpulento con molti galloni dorati sull'uniforme. Aveva i baffi arricciati e teneva in mano una fiasca d'argento da cui ogni tanto beveva un sorso. Diversi ufficiali avevano la sciabola allacciata alla gamba; guardavano arcigni i ranger che avanzavano verso la tenda. Di fatto, il solo ad apparire bendisposto nei loro confronti era lo stesso capitano Salazar. Gli andò incontro per accoglierli e gli fece il saluto militare.

– Congratulazioni, signori. Siete sfuggiti all'orso. In circostanze normali, naturalmente, vi fucilerei per essere scappati, ma non si può incolpare qualcuno per essere scappato da un grizzly. Quell'orso mi ha ucciso il cavallo e il cuoco. Ho un altro cavallo, ma sento la mancanza del cuoco.

– Voi soldati vi conoscete, immagino, – disse Caleb. Smontò da cavallo e consegnò le redini a un attendente messicano, che le prese con aria stupita.

– Sí, colonnello, abbiamo viaggiato insieme, – rispose il capitano Salazar. – Disgraziatamente il nostro viaggio è stato interrotto, come forse avrete sentito.

– Ah, sí, l'orso. Siete il capitano Salazar?

– Al vostro servizio, – disse il capitano, ripetendo il saluto militare. – Permettetemi di presentarvi il generale Dimasio.

Il grosso generale non fece il saluto militare; si limitò a un cenno disinvolto del capo e indicò la tenda.

– Speriamo che vi unirete a noi per il caffè, – disse Salazar a Caleb. – È una fortuna che ci siamo trovati cosí in fretta. Al generale Dimasio non piace viaggiare sul *llano*. Venendo a salutarci, gli avete risparmiato un bell'incomodo.

– Caspita, una vera fortuna, – commentò Caleb. Senza dire niente a Gus e Call, si chinò ed entrò nella tenda.

Non appena fu sparito, i due soldati messicani chiusero i lembi della tenda e ci si piazzarono di fronte, tenendo il moschetto contro il petto. Call e Gus rimasero soli in mezzo a centinaia di soldati nemici, molti dei quali manifestavano apertamente ostilità. Non gli puntavano addosso le armi, né avevano estratto le sciabole, ma il momento era teso. Sul crinale dall'altra parte della pianura, il manipolo di ranger stava a guardare. A Call sembravano dei derelitti. I messicani indossavano perlopiú uniformi pulite; su molti fuochi c'erano pentole in cui sobbolliva il mangiare. L'esercito in mezzo a cui si trovavano era ben equipaggiato e addestrato, tutt'altra cosa rispetto allo spaurito drappello di paese che avevano incontrato ad Anton Chico.

– Be', eccoci qui, – disse Gus. Il silenzio lo metteva a disagio.

– Sí, per adesso, – disse il capitano Salazar. Era l'unico messicano dai modi amichevoli. – Volete fare colazione? Come vedete, il cibo non manca. Abbiamo perfino le uova.

Gus avrebbe accettato con gioia, sentiva di poter mangiare trenta o quaranta uova, se gliele avessero offerte, ma Call rifiutò prontamente.

– Nossignore, grazie molte. Abbiamo già mangiato.

– Allora lasciate che vi offra almeno il caffè, – disse Salazar.

– Lo prendo volentieri, grazie, – rispose subito Gus, temendo che l'amico rifiutasse anche quello.

Salazar fece cenno a un attendente, che poco dopo portò il caffè a entrambi in piccole tazzine.

– Perché hai detto che avevamo già mangiato? Lo sai che non mangiamo niente da quando abbiamo ucciso quei galli delle praterie, – disse Gus. – Potevi permettergli di sfamarci, non sono a corto di viveri.

– I nostri uomini sí, – gli ricordò Call, lanciando un'occhiata al gruppetto in cima al crinale. – Non mi siederò a ingozzarmi con il nemico quando i nostri sono pronti a mangiarsi la cintura.

– Non è colpa nostra se non gli è toccato fare la scorta. È un lavoraccio. Eccoci qui in mezzo a mille uomini pronti a ucciderci. Forse lo faranno. Se devo morire, preferisco farlo a pancia piena.

– No. Sta' zitto e aspetta. Forse il colonnello Cobb comprerà da mangiare per la compagnia e allora mangeremo tutti.

Caleb Cobb trascorse piú di un'ora nella tenda del generale. Attraverso la tela non passava alcun rumore. A Gus e Call non restò che aspettare. Dopo un po' il capitano Salazar se ne andò a sbrigare i suoi doveri, lasciandoli lí in mezzo ai nemici. Le tazzine di caffè erano minuscole; nessun altro gli offrí niente.

Mentre aspettavano, però, la cavalleria messicana si divise in due gruppi e si mosse. Un'ala andò a disporsi a sud della compagnia di ranger; l'altra l'affiancò da nord.

Poi la fanteria iniziò la stessa manovra. Centinaia di uomini marciarono a nord dei ranger, mentre altre centinaia marciarono a sud. I ranger rimasero dov'erano, assistendo impotenti a quelle evoluzioni.

– I nostri dovrebbero proprio mettersi al riparo, ma dove? – disse Gus. – Tra poco saranno circondati.

– Hai ragione, dove? – rispose Call. – Io, di ripari, non ne vedo.

– Perché il colonnello non esce? Chissà se è ancora vivo, – disse Gus. Il fatto che dalla tenda del generale non passasse alcun rumore cominciava a preoccuparlo.

– Sarà vivo. Se gli sparavano, lo sentivamo.

– Be', magari gli hanno tagliato la gola. I messicani sono abili con i coltelli.

Gus aveva appena finito di parlare che i lembi della tenda si aprirono e Caleb Cobb uscí con la stessa espressione amabile di quando era entrato.

– Caporale McCrae, vi hanno dato da mangiare?

– Ce l'hanno offerto. Il caporale Call ha rifiutato.

– Oh, come mai? Io ho fatto una colazione eccellente. Le uova erano molto saporite.

– Non mangio con le carogne quando i miei amici muoiono di fame, – disse Call.

– Capisco, questo è il punto di vista nobile, – rispose Caleb. – Io me la cavo meglio con quello egoistico. Non mi vedrete spesso trascurare la mia pancia. Quella dei miei amici è un problema loro.

– Preferirei andarmene, – disse Call. – Sono stato fissato abbastanza a lungo da gente a cui voglio sparare.

– Un'affermazione avventata, considerate le circostanze. Non potete andarvene, però.

– Perché no?

– Perché mi sono appena arreso. Mi hanno promesso che, se deponiamo le armi, non uccideranno nessuno. Io, le mie, le ho bell'e deposte: le ho consegnate all'attendente del generale.

Gus era sbigottito, Call arrabbiato. Lo mandava su tutte le furie che il loro capo entrasse in una tenda sontuosa con un grasso generale e si arrendesse, senza dare ai suoi uomini la possibilità di dire la loro.

– Conto di tenermi le armi, a meno che non mi ammazzano, – disse, con voce tesa.

– Non potete, caporale, dovete cederle, – rispose Caleb con sguardo minaccioso. – Quando do un ordine, mi aspetto obbedienza. Siete giovane. Non vi lascerò morire per questa sciocchezza.

– Preferisco morire adesso, combattendo, che farmi rimettere i ferri. Non me li farò rimettere.

– Che diamine, no, stavolta non ci saranno catene. Io e il generale abbiamo concordato una resa pacifica. Non verrà torto un capello a nessuno, né da una parte né dall'altra. Non appena i ragazzi lassú sul crinale avranno ceduto le armi, ci siederemo tutti a fare colazione da amici.

– Volete dire che possiamo andare a casa, a patto che non siamo armati? – chiese Gus.

– No, non a casa, non subito. Soggiornerete in Messico, per un po'.

– Saremo prigionieri, volete dire? – chiese Call. – Volete dire che abbiamo camminato fino a qui solo per finire prigionieri?

Caleb Cobb si girò verso uno degli ufficiali messicani e disse qualche parola in spagnolo. L'ufficiale, un giovane pelle e ossa, parve sbigottito, ma si tolse subito la pistola dal fianco e la diede a Caleb, che la puntò addosso a Call.

– Caporale, se proprio volete morire, vi accontento. Ho sparato al capitano Falconer per la sua disobbedienza e sparerò a voi per lo stesso motivo.

Armò la pistola.

– Woodrow, cedi le armi, – disse Gus, posando una mano sul braccio di Call. Vedeva che l'amico era teso come una molla. Non era mai intervenuto nei suoi conflitti, ma sentiva che stavolta, se non ci avesse provato, il suo unico vero amico sarebbe morto sotto i suoi occhi. Caleb Cobb non era uno che proferiva minacce invano.

Call si scrollò di dosso la mano di Gus. Era pronto ad avventarsi su Caleb, anche a costo di morire.

Gus si frappose rapidamente tra i due, consegnando allo stesso tempo pistola e fucile. Li prese l'ufficiale messicano piú vicino.

– Cedi, Woodrow, – ripeté Gus.

– Caporale McCrae, siete piú ragionevole del vostro amico, – disse Caleb. – Il caporale Call non è ragionevole, ma se segue il vostro consiglio e consegna le armi, ne usciremo senza che nessuno ci lasci le penne.

Con rabbia cocente, Call capí di essere in una situazione disperata. Se anche si fosse avventato su Caleb e gli avesse fatto cadere la pistola, cento messicani gli avrebbero sparato prima che scappasse.

– Siete un vigliacco e vi disprezzo, – disse a Caleb, ma consegnò le armi.

Caleb alzò le spalle e si girò verso il capitano Salazar, che era uscito dalla tenda in tempo per assistere allo scontro.

– Capitano, mi farebbe il favore di mettere quest'uomo sotto stretta sorveglianza fino a quando non si calma? È troppo impetuoso, farà una brutta fine.

– Certo, colonnello, – disse Salazar. – Assegnerò all'incarico sei uomini.

Caleb guardò di nuovo Call: il giovane ranger tremava e aveva gli occhi pieni d'odio.

– Ne assegni dieci, capitano. Se decide di scappare, sei uomini riusciranno ad affrontarlo. Ma è lui che ha ucciso il figlio di Buffalo Hump. Se vede uno spiraglio, si batterà.

– Non m'importa se vi fate chiamare colonnello, – disse Call. – Non avevate il diritto di arrendervi per noi.

Ignorandolo, Caleb Cobb restituí al giovane ufficiale pelle e ossa la pistola che aveva preso in prestito.

– *Gracias*, – disse. – Caporale McCrae, tornate sul crinale e ordinate agli uomini di cedere le armi. Ditegli che non gli verrà fatto alcun male e che, non appena si arrenderanno, verranno sfamati.

– Ci vado, colonnello, ma potrebbero non gradire la notizia, – rispose Gus.

Caleb indicò l'esercito messicano, che aveva rapidamente circondato il gruppetto sul crinale. La fanteria formava un anello stretto con intorno due file di cavalleria.

– Qui non sarà come all'Alamo o a Goliad. Il colonnello Travis era uno sciocco, per quanto coraggioso. Lui, almeno, aveva una chiesa in cui combattere, noi non abbiamo neanche un albero dietro cui nasconderci. Questa guerricciola è finita. Andate a dirglielo. Prima andate, prima loro fanno colazione.

– Woodrow, sta' calmo, – disse Gus, sul punto di avviarsi. – Non aiuti nessuno se ti fai ammazzare.

Caleb Cobb tornò dentro la tenda del generale. Poco lontano tre soldati attaccavano una pariglia di cavalle saure a un elegante calesse con sopra un baldacchino di tela.

Gus strizzò il braccio a Call e s'incamminò verso il crinale dove si trovava la compagnia. Si aspettava che qualche messicano lo accompagnasse per tenerlo d'occhio, ma cosí non fu. Uscí dall'accampamento nemico da solo, in mezzo all'erba scompigliata dal vento.

Dieci soldati guidati dal capitano Salazar circondarono Call e lo condussero a un centinaio di metri dalla tenda del generale.

– Sedetevi, caporale, riposate, – disse Salazar. – Vi aspetta una marcia lunghissima. Forse ora che questa stupida invasione è finita gradireste mangiare.

Call scosse il capo; era ancora molto arrabbiato.

– Mangerò quando potranno mangiare anche i miei amici. Cos'è questa storia della marcia? Il colonnello Cobb ha detto solo che andavamo in Messico, non ci siamo già?

– Sí, nel New Mexico. Ma c'è un altro Messico ed è lí che andrete, a Città del Messico, di fatto. È lí che si terrà il processo. Ammesso che qualcuno di voi sopravviva alla marcia.

– Quanto è lontana Città del Messico?

– Non lo so, *señor*. Non ho mai avuto il piacere di andarci.

– Be', cento miglia? È già parecchio da fare a piedi se poi alla fine ci fucilano.

Salazar lo guardò sorpreso.

– Vedo che siete digiuno di geografia. Città del Messico è a piú di mille miglia di distanza. Forse duemila. Come dicevo, non ci sono mai stato. Ma è una marcia molto lunga.

– Che diavolo, è troppo. Non mi va di consumarmi i piedi solo per arrivare in un posto dove mi metteranno al muro e mi fucileranno. Ho già camminato un bel pezzo per arrivare fino a qui dal Texas. Non mi va di camminare altre mille miglia e non andrà nemmeno agli altri ragazzi.

– Forse non vi andrà, ma lo farete lo stesso. Lo farete e verrete processati come si deve. Non siamo barbari, non condanniamo gli uomini senza un giusto processo.

Call accettò un'altra tazza di caffè, ma non mangiò, né diede spago al capitano Salazar o ad altri. Vedeva Gus avanzare nella pianura; non aveva ancora raggiunto la compagnia per informarli del tradimento di Caleb. Avrebbe voluto accompagnarlo per poter incitare i ranger a combattere, seppure fino alla morte. Era meglio morire che piegarsi di nuovo alla prigionia. Ma Gus se n'era andato e lui era sorvegliato con troppa attenzione per cercare di seguirlo. Lo tenevano d'occhio non solo i dieci soldati assegnati all'incarico, ma quasi tutti quelli ancora nell'accampamento. Al buio ci avrebbe provato, ma le nuvole si stavano diradando ed era pieno giorno. Filtrando tra le nuvole sempre piú rade, il sole illuminava la prateria a chiazze. Gus camminava verso il crinale proprio in una chiazza di luce.

Mentre Call sedeva circondato, cercando di dominare la rabbia cocente, il generale Dimasio uscí dalla tenda bianca, seguito dappresso da Caleb Cobb. Accompagnati dagli attendenti del generale, i due raggiunsero l'elegante calesse e salirono. Call immaginava che il generale fosse in partenza – altrimenti perché avrebbero attaccato le cavalle? –, ma lo sconvolse vedere che Caleb saliva accanto a lui. Mentre aspettavano il soldato che doveva guidare il calesse, il generale beveva liquore, non da una fiasca ma da una pesante ampolla di vetro. Caleb non aveva un'ampolla, ma Call lo vide estrarre un altro sigaro dal taschino e prepararlo con cura prima di accenderlo. Il soldato che avrebbe guidato la pariglia balzò sul sedile e il calesse virò verso ovest. Otto cavalleggeri si misero al seguito.

Mentre uscivano dall'accampamento, il generale fermò un attimo il calesse per dire qualcosa al capitano Salazar. Call era seduto a pochi metri da dove si erano fermati. Vedere Caleb, il suo comandante, seduto a proprio agio con il generale messicano lo fece montare ancora piú in collera. Si alzò in piedi. Il capitano Salazar spedí un soldato alla tenda di corsa: il generale aveva dimenticato la sua coperta da viaggio di pelliccia. Un istante dopo il soldato uscí dalla tenda portandola, facendo attenzione a che non toccasse il terreno bagnato. La coperta pesava quasi quanto lui.

Prima che qualcuno potesse fermarlo, Call si avvicinò al calesse.

– Dove scappate? – chiese a Caleb.

La sua voce era cosí irosa che i soldati che gli facevano la guardia trasalirono tutti e dieci. Caleb Cobb parve sorpreso e infastidito; aveva già relegato Call nel passato e non gradiva essere apostrofato con tanta sfrontatezza.

– Che diamine, caporale, a Santa Fe. Il generale Dimasio dice che il governatore mi vuole conoscere. Credo che abbia intenzione di offrirmi un piccolo banchetto.

Call decise che valeva la pena di morire pur di colpire quel vigliacco anche una volta sola, o almeno il suo corpo lo decise per lui. In un attimo correva tra i soldati esterrefatti. Riuscí perfino a rubare un moschetto, ma non lo agguantò saldamente e lo fece cadere. Continuò a correre. La sua folle carica spaventò le cavalle nervose, che saltarono entrambe, sbalzando il conducente dal calesse, sotto ai loro zoccoli. Il calesse era leggero e Call lo investí mentre era leggermente inclinato a causa del salto della pariglia. Caleb e il generale furono scaraventati in avanti sul sedile. Call si avventò su Caleb e gli rifilò un pugno. Poi, mentre il calesse si rovesciava, prese la pesante ampolla di vetro del generale e la calò su Caleb, appiattendogli il naso e anche il sigaro fresco. L'ampolla si spaccò in faccia al colonnello: sangue e whiskey gli colarono giú per il petto. In un batter d'occhio quattro uomini si dimenavano nel calesse rovesciato, che le cavalle terrorizzate trascinavano lentamente su un fianco. Il conducente era impigliato sotto una ruota e gemeva forte ogni volta che le cavalle si muovevano.

Per un attimo l'intero accampamento messicano rimase paralizzato. Restarono lí storditi nel vedere un texano che, da solo, rovesciava il calesse del generale. Il generale Dimasio era sotto al mucchio e Call continuava a colpire Caleb con il pugno insanguinato. Dopo il primo momento di shock, tuttavia, i messicani recuperarono la capacità di muoversi: ben presto Call ebbe cinquanta fucili puntati addosso.

– Non sparate! – gridò il capitano Salazar in spagnolo. – Colpirete il generale. Usate le baionette, infilzate quell'uomo, infilzatelo!

Il soldato piú vicino riuscí a centrare Call al polpaccio, ma prima che qualcun altro lo infilzasse, il generale Dimasio si raddrizzò a fatica e ordinò ai soldati di fermarsi.

– *El fiero!* – esclamò, guardando Call, le cui mani sanguinavano tanto quanto la faccia di Caleb Cobb.

L'ordine del generale stupí parecchi soldati, con le baionette alzate e pronti a infliggere al texano una ferita fatale, ma obbedirono tutti. Benché Caleb avesse perso i sensi subito dopo il colpo con l'ampolla di whiskey, Call cercava ancora di picchiarlo.

– Credo che il colonnello Cobb abbia la mandibola rotta, – disse Salazar; anche se la faccia del colonnello era tutta insanguinata, gli pareva che la mandibola pendesse in modo strano.

Call voleva uccidere Caleb Cobb, ma era disarmato: i pochi pezzi di vetro che aveva intorno erano troppo piccoli per fare da coltelli e, prima che riuscisse ad afferrare bene il collo sporco di sangue del colonnello per strozzarlo, i messicani lo tirarono via. Non fu facile: Call era deciso a uccidere il colonnello e si dibatteva tanto che i soldati perdevano di continuo la presa. Alla fine uno di loro gli passò una corda di pelle di cavallo intorno a una gamba e lo trascinò via. Gli si avventarono addosso in dodici e finalmente lo tennero abbastanza fermo da legarlo mani e piedi. Appena prima che lo trascinassero via, Call aveva sbattuto la testa di Caleb contro il bordo del sedile addossato alla ruota del calesse, lacerandogli la fronte. Tuttavia, non aveva raggiunto il suo scopo. Aveva ferito Caleb Cobb, ma non a morte.

Di tra le gambe degli uomini che lo tenevano fermo, molti dei quali ansimavano per lo sforzo, Call vide alcuni messicani aiutare Caleb Cobb a rialzarsi. Caleb aveva la faccia e la fronte gocciolanti di sangue, ma non appena gli si snebbiò il cervello s'infilò zoppicando tra i soldati e irruppe nel cerchio dove Call giaceva legato. Senza dire una parola strappò il moschetto al soldato piú vicino e lo alzò, pronto a infilzare Call con la baionetta, ma il capitano Salazar fu piú veloce. Prima che Caleb colpisse Call, gli si parò davanti e gli puntò addosso la pistola.

– No, colonnello, mettete giú l'arma. Vi ricordo che quest'uomo è nostro prigioniero, non vostro.

Call guardò Caleb calmo. Aveva fatto del suo meglio per ucciderlo ed era pronto a subirne le conseguenze. Sapeva che Caleb lo voleva morto: vedeva l'impulso assassino nei suoi occhi.

A fatica, Caleb si dominò. Girò il moschetto, come se intendesse restituirlo al soldato. Ma poi, con una sferzata troppo veloce perché qualcuno potesse impedirla, colpí con il calcio del moschetto i piedi legati di Call. Fu un colpo cosí improvviso e doloroso che Call gridò. Caleb restituí subito il moschetto al soldato e tornò zoppicando al calesse.

Call si contorse per il dolore; di tra le gambe dei guardiani vide raddrizzare il calesse. Le cavalle, ancora agitate, erano tenute da tre uomini ciascuna. In piedi accanto al calesse, il generale Dimasio parlava con il capitano Salazar. Di tanto in tanto indicava Call. Il barbiere dell'esercito era stato chiamato in fretta e furia per togliere il vetro dalla faccia e dal collo di Caleb. Con uno straccio lo ripulí dal sangue come meglio poté, ma diversi tagli sanguinavano ancora copiosamente; Caleb gli tolse lo straccio di mano e se li tamponò da solo.

Il generale Dimasio salí di nuovo sul calesse, seguito da Caleb. Il baldacchino era un po' storto. Il conducente era sopravvissuto; girò il calesse e, mentre questo usciva dall'accampamento, gli otto cavalleggeri si rimisero al seguito.

Procedevano a ritmo sostenuto; in poco tempo il generale e Caleb furono quasi alle montagne.

Il capitano Salazar andò da Call, che era ancora circondato da soldati pronti a infilzarlo con le baionette se gliene avesse fornito il pretesto, e lo guardò.

– Siete un giovane coraggioso, ma sciocco. Il colonnello non aveva altra scelta se non arrendersi. I suoi uomini sono senza viveri e senza munizioni. Se non si arrendeva, vi uccidevamo tutti.

– Lo disprezzo, – rispose Call. – Almeno non sarà cosí bello al suo maledetto banchetto.

– Su questo avete ragione. Ma la moglie del governatore lo apprezzerà comunque. Le piacciono gli avventurieri.

– Lo disprezzo.

– Temo che neanche voi avrete un bell'aspetto, dopo che vi avremo frustato. Il generale ha ammirato tanto il vostro coraggio che vi ha condannato a cento frustate: un grande onore.

Call guardò il capitano Salazar, ma non disse nulla. I piedi gli facevano ancora molto male. Si aspettava un castigo. Dopotutto, per colpa sua, l'elegante calesse si era ribaltato, il grasso generale era stato sbalzato fuori, il conducente era rimasto in parte schiacciato sotto una ruota e il baldacchino si era deformato.

– In genere bastano cinquanta frustate per uccidere un uomo, – proseguí il capitano Salazar. – Se sperate di sopravvivere, vi consiglio di mangiare di gusto prima della punizione.

– Perché, di preciso, dovrei mangiare?

– Perché non vi resterà piú carne sulle costole. La frusta ve la leverà.

Poi il capitano gli sorrise di nuovo e se ne andò.

34.

Gus stava salendo il breve pendio che lo separava dalla compagnia dei ranger quando a un tratto udí levarsi grida di incoraggiamento. Alzò gli occhi e vide gli uomini che schiamazzavano e agitavano i fucili. All'inizio pensò che gli stessero semplicemente dando il bentornato, ma a un'occhiata piú attenta si accorse che guardavano oltre le sue spalle, verso l'accampamento messicano.

Si girò a vedere qual era la causa del tumulto e notò che, chissà come, il calesse del generale si era rovesciato; a tutta prima pensò a un incidente con i cavalli. I buoni cavalli da calesse erano spesso troppo nervosi per essere affidabili.

Quando capí che c'era una mischia e che Call ci si trovava nel mezzo, gli si rivoltò lo stomaco. Call era nel calesse rovesciato e picchiava Caleb Cobb. Poi un soldato gli diede una baionettata alla gamba; parecchi altri soldati avevano le baionette alzate, pronti a infilzarlo alla prima occasione. Gus non voleva guardare, ma era incapace di distogliere gli occhi. Tra pochi istanti il suo amico sarebbe morto.

Ma poi, con suo stupore, Salazar s'intromise e impedí che infilzassero Call. Vide Caleb avvicinarsi e colpire l'amico con il calcio di un moschetto. Perché gli avesse colpito i piedi, anziché la testa, non lo capiva. Cominciò a risalire la costa camminando all'indietro, per non perdersi l'azione nell'accampamento messicano. Salazar tornò indietro e parve avere una conversazione con Call, mentre lui era disteso a terra. Gus non sapeva che significato attribuire all'accaduto. L'unica certezza era che Caleb Cobb aveva lasciato l'accampamento con il generale Dimasio. Call era legato; senza dubbio era in un mare di guai per essersi scagliato contro il calesse del generale.

Poi Gus rinunciò a camminare all'indietro: il terreno era troppo accidentato. I ragazzi erano vicini, comunque; alcuni stavano scendendo per andargli incontro. La fanteria messicana formava un anello intorno a loro, appena fuori dalla portata di tiro dei fucili.

– Allora quali sono gli ordini? Perché Caleb se n'è andato? – chiese Bigfoot, quando Gus raggiunse la compagnia.

– Gli ordini sono di consegnare le armi. A Call non sono andati giú, mi sa che è per quello che ha rovesciato il calesse.

– Be', è stato temerario, – rispose Bigfoot. – Lo metteranno contro il muro di una chiesa, come hanno fatto con Bes.

– L'avrebbero già fatto, solo che non ci sono chiese a disposizione, – disse Blackie Slidell.

– Dov'è andato Caleb con quel grassone del generale? – chiese Bigfoot.

Gus non sapeva rispondere a quella domanda, né a molte di quelle che gli vennero poste. Non riusciva a togliersi dalla testa il pensiero che probabilmente Woodrow Call sarebbe stato giustiziato, e di lí a poco. Non aveva mai avuto un amico tanto stretto: sarebbe dovuto restare a combattere con lui e a farsi ammazzare al suo fianco.

– Caleb è una maledetta carogna, – disse Long Bill Coleman. – Non aveva il diritto di arrendersi per noi. E se preferiamo combattere?

– Cosa succede se ci arrendiamo? – chiese Jimmy Tweed. – Ci mettono tutti contro una chiesa?

– Oh, gliene servirebbero almeno due, visto quanti siamo, – disse Bigfoot. – La chiesa dove hanno fucilato Bes era grande come una casupola. Se usano una chiesa cosí piccola, gli tocca fucilarci a turni.

– Basta parlare di chiese, non ci fucileranno, – ribatté

Gus. Con quel suo vezzo di discutere lungamente dei modi in cui potevano morire Bigfoot lo indisponeva. Se doveva morire, voleva farlo senza sentire tante chiacchiere da parte di Bigfoot Wallace. – Appena cediamo le armi, potremo fare colazione.

Per gli uomini affamati, infreddoliti, bagnati e avviliti, l'idea della colazione era un notevole incentivo al compromesso.

– Chissà se hanno la pancetta, – disse Jimmy Tweed. – Se posso passare la mattina a mangiare pancetta, quasi quasi mi arrendo a quelle canaglie.

– Non ci sono maiali laggiú, – osservò Matilda. – Però magari se la sono portata.

– Che ne pensi, Shad? – chiese Bigfoot.

Alla prospettiva della battaglia Shadrach si era un po' ripreso. Negli occhi aveva una luce viva che mancava da quando aveva preso la tosse e cominciato a ripetersi nelle conversazioni. Camminava su e giú davanti alla compagnia, con il lungo fucile in pugno. Tuttavia, il fatto che erano circondati dalla fanteria messicana, appoggiata da un nutrito corpo di cavalleria, non gli sfuggiva. Continuava a guardare la pianura e poi le montagne sullo sfondo. La pianura non offriva speranze. Era completamente aperta; li avrebbero falciati come conigli. Ma le montagne erano boscose. Se avessero raggiunto quel riparo, forse sarebbero sopravvissuti.

Il problema con quella strategia era che l'accampamento messicano si trovava proprio fra loro e le montagne. Avrebbero dovuto combattere prima con la fanteria, poi con la cavalleria, infine con l'accampamento. Diversi uomini erano malaticci e le munizioni scarse. Per quanto fosse tentato di puntare il suo lungo fucile contro un petto messicano dopo l'altro, Shadrach sapeva che sarebbe stata una forma di suicidio. Erano troppo pochi, con pochi mezzi.

– Potremmo correre verso le montagne, facendoci largo a fucilate. Dubito che piú di cinque o sei di noi ce la farebbero. Almeno gli daremmo da combattere.

– Non ce la farebbe nessuno, – disse Bigfoot. – Forse risparmierebbero Matilda.

– Non voglio essere risparmiata, se non risparmiano Shad, – ribatté lei.

– Sei un bersaglio grosso, Matty, – commentò Bigfoot con tono bonario. – Potrebbero riempirti di piombo prima ancora di rendersi conto che sei una donna.

– Perché dobbiamo combattere? – chiese Gus. – Ci hanno circondati e sono in superiorità numerica di dieci a uno, o anche di piú. Non possiamo sconfiggerne cosí tanti, anche se sono messicani. Se ci arrendiamo non ci faranno alcun male, l'ha detto Caleb. Saremo prigionieri per un po'. E possiamo fare colazione.

– Accidenti se ho fame, – disse Blackie Slidell. – Un po' di tortillas non sarebbero male.

– Va bene, ragazzi, sono troppi, – sentenziò Bigfoot. – Deponiamo le armi. Forse ci faranno camminare fino a Santa Fe e ci presenteranno alcune graziose *señoritas*.

– Secondo me ci metteranno in fila e ci fucileranno, – disse Johnny Carthage. – Ma sono favorevole alla colazione, spero che hanno un buon cuoco.

I ranger posarono con cura le armi a terra, sotto lo sguardo di un capitano di fanteria. Ammucchiarono i fucili e alzarono le mani.

Il capitano che ricevette la resa era giovanissimo, piú o meno dell'età di Gus. Quando vide che i ranger avevano deciso di non combattere, il sollievo gli si dipinse in volto.

– *Gracias, señores*. Ora seguiteci e potrete mangiare.

– Arrendersi ha un lato buono, – disse Gus a Jimmy Tweed, mentre marciavano.

– Quale? – chiese Jimmy. – Le *señoritas*?

– No, le armi… un sacco di fucili e poi hanno quel cannone. Dovrebbero bastare a tenere alla larga gli orsi.

– Oh, gli orsi, – disse Jimmy con noncuranza.

– Non ne hai manco visto uno. O non eri cosí spavaldo.

35.

– La frusta è di fabbricazione tedesca, – disse il capitano Salazar, mentre legavano Call alla ruota di un carro delle salmerie. – Non sono mai stato in Germania, ma a quanto pare fanno le fruste migliori.

La truppa messicana al completo si era radunata per assistere alla punizione di Call. I texani erano schierati appena dietro di lui. La maggior parte era di pessimo umore perché la colazione promessa si era rivelata composta solo di tortillas insipide e caffè leggerissimo.

Nessuno di loro aveva avuto la possibilità di parlare con Call, che era tenuto sotto stretta sorveglianza. Uomini armati con le baionette innestate l'avevano accompagnato al carro. Dopo averlo legato, gli tolsero la camicia. A impartire le frustate sarebbe stato un carrettiere: un uomo atticciato con solo un paio di denti in bocca. La frusta aveva piú code, ciascuna con uno o due nodi e la punta di metallo.

– Mi sa che non andrò in Germania, se ai tedeschi piacciono tanto le fruste, – commentò Long Bill. – Non vorrei essere al posto di Woodrow. Cento colpi di una frusta come quella sono tanti.

Accanto agli uomini, Matilda Roberts aveva lo sguardo carico di odio funesto.

– Se Call non sopravvive, ammazzo quel bastardo con i denti rotti che lo frusterà.

Bigfoot Wallace tacque. Aveva già visto frustare altri uomini, neri soprattutto, ed era uno spettacolo che non apprezzava. Non lo divertiva veder tormentare uomini impotenti; certo, il giovane Call aveva ribaltato il calesse del generale. La dignità richiedeva che venisse punito in qualche misura, ma cento sferzate con una frusta a code di metallo erano una punizione notevole. Si moriva per molto meno, come il capitano Salazar amava ricordare.

– Se volete, vi concedo di scambiare una parola con il vostro amico, il caporale McCrae, – disse Salazar.

– No, lo faccio dopo, – rispose Call. Non gli piaceva il tono familiare con cui Salazar gli si rivolgeva. Non aveva intenzione di fraternizzare con lui e non voleva parlarci.

– Caporale, forse non ci sarà un dopo. Forse non sopravvivrete alle frustate. Come vi ho detto, ne bastano cinquanta per uccidere la maggior parte degli uomini.

– Conto di sopravvivere.

Delle frustate Call avrebbe ricordato soprattutto il calore del sangue sulla schiena e il silenzio che aveva invaso l'accampamento. Si udivano solo i grugniti del carrettiere che lo frustava. Dopo i primi dieci colpi, non sentí piú gli schiocchi della frusta.

Gus li sentiva, però. Guardò la schiena di Call diventare una distesa rossa. Ben presto l'amico ebbe anche i calzoni zuppi di sangue. Al sessantesimo colpo il carrettiere cedette e passò la frusta insanguinata a un uomo piú piccolo. Ormai Call era privo di sensi. I ranger credevano che fosse morto. Trattennero a fatica Matilda dall'aggredire l'aguzzino. Appeso per i polsi, Call era un bersaglio basso. Il secondo frustatore dovette piegarsi per colpirlo alla schiena.

Quando slegarono Call e lo lasciarono scivolare accanto alla ruota del carro, erano convinti di slegare un cadavere, ma Call si girò, gemendo.

– Perdio, è vivo, – disse Bigfoot.

– Per ora, – disse Salazar. – È notevole. Pochi uomini sopravvivono a cento frustate.

– Lui vi sotterrerà, – disse Matilda, lanciando a Salazar un'occhiata carica di odio.

– Se lo ritenessi possibile, lo sotterrerei qui e ora, vivo o morto.

– Non siate ingiusto, capitano, – disse Bigfoot. – Ha avuto la sua punizione. Non è ancora tempo di sotterrarlo.

Nessuno riusciva a guardare la schiena di Call, tranne Matilda, che quella prima notte lo vegliò per scacciare le mosche. Non aveva niente con cui coprire le ferite; se avessero suppurato in troppe, il ragazzo sarebbe morto.

Dopo i primi colpi, Gus McCrae non era riuscito ad assistere alle frustate. Si era seduto di spalle, con il capo tra le mani, stringendo i denti per il tormento. I texani non erano legati, ma un reparto di fucilieri era posizionato accanto a loro con i moschetti pronti. Avevano l'ordine di sparare a chiunque interferisse con la punizione. Nessuno l'aveva fatto, ma Gus aveva lottato con se stesso per tutto il tempo; voleva scagliarsi contro il frustatore. Call veniva frustato a morte e lui non poteva farci niente. Non aveva nemmeno potuto scambiare una parola con l'amico prima della punizione. Era stata un'ora terribile, durante la quale aveva giurato piú e piú volte di uccidere per vendetta tutti i soldati messicani che poteva.

Adesso che Call era vivo ma sempre in pericolo mortale, però, Gus camminava su e giú. Ogni dieci minuti andava da Matilda a chiederle se Call respirava ancora. Saputo che era vivo, tornava a sedersi con i texani, si abbandonava per un attimo e poi si rialzava e riprendeva a girare irrequieto fino a quando non era ora di tornare a controllare Call.

Vicino all'accampamento c'era un ruscelletto. Matilda aveva convinto un vecchio messicano che badava ai fuochi e aiutava in cucina a prestarle un secchio, perché lei potesse andare al ruscello a prendere l'acqua con cui lavare le ferite di Call. Delirava già per la febbre; per curarlo e pulirgli le ferite aveva solo l'acqua fredda. Quando era andata al ruscello, tre soldati l'avevano accompagnata, il che l'aveva molto infastidita. Tuttavia, non si era lamentata. Erano prigionieri: ora la vita di Call e quella degli altri dipendevano dalla prudenza.

Shadrach aveva steso la propria coperta accanto a dove Matilda sedeva con Call. Lui e Bigfoot erano gli unici ranger ad aver assistito alle frustate fino alla fine. Gli altri avevano voltato le spalle prima, come Gus. – Ossignore... ossignore, – aveva detto molte volte Long Bill, allo schioccare della frusta.

– Se toccava a me, preferivo che mi mettevano al muro, – aveva detto Blackie Slidell. – È piú veloce.

Il capitano Salazar aveva previsto correttamente i danni che avrebbe causato la frusta. Call era rimasto senza carne sulle costole in diversi punti. Nessuno dei texani riusciva a guardargli la schiena, tranne Bigfoot, che si considerava uno studioso di ferite. Un paio di volte era andato ad accovacciarsi accanto a lui per esaminare i danni. Shadrach non aveva mostrato alcun interesse. Pensava che Call potesse farcela: era un ragazzo resistente. Lo contrariava di piú che i messicani avessero preso il suo lungo fucile. Ce l'aveva da vent'anni: rare erano le notti in cui non l'aveva tenuto sottomano. Per quasi tutto quel tempo non l'aveva mai perso di vista. Senza, si sentiva incompleto. Le armi dei texani erano state ammucchiate su un carro, che lui teneva d'occhio. Aveva intenzione di riprendersi il fucile. Se questo significava morire, almeno sarebbe morto con il fucile in pugno.

Quella notte Shadrach dormí al freddo; Matilda rimase con Call, a scaldarlo con il proprio corpo. Call passava dalla febbre al gelo, dal gelo alla febbre. Il vecchio messicano aiutò Matilda ad accendere un focherello. A quanto pareva, non dormiva. Di tanto in tanto, nel corso della notte, andò a occuparsi del fuoco. Gus non chiuse occhio. Fece su e giú tutta la notte, fino a quando Matilda non si stufò del suo andirivieni.

– Tanto vale che dormi. Non puoi fare niente per lui.

– Non ce la faccio, – rispose Gus. Non riusciva a togliersi dalla testa le frustate. I calzoni di Call erano rigidi di sangue.

All'alba Call era ancora vivo, seppur in preda ad atroci sofferenze. Il capitano Salazar andò a esaminarlo.

– Notevole. Lo metteremo sul carro. Se sopravvive per tre giorni, credo che ce la farà e verrà con noi fino a Città del Messico.

– Non mi prestate ascolto, – disse Matilda, con gli occhi ancora pieni di odio. – Vi ho detto ieri che vi sotterrerà.

Salazar se ne andò senza rispondere. Misero Call su un carro delle salmerie: Matilda ebbe il permesso di viaggiare con lui. I texani camminavano dietro al carro, strettamente sorvegliati. Johnny Carthage rinunciò alla propria coperta perché Call potesse ripararsi dal freddo.

A metà mattina la truppa si divise. Il grosso della cavalleria andò a nord, e pure il grosso della fanteria. Venticinque cavalleggeri e circa cento fanti rimasero con i prigionieri. Bigfoot osservò la novità con interesse. I rapporti di forza erano cambiati, e in loro favore, sebbene non abbastanza. Il capitano Salazar era rimasto con loro.

– Vi devo portare a El Paso. Adesso attraversiamo le montagne.

I texani pativano la fame. I pasti erano miseri: solo le stesse tortillas e lo stesso caffè leggero che avevano avuto per cena.

– Credevo che dovevate sfamarci, se ci arrendevamo, – disse Bigfoot a Salazar.

Per tutto il giorno salirono verso un valico nella stretta catena di montagne. I texani erano abituati a camminare in piano. La salita non gli si addiceva. Si lagnavano molto, soprattutto di Caleb Cobb, che li aveva condotti in un viaggio difficile per poi alla fine consegnarli al nemico. Tuttavia, erano circondati da messicani: non potevano fare altro che salire e salire, infilandosi tra le nuvole che coprivano le cime delle montagne.

– Quassú vivono gli orsi, – disse Bigfoot, nel caso qualcuno fosse tentato di svignarsela mentre s'inerpicavano.

Quando rinvenne, Call pensò di essere morto. Matilda aveva lasciato il carro per fare i suoi bisogni; erano nel bel mezzo delle nubi. Vedeva solo nebbia bianca. Avevano interrotto la marcia per un po' e gli uomini si riposavano in silenzio. Call non vedeva niente, tranne la nebbia, e non udiva niente. Non vedeva neanche la propria mano; solo il dolore alla schiena lacerata gli ricordava che aveva ancora un corpo. Se era morto, come pensò per un attimo, era seccante sentire i dolori che avrebbe sentito da vivo. Se era in paradiso, allora era una delusione, perché la nebbia bianca era fredda e sgradevole.

Poco dopo, però, vide una forma nella nebbia, una grossa forma. Pensò che forse era l'orso, anche se non gli risultava che ci fossero orsi in paradiso, ammesso che fosse in paradiso, naturalmente. Magari il fatto che sentiva il dolore voleva dire che era all'inferno. Si aspettava che l'inferno fosse caldo, ma forse era solo un errore dei predicatori. Forse l'inferno era freddo e popolato di orsi.

La grossa forma non era un orso, però: era Matilda Roberts. Call aveva la vista offuscata. All'inizio vide solo la sua faccia, sospesa vicino a lui nella nebbia. Era molto disorientante; nelle ore di febbre parecchie facce erano entrate e uscite dai suoi sogni fluttuando. Spesso c'era Gus, ma anche Buffalo Hump, e Buffalo Hump di certo non aveva a che fare con il paradiso.

– Te la senti di mangiare? – chiese Matilda.

Allora Call capí che era vivo e che il dolore che provava non era dovuto alle fiamme dell'inferno, ma alle frustate. Sapeva di averne ricevute cento, ma non ne aveva un ricordo nitido. I primi colpi non li aveva sentiti perché era troppo arrabbiato; poi era diventato insensibile e alla fine aveva perso conoscenza. Il dolore che provava sdraiato lí sul carro, in quella nebbia fredda, era di gran lunga peggiore di quello che aveva provato mentre lo frustavano.

– Te la senti di mangiare? – ripeté Matilda. – Il vecchio Francisco mi ha dato un po' di zuppa.

– Non ho fame, – rispose Call. – Dov'è Gus?

– Non lo so, Woodrow, c'è la nebbia. Shad ha la tosse, questa nebbia non gli fa bene.

– Ma Gus è vivo, vero? – chiese Call, perché in una delle sue allucinazioni Buffalo Hump aveva ucciso l'amico e l'aveva appeso a testa in giú a una quercia bianca.

– Credo di sí, ha chiesto di te ogni cinque minuti. Era preoccupato, lo eravamo tutti.

– Non mi ricordo le frustate, devo essere svenuto.

– Sí, intorno alla sessantesima. Salazar si aspettava che morivi, ma io lo sapevo che non morivi.

– Un giorno o l'altro lo uccido. Lo disprezzo. Ucciderò anche il carrettiere che mi ha frustato.

– Oh, lui se n'è andato. La maggior parte dell'esercito è andata a casa.

– Be', se lo trovo lo ammazzo. Sempre che non hanno intenzione di giustiziarmi mentre sto male.

– No, dobbiamo marciare fino a El Paso.

– Quando abbiamo cercato di arrivarci dall'altra parte, non ce l'abbiamo fatta, – le ricordò Call. Poi una specie di oscurità rossa lo travolse e non parlò piú. Era di nuovo immerso in un turbinio di sogni folli, sogni di indiani e di orsi.

Quando si svegliò la seconda volta, erano piú in basso. Splendeva il sole e Gus era lí. Ma lui era stanchissimo. Aprire gli occhi e tenerli aperti era come una giornata di lavoro. Voleva parlare con Gus, ma era cosí stanco che non riusciva a muovere le labbra.

– Non parlare, Woodrow, – disse Gus. – Riposa. Matilda ha un po' di zuppa per te.

Call sorbí un po' di zuppa, ma mentre mangiava svenne. Per tre giorni oscillò fra coscienza e incoscienza. Salazar passava regolarmente a vedere se era morto. Matilda lo insultava tutte le volte, ma Salazar si limitava a sorridere.

Il quarto giorno dopo le frustate, Salazar insisté perché Call camminasse. Erano nella pianura a ovest delle montagne e faceva freddissimo. Call aveva ancora la febbre alta; rabbrividiva anche con la coperta di Johnny Carthage. Quella notte non era riuscito a stare fermo un attimo: si girava prima da una parte e poi dall'altra. Matilda era combattuta. Non voleva che Call morisse di freddo, ma non voleva neppure che morisse Shadrach. La tosse del vecchio si era fatta piú profonda. Sembrava che gli salisse dalle viscere. Lei aveva paura, molta paura. Pensava che Shad stesse morendo, che una mattina si sarebbe svegliata e l'avrebbe visto con gli occhi spalancati nello sguardo fisso della morte. Alla fine aveva preso in braccio Call e, scesa dal carro, l'aveva portato vicino a Shadrach. Si era sdraiata in mezzo a loro e li aveva scaldati come meglio poteva. Era una notte serena. Il fiato usciva a nuvolette sopra di loro. Erano entrati in territorio desertico. C'era poca legna e quella poca che c'era la usavano i messicani per i loro fuochi. I texani erano costretti a dormire al freddo.

La mattina dopo, trovando Call fuori dal carro, Salazar decise che avrebbe camminato. Call era cosciente solo a metà; non sentí nemmeno l'ordine, ma Matilda sí, e s'indignò.

– Il ragazzo non è in grado di camminare. Sono stata io a tirarlo giú dal carro e a portarlo qui per tenerlo al caldo. E nemmeno il vecchio dovrebbe camminare.

Indicò Shadrach, che tossiva.

Salazar l'aveva presa in simpatia: tra i texani era l'unica a stargli simpatica. Tuttavia respinse immediatamente la sua richiesta.

– Se fossimo un ospedale, metteremmo i malati a letto. Ma non siamo un ospedale. Adesso devono camminare tutti.

– Perché oggi? Permettete al ragazzo di viaggiare sul carro un altro giorno. Con un altro giorno di riposo forse si riprenderà.

– Per sotterrarmi? È per questo che volete che si riprenda? – chiese Salazar. Era un tentativo di scherzare un po'.

– Voglio solo che non muore, – disse Matilda, ignorando la battuta. – Ha sofferto abbastanza.

– Abbiamo tutti sofferto abbastanza, ma stiamo per soffrire ancora. Non solo voi texani. Per i prossimi cinque giorni soffriremo tutti. Alcuni di noi forse non ce la faranno.

– Perché? – chiese Gus. Si era avvicinato e ascoltava la conversazione. – Non mi va di morire.

Salazar indicò il sud. Erano già in un territorio quasi brullo. Il giorno prima non avevano visto neanche un animale e le riserve d'acqua scarseggiavano.

– Lí c'è la Jornada del Muerto. Il cammino del morto.

– Di cosa sta parlando? – chiese Johnny Carthage. Vedendo che era in corso un conciliabolo, parecchi texani si erano avvicinati, compreso Bigfoot Wallace.

– Oh, allora è qui, – disse Bigfoot. – Il cammino del morto. Ne sento parlare da anni.

– Adesso non ne sentirete soltanto parlare, *señor* Wallace, – disse Salazar. – Lo attraverserete. Oggi o domani dovremmo incontrare un villaggio. Forse ci daranno un po' di cocomeri e di mais. Dopodiché, non troveremo né cibo né acqua fino a quando non avremo attraversato il cammino.

– Quant'è lungo? – chiese Long Bill. – Io cammino piano, ma se è cosí difficile cercherò di non restare indietro.

– Duecento miglia. Forse di piú. Presto ci toccherà bruciare il carro, magari già stanotte. Non c'è legna là dove andiamo.

Le voci erano penetrate nella rossa oscurità in cui viveva Call. Aprí gli occhi e si vide intorno tutti i texani.

– Che succede, ragazzi? Fa freddo, vero?

– Woodrow, vogliono che cammini, – disse Gus. – Ce la fai?

– Sí. Ad ogni modo, i carri messicani non mi piacciono.

– Ti aiutiamo noi, caporale, – disse Bigfoot. – Possiamo portarti a turno, se serve.

– Camminando un po', forse mi scalderò i piedi. Non sento le dita.

I piedi freddi erano un male comune fra i texani. Di notte se li avvolgevano in qualunque cosa riuscissero a trovare, ma il fatto era che non trovavano granché. In pochi dormivano piú di un'ora o due. Era meglio commentare le avventure passate che dormire al freddo. Faceva eccezione Bigfoot Wallace, che non sembrava patirlo. Dormiva bene, al freddo o al caldo.

– Almeno abbiamo i cavalli, – commentò Bigfoot. – Possiamo mangiare quelli, come abbiamo già fatto.

– Immagino che li mangeranno i messicani, – disse Gus. – Non sono nostri.

Benché trovasse molto difficile camminare con i piedi congelati, Call lo preferiva rispetto a rimanere sdraiato sul carro, dove non aveva altro a cui pensare che alla schiena in fiamme. Non riusciva a stare al passo, però. Matilda e Gus si offrirono di fargli da stampelle, ma anche quello era difficile. Le ferite avevano fatto la crosta e aveva i muscoli indolenziti: quando provò a mettere le braccia sulle spalle di Gus, grugní di dolore.

– È inutile, zoppicherò e basta. Diventerò piú veloce quando mi scaldo.

Gus, preoccupato per gli orsi, continuava a voltarsi indietro. Non ne vide, ma adocchiò di sfuggita un puma, solo di sfuggita, mentre il grosso felino bruno attraversava una piccola gola.

Proprio in quel momento dalla testa della colonna giunse un grido. Un cavalleggero dell'avanguardia galoppava a tutta velocità verso la compagnia, alzando nuvolette di polvere dal terreno sabbioso.

– Adesso perché tutta questa fretta? – disse Bigfoot. – Secondo voi ha visto un grizzly?

– Mi auguro di no, – rispose Gus. – Non sono in vena d'incontrare un orso.

Matilda e Shadrach camminavano con Francisco, il vecchio messicano. Erano molto piú avanti degli altri texani. I soldati si radunarono intorno al cavaliere, che teneva qualcosa in mano.

– Che cos'ha lí, Matty? – chiese Bigfoot, avvicinandosi in fretta e furia.

– Il cappello del generale, – rispose Matilda.

– Questo sí che è strano, – disse Bigfoot. – Non ho mai sentito di un generale che perde il cappello.

36.

Due miglia piú avanti scoprirono che il generale Dimasio aveva perso ben piú del cappello: aveva perso il calesse, il conducente, i cavalleggeri e la vita. Quattro cavalleggeri erano stati legati e ammucchiati nel calesse, che poi era stato dato alle fiamme. Era quasi incenerito, e i cadaveri di quei quattro erano bell'e carbonizzati. Gli altri cavalleggeri erano stati mutilati ma non scotennati. Il generale Dimasio aveva subito la sorte peggiore, una sorte cosí tremenda che tutti quelli che lo guardavano si piegavano in preda ai conati. Gli avevano aperto il torace e l'avevano riempito di carboni ardenti. Tutt'intorno erano sparpagliati i vestiti e gli oggetti dei morti. Le belle cavalle della pariglia erano state uccise e macellate.

– Chiunque è stato si è portato via della gustosa carne di cavallo, – disse Bigfoot.

A parte i cavalleggeri carbonizzati, i morti erano pieni di frecce.

– Non hanno preso gli scalpi, – commentò Bigfoot.

– Gli Apache non scotennano, non gli interessa, – disse Shadrach. – Conoscono modi migliori per ammazzarti.

– Ha ragione, – disse Salazar. – Questa è opera di Gomez. Per un po' è stato in Messico, ma adesso è qui. Nell'ultimo mese ha ucciso venti viaggiatori, e adesso ha ucciso un grande generale.

– Non abbastanza grande, temo, – puntualizzò Bigfoot. – La sua guardia mi pareva striminzita. Mi sa che avevo ragione.

– Solo Gomez tratterebbe un generale in questo modo. La maggior parte degli Apache lo venderebbe, se ne catturasse uno. Ma a Gomez piace solo uccidere. Non conosce leggi.

A Bigfoot parve un ragionamento superficiale.

– Be', magari invece ne conosce un sacco. Ma non sono le sue e non si fa problemi a infrangerle.

Salazar s'indispettí.

– Se vi prende, rimpiangerete che non ne conosca di piú. Adesso siamo tutti in pericolo.

– Dubito che attaccherà un gruppo cosí numeroso. Il vostro generale aveva solo undici uomini, lui compreso.

Salazar schioccò le dita; si era appena accorto di qualcosa.

– A proposito di numeri, dov'è il vostro colonnello? Non vedo il suo cadavere.

– Perdio, è vero, – disse Bigfoot. – Dov'è Caleb?

– Quel vigliacco, sarà scappato, – disse Call.

– Peggio ancora, – ipotizzò Gus. – Avrà fatto un patto con Gomez.

– No, – disse Salazar. – Gomez è apache, non è come noi. Uccide e basta.

– Magari se l'è portato a casa per giocarci, – suggerí Long Bill. – Se è cosí, mi dispiace per lui, anche se è una carogna.

– Dubito che Caleb Cobb si faceva prendere vivo, – disse Bigfoot. – Non è il tipo a cui piace farsi riempire la pancia di carboni ardenti.

Prima che finissero di seppellire i morti, un fante trovò Caleb Cobb, nudo, cieco e storpio, che zoppicava per il deserto sabbioso a circa un miglio da dove gli Apache avevano sorpreso i messicani. Aveva le gambe e i piedi pieni di spine: nella sua cecità era andato a sbattere contro fichi d'India e altri cactus.

– Oh, ragazzi, mi avete trovato, – disse con voce roca, quando lo condussero nell'accampamento. – Quei diavoli apache mi hanno accecato con le spine.

– Gli hanno anche tagliato un tendine, – sussurrò Bigfoot. – Pensavano che moriva di fame o congelato.

– Poteva ucciderlo quell'orso, – disse Gus.

Alla vista di Caleb Cobb, per cui nutriva un profondo disprezzo, perfino Call, benché mezzo morto per le frustate, fu mosso a pietà. Essere nudo, cieco e storpio in quel deserto spinoso, e pure al freddo: nemmeno un vigliacco meritava una sorte tanto dura.

– Quanti erano, colonnello? – chiese Salazar.

– Non molti, – rispose Caleb, con la voce roca. – Forse quindici. Ma erano veloci. Ci hanno assaliti all'alba, quando avevamo il sole negli occhi. Uno di loro mi ha colpito con il calcio del fucile prima che mi rendessi conto che eravamo sotto attacco.

Per un attimo rimase senza voce, incapace di reggersi in piedi. Si afflosciò fra le braccia dei due fanti che lo sostenevano. La gamba ferita era ruotata in modo strano.

– Quindici non sono tanti, – disse Gus. Non gli piaceva vedere gente che era stata torturata, viva o morta che fosse. Non riusciva a non pensare a come sarebbe stato subire quelle torture in prima persona. Vedere Caleb con la gamba sussultante, gli occhi rovinati e il corpo bluastro per il freddo gli faceva venire voglia di distogliere lo sguardo e andarsene, ma naturalmente non se ne poteva andare senza incorrere nel pericolo degli Apache e degli orsi.

– Sono bastati, – disse Bigfoot. – Ho sentito dire che attaccano all'alba.

Il capitano Salazar pensava al viaggio che li attendeva. Continuava a guardare a sud, verso il cammino del morto. L'uomo distrutto e tremante a terra di fronte a lui era un intralcio che non si poteva permettere.

– Colonnello, ci aspetta una marcia difficile. Non siete nelle condizioni di affrontarla, temo. Abbiamo davanti un territorio terribile. Forse non ce la farà neanche chi è sano. Ho paura che non abbiate speranze.

– Mettetemi su un carro, – rispose Caleb. – Se mi date una coperta, ce la farò.

– Colonnello, non possiamo portare i carri nel deserto. Ci toccherà bruciarli come legna da ardere, probabilmente stanotte. Ormai siete cieco e storpio.

– Non vi permetterò di abbandonarmi, – disse Caleb, interrompendo il capitano. – Mi serve solo un buon dottore, mi sistemerà la gamba.

– No, colonnello. Nessuno vi sistemerà la gamba, né gli occhi. Non possiamo condurvi attraverso il deserto, dobbiamo pensare a noi stessi.

– Allora mandatemi indietro. Se mi mettete su un cavallo, credo di riuscire a cavalcarlo fino a Santa Fe.

C'era rabbia nella voce di Caleb. Sotto gli occhi di tutti, riuscí ad alzarsi in piedi. Perfino da storpio era piú alto di Salazar, ed era deciso a non morire. La sua risolutezza stupí Call.

– Se era altrettanto deciso a combattere, non eravamo prigionieri, – bisbigliò a Gus.

– Non è deciso per noi... è deciso per sé, – gli fece notare Gus.

Salazar, però, aveva esaurito la pazienza.

– Non posso portarvi con noi, colonnello, e non posso nemmeno rimandarvi indietro. Se vi mandassi con pochi uomini, Gomez vi troverebbe e stavolta farebbe di peggio.

– Sono pronto a correre il rischio.

– Ma io no, colonnello, – disse Salazar, estraendo la pistola. – Siete un ufficiale coraggioso, è ora di farla finita.

Quando Salazar estrasse la pistola, calò il silenzio. Caleb Cobb si reggeva in equilibrio su un piede solo; con l'altro sfiorava appena il terreno. Call vide la collera montargli al viso; per un attimo pensò che si sarebbe scagliato contro Salazar. Ma subito dopo Caleb si dominò.

– Sta bene. Non mi aspettavo di morire in un maledetto deserto. Sono un uomo di mare. Dovrei essere sulla mia nave.

– Siete stato un grande pirata, lo so, – disse Salazar, sollevato che l'altro prendesse la faccenda con calma. – Avete rubato molte ricchezze al re di Spagna.

– Sí, e ho perso tutto a carte. Dovete mettervi in marcia, capitano. Datemi la pistola, cosí la faccio finita e voi potete partire.

– Volete restare solo? – chiese Salazar, che teneva ancora la pistola.

– No, che diamine, non particolarmente, – disse Caleb, con una voce normale. – Questi selvaggi texani ce l'hanno tutti con me perché mi sono arreso. M'impiccheranno, se ne hanno l'occasione. Mi diverte fargliela in barba sparandomi.

– D'accordo.

– Come dicevate che bisogna fare, Wallace? Siete qui, Wallace? So che secondo voi esiste un metodo sicuro, voglio andare sul sicuro.

– Nell'occhio, – rispose Bigfoot.

– Allora dovrà essere nell'orbita, gli occhi non ce li ho piú.

– Be', andrà bene anche quella, colonnello.

– Ora prendo la pistola, se non vi dispiace, – disse Caleb, con una voce amabile, normale.

– *Adiós*, colonnello, – rispose Salazar, passandogli la pistola.

Caleb la puntò immediatamente contro Salazar e sparò: il capitano cadde all'indietro, stringendosi la gola.

– Attaccateli, ragazzi, prendetegli le armi, – disse Caleb. – Io ne ammazzo un po'.

Ma nella sua cecità sparò dalla parte dei texani, non dei messicani. Due proiettili finirono nella natura, mentre i texani si abbassavano.

– Che diavolo, si è girato, spara addosso a noi! – gridò Long Bill, abbassandosi.

Prima che Caleb sparasse una quarta volta, i soldati messicani si riebbero dalla sorpresa e lo abbatterono. Cadendo, Caleb sparò un ultimo colpo: Shadrach, che se ne stava tranquillo accanto a Matilda, si rovesciò all'indietro, stecchito. Morí senza aver avuto il tempo di stupirsi.

– Oh, no! No! Non il mio Shad, – gridò Matilda, accovacciandosi accanto a lui.

I soldati messicani crivellarono di pallottole Caleb Cobb: quando lo seppellirono, il cadavere ne conteneva piú di quaranta. Ai texani, però, Caleb non interessava piú: Bigfoot strappò la camicia a Shadrach, sperando che fosse stordito, non morto. Ma la pallottola l'aveva centrato proprio al cuore.

– Che peccato, – disse il capitano Salazar. Sanguinava copiosamente dalla ferita alla gola, che però era solo un graffio.

– Shad, Shad! – gridava Matilda, cercando di ottenere una risposta dal vecchio, ma le labbra di Shadrach non si mossero.

– Quest'uomo aveva attraversato il cammino del morto, – disse Salazar. – Avrebbe potuto guidarci. Il vostro colonnello era già morto quando gli ha sparato, gli si sarà contratto il dito. Oggi non siamo fortunati.

– Che diamine, capitano, voi siete fortunato eccome, – lo rimbeccò Bigfoot. – Se quella pallottola vi colpiva un pelo piú a sinistra, eravate morto come Shad.

– Vero, – ammise Salazar. – Sono stato proprio uno sciocco a dare la mia pistola a Caleb Cobb. Era come Gomez, non conosceva leggi.

Quando capí che Shadrach era morto, Matilda Roberts cominciò a lamentarsi. Si lamentò con tutta la forza della sua voce possente. Una collinetta poco lontana rimandò l'eco delle sue grida; quando l'eco riportò il suono di una donna che si lamentava nel deserto, molti uomini si sentirono rizzare i capelli in testa. Vari messicani si fecero il segno della croce.

– Su, Matty, – disse Bigfoot, inginocchiandosi accanto a lei e mettendole un grosso braccio intorno alle spalle. – Su, Matty, se n'è andato e questa è la triste realtà.

– Non lo sopporto, lui era tutto quello che avevo, – disse Matilda, con il seno prosperoso bagnato di pianto che andava su e giú per l'affanno.

– È triste, ma forse è stato provvidenziale, – la consolò Bigfoot. – Shadrach non stava bene e dobbiamo attraversare il deserto. Dubito che ce la faceva. Sarebbe morto in maniera peggiore, come toccherà a qualcuno di noi.

– Non dirmi cosí, io lo voglio vivo, lo voglio vivo e basta, – disse Matilda.

Pianse tutta la mattina, mentre scavavano le fosse. C'erano da seppellire dodici corpi e il terreno era duro. Mentre gli uomini scavavano, il capitano Salazar sedeva addossato alla ruota di un carro. La perdita di sangue l'aveva indebolito. Aveva ricaricato la pistola e la tenne in pugno per tutto il giorno, temendo che il breve parapiglia spingesse i texani a ribellarsi.

Era una cautela giustificata. Infiammati dalla sparatoria, diversi ragazzi parlarono di battersi. Blackie Slidell era favorevole, e cosí Jimmy Tweed: entrambi ne avevano abbastanza di sottostare agli ordini messicani.

Gus li ascoltò, ma non fomentò la ribellione. Costretto a camminare quando non ne era in grado, il suo amico Call era crollato. Era piú debole di Salazar e piú gravemente ferito. Fuggire significava abbandonarlo e Gus non ne aveva alcuna intenzione. Per di piú Matilda era stravolta dal dolore: c'erano voluti quattro uomini per staccarla dal cadavere di Shadrach, in modo da poterlo seppellire. I soldati messicani erano in gran parte ragazzi, ma avevano avuto la presenza di spirito di uccidere Caleb Cobb; dal momento che erano loro ad avere tutte le armi, ribellione e fuga sembravano possibilità remote.

Contavano di trascorrere la notte in un villaggio di nome San Saba, ma a causa delle sepolture e della debolezza del capitano Salazar si mossero tardi e riuscirono a percorrere solo qualche miglio.

Quella notte da nord giunse un vento pungente, cosí

freddo che gli uomini, messicani e texani in egual misura, non pensavano ad altro che a riscaldarsi. I texani accettarono perfino di farsi legare, pur di potersi sedere intorno al fuoco. Nessuno dormí. Il vento ululava per l'accampamento. Non avendo Shadrach di cui occuparsi, Matilda coprí Call con il proprio corpo. Prima che arrivasse l'alba, avevano bruciato entrambi i carri.

– Quant'è lontano quel villaggio, capitano? – chiese Bigfoot. L'alba era grigia e il vento non si era placato.

– Troppo, venti miglia, – rispose il capitano Salazar.

– Dobbiamo farcela oggi, non abbiamo nient'altro da bruciare.

– Call morirà se deve dormire all'aperto senza un fuoco, – disse Matilda.

– Diamoci una mossa, ragazzi, – li incitò Bigfoot.

– Matty, ti aiuto io con Woodrow, – si offrí Gus. – Mi sembra messo male.

– Non quanto il mio Shad, – rispose Matilda.

Insieme riuscirono a far alzare Call.

37.

Per tutto il giorno Call arrancò in quel territorio arido. Il vento gelido sembrava infilarglisi nei tagli alla schiena e ai fianchi; era come se gli soffiasse dentro. Non sentiva i piedi, tanto ce li aveva freddi. Gus lo sostenne per un po', Matilda per un altro po'; perfino Long Bill Coleman diede una mano.

– Accidenti, com'è che fa cosí freddo? – borbottò piú volte Jimmy Tweed. – Non sono mai stato in un posto dove faceva cosí freddo. Perfino la neve lo era di meno.

– Dovreste abbandonarmi, – disse Call. – Vi rallento –. Aver bisogno di aiuto lo irritava.

– Forse nel villaggio ci sono un mucchio di capre, – disse Gus. Aveva molta fame. L'aria nella pancia rendeva piú difficile sopportare l'aria del nord. Aveva sempre avuto un debole per la carne di capra: nelle sue fantasie il villaggio dove erano diretti era un ricco centro di allevamento caprino, con greggi di centinaia di gustose capre pasciute che brucavano la sterpaglia del deserto. Immaginava un banchetto dove le capre erano infilzate allo spiedo sopra un bel fuoco e gocciolavano il loro sugo nelle fiamme. Eppure, piú arrancava piú diventava arduo confidare in quelle fantasie, perché nel deserto non c'era sterpaglia. C'era solo il terreno accidentato, con un cactus o un piccolo rovo qua e là. Se anche ci fossero state le capre, non ci sarebbe stata la legna, né il fuoco su cui cuocerle.

Il capitano Salazar cavalcava in silenzio, soffrendo per la ferita al collo. Di tanto in tanto i soldati che gli camminavavano accanto sfregavano le mani sul suo cavallo, premendole tra i crini per ottenere un attimo di calore.

Fuorché quando aiutava Call, Matilda camminava in solitudine. Piangeva e le lacrime le si congelavano sulle guance e sulla camicia. Voleva tornare indietro e restare con Shadrach: sarebbe rimasta seduta accanto alla sua tomba fino a quando il vento non l'avesse congelata o fino a quando non fossero arrivati gli indiani o un orso. Voleva rimanere lí dov'era morto, eppure non poteva abbandonare il ragazzo, Woodrow Call, le cui ferite erano tutt'altro che guarite. Rischiava ancora di contrarre una grave infezione; se anche non fosse successo, c'era il rischio che morisse congelato, se lei non era lí a scaldarlo.

Il freddo nuoceva alla gamba dolorante di Johnny Carthage. Benché ce la mettesse tutta per stare al passo, con il trascorrere delle ore rimaneva sempre piú indietro. Anche i soldati messicani morivano di freddo. Se ne fregavano del texano zoppo che restava indietro, finendo prima tra i loro ranghi e poi addirittura in coda al gruppo.

– Vi raggiungo, vi raggiungo, – ripeteva di continuo Johnny, anche se i messicani non gli badavano.

A metà pomeriggio erano rimasti indietro alcuni altri texani, cosí come numerosi fanti messicani. La colonna si allungava per un miglio, poi per due. Bigfoot andò in avanscoperta, nella speranza di avvistare il villaggio che cercavano, ma non vide nulla, a parte il deserto uniforme. Alle loro spalle incombeva un basso banco di nubi scure; forse sarebbe nevicato di nuovo. Era fiducioso di riuscire a superare la notte, anche senza fuoco, ma molti uomini non ce l'avrebbero fatta: senza un riparo, sarebbero morti congelati.

– Chissà se sappiamo dove stiamo andando, magari abbiamo mancato il paese, – disse a Gus. – Se non lo troviamo, dormiremo al gelo.

– Dobbiamo trovarlo per forza. Spero che ci saranno le capre, – rispose Gus. In quel momento stava quasi portando Call.

Bigfoot rallentò per parlare con Salazar: il capitano non si era fermato, ma aveva lo sguardo vitreo per il dolore e la stanchezza.

– Capitano, sono preoccupato. Siete mai stato in questo posto, come si chiama?

– San Saba, – rispose Salazar. – No, non ci sono mai stato.

– Spero che esiste. Abbiamo gente che non supererà la notte, se non troviamo riparo. Alcuni sono tra i miei, ma un bel po' sono tra i vostri.

– Lo so, ma non sono un mago. Non posso far comparire case dove non ci sono case, né alberi dove non ci sono alberi.

– Perché non ci lasciate andare, capitano? Non ne usciremo tutti vivi. Perché mettere in pericolo i vostri ragazzi solo per portarci a sud? È stato Caleb Cobb a inventarsi questa spedizione, ed è morto.

Prima di rispondere, il capitano Salazar cavalcò in silenzio per un po', sempre con lo sguardo vitreo. Quando parlò, aveva la voce roca e incrinata.

– Non posso lasciarvi andare, signor Wallace. Sono un militare e ho ricevuto degli ordini.

– Ordini stupidi, dico io. Non vale la pena di crepare di freddo per noi. Non abbiamo ucciso nessuno dei vostri. Non abbiamo fatto altro che camminare per millecinquecento miglia per poi renderci ridicoli, e ora siamo in una situazione in cui la metà di noi non se la caverà nemmeno se ci lasciate andare. Che senso ha?

Salazar riuscí a sorridere, anche se lo sforzo gli costò una smorfia di dolore.

– Non ho detto che erano ordini intelligenti, ma solo che erano ordini. Sono un militare da vent'anni e in pratica ho ricevuto unicamente ordini sciocchi. Molte volte ho rischiato di morire a causa di ordini sciocchi. Adesso mi hanno dato un ordine cosí sciocco che, se non stessi morendo di freddo e di dolore, riderei e piangerei.

Bigfoot non disse nulla. Si limitò a guardarlo.

– Ovviamente avete ragione, – proseguí Salazar. – Avete fatto tantissima strada solo per rendervi ridicoli e non avete torto un capello a nessuno. A proposito, in caso contrario vi fucilavamo, cosí ci risparmiavamo tutti questo ventaccio. Ma gli ordini sono ordini. Devo condurvi a El Paso, o morire provandoci.

– Potrebbe essere la seconda, capitano, – rispose Bigfoot. – Quella nuvola non mi piace.

Poco dopo un fitto nevischio si mise a sferzare la schiena degli uomini. Con il calare del crepuscolo diventò difficile vederci: il nevischio ricoprí il terreno e rese ogni passo un tormento per chi aveva i piedi freddi.

– Mi sa che abbiamo perso Johnny, – disse Bigfoot. – È indietro da qualche parte, ma non lo vedo. Forse è indietro di un miglio o forse è già morto congelato.

– Vado a prenderlo, – disse Long Bill.

– Io non lo farei. Ti serviranno tutte le tue forze, per farcela.

– No, Johnny è il mio *compañero*. Credo che tornerò indietro. Se moriamo stanotte, devo essere con lui.

Ci vollero sia Gus che Matilda per far avanzare Call. La coltre di nevischio aumentò fino a diventare troppo scivolosa per lui. Dopo un po' mise le braccia intorno alle loro spalle, e Gus e Matilda lo portarono tenendolo al caldo tra i loro due corpi.

Quando era ormai buio e il vento spingeva il nevischio come pallini da caccia, tutti pensavano alla fine. Tutti quanti, perfino Bigfoot Wallace, veterano di molte tempeste, credevano che sarebbero morti durante la notte. Long Bill era tornato lealmente nell'occhio della bufera per cercare il suo *compañero*, Johnny Carthage. Il capitano Salazar era accasciato sul collo del cavallo, privo di sensi. Aveva continuato a sanguinare dalla ferita al collo fino a quando non aveva perso le forze ed era svenuto. Tranne quelli rimasti indietro, i soldati messicani camminavano in gruppo.

Avevano una sola lanterna, che in quella glaciale oscurità illuminava a pochi passi di distanza appena. Via via che il buio s'infittiva, il freddo aumentò e gli uomini cominciarono ad arrendersi. Texani o messicani, a un certo punto si rassegnavano: perdevano la capacità di alzare i piedi e avanzare piano piano sul terreno scivoloso. Pensavano solo di riposarsi un attimo, il tempo di recuperare le energie; ma la pausa si prolungava e non si rialzavano. Il nevischio gli copriva i vestiti. Dapprima stavano seduti, con le spalle al vento e al nevischio. Poi la volontà di lottare li abbandonava, si sdraiavano e lasciavano che il nevischio li coprisse.

Fu Gus McCrae, con la sua vista acuta, a scorgere per primo un barlume in lontananza.

– Diamine, c'è un fuoco. Se non è un fuoco, è una luce di qualche tipo.

– Dove? – chiese Matilda. – Vedo solo il nevischio.

– No, c'è un fuoco, l'ho visto. Deve essere quel paese.

Uno dei soldati lo udí e svegliò il capitano con un colpetto.

Anche Salazar sentiva che non avrebbe superato la notte. La ferita che Caleb Cobb gli aveva inferto era piú grave di quanto credesse: aveva sanguinato tutto il giorno e il sangue gli si era congelato sulla giubba. Ora un soldato l'aveva svegliato con una frottola su una luce, benché nevischiasse e lui non vedesse piú in là della testa del cavallo. Non c'era nessuna luce, nessun paese. I calzoni zuppi di sangue si erano congelati e attaccati alla sella. Invece di consegnare gli invasori texani a El Paso ed essere promosso maggiore, quanto meno, per il valore dimostrato catturandoli, sarebbe morto in una tempesta di nevischio in mezzo alla pianura ghiacciata. Pensò di spararsi, ma aveva le mani cosí fredde che temeva di far cadere la pistola, se provava a tirarla fuori. Anche la pistola era rivestita di ghiaccio insanguinato: forse non avrebbe nemmeno sparato.

Poi Gus vide di nuovo la luce e gridò, sperando che qualcuno piú avanti lo sentisse.

– Ecco la luce, eccola, siamo vicini.

Stavolta la vide anche Bigfoot.

– Perdio, ha ragione. Stiamo arrivando in un posto dove c'è un fuoco.

Poi udí qualcosa che sembrava un belare di pecore; chi l'udí si rincuorò. Se c'erano le pecore, forse non sarebbero morti di fame. A un tratto il capitano Salazar si sentí meglio.

– Ricordo i racconti, – disse. – C'è una sorgente, un fiume sotterraneo. Qui allevano le pecore, deve essere San Saba. Pensavo che fosse una bugia, una bugia da viaggiatori, sulle pecore e la sorgente. Quasi tutti i viaggiatori mentono e poche pecore attraversano il deserto. Ma forse è vero.

Speranzosi per la prima volta da giorni, gli uomini arrancarono a uno a uno verso la luce. Ogni tanto la perdevano di vista nel nevischio, e le loro speranze si affievolivano, ma Gus McCrae l'aveva puntata e, lasciando Matilda a sostenere Woodrow Call, condusse la compagnia al villaggio di San Saba. Non c'erano molte casupole di adobe, ma c'erano molte, moltissime pecore. Quelle che avevano sentito belare si trovavano in un piccolo recinto di ferro dietro la casupola dello *jefe*, e lo *jefe* in persona, un vecchio panciuto, stava aiutando una giovane pecora a partorire il suo primo agnello. La luce che avevano visto era la sua. All'inizio l'apparizione spettrale dei texani, imbiancati dal nevischio che gli copriva i vestiti, stupí e allarmò il vecchio. Era disarmato e si limitò a fissarli; inoltre la pecora aveva raggiunto il momento critico e fino a quando non avesse fatto nascere l'agnello lui non poteva permettersi di preoccuparsi degli uomini che erano sbucati dalle tenebre. Benché avesse molte pecore, ne perdeva in gran quantità, per colpa del freddo, dei lupi, dei coyote e dei puma. Prima di affrontare gli uomini selvaggi piombati lí in una notte tempestosa, voleva assicurarsi che l'agnello venisse al mondo nel modo giusto. Forse erano fantasmi: in tal caso, magari il vento li avrebbe spinti oltre, fuori dal villaggio, lasciandolo libero di occuparsi del gregge.

Rinfrancato dalla certezza che la compagnia era salva, il capitano Salazar tornò in sé e tranquillizzò alla svelta lo *jefe* sul fatto che non erano fantasmi, ma un distaccamento dell'esercito messicano, impegnato in una missione importante che coinvolgeva prigionieri pericolosi.

Non fu difficile convincere lo *jefe* che i texani erano pericolosi: gli sembravano selvaggi quanto Apache. Non appena fu nato l'agnello, si mise al lavoro e in poco tempo tutto il villaggio fu sveglio, ad accendere fuochi e a preparare da mangiare per gli uomini affamati. Macellarono parecchie pecore, mentre le donne si davano da fare con caffè e tortillas.

Poiché era stato Gus ad avvistare la luce e a salvare la compagnia, il capitano Salazar ordinò che i texani non fossero legati. Sapeva che lui non avrebbe avvistato né la luce né il villaggio, nel qual caso i suoi uomini sarebbero morti tutti. Non ci sarebbero state né medaglie né promozioni. I texani furono sistemati in una rimessa adibita alla tosatura delle pecore, con un paio di buoni fuochi per scaldarli. Poco dopo, seduto accanto a Call, Gus sentí proprio il rumore che aveva tanto sognato: lo sfrigolio del grasso che gocciolava nel fuoco.

Alcuni uomini erano troppo stanchi per aspettare il cibo. Bevvero un po' di caffè caldo, si assopirono e crollarono. Il pavimento della rimessa era coperto da un tappeto di lana di pecora mista a terra. La lana faceva starnutire alcuni di loro, ma era un fastidio di poco conto.

– Mi sa che abbiamo perso Long Bill, – disse Bigfoot.

– Se l'abbiamo perso, abbiamo perso anche Johnny, – rispose Gus. – Doveva aspettare che trovavamo il paese. Magari un messicano ci poteva accompagnare a cercare Johnny.

Matilda taceva accanto al fuoco. Riusciva a pensare solo al fatto che Shadrach era morto. Voleva portarla a ovest, in California. Gliel'aveva promesso, ma adesso quella possibilità era perduta.

Quando ormai quasi tutti i texani avevano mangiato una bella fetta di carne di montone e si erano addormentati, i messicani lanciarono un grido. Con i vestiti come un'armatura di ghiaccio, Long Bill Coleman entrò a passo lento nel cerchio dei fuochi, portando in braccio Johnny Carthage. Anche Johnny sembrava foderato di ghiaccio: lí per lí nessuno avrebbe saputo dire se era vivo o morto.

Long Bill distese l'amico accanto al fuoco piú caldo e rimase in piedi, quasi tra le fiamme, tremando per il freddo e la fatica. Tese le mani verso il fuoco; era cosí vicino che il ghiaccio sui vestiti cominciò a sciogliersi.

– Se quello è montone, ne mangio un po'. Che mi venga un colpo, se ho camminato al freddo.

38.

Per tre giorni i texani, di nuovo sotto sorveglianza, non lasciarono la rimessa delle pecore tranne che per fare i loro bisogni. La scorta del capitano Salazar si era ridotta di piú di venti uomini, dispersi e presumibilmente morti assiderati lungo la pista coperta di nevischio; del gruppo dei texani non avevano raggiunto il villaggio in sei. Faceva ancora cosí freddo che la maggior parte degli uomini era contenta della reclusione. Gli concedevano legna da ardere e cibo in abbondanza. Blackie Slidell dovette farsi amputare due dita dei piedi perché congelate – Bigfoot Wallace eseguí l'operazione con un affilato coltello Bowie –, ma non furono necessarie altre amputazioni.

Quando capirono che i texani non erano spettri, gli abitanti del villaggio diventarono amichevoli. Benché con quel tempaccio l'agnellatura lo tenesse ancora molto occupato, il vecchio *jefe* si assicurò che gli uomini avessero da mangiare a sufficienza. Potevano bere caffè tutto il giorno: non era buono, ma li scaldava. Accorgendosi che Call era ferito, una vecchia chiese di potergli guardare la schiena; quando vide le croste nerastre, trattenne il fiato e corse via.

Pochi minuti dopo tornò in compagnia di un'altra donna. Questa era cosí bassa che arrivava appena alla vita di Bigfoot. Portava un vasetto; andò svelta da Call, ma invece di alzargli la camicia come aveva fatto l'altra, avvicinò la faccia scarna alla sua schiena e annusò.

– Che diavolo, ti sta annusando, – disse Bigfoot. – Chissà se odori di carne di cervo.

A volte i commenti di Bigfoot erano cosí sciocchi che irritavano Call. Perché avrebbe dovuto odorare di carne di cervo? E comunque perché quell'avvizzita donnina messicana lo stava annusando? Tuttavia, non reagí: non rispose a Bigfoot e non scansò la donna. Le donne del villaggio erano state sorprendentemente gentili: portavano piatti caldi e saporiti, e una gli aveva perfino dato un vecchio sarape con cui coprirsi. Era bucato, ma la tessitura era fitta e lo riparava dal freddo. Forse la minuscola donnina che lo annusava era una specie di guaritrice; non era nella posizione di rifiutare un aiuto. Era ancora debolissimo, con dolori continui, e aveva spesso la febbre. Nel tepore della rimessa sarebbe sopravvissuto, ma se l'avessero costretto a marciare e li avesse sorpresi un'altra tempesta di nevischio forse non ce l'avrebbe fatta. Non poteva chiedere a Gus e Matilda di portarlo di nuovo, come avevano fatto la prima volta.

La donnina lo annusò a fondo, come avrebbe fatto un cane, e poi posò il vasetto accanto al fuoco piú vicino. Vi si accovacciò accanto, bofonchiando parole che nessuno capiva. Quando stimò che la medicina fosse pronta, fece cenno a Call di togliersi la camicia; quindi passò piú di due ore a massaggiargli la schiena con l'unguento caldo. Gli sciolse con cura i muscoli e spalmò con delicatezza l'unguento lungo i bordi di tutte le cicatrici. All'inizio l'unguento bruciava tanto che Call pensò di non poter sopportare il dolore. Era di gran lunga peggio di quello che ricordava delle frustate. Nel tentativo di distrarlo dal bruciore, Gus e Matilda gli parlarono per parecchi minuti; a un certo punto credettero di doverlo trattenere, ma Call strinse i denti e permise alla donnina di fare il suo lavoro. Dopo un po' un calore gli si diffuse per il corpo e dormí quieto, senza un lamento, per la prima volta dalle frustate.

Il giorno dopo, attraverso una crepa nel muro, Gus vide la stessa donna che spalmava l'unguento sul collo del capitano Salazar. Il capitano appariva debole. Gli era venuta la febbre ed era salita al punto che a tratti vaneggiava; lo *jefe* l'aveva accolto in casa sua e la donnina si era occupata di lui fino a quando la febbre non era scesa. Ciononostante, all'inizio il capitano era ancora troppo debole per camminare dritto. Voleva fermarsi a riposare a San Saba, ma quando le temperature si alzarono un po' decise che era meglio approfittarne per procedere. Andò alla rimessa dei texani per informarli della decisione.

– Godetevi la notte al caldo. Domani partiamo.

– Quanti altri giorni ci vogliono per attraversare il cammino del morto? – chiese Long Bill.

– *Señor*, non siamo nemmeno arrivati alla Jornada, – disse Salazar. – Qui il terreno è fertile per via dell'acqua sotterranea. Quando ci lasceremo alle spalle le pecore, cominceremo il cammino del morto.

I texani tacquero. Si erano convinti che il giorno del nevischio era stato il peggiore. Avevano dimenticato che il capitano Salazar aveva detto che il cammino del morto era lungo duecento miglia. Si erano abituati al conforto della rimessa e al calore dei fuochi. Ricordavano tutti il freddo gelido, il male provato camminando con i piedi congelati, il nevischio e la sensazione disperata che, se non avessero trovato un posto caldo, sarebbero morti.

L'avevano trovato, ma Salazar gli aveva appena ricordato che la parte piú difficile del viaggio non era neppure cominciata. Alcuni uomini si avvicinarono al fuoco, tendendo le mani verso il calore: volevano abbracciarlo, trattenerlo il piú a lungo possibile. Dormirono in pochi; volevano stare accanto al fuoco e godersi ogni briciolo del calore che gli restava. Volevano che il calore durasse per sempre o almeno fino all'estate. Terrorizzato all'idea di rimanere cosí indietro che Long Bill Coleman non avrebbe potuto salvarlo, nel corso della notte Johnny Carthage chiese innumerevoli volte quanto mancava al mattino.

Avendo saputo dal vecchio *jefe* che nell'arida regione che li aspettava non c'era né erba né acqua a sufficienza per molti cavalli, Salazar ne tenne uno solo, il suo, e ne barattò parecchi con due asini e tutte le vettovaglie che gli asini riuscivano a portare. La mattina della partenza, di punto in bianco decise di ridurre il drappello a venticinque uomini. Riteneva che in venticinque probabilmente avrebbero potuto tenere a bada gli Apache, se avessero attaccato; piú di venticinque sarebbero stati impossibili da sfamare durante un simile viaggio. Bastavano i texani a far fuori quasi tutte le provviste che erano state caricate sugli asini.

Questo significava che i texani erano leggermente piú numerosi dei messicani; e a parità di numero i texani erano piú forti dei suoi.

– *Señores*, vi dobbiamo legare, – li informò Salazar, quando li condussero fuori all'aria fredda. – Mi rincresce, ma è necessario. Durante questo viaggio non posso correre rischi, attraversare il cammino del morto è un rischio sufficiente.

A quella notizia Bigfoot si gonfiò di rabbia; Gus pensò che sarebbe esploso. Ma si dominò e, quando venne il suo turno, lasciò che gli legassero i polsi con i lacci di pelle grezza. Gli altri fecero lo stesso. Anche Call fu legato, nonostante le accese proteste di Matilda.

– Il ragazzo è ferito, non può fare nulla, perché legarlo?

– Perché ha il furore dentro, – rispose il capitano Salazar. – L'ho visto con i miei occhi. Ha quasi ucciso il colonnello Cobb quando era nel calesse del generale. Se dovessi legare uno solo di voi, sceglierei il caporale Call.

– Mi sa che è un complimento, no? – disse Gus.

– Non m'importa cos'è, – rispose Call. Da quando la vecchia gli aveva applicato l'unguento riusciva quanto meno a distendere i muscoli senza gemere di dolore. Fulminò con lo sguardo il giovane messicano che lo legò, anche se sapeva che il ragazzo stava solo facendo il suo lavoro.

Quando videro legare i texani, molte donne di San Saba scoppiarono in lacrime. Alcune avevano instaurato un legame materno con questo o quel prigioniero. Mentre gli uomini venivano fatti marciare lungo la strada che portava fuori dal villaggio, alcune gli ficcarono in mano provviste in piú, tortillas e pezzi di carne secca.

Il terreno fertile durò solo tre miglia. Al quarto miglio crescevano solo gli arbusti piú piccoli. Poco dopo sparirono anche quelli: di fronte a loro si stendeva a perdita d'occhio un terreno dove non cresceva nulla.

– Questo è il cammino del morto, – disse il capitano Salazar. – Ora vedremo chi vuole vivere e chi vuole morire.

– Io ho intenzione di vivere, – disse subito Gus.

Call non aprí bocca.

– Non lo attraversano nemmeno gli Apache, – disse Salazar.

Johnny Carthage il guercio guardò il vuoto davanti a loro e si riempí di terrore.

– Che succede, Johnny? – chiese Long Bill, notando lo sguardo spaurito dell'amico. – Adesso fa piú caldo e abbiamo da mangiare. Attraverseremo questo deserto come abbiamo attraversato le pianure.

Johnny Carthage lo sentí, ma non gli credette. Guardò quello spazio immenso e rabbrividí, non per il freddo ma per la paura.

Sentiva di guardare in faccia la propria morte.

Parte terza

39.

La quarta notte dopo la partenza da San Saba, una notte tiepida che sollevò gli uomini, il cavallo del capitano Salazar ed entrambi gli asini sparirono. Una parte delle provviste era ancora in groppa agli asini: avevano viaggiato fino a tardi e avevano tirato fuori solo quello che serviva per la cena, mais soprattutto, con un po' di carne secca di montone.

Il capitano Salazar aveva legato il cavallo cosí vicino al proprio giaciglio che mentre dormiva aveva la longia a portata di mano. Per assicurarsi della presenza del cavallo, doveva solo girarsi su un fianco. Ma quando si era girato nell'alba grigia, della longia, che era stata recisa, restava solo un capo. Il cavallo era sparito.

– Sbaglio o avevate detto che qui gli indiani non ci venivano? – disse Bigfoot, seccato. Il lassismo dei messicani, che non avevano messo nessuno di guardia, l'aveva lasciato perplesso. I fanti si erano sdraiati e addormentati là dove si erano fermati, senza pensare a nulla se non a riposare. Altrettanto avevano fatto i texani, ma loro erano legati: il servizio di guardia non era responsabilità loro.

Il capitano Salazar taceva, sconvolto da quello che era successo e dalle sue implicazioni. Fissò l'arida pianura a lungo, come se sperasse di avvistare il cavallo e gli asini che brucavano pacifici. Ma vide solo la terra brulla, con un lembo di sole che spuntava a est.

Bigfoot fu costretto a ripetersi.

– Gli indiani che qui non vengono vi hanno rubato il cavallo.

– È stato Gomez a rubarmi il cavallo, – ribatté Salazar. – Gomez non è come gli altri. Questo territorio non lo spaventa. Nessun altro sarebbe cosí ardito.

– Ha tagliato una corda a circa un metro dalla vostra gola. Vi tagliava anche quella, se voleva.

Il capitano Salazar guardava il capo reciso della longia. Un bisturi non l'avrebbe tagliata con maggior nettezza. Bigfoot aveva ragione: Gomez avrebbe potuto tagliargli facilmente la gola.

– Sí, ma non si sarebbe divertito abbastanza. Dobbiamo andare.

A metà mattina l'aria, che prima era tiepida, si raffreddò. Si alzò il vento del nord.

– Ossignore, no, il freddo no, – disse Johnny Carthage. – Posso anche morire, non mi importa, ma al caldo –. Il grande terrore non l'aveva abbandonato.

– Piantala di lamentarti, per ora è solo un venticello, – lo incoraggiò Long Bill. – Ti ho portato una volta e ti porterò di nuovo, se serve.

– No, Bill, non puoi portarmi per cento miglia, – rispose Johnny, ma il vento ululava già alle loro spalle e nessuno lo sentí.

Call camminava tra Matilda e Gus: era ancora malfermo sulle gambe e a tratti lo scuotevano ondate di febbre che gli facevano ballare la vista. Fra i texani solo Matilda non era stata legata. Il capitano Salazar l'aveva presa in simpatia: di tanto in tanto Matilda accettava di giocare a carte con lui. Con i prigionieri Salazar non avrebbe fraternizzato fino a quel punto e i suoi uomini perlopiú erano troppo giovani per giocare bene. Un vecchio cacciatore di orsi gli aveva insegnato le regole del ramino; era soprattutto a ramino che giocava con Matilda Jane.

Mentre arrancavano sospinti dal freddo vento del nord, Gus si voltò, un'abitudine che aveva preso dopo l'incontro con il grizzly. Non riusciva a togliersi dalla testa il racconto di Bigfoot riguardo all'uomo che era stato attaccato di sorpresa mentre pescava. Lo impensieriva che gli orsi fossero cosí furtivi.

Quando si guardò indietro, Gus ebbe un brutto colpo, perché qualcosa di grosso e bruno si stava davvero precipitando verso di loro. Di qualunque cosa si trattasse, era ancora lontano: vedeva solo una forma, ma era una forma bruna, proprio del colore di un orso.

– Capitano, prendete i fucili! – gridò, sgomento. – Abbiamo un orso alle calcagna.

Per un attimo, tutti gli credettero; nessuno distingueva chiaramente che cosa si muovesse verso di loro, ma qualcosa si muoveva, e con rapidità. Salazar schierò gli uomini e gli ordinò di stare pronti, con i fucili carichi.

– Lasciatemi sparare, capitano, – disse Bigfoot. – I vostri ragazzi sono cosí spaventati che la metà di loro mancherà il colpo, temo.

– Lo temo anch'io, – disse Salazar. Andò dal soldato piú vicino e gli prese il moschetto. Poi andò da Bigfoot, gli slegò le mani e glielo passò.

– L'ultima volta che ho dato un'arma a un texano, mi ha sparato, – gli ricordò. – Per favore, signor Wallace, siate onesto. Sparate all'orso. Se lo ammazziamo, avremo abbastanza carne per arrivare in fondo al cammino del morto.

Proprio allora Gus vide qualcosa di ancora piú inquietante: l'orso balzò in aria. Parve volare per parecchi metri prima di riatterrare.

– Perbacco, vola, – commentò.

Mentre parlava, la forma spiccò di nuovo il volo; tutta la compagnia rimase di sasso, Bigfoot compreso. Aveva sentito molte storie sugli orsi, ma nessuno gli aveva mai detto che i grizzly sapessero volare. Si accovacciò e spianò il fucile, benché l'orso, se era un orso, fosse ancora lontano.

Per l'agitazione alcuni giovani soldati si misero a sparare quando la sfrecciante forma bruna era ancora a duecento metri di distanza. Salazar s'irritò. Il vento alzava la polvere della pianura, per cui era difficile distinguere alcunché.

– Non sparate fino a quando non ve lo dico io. Se sparate adesso, quando arriva l'orso avrete finito i proiettili e ci sbranerà tutti.

– Il mio proiettile lo tengo in serbo, – disse Bigfoot. – Ho intenzione di spararagli proprio in mezzo agli occhi, è l'unico modo sicuro per fermare un orso.

Proprio allora la sfrecciante forma bruna urtò contro un mucchio di rocce e volò in alto, sopra il polverone. Per la prima volta Bigfoot lo vide con chiarezza e immediatamente abbassò il fucile.

– Ragazzi, il vecchio Gomez ci ha scosso i nervi. Quello non è un orso, è un cespuglio rotolante.

Salazar fece una smorfia disgustata.

– Avete sparato in sette e il cespuglio rotolante è ancora all'attacco.

– Perbacco, è grande come una casa, – disse Gus. Non immaginava che un cespuglio potesse diventare cosí grande. Sfrecciò accanto alla compagnia, rotolando alla velocità di un uomo in corsa. Di tanto in tanto sbatteva contro una protuberanza o una pietra e si librava in volo. In poco tempo fu cento metri piú a sud e poi sparí, inghiottito dal polverone.

– Non voglio piú sentir parlare di orsi, – disse Salazar, guardando Gus.

Camminarono fino a notte fonda, con solo qualche boccone di cibo. A San Saba gli avevano dato alcune zucche da vino vuote da usare come borracce per l'acqua; alcuni l'avevano già finita, mentre altri ne avevano ancora un po'. Le temperature si erano abbassate e tutti agognavano un fuoco, ma non c'era nulla da bruciare, tranne i rami di alcuni sparuti cespugli. I texani raccolsero abbastanza legnetti per fare un focherello e stavano per accenderlo quando Salazar li fermò.

– Niente fuochi stanotte.

– Perché no? – chiese Gus. – Vorrei scaldarmi le dita dei piedi.

– Se ci sta ancora seguendo, Gomez lo vedrà.

– Perché dovrebbe seguirci? Ci ha già preso gli asini e quasi tutti i viveri, – disse Bigfoot.

– Per ucciderci, – rispose Salazar.

– Poteva uccidervi ieri notte e non l'ha fatto, – ribatté Bigfoot. – Perché camminare un giorno in piú solo per fare una cosa che poteva fare anche prima?

– Perché è apache, *señor*. Non è come noi. Forse è andato a casa, non lo so. Ma stanotte non voglio fuochi.

A mezzanotte il freddo era cosí intenso che gli uomini dovettero stringersi l'un l'altro in cerca di calore. Perfino stretti insieme avevano cosí freddo che parecchi non sentivano piú i piedi. Johnny Carthage non riusciva a dominare il terrore. Si sforzò di pensare alla luce del Texas meridionale, ma tornava sempre con il pensiero al terribile nevischio bianco che qualche giorno prima l'aveva quasi ucciso. Era premuto contro Long Bill; lo sentiva tremare. Pur tremando violentemente, Long Bill dormiva con la bocca aperta, formando una nuvoletta bianca di fiato nel buio freddo. Johnny avrebbe voluto che si svegliasse. Bill era il suo amico, il suo *compañero*. Aveva rischiato la vita per trovarlo e condurlo fuori dalla terribile tempesta di nevischio. Ora il terrore del freddo lo stava travolgendo; voleva che Long Bill lo percepisse e si svegliasse, per convincerlo a non fare quello che aveva intenzione di fare con il coltellino che aveva appena tirato fuori dalla tasca. Voleva che il suo migliore e piú vecchio amico lo aiutasse a superare la notte. Si mise a tremare ancora piú violentemente di Long Bill. Tremava tanto che faticava a tenere il coltello o a estrarre la lama. Non voleva farlo cadere, però. In quella notte gelida forse non avrebbe avuto la forza di cercarlo. Non voleva svegliare l'amico, stanchissimo per la lunga marcia della giornata; eppure, aveva bisogno del suo aiuto e si mise a piangere in silenzio, disperato. Non voleva vivere, le sue speranze si erano infrante; non voleva nemmeno morire, senza l'aiuto dell'amico. La pianura era perfettamente silenziosa tranne che per il respiro degli uomini esausti intorno a lui. Il buio era punteggiato di nuvolette: il fiato bianco dei suoi *compañeros*. La gamba zoppa gli doleva terribilmente per il freddo. Il piede non faceva che contrarsi; anche se non lo sentiva piú, ne avvertiva le contrazioni, regolari come il ticchettio di un orologio.

– Accidenti a questa gamba, – bisbigliò. – Accidenti a questa gamba.

Poi aprí il coltello e si portò la lama alla gola, ma era cosí fredda che la ritrasse. Si mise a singhiozzare, rendendosi conto che non aveva la forza di infilarsi la lama fredda nella gola e di tagliare. Voleva dire che sarebbe morto di freddo, ma non poteva farlo in mezzo ai ranger, perché loro l'avrebbero costretto ad andare avanti. Non avrebbero accettato che non volesse piú vivere.

Johnny si portò di nuovo il coltello alla gola, ma di nuovo lo ritrasse. La punta gli fece un minuscolo taglio al collo e il freddo glielo cauterizzò come un ferro rovente. In silenzio Johnny si staccò un pochino da Long Bill, e poi un altro pochino. Piano piano, senza svegliare nessuno, sgusciò fuori dal gruppo dei ranger, due spanne per volta. Anche dopo esser scivolato oltre il rumore dei loro respiri, si limitò a strisciare sul terreno freddo, due spanne per volta.

Tra i texani, solo Matilda Roberts era sveglia. Di notte aveva preso l'abitudine di dormire in mezzo ai due ragazzi, costringendo Call a mettersi di spalle, in modo da potergli scaldare la schiena lacerata. Gus dormiva dall'altra parte, il piú stretto possibile a lei. I ragazzi dormivano entrambi, ma lei no. Vide Johnny Carthage passarle accanto. Quando stava per avventurarsi nell'oscurità, Johnny avvertí il suo sguardo e per un attimo si voltò a guardarla. Ne vedeva solo i contorni, non il viso; nemmeno lei lo distingueva chiaramente, ma sapeva chi era e dove stava andando. Johnny si bloccò. Si guardarono, nel buio. Lei aprí la bocca, poi la richiuse senza parlare. Con le parole non l'avrebbe raggiunto, ma si protese e gli strizzò il braccio. Lo udí singhiozzare; prima di strisciare via, lui le toccò un attimo il braccio. – Oh, Johnny, – sussurrò Matilda, ma non cercò di fermarlo. Da quando Shadrach era morto aveva usato le sue energie per i ragazzi, Gus e Call: uno era ferito e l'altro sciocco. Ci sarebbe voluta tutta la sua forza, e forse altro ancora, per condurli fuori dal deserto. Non poteva salvare loro e anche Johnny Carthage; né Long Bill poteva salvare l'amico senza compromettere le proprie possibilità di sopravvivenza. Se il freddo non si fosse preso Johnny, il terreno pietroso l'avrebbe logorato fino a spezzarlo. Se voleva farla finita, fermarlo era ingiusto. Nella migliore delle ipotesi aveva scarse possibilità di farcela; non aveva senso che soffrisse piú del necessario.

Nondimeno, era difficile ascoltarlo mentre si trascinava nella notte gelida, con la povera gamba che grattava sul duro terreno. Ma il rumore si affievolí sempre di piú. Ben presto Matilda non sentí piú nulla tranne il respiro dei due ragazzi che le dormivano accanto. Dal giorno in cui Caleb Cobb gli aveva colpito i piedi con il calcio del fucile, Call zoppicava quasi quanto Johnny. Probabilmente aveva qualche frattura, ma era giovane. Le ossa rotte sarebbero guarite.

Johnny Carthage continuò a strisciare fino a quando non giudicò di trovarsi a quasi duecento metri dal campo. Aveva bucato una gamba dei calzoni e si era sbucciato il ginocchio sul terreno ghiacciato. Una volta Bigfoot gli aveva detto che chi moriva congelato verso la fine si sentiva invadere dal calore; quando pensò di essersi allontanato dal campo abbastanza da non farsi trovare, anche se Long Bill si fosse svegliato e, non vedendolo, fosse andato a cercarlo, si fermò e si mise a sedere, tremando violentemente. Aspettò il calore in cui addormentarsi e morire: aveva patito il freddo a sufficienza; era pronto per il calore, ma il calore non arrivava, solo un freddo piú profondo, un freddo che gli penetrò dentro e gli gelò i polmoni, il fegato, perfino il cuore.

In un bisogno disperato di calore, riaprí il coltellino e lo strinse forte, con l'intenzione di affondarselo nel collo, dove si trovava la grossa vena. Mentre cercava di impugnarlo per bene con le mani tremanti, alzò lo sguardo e vide un'ombra tra sé e la luce delle stelle. C'era qualcuno, una presenza che avvertiva ma non vedeva. Prima che potesse pensare altro, Gomez lo colpí. Finalmente Johnny Carthage sentí il calore tanto agognato: un flusso caldo gli colò giú per il petto e sulle mani congelate. Per un attimo provò gratitudine: chiunque ci fosse, tra lui e le fredde stelle, l'aveva sgravato da un arduo compito. Poi scivolò a terra e l'ombra lo sovrastò e gli aprí i calzoni. Quando Gomez colpí di nuovo, ormai Johnny Carthage il guercio aveva smesso di soffrire il freddo e non provò dolore nel momento in cui il coltello gli mozzò i genitali. Oh, Bill, pensò, poi cessò di pensare.

Gomez pulí il coltello sui calzoni di Johnny Carthage e avanzò in silenzio verso il campo messicano. Già da lontano, udí russare molti uomini addormentati. Aveva intenzione di uccidere le tremanti sentinelle messicane e di prendergli le armi, ma quando si accorse che la grossa donna era sveglia cambiò idea. Non voleva che lei sapesse che era lí. La notte prima nella grotticella dove riposava aveva visto un serpente, anche se faceva troppo freddo perché ci fossero serpenti in giro; peggio ancora, a notte fonda aveva udito il grido di un gufo, anche se ormai si era addentrato parecchio in quella regione arida, dove i gufi non volavano. Sapeva che era stata la grossa donna ad attirare il serpente e il vecchio gufo in luoghi dove non si sarebbero mai dovuti trovare. Non poteva essere altro che una strega, perché solo una strega avrebbe viaggiato in quella regione con tutti quegli uomini.

Gomez sapeva che era stata la donna di Coda d'orso, e Coda d'orso era stato un grand'uomo, forse uno sciamano. Voltò subito le spalle al campo; non voleva che lei scoprisse che era vicino. Se l'avesse scoperto, avrebbe richiamato il gufo – il *búh* – e sentirne il grido due volte era un presagio di morte.

Gomez girò intorno al campo e camminò per parecchie miglia, fino a dove aveva lasciato i due figli. Quel giorno uno di loro aveva scovato la tana di un lupo; avevano acceso un focherello e stavano cucinando i lupacchiotti che avevano catturato. Voleva mangiare un lupacchiotto: gli avrebbe fornito astuzia e l'avrebbe protetto dal *búh* e dalla strega, la grossa donna che aveva viaggiato con Coda d'orso.

40.

Quando scoprí che Johnny Carthage l'aveva abbandonato durante la notte, Long Bill Coleman si agitò moltissimo. Si sentiva in colpa per non averlo tenuto d'occhio con maggior attenzione.

– Sarà andato a fare una passeggiata, per scaldarsi. Dovevo scaldarlo meglio, ma era difficile senza un fuoco.

Bigfoot non pensava che Johnny Carthage si fosse avventurato nel buio solo per scaldarsi i piedi; né lo credeva il capitano Salazar. Qualche centinaio di metri a est vedevano volteggiare quattro avvoltoi.

– Bill, si è allontanato per morire, ne aveva abbastanza di tremare, – disse Matilda, prima che Gus o chiunque altro commentasse gli avvoltoi. Faceva piú freddo del giorno prima. Tremavano tutti.

Salazar consentí ai texani di bruciare i loro quattro miseri legnetti, ma la fiamma non bastò nemmeno a preparare il caffè. Il fuoco si spense e agli uomini non restò altro che il calore del proprio fiato: stavano tutti lí a soffiarsi sulle mani. Quando Long Bill vide gli avvoltoi e capí cosa significavano, dovettero trattenerlo dal correre a seppellire l'amico.

– Bill, gli avvoltoi l'hanno già aggredito, – disse Bigfoot. – Comunque, non abbiamo niente con cui seppellirlo. Io e Gus andiamo a dare un'occhiata, solo per essere sicuri che non è un parassita morto congelato.

– Sí, andate a vedere, – disse Salazar. – Ma sbrigatevi. Non possiamo aspettare.

Quando vide il bianco cadavere dilaniato di Johnny Carthage, Gus gli voltò immediatamente le spalle. Bigfoot, invece, scacciò gli avvoltoi per guardare meglio. Quello che vide non gli piacque. Johnny Carthage aveva la gola squarciata e i genitali mutilati. La responsabilità non era certo degli avvoltoi. Girò intorno al cadavere, sperando di individuare tracce umane: qualcosa che gli permettesse di misurare la forza degli avversari. Se erano passati di lí diversi Apache, era una cosa. Voleva dire che nessuno di loro poteva dormire tranquillo fino a quando non uscivano dal territorio apache. Ma se Gomez era cosí sicuro di sé da andare al campo da solo, rubare un cavallo, uccidere un uomo – o piú uomini –, allora si trovavano di fronte a un nemico formidabile quanto Buffalo Hump, qualcuno che probabilmente non erano in grado di sconfiggere.

Mentre Gus, di spalle, cercava di tenere sotto controllo i conati, Bigfoot ricordò il sogno che aveva fatto lungo il Pecos, quello in cui Buffalo Hump e Gomez viaggiavano insieme, pronti a guerreggiare contro chiunque incrociasse il loro cammino, messicano o bianco che fosse. Ora, in un certo senso, il sogno si era avverato, anche se i due indiani forse erano a centinaia di miglia di distanza, e magari non si erano mai incontrati. Buffalo Hump li aveva quasi uccisi nella prateria e adesso Gomez li falcidiava nel deserto del New Mexico. Se mai i due uomini, il Comanche e l'Apache, avessero unito le forze, la piccola compagnia che stava lí al freddo non avrebbe avuto speranze. Sia texani che messicani sarebbero stati prosciugati del loro sangue come il povero Johnny Carthage il guercio, con la gola tagliata e le palle lanciate ai parassiti.

Scrutò la lunga pianura brulla sperando di cogliere un segno: un lupo, un uccello, un'antilocapra in fuga, qualunque cosa utile a indicargli dov'erano gli Apache. Ma la pianura era completamente deserta; si muovevano solo le nubi grigie. Gus McCrae era caduto in ginocchio: suo malgrado gli si era rivoltato lo stomaco. Vomitò a lungo.

Bigfoot aspettò che finisse e poi lo ricondusse al campo. Non gli disse quello che sapeva, né quello che temeva. Già cosí la compagnia era prossima al panico, al panico e alla disperazione, per il freddo, la fame e la consapevolezza che molti di loro non avrebbero visto la fine di quel viaggio.

– È morto congelato? – chiese Long Bill, addolorato.

– Be', sí, ora è congelato, – rispose Bigfoot. – Dobbiamo incamminarci.

A Call dolevano i piedi ancora piú di prima. Il giorno precedente, superando un dosso, aveva barcollato; aveva sbattuto il piede destro contro una pietra e, da allora, provava un dolore lancinante, come se un osso sottile quanto un ago gli trafiggesse il piede tutte le volte che lo posava.

Quel giorno, pur aiutato da Matilda e Gus, faticò a stare al passo. Notò che Bigfoot si voltava ogni pochi minuti per esaminare il deserto alle loro spalle. Diventò cosí evidente che alla fine chiese spiegazioni a Gus.

– Johnny è morto congelato?

– Non lo so, – rispose Gus. – Ho visto solo il cadavere. Gli avvoltoi l'avevano aggredito.

– Lo so, ma l'avevano aggredito solo loro?

– Ti sta chiedendo se è stato un indiano a ucciderlo, – spiegò Matilda. Anche lei aveva notato il nervosismo di Bigfoot.

Gus non aveva nemmeno pensato agli indiani; supponeva che Johnny si fosse allontanato per scaldarsi, ma non ci fosse riuscito e fosse morto congelato. Aveva intravisto il cadavere solo da lontano: era macchiato di sangue, come quello di Josh Corn, ma pensava che a giustificarlo bastassero gli avvoltoi. Adesso, però, cercando di ricordare quello che aveva visto, non ne era sicuro. L'ipotesi che un indiano avesse trovato Johnny e l'avesse ucciso era troppo allarmante per essere considerata.

– È morto e basta, secondo me.

Call non si accontentò di quella risposta: Johnny Carthage era sopravvissuto a molte notti gelide. Perché a un tratto era morto, in una notte non piú fredda delle altre? Ma capí che Gus non sarebbe stato d'aiuto. Non gli piaceva guardare i cadaveri. Non si poteva contare su di lui per avere un rapporto preciso.

Bigfoot era tentato di dire al capitano Salazar che cos'era successo a Johnny Carthage. Non era bravo a mantenere i segreti. La giornata era freddissima. I texani, con i polsi ancora legati, avevano le mani congelate per la mancanza di circolazione. Al calare del crepuscolo, Bigfoot cominciò a montare in collera. Con ogni probabilità sarebbero crepati lungo il cammino del morto: pensò mestamente che quella distesa sabbiosa aveva proprio il nome giusto. Perché legare le mani a uomini che erano quasi morti comunque? Incollerito, raggiunse Salazar a grandi falcate e lo affiancò.

– Capitano, Johnny Carthage non è morto congelato. L'hanno ucciso.

Salazar era quasi allo stremo delle forze; il passo che dettava non era un passo militare, bensí quello di un uomo che non era abituato a camminare. La sua famiglia aveva una piccola hacienda: era sempre andato a cavallo. Senza, si sentiva debole. Inoltre gli piaceva mangiare; il freddo, la ferita al collo e la mancanza di nutrimento l'avevano indebolito. Ora, dopo un'altra giornata a stomaco vuoto e prima di un'altra nottata senza fuoco, il grosso texano veniva ad annunciargli una notizia sgradita.

– Ucciso come?

– Gola tagliata, – rispose Bigfoot. – L'hanno anche castrato, ma immagino che non sentiva piú nulla, quand'è successo.

– Perché avete aspettato cosí tanto a dirmelo, *señor* Wallace? – chiese Salazar. Continuò a camminare, piano; non aveva guardato Bigfoot.

– Perché il gruppo sta per arrendersi. Si lasceranno prendere dal panico e diserteranno. Chiunque ha ucciso Johnny li farà fuori, uno alla volta.

– Gomez. Sta giocando con noi.

– Slegateci, capitano. Cosí ci si congelano le mani. Combatteremo con voi contro gli Apache, ma con le mani congelate non possiamo combattere. Ora non riuscirei neanche a tenere fermo il fucile. Ho le mani troppo fredde.

Salazar si voltò a guardare i texani che arrancavano. Erano deboli e infreddoliti, ma sembravano comunque piú forti dei suoi uomini. Bigfoot Wallace aveva ragione. Se non trovavano da mangiare, i suoi non avrebbero fatto molta altra strada. Sarebbero scappati verso le montagne, oppure si sarebbero semplicemente seduti e sarebbero morti. Gomez era il lupo che li avrebbe finiti, a modo suo.

Se fossero stati liberati e avessero visto un'occasione, i texani avrebbero sopraffatto i suoi uomini e li avrebbero uccisi o lasciati al loro destino dopo avergli preso le armi. Liberarli significava accettare un grosso rischio. Tuttavia, se ci fosse stato uno scontro, i texani almeno avrebbero sparato: non se la sarebbero data a gambe.

– Nessun bianco ha mai visto Gomez, – disse a Bigfoot. – E nessun messicano. Abbiamo catturato sua moglie e l'abbiamo uccisa. Abbiamo ucciso due dei suoi figli. Ma lui non l'abbiamo mai visto. Ha tagliato la longia a meno di un metro dalla mia testa. Eppure non l'ho visto.

– Non ci tengo a vederlo. Se riesco a evitarlo, meglio.

– Qualunque Apache può essere Gomez. Magari è morto. Magari ora sono i suoi figli a uccidere per lui. Ne abbiamo uccisi solo due, e ne ha molti. È difficile combattere un uomo che non vedi mai.

– Io l'ho visto.

Salazar rimase di sasso. – L'avete visto?

– L'ho sognato. Eravamo lungo il Rio Grande, cercavamo di tracciare una strada per El Paso. Ero con il maggiore Chevallie, adesso è morto. Nel sogno ho visto Gomez e Buffalo Hump che viaggiavano insieme. Avevano intenzione di attaccare la città di Chihuahua e ridurre in schiavitú la vostra gente, o almeno quelli che non ammazzavano.

Salazar continuò a camminare.

– Sono contento che riguardasse solo la città di Chihuahua.

– Perché?

– Perché non ci abito. Se avessero provato a prendere Santa Fe, se la sarebbero cavata meglio di voi.

– Immagino di sí. Ci slegherete, capitano? Non ci batteremo contro di voi. Forse vi aiuteremo a salvarvi.

– Perché non c'è legna qui? Se avessimo un po' di legna e potessimo accendere il fuoco e scaldarci, forse ce la caveremmo.

– Slegateci, capitano. Non uccideremo i vostri ragazzi. La maggior parte non è nemmeno adulta. Non uccidiamo gli sbarbatelli.

Salazar tornò sui suoi passi per ispezionare i texani; vide che soffrivano molto per i lacci alle mani.

– Slegateli, – ordinò ai suoi uomini. – Ma state attenti. Voglio che i tiratori migliori li sorveglino di notte e li scortino di giorno. Se cercano di scappare, sparategli.

Passarono un'altra notte senza fuoco. Per tutto il giorno avevano cercato della legna, senza vedere nemmeno uno stecco. Sei fucilieri fecero la guardia ai texani, con i moschetti pronti. A tarda notte, mentre texani e messicani tremavano nel sonno, due guardie si allontanarono un po' per orinare.

La mattina i loro cadaveri furono trovati a meno di cinquanta metri dal campo, massacrati come quello di Johnny Carthage.

Stavolta non fu possibile nascondere la verità, né a Gus McCrae né a nessun altro.

– Ci sta braccando, – disse Bigfoot. – Non è vero, capitano?

– È ora di mettersi in marcia, – rispose Salazar.

41.

Per tre giorni Call non riuscí a posare a terra il piede destro. Matilda e Gus fecero a turno a sostenerlo durante la marcia. Il secondo giorno tutta la compagnia, messicani e texani in egual misura, era cosí debole che a stento riusciva ad avanzare. Percorsero meno di dieci miglia.

– Se non riusciamo a tenere un'andatura migliore, tanto vale che ci sediamo e crepiamo, – disse Bigfoot. Lui avrebbe potuto tenerla, ma non voleva abbandonare i compagni, non ancora, non fino a quando non fosse arrivato il momento di salvarsi.

Il pomeriggio del secondo giorno Jimmy Tweed il lungagnone si arrese. Il giorno prima si era preso una storta alla caviglia attraversando una gola poco profonda; ora ce l'aveva cosí gonfia che quasi non riusciva a posare il piede.

Salazar lo vide accasciarsi e andò subito da lui. Sapeva che l'intera compagnia era pronta a fare quello che Jimmy Tweed aveva appena fatto: sedersi ad aspettare la morte. Era una scelta che non poteva concedere né ai suoi uomini né ai texani, i quali, benché non fossero piú legati, erano suoi prigionieri. Se i texani si fossero arresi, i suoi uomini avrebbero potuto seguirne l'esempio e in poco tempo tutta la compagnia sarebbe stata perduta.

– Alzatevi, *señor*, – ordinò. – Tra poco ci accampiamo. Allora potrete riposare la caviglia.

– No, capitano, io resto qui, – rispose Jimmy Tweed. – Preferisco fermarmi qui che tra un paio di miglia.

– *Señor*, non ve lo permetto. Piacerebbe a tutti fermarsi, ma siete un prigioniero sotto sorveglianza, e lo decido io dove ci fermiamo.

Jimmy Tweed si limitò a sorridere. Aveva le labbra bluastre per il freddo. Lo trapassava con lo sguardo, come se non fosse lí.

Salazar vide che tutti i suoi soldati lo guardavano. Jimmy Tweed non tentò nemmeno di alzarsi e camminare. I texani erano, in buona parte, un po' piú avanti: non prestavano attenzione, ognuno aveva i suoi problemi, nessuno si era accorto che Jimmy Tweed si era fermato.

Salazar estrasse stancamente la pistola e l'armò.

– *Señor*, vi chiedo per cortesia di alzarvi e camminare un altro po'. Preferisco non spararvi, ma se non mi obbedite lo farò.

Jimmy Tweed lo guardò; per un attimo parve prendere in considerazione la possibilità di obbedire all'ordine. Mise le mani a terra, come per darsi la spinta. Ma subito dopo abbandonò ogni sforzo.

– Troppo stanco, capitano. Sono semplicemente troppo stanco.

– Capisco, – disse Salazar. Andò a mettersi alle sue spalle e gli sparò alla testa.

Allo sparo i texani si voltarono. Jimmy Tweed era caduto a faccia in giú, morto.

Salazar raggiunse rapidamente il gruppo in attesa, che fissava il cadavere del compagno.

– Ha smesso di soffrire, *señores*, – disse, con la pistola ancora in pugno. – In marcia.

I soldati messicani fecero mostra di alzare i fucili, nel caso i texani avessero deciso di ribellarsi, ma di fatto non si ribellò nessuno. Bigfoot avvampò, come se stesse per prenderlo uno dei suoi forti accessi di collera, ma si trattenne. Diversi altri texani guardarono il cadavere disteso in modo scomposto sulla sabbia spenta, ma nel complesso erano troppo intorpiditi perché gliene importasse qualcosa. Parecchi, con i piedi ridotti a moncherini congelati, provarono un moto d'invidia, misto a tristezza. Era difficile contestare le parole del capitano Salazar. Jimmy aveva smesso di soffrire, loro no.

– E siamo a due di noi che non sono stati sepolti come si deve, – disse Blackie Slidell. – Ho sempre pensato che avrei avuto una sepoltura come si deve, ma forse non sarà cosí. Non c'è tempo per i funerali, qui nel deserto.

– Come si deve... non sono stati sepolti affatto, – disse Bigfoot. – Johnny e Jimmy sono stati abbandonati ai parassiti.

Gus era convinto che sarebbero morti tutti. Da lí all'orizzonte – avanti, indietro e ai lati – non c'era nulla. Solo cielo e sabbia. Il cammino del morto era un inferno di vuoto. Aveva le labbra bluastre per il freddo e la lingua gonfia per la sete. Woodrow Call gemeva ogni volta che posava a terra il piede rotto; perfino Matilda Roberts, l'animo piú forte della compagnia, a parte Bigfoot, avanzava in silenzio. Non aveva parlato tutto il giorno.

Quando Jimmy Tweed era morto, Matilda non si era girata. Non voleva pensare a lui, un ragazzo che era stato carino con lei in diverse occasioni, portandole il caffè dal fuoco del bivacco, aiutandola a sellare Tom, quando ce l'aveva ancora. Una volta le aveva chiesto i suoi favori, ma lei si era già legata a Shadrach e l'aveva respinto. Lui aveva fatto il broncio come un bambino, ma in un'ora gli era passata e aveva continuato a farle piccoli servizi. Ora si pentiva di averlo rifiutato; Shadrach dormiva e non l'avrebbe mai saputo. I ragazzi carini raramente sapevano di avere pochissimo tempo; ora quello di Jimmy era scaduto. Matilda metteva un piede davanti all'altro, aiutava Call come meglio poteva e continuava ad arrancare.

Quella notte, Blackie Slidell e sei suoi compagni sparirono. Blackie riteneva che a ovest ci fossero dei villaggi; aveva spesso indicato colonne di fumo che nessun altro vedeva.

– È fumo di comignolo, – aveva ripetuto diverse volte, sperando di convincere la compagnia a virare a ovest.

– Non è fumo di comignolo, non è affatto fumo, sono solo le tue speranze, – aveva replicato Bigfoot. – Gus McCrae ci vede meglio di te, e non vede fumo da quella parte.

– Forse è un pezzo di nuvola, – aveva detto Gus. Blackie gli stava simpatico e non voleva contraddirlo apertamente, se poteva evitarlo.

Blackie aveva capito che non avrebbe convinto Bigfoot e Salazar che a ovest c'erano dei villaggi. Ma aveva fatto amicizia con sei ragazzi dell'Arkansas, e con loro ebbe maggior fortuna.

– Che diavolo, vorrei vivere abbastanza a lungo da mangiare un altro pesce gatto del vecchio Arkansas, – disse uno di loro, un giovane smilzo di nome Cotton Lovett.

– O magari un opossum, – aggiunse Blackie. Aveva costeggiato l'Arkansas in piú di un'occasione e ricordava che lí gli opossum erano pasciuti e facili da catturare. La loro carne era un tantino grassa, lo dicevano anche i ragazzi dell'Arkansas, ma avevano tutti cosí fame che l'idea del grasso non faceva che rendere l'impresa piú allettante.

Quella notte, preoccupato per Gomez, Salazar dispose gli uomini in un cerchio stretto, rivolti verso l'esterno, con le armi pronte. Nel pomeriggio avevano attraversato un lago dal fondo piatto, in gran parte secco ma con un numero sufficiente di pozzanghere maleodoranti da fornire l'acqua necessaria a preparare il caffè. Parecchi avevano già i crampi per via dell'acqua cattiva. Anche i texani avevano bevuto e soffrivano. Blackie Slidell cercò d'invogliare qualcun altro alla fuga. Era sicuro che i villaggi ci fossero. Ma nessuno accettò e lui sgattaiolò via con i sei ragazzi intorno a mezzanotte. Call e Gus li guardarono partire; per un attimo Gus fu tentato di andare con loro, ma Call lo dissuase.

– Non conosciamo bene il territorio, però sappiamo che da quella parte ci sono gli Apache, – gli ricordò. – È un buon motivo per restare con la compagnia.

– Andrei con i ragazzi, ma ho troppo freddo, – disse

Gus. – Comunque devo riportarti a casa. Se non lo faccio, Clara penserà male di me.

Call non rispose ma era stupito, non tanto dalla lealtà dell'amico quanto dal fatto che, infreddolito, affamato, perso e prigioniero, Gus sperava ancora di guadagnarsi la stima della ragazza dell'emporio di Austin. Stava per fargli notare quello che gli pareva ovvio: che ormai probabilmente la ragazza si era scordata di entrambi. Per quel che ne sapevano, si era sposata. Le speranze di Gus di conquistarla erano remote quanto quelle di Blackie Slidell di trovare un villaggio accogliente chissà dove a ovest.

Non lo disse, però; l'esperienza recente gli aveva insegnato che, per tenersi in vita, gli uomini dovevano usare qualunque speranza riuscissero a racimolare.

Passarono la notte seduti accanto a Matilda Roberts, uno per lato. Per diversi giorni il tempo era stato nuvoloso, ma l'alba, quando arrivò, era serena. Benché facesse ancora freddo e le prospettive fossero ancora fosche, la luce vivida del sole li rinfrancò.

Il giorno prima il capitano Salazar aveva bevuto un po' dell'acqua cattiva; si svegliò cosí debole e stanco che a fatica riuscí a raggiungere il fuoco. Quando gli venne un crampo, si piegò praticamente in due per sopportare il dolore.

Per quanto stesse male, la compagnia stava peggio. Parecchi soldati erano troppo deboli per alzarsi. Il fatto che sette prigionieri erano fuggiti durante la notte non gli interessava, non interessava nemmeno a Salazar.

– La loro sarà una libertà di breve durata, – disse a Bigfoot.

– Che mi dite della nostra, capitano? – chiese Bigfoot. – La metà dei vostri uomini sta morendo e pure la metà dei nostri. Che senso ha tenerci prigionieri quando stiamo morendo tutti? Perché non ci liberate e non lasciate che ognuno cerchi di cavarsela da sé? Cosí, magari, uno o due di noi riusciranno a tornare a casa.

Call e Gus erano presenti, e anche Long Bill. Il capitano Salazar a stento si reggeva in piedi. Forse perfino una marcia di un miglio andava al di là delle sue capacità, e loro avevano ben piú di un miglio da percorrere. La richiesta di Bigfoot sembrava ragionevole. Se li liberavano, potevano andarsene a gruppetti di due o tre, trovare qualcosa da mangiare e cavarsela, mentre se restavano insieme probabilmente sarebbero morti tutti di fame.

Salazar guardò i soldati, molti dei quali erano incapaci di alzarsi. Ne aveva ancora al massimo otto che si potevano considerare abili. I texani ne avevano qualcuno in piú, ma non molti. La fine del cammino del morto non era in vista; forse mancavano ancora tre, quattro o perfino cinque giorni. Rifletté un attimo prima di rispondere alla richiesta di Bigfoot.

Dopodiché tolse la pistola dalla fondina, controllò che fosse carica e la porse per il calcio a Bigfoot Wallace.

– Se volete essere liberi, uccidetemi.

Bigfoot guardò esterrefatto l'uomo malato ed esausto.

– Capitano, devo aver sentito male.

– No, avete sentito bene. Ho deciso che potete essere liberi, se è quello che desiderate. Ma sono un ufficiale messicano e ho l'ordine di portarvi a El Paso. Non c'è nessuno qui che possa revocare quell'ordine e il generale che me l'ha dato è morto. Avete visto cosa gli hanno fatto gli Apache.

– Be', lo so, capitano, – rispose Bigfoot. – Ma se il generale era qui e vedeva quanto siamo deboli, forse cambiava idea.

– Forse, ma non possiamo richiamarlo dall'inferno per chiederglielo. Gli ordini sono ordini. Non vi posso liberare. Però vi concedo l'opportunità di liberare voi stessi. Dovete solo spararmi.

Bigfoot stringeva la pistola impacciato, non sapendo cosa pensare della strana decisione del capitano. Guardò Call, Gus, Long Bill Coleman e Matilda Roberts. Di tanto in tanto, nel corso della prigionia, chiunque di loro sarebbe stato ben contento di avere l'opportunità di uccidere il capitano Salazar. Quando avevano frustato Call, quando li avevano incatenati, quando Jimmy Tweed era morto: in quei momenti uno qualunque di loro avrebbe potuto ucciderlo. Ma Salazar non era piú il freddo capitano che li incatenava o legava a piacimento. Aveva sofferto il freddo e la fame come loro, bevuto la stessa acqua cattiva e patito gli stessi crampi. Era un uomo indebolito, cosí indebolito da ordinare con calma la propria morte.

– Capitano, non vi voglio sparare. In altri momenti l'avrei fatto tranquillamente, ma adesso state peggio di noi. Non ho il coraggio di spararvi ora.

Salazar non cedette. Passò in rassegna i texani.

– Se non voi, allora un altro. Forse il caporale Call è disposto a spararmi. Ha subito la frusta e da allora non ha avuto vita facile. Vorrà senza dubbio vendicarsi. I piedi lo fanno soffrire, eppure lo costringo a camminare. Dategli la pistola.

– È stato Caleb Cobb a rompermi i piedi, – disse Call. – Non voi. Se eravamo in battaglia vi sparavo, ma non ho intenzione di prendere quella maledetta pistola e abbattervi.

– Caporale McCrae? – chiese Salazar e aggiunse con un sorrisetto: – Di sicuro voi mi odiate abbastanza per spararmi.

– Una volta sí, capitano, ma ora ho troppo freddo e sono troppo stanco per preoccuparmi di sparare a qualcuno, – rispose Gus. – Voglio solo tornare a casa e sposarmi alla svelta.

Call era seccato che l'argomento del matrimonio fosse uscito di nuovo e in un momento in cui era in gioco la vita di un uomo. Non avevano nemmeno una speranza di tornare a casa, come faceva Gus a essere cosí convinto che la ragazza l'avrebbe sposato, se anche ci fossero riusciti?

Salazar riprese la pistola e andò da Matilda Roberts. Gliela porse.

– Uccidetemi, *señorita*. Poi sarete liberi.

– Liberi di fare cosa? – chiese Matilda. – Non è da voi che devo liberarmi, anche perché non sono vostra prigioniera. Quello da cui vorrei liberarmi è questo maledetto deserto, e non ci riuscirò sparandovi.

– Allora sparatemi per pura vendetta. Sparatemi per vendicare i vostri morti.

– No, sono morti tutti per stupidità. Tutti tranne il mio Shad. Lui è morto perché si trovava nel posto sbagliato al momento sbagliato. Spararvi non lo riporterà indietro, né mi farà sentire meno la sua mancanza.

Il capitano Salazar prese la pistola e la rimise nella fondina.

– Se era qui, Caleb Cobb vi sparava, – disse Bigfoot, quasi a mo' di scuse. Gli sembrava coraggioso da parte di Salazar correre il rischio che aveva appena corso: qualunque texano nello stato d'animo giusto avrebbe potuto spargli. Certo, il capitano era stanco e affamato come tutti loro; la ferita al collo non si era mai rimarginata completamente, aveva il colletto sporco di pus. Forse sentiva che la fine era vicina e voleva affrettarla. Tuttavia, era coraggioso. Con i forse si poteva andare avanti tutto il giorno, senza trovare la verità.

– Sí, non c'è dubbio, mi ha sparato, – rispose Salazar. – Ma anche in quello ha fallito.

Poi si tastò cauto il collo; con una smorfia guardò le dita sporche di pus.

– O forse mi sbaglio. Forse non ha fallito. Forse voleva solo che camminassi per duecento miglia prima di morire.

– Era cieco, capitano, – rispose Bigfoot. – È stato solo un tiro fortunato. Era felice di ammazzarvi sul posto.

Il capitano Salazar sospirò e guardò per un attimo i soldati sfiniti.

– Bene. Purtroppo non avete accettato le mie condizioni, perciò siete ancora miei prigionieri. Se mi uccidevate, diventavo un martire. Adesso cadrò semplicemente in disgrazia.

– Non ai miei occhi, non sul piano militare, se è a quello che vi riferite, – disse Bigfoot. – Avete fatto del vostro meglio e continuate a farlo. Vi siete assunto un compito difficile. Dubito che Caleb Cobb sarebbe riuscito a portarci fino a qui.

– Su questo vi do ragione. Ho fatto del mio meglio e il colonnello Cobb non vi avrebbe portati fino a qui. Se ne sarebbe andato a banchettare con i generali e forse a sedurne le mogli.

Salazar fece cenno ai soldati di alzarsi. Due o tre si limitarono a fissarlo, ma la maggior parte si tirò in piedi a fatica.

– Purtroppo non siete un ufficiale messicano, *señor* Wallace. Non siete tra quelli che mi giudicheranno. Ho perso quasi tutti i miei uomini e molti prigionieri. Ecco cosa noteranno i generali, quando vi consegnerò a El Paso. Dove sono gli altri? mi chiederanno.

– Capitano, vi do un consiglio, – disse Bigfoot. – Prima arriviamo a El Paso e poi ci preoccupiamo dei generali.

Salazar sorrise.

– È ora di mettersi in marcia.

42.

Intorno a mezzogiorno, mentre arrancava verso sud sparpagliata lungo quasi due miglia, la compagnia s'imbatté in tre vacche morte, crepate di fame nel raggio di un miglio l'una dall'altra. Sulle carcasse c'erano gli avvoltoi, ma da non molto; il gelo notturno le aveva irrigidite. Anche se le tre vacche erano pelle e ossa, alla compagnia stanca, sul punto di crepare di fame a sua volta, trovarle parve un miracolo. Arrivarono anche quelli che erano rimasti indietro; ben presto tutti affondavano i coltelli nelle magre carcasse, cercando di raschiare qualche boccone di carne dalle ossa fredde.

Il capitano Salazar ripristinò l'ordine con difficoltà. Per convincere gli uomini affamati a indietreggiare dovette sparare due volte con la pistola. Mentre accendevano il fuoco e si preparavano ad arrostire le ossa e la poca carne rimasta, Bigfoot vide in lontananza alcuni puntini che si alzavano in volo.

– Quelle erano anatre, secondo me. Se ci sono le anatre, c'è anche l'acqua. In quel caso possiamo fare un bel brodo.

– Be', le ossa almeno non mancano, – disse Gus. Corse a sud con Bigfoot e in effetti trovarono un ruscello, in gran parte secco, ma disseminato di piccole pozze d'acqua.

La compagnia si accampò per due giorni, fino a quando non ebbe consumato anche l'ultimo osso per fare il brodo. Poi ne spezzarono la maggior parte per mangiare il midollo. Il cibo era gradito, e anche il riposo. Per quei due giorni e quelle due notti, gli spazzini della prateria, privati delle carcasse, si aggirarono intorno al campo. Di giorno lupi e coyote stavano a guardare. Un lupo e un coyote si avvicinarono troppo. Bigfoot gli sparò e aggiunse la loro carne al brodo.

– Non so se è il caso di mangiare carne di lupo, – disse Gus. – I lupi mangiano qualunque cosa. Magari questo ha il veleno nella pancia, non puoi saperlo.

– Allora non mangiarlo, se hai paura, – ribatté Bigfoot. – Ce ne sarà di piú per noi.

Call mangiò il brodo di lupo e coyote senza protestare. Il riposo gli aveva giovato al piede ferito, anche se gli doleva ancora. Vicino al ruscelletto c'erano alcuni alberi morti; Matilda tagliò un ramo con una biforcazione e fabbricò per lui una rustica gruccia. Sapeva quanto odiasse farsi aiutare da lei e Gus. Lui l'accettò, perché l'unica alternativa era la morte; ma l'accettò con rigidità. Aveva gli occhi di uno ferito nell'orgoglio.

– Ti ringrazio, – disse con tono formale, quando lei gli offrí la gruccia. Ma il suo sguardo non era formale: era uno sguardo di gratitudine. Gus vedeva che Matty si era molto affezionata a Call, nonostante la sua sgarbataggine: era gelosissimo. Lui era allegro e amichevole e la corteggiava entro i limiti da lei tollerati, eppure, dopo la morte di Shadrach, Matty aveva concentrato le sue attenzioni sull'amico scontroso. Lo irritava al punto che ne parlò a Bigfoot. Call e Matty mangiavano il brodo, seduti l'uno accanto all'altra.

Nessuno dei due diceva nulla, ma comunque erano seduti vicini, a sorbire il brodo di lupo che un giovane soldato messicano aveva appena servito dalla pentola.

– Che senso ha passare tutto quel tempo con Call? – protestò Gus. – A lui le donne non interessano. Solo di rado sono riuscito a farlo andare con una puttana.

Bigfoot osservò la coppia per un po', la donna grossa e il giovane basso.

– Matty ha un lato materno. Quasi tutte le mucche accettano un vitello, se ne arriva uno che ha bisogno di loro.

– Che diamine, anch'io ho bisogno di lei, – ribatté Gus; adesso che lo stomaco non brontolava piú cosí forte, l'invidia tornava a farsi sentire. – Sono un vitello come lui, abbiamo la stessa età.

– Sí, ma con te è facile andare d'accordo, con Woodrow no.

– Be', allora dovrebbe stare con me, invece che con quell'imbecille dalla testa dura. Non le rivolge la parola, a chiacchiere lo batto quando vuoi.

– Forse a Matty non interessano le chiacchiere.

Sdraiato a terra puntellato sul gomito, Long Bill Coleman ascoltava la piccola discussione.

– Di che ti lagni, Gussie? Non è seduta neanche con me, ma io non mi lamento.

– Sta' zitto, Bill, che ne sai tu delle donne? – chiese Gus impermalito.

– Be', so che non sempre gli piacciono i tipi facili, – rispose Long Bill. – Se no, ero sposato da un pezzo. Ma non sono sposato e sarà un'altra nottata fredda.

– Che diamine, ha ragione, – intervenne Bigfoot. – Woodrow piace a Matty proprio perché è una testa dura.

– Oh, voi due sapete tutto, immagino, – disse Gus. Raggiunse la coppietta e si lasciò cadere dall'altro lato di Matilda.

– Matty e i suoi ragazzi, – disse Bigfoot, sorridendo a Long Bill. – Dubito che quando si è avviata a ovest con la squadra si aspettava di diventare la madre di due sbarbatelli.

Long Bill avrebbe preferito che l'argomento delle madri non fosse mai uscito. La sua era morta di febbre quando lui aveva dieci anni; ne sentiva la mancanza da allora.

– Se la mamma era viva, continuavo a fare il contadino, – disse, con aria lugubre. – Quando stava bene, ci faceva le torte alla frutta. Non ho mai mangiato una torta alla frutta buona neanche la metà delle sue.

– Spero che abbiamo finito di fare la fame, – disse Bigfoot. – Non voglio pensare né alle torte alla frutta né alle patate finché non torniamo in un posto dove si mangia regolarmente.

Avevano consumato le carcasse; quando partirono, la mattina del terzo giorno, non avevano piú niente da mangiare. Erano di buonumore, però. L'apparizione delle anatre aveva convinto molti di loro che erano quasi usciti dal deserto. I texani si misero a parlare di pesci gatto e carne di cervo, maiale e pollo, come se di lí a pochi giorni si sarebbero seduti a lauti banchetti.

Salazar ascoltava quei discorsi con aria torva.

– *Señores*, questo è ancora il cammino del morto. Abbiamo molta strada da fare per arrivare a Las Cruces. Una volta lí, nessuno morirà di fame.

Marciarono per tre giorni senza vedere neppure un animale; avevano acqua, ma niente da mangiare. La seconda sera finirono il caffè. Era cosí leggero da essere quasi incolore.

– Attraverso questo caffè leggevo il giornale, ad avercelo, – disse Long Bill, sbirciando dentro la tazza.

– Non pensavo che sapevi leggere, Bill, – disse Bigfoot.

Long Bill parve imbarazzato; in effetti, no, non sapeva leggere. Di solito, se aveva la fortuna di trovare un giornale, chiedeva a una puttana di leggerglielo.

Call aveva fame come il resto della compagnia, ma grazie alla gruccia era di umore migliore, anche se la gruccia era ruvida e in poco tempo gli aveva scorticato l'ascella. Non aveva niente con cui foderarla, però. Matilda si era offerta di strappare un lembo della propria camicia per farlo, ma lui aveva rifiutato. Alla fine del terzo giorno la spalla gli doleva quasi come prima il piede. Stufa della sua cocciutaggine, Matilda si strappò un lembo della camicia e gli foderò la gruccia mentre dormiva.

Ciononostante, Call rimaneva indietro rispetto agli altri texani. Non era proprio l'ultimo della colonna, però; tre dei giovani soldati piú deboli erano molto piú indietro di lui. Benché non sapesse parlare la loro lingua, Call aveva smesso di considerarli nemici. Avevano sofferto la fame e il freddo, proprio come loro; non pensava che gli avrebbero sparato, se anche gli fosse passato davanti zoppicando, tentando la fuga.

Di tanto in tanto si voltava a controllare che i ragazzi lo seguissero ancora. Temeva che si accasciassero e morissero e sapeva che, se la compagnia fosse stata troppo avanti, Salazar non sarebbe tornato indietro a prenderli. Gli Apache non li importunavano da quattro notti; intorno al fuoco si dava per scontato che avessero rinunciato o deciso che non valeva la pena di inseguire una banda tanto disgraziata. Non c'erano cavalli da prendere, solo alcune armi.

Il capitano Salazar non ne era convinto. Non condivideva l'ottimismo dei texani riguardo a Gomez.

– Se si è fermato, è perché ha altro da fare, – disse a Bigfoot. – Se non è cosí, ci seguirà e cercherà di ucciderci tutti. Non credo che ci attaccherà. Aspetterà e ci farà fuori uno alla volta.

Metteva di guardia tutti gli uomini che poteva, pur sapendo che la metà si sarebbe addormentata durante il turno. Ma passarono quattro notti e la mattina non trovarono cadaveri.

– Se ci seguiva ancora, non aspettava quattro notti, – disse Bigfoot.

– Ne aspetta anche quaranta, – ribatté Salazar. – È Gomez.

La benda che avvolgeva la gruccia si era allentata; Call si fermò a riavvolgerla e lanciò un'occhiata ai giovani messicani dietro di lui. Fu allora che vide l'Apache, un uomo basso, dalle gambe tozze, che impugnava un arco ed era sul punto di scoccare una freccia. Prima che potesse muoversi, la freccia lo colpí al fianco destro. Non aveva armi; poteva soltanto urlare, ma urlò forte e la compagnia si voltò. Brandí la gruccia, pronto a difendersi se l'Apache si fosse avvicinato, ma l'Apache era sparito e cosí i tre soldati messicani che erano rimasti indietro. A nord la pianura era perfettamente deserta.

Bigfoot arrivò di corsa e guardò la freccia nel fianco di Call.

– Diamine, ti ha quasi mancato. La freccia è appesa per un filo.

Call non fece in tempo ad abbassare lo sguardo che Bigfoot l'aveva tirata fuori: gli aveva solo graffiato le costole. Il sangue colò lungo la gamba di Call, ma lui non lo sentí. Era stordito: vedere l'Apache a meno di cinquanta metri di distanza era stato uno shock.

Il capitano Salazar arrivò di corsa.

– Da che parte è andato?

Ancora stordito, Call non fu in grado di rispondere. Indicò il punto dove aveva visto l'indiano basso, ma quando corsero da quella parte, Bigfoot, Salazar e alcuni messicani non trovarono indiani. I tre soldati che seguivano Call erano morti, ciascuno con due frecce in corpo. Erano distesi faccia a terra, vestiti di tutto punto.

– Almeno non li ha mutilati, – disse Long Bill.

– No, andava di fretta, – rispose Salazar. – Voleva il caporale Call, e l'ha quasi ucciso. Siete molto fortunato, caporale. Secondo me era Gomez e Gomez non manca quasi mai il colpo.

– L'ho visto, – disse Call. – Se non mi giravo, mi era addosso in pochi passi. Mi trafiggeva con una freccia da parte a parte.

– Se era Gomez e l'avete visto, siete il primo bianco che ci è riuscito e non è morto, – disse Salazar.

– Questo non gli piacerà, – disse Bigfoot. – Sarà meglio che ti teniamo d'occhio.

– Non serve, mi tengo d'occhio da solo, – ribatté Call.

– Non fare lo spavaldo, Woodrow, – lo riprese Bigfoot. – Quel vecchio Apache potrebbe tornare e portare a termine il lavoro.

– Odio il New Mexico, – commentò Gus. – Se non sono gli orsi, sono gli indiani.

Quella notte, per sicurezza, misero Call al centro della

compagnia, ma lui dormí comunque male, turbato da sogni in cui Gomez portava la grande gobba di Buffalo Hump. Un momento il capo apache puntava una freccia contro di lui, cosí reale e vicino che si svegliava. Poi, non appena si riappisolava, a puntare la freccia era il capo comanche.

Nella mattina grigia, infreddolito ma contento di essere vivo, Call ricordò che molto tempo prima Bigfoot aveva fatto un sogno in cui Buffalo Hump e Gomez andavano insieme in Messico a caccia di prigionieri.

– Non avevi sognato che Buffalo Hump e Gomez combattevano insieme?

– Sí, e spero che non succederà mai, – rispose Bigfoot. – È già duro sconfiggerli uno alla volta.

– Non li stiamo sconfiggendo. Ne abbiamo uccisi solo due e loro hanno fatto fuori quasi tutta la compagnia.

– Ammetto che sono selvaggi. Ma sono soltanto uomini. Se gli ficchi una pallottola nel punto giusto muoiono, proprio come te o me. Hanno la pelle di un colore diverso, ma il sangue è rosso uguale.

Call sapeva che Bigfoot diceva il vero. Gli indiani erano uomini; le pallottole li uccidevano. Lui stesso ne aveva ficcata una nel figlio di Buffalo Hump e quello era morto, né piú né meno dei tre ragazzi messicani che erano caduti vittima delle frecce apache.

– È colpirli che è difficile, – disse. – Sono troppo in gamba riguardo al territorio.

Fino a quel momento gli indiani avevano vinto tutti gli scontri, e non perché i proiettili non li ferissero: vincevano perché erano troppo veloci e troppo abili. Si muovevano rapidi e in silenzio. Una notte dopo l'altra, sia Kicking Wolf che Gomez gli avevano rubato i cavalli, cavalli che si trovavano a pochi passi dalle guardie migliori di cui disponevano.

– Il caporale ha ragione, – disse Salazar. – In questo territorio siamo forestieri rispetto a loro. Sappiamo qualcosa sugli animali, tutto qua. Gli Apache sanno quali erbe mangiare. Fiutano le radici, le dissotterrano e le mangiano. Riescono a sopravvivere in questo territorio perché lo conoscono. Quando impareremo a fiutare radici e a riconoscere le erbe commestibili, forse potremo combatterli alla pari.

– Dubito che avrò mai voglia di studiare le erbe, – disse Gus.

– Questi sono discorsi cupi, vado avanti da solo per un po', a meno che Matty non vuole farmi compagnia, – disse Bigfoot. Non gli piaceva sentir lodare troppo gli indiani solo perché i ranger facevano fatica a ucciderli. C'erano indiani straordinari, naturalmente, ma ce n'erano anche parecchi di ordinari, non piú difficili da uccidere di chiunque altro. Personalmente, lui avrebbe gradito uno scontro con Gomez, che Call descriveva come basso e con le gambe storte.

– Penso di poter sconfiggere la maggior parte degli uomini con le gambe storte, – disse a Long Bill Coleman, che lo trovò un commento eccentrico.

– Vorrei avere ancora la mia armonica, – rispose Long Bill. – Le serate sono noiose, senza musica.

43.

L'indomani videro una linea in lontananza a ovest: la linea delle montagne. L'umore del capitano Salazar migliorò di colpo.

– Quelli sono i monti Caballo. Una volta che li avremo attraversati, arriveremo presto in un posto dove c'è da mangiare. Las Cruces non è lontana.

– Non è lontana? – ripeté Gus. Malgrado la sua vista, anche a lui le montagne apparivano solo come una linea debolissima e lo stomaco gli brontolava per la fame.

– Cos'è lontano, per lui? – chiese a Call. – Mancherà una settimana di cammino a quelle montagne.

Call aveva l'ascella cosí infiammata che doveva stringere i denti tutte le volte che si appoggiava alla ruvida gruccia. Il piede stava meglio – poteva appoggiarci un po' di peso, se si muoveva con cautela –, ma non si fidava a buttare via la gruccia. Forse alle montagne mancavano altre settantacinque miglia, e poi bisognava attraversarle.

Quel giorno, malgrado l'ottimismo del capitano Salazar, i soldati messicani cominciarono a disertare. Erano deboli e affamati. A mezzogiorno il capitano ordinò una pausa e al momento di riprendere la marcia sei soldati semplicemente non si alzarono. Avevano lo sguardo spento per le troppe sofferenze.

– Sciocchi, la salvezza è in vista, – li incitò Salazar. – Se non vi muovete, arriverà Gomez. Vi ammazzerà tutti e forse non sarete fortunati come i tre che ha ucciso con le frecce. Potrebbe divertirsi con voi, e il divertimento apache non è piacevole.

Mentre parlava, nessuno degli uomini cambiò espressione. Dopo un'occhiata, non alzarono piú lo sguardo.

– Sono finiti, – disse Bigfoot. – Tutti abbiamo un limite. Questi ragazzi hanno appena raggiunto il loro. Il capitano può sgolarsi finché vuole. Sono spacciati.

Il capitano Salazar giunse rapidamente alla stessa conclusione. Guardò i sei uomini con severità, ma rinunciò a convincerli. Prese tre dei loro moschetti e si voltò.

– Vi lascio le munizioni. Tre di voi hanno un fucile. Usateli per sparare agli Apache. Se non vincete, respingeteli, poi sparatevi con le pistole. *Adiós*.

Lasciare i sei uomini fu difficile, piú difficile di quanto i texani si aspettassero. Nel corso della prigionia avevano imparato i nomi di quasi tutti; seduti intorno al fuoco, si erano scambiati frammenti di lingua. Bigfoot aveva imparato a dire il proprio nome in spagnolo. Molti ragazzi messicani si erano messi a chiamarlo «Beegfeet». Gus aveva insegnato a due ragazzi a giocare a fruga-piolo. Matilda e Long Bill gli avevano insegnato semplici giochi a carte. Durante alcune delle notti piú fredde si erano stretti insieme, passandosi le carte con le mani intirizzite. Con il trascorrere spossante delle miglia, avevano smesso di sentirsi reciprocamente ostili: erano tutti nella stessa situazione disperata. Proprio la sera prima, un messicano che se la cavava a lavorare il legno aveva levigato la forcella della gruccia di Woodrow Call in modo che gli sfregasse meno l'ascella.

Ora li abbandonavano; Salazar e gli altri messicani erano già cento metri piú avanti, diretti verso le lontanissime montagne.

– Sono molto obbligato, – disse Call al ragazzo che gli aveva levigato la gruccia.

Diversi texani mormorarono brevi addii, ma Matilda no; non lo sopportava: ragazzi che morivano uno dopo l'altro, giorno dopo giorno. Voltò le spalle e si allontanò, in lacrime.

– Ossignore, vorrei arrivare da qualche parte, – disse Long Bill. – Tutto questo camminare a pancia vuota mi ha quasi sfinito.

Quel pomeriggio ciò che restava della compagnia s'imbatté in una distesa di zucche da vino. Ce n'erano a decine, con i tralci arricciati sulla sabbia.

– Possiamo mangiarle, capitano? – chiese Bigfoot.

– Sono zucche da vino, – rispose Salazar. – Se volete mangiarle, potete.

– Capitano, non c'è altro. Le montagne non sembrano piú vicine. Sarà meglio che ne raccogliamo un po' e le assaggiamo.

– Fate come vi pare. Io devo avere piú fame di cosí per mangiare una zucca da vino.

Quella sera, però, Salazar aveva piú fame che nel pomeriggio e ne mangiò una. Accesero un focherello e ci misero dentro le zucche, come se fossero patate. Le zucche si accartocciarono e gli uomini ne mordicchiarono le bucce cineree.

– La mia sa solo di cenere, – disse Gus, deluso.

– Servita su un piatto, forse era piú buona, – disse Long Bill, un commento che divertí parecchio Bigfoot. Benché avesse fortemente consigliato di raccogliere le zucche – dopotutto non c'era nient'altro da raccogliere –, non si era ancora deciso ad assaggiarne una.

Diversi uomini erano cosí affamati che mangiarono le zucche bruciacchiate senza esitare.

– È amara come il peccato, – commentò Gus, dopo averne masticato un boccone.

– Non so cosa vuoi dire, – rispose Bigfoot. – Il peccato mi è sconosciuto.

Matilda infilzò la sua con il coltello e ne uscí una zaffata di aria calda. Annusò la zucca e si mise subito a starnutire. Seccata, la buttò via.

– Se mi fa starnutire, è cattiva, – disse.

Piú tardi, però, la riprese e la mangiò.

Un soldato aveva raccolto anche i tralci. Ne abbrustolí

uno e lo mangiò; ben presto altri lo imitarono. Perfino Salazar ne mordicchiò uno.

– Quando arriveremo alle montagne, capitano? – chiese Bigfoot. – Forse lassú c'è della selvaggina.

Salazar sospirò; con il passare delle ore si era incupito. Non restava quasi piú nessuno della compagnia, e solo pochi prigionieri. I suoi superiori non avrebbero apprezzato.

– Forse gli Apache non ci permetteranno di attraversare le montagne. Qui ce ne sono molti. Se sono troppi, nessuno di noi passerà.

– Su, capitano, non preoccupatevi, – lo incoraggiò Bigfoot. – Siamo arrivati troppo lontano per lasciarci fermare adesso.

– Vi fermeranno, se vi colpiscono con abbastanza frecce, – ribatté Salazar.

La notte era limpida, le stelle molto luminose. Salazar non vedeva le montagne lontane, ma sapeva che erano lí, l'ultima barriera da attraversare prima di raggiungere il Rio Grande e la salvezza. Sapeva di aver compiuto un'impresa difficile: aveva attraversato il cammino del morto con i suoi prigionieri. Aveva perso molti soldati e molti prigionieri, ma l'aveva attraversato. Di lí a due giorni avrebbero mangiato carne di capra, mais e forse i dolci cocomeri che crescevano lungo il Rio Grande. Nessuno dei suoi superiori sarebbe riuscito a fare quello che aveva appena fatto lui, eppure non l'avrebbero accolto come un eroe, e nemmeno come un professionista. L'avrebbero accolto come un fallito. Per quel motivo, pensò a Gomez: sarebbe valsa la pena di morire, con gli uomini che gli restavano, se solo avesse potuto uccidere il grande Apache. Poi, almeno, sarebbe morto da eroe, come conveniva a un soldato.

– Il capitano si è perso d'animo, mi sa, – disse Gus, notando che intorno al fuoco Salazar era stato silenzioso e malinconico. Non l'aveva fatto sorridere nemmeno la scena comica dell'intera compagnia che cercava di mangiare le zucche amare.

– Non è quello, – disse Bigfoot, poi tacque. Negli anni in cui aveva fatto lo scout per l'esercito gli era capitato di frequentare ufficiali sconfitti. Alcuni erano stati sconfitti ingiustamente, per capriccio o per sfortuna; altri erano stati battuti da forze cosí schiaccianti che si sarebbero meritati la gloria anche solo per essere sopravvissuti. Eppure, ai militari le circostanze non sembravano importare: se non vincevano, avevano perso, e per quanto ci pensassero su gli bruciava lo stesso.

– Non è quello, – ripeté. Il giovane ranger aspettò una spiegazione, ma Bigfoot non gliela diede. Tracciava cerchi nella cenere con un bastoncino.

L'indomani mattina le montagne sembravano piú vicine, anche se di poco. Gli uomini erano deboli; alcuni guardavano le montagne con sgomento. Il pensiero che dall'altra parte c'era da mangiare non bastava a infondergli energia. Non pensavano di poterle attraversare, nemmeno se la pianura dall'altro lato fosse stata interamente coperta di cibo. Marciavano, fiacchi e lenti, senza pensare, marciavano e basta.

Quando le montagne furono a poche miglia di distanza, Call scorse una macchia bianca piú avanti nella prateria. Dapprima pensò che fosse una chiazza di sabbia, ma poi guardò meglio e vide che era un'antilocapra. Afferrò il braccio di Gus e indicò.

– Dillo al capitano. Forse Bigfoot può spararle.

Quando gli mostrarono l'antilocapra, il capitano Salazar diede subito il fucile a Bigfoot. Bigfoot osservava l'animale con attenzione. Ammoní gli uomini di stare fermi e zitti.

– Quella bestia è nervosa. È meglio che stiamo immobili per un po'. Forse ci scambierà per un cespuglio di artemisia.

Lo vedevano tutti che l'animale era nervoso e un attimo dopo capirono perché: una sagoma bruna sbucò fulminea da una macchia di artemisia e gli balzò sul collo, buttandolo a terra.

– Quello cos'è? – chiese Gus, spaventato. Non aveva

mai visto una bestia correre cosí veloce. Vedeva solo una palla di pelo bruno, arricciata sul collo dell'antilocapra.

– È un felino, – disse Bigfoot, alzandosi. – Siamo fortunati, ragazzi. Dubito che riuscivo ad avvicinarmi abbastanza da colpire l'antilocapra. Il puma l'ha fatto per me.

S'incamminò verso il punto dove il puma finiva di uccidere la sua preda. Il resto della compagnia non si mosse.

– È temerario, quel felino potrebbe ammazzare anche lui, – disse Gus.

Bigfoot aveva percorso solo qualche metro quando il puma alzò gli occhi e lo vide. Per un attimo si paralizzò, poi balzò via. Bigfoot alzò il fucile, come per sparare, ma cambiò idea. Poco dopo videro il puntino bruno salire la costa del monte piú vicino.

– Perché non gli hai sparato? – chiese Call a Bigfoot, quando lo raggiunse. Gli sarebbe piaciuto vedere il puma piú da vicino.

– Perché il proiettile potrebbe servirmi per un Apache. Abbiamo un'antilocapra morta, è piú saporita di un puma. Quando hai un pasto che ti aspetta, è sciocco sprecare proiettili per un felino che comunque non colpirai.

Scuoiarono l'antilocapra e in poco tempo avevano acceso un fuoco e cuocevano la carne. Il profumino rianimò velocemente gli uomini che erano pronti a morire. Il giorno dopo essiccarono la carne che non avevano mangiato, indugiando nel campo tra la pianura e la montagna. Piú mangiavano piú il loro umore migliorava; solo il capitano Salazar rimaneva avvilito. Mangiò poca carne, in silenzio. Fiducioso che ormai i pochi rimasti sarebbero sopravvissuti, Bigfoot cercò di farlo sbottonare riguardo al futuro, ma il capitano fu di poche parole.

– El Paso non è lontana. Abbiamo quasi concluso il nostro viaggio.

Non aggiunse altro.

Bigfoot ottenne il permesso di andare a cercare la strada migliore per attraversare le montagne; quattro ore dopo tornò, avendo individuato un eccellente valico basso, meno di dieci miglia piú a sud. La compagnia marciò tutto il pomeriggio e si accampò all'ombra scura delle montagne, proprio all'ingresso del valico.

Quella notte erano tutti irrequieti. Non sopportando l'assenza di musica, Long Bill Coleman mise le mani a coppa e finse di suonare l'armonica. Gus guardava le montagne: la loro presenza incombente lo innervosiva un po'.

– Gli orsi non vivono sulle montagne? Ho sentito che dormono nelle grotte.

– Diamine, gli orsi vivono dove vogliono, – disse Bigfoot. – Vanno dove gli pare.

– Secondo me la maggior parte vive sulle montagne. Non mi andrebbe proprio di farmi sbranare da un maledetto orso quando siamo cosí vicini a tutti quei cocomeri.

Nessuno dormí granché. Matilda massaggiò il piede dolorante di Call con un po' di grasso di antilocapra che aveva messo da parte. Call camminava meglio, ormai aveva un'andatura quasi normale. Non aveva abbandonato la gruccia, ma perlopiú la portava in mano, come un fucile.

Quando la compagnia si avviò su per il valico, sopra di loro c'era una nuvola azzurra attraversata da un arcobaleno. In prossimità della cima nevicò per un'ora, ma i fiocchi leggeri non attecchirono. Piú avanti, avvicinandosi alla cresta, videro brillare il sole a ovest, sotto le nuvole.

A mezzogiorno le nubi si erano ormai dissipate e il sole splendeva sui monti. La compagnia camminò per tre ore lungo un canyon tortuoso e poi cominciò a scendere il fianco ovest delle montagne. Sotto di loro vedevano gli alberi, sulle due sponde del fiume. A sud, Gus vide di nuovo del fumo e stavolta non era solo un miraggio. In riva al fiume c'era un paesino: videro un piccolo campo di mais e alcune capre.

– Evviva, ragazzi, siamo salvi, – disse Bigfoot.

Si fermarono tutti a osservare la fertile vallata ai loro piedi. Alcuni soldati piansero. Nel paesino c'era anche una chiesetta.

– Be', ce l'abbiamo fatta, Matty, – disse Bigfoot. – Magari vediamo una diligenza per la California. Magari puoi ancora arrivarci.

Portava ancora il fucile del capitano Salazar, nel caso avesse incontrato selvaggina. Quando cominciarono la discesa verso il Rio Grande, il capitano Salazar lo riprese in silenzio.

– Diamine, capitano, avete ragione, è vostro, – disse Bigfoot.

Il capitano non rispose. Si girò una volta a guardare il cammino del morto e proseguí per la discesa.

44.

Quando la compagnia sfinita entrò a Las Palomas, le colombe a cui il paese doveva il suo nome volteggiavano sopra il mais secco, con le foglie rivestite di dura brina. Vedendo arrivare gli stranieri, un vecchio che mungeva una capra al limitare del paesino balzò in piedi. Un prete uscí dalla chiesetta e tornò subito dentro. Un attimo dopo si udí suonare una campana, non da dentro la chiesa, ma dal centro del villaggio, vicino al pozzo. Alcune famiglie uscirono dalle casupole; uomini e donne interruppero le loro faccende per osservare gli stranieri sporchi ed esausti in arrivo. Sembravano fantasmi: uomini tanto strani e deperiti che a tutta prima nessuno osò avvicinarsi. Le divise dei messicani erano cosí sporche e lacere che a stento sembravano divise.

Il capitano Salazar si avvicinò al vecchio che mungeva e gli fece un inchino cortese.

– Sono il capitano Salazar. Siete voi lo *jefe* qui?

Il vecchio scosse il capo; si guardò intorno per vedere se qualcuno l'avrebbe aiutato con lo straniero. Nella sua lunga vita non era mai uscito da Las Palomas e non sapeva parlare bene con chi veniva da fuori.

– Non abbiamo uno *jefe*, – rispose, dopo un po'. – Gli Apache sono venuti mentre era nel campo di mais.

– Lo *jefe* è morto, – disse una vecchia.

Il vecchio la guardò con un'aria di vago rimprovero.

– Non sappiamo se è morto. Sappiamo solo che gli Apache l'hanno preso.

– Be', allora è meglio per lui se è morto, – disse Bigfoot. – Chissà se è stato Gomez.

– Sono stati gli Apache, – ripeté il vecchio. – Abbiamo trovato solo la sua zappa.

– Capisco, – disse il capitano. – È una fortuna che non abbiano preso tutto il paese.

– Capitano, prendono solo i giovani, – disse la vecchia baldanzosa. – Prendono i giovani per renderli schiavi e venderli.

– Per questo siamo tutti vecchi, – disse l'uomo con la capra. – Nel nostro paesino non ci sono giovani. Quando diventano abbastanza grandi per fare gli schiavi, gli Apache li prendono e li vendono.

– Ma a El Paso ci sono i soldati, – disse Salazar. – Potreste rivolgervi a loro, combatterebbero gli Apache per voi. È il loro lavoro.

Il vecchio scosse il capo.

– I soldati qui non ci vengono mai. Una volta lo *jefe* è andato apposta a El Paso e gli ha chiesto di venire, ma loro gli hanno riso in faccia. Hanno detto che non si potevano disturbare ad andare tanto lontano per un paese cosí povero. Hanno detto che dovevamo imparare a sparare per combattere gli Apache da soli.

– Se i soldati non vogliono aiutarvi, fareste bene a seguire il loro consiglio, – rispose il capitano Salazar. – Ma di questo parleremo piú tardi. Siamo stanchi e affamati. Dite alle donne di prepararci da mangiare.

– Abbiamo molte capre, vi faremo da mangiare, – disse il vecchio. – E potete stare in casa mia, se volete. È piccola, ma il fuoco è caldo.

– Chiamate il prete. Questi uomini sono texani, prigionieri. Voglio che il prete li chiuda in chiesa per stanotte. Sembrano stanchi, ma combattono come selvaggi, quando combattono.

– Dobbiamo dargli da mangiare?

– Sí, sfamateli. C'è qualcuno che sa sparare?

– Io. E Thomas. A chi volete che spariamo, capitano?

– A chiunque cerchi di uscire dal paese.

Poi Salazar si voltò ed entrò nella casetta che il vecchio gli aveva offerto.

Nonostante l'avvertimento di Salazar, gli abitanti di Las Palomas non avevano molta paura dei texani: con quell'aria stanca e affamata non potevano essere feroci combattenti come sosteneva il capitano. Anche mentre camminavano verso la chiesa, le donne gli ficcarono in mano roba da mangiare, tortillas, soprattutto. La chiesetta era fredda, ma non quanto la grande pianura che avevano attraversato. Diversi vecchi con i moschetti si misero a montare la guardia lí davanti. Quando di sera la temperatura si abbassò, accesero un fuoco e rimasero lí intorno a parlare. Long Bill uscí a scaldarsi le mani e i vecchi gli fecero posto. Bigfoot si uní a lui, e poi alcuni altri. Gus uscí piú volte, ma Call no. Le donne portarono da mangiare: *pozole*, carne di capra e un po' di mais. Call mangiò con gli altri, ma non s'intrattenne con il gruppetto intorno al fuoco. Sedeva con Matilda, guardando la volta stellata da una finestrella.

– Perché non vuoi andare a scaldarti? – chiese Matilda. Era un ragazzo teso, Woodrow Call. Tutto quello che a Gus McCrae risultava facile a lui risultava difficile. Non era socievole con gli altri, con nessuno. Benché avesse finito per contare sul suo aiuto, era diffidente perfino con lei.

– Ho caldo abbastanza, – rispose Call.

– Non è vero, Woodrow, stai tremando, – disse Matilda. – Cosa c'è di male a sedersi accanto al fuoco in una notte fredda?

– Tu non sei seduta accanto al fuoco.

– Be', ma io sono in carne. Mi scaldo da sola. Tu sei uno stecco pelle e ossa. Rispondi alla mia domanda.

– Non mi piace essere prigioniero, – disse infine Call. – Magari mi tocca combattere contro quei vecchi. Magari mi tocca ucciderne alcuni. Preferisco non fare amicizia con loro.

– Woodrow, non sono cattivi. Hanno mandato le loro donne a sfamarci, non mangiamo cosí bene da quando abbiamo lasciato l'ultimo paesino. Perché vorresti ucciderli?

– Forse dovrò scappare. Non voglio restare prigioniero a lungo. Se non posso essere libero, non mi dispiace morire.

– E Salazar? È lui che ti tiene prigioniero. Abbiamo fatto tutta quella strada con lui. Non è cosí male, se lo chiedi a me. Ho incontrato molti messicani peggiori, e pure bianchi peggiori.

Call non rispose. Non gradiva le domande di Matilda. Era sciocco pensare a quelle cose. Poteva pensarci tutta la notte, ma al sorgere del sole sarebbe stato comunque prigioniero. Era vero che i vecchi di Las Palomas erano buoni e che le donne erano generose con il mangiare. Non gli augurava alcun male, ma non aveva nemmeno intenzione di restare prigioniero a lungo. Se avesse visto un'occasione di fuga, l'avrebbe colta, e non aveva intenzione di fallire. Chiunque lo avesse intralciato ne avrebbe subito le conseguenze; non voleva sentirsi bendisposto nei confronti di gente con cui forse si sarebbe battuto.

Piú tardi, quando il freddo aumentò, le donne portarono coperte in chiesa. Call si avvolse il piú strettamente possibile nella sua. Ma non dormí. Fuori dalla porta vedeva Gus McCrae che chiacchierava con Long Bill Coleman e Bigfoot Wallace. Senza dubbio, ora che si era riscaldato e sfamato, Gus aveva ripreso a raccontare bugie riguardo alle sue avventure sul battello fluviale; oppure stava dicendo che non appena fosse tornato a Austin avrebbe sposato quella Forsythe. Matilda si era addormentata, con il capo chino sul petto. Era stato un filo maleducato a non rispondere un po' meglio alle sue domande. Non capiva perché le donne avessero tanto bisogno di fare domande. Lui preferiva lasciare che la vita andasse da sé, e agire quando si presentava l'opportunità.

Alla fine, però, mentre Matilda dormiva, si alzò e uscí dalla chiesa, non tanto per scaldarsi – i vecchi tenevano alte le fiamme – quanto per sentire le bugie che raccontava Gus McCrae. Long Bill faceva di nuovo finta di avere un'armonica al posto delle mani; fischiava tra le dita. Bigfoot Wallace si era addormentato, addossato al muro della chiesa. Diversi vecchi guardavano Gus come se fosse un essere umano di un genere nuovo, un genere per cui la loro esperienza non li aveva preparati. Alcune paesane, avvolte in scialli pesanti, si tenevano un po' discoste dal fuoco.

– Ciao, Woodrow, ti stai congelando o vuoi ascoltare Long Bill che fischia tra le dita? – chiese Gus.

– Sono uscito a suonartele, se non stai zitto, – rispose Call. – Parli cosí forte che tieni sveglio tutto il paese.

– Diamine, tappati le orecchie, se mi trovi rumoroso, – ribatté Gus. Ma fece posto a Call, che si sedette. Era piacevole sentire il calore delle fiamme sui piedi doloranti. Poco dopo Call si chinò in avanti e si appisolò. Gus McCrae parlava ancora, raccontava qualcosa a proposito di un battello fluviale.

45.

Al mattino, con i campi di mais e gli aghi del chaparral coperti di brina, Salazar approvvigionò i pochi soldati per la marcia verso sud. Nel paesino non c'erano cavalli, ma c'erano due muli e il capitano ne requisí uno per il trasporto dei viveri. I texani uscirono dalla chiesa sbattendo le palpebre alla luce forte del sole. Gli avevano dato il caffè e un po' di formaggio di capra ed erano pronti a marciare.

– Non vedo l'ora di vedere El Paso, – disse Bigfoot. – Dall'altra parte non l'abbiamo raggiunta, ma forse arrivando da nord ce la faremo.

– Sí, ce la farete, – disse Salazar. – Poi immagino che vi spediranno a Città del Messico. C'è un lago con numerose isole dove la frutta è dolce, cosí mi hanno detto.

Agli abitanti di Las Palomas premeva che nessuno degli uomini, né texani né messicani, soffrisse la fame durante la marcia per El Paso. Anche se sapevano che la compagnia avrebbe seguito il fiume, lungo il quale c'erano parecchi villaggi che potevano rifornirla, caricarono sul mulo cosí tante provviste che sotto quell'abbondanza di sacchi e bisacce quasi non lo si vedeva piú. Alcuni texani ricevettero perfino delle coperte, come protezione dal gelo notturno.

Il capitano Salazar si stava girando per condurre la compagnia fuori dal villaggio quando da sud giunse uno scalpiccio di cavalli.

– Secondo voi sono gli indiani? – chiese Gus. Benché fosse piú fiducioso di cavarsela, grazie a un buon pasto e a una notte davanti a un fuoco caldo, sapeva che non erano ancora usciti dal territorio apache. Il ricordo di quanto avevano raccontato i paesani sui figli rapiti era fresco.

Il capitano Salazar rimase un attimo in ascolto.

– No, non sono indiani. Sono cavalleggeri.

– Molti cavalleggeri, – aggiunse Bigfoot. – Forse è l'esercito americano, venuto a salvarci.

– Temo di no, *señor*. È quello messicano, venuto a condurvi a El Paso.

I paesani erano timorosi: non erano abituati a ricevere due visite da parte di soldati in due giorni. Alcune donne si rintanarono nelle casupole. Gli uomini, quasi tutti attempati, rimasero dov'erano.

Dopo qualche minuto i cavalli entrarono a passo cadenzato nel paese, quaranta in tutto. I soldati che li montavano portavano divise pulite; erano tutti armati di sciabola, oltre che di fucile e pistola. In testa cavalcava un piccoletto con una divisa elegante, ornata di numerosi nastrini sul petto.

Le quaranta sciabole luccicavano al sole nei foderi.

La cavalleria era affiancata da parecchi uomini a piedi, cosí scuri che Call non avrebbe saputo dire se erano messicani o indiani. Trottavano accanto ai cavalli, senza apparire stanchi.

I soldati in compagnia di Salazar avevano l'aria imbarazzata. Indossavano divise sporche e lacere: alcuni non avevano la giubba, ma solo le coperte ricevute dagli abitanti di Las Palomas. Alcuni ricordavano che quando erano partiti da Santa Fe per catturare i texani erano vestiti in modo elegante tanto quanto quei cavalleggeri. Adesso, in confronto ai soldati arrivati da sud, avevano un aspetto da mendicanti e lo sapevano.

Il piccoletto con i nastrini fermò il cavallo davanti al capitano Salazar. Aveva baffetti sottili con le punte rigirate all'insú.

– Siete il capitano Salazar? – chiese.

– Sí, maggiore.

– Sono il maggiore Laroche. Perché questi uomini non sono legati?

Il maggiore guardò i texani con freddo disprezzo; bastò il suo tono di voce a far inalberare Call.

Gus era stupito che il maggiore fosse bianco. Non sembrava affatto messicano.

Il capitano Salazar parve scoraggiato.

– Ho fatto molta strada con loro, maggiore. Insieme abbiamo attraversato il cammino del morto. Non sono legati perché sanno che se provano a scappare gli sparo.

Il maggior Laroche non cambiò espressione.

– Forse gli sparereste, ma li colpireste? Se fossero legati sarebbe piú facile colpirli, ma non è questo il punto.

Il capitano Salazar alzò gli occhi, aspettando di sentire qual era, il punto. Non dovette aspettare a lungo.

– Sono prigionieri. I prigionieri devono essere legati. Poi vanno messi al muro e fucilati. Ecco cosa faremmo in Francia con uomini simili, se li prendessimo.

Il maggiore guardò gli uomini scuri accanto ai cavalli. Disse qualcosa: uno di loro andò subito al mulo da soma e tornò con una manciata di lacci di pelle grezza.

– Legate lui per primo, – disse il maggiore, indicando Bigfoot. – Poi legate quello che ha ribaltato il calesse del generale. Qual è?

Salazar indicò Call. In un attimo due uomini scuri gli furono accanto con i lacci.

Bigfoot aveva già porto le mani per farsele legare, ma Call no. Tese i muscoli, pronto a dar battaglia, ma prima che la sua collera esplodesse sia Bigfoot che Salazar gli parlarono.

– Lascia stare, Woodrow, – lo ammoní Bigfoot. – Il maggiore è pronto a spararti ed è una mattina troppo bella per farsi sparare.

– Ha ragione, – disse Salazar.

Call si dominò a fatica. Tese le mani e uno degli uomini scuri gli legò strettamente i polsi con i lacci di pelle grezza. Nel giro di pochi minuti i texani furono tutti legati allo stesso modo.

– Forse dovreste anche incatenarli, – disse Salazar con una punta di sarcasmo. – Come sapete, i texani sono molto selvaggi.

Il maggiore Laroche ignorò quel commento.

– Dov'è il resto della truppa, capitano?

– Sottoterra, – rispose Salazar. – Gli Apache ci hanno seguito nel cammino del morto. Ne hanno uccisi alcuni. Un orso ne ha uccisi altri due. Sei sono morti di fame.

– Ma siete partiti da Santa Fe a cavallo. Dove sono i cavalli?

– Alcuni sono morti e altri ce li hanno rubati, – ammise Salazar. Parlò con voce spenta, senza guardare il maggiore, che sedeva impettito in groppa al cavallo.

A quel punto, il maggiore voltò il cavallo. Lanciò un'altra occhiata al capitano Salazar.

– Vi consiglio di andare a casa, capitano. Il vostro ufficiale comandante vorrà sapere perché avete perso la metà degli uomini e tutti i cavalli. Mi hanno detto che eravate ben approvvigionati. Nessuno sarebbe dovuto morire di fame.

– Gomez ha ucciso il generale Dimasio, maggiore, – disse Salazar. – Ha ucciso il colonnello Cobb, quello che guidava i texani. È per colpa sua che ho perso uomini e cavalli.

Il maggiore Laroche si arricciò un'altra volta la punta dei baffi.

– Un ufficiale dell'esercito messicano non dovrebbe lasciarsi sconfiggere da un selvaggio. Forse un giorno darò la caccia a questo Gomez. Quando lo prenderò, gli trafiggerò il collo con un uncino e lo appenderò in piazza a Santa Fe.

– Non lo prenderete, – s'intromise Call.

Il maggiore Laroche gli lanciò una rapida occhiata.

– C'è un maniscalco in paese?

Nessuno parlò. Gli uomini del paesino avevano abbassato lo sguardo.

– Molto bene, – disse il maggiore. – Se c'era un maniscalco, mettevo quest'uomo in catene seduta stante. Ma non possiamo aspettare. Vi assicuro che quando arriveremo a Las Cruces farò in modo che vi muniscano di ottimi ferri.

Salazar non si era mosso.

– Maggiore, sono senza cavalli. Devo tornare a Santa Fe a piedi? Sono un capitano dell'esercito.

– Un capitano in disgrazia, – ribatté il maggiore Laroche. – Siete venuto fino a qui a piedi. Tornate indietro a piedi.

– Da solo?

– No, portatevi pure i soldati. Non li voglio, puzzano. Se fossi in voi, li porterei a fare il bagno al fiume, prima di partire.

– Siamo a corto di munizioni. Se partiamo senza cavalli e senza proiettili, Gomez ci sterminerà.

Il prete era uscito dalla chiesetta. Stava a guardare con le mani infilate nella tonaca.

– Chiedete al prete di dire una preghiera per voi, – rispose il maggiore Laroche. – Se è un buon prete, forse le sue preghiere saranno piú utili di cavalli e proiettili.

– Può darsi, ma preferirei avere cavalli e proiettili.

Il maggiore Laroche non rispose. Aveva già voltato il cavallo.

I texani furono messi al centro della colonna di cavalleggeri: quelli alle loro spalle sfoderarono le sciabole e le tennero pronte, di traverso sulla sella. Il capitano Salazar e la sua compagnia di straccioni rimasero lí nella strada a guardarli partire.

– Addio, capitano, al vostro posto viaggerei di notte, – consigliò Bigfoot. – Se seguite il fiume e viaggiate di notte, forse ce la farete.

I texani guardarono un'ultima volta il capitano che li aveva catturati e i pochi uomini sopravvissuti con loro a quel lungo viaggio. Non ci fu tempo per i commiati. I cavalleggeri con le sciabole sfoderate li incalzavano.

Matilda Roberts non era legata. Uscendo da Las Palomas, passò accanto al capitano Salazar.

– *Adiós*, capitano. Non siete cattivo. Spero che arriverete a casa sano e salvo.

Salazar fece un cenno del capo, ma non rispose. Lui e i suoi uomini rimasero a guardare mentre i texani venivano scortati fuori dal villaggio, in direzione sud.

46.

Il maggiore Laroche non fece concessioni alla stanchezza. A mezzogiorno, i texani faticavano già a mantenere l'andatura che imponeva. La pausa per riposare fu di soli dieci minuti; il pasto, una manciata di mais. Il mulo che la gente del paese aveva caricato di provviste con tanta cura era diventato di proprietà della cavalleria del maggiore. Mentre mangiavano il duro mais, guardarono i cavalleggeri mangiare il formaggio che le donne di Las Palomas gli avevano dato. Quasi non avevano fatto in tempo a sedersi che la marcia ricominciò.

Il fatto che un francese guidasse una truppa di cavalleggeri messicani lasciava Gus perplesso.

– Perché un francesino combatte con i messicani? So che ce ne sono molti dalle parti di New Orleans, ma non sapevo che si spingevano fino in Messico.

– Per i soldi, immagino, – disse Bigfoot. – Io non ho mai guadagnato granché combattendo. L'ho fatto piú che altro per divertirmi, ma molti lo fanno per la paga.

– Io no, – disse Call. – Prendo la paga, ma ho altri motivi per combattere.

– Che motivi? – chiese Gus.

Call non rispose. Non aveva intenzione di suscitare domande e si pentiva di aver parlato.

– Sei sordo? Ti ho chiesto che motivi? – ripeté Gus.

– Woodrow non sa perché gli piace combattere, – intervenne Matilda. – Non sa perché ha ribaltato quel calesse e si è fatto frustare a sangue. Il mio Shad non sapeva perché andava in giro, era semplicemente un girovago. Woodrow è un combattente.

– Combattere va bene, – disse Bigfoot. – Ma c'è un tempo per combattere e un tempo per lasciar perdere. Ora come ora siamo disarmati e legati come salami. Non è il momento di combattere.

Marciarono tutto il pomeriggio e fino a notte fonda, al freddo. Call tenne il passo, anche se il piede aveva ripreso a pulsargli. Il maggiore Laroche aveva mandato gli uomini scuri in esplorazione. Non si voltava mai a guardare i prigionieri. Di tanto in tanto lo vedevano alzare una mano per arricciarsi i baffi.

La mattina uno strato sottile di ghiaccio ricopriva le piccole pozze lungo il fiume. Agli uomini fu dato il caffè; mentre lo bevevano, il maggiore Laroche fece mettere i suoi sull'attenti e cavalcò lungo le file, ispezionandoli. Di quando in quando indicava qualcosa che lo contrariava: un sottopancia affibbiato male, una divisa non perfettamente abbottonata o il fodero di una sciabola non lucidato. I negligenti venivano fatti uscire dai ranghi seduta stante; il maggiore rimaneva a guardare mentre correggevano il problema.

Quando ebbe finito con i suoi, andò a ispezionare i texani. Sapevano di essere luridi e cenciosi, ma quando il francese li guardò con occhi spietati dall'alto del suo cavallo si sentirono ancora piú sporchi e cenciosi. Il maggiore vide Long Bill Coleman che si grattava; i pidocchi infestavano gli uomini da un pezzo.

– Signori, vi serve un bagno. Abbiamo in programma per voi una bella cerimonia a El Paso. Tra quattro giorni saremo lí. Adesso vi slego, cosí potete lavarvi. Abbiamo un bel fiume qui, perché sprecarlo? Forse, se vi fate un bagno al giorno, per quando saremo a destinazione e si terrà la cerimonia sarete presentabili.

– Che cerimonia è, maggiore? – chiese Bigfoot.

– Non voglio guastarvi la sorpresa, – disse il maggiore Laroche, senza sorridere.

Gus aveva maturato una forte avversione per il suo modo di parlare: era troppo secco per le sue orecchie. Non capiva perché un francese, o chiunque altro, dovesse esprimersi in maniera cosí tagliente. Un modo di parlare piú lento e meno secco sarebbe stato molto piú sopportabile, soprattutto in una mattina fredda quando lui era già abbastanza impegnato a tenersi al caldo.

– Adesso vi libero, per il bagno, – disse il maggiore. – Voglio che vi togliate quei vestiti immondi, li bruceremo.

– Li bruciate? – chiese Bigfoot. – Maggiore, non ne abbiamo altri. Ammetto che questi sono sporchi e puzzolenti, ma se li bruciate non avremo uno straccio da metterci.

– Avete le coperte. Per oggi potete avvolgervi in quelle. Domani arriveremo a Las Cruces. Allora vi vestiremo come si deve, cosí non vi coprirete di vergogna durante la cerimonia.

Il maggiore fece un cenno agli uomini scuri, che si misero a tagliare i lacci ai prigionieri.

Incalzati dalla cavalleria, i texani marciarono fino al Rio Grande. Erano tutti preoccupati, nessuno si fidava del maggiore francese. Inoltre avevano freddo e il fiume verdognolo sembrava ancora piú freddo. La brina sui rovi non si era ancora sciolta.

– Spogliatevi, signori, il bagno vi aspetta, – ordinò il maggiore Laroche.

I texani esitarono, nessuno voleva togliersi i vestiti. Ma il maggiore Laroche li guardava impaziente e la cavalleria era schierata alle loro spalle.

– Mi sa che voi ragazzi vi prendete per signori, – disse Matilda. – Sono stufa di puzzare, vado per prima, se non vi dispiace.

Quando Matilda cominciò a spogliarsi, i cavalleggeri ridacchiarono, ma il maggiore Laroche si voltò a fulminarli con lo sguardo e le risatine si spensero. Poi si girò di nuovo a guardare Matilda che entrava in acqua.

– Signori, sbrigatevi. La signora vi ha dato il buon esempio. Sbrigatevi, la marcia ci aspetta.

Controvoglia, i texani cominciarono a svestirsi, mentre i cavalleggeri messicani guardavano Matilda Roberts sguazzare nel Rio Grande.

– Lavarci non ci farà male, – disse Bigfoot. – Preferivo una grande vasca di ottone, ma mi accontenterò del vecchio fiume.

Si svestí; alla fine il resto degli uomini lo imitò. Li incoraggiava un po' il fatto che Matilda, piú magra di quando aveva pescato la tartaruga azzannatrice nel Rio Grande, ma ancora una donna corpacciuta, continuava a spruzzarsi d'acqua, sfregandosi le braccia e il seno con manciate di sabbia che raccoglieva dal basso fondale.

– Ci farà male se ci congeliamo, – disse Gus.

– Su, è solo acqua, – disse Long Bill. – Se non ha congelato Matty, penso di riuscire a sopportarla.

Quando Call entrò, l'acqua era cosí fredda che fu come una scottatura. Gli procurò un dolore tanto intenso al piede ferito che per un attimo pensò di averlo perso. Un po' alla volta però, spingendosi in acqua fino alle ginocchia, cominciò a sopportarla un po' meglio e, imitando Matilda, si mise a raccogliere la sabbia dal letto del fiume e a sfregarsi. Si stupí di quanto fossero bianchi i corpi degli uomini: avevano la faccia brunita dal sole, ma i corpi bianchi come pance di pesce.

Mentre i texani sguazzavano, il maggiore Laroche decise di addestrare un po' i soldati. Li guidò in un'esercitazione con la sciabola e poi li fece presentare i moschetti e avanzare in schieramento di battaglia.

Wesley Buttons, il piú giovane e impressionabile dei tre fratelli Buttons, guardò la riva proprio quando la cavalleria avanzava con i moschetti puntati. Di fronte all'avanzata dei messicani si convinse che il massacro era imminente. Da settimane si aspettavano di morire – per mano degli indiani, degli orsi, dei messicani, del tempo – e adesso l'ora era giunta.

– Ragazzi, scappate, vogliono fucilarci tutti! – gridò, afferrando per le braccia i due fratelli, Jackie e Charlie.

In un batter d'occhio il panico dilagò tra i texani, anche se Bigfoot Wallace capí subito che i messicani si stavano solo esercitando. Gridò piú forte che poté, ma il grido andò perduto: la metà dei texani sguazzava già nell'acqua alta, spinta a un tratto dal disperato bisogno di attraversare il fiume.

I cavalleggeri messicani, e perfino il maggiore Laroche, furono colti di sorpresa dal panico improvviso che aveva assalito gli uomini nudi. In groppa al cavallo, il maggiore esitò un attimo, e in quell'attimo Bigfoot corse verso la riva con l'intenzione di raggiungerlo e di spiegargli che gli uomini erano semplicemente spaventati.

Call, Gus e Matilda si trovavano un po' piú a valle, vicino alla sponda dov'erano riuniti i messicani. Gus si era tagliato il piede sulla conchiglia di un mollusco. Quando scoppiò il panico, Call e Matilda lo stavano aiutando a uscire dall'acqua. Long Bill Coleman ne aveva già avuto abbastanza dell'acqua gelida. Era tornato verso il mucchio di vestiti, sperando di trovare una camicia o la gamba di un calzone pulite per asciugarsi.

– Ragazzi, tornate indietro, tornate indietro! – gridò Bigfoot, voltandosi a guardare mentre raggiungeva la riva; ma lo intesero solo i cinque o sei uomini piú vicini. Uno degli uomini scuri stava cercando di appiccare il fuoco ai vestiti dei texani: aveva avvicinato un bastoncino in fiamme a una camicia, sperando che l'indumento sudicio s'incendiasse.

In quel momento il maggiore Laroche vide arrivare Bigfoot e capí che i texani erano solo spaventati.

Fece cenno alla cavalleria di avanzare, disgustato per il ritardo che quello sciocco gesto d'ignoranza avrebbe comportato; poi, un attimo dopo, i cavalleggeri, pronti a sparare e fomentati dal fatto che la metà dei prigionieri pareva darsela a gambe, gli sfrecciarono accanto senza che potesse fermarli, sparando sugli uomini in fuga.

– No! No! Stupidi! Non uccideteli… non uccideteli! – gridò il maggiore.

Ma le sue parole si persero nel tramestio degli zoccoli e negli spari dei moschetti. Rimase lí, impotente e in preda a una fredda ira, mentre i suoi uomini spronavano i cavalli a buttarsi nel fiume, chi cercando di ricaricare il moschetto, chi menando fendenti con la sciabola ai texani in fuga.

Bigfoot, Call, Matilda, Gus, Long Bill e pochi altri arrancarono verso il maggiore, sperando che richiamasse i soldati. Gli uomini scuri gli puntarono subito addosso le armi. Nessuno di loro – né i texani, né il maggiore, né gli uomini scuri – poté fare nulla se non stare a guardare. Sia Bigfoot che il maggiore gridavano, cercando di richiamare la cavalleria prima che i texani in fuga cadessero tutti sotto i colpi di moschetto e di sciabola.

Con le mani in alto per mostrare che non aveva cattive intenzioni, Bigfoot si avvicinò al maggiore Laroche, avanzando fino a dove gli uomini scuri glielo permisero.

– Maggiore, non c'è modo di fermarli? Non avete un trombettiere, almeno?

Il maggiore Laroche aveva tirato fuori un cannocchiale e guardava. Alcuni uomini nudi erano arrivati sulla sponda opposta dello stretto fiume, ma anche molti cavalleggeri l'avevano attraversato e inseguivano i fuggitivi tra i cactus e la sterpaglia, menando fendenti e sparando.

Il maggiore Laroche abbassò il cannocchiale e scosse il capo.

– Non ho un trombettiere, *monsieur*. Ne avevo uno, ma è diventato intimo della moglie dell'alcalde e l'alcalde gli ha sparato. È stata una grande seccatura, ovviamente.

Quando guardò di nuovo il fiume, Gus vide solo cavalli che sollevavano spruzzi e uomini che cercavano di guadarlo o di nuotare, tentando in tutti i modi di sfuggire alla cavalleria messicana. Ma non c'era modo. Jackie Buttons si tuffò sotto la pancia di un cavallo, ma il fiume era troppo poco profondo. Riemerse, con la faccia coperta di fango, solo per farsi sparare a bruciapelo da un cavalleggero.

– Santo cielo, ammazzano i ragazzi, li ammazzano tutti! – gridò Matilda.

L'intendente Brognoli le stava accanto, disorientato, con il capo che scattava un po', come aveva fatto per tutta la lunga scarpinata dal Palo Duro. A volte Matilda lo guidava, ma perlopiú camminava da solo; adesso, nudo, assisteva al massacro della compagnia senza capire.

Anche Call guardava, in silenzio. Gli uomini erano stati sciocchi a scappare, dal momento che la cavalleria si stava solo esercitando; ma era un'idiozia a cui ora non si poteva porre rimedio. Charlie Buttons strisciò sulla riva opposta e fu immediatamente abbattuto da due soldati. Cadde all'indietro nel fiume e fu trascinato a valle, spandendo sangue come un pesce arpionato.

– Maggiore, non potete fermarli? – gridò di nuovo Bigfoot. – Non ne resterà nemmeno uno.

– Temo che abbiate ragione, – rispose il maggiore Laroche. – Vorrà dire una cerimonia molto piú piccola, quando arriveremo a El Paso. L'alcalde sarà deluso e anche il generale Medino.

– Cerimonia! Cerimonia! Quegli uomini erano solo spaventati, – protestò Bigfoot. L'intera superficie di acqua verde era coperta di cadaveri galleggianti e rivoli di sangue. John Green, un ranger basso del Missouri, riuscí a strappare una sciabola a un cavalleggero, ma quando provò a infilzarlo sbagliò e infilzò il cavallo nella pancia. Il cavallo s'impennò e cadde, schiacciando lui e il soldato che aveva provato a infilzare; il cavallo continuò a dimenarsi, ma né John né il soldato si rialzarono.

– *Monsieur*, come vi ho detto, non ho un trombettiere, – osservò il maggiore Laroche, guardandoli con freddezza. – I miei uomini sono soldati e sentono l'odore del sangue. Per fermarli adesso ci vorrebbe un colpo di cannone e non me ne hanno fornito uno.

Call e Gus guardavano correre gli uomini dall'altra parte del fiume. Alcuni erano riusciti ad arrivare a cento e piú metri dalla riva, ma per ogni texano c'erano parecchi cavalleggeri e nessuno trovò scampo. I fucili sparavano e le sciabole scintillavano alla vivida luce del sole. I pochi texani sulla sponda orientale del fiume assisterono in silenzio alle ultime fasi del massacro. Gus si sentiva debole di stomaco, Call intorpidito. Matilda Roberts era assente. Guardava oltre il fiume senza fissare alcunché. Long Bill Coleman smise di guardare. Si sedette e si ammucchiò la sabbia sulle gambe nude, come un bambino. Il maggiore Laroche fumava.

Alla fine, quando ebbero ucciso tutti i texani, i soldati si avviarono indietro. Alcuni, inseguendo i fuggitivi, si erano spinti quasi un miglio a ovest del fiume. Altri erano ancora in acqua, a infilzare o sparare a qualunque corpo bianco desse segni di vita. Il maggiore Laroche alzò gli occhi al sole e infine scese in riva al fiume. Non gridò né fece gesti; rimase semplicemente lí, in groppa al cavallo, ma uno alla volta i suoi uomini lo videro. Lentamente, tornarono in loro. Uno o due parvero imbarazzati. Guardarono la sponda orientale e videro che restavano in vita solo pochi texani. Un giovane soldato aveva appena piantato la sciabola in un cadavere galleggiante; Call conosceva il morto solo per nome, Bob. La sciabola rimase conficcata nello sterno di Bob e il giovane cavalleggero non riusciva a estrarla. Tirò sempre piú forte, fino a sollevare il cadavere fuori dall'acqua. Ma la sciabola era bloccata: non riusciva a liberarla ed era consapevole che il maggiore lo guardava critico, fumando.

– Povero Bob, se n'è andato e quel ragazzo non riesce a toglierlo dalla spada, – disse Bigfoot. Andò al bordo dell'acqua e fece segno al soldato di trascinare il cadavere a riva. Il giovane cavalleggero obbedí, nervoso. Il cadavere lasciò una scia di sangue, che sparí rapidamente a valle.

Quando il soldato ebbe trascinato il cadavere a riva, Bigfoot lo prese e lo portò qualche metro piú in su. Fece cenno a Call e Gus di andare ad aiutarlo e loro lo raggiunsero. Tennero fermo il freddo cadavere mentre Bigfoot gli posava con delicatezza un piede sul petto e, con uno strattone, estraeva la sciabola.

– Diamine, è stato di gran lunga piú facile che toglierti quella lancia comanche dall'anca, – commentò Bigfoot. Restituí la sciabola al giovane soldato, che la prese con un'aria da cane bastonato.

Il maggiore Laroche attraversò lentamente il fiume a cavallo, guardando a monte e a valle, contando i cadaveri. Poi salí sulla sponda occidentale per riportare indietro i soldati. Riattraversando il fiume, i soldati sciacquarono le sciabole insanguinate prima di rimetterle nel fodero. Nel frattempo il cavallo con la sciabola nella pancia si trascinò fuori dall'acqua e passò incespicando accanto a Call e Gus. Con una presa fortunata, Call estrasse la sciabola. Per un attimo, guardando i cadaveri degli amici nel fiume e sulla sponda opposta, sentí montare la collera. Quattro soldati messicani andavano dritti verso di lui, nell'acqua; Call li guardò, con la sciabola in pugno. I soldati videro il suo sguardo e si spaventarono. Uno di loro spianò il moschetto.

– Non farlo, Woodrow, – disse Gus, quando un altro soldato alzò il fucile. – Stavolta non ti frustano soltanto. Ti ammazzano.

– Non prima che io ammazzo qualcuno di loro, – ribatté Call.

Ma sapeva che l'amico aveva ragione. La cavalleria messicana, guidata dal severo maggiore, stava riattraversando il Rio Grande. Non poteva battersi con un intero reparto di cavalleria senza rimetterci la vita. Era in preda all'ira, ma non voleva rimetterci la vita. Quando il maggiore si avvicinò, Call gli tese la sciabola; il maggiore la prese senza commentare.

Gus guardava dall'altra parte del fiume. I messicani non si erano presi la briga di riportare indietro i cadaveri dei texani; alcuni di quelli uccisi nel fiume erano scivolati a valle e quasi spariti alla vista. Il cadavere di Jackie Buttons era impigliato su uno spuntone, vicino alla riva opposta. Galleggiava sulla schiena, con l'acqua verde che gli scorreva sulla faccia.

– Jackie mi mancherà, – disse Gus a Matilda. – Era lento a carte, forse per quello mi stava tanto simpatico.

Matilda era ancora nuda, con il fango sulle gambe. – Vorrei essermi girata appena è cominciata la strage. Non mi piace guardare, non quando sono ragazzi che conosco.

– Matty, non piace manco a me, – disse Gus. Avrebbe voluto che il cadavere di Jackie Buttons si liberasse dallo spuntone e venisse portato via dalla corrente. In quei mesi di viaggio l'aveva spesso imbrogliato a carte – per piccole somme, ma con regolarità – e adesso se ne pentiva. Jackie Buttons era un po' tardo di comprendonio e lui lo sapeva: sarebbe stato meglio smazzare le carte in modo onesto. Forse ogni tanto Jackie avrebbe vinto una mano o due.

Ma lui non aveva smazzato le carte in modo onesto e, anche se avevano giocato e rigiocato, Jackie Buttons non aveva vinto neppure una mano. Ora non avrebbe mai potuto farlo, perché galleggiava sulla schiena nel fiume, con l'acqua che gli scorreva sugli occhi spenti e nella bocca aperta.

– Oh, maledizione, – disse Gus e scoppiò a piangere. Pianse cosí forte che s'inginocchiò e si coprí la faccia con il braccio. Sperava che, quando avrebbe rialzato lo sguardo, il cadavere del compagno che aveva imbrogliato non ci fosse piú.

Matilda si riscosse dal torpore e gli mise una mano sulla spalla.

– Piangi per uno di loro o per tutti quanti?

– Solo per Jackie, – rispose Gus, dopo essersi calmato un po'. – Lo imbrogliavo a carte. Non era un gran giocatore, ma l'ho imbrogliato tutte le sante volte che ho giocato con lui.

– Be', a Jackie non importa adesso, – lo consolò Matilda. – Ma tu devi smetterla di fare il furbo quando smazzi le carte, Augustus. Un giorno incontrerai qualcuno che sarà veloce con la pistola come tu lo sei con un asso.

– No, invece. Sono sempre il piú furbo di tutti, a carte.

Matilda guardò Call: aveva ceduto la sciabola, ma non la collera. Aveva la stessa aria di quando aveva ribaltato il calesse del generale per attaccare Caleb Cobb.

– Ragazzi, sarà un sollievo riportarvi a casa. Woodrow è un combattente e tu sei un baro. Se riesco a portarvi a casa, non voglio sentirmi dire che vi siete uniti a un'altra spedizione.

Gus si sedette in riva all'acqua. All'improvviso era stanchissimo.

– Va bene, Matty, – promise.

– Alzati, andiamo, il maggiore ci aspetta, – disse Matilda. I cavalleggeri gli passarono cosí vicino che gli spruzzi sollevati dalle zampe dei cavalli li bagnarono.

Gus non pensava di essere in grado di alzarsi; le gambe gli avevano ceduto. Ma Matilda Roberts gli porse la sua mano forte: Gus la prese e si tirò su. Call era ancora lí, come pietrificato, a guardare i cadaveri nel fiume.

– Non penso che li seppelliremo, – disse Bigfoot, quando Gus e Matilda lo raggiunsero.

Ci aveva azzeccato: non li seppellirono.

Woodrow Call rimase dov'era, a guardare il fiume striato di sangue, fino a quando gli uomini scuri non andarono a legargli i polsi e a condurlo via.

47·

Il maggiore Laroche era un fautore dei bagni nell'acqua fredda. Lui stesso ne faceva uno tutte le mattine all'alba, nel Rio Grande. Tre cavalleggeri lo riparavano dietro un cerchio di lenzuola mentre lui sedeva nel fiume ghiacciato, respirando a pieni polmoni. Quando aveva finito, insisteva perché tutti i cavalli venissero condotti in acqua, dove li strigliavano fino a fargli brillare il mantello. Spesso, durante la strigliatura, il maggiore montava in groppa al suo e si esercitava con la pregiata sciabola, squarciando fichi d'India mentre galoppava a tutta velocità.

Ai texani erano concesse coperte e un buon fuoco, ma erano ancora senza vestiti. Benché disprezzasse il maggiore Laroche, Call non poteva fare a meno di ammirarne l'abilità con la sciabola. A volte il maggiore ordinava agli uomini di lanciare zucche per aria e lui le fendeva al galoppo. Anche il suo modo di andare a cavallo era frutto di abilità: se una zucca veniva lanciata troppo a destra o a sinistra, lui girava il cavallo a metà falcata. La sua sella brillava, tanto era lucida; a quanto pareva, l'allenamento mattutino era l'attività che piú gli piaceva. Cavalcava tutto il giorno in testa alla colonna di cavalleria, voltandosi di rado.

Una volta, in prossimità di Las Cruces, una lepre passò di corsa sotto il cavallo del maggiore; in un attimo lui si lanciò all'inseguimento. Superò la lepre in meno di cinquanta metri e con un colpo solo le tagliò la testa. Poi diede da pulire la sciabola al suo attendente e riprese a cavalcare in testa alla colonna.

– Non mi piacciono quelle piccole selle da dandy, – commentò Gus.

– Perché no? – chiese Call. – Il francesino sta seduto sulla sua come se ci fosse incollato.

– Non ci resterà incollato, se Buffalo Hump gli dà la caccia, – ribatté Gus. Sapeva che erano vicini a El Paso: oltre la città si stendeva la selvaggia regione dove Buffalo Hump aveva ucciso Josh Corn e Zeke Moody. Negli ultimi tempi il pensiero del grosso Comanche lo assillava spesso.

Call non rispose, non gli aveva dato molta retta. Si considerava un cavaliere discreto, ma sapeva di non poter controllare un cavallo con la stessa bravura del piccolo maggiore francese, né del Comanche gobbo, che aveva galoppato a pelo nel deserto tenendo un cadavere di traverso sul cavallo. Galoppando a tutta velocità, il francese aveva mozzato la testa alla lepre con la stessa precisione che se fosse stato seduto a tavola, a tagliare una cipolla. Galoppando altrettanto veloce, il Comanche aveva scotennato Ezekiel Moody.

Call non aveva mai visto un ranger cavalcare bene come il Comanche o il francese. Gus McCrae cavalcava meglio di lui, ma in uno scontro non avrebbe potuto competere né con il maggiore né con Buffalo Hump. Decise che, se fosse sopravvissuto, avrebbe imparato il piú possibile sul modo corretto di andare a cavallo.

– Il maggiore ha un cavallo migliore, – disse. Il maggiore montava un baio purosangue, veloce e con il petto ampio.

– Buffalo Hump lo ucciderebbe con la lancia, – ribatté Gus. – Ha quasi ucciso me, ricordi?

– Non ho detto che non ne è capace, – disse Call.

Ma la mattina dopo osservò il maggiore mentre si allenava con il cavallo. Gus era seccato che Call si prendesse la briga di guardare un uomo simile che esercitava il cavallo.

– Non mi piace il modo in cui si arriccia quei maledetti baffi. Se ce li avevo io, li lasciavo crescere al naturale.

– Lasciali crescere come ti pare, – disse Call. – Non ho un'opinione.

Nel villaggio di Mesilla, appena a sud di Las Cruces, i texani superstiti – dieci in tutto, senza contare Matilda – ricevettero finalmente da vestire: camicie che gli arrivavano alle ginocchia e larghi calzoni ruvidi.

Poi, sotto gli occhi del maggiore Laroche, un vecchio maniscalco mise i ferri alle gambe dei dieci texani. I ferri erano piú pesanti di quelli che avevano portato ad Anton Chico e le catene cosí corte che nessuno di loro poteva fare un passo completo.

– Maggiore, a El Paso ci arrivo prima strisciando che camminando con queste maledette cavigliere, – protestò Bigfoot.

– Non dovete camminare, *monsieur*, – rispose il maggiore. – Abbiamo un bel carro su cui farvi viaggiare. Vi vogliamo riposati per la nostra piccola cerimonia.

Il bel carro si rivelò un carro da buoi, trainato da un vecchio bue nero. Era abbastanza grande per i dieci uomini, ma non per Matilda. Gus le offrí il proprio posto, ma Matilda scosse il capo.

– Ho camminato fino a qui. Credo di poter camminare fino in città.

Piú avanti, a nord-est del fiume, vedevano incombere una montagna grigia. Benché gli uomini fossero incatenati e il carro procedesse a passo lento, i cavalleggeri lo affiancavano con le sciabole sfoderate. Dopo due ore di scossoni, a Gus cominciò a dare fastidio la vescica, ma quando fece per scivolare giú dal carro per pisciare, i soldati gli puntarono addosso le sciabole.

– D'accordo, allora, se la regola è questa, piscerò oltre la fiancata, – disse Gus, alzandosi in piedi. – Non voglio bagnarmi i calzoni nuovi.

Pisciò oltre la sponda posteriore del carro, sorvegliato dai soldati con le sciabole. Con il passare del tempo parecchi texani lo imitarono.

Era il crepuscolo quando il carro entrò sobbalzando nella periferia di El Paso. Un forte vento soffiava la polvere in faccia agli uomini. Non vedevano né la montagna di fronte né il fiume a ovest. Al calare del buio, il vento aumentò e il polverone oscurò tutto. Di tanto in tanto passavano accanto ad alcune casupole: i cani abbaiavano e la gente usciva a guardare i soldati. Matilda teneva la mano sulla fiancata del carro; il polverone era cosí fitto che temeva di perdersi e di restare senza i compagni.

Sul carro, gli uomini nascondevano il capo aspettando la fine del viaggio. Ogni tanto Call guardava fuori per un attimo. Vide qualche altro edificio.

– Mi sa che lo chiamano il Paso del Norte perché ci passa tutto il maledetto vento del New Mexico, – disse Bigfoot. – Se aumenta un altro po', ci piovono addosso i maiali.

Mentre parlava, sopra gli ululati del vento udirono un debole rumore che non riuscirono a identificare.

– Che cos'è? – chiese Bigfoot.

Call, il cui udito era fine come la vista di Gus McCrae, fu il primo a riconoscerlo.

– È una tromba. Si vede che adesso ci mandano l'esercito.

Piú avanti, attraverso il polverone, videro quelle che sembravano luci in movimento; di lí a poco una fila di fanti muniti di lanterne, guidati da un capitano e da un trombettiere, andò incontro ai cavalleggeri. Il trombettiere continuava a suonare, benché il vento rapisse le note quasi prima che venissero emesse. I soldati con le lanterne si schierarono accanto al carro, che procedette a scossoni verso la città. Spaventato dall'improvvisa apparizione di una donna imponente al suo fianco, un soldato fece cadere la lanterna, che si frantumò su un sasso. Il capitano di fanteria lo sgridò urlando; poi, quando Matilda Roberts gli apparve accanto, si spaventò a sua volta. Dopodiché si udirono urla e ringhi di cani; ci fu uno sparo e parecchi cavalleggeri si lanciarono al galoppo. I ringhi aumentarono di volume, seguirono altri spari, poi un guaito. Un attimo dopo il maggiore Laroche con la sciabola sfoderata si avvicinò al carro e sbirciò dentro.

– I cani qui sono affamati. Rimanete sul carro e sarete al sicuro.

Poi Matilda gridò.

– Ecco, mi ha morso un cane, è pieno di cani in mezzo ai cavalli, – si lamentò.

Il maggiore Laroche si voltò e sparí. Bigfoot, Gus e Long Bill Coleman riuscirono a tirare Matilda sul carro.

– Uno di quei cani mi ha morso la gamba, – si lagnò lei, ansimando. – Sanguino.

In quel momento il bue nero girò e il carro per poco non si capovolse. Tre cani randagi saltarono dentro, ringhiando e mordendo.

– Che diamine, questa è la città dei cani, – disse Bigfoot, riuscendo a buttarne uno giú dal carro. Dopo aver ringhiato e schioccato le fauci, gli altri due balzarono giú da soli.

Matilda Roberts singhiozzava e si aggrappava a Gus; l'attacco dei cani era stato cosí repentino che l'aveva spaventata.

Per tutto il tempo il trombettiere continuò a suonare, anche se i frammenti di musica arrivavano da piú lontano.

– Secondo me il trombettiere si è perso, – disse Gus. – Sarà fortunato se i cani non lo sbranano.

Il vento s'inasprí; era difficile vedere le lanterne a pochi passi dal carro. Di tanto in tanto un cavallo nitriva. Il vento aveva soffiato tanta di quella sabbia dentro al carro che gli uomini ne erano circondati. Gli si era infilata nei vestiti larghi e gli ricopriva i capelli.

Poi, a un tratto, il vento si placò: il carro aveva girato dietro un alto muro. Al di sopra la sabbia vorticava ancora, ma per un attimo gli uomini furono al riparo. Quando alzarono il capo, la sabbia gli scivolò dai capelli e dai colletti nelle camicie.

Nell'aria polverosa videro avvicinarsi un nembo di luce: era il maggiore Laroche, accompagnato da un soldato che reggeva una grossa lanterna. Il maggiore era avvolto in un ampio mantello grigio, con il cappuccio alzato. Aveva i baffi ancora perfettamente arricciati: non sembrava affatto toccato dalla tempesta.

– Benvenuti al Paso del Norte, *messieurs*. Vi ho portati al convento di San Lázaro. Domattina verrà l'alcalde di El Paso, con il suo personale, per assistere alla piccola cerimonia che abbiamo in programma. C'è una stanza calda che vi aspetta e sarete ben nutriti.

– Quando scopriremo che cerimonia è? – chiese Bigfoot. – Magari è una di quelle in cui preferisco dormire.

– Non dormirete, *monsieur* Wallace. È per questo che avete attraversato il Texas e il New Mexico. Non volete perdervela, ve l'assicuro.

Poi il maggiore se ne andò, portandosi via la luce. Un cancello si aprí cigolando; varie figure lo affiancavano nell'oscurità, ma il carro entrò dentro le mura in un vortice di sabbia. Call non ci vedeva abbastanza bene per stabilire se erano uomini o donne.

Avevano viaggiato in uno spazio cosí ristretto che parecchi texani dovettero raddrizzare le gambe piano piano, prima di riuscire a camminare. Quando furono tutti in grado di muoversi, le ombrose figure che avevano aperto il cancello li condussero attraverso una corte polverosa spazzata dal vento. Alcuni cavalleggeri con le lanterne, entrati nella corte insieme ai texani, si tennero vicini a loro, evitando le figure scure che li guidavano. All'interno delle mura tutti erano avvolti in pesanti mantelli che si stringevano intorno al viso; condussero i texani attraverso la corte in silenzio.

Bigfoot Wallace aveva cosí tanta sabbia negli stivali che faticava a camminare. Considerava i suoi piedi, per quanto grandi, appendici da trattare con cura; l'avevano portato felicemente attraverso il Texas e il New Mexico, e ora forse avrebbero dovuto portarlo ancora piú lontano, a Città del Messico, si diceva. Spesso nella sabbia c'erano le lappole; una volta gli era venuta una brutta infezione a un dito del piede perché aveva trascurato la puntura di una lappola. Gli altri entrarono nella stanza che gli fu indicata, ma lui si sedette con calma e svuotò gli stivali, uno alla volta. Voleva farlo là fuori, piuttosto che rischiare di versare lappole nel posto dove li avevano condotti. Alcuni ragazzi erano quasi scalzi; non voleva correre il rischio che qualcun altro pestasse una lappola e si prendesse un'infezione.

Mentre era seduto, una figura scura con un lumicino, una candela la cui fiamma oscillava al vento, andò a mettersi al suo fianco. Bigfoot era grato per la luce, per quanto fioca. Le lappole erano piccole e difficili da vedere. Non voleva tralasciarne nemmeno una. Dopo essersi pulito attentamente la pianta dei piedi, si apprestava a rimettersi gli stivali quando lanciò un'occhiata verso la fiammella guizzante. Chiunque tenesse la candela mise una mano a coppa per proteggerla dagli sbuffi di vento. Anche quello era un gesto premuroso, ma ad attirare lo sguardo di Bigfoot fu la mano in sé: era la mano di uno scheletro, composta solo di ossa, con qualche brandello di carne flaccida e annerita appeso a un dito.

In tutti i suoi anni sulla frontiera Bigfoot Wallace non si era mai preso uno spavento simile. Aveva visto molte scene orribili, ma mai uno scheletro che teneva una candela. Era cosí sconvolto che fece cadere lo stivale che stava per rimettersi. Le mani che in molte feroci battaglie erano rimaste ferme gli tremavano: non riusciva nemmeno a trovare lo stivale che gli era caduto.

La presenza che teneva la candela – Bigfoot non era sicuro di poterla definire «persona» – si chinò, cercando di essere d'aiuto, e avvicinò la candela a terra, in modo che lui potesse recuperare lo stivale. Vedendolo brancolare, avvicinò ancora di piú la candela; Bigfoot alzò lo sguardo, sperando di vedere un volto umano, e si prese uno spavento ancora peggiore, perché quella persona non aveva il naso: solo un buco nero. Dove si aspettava di vedere un paio d'occhi, Bigfoot non vide nulla. La mano che teneva la candela era fatta quasi solo di ossa e la forma a cui apparteneva la mano era senza naso. Poi il vento si alzò facendo oscillare la fiammella.

Bigfoot era cosí scosso che dimenticò le lappole, dimenticò perfino gli stivali. Si alzò e s'infilò scalzo nella stanza dove si trovavano i compagni. Entrò quasi di corsa, andando a sbattere contro Matilda Roberts e facendola cadere addosso a Gus. Nella stanza non c'era luce. Dalla porta entrò sibilando una folata di vento carica di sabbia, poi qualcuno la chiuse dall'esterno e la chiave girò scricchiolando nella serratura.

Quando Matty lo travolse, Gus cadde addosso a Long Bill; nel buio pesto nessuno capiva cosa stesse succedendo.

– Woodrow, dove sei? – gridò Gus. – Qualcuno ha buttato a terra Matty.

– Sono stato io, – disse Bigfoot.

In quel momento si rese conto di aver dimenticato gli stivali e si girò per andare a prenderli, solo per trovare la porta chiusa a chiave. Non sapeva se essere sollevato o spaventato. Faceva cosí buio che non vedeva nessuno: sapeva di aver spinto Matilda Roberts solo perché nessuno dei ranger era altrettanto grosso.

– Ossignore, Matty. Ossignore. Ho visto una cosa brutta.

– Cosa? – chiese Matty. – Io ho visto solo gente avvolta nei sarape.

– Era cosí brutta che non voglio dirla.

– Be', dilla.

– Ho visto uno scheletro che teneva una candela. Ci hanno messo qui dentro con i morti.

48.

Per tutta la notte i ranger si strinsero nel buio pesto, non sapendo che cosa aspettarsi. Interrogato, Bigfoot rispondeva solo di aver visto uno scheletro che teneva una candela e, quando aveva alzato gli occhi, una faccia senza naso.

– Ma come si respira, senza naso? – chiese Long Bill.

– Non hai bisogno di respirare, – disse Gus. – Se lí c'è un grosso buco, l'aria ti entra direttamente nella testa.

– Non hai bisogno di aria nella testa, Gus, ne hai bisogno nei polmoni.

– E gli occhi? – chiese Long Bill.

– Giusto, non aveva gli occhi? – chiese Don Shane. Il suono della sua voce cavernosa spaventò tutti quasi quanto il rapporto inquietante di Bigfoot. Don Shane, un uomo magro con la barba nera, era il piú silenzioso della compagnia dei ranger. Aveva attraversato il Texas e il New Mexico, sopportando il freddo e la fame, senza dire piú di sei parole. Ma il pensiero di una persona senza naso l'aveva strappato dal silenzio. Voleva sapere degli occhi. Dopotutto, a volte i Comanche tagliavano il naso alle loro donne. Una volta un barbiere di Shreveport gli aveva fatto un brutto taglio al naso. Era ubriaco. Ma una persona senza occhi era piú difficile da tollerare, almeno per come la vedeva lui.

– Gli occhi, non li ho visti, – disse Bigfoot. – Ma aveva la testa coperta da un lenzuolo. Forse sotto il lenzuolo c'erano.

– Se non c'erano, è grave, – sentenziò Long Bill.

– È grave comunque, – disse Gus. – Perché uno scheletro porterebbe una candela?

Nessuno aveva una risposta a quella domanda. Call si trovava in un angolo; non prendeva parte alla discussione. Con ogni probabilità Bigfoot si era immaginato tutto. Quella di Gus era una buona domanda. Uno scheletro non avrebbe avuto motivo d'illuminargli la strada per la cella. Forse sul carro Bigfoot si era addormentato e aveva fatto un sogno da cui non si era svegliato del tutto: gli scheletri erano piú plausibili nei sogni che nelle prigioni messicane. Sí, i soldati sembravano un po' nervosi quando li avevano accompagnati dentro la prigione, ma forse era perché i cani randagi li avevano attaccati. I cani randagi si muovevano in branchi; avevano fama di essere piú letali dei lupi. A volte uccidevano i bovini e perfino i cavalli. Fatto sta che loro dovevano stare rinchiusi lí fino alla mattina e prima del sorgere del sole non avrebbero scoperto la verità sullo scheletro.

Nella stanza non c'erano finestre. Seppero che il sole era sorto solo grazie a una sottile striscia di luce sotto la porta.

Quando la porta si aprí, comparve il maggiore Laroche, in una divisa piú elegante di quella che indossava durante il viaggio da Las Palomas. Aveva i baffi arricciati e portava una sciabola diversa, con l'impugnatura dorata, in un fodero laminato d'oro.

Oltre la porta videro una fila di sedie, con dietro cinque uomini in attesa, muniti di asciugamani e rasoi. Davanti a ogni sedia c'era un tavolino con sopra un bacile.

– Buongiorno, *messieurs*, – disse il maggiore. – Avete l'aria stanca. Forse una sbarbata vi ristorerà. Vogliamo che facciate bella figura alla nostra piccola cerimonia.

I ranger uscirono nella luce accesa del sole, sbattendo le palpebre. Durante la notte il vento era cessato; la giornata era serena e non volava polvere. Bigfoot uscí guardingo. Si era quasi convinto di aver sognato lo scheletro con la candela. Quando si era seduto per togliersi le lappole dagli stivali, forse si era addormentato un attimo e aveva sognato la mano scheletrica.

– Una sbarbata sarebbe piacevole, – disse, ma non fece in tempo a finire la frase che una figura coperta si avvicinò e gli porse gli stivali che la sera prima aveva lasciato nella corte.

Stavolta tutta la compagnia, Matilda compresa, vide quello che aveva visto lui. La mano che stringeva gli stivali era quasi scheletrica, con solo un po' di carne flaccida appesa a un dito o due. Quella poca carne era nera. La figura si voltò rapidamente, con il cappuccio stretto intorno alla testa: nessuno vide se aveva occhi e naso, ma tutti avevano visto la mano ossuta e tanto bastò a inchiodarli sul posto. Guardandosi intorno per la vasta corte, videro sotto le logge altre figure, tutte avvolte in lenzuoli o mantelli bianchi.

I texani guardarono i barbieri in piedi dietro le cinque sedie, con asciugamani e rasoi. Loro sembravano normali, ma gli altri li mettevano a disagio. Long Bill contò rapidamente le bianche figure sotto le logge e arrivò a ventisei.

– Avanti, signori, vi sentirete meglio dopo che vi sarete fatti la barba e tagliati i capelli, – li incitò il maggiore.

– Farmi la barba non mi dispiacerebbe, – disse Bigfoot. – Sono gli scheletri a preoccuparmi, uno mi ha appena portato gli stivali.

Il maggiore Laroche si arricciò la punta dei baffi. Per la prima volta da che i texani ricordassero parve divertito.

– Non sono scheletri, *monsieur* Wallace. Sono lebbrosi. Questo è San Lázaro, il lebbrosario.

– Ossignore, – disse Long Bill. – Ora si spiega. Una volta ho visto un lebbroso, a New Orleans. Quello lí era proprio senza mani.

– E gli occhi? – chiese Gus. – Ci vedono?

Il maggiore Laroche si era già allontanato, lasciando Long Bill ad affrontare le domande tecniche sui lebbrosi.

– È passato un po' di tempo, ma secondo me ci vedeva, – disse Long Bill.

– Questi ci vedono, – disse Bigfoot. – Ha visto i miei stivali e me li ha portati.

– Sí, e se adesso negli stivali c'è la lebbra? – chiese Bill. – Se te li metti, forse ti marcirà il piede.

Bigfoot si stava infilando quello destro; lasciò perdere all'istante e piantò lí tutto.

– Andrò scalzo per un po'. Preferisco prendermi qualche lappola nei piedi che diventare un maledetto scheletro.

Gus era piú turbato dei compagni dalle bianche figure intorno alla corte. Gli sembrava che avessero un'apparenza spettrale.

– Be', ma cosa sono i lebbrosi, Bill? – chiese. – Sono vivi o morti?

– Quello che ho visto io sembrava un po' di qua e un po' di là. Si muoveva, perciò non era del tutto morto. Ma non aveva le mani... era come se in parte era morto e in parte no.

Il maggiore Laroche aveva concluso una breve ispezione dei soldati. Si voltò impaziente e fece cenno ai texani di sbrigarsi a raggiungere la fila di barbieri.

– Su, fatevi la barba. L'alcalde non sarà contento, se al suo arrivo avete un'aria da bestie irsute.

– Maggiore, siamo un po' agitati per via dei lebbrosi, – ammise Bigfoot. – Bill è l'unico ad averne mai visto uno.

– I lebbrosi sono qui in cura, – rispose il maggiore. – Non vi faranno alcun male. Chi di voi resterà qui ci farà il callo alla svelta.

– Spero di non rimanerci, se vuol dire vivere con gente senza pelle sulle ossa, – commentò Gus.

Il maggiore lo guardò divertito.

– Chi rimane dipenderà dai fagioli, – disse. Poi, senza dare spiegazioni, si allontanò.

Call studiò i lebbrosi come meglio poté. Di notte il concetto di morti ambulanti era spaventoso, ma alla luce del giorno i lebbrosi, visti da una certa distanza, non facevano tanta paura. Un lebbroso o una lebbrosa si accorse del suo sguardo e parve ritirarsi ancora di piú nell'ombra sotto le logge. Alcuni erano molto bassi: forse erano quelli senza piedi.

La metà dei texani si sedette sulle sedie dei barbieri per farsi radere, mentre gli altri rimasero a guardare. Il sole caldo era piacevole, cosí come, a tempo debito, l'acqua calda usata dai barbieri. Mentre lo asciugavano, Call, che faceva parte del primo gruppo, alzò lo sguardo verso il ballatoio che correva lungo il primo piano del convento. Vide diverse figure drappeggiate di bianco, riunite intorno a una figuretta piú piccola: quest'ultima era vestita interamente di nero. Non era drappeggiata come le altre. Portava il velo e i guanti. Call la vide stringere la ringhiera del ballatoio con le mani guantate. Erano piccole: doveva essere una donna. Mentre lui si alzava dalla sedia del barbiere, i grandi cancelli di San Lázaro si spalancarono ed entrò un'ampia carrozza elegante, preceduta e seguita da cavalleggeri in groppa a cavalli strigliati di fresco.

Il maggiore Laroche corse a parlare rapidamente con i barbieri, ordinandogli di sbrigarsi con il secondo gruppo di texani. Matilda aveva ricevuto un bacile e acqua calda; mentre radevano gli uomini, si lavò il viso e le braccia.

Nella carrozza sedevano un uomo grasso, con l'uniforme piú elaborata che avessero mai visto, e quattro donne. La carrozza era affiancata da cavalleggeri con le sciabole sfoderate, e il maggiore Laroche fece cenno a un attendente di aiutare l'alcalde a scendere.

Diverse comode poltroncine furono sistemate nella corte: l'alcalde e le donne vi presero posto, e i fanti aprirono grandi parasole e li tennero sopra di loro per proteggerli.

Sulle spine per la presenza dell'alcalde e con l'ordine di fare in fretta, con il secondo gruppo i barbieri furono piú sbrigativi. Di conseguenza sia Bigfoot che Long Bill subirono qualche taglietto; ma a preoccupare i texani non era tanto la rapidità della sbarbata quanto quello che stava per succedergli. Stava per svolgersi la cerimonia che il maggiore Laroche aveva nominato molte volte. Il grasso alcalde e le quattro donne, tutte vestite in abiti vivaci, erano andati lí apposta; eppure, i texani non avevano idea di che cosa sarebbe successo.

Tuttavia, Call notò che dieci soldati armati si erano schierati di fronte al muro in un angolo della corte. Stavano fermi sotto il sole, stringendo i moschetti. Accanto a loro c'era un prete con una tonaca marrone.

– Ci fucilano, – disse. – Ecco il plotone d'esecuzione. Dovevamo scappare con i ragazzi quando si sono buttati nel fiume.

Bigfoot guardò i soldati e giunse alla stessa conclusione.

– Se non avevamo le catene alle caviglie, potevamo saltare il muro. Forse uno o due di noi riuscivano a scappare, ma tanto, tempo un paio di giorni, mi sa che ci riprendevano. Oppure ci sbranavano i cani.

– Preferisco essere fucilato che sbranato da un maledetto branco di cagnacci, – disse Long Bill.

– Oh, non ci fucileranno. Dobbiamo marciare fino a Città del Messico, – disse Gus. – Questo è solo uno spettacolo di qualche tipo per quel grosso messicano.

Call era scettico.

– Se è solo uno spettacolo, non hanno bisogno di un prete e di un plotone d'esecuzione.

Quando li ebbero sbarbati tutti, schierarono i texani dietro i tavoli dove si trovavano i bacili. Poi portarono via le sedie e tutti i tavoli tranne uno.

Il maggiore Laroche gli andò incontro deciso, portando un vaso di terracotta. Era coperto da una pezza, che sulle prime non tolse.

– Finalmente è giunto il momento della nostra cerimonia. Siete tutti colpevoli di aver cercato di rovesciare il governo legittimo del New Mexico. Secondo le normali leggi di guerra, sareste fucilati tutti. Ma le autorità hanno deciso di essere clementi.

– Clementi, come? – chiese Bigfoot.

– Qualcuno di voi vivrà e qualcuno morirà. Siete in dieci, senza contare la donna. Lei verrà risparmiata. Ma voi dieci siete soldati e dovete pagare le conseguenze delle vostre azioni.

– Molti di noi le hanno già pagate, – disse Call. Li avrebbero fucilati tutti, ne era sicuro. Non vedeva il motivo di stare lí ad ascoltare un soldato francese che gli faceva discorsi pomposi a beneficio di un grasso messicano.

Il maggiore s'interruppe e lo guardò.

– Siamo partiti dal Texas con quasi duecento uomini, – proseguí Call. – Ora siamo rimasti in dieci. Io questo lo chiamo castigo, non so come lo chiamate voi.

– Sono solo i casi della guerra, *monsieur*. Ecco come funziona la cerimonia. Nel vaso che vi ho messo di fronte ci sono dieci fagioli. Cinque sono bianchi e cinque neri. Sarete bendati. Vi avvicinerete al recipiente e pescherete un fagiolo. I cinque che ne pescano uno bianco vivranno. I cinque che ne pescano uno nero moriranno. Abbiamo un prete, come vedete. E un plotone d'esecuzione. Allora, signori, chi vuole pescare per primo?

Ci fu una pausa; Gus e Long Bill guardarono Bigfoot Wallace, ma Bigfoot teneva gli occhi fissi sul soldato armato di moschetto a lui piú vicino. Non pensava ai fagioli bianchi e neri, non ancora.

Pensava che poteva cercare di agguantare un moschetto, sparare al maggiore e al grasso alcalde e scavalcare il muro con alcuni dei ragazzi. I ferri alle gambe erano la diavoleria con cui fare i conti, ma se alcuni di loro fossero riusciti a scavalcare il muro con un paio di moschetti, almeno avrebbero avuto la possibilità di morire combattendo. Non si fidava dei messicani, con quella storia dei fagioli. Forse il recipiente ne conteneva solo di neri; probabilmente era solo uno stratagemma per infondergli speranze che non avevano.

Nemmeno Call si fidava dei fagioli, ma non aveva intenzione di restare lí come un vigliacco ad aspettare che qualcuno si muovesse, perciò si accostò al tavolo su cui era posato il vaso. Accanto al tavolo c'era un soldato con in mano una bandana nera.

– Ah, bene, il nostro primo volontario, – disse il maggiore.

Guardò un attimo il soldato con la bandana.

– Assicurati di bendarlo come si deve.

Il vaso con i fagioli era coperto da una pezza bianca. Il soldato andò alle spalle di Call e gli coprí gli occhi con la bandana; strinse con forza e l'annodò rapidamente. Sapeva il fatto suo: Call non vedeva un tubo. La bandana non lasciava passare la benché minima luce.

Il maggiore Laroche non si accontentò della benda. Prese il vaso di fagioli, tolse la pezza e andò a mettersi dietro a Call.

– Una benda può scivolare. Tengo il vaso dietro di voi, appena sotto la vostra mano sinistra. Quando siete pronto, scegliete un fagiolo.

Call sbatté la mano contro il fianco del vaso. Non sapeva cosa aspettarsi, ma infilò comunque la mano nel recipiente. Gli venne in mente che forse era solo un trucco. Nel recipiente potevano esserci ragni o scorpioni, perfino un serpentello. Bigfoot gli aveva detto che i serpenti a sonagli piú piccoli erano spesso i piú letali. Forse il plotone d'esecuzione era solo una messinscena.

Tuttavia, si rese conto immediatamente che i suoi sospetti erano sciocchi. Sul fondo del recipiente si trovavano alcuni fagioli. Non c'era modo di scegliere, perciò ne prese uno e tirò fuori la mano. Il soldato gli slegò subito la benda.

– Avete avuto il coraggio di cominciare, *monsieur*, e il vostro coraggio è stato premiato, – disse il maggiore Laroche.

Call si guardò nel palmo della mano e vide che il fagiolo era bianco.

– Siete salvo, – disse il maggiore. – Fatevi da parte, per favore. Ci serve un altro volontario.

Bigfoot Wallace si fece avanti all'istante. La fortuna di

Call l'aveva convinto che nel vaso marrone i fagioli bianchi c'erano davvero. Rinunciò all'idea di rubare un moschetto e saltare il muro. Perlopiú, nel corso degli anni, nelle questioni di vita o di morte, la fortuna non l'aveva abbandonato. Call aveva pescato un fagiolo bianco; forse l'avrebbe pescato anche lui. Non aveva senso sottrarsi all'azzardo.

Bigfoot aveva una testa che gareggiava con le sue famose appendici. La benda che avevano annodato con facilità intorno alla testa di Call faceva a stento il giro della sua. Tirando forte, il soldato incaricato di bendarlo riuscí a far toccare i lembi della bandana, ma non ad annodarli.

– Dovevamo tagliarvi i capelli, *monsieur* Wallace, – disse il maggiore. – La benda non vi sta.

– Posso strizzare gli occhi, – rispose Bigfoot. – Tanto i fagioli sono dietro di me. Non ci vedo, dietro.

– Forse no, ma le regole sono le regole. Dovete essere bendato.

Chiamò un altro soldato, che andò a tenere l'altro lembo della bandana; i due soldati premettero forte la benda sugli occhi di Bigfoot.

– Non vedo un fulmine manco se mi casca davanti, – dichiarò lui.

– Il vaso è sotto la vostra mano sinistra, – disse il maggiore Laroche. – Per favore pescate un fagiolo.

Bigfoot prese un fagiolo e lo tenne nel palmo. Prima ancora che gli fosse tolta la benda, udí gridare una delle signore sedute con l'alcalde. Quando abbassò lo sguardo, vide che il fagiolo era nero.

– Siamo a uno e uno, – disse il maggiore Laroche.

Alla vista del fagiolo nero una delle signore era svenuta. Due delle altre la sventagliavano. L'alcalde non gli badava. Non pareva molto interessato ai texani, né al dramma di vita e morte che si svolgeva sotto i suoi occhi. Pareva piú interessato a un foruncolo che aveva sulla mano. Lo punzecchiò con un coltellino e poi si pulí con un bel fazzoletto bianco.

Bigfoot guardò il fagiolo che aveva in mano, dopodiché se lo mise in tasca. Due soldati lo condussero un po' piú in là, verso il muro dove stazionava il plotone d'esecuzione. Bigfoot lanciò un'occhiata ai compagni, i texani ancora in attesa di pescare.

– Addio, ragazzi, mi sa che mi fucilano per primo.

Mentre aspettava, tirò il fagiolo nero fuori dalla tasca diverse volte e lo guardò. Negli anni sulla frontiera la sua vita era stata spesso in pericolo, a causa di proiettili, tomahawk, frecce, lance, coltelli, cavalli, orsi, Comanche, Apache, Kiowa, Sioux, Pawnee; eppure alla fine l'avrebbe persa per la scelta infelice di un fagiolo, nella corte del lebbrosario di El Paso.

I ranger in attesa erano ammutoliti. Bigfoot aveva fatto piú di chiunque altro per condurli in salvo attraverso le praterie. Era sopravvissuto ai loro comandanti e gli aveva insegnato i trucchi per cavarsela. Li aveva aiutati a trovare da mangiare e aveva scovato per loro fiumi e pozze d'acqua. Eppure adesso era condannato.

– Addio, Matty, – disse Bigfoot, salutandola con la mano. Poi ebbe un'idea. Ricordava che molto tempo prima, nel vecchio Kentucky, le sue zie cantavano divinamente. – Canterai per me?

– Sí, canterò per te, ora cerco di farmi venire in mente una canzone, – rispose Matilda. – Lo farò, eri un vero amico del mio Shad.

Poi si fece avanti Don Shane e pescò un fagiolo nero. Silenzioso come al solito, non parlò né cambiò espressione. Mentre lo bendavano, l'intendente Brognoli, che aveva ancora lo sguardo vitreo e il capo che scattava, si mise sull'attenti; pescò un fagiolo bianco. Dopodiché toccò a Joe Turner, un tizio tarchiato di Houston che parlava lento e balbettando; pescò un fagiolo nero. Lui e Don furono condotti accanto a Bigfoot. Brognoli andò a mettersi vicino a Call.

Gus era di fianco a Long Bill Coleman. Wesley Buttons aspettava con i cugini Pete e Roy, di cui nessuno ricordava il cognome. Né Wesley né Pete né Roy sembravano propensi ad avvicinarsi al tavolo dove li aspettava il vaso. Long Bill si voltò a guardare Gus.

– Be', vuoi pescare tu? – chiese. Non aveva fretta di farsi avanti ed essere bendato, ma i ranghi dei texani si stavano assottigliando. Ben presto sarebbe toccato a tutti.

Gus sapeva che avrebbe dovuto affrontare l'azzardo con atteggiamento spavaldo, il tipo di atteggiamento che aveva sempre avuto con dadi e carte. Ma qui non si trattava di dadi e carte: qui era questione di vita o di morte, e non si sentiva spavaldo. Guardò Matty, che piangeva. Guardò il maggiore Laroche e il grasso alcalde, che si punzecchiava ancora il foruncolo.

– Woodrow è andato per primo, forse io andrò per ultimo.

– Scommetto che speri che qualcun altro finisce i fagioli neri prima che tocca a te, – disse Long Bill. – Secondo i miei calcoli, ne restano due, di quei maledetti.

Gus non rispose. Era spaventatissimo e un bel po' seccato con Woodrow Call, che era stato cosí veloce a offrirsi volontario. Se avesse avuto un momento per calmarsi i nervi, forse sarebbe andato lui per primo e avrebbe pescato il fagiolo bianco che aveva pescato Woodrow. Woodrow Call era troppo impaziente, lo dicevano tutti.

Mentre Long Bill ci pensava, andò Wesley Buttons; pescò un fagiolo bianco: sia Gus che Long Bill si rammaricarono di non essere stati piú veloci a farsi avanti. Adesso Wesley era al sicuro, loro invece no.

Long Bill si sentí montare dentro un'ansia terribile; non resse piú la preoccupazione. Scattò in avanti cosí rapidamente che per poco non rovesciò il tavolo dove poggiava il vaso con i fagioli.

– Calma, *monsieur*, calma, – lo riprese il maggiore. – Non c'è bisogno di urtare il tavolo.

– Be', ma adesso sono piú che pronto, – disse Long Bill. – Voglio avere il mio turno.

– Certo, lo avrete.

Bendarono Long Bill e gli misero il vaso sotto la mano sinistra. Lui ce la ficcò dentro alla svelta e tastò i fagioli. Non riuscí a scegliere, però: l'ansia lo assalí e lo strinse in una morsa cosí forte e improvvisa da impedirgli di muovere le dita. Restò paralizzato per parecchi secondi, con la mano nel vaso. Si chiese se i fagioli neri erano piú ruvidi di quelli bianchi o viceversa.

Il maggiore Laroche aspettò un po', poi si schiarí la gola.

– *Monsieur*, dovete scegliere. Su. Siate coraggioso come i vostri compagni. Scegliete un fagiolo.

Disperato, Long Bill obbedí: si costrinse ad afferrare un fagiolo con le dita tremanti, ma non appena l'ebbe tirato fuori lo fece cadere. Il soldato con la bandana si chinò a raccoglierlo. Poi tolse la benda a Long Bill e gli porse il fagiolo: era bianco.

Dopo di lui andò Pete; prima di pescare, alzò la faccia bendata al cielo come a chiedere istruzioni. Non sembrava che pregasse, ma per un attimo alzò la faccia verso il sole caldo. Poi pescò un fagiolo nero.

Erano rimasti in due: Gus e il tizio magro di nome Roy.

Al pensiero di pescare per ultimo e di essere condannato con certezza se Roy avesse avuto la fortuna di pescare un fagiolo bianco, Gus scattò in avanti quasi con la stessa rapidità di Long Bill. Quando infilò la mano nel vaso, si rese conto che i messicani non avevano mentito sul numero di fagioli. Ne restavano solo due: uno per lui e uno per Roy. Uno doveva essere bianco, l'altro nero. Spinse prima un fagiolo poi l'altro, ripensando a tutte le volte che aveva lanciato i dadi. Lanciava sempre velocemente: aggrapparsi ai dadi non aiutava la buona sorte.

Prese un fagiolo e tirò fuori la mano, ma quando il soldato gli tolse la benda non ebbe il coraggio di aprire subito gli occhi. Tese la mano, con il fagiolo nel palmo: tutti videro prima di lui che era bianco.

Quando vide il fagiolo nel palmo di Gus, Roy impallidí.

– Per me è andata allora, – disse piano, come se parlasse tra sé. Ma si fece bendare con calma e pescò l'ultimo fagiolo nero; poi raggiunse con passo fermo gli uomini destinati a morire.

Gus andò a mettersi accanto a Call, dall'altra parte.

– Non dovevi aspettare cosí tanto, – lo rimproverò Call.

– Be', tu sei andato per primo e nessuno te l'aveva chiesto, – ribatté Gus, ancora seccato. – Quando sei andato tu, lí dentro c'erano cinque fagioli neri, e quando sono andato io ne restava uno solo. Secondo me ho migliorato le mie possibilità.

– Se avevo un'arma, non stavo fermo, – disse Call; proprio in quel momento i loro cinque compagni vennero condotti verso il muro dove li aspettava il plotone d'esecuzione.

Mentre Call guardava, lo stesso soldato che li aveva bendati durante l'estrazione dei fagioli andò dai texani sfortunati con cinque bandane e li bendò alla svelta; o meglio, tutti a parte Bigfoot Wallace, che aveva la testa troppo grossa per la benda prevista.

Infastidito da quell'irregolarità, il maggiore Laroche gridò contro uno dei soldati alle spalle dell'alcalde, che corse dentro il convento, seguito da una delle figure coperte. Un attimo dopo il soldato ne uscí con un pezzo di lenzuolo, che era stato tagliato per ricavarne una benda.

– *Monsieur* Wallace, mi rincresce, – si scusò il maggiore. – In un momento simile un uomo non vuole aspettare.

– Diamine, maggiore, non mi sembra una cosa di cui preoccuparsi, – rispose Bigfoot. – Ho visto molti uomini morire con gli occhi spalancati. Ce la facevo anch'io, se dovevo.

Gli uomini che avevano salva la vita furono accompagnati a scambiare le ultime parole con quelli che invece sarebbero morti, ma, di fatto, di parole se ne scambiarono poche. Bigfoot diede a Brognoli un po' del tabacco che aveva accettato da uno dei carrettieri. Joe Turner tremava: quando Call gli tese la mano per un'ultima stretta, vi si aggrappò con forza.

– Matty, hai scelto una canzone? – chiese Bigfoot. – Ci vorrebbe un inno. Io non ne so neanche uno, ma mia mamma e le sue sorelle ne sapevano parecchi.

Matilda, che aveva la gola troppo stretta, non riuscí a rispondere. Stavano per fucilare cinque dei dieci ragazzi: di lí a poco dei valorosi ragazzi con cui era partita da Austin non sarebbe rimasto nessuno.

Anche Gus era ammutolito. Guardò Roy, Joe, Don Shane e Pete, senza riuscire a spiccicare parola. Gli strinse la mano; dato che avevano i ferri alle gambe, il maggiore Laroche aveva deciso che non era necessario legargli le mani. I cinque graziati indugiarono un momento di fronte ai cinque condannati, pensando che magari volessero mandare un messaggio ai loro cari o scambiare qualche ultima parola, ma i cinque bendati rimasero semplicemente lí, in silenzio. Pete rivolse la faccia al cielo, come aveva fatto appena prima di pescare il fagiolo nero.

– Arrivederci, ragazzi, – disse Bigfoot. – Non sprecate l'acqua durante il viaggio di ritorno, è secco là fuori.

I cinque che avevano pescato i fagioli bianchi furono fatti arretrare. Il grasso alcalde si alzò dalla poltroncina e fece un discorso. Era un discorso lungo, in spagnolo: nessuno dei texani lo seguí. Non ci provarono nemmeno. I loro amici erano in piedi con le spalle al muro, bendati. Quando l'alcalde terminò il discorso, il maggiore Laroche parlò al plotone d'esecuzione: i soldati alzarono i moschetti.

Il maggiore Laroche fece un cenno: i soldati spararono. I corpi dei texani scivolarono giú per il muro. Bigfoot Wallace rimase in piedi piú a lungo degli altri, ma poi scivolò giú anche lui, piegandosi di lato. Giacque con la testa – la testa che era troppo grossa per la benda – sulla gamba di Joe Turner il balbuziente.

Call provò un odio cieco nei confronti dei messicani, che avevano fatto marciare molti suoi amici fino alla morte e adesso ne avevano fucilati cinque proprio sotto i loro occhi. Gus provò sollievo: se non fosse andato a pescare il fagiolo quando l'aveva fatto, ora di sicuro sarebbe stato tra i morti. Brognoli, sempre con la testa che scattava, masticò un po' del tabacco di Bigfoot. Nel vedere gli uomini che cadevano, aveva sentito dentro uno scatto, qualcosa di simile al movimento del capo. Non aveva voce; non poteva commentare la morte degli uomini, che, in fondo, era una cosa di tutti i giorni.

I messicani portarono nella corte il carro del giorno prima, trainato dallo stesso bue nero, e stavano per caricarci i cadaveri quando, con stupore di tutti, dal ballatoio si levò un canto. Era una voce acuta, dolce e limpida, ma non debole: si spingeva lontano, secondo Gus era abbastanza forte da farsi sentire fino al Rio Grande.

Nella corte s'immobilizzarono tutti. L'alcalde, che stava per salire in carrozza, si fermò. Il maggiore Laroche alzò lo sguardo, come gli altri soldati. Non c'erano parole ad accompagnare la melodia, solo le note, alte e vibranti. Matilda smise di piangere: stava cercando di farsi venire in mente una canzone da cantare per Bigfoot Wallace, ma una donna cantava già, per Bigfoot e per gli altri, una donna con una voce molto piú ricca della sua. La melodia proveniva dal ballatoio dove si trovava la donna in nero. Era lei a cantare per i morti; cantò a lungo, con tanta autorevolezza e tanta passione che neppure l'alcalde osò muoversi fino a quando non ebbe finito. La melodia saliva e scendeva come un uccello in volo; alcune note suscitarono tristezza negli ascoltatori, una tristezza cosí profonda che Call pianse senza ritegno e perfino il maggiore Laroche si asciugò le lacrime.

Gus era ammaliato; anche a lui piaceva cantare e, quando era ubriaco, poteva sbraitare una canzone al pari di chiunque altro; ma quello che sentí quel giorno, mentre i cadaveri dei suoi compagni aspettavano di essere caricati sul carro, non somigliava a niente che avesse mai sentito o che mai avrebbe sentito in seguito. Mentre cantava, la signora in nero stringeva la ringhiera del ballatoio. Verso la fine, le note si abbassarono: esprimevano una tristezza che andava oltre la tristezza per la morte degli uomini; era piuttosto una tristezza per la vita degli uomini, e delle donne. Ricordavano a chi ascoltava salire e scendere quella melodia barlumi di speranza che erano nati, ma poi anche morti; le promesse, e il fallimento delle promesse. Gus scoppiò a piangere; non sapeva perché, ma non riusciva a smettere, non con quel canto di sottofondo.

Poi, dopo una lunga nota bassa che parve aleggiare morbida come la luce del sole, la signora in nero terminò il suo requiem. Rimase un attimo lí, stringendo la ringhiera; quindi si voltò e sparí.

Come liberato da un sortilegio, l'alcalde salí in carrozza con le signore; la carrozza si girò lentamente e uscí dal cancello.

– Perbacco, hai sentito che roba? – chiese Gus a Call.

– Ho sentito, – rispose Call.

Anche i soldati si erano rianimati. Avevano cominciato a caricare i cadaveri sul carro. Matilda raggiunse i cinque superstiti.

– Dovremmo andare con loro, ragazzi. Sono la nostra gente. Voglio assicurarmi che li mettono sottoterra come si deve.

– Va' a chiedere al maggiore se possiamo aiutare con la sepoltura, – disse Call a Gus. – Se glielo chiedi tu, dirà di sí. Gli stai simpatico.

– Vieni con me, Matty, – disse Gus. – Glielo chiediamo insieme.

L'alcalde si era fermato un attimo a parlare con il maggiore Laroche, in piedi accanto al cancello. Al di là, Gus vedeva la lunga pianura polverosa a nord. Il maggiore fece il saluto militare all'alcalde e un inchino alle donne; la carrozza uscí. Il carro con dentro i cadaveri dei texani attraversava cigolando la corte, diretto al cancello.

– Vorremmo aiutare con la sepoltura, maggiore, – disse Gus. – Erano nostri amici. Ora non possiamo fare granché per loro, ma vorremmo esserci.

– Come vi pare, *monsieur*, – rispose il maggiore. – Il cimitero è appena oltre il muro. Seguite il carro e tornate indietro quando avete finito.

Gus era un po' sorpreso che il maggiore non avesse intenzione di mandare delle guardie con loro.

– Vi consiglio di tornare indietro alla svelta, – disse il maggiore, con uno sguardo divertito. – I cani qui sono tremendi. Non penso che gli sfuggireste, con quelle catene. Ieri sera ne avete visto qualcuno, ma ce ne sono molti altri. Se cercate di scappare, ve li troverete davanti ben presto.

Matilda non riusciva a togliersi dalla testa quel canto. Avrebbe voluto che Bigfoot sapesse del canto magnifico intonato dopo la sua morte e quella degli altri. Aveva cercato di capire che faccia avesse la donna in nero, ma era troppo distante e i veli erano troppo spessi.

– Non ho mai sentito cantare in quel modo, maggiore, – disse. – Chi è quella donna?

– Quella è Lady Carey. È inglese. La incontrerete presto.

– Cosa ci fa una signora inglese in un posto come questo? – chiese Gus. – È piú lontana da casa di noi.

Il maggiore Laroche si voltò, come se fosse stanco della conversazione, e fece cenno a un soldato di portargli il cavallo.

– Sí, e lo sono anch'io, – disse, accingendosi a montare. – Ma sono un soldato e mi hanno mandato qui. Lady Carey è una prigioniera di guerra, come voi. Dirò ai miei uomini di lasciarvi aiutare con la sepoltura. Vi consiglio di ammucchiare molte, moltissime pietre. Come dicevo, i cani qui sono tremendi e non hanno molto da mangiare.

Gus fece un cenno agli altri; sfilarono tutti dietro al carro. Non appena furono usciti dal cancello, il maggiore Laroche e i suoi dieci cavalleggeri partirono al galoppo e furono presto inghiottiti dal polverone sollevato dagli zoccoli dei cavalli.

– Gli ho chiesto della donna che ha cantato, – disse Gus a Call. – Il maggiore dice che è una prigioniera di guerra come noi.

Call non rispose; guardava i compagni morti. Il sangue colava dal pianale grezzo del carro, lasciando una scia rossa che in un attimo fu coperta dalla sabbia sospinta dal vento.

– Dio mio, è ventoso qui, vero? – disse Wesley Buttons.

49.

I soldati messicani lasciarono volentieri ai texani la sepoltura dei compagni. Un soldato aveva una bottiglia di liquore bianco, che fece girare tra gli amici. Poco dopo erano cosí ubriachi che tutti tranne uno svennero sul carro. I texani non erano armati, perciò non aveva molto senso pensare di sopraffare i soldati e tentare la fuga, anche se Woodrow Call vagliò quella possibilità.

Gus vide che piega prendevano i pensieri dell'amico e gli riportò alla svelta le parole del maggiore a proposito dei cani.

– Ha detto che ci sbraneranno, se proviamo a scappare con indosso queste catene.

– Non credo che verrò sbranato da un cagnaccio, – ribatté Call, ma sapeva che probabilmente il maggiore aveva ragione. Un branco di cani randagi poteva abbattere qualunque animale fosse meno feroce di un grizzly.

Matilda Roberts aveva conservato un frammento di pettine di tartaruga per tutto il viaggio; mentre i soldati messicani si scolavano la bottiglia di liquore, cercò di pettinare i capelli ai morti.

I texani furono messi in una fossa unica, accanto alle mura di San Lázaro.

Si era scatenata una tempesta di polvere. Quando avevano cominciato a scavare, il fiume era visibile, ma ben presto sparí alla vista. Dopo aver coperto la fossa, i texani arrancarono di qua e di là, raccogliendo pietre. Si erano già radunati parecchi cani; Gus e Wesley li presero a sassate, ma quelli indietreggiarono solo di pochi metri, ringhiando.

Mentre si davano da fare, da dietro il muro spuntò un carretto piú piccolo trainato da un vecchio mulo. Era anch'esso un carro funebre: portava i cadaveri di due lebbrosi, avvolti strettamente nei sudari bianchi. Il carretto passò vicino ai texani; anche il conducente era coperto.

– Guarda, è quello senza carne sulle dita, – disse Gus; del conducente si vedevano soltanto le stesse mani scheletriche che solo poche ore prima avevano restituito gli stivali a Bigfoot. Il lebbroso non guardò dalla loro parte, né tentò una mascherata. Si limitò a rovesciare i cadaveri dal carretto e a riprendere la via del cancello. Poco dopo i cani laceravano i sudari. Quella scena rattristò Matilda ancora di piú. Non pensava che avrebbero trovato abbastanza pietre per proteggere a lungo i cadaveri di Bigfoot e degli altri.

Call guidò il bue dentro il convento di San Lázaro. Quasi tutti i soldati dormivano sul carro; se non avessero russato, sarebbero sembrati morti anche loro. Gli unici due ancora in grado di camminare si strinsero ai texani, per paura dei cani.

Una volta all'interno delle mura, benché ancora incatenati, i texani furono lasciati liberi di circolare per la corte. Gli servirono un semplice pasto di fagioli e *pozole*, al tavolo su cui prima era posato il vaso dell'estrazione.

Furono un vecchio e una vecchia a servirli: entrambi erano lebbrosi, ma nessuno dei due era coperto e ai texani le macchie scure su guance e braccia non sembravano peggiori di brutti lividi. Avevano l'aria di persone buone; gli sorridevano e, quando ebbero svuotato i piatti, glieli riempirono di nuovo. Gli unici soldati rimasti a San Lázaro erano gli ubriachi sul carro. A metà pomeriggio un po' alla volta si svegliarono. Raccolsero le armi e condussero il carro fuori dalle mura. Sembravano tutti spaventati.

– Hanno paura dei cani, – disse Gus. – Perché il maggiore non organizza una battuta di caccia a quei maledetti cagnacci e non li stermina?

– Ce ne sarebbero altri, – disse Call. – È impossibile sterminarli tutti.

I lebbrosi andavano e venivano presi dalle loro faccende. Call li osservava. Si tenevano coperti, ma di tanto in tanto il vento scompigliava un mantello o gonfiava uno scialle, permettendogli di sbirciare i corpi sotto i drappi. Alcuni erano ridotti male: senza mento, con le guance nere, i nasi smangiati. Altri zoppicavano per i piedi deformi. Un vecchio usava una stampella: aveva un piede solo. Nella corte giocavano alcuni bambini che gli sembravano normali. C'era anche un ragazzino biondo, di circa dieci anni, che non mostrava segni di malattia. Alcuni adulti non sembravano in condizioni peggiori dei vecchi che li servivano. Avevano macchie scure sulle guance e sulla fronte, oppure sulle mani.

Senza i soldati, San Lázaro non era un brutto posto. Molti lebbrosi li guardavano con benevolenza. Alcuni sorridevano. Altri, con la bocca deturpata, si coprivano, ma facevano un cenno al loro passaggio.

La polvere vorticava cosí in alto nel cielo che a stento vedevano la montagna che incombeva sul convento.

Tale era il suo sollievo per averla scampata che a Gus tornò la voglia di giocare d'azzardo. I lebbrosi avevano smesso di turbarlo: forse di notte facevano paura, ma alla luce del giorno il posto in cui si trovavano non sembrava peggiore di un ospedale qualunque. Avrebbe voluto avere un mazzo di carte, o almeno dei dadi, anche se ovviamente non aveva un centesimo da scommettere.

– Chissà per quanto tempo i messicani hanno intenzione di lasciarci qui, – disse.

Brognoli, con la testa che andava avanti e indietro a mo' di pendolo d'orologio come dal giorno dell'incidente nel canyon, guardava i lebbrosi con distacco e il ragazzino biondo con curiosità. Una volta levò gli occhi al ballatoio dov'era apparsa la signora in nero e vide una donna tracagnotta. Lei disse qualcosa e il ragazzino biondo smise di giocare a malincuore e corse di sopra.

Call pensava a un modo per liberare se stesso e i compagni dai ferri alle gambe. Se avesse avuto un martello e uno scalpello di qualche tipo, era sicuro di poter spezzare le catene. Il maggiore non aveva detto che sarebbe tornato e l'ultimo dei soldati era andato via. Erano soli con i lebbrosi: gli unici ostacoli alla fuga erano le catene e i branchi di cani. Risolto il problema delle catene, i cani in qualche modo li avrebbero affrontati.

Benché avesse retto con coraggio durante la lunga marcia e l'estrazione dei fagioli, Wesley Buttons soffriva per la perdita dei fratelli e del resto della compagnia.

– Ricordo quando siamo partiti, ero io a guidare il carro che portava il vecchio generale Lloyd. Avevamo un esercito. Eravamo in tanti, abbastanza da respingere gli indiani e sconfiggere i messicani. E adesso guardaci, quattro gatti in un deserto in capo al mondo, rinchiusi con questi malati. La strada per tornare a casa è lunga. La mamma sarà triste, quando verrà a sapere dei ragazzi.

Brognoli muoveva la testa avanti e indietro, avanti e indietro.

– A malapena so da che parte è, casa, – disse Long Bill. – Con questo polverone è già tanto se mi oriento. Potrei seguire il fiume verso valle, ma sarebbe una gran scarpinata.

Gus si ricordò che era lo stesso fiume lungo il quale erano accampati quando Matilda aveva catturato la grossa tartaruga azzannatrice.

– Che diamine, se è il Rio Grande, possiamo seguirlo con calma. Quando abbiamo fame, Matty ci cattura le tartarughe.

Matilda scosse il capo: la prospettiva di un'altra lunga camminata non l'allettava.

– Siamo riusciti ad attraversare il New Mexico solo in sei. Se dobbiamo andare a piedi, dubito che qualcuno di noi arriverà a casa. Quel grosso indiano conosce il fiume, può ancora ucciderci.

– Avremmo bisogno di armi, – disse Call. – Senza, non ce la farebbe nessuno di noi.

– Non capisco che fretta c'è, – disse Gus. – Abbiamo già camminato abbastanza. Vorrei stare un po' qui a poltrire e riposarmi. I lebbrosi non ci danno fastidio. Basta non guardarli troppo da vicino.

Era propenso a tentare la fuga fino a quando Matilda non aveva nominato Buffalo Hump. Il ricordo del feroce Comanche gettava un'altra luce sul viaggio. Meglio rimanere dentro le mura di San Lázaro a riposarsi con i lebbrosi che esporsi di nuovo al rischio di incontrarlo, soprattutto visto che avevano solo cinque uomini.

– Io voglio andarmene, se riusciamo a toglierci le catene, – disse Call. – E se il maggiore torna e ci costringe a pescare altri fagioli?

Era stanco, però, e non insisté per scappare subito. Quando il vento era forte, a volte la schiena gli pulsava ancora e il piede gli doleva. Un paio di giorni di riposo gli avrebbero giovato, sempre che i messicani non decidessero di farli fuori tutti.

Con il passare del pomeriggio, i texani si riposarono e sonnecchiarono; gli avevano assegnato la stanzetta dove avevano passato la notte precedente, ma nessuno aveva voglia di rintanarsi in quell'antro oscuro. La corte era soleggiata; chi non voleva il sole poteva riposare sotto le lunghe logge.

Gus era deciso a giocare d'azzardo. Aveva chiesto a diversi messicani che lavoravano nel convento se avevano un mazzo di carte; una donna che aveva solo tre denti lo prese in simpatia e riuscí a trovargliene uno incompleto. Mancavano circa venti carte, ma lui e Long Bill non ci misero molto a escogitare un gioco. Al posto dei soldi usarono alcuni fili di paglia strappati da una scopa.

Mentre s'inventavano le regole per un gioco che richiedesse solo trentatre carte, una nera piú alta di Gus attraversò la corte. Non sembrava una lebbrosa: aveva faccia e mani normali. Si avvicinò a loro con tanta dignità che gli uomini si raddrizzarono un poco. Gus nascose le carte.

– Signori, vengo a recapitarvi un invito, – disse la nera, in un inglese migliore del loro. – Lady Carey vorrebbe invitarvi per il tè.

– Invitarci per cosa? – chiese Gus. Era stato colto alla sprovvista. Benché si fosse rasato solo quella mattina, la dignità e l'eleganza della donna lo facevano sentire trasandato.

– Per il tè, signori. Lady Carey è inglese e in Inghilterra prendono il tè. È un pasto leggero. Ci sarà anche il visconte Mountstuart, il figlio di Lady Carey. L'avete sicuramente visto giocare con i bambini messicani. È quello biondo.

La cortesia e il portamento della nera fecero trasalire anche Call. Non ne aveva mai vista una cosí alta, tanto meno cosí eloquente. Nel Texas poche nere avrebbero osato rivolgersi con una simile audacia a un gruppo di uomini bianchi, eppure la donna non era stata affatto maleducata. Aveva un invito da comunicare, e l'aveva comunicato. Come Gus, anche lui sentiva che i pochi ranger rimasti erano rozzi, non proprio degni di mangiare con una signora inglese.

Mentre lui, Gus, Wesley e Long Bill si guardavano, un po' incerti su come rispondere, la nera si rivolse a Matilda Roberts e sorrise.

– Signorina Roberts, Lady Carey sa che avete viaggiato a lungo in un territorio polveroso. Ritiene che potreste gradire un bagno e un cambio di vestiti.

La serenità della donna stupí Matilda Roberts.

– Sí... sí... mi sono lavata solo nel fiume, quando eravamo in riva al fiume.

– Il fiume scende dalle montagne. Immagino che sia freddo.

– Ghiacciato, – confermò Matilda.

– Allora venite con me. Lady Carey ha una vasca e l'acqua è calda. I signori possono attendere qualche minuto, il tè verrà servito tra circa mezz'ora.

Matilda parve un po' incerta, ma seguí la nera attraverso la corte e su per le scale.

– Chissà che tipo di pasto sarà, – disse Wesley Buttons. – Spero che ci sarà una bistecca. È un bel po' che non ne mangio.

– Per avere una bistecca ci vogliono i bovini, – osservò Gus. – Da queste parti non ne ho visti e non so come faceva una vacca a sopravvivere qui, se ce n'era una. Doveva mangiare sabbia o cactus, e se non era veloce la uccidevano quei maledetti cani.

Mentre aspettavano di andare da Lady Carey, valutarono le condizioni di Brognoli, che sembrava peggiorato. Muoveva la testa sempre piú velocemente, avanti e indietro, avanti e indietro, e aveva cominciato a sbavare; di tanto in tanto emetteva un suono basso e sottile, come quello che avrebbe emesso un coniglio morente.

Un po' piú tardi, la nera si affacciò al ballatoio e li chiamò con un cenno. Gus aveva qualche dubbio sul fatto di portare Brognoli, ma sembrava ingiusto abbandonarlo, visto che gli veniva offerto da mangiare. Era vero che i messicani che amministravano il convento erano stati generosi con la zuppa e le tortillas, ma Wesley Buttons gli aveva messo in testa l'idea delle bistecche. Sembrava sbagliato escludere Brognoli da quello che poteva essere un banchetto.

– Andiamo, Brog, – disse. – La signora che ha cantato per Bigfoot e i ragazzi è di sopra che aspetta di sfamarci.

Brognoli si alzò e andò con loro, camminando lentamente e muovendo la testa.

Mentre salivano le scale e percorrevano lo stretto ballatoio che conduceva agli appartamenti di Lady Carey, nessuno sapeva che cosa aspettarsi. Gus continuava a ravviarsi i capelli con le mani; aveva intenzione di chiedere a Matty il pettine rotto, ma se l'era scordato. Certo non aveva previsto che Matilda venisse portata via da una spilungona nera che parlava inglese meglio di loro.

All'improvviso il ragazzino biondo saltò fuori dall'ombra, puntandogli addosso una vecchia pistola da sella a cane interno.

– Siete texani? Io sono scozzese, – dichiarò.

– Perbacco, sono scozzese anch'io, – rispose Gus. – Cosí sosteneva mia mamma. Sei lontano da casa quanto me.

– Ma è per quello che mia madre vuole vedervi. Vuole che ci portiate a casa. Mi ha detto che possiamo partire domani, se siete pronti ad accompagnarci.

Call e Gus si guardarono. Il ragazzino era bello e schietto. Forse stava solo raccontando una frottola, come fanno i bambini, ma era anche possibile che la madre, Lady Carey, gli avesse detto una cosa simile. Call non aveva intenzione di restare prigioniero dei messicani a lungo, ma non si aspettava nemmeno di partire il giorno dopo.

– Se vi portiamo a casa, come viaggiamo? – chiese. – Ci hanno rubato i cavalli da un bel pezzo.

– Oh, ce li ha mia madre, i cavalli. Dietro al lazzaretto c'è una stalla.

– Dietro a cosa? – chiese Gus.

– Il lazzaretto, non siete lebbrosi? Mia madre sí, per questo non la vedo mai in faccia. Ma la malattia non le ha ancora colpito le mani. Suona ancora il violino abbastanza bene e lo insegna anche a me. Quando arriveremo a casa, avrò il migliore maestro d'Europa. Forse un giorno suonerò davanti alla regina. Mia madre la conosce, io non ancora. Sono troppo giovane per essere presentato a corte.

– Be', io non sono giovane come te, mi piacerebbe incontrare una regina, – disse Gus. – Soprattutto se è graziosa.

– No, la regina è grassa. Mia madre era bellissima, però, prima di diventare lebbrosa. Il signor Gainsborough le ha perfino fatto il ritratto ed è un pittore molto famoso.

Proprio in quel momento una porta si aprí e uscí la spilungona nera.

– Su, Willy, spero che tu non abbia puntato quella pistola addosso ai signori. È molto maleducato puntare armi addosso alla gente, soprattutto a chi potrebbe diventare tuo amico.

– Be', sí, l'ho puntata, ma era solo per scherzo, – rispose il ragazzino. – Non potevo spararli veramente perché sono senza proiettili.

– Non per questo è meno maleducato, – ribadí la donna. Poi guardò il gruppetto.

– Certo, sono stata maleducata anch'io. Non mi sono presentata. Mi chiamo Emerald.

– Viene dall'Africa e suo padre era un re. È con noi da tantissimo tempo, però. Anche da piú tempo della signora Chubb.

– Su, Willy, non seccare i signori, – disse Emerald. – Il tè è quasi pronto. Magari volete entrare a lavarvi le mani.

– Ci siamo lavati quando ci hanno fatto la barba, – precisò Gus. – Sono mesi che non ci laviamo due volte in un giorno.

– Sí, ma ora siete sotto la protezione di Lady Carey. Potete lavarvi tutte le volte che volete.

– Signora, se c'è da mangiare, io preferisco prima mangiare e poi lavarmi, – intervenne Wesley Buttons. – È un po' che non mangio una bistecca, mi mangerei una mucca intera.

– Santo cielo, non si serve la bistecca all'ora del tè, – disse Emerald. – La bistecca si mangia a cena, mai con il tè. Lady Carey è molto originale, ma non fino a quel punto, temo.

I texani furono introdotti in una stanza dove c'erano cinque bacili, che contenevano acqua cosí calda da rilasciare colonne di vapore. C'erano anche cinque asciugamani e, cosa piú straordinaria ancora, cinque spazzole e cinque pettini. Le spazzole erano decorate in argento e i pettini sembravano d'avorio. Un po' discosto dagli altri c'era un altro tavolo, sempre con un bacile, un asciugamano, una spazzola decorata in argento e un pettine d'avorio.

– Non vedo acqua cosí calda da quando abbiamo lasciato San Antonio, – commentò Gus. – Se non stiamo attenti, ci scotteremo tutti.

Il sesto bacile era per Willy, il giovane visconte. I texani furono lasciati liberi di strofinarsi a piacimento, ma mentre guardavano l'acqua fumare nei bacili, una donna bassa e grassa vestita di grigio sbucò da una porta e agguantò Willy prima che potesse sfuggirle.

– No, no, signora Chubb, – protestò lui, cercando di divincolarsi, ma non serví a nulla. In un attimo la signora Chubb lo mise chino sopra il bacile; gli strofinò vigorosamente la faccia, ignorando le sue proteste riguardo all'acqua bollente.

– Su, Willy, non strillare, disturberai i nostri ospiti, – lo rimproverò. Non distolse lo sguardo né le mani dal ragazzino di cui era responsabile finché non lo ritenne abbastanza pulito; quando fu soddisfatta del risultato, il ragazzino aveva la faccia rossa, tanto gliel'aveva sfregata, e i capelli lucenti per l'abile uso di pettine e spazzola. Poi la donna grassoccia ispezionò i texani con i vispi occhi azzurri.

– Avanti, signori, l'acqua si raffredda, tuffatevi. Lady Carey ha un appetito invidiabile e la signorina Roberts mangia come se patisse la fame da un mese.

– Due mesi, – precisò Long Bill. – Matty non fa un buon pasto da quando abbiamo attraversato il Brazos.

– Be', in questo momento si sta godendo una sontuosa merenda. Se volete mangiare qualcosa prima di cena, vi consiglio di lavarvi alla svelta, signori. O non resterà nemmeno uno *scone*, né un tramezzino.

Willy si precipitò nella stanza da cui era uscita la signora Chubb.

– Mamma, devo mangiare uno *scone*. Aspettami, sto arrivando.

Spronati dalla signora Chubb, i texani si spruzzarono rapidamente con l'acqua calda e si sfregarono con gli asciugamani. Benché si fossero rasati e lavati quella mattina, quando ebbero finito di sfregarsi, gli asciugamani erano scuri di polvere. Gus si diede un paio di colpi con la spazzola d'argento; gli altri si sentivano in imbarazzo anche solo a toccare quegli arnesi sconosciuti e non si pettinarono.

Imperturbabile, la signora Chubb li spinse verso la porta come una gallina avrebbe spinto i pulcini.

Quando entrarono nella stanza di Lady Carey, i texani rimasero sconvolti vedendo Matilda Roberts con la faccia rosea, i capelli bagnati e un camiciotto bianco pulito che mangiava biscotti seduta su uno sgabello.

Accanto a lei, su una sedia, c'era la signora in nero, quella che aveva cantato in modo cosí commovente per i loro amici caduti. Gus sperava di vederla in faccia, ma fu deluso: Lady Carey portava tre strati di velo nero. Non si vedeva nulla, né i capelli, né il viso, né i piedi, calzati di stivaletti neri a punta. Call immaginò che avesse la faccia gravemente smangiata, altrimenti perché si sarebbe coperta tanto? Non s'indovinava nemmeno il colore degli occhi. Eppure, quando entrarono stava mangiando, mangiava un affarino fatto piú che altro di pane. Chinò un po' il capo e fece scivolare il bocconcino sotto i veli; per un attimo Call scorse un luccichio di denti bianchi e un pezzo di mento, che sembrava intatto.

– Perdonatemi, signori, – disse Lady Carey, con un tono di voce basso e amichevole. – Quando ho fame mi dimentico le buone maniere, e a San Lázaro ho sempre fame. Sarà il vento. Quando mangio, mi dà meno fastidio.

– Soffia, eh? – disse Long Bill, stupito di essere riuscito a rivolgere la parola a una signora distinta come quella. Erano in una grande stanza alle cui pareti erano appesi tessuti a disegni. Le due finestre avevano le imposte ben chiuse. In un angolo troneggiava un ampio letto a baldacchino, con sopra un cagnetto; accanto c'era un letto piú piccolo per Willy.

– Eccome, se soffia, – rispose Lady Carey. – Mangiate, signori. Non siate timidi. Presumo che sia passato un bel po' di tempo da quando siete stati a un tè come questo.

Lady Carey aveva le mani guantate di nero; con due dita prese un altro pezzetto di pane, se lo infilò sotto i veli e poi in bocca.

Gus sentiva che toccava a lui parlare; stava per rivolgersi a Lady Carey quando Long Bill si era maleducatamente intromesso, e solo per fare un'inutile osservazione sul vento. Sul tavolo di fronte a loro era disposto un assortimento di cibarie, tutte cose abbastanza piccole, gli sembrava. C'erano quadratini di pane, con in mezzo quelle che sembravano fette di cetriolo. Poi c'erano biscotti, focaccine e focaccine piú grosse e dure con dentro l'uva passa: dovevano essere gli *scones* di cui aveva parlato Willy. Oltre a focaccine e biscotti c'erano piccole pannocchie, con un piattino di burro e sale in cui intingerle; pomodori, albicocche e fichi, e un piatto di pescetti che si rivelarono salatissimi. Gus aveva tutte le intenzioni di fare un complimento sul mangiare, ma qualcosa in Lady Carey lo intimidiva, impedendogli di spiccicare parola. La guardò e aprí bocca, ma invece di parlare ci infilò un pezzo di biscotto e lo mangiò.

All'inizio i texani erano timorosi: non avevano mai assaggiato la maggior parte dei cibi che gli venivano offerti. Per cominciare si limitarono a quelli piú sicuri, ovvero i biscotti, ma, in parte perché vi si limitarono in modo tanto rigoroso, li finirono quasi subito. Poi finirono le focaccine, gli *scones*, le pannocchie e infine la frutta. Tutti quanti, però, evitarono i tramezzini ai cetrioli, preferendo addirittura i pescetti salati. Nel frattempo la signora Chubb versava abbondanti tazze di tè caldo e dolce; era dolce perché ci metteva dentro zollette di zucchero con le mollette d'argento.

– Santo cielo, com'è dolce, – disse Gus. Nessuno di loro aveva mai assaggiato lo zucchero puro. Erano stupefatti dalla dolcezza che infondeva al tè.

– Oh, be', è la proprietà dello zucchero, – disse Lady Carey. Anche lei beveva il tè, ma non direttamente dalla tazza, bensí con una cannuccia che passava con delicatezza sotto i veli. – Questo l'ha raffinato il mio chimico, il sapiente dottor Gilley. È prodotto a partire dalla canna da zucchero coltivata nella mia piantagione, nelle isole. Lo trovo davvero squisito.

– È lí che la mamma ha preso la lebbra, – disse Willy. – Nella piantagione. Io non l'ho presa e neanche Emerald e neanche la signora Chubb.

– Questione di sfortuna, sono stata l'unica a prenderla, – disse Lady Carey.

– Be', papà forse ce l'aveva, ma non si può sapere, perché i messicani gli hanno sparato prima, – la corresse Willy. – È allora che siamo diventati prigionieri di guerra, quando hanno sparato a papà.

– Su, Willy, i signori hanno viaggiato a lungo e hanno perso anche loro molti amici, – lo riprese Lady Carey. – Non c'è bisogno di caricarli delle nostre disgrazie.

– Io ho perso il mio Shad, – disse Matilda. – Per una pallottola vagante, per di piú. Se si trovava in qualunque altro posto, era ancora vivo.

– Be', Matty, questo non è sicuro, – disse Gus. – Abbiamo camminato un bel pezzo, dopo, con tutto quel freddo.

– Il freddo non avrebbe ucciso il mio Shad. L'avrei abbracciato e tenuto al caldo.

– Nel nostro castello fa freddo, – s'intromise Willy. – Non ci sono molti fuochi. Ma abbiamo i cannoni e un giorno li userò. Quando torniamo al castello, mamma?

– Dipende dai signori, – disse Lady Carey. – Ne parleremo appena avranno finito il tè. È molto maleducato parlare di affari mentre gli ospiti si godono il pasto.

– Parliamone pure adesso, – disse Call. – Se avete un piano per andarvene di qui, preferisco parlarne subito.

– Bene, ad ogni modo restano solo i tramezzini ai cetrioli, – disse Lady Carey. – Immagino che i cetrioli non siano molto apprezzati nel Texas, ma noi scozzesi ne andiamo ghiotti. Vieni ad aiutarmi, Willy, e venga anche lei, signora Chubb. Finiamo i tramezzini e organizziamo la nostra spedizione.

Call si gustava le focaccine e la frutta. Tutto quello che metteva in bocca era saporito, in particolare le piccole pannocchie burrose. Dopo il freddo viaggio arido attraverso le praterie e il deserto pareva un miracolo averla scampata ed essere lí a mangiare quelle cose in compagnia di una signora inglese, delle sue domestiche e del figlioletto. Quando Lady Carey accennò alla spedizione, tuttavia, rimase sbigottito. Il territorio intorno a El Paso era tra i piú aspri che avesse visto. Cinque ranger, quattro donne e un ragazzino non avevano molte possibilità di sopravvivere, a meno che l'esercito messicano non decidesse di accompagnarli.

– Prima di tutto, ci vogliono delle presentazioni come si deve, – disse Lady Carey. – Io sono Lucinda Carey, questa è la signora Chubb, questa è Emerald e questo è Willy. Voi sapete i nostri nomi, ma noi non sappiamo i vostri. Potete dirci come vi chiamate, per favore?

Gus rispose immediatamente che si chiamava Augustus McCrae. Non avrebbe permesso a Long Bill Coleman di essere il primo a parlare alla signora elegante che gli aveva offerto quel pasto squisito.

– Caspita, Willy, è scozzese come noi, – disse Lady Carey. – Probabilmente siamo cugini di ventesimo grado, signor McCrae.

A quella notizia Gus si ringalluzzí subito. Gli altri ranger si presentarono, Woodrow Call per ultimo. Long Bill si assunse il compito di presentare Brognoli, che continuava a muovere la testa avanti e indietro, regolare come il tic-chettio di un orologio. Nessuno di loro sapeva come comportarsi con una signora; Long Bill abbozzò un piccolo inchino, ma Lady Carey non parve accorgersene. La donna si spartí i tramezzini ai cetrioli con la signora Chubb e Willy, che li divorò avidamente.

Per tutto quel tempo Emerald, la spilungona nera, rimase a guardare ferma accanto al letto. Il cagnetto si era addormentato e russava forte.

– Lanciagli un cuscino, Willy, perché dobbiamo ascoltarlo russare? – disse Lady Carey, quando ebbero spolverato anche l'ultimo tramezzino. Willy prese subito tre cuscini da un divano rosso e li lanciò addosso al cane addormentato, che soffiò, si svegliò, si riscosse e dopo essere saltato giú dal letto corse tra le braccia di Lady Carey.

– Questo è George, è una bestia puzzolente, – disse Lady Carey. Il cagnetto cercava disperatamente di leccarla, ma il meglio che riusciva a fare era leccarle i guanti neri.

Call osservava la spilungona nera. In piedi accanto al letto a baldacchino, teneva d'occhio la compagnia. Non era ostile, ma non era neppure alla mano. Era avvolta in un lungo mantello azzurro. Call si chiese se sotto il mantello aveva una pistola o almeno un pugnale. Si vedeva che era protettiva nei confronti di Lady Carey e del ragazzino; lui si sarebbe ben guardato dall'attaccarli, soprattutto in sua presenza.

Mentre finiva di sorseggiare il tè, Call alzò gli occhi e vide la testa di un grosso serpente che si sollevava sopra il baldacchino. Un attimo dopo comparve il lungo corpo: era il serpente piú grosso che avesse mai visto, e di molto. Guardò il tavolo, sperando di vedere un coltello con cui ucciderlo, ma non ce n'erano, a parte quello piccolo che avevano usato per spalmare il burro. Prese uno sgabellino e stava per lanciarsi a schiacciare il serpente con quello quando la nera tese con calma il lungo braccio e lasciò che il grosso serpente ci salisse sopra. Quando videro quella scena, i ranger trasalirono tutti. Poco dopo il serpente era drappeggiato sulle spalle della nera e protendeva la testa verso il tavolo prima imbandito per il tè.

– Non c'è motivo di allarmarsi, signori, – disse Lady Carey. – Quello è Elphinstone, il boa di Willy.

– Solo che è troppo grande per me, – disse Willy. – Adesso ci giocano la mamma e Emerald. Alla signora Chubb i serpenti non piacciono. Si copre gli occhi quando Elphinstone mangia i ratti.

Emerald portò il boa a Lady Carey, che lo lasciò scivolare sopra le sue ginocchia e poi sotto il tavolo.

– Secondo me vuole George, – disse. – Le briciole di torta a un boa non danno soddisfazione, ma immagino che per lui una bestiola puzzolente come George sarebbe una ghiottoneria.

– Ma mamma, non può mangiare George! – protestò Willy. – Trova un bel po' di ratti, non ha bisogno di mangiarci il cane.

– Chi lo sa di che cosa ha bisogno un boa, Willy? – rispose Lady Carey. – Temo che abbiamo permesso alle bestie di distrarci. Io e Willy vogliamo tornare a casa, signori, e il governo messicano ha accettato di lasciarci andare. Tuttavia, non sono disposti a fornirci una scorta, e i porti sono tutti piuttosto lontani.

– Poco ma sicuro, – disse Long Bill. – Cosí lontani che non saprei nemmeno a quale andare.

– Galveston è il piú fattibile, credo, – rispose Lady Carey. – Preferirei cercare di arrivare a Galveston che a Veracruz. Se attraversiamo il Messico, quegli avidi generali potrebbero decidere che vogliono altri soldi di riscatto, e mio padre ha già pagato una cospicua somma. Non l'ha pagata per me, naturalmente. Mio padre non sprecherebbe uno scellino per una figlia lebbrosa. L'ha pagata per il giovane visconte. È di Willy, l'erede, che ha bisogno.

I ranger ascoltarono le parole di Lady Carey in silenzio. Call guardò Gus, che guardò Long Bill. Brognoli continuava a muovere il capo e Wesley Buttons, che era lento a mangiare, stava ancora finendo le ultime briciole di un grosso *scone* con l'uva passa. Gli altri avevano accettato che il grosso serpente era un animale domestico, ma lui non si fidava dei serpenti, soprattutto non di quelli che erano piú lunghi di quanto lui fosse alto. La bestiaccia era sparita, andandosi a cacciare chissà dove, ma poteva sempre tornare indietro e morderlo. Fece attenzione a tenere i piedi sui pioli dello sgabello e non badò molto ai discorsi su porti e riscatti. Sarebbe andato dove andavano i ragazzi, era contento di lasciare la decisione a loro.

– Signora, l'accompagniamo volentieri a Galveston, – rispose Call. – Se troviamo la strada. È parecchio lontano, però, e non abbiamo né cavalcature né equipaggiamento. Ci hanno rubato i cavalli e i messicani ci hanno preso le armi.

– Per fortuna noi Carey non siamo ancora poveri, – disse Lady Carey. – Non mi aspettavo che attraversaste il Texas scalzi, con i ferri alle gambe. Abbiamo i nostri cavalli e non ci metteremo molto a trovarne anche per voi. Mi sembrate uomini onesti: vi manderò in città con abbastanza oro per comprare un equipaggiamento come si deve. E non lesinate. Comprate armi affidabili, vestiti caldi e cavalcature sicure. Abbiamo una tenda sufficiente per noi e la signorina Roberts, ma temo che voi uomini dovrete dormire all'addiaccio, se non è troppo scomodo.

– Non sappiamo dormire in nessun altro modo, – rispose Gus. – Con incerate e coperte, staremo benone.

In quel momento il serpente ricomparve e cominciò a salire per una colonnina del letto. Poco dopo sparí, tornando sopra il baldacchino. Wesley Buttons posò cautamente i piedi per terra.

– È un po' tardi per mandarvi in città oggi, – disse Lady Carey. – Emerald, di' a Manuel di togliere i ferri agli uomini. Voglio che vadano in città domattina di buonora. Voglio andarmene da San Lázaro alla svelta, prima che quegli avidi messicani cambino idea.

– Venite, – disse Emerald. – Vi abbiamo preparato una stanza. I materassi sono di foglie di granturco, ma starete piú comodi che nella stanza dove vi hanno sistemato i messicani.

Quando uscirono, Willy si era seduto con la madre

su un basso divano e l'aiutava a scegliere un libro di fiabe da una pila lí accanto. Lei alzò il capo in segno di saluto, ma videro soltanto i veli.

– Chissà quanto è grave la sua lebbra, – disse Gus, mentre seguivano Emerald lungo il ballatoio verso la loro stanza. – Non è terribile se non ha il naso?

– Sí, è terribile, ma mi sta simpatica comunque, – rispose Call. – Ci tirerà fuori di qui. Non mi aspettavo di avere tanta fortuna.

Gus pensò alle lunghe miglia che dovevano percorrere in quel territorio secco e ventoso, anche solo per raggiungere gli insediamenti intorno a Austin. La strada era lunga, anche solo fino alle montagne dove erano stati uccisi Josh Corn e Zeke Moody. E se ci fossero arrivati, sarebbero stati nel territorio di Buffalo Hump.

– Non sappiamo ancora se è fortuna. Dobbiamo passare proprio dove si trova quel Comanche.

– È sempre meglio che essere prigionieri e portare queste maledette catene, – ribatté Call.

Parte quarta

50.

Buffalo Hump prese Kirker, il cacciatore di scalpi, in una gola pietrosa appena a est del Pecos. In quel momento Kirker aveva con sé quaranta scalpi. Buffalo Hump riteneva che fossero soprattutto di messicani, ma lo torturò a morte comunque. Prenderlo non era stato facile. Si era infilato tra le rocce causandogli un giorno intero di ritardo, una seccatura. La luna comanche era piena: Buffalo Hump voleva seguire la vecchia pista fino in Messico e tornare con dei prigionieri, bambini da usare come schiavi o da vendere ai mercanti meticci, nel posto di scambio detto i Sorrows, vicino alle cascatelle dove chi viaggiava sul *llano* si fermava a riposare e ad abbeverare gli animali.

Non gli andava giú di rallentare per catturare un cacciatore di scalpi, uno cosí debole che uccideva solo messicani e di rado tentava di prendere uno scalpo apache o comanche. A tutta prima pensò di lasciare tre uomini nascosti in attesa. Quando Kirker si fosse sentito al sicuro e fosse uscito dal suo nascondiglio tra le rocce, gli uomini l'avrebbero ucciso e poi avrebbero raggiunto la banda di razziatori a sud. Tuttavia, Kicking Wolf protestò cosí vigorosamente che Buffalo Hump cedette. Kirker aveva ucciso due delle mogli e uno dei figli di Kicking Wolf; li aveva scotennati e ne aveva venduto lo scalpo. Kicking Wolf non era uno che perdonava o dimenticava; voleva partecipare alla morte di Kirker. La luna comanche era appena diventata piena: potevano tranquillamente andare in Messico a fare prigionieri in seguito. Kicking Wolf ebbe perfino un'idea che avrebbe aiutato a stanare Kirker dal suo buco tra le rocce e quella sera, appena prima del sorgere della luna, la mise in pratica. Chiese ai giovani guerrieri di catturare alcuni serpenti e di legarli ben stretti per la coda in modo che non potessero agitare il sonaglio. Naturalmente fu necessario tenergli giú la testa con un bastone: i serpenti erano arrabbiati per il maltrattamento subito. In tutto ce n'erano sette. Quando li ebbero legati per la coda, un giovane guerriero di nome Fast Boy si arrampicò sulle rocce sopra Kirker e buttò giú il groppo di serpenti. Al primo morso Kirker urlò, rivelando la sua posizione, e Buffalo Hump in persona gli saltò addosso e gli fece cadere l'arma prima che potesse uccidersi. Per fortuna il serpente l'aveva morso solo alla gamba; la ferita non l'avrebbe ucciso né indebolito al punto di vanificare le torture. Prima ancora che riportassero Kirker al campo, Kicking Wolf, che quando era arrabbiato era irrefrenabile, gli infilò uno stecco appuntito nell'orecchio, spaccandogli il timpano e facendogli sanguinare copiosamente la testa. Kirker ringhiò e ululò come un lupo legato. Sputò sui Comanche cosí tante volte che Buffalo Hump prese ago e filo e gli cucí le labbra; dopodiché non poté piú urlare forte, ma si rotolò, si contorse e gorgogliò, mentre Kicking Wolf, che voleva infliggergli di persona la maggior parte delle torture, lo bruciava e lo tagliava. Alcuni guerrieri erano favorevoli a risparmiare Kirker; volevano spedirlo all'accampamento principale per farlo torturare dalle squaw. Una squaw di nome Three Seed era una torturatrice piú abile di qualunque uomo. Era capace di staccare a morsi le dita dei piedi e delle mani con la precisione con cui avrebbe spezzato un rametto di salice.

Buffalo Hump, però, era impaziente. Kirker era un uomo cattivo che meritava di essere torturato dalle squaw, certo, ma le squaw si trovavano a quattro giorni di cavallo verso nord e gli affari dei razziatori si trovavano a sud. Forse Kicking Wolf non era un torturatore esperto come

Three Seed, ma era abbastanza bravo per far contorcere e gorgogliare Kirker per una serata intera. Dopo averlo bruciato, tagliato e accecato, lo portarono a un alberello in riva al Pecos e lo appesero a testa in giú. Gli accesero un focherello sotto la testa penzolante e si apprestarono a partire; la legna di mesquite sarebbe bruciata tutta la notte. Molto prima dell'alba, avrebbe arrostito la testa a Kirker.

Ciononostante, quando Buffalo Hump montò a cavallo e fece intendere che era ora di approfittare della luna comanche e di dedicarsi alle cose serie, Kicking Wolf si rifiutò di partire. Era deciso a godersi i patimenti di Kirker fino alla fine. Gli infilò uno stecco spinoso nell'altro orecchio e lasciò che il sangue colasse nel fuoco.

Buffalo Hump era irritato, ma in quanto guerriero Kicking Wolf era libero di fare quello che voleva, almeno fino a un certo punto. La strada per il Messico la conosceva bene come gli altri. Era improbabile che Kirker resistesse fino al mattino; Kicking Wolf li avrebbe seguiti e raggiunti il giorno dopo.

Tuttavia, prima di partire, Buffalo Hump rese chiaro a Kicking Wolf che lo aspettava in Messico a breve. Kicking Wolf era il miglior ladro di cavalli della tribú, oltre che il miglior ladro di bambini. Si muoveva senza fare rumore. Un paio di volte si era sporto dentro una casa da una finestra e aveva preso un bambino mentre i genitori erano nella stanza, intenti a mangiare o a litigare. Buffalo Hump non voleva che indugiasse troppo a lungo, solo per torturare un cacciatore di scalpi. Kirker, tanto, era già troppo debole per avere grandi reazioni. Si limitava a sobbalzare appena e, quando le fiamme gli lambivano la testa, a emettere un debole lamento con le labbra cucite.

Quando Buffalo Hump e gli altri si avviarono verso sud, Kicking Wolf non si girò nemmeno. Era contento che se ne fossero andati: Buffalo Hump era un grande guerriero, ma era troppo impaziente per il lento compito della tortura. Per lo stesso motivo non era un cacciatore particolarmente abile: spesso scattava troppo presto. La tortura richiedeva pazienza e Buffalo Hump ne era sprovvisto. Prima ancora che i guerrieri sparissero alla vista, Kicking Wolf prese un paio di stecchi dal fuoco e pungolò Kirker in piú punti, facendolo sobbalzare come un pesce arpionato. I sobbalzi lo resero felice. Era bello essersi liberato dell'impaziente capo guerriero, bello restare solo a fare del male all'uomo che aveva scotennato le mogli e il figlioletto. Dopo un po' tagliò il filo insanguinato con cui Buffalo Hump aveva cucito le labbra a Kirker. Poi attizzò leggermente il fuoco e afferrò Kirker per i capelli, per tenergli la faccia proprio sopra le fiamme. Voleva sentirlo urlare.

Quando le prime urla si spensero, Kicking Wolf sparpagliò le braci e gli lasciò di nuovo penzolare la testa. Si alzò e andò a un cumulo di rocce poco lontano, portandosi dietro uno stecco in fiamme per avere un po' di luce. Voleva trovare alcuni piccoli scorpioni da mettere addosso al bianco. Gli scorpioni gli avrebbero fatto male ma non l'avrebbero ucciso, e la tortura poteva continuare.

51.

Call era stupito dal modo di cavalcare di Lady Carey. Cavalcava all'amazzone, naturalmente, ma dominava il castrone nero con la perizia di un uomo. Sapeva perfino farlo saltare, conducendolo al galoppo oltre piccoli avvallamenti e cespugli. A Call sembrava una sciocchezza, ma doveva ammettere che era una prova di abilità e un bello spettacolo. Willy cercava di far saltare il proprio pony come il castrone della madre, ma il pony ovviamente non obbediva. La signora Chubb cavalcava un asino, protestando di continuo per il suo comportamento, anche se Gus le aveva fatto notare che il suo asino non si comportava peggio della maggior parte degli altri.

– In Inghilterra si comportano meglio, signore, – ribadiva la signora Chubb. – Questo ha provato a mordermi il dito del piede.

Emerald, la spilungona nera, cavalcava un grosso mulo bianco; sbalordí Gus dicendogli che il mulo era arrivato per nave dall'Irlanda, insieme al pony di Willy e al castrone nero di Lady Carey.

– Dubito che mi affezionerei a un mulo al punto di portarmelo su una nave, – disse Gus. Lui montava un baio vivace che si era procurato a El Paso. Di fatto, grazie alla generosità di Lady Carey, avevano tutti cavalli migliori di quelli montati fino ad allora in quel viaggio. Ne avevano addirittura due ciascuno, e c'erano quattro muli da soma. Uno portava la tenda di tela di Lady Carey; gli altri portavano i rifornimenti, comprese munizioni in abbondanza.

Avevano tutti armi di prima qualità: fucili e pistole nuovi di zecca, e un bello schioppo per sparare agli uccelli. Gus era impaziente di provarlo con i galli delle praterie: ne andava ghiotto, ma andando a est da El Paso non ne videro, c'era solo il deserto. Tuttavia, Gus riuscí a uccidere una lepre scarna, ma dopo averla ispezionata Emerald si rifiutò di cucinarla.

– A Lady Carey non piace la lepre, a meno che non sia in salmí, – disse. Lady Carey era molto piú avanti. Era ancora velata, tanto che Call non sapeva come facesse a vedere le tane dei cani della prateria e gli altri pericoli della pista. Ma cavalcava veloce, con i veli svolazzanti, e il castrone nero incespicava di rado.

Alle quattro, con stupore dei ranger, la comitiva si fermava perché venisse servito il tè. Si allestiva un tavolino, con una tovaglia di damasco bianco. Si accendeva il fuoco; mentre Emerald affettava un piccolo prosciutto e preparava i tramezzini, la signora Chubb si occupava del tè. Tirava fuori la zuccheriera e metteva lo zucchero nelle tazze con le mollette. Ai ranger il tè piaceva e ne bevevano parecchie tazze; decisero che approvavano i costumi inglesi. Benché il tè piacesse anche a lui, Call riteneva sciocco sprecare un'ora di luce seduti intorno a un tavolo nel deserto. I ragazzi potevano bere tutto il tè che volevano la sera, perché sprecare la luce diurna? Ma doveva ammettere che per il resto l'organizzazione di Lady Carey era stata impeccabile. Le selle erano le migliori che si potessero trovare a El Paso; inoltre, sapendo che l'inverno era in arrivo, Lady Carey aveva insistito perché comprassero incerate, giacconi caldi e molte coperte. Se avesse avuto anche solo la metà di quell'equipaggiamento, forse la spedizione di Caleb Cobb avrebbe avuto successo, almeno per come la vedeva lui. Con un equipaggiamento come si deve, avrebbe avuto una possibilità.

La sera, con l'aiuto di Gus e Long Bill, Emerald montava la tenda di Lady Carey. Mentre la fissavano, Lady

Carey, seduta accanto al fuoco, leggeva a Willy una fiaba da uno dei libri che si portavano dietro. Non avvezzi ad avere a disposizione una signora che leggesse, alcuni ranger ascoltavano le fiabe e le apprezzavano quanto Willy. Dal canto suo, Matilda Roberts le apprezzava perfino di piú: dopotutto, il giovane visconte le aveva già ascoltate molte volte. Ma Matilda non aveva mai sentito parlare di Cappuccetto rosso, né di Jack e il fagiolo magico. Mentre Lady Carey leggeva, lei sedeva rapita, lasciando raffreddare il tè.

Ancora piú affascinanti delle fiabe erano i canti di Lady Carey. Il piú delle volte cantava melodie leggere, *Annie Laurie*, *Barbara Allen* e simili; erano le piú adatte agli uomini. Ma di tanto in tanto, come se le melodie sentimentali l'annoiassero, all'improvviso lasciava crescere la voce fino a riempire la vastità del deserto. Cantava in una lingua che nessuno di loro conosceva; o meglio, nessuno tranne l'intendente Brognoli, che una sera d'un tratto si alzò e cercò di cantare con lei. Non emetteva suoni intelligibili da cosí tanto tempo che aveva la voce rauca e aspra, ma cercava di cantare e aveva lo sguardo di nuovo vivo. Mentre provava ad accompagnare Lady Carey gli si gonfiò una vena sulla fronte.

– Caspita, è italiano e conosce l'opera, – disse Lady Carey. – Ora che ha ritrovato la voce, tra un paio di giorni si metterà a cantare arie.

La predizione si rivelò sbagliata, perché quella notte l'intendente Brognoli morí. La mattina Call lo guardò e vide subito che era morto. Aveva il capo molto ruotato all'indietro, sulla schiena.

– Alla fine quegli scatti l'hanno ucciso, – disse Gus, quando gli fu annunciata la triste notizia.

– No, è stata l'opera, – disse Lady Carey. – O forse anche solo il fatto di aver sentito la sua lingua materna.

L'intendente Brognoli fu sepolto nel duro terreno; i quattro ranger rimasti scavarono a turno. Lady Carey cantò lo stesso brano che aveva cantato quando il plotone d'esecuzione aveva fucilato Bigfoot e gli altri. Tutti gli uomini piansero, anche se Wesley Buttons non era mai stato affezionato a Brognoli. Però avevano fatto molta strada insieme e adesso lui era morto. Nella vastità del deserto, l'assottigliarsi del gruppo li faceva pensare a quanto erano piccoli e insignificanti rispetto agli spazi che attraversavano.

– Siamo tornati in terra selvaggia, – disse Call.

Per caso Lady Carey lo sentí: fermò un attimo il cavallo, guardando il debole profilo delle montagne a est.

– Sí, è selvaggia. È come un odore. L'ho sentito in Africa e adesso lo sento qui.

– Vuol dire che dobbiamo stare attenti, – spiegò Call.

Lady Carey guardò di nuovo le montagne lontane.

– Tutt'altro, caporale Call. Vuol dire che dobbiamo essere selvaggi, come i selvaggi.

Si girò verso di lui e lo studiò. Sotto i molteplici veli scuri Call non le vedeva gli occhi, ma sapeva che lo stava guardando. Le si era alzata un po' una manica della camicia: le vedeva un pezzetto di polso, tra la manica e i guanti neri. Lui e Gus avevano fatto diverse congetture su quanto fosse colpita dalla lebbra. Non aveva difficoltà a dominare il cavallo e, quando doveva versare il tè o imburrare le focaccine, si destreggiava bene. Il polso era di un bianco latteo, molto piú bianco di Matilda. Matty era scurita dal sole.

Benché Lady Carey fosse sempre stata educata, Call si sentí nervoso, sapendo di avere i suoi occhi nascosti puntati addosso.

– Siete abbastanza selvaggio, caporale Call? – chiese Lady Carey. – Ho la sensazione di sí.

– Immagino che lo scopriremo, – rispose Call.

52.

Sotto la luna splendente i Comanche si addentrarono in Messico. A Chihuahua Buffalo Hump attaccò un ranch, uccise il ranchero, la moglie e tutti i vaqueros, e prese tre bambini e settanta cavalli. Ordinò a tre giovani guerrieri, guidati da Fast Boy, di risalire la pista con i cavalli. Li voleva al sicuro nell'accampamento principale, nel Palo Duro Canyon, prima che arrivassero le peggiori tempeste di ghiaccio invernali. In assenza di bisonti, avrebbero mangiato i cavalli.

Poi, dopo aver legato i bambini tremanti e terrorizzati su un cavallo, si diresse a est, rapendo solo bambini abbastanza grandi da rivelarsi schiavi utili. Gli altri li uccideva insieme ai genitori. In una hacienda legò tutta la famiglia, la gettò sul pagliaio e appiccò il fuoco. I Comanche proseguirono, attaccando con violenza e rapidità. Una volta scorsero un piccolo drappello di soldati in lontananza, forse una ventina di uomini. I giovani guerrieri volevano attaccarli, ma Buffalo Hump non glielo permise. Disse che potevano tornare a combattere i soldati messicani quando volevano. Ora erano nel bel mezzo di una razzia e dovevano concentrarsi su prigionieri e cavalli.

In poco tempo avevano preso dieci bambini – quattro maschi e sei femmine –, nessuno di piú di otto o nove anni. Avevano anche altri venti cavalli, che condussero con loro puntando a nord. Buffalo Hump era soddisfatto. Avevano preso quasi cento cavalli e dieci bambini abbastanza forti da non morire durante il duro viaggio. Kicking Wolf non si era fatto vedere. Alcuni guerrieri ipotizzavano che avesse catturato un altro bianco da torturare.

Nel corso della razzia avevano ucciso piú di trenta messicani. Adesso il vento era piú freddo; Buffalo Hump voleva andare al posto di scambio, i Sorrows, per barattare i prigionieri con tabacco, coperte e munizioni. Aveva il fucile pregiato che gli avevano dato i texani, ma non lo usava per uccidere i messicani. Lo teneva per la caccia al bisonte. I messicani li infilzava con la lancia o li trafiggeva con le frecce. Voleva dei fucili, però, non per sé ma per i suoi guerrieri. Sempre piú texani si spostavano a ovest lungo fiumi e ruscelli, abbattendo gli alberi e costruendo piccole fattorie. Ucciderli era facile, ma ce n'erano molti e in gran parte i suoi guerrieri erano ancora armati solo di arco e frecce. I texani erano tutti armati di fucile, e alcuni sparavano bene. Era meglio che i giovani imparassero a usarli. Altrimenti c'era il rischio che i texani si spingessero troppo in profondità nella Comanchería e si mettessero a uccidere i bisonti.

Un giorno, a sud del Rio Grande, Buffalo Hump catturò una ragazza, una graziosa messicana che aveva sorpreso a lavare i panni su una roccia in un piccolo ruscello. C'era un villaggio poco lontano, ma Buffalo Hump le fu addosso cosí velocemente che lei non ebbe il tempo di urlare. Buffalo Hump sfoderò il coltello per ucciderla, ma nella breve lotta alla ragazza sfuggí il giovane seno dalla tunica e lui decise di tenerla. Aveva già avuto donne messicane, ma nessuna attraente come la ragazza snella che aveva appena preso. La imbavagliò con un pezzo di pelle grezza e la mise sul cavallo.

Piú tardi, quando ormai erano molte miglia piú a nord e non lontano dal fiume, uno dei guerrieri andò a informarlo che mancava un giovane balordo di nome Crow. Buffalo Hump non lo aspettò. Probabilmente Crow si era spinto fino ai bordi del villaggio e aveva cercato di rapire una ragazza per sé: era sempre stato invidioso di lui. Anche se aveva solo sedici anni, voleva tutto quello che aveva il capo guerriero. I giovani guerrieri cominciarono a recalcitrare. Non volevano abbandonare Crow; la sua balordaggine era ben nota. Una vecchia strega gli aveva detto che non sarebbe morto e Crow le aveva creduto. Eppure, in battaglia era coraggioso e loro non volevano abbandonarlo. Alla fine Buffalo Hump ne mandò due a cercarlo. Tornarono a notte fonda con i musi lunghi e cattive notizie. Crow aveva attaccato il villaggio da solo, convinto di poter mettere in fuga tutti i vigliacchi messicani e prendere quello che voleva. Non avendolo incontrato lungo la pista, loro due avevano catturato un ragazzino e l'avevano costretto a confessare quello che era successo. Il ragazzino aveva detto che Crow aveva cavalcato per il villaggio, bevendo e sparando con un vecchio fucile che aveva trovato. Per un po' aveva davvero messo in fuga i messicani, ma si divertiva cosí tanto a spaventarli che era diventato imprudente. Un vaquero l'aveva preso al lazo da sopra un tetto. Mentre vorticava per aria, gli uomini erano tornati e l'avevano massacrato con i machete.

Buffalo Hump possedette la ragazza messicana, anche se lei si oppose con violenza. Decise che la voleva per moglie. Forse al posto di scambio un mercante gli avrebbe fatto una buona proposta per lei; a meno che non fosse ottima, l'avrebbe tenuta, anche se doveva stare attento quando la riportava alla tribú. Le sue vecchie mogli erano gelose e l'avrebbero picchiata duramente, con ciocchi di legna e bastoni, se non avesse messo in chiaro che in caso di danni troppi gravi gliel'avrebbe fatta pagare di persona.

Non pianse la perdita di Crow. Era vero che era coraggioso, ma mancava di rispetto. Già varie volte era stato tentato di trafiggerlo con la lancia, in risposta a uno sguardo insolente.

Rosa, la ragazza, piagnucolava per il freddo e la paura. Buffalo Hump andò da lei e la possedette un'altra volta. Poi le ficcò in bocca il bavaglio di pelle grezza; non gli piacevano i versi che facevano le donne spaventate.

Il giorno dopo, con un guerriero in meno, i Comanche attraversarono il Rio Grande. Quel giorno uccisero due bianchi, un vecchio e una vecchia, che viaggiavano verso ovest su un piccolo carro. Erano cristiani: pregarono a gran voce il loro Gesú, ma Buffalo Hump li bruciò comunque, dentro il carro. Urlarono piú forte di come avevano pregato. Mentre i Comanche se ne andavano, un puma balzò fuori da dietro un piccolo sperone di roccia e corse via. Parecchi giovani guerrieri si lanciarono all'inseguimento: se uno di loro avesse ucciso un puma, sarebbe stata un'impresa grandiosa. Buffalo Hump li lasciò andare: una volta anche lui moriva dalla voglia di uccidere un puma o un orso, e alla fine aveva ucciso un'orsa, vicino alle sorgenti del Cimarron. Ma era solo una vecchia orsa con una zampa ferita: non c'era motivo di farsene gran vanto. Un'altra volta aveva infilzato un grizzly con la lancia, ma il grizzly aveva trattato la lancia come una lappola e l'aveva inseguito per un miglio. Se non fosse stato in groppa al suo cavallo migliore, l'orso l'avrebbe ucciso.

Naturalmente i giovani guerrieri non acchiapparono il puma. Dopo la veloce razzia i cavalli erano un po' stanchi. Il puma li seminò senza problemi.

Piú tardi quel giorno comparve Kicking Wolf. Buffalo Hump era arrabbiato con lui, perché si era perso la razzia, ma avevano catturato cosí tanti cavalli e prigionieri che non si prese la briga di lamentarsi. Kicking Wolf era molto ostinato, faceva quello che voleva. Disse a Buffalo Hump che aveva deciso di aspettarli lungo la pista perché si stava godendo la sensazione che provava dopo aver torturato a morte Kirker.

Era una sensazione di grande potere e calma, disse. Non voleva sprecarla solo per catturare qualche bambino messicano e rubare qualche cavallo. Spiegò che aveva torturato Kirker per un giorno intero dopo che l'avevano appeso sopra il fuoco. Quando era morto, gli aveva tagliato tutte le dita: aveva intenzione di portarle all'accampamento principale e di ricavarne una collana. Le dita del cacciatore di scalpi non andavano sprecate.

Quando vide Rosa, la ragazza messicana, Kicking Wolf si sentí subito rodere. Si pentí di non aver trovato il tempo di partecipare almeno in parte alla razzia. La sua unica moglie era vecchia e puzzolente; Buffalo Hump ne aveva già tre di giovani, troppe, ai suoi occhi. Lui era un uomo lussurioso e non poté che guardare con invidia quando Buffalo Hump andò dalla ragazza e la possedette. Doveva andare in Messico a rapire una ragazza anche lui, solo che stava torturando pazientemente Kirker e non voleva sprecare la sensazione di grande pace che aveva provato quando il cacciatore di scalpi era morto.

53.

– Cosí avanziamo a scossoni, se lo chiedi a me, – si lamentò Call. – Galveston è lontana e non siamo ancora usciti dal territorio comanche. Perché si ferma solo per dipingere una collina?

– Non puoi mettere fretta a una signora del genere, Woodrow, – rispose Gus. Anche lui trovava eccentrico che Lady Carey interrompesse il viaggio per un giorno intero, solo per poter dipingere i colori del tramonto nel deserto man mano che apparivano sulle rupi a nord. Il giorno prima avevano viaggiato sotto una parete di roccia e si erano accampati proprio al tramonto. Lady Carey non era riuscita a tirare fuori cavalletto e pennelli in tempo per catturare le sfumature rosee e dorate che il sole gettava sulle rupi.

– Caspita, non c'è niente di simile al mondo, – aveva detto. – Devo dipingere. Willy, potresti cimentarti anche tu. Aspettiamo domani e ci proviamo tutti e due.

– È una buona idea, sono stufo del pony, – aveva risposto Willy.

Quel pomeriggio Gus era riuscito a uccidere un'antilocapra; era estremamente fiero di sé. Emerald era andata a macellare l'animale, con grande precisione e in metà del tempo che avrebbe impiegato lui. Prima che finissero di montare la tenda di Lady Carey, lei era di ritorno con i tagli migliori. Quella sera aveva cucinato quello che chiamava sella, con un po' di mais e peperoncini che avevano portato da El Paso. Gus lo riteneva il pasto migliore della sua vita; Call doveva ammettere che era molto saporito.

Emerald aveva stretto amicizia con Matilda Roberts: le aveva mostrato alcuni trucchi per cucinare la selvaggina. Lady Carey aveva una cassetta apposta per sali, pepi, spezie ed erbe. Mentre Emerald cucinava, lei cantava, strimpellando il mandolino. Quella sera avevano permesso a Elphinstone, il grosso boa, di uscire dal cesto. Si era arrotolato intorno alle spalle di Lady Carey mentre lei cantava.

Call giudicava Lady Carey impavida fino alla follia. Non imponeva nessuna guardia, ma lui, Gus e Long Bill la montavano comunque, alternandosi nelle notti fredde. Wesley Buttons era dispensato da quel servizio: era risaputo che non riusciva a stare sveglio neanche dieci minuti, a meno che qualcuno non gli parlasse, e conversare con lui era cosí noioso che nessuno era disposto a cercare di parlarci per tutta la notte. Invece lo incaricarono di sellare gli animali e fare i bagagli; di solito Call e Gus lo aiutavano a smontare la tenda di Lady Carey.

Durante la giornata di riposo, mentre aspettavano i colori del tramonto, Lady Carey si divertí a fare schizzi dei ranger. Disegnava velocemente e i suoi ritratti erano cosí somiglianti che gli uomini rimasero sbalorditi. Nessuno riteneva il proprio schizzo del tutto fedele, ma ciascuno sosteneva che aveva catturato gli altri alla perfezione.

Verso sera, al calare del sole, le rupi a nord s'imporporarono. Lady Carey preparò i colori e si mise a dipingere. Il giovane visconte aveva un cavalletto piú piccolo; cercò di catturare il tramonto usando gli acquerelli. Matilda si piazzò accanto a Lady Carey per guardare. Vedere le rupi rosse prendere forma sulla tela la incantava tanto quanto le fiabe. Non aveva mai conosciuto nessuno che sapesse fare cose simili.

Lady Carey dipinse fino al calare del buio, ma Willy si stancò prima e andò in cerca di selvaggina con Gus. Aveva un piccolo fucile da caccia e sparava a qualunque cosa si muovesse; quella sera, però, non si muoveva nulla. Willy voleva continuare a cercare, ma quando le ombre si allungarono Gus divenne inquieto e preferí tornare indietro. Non avevano visto niente di sospetto, ma in un posto selvaggio come quello le cose potevano cambiare in fretta.

– Potrebbe esserci un indiano a meno di quindici metri da noi, – disse a Willy.

– Ma se c'è un indiano, voglio vederlo, – rispose Willy. – Perché non lo trovi e non me lo mostri?

– Se trovavo un indiano, non avevo bisogno di mostrartelo. Ci prendeva a frecciate alla velocità del pensiero. Se non lo uccidevo, ci uccideva lui.

– Saresti tu a ucciderlo, ne sono sicuro, – disse Willy, avvicinandosi un po' a Gus mentre tornavano al campo.

Call si aspettava di partire di buonora e si alzò prima dell'alba, ma con sua sorpresa Lady Carey era già in piedi. Ferma accanto al cavalletto, attendeva la prima luce da est.

– So che siete irrequieto, caporale Call. Ho dipinto il tramonto, ora voglio dipingere l'alba. Andate a dire a Emerald di cucinare la pancetta.

Era quasi mezzogiorno quando Lady Carey, soddisfatta, si decise a mettere via cavalletto e colori a olio e a montare in sella al castrone nero.

Per altri tre giorni proseguirono verso est, lasciandosi alle spalle la parete rocciosa, ma non il deserto né le montagne. Il pomeriggio del terzo giorno, Call, Gus e Long Bill cominciarono a sentirsi a disagio. Non ce n'era motivo, eppure si sentivano cosí. Call meditò se andare in esplorazione, per vedere se scorgeva qualche segno degli indiani; alla fine decise di no. Erano solo in quattro a poter respingere un eventuale attacco e per di piú Wesley Buttons era un tiratore particolarmente inaffidabile. Conveniva restare insieme, in caso di guai.

Verso sera passarono accanto a una montagna solitaria: un blocco di pietra, piú che altro. Lady Carey andò a vederla piú da vicino. Nonostante i numerosi avvertimenti riguardo agli indiani, sfrecciava via a suo piacimento, ora avanti, ora indietro. Nutriva un grande interesse per le piante del deserto e ogni tanto smontava, con l'album per gli schizzi, e disegnava un cactus o un cespuglio di artemisia. Un paio di volte si era allontanata tanto che Call l'aveva seguita, protettivo, per poterla aiutare qualora necessario. Lady Carey, però, aveva messo in chiaro che non gradiva la sorveglianza, nemmeno se dettata dalle migliori intenzioni.

– Non sono un pollo, caporale Call, – aveva detto una volta. – Non c'è bisogno di comportarsi da gallina.

Gus provava una profonda inquietudine, non per Lady Carey ma per il posto. Osservando l'altura rocciosa, a un tratto si rese conto che l'aveva già vista, solo che l'altra volta l'aveva raggiunta al galoppo da est, sperando di uccidere una capra delle nevi. Adesso ci arrivavano da ovest: il declivio dietro al quale si erano nascosti i Comanche era proprio di fronte a loro.

Call la riconobbe nello stesso momento. Erano andati verso est da El Paso ed erano tornati alla rupe dove erano stati uccisi Josh Corn e Zeke Moody.

– Spero che non ci sono capre delle nevi lassú, – disse Gus. – Se ci sono, possiamo star certi che sono Comanche e che quello grosso è qui da qualche parte.

– Forse è ancora a nord, – disse Call, ricordando il giorno in cui i Comanche avevano guidato i cavalli lungo la parete del Palo Duro Canyon.

– No, non è a nord, lo sento.

– Su, non dire fesserie. La prima volta non l'hai sentito ed era piú vicino a noi di quanto lo sono io a Willy.

– Non dico che è vicino, ma è qui da qualche parte. Ho una strana sensazione allo stomaco.

– Almeno il maggiore Chevallie era fiero di noi, se ci vedeva ora.

– Perché? Non ci ha neanche nominato caporali.

– No, ma adesso abbiamo trovato la strada per El Paso. È a sud di quelle alte rupi. Se era vivo, poteva avviare un servizio di diligenza.

Gus pensava ancora a Buffalo Hump, alla rapidità con cui era capace di colpire. Lady Carey, ormai ai piedi della montagna, si vedeva appena. Se Buffalo Hump fosse stato nei paraggi, nemmeno il veloce castrone l'avrebbe salvata.

– Guardala, – disse a Call. – Se era qui, Buffalo Hump la uccideva.

– Non solo lei, – rispose Call. – Ci uccideva tutti, se era qui.

54.

Quando Buffalo Hump arrivò con i prigionieri e l'ultimo branco di cavalli al punto di scambio, la valle detta i Sorrows, il vecchio mercante di schiavi Joe Nibbs era lí che aspettava con Sam Douglas e due carri pieni di merci. Il giorno prima era passata una banda di Kiowa, ma avevano razziato un solo insediamento: gli unici prigionieri che avevano da offrire erano una bambina di nove anni e un bimbo nero. A Joe Nibbs la bambina non interessava: aveva l'aria malaticcia e molto probabilmente sarebbe morta nel giro di un mese. Andato a ovest con i primi cacciatori di pellicce a lasciare Saint Louis, era un mercante di schiavi troppo esperto per sprecare merci con una bambina malaticcia.

Joe andava ai Sorrows da dieci anni. Aveva visto madri uccidersi perché gli aveva venduto i figli; piú di un marito aveva cercato di uccidere lui perché gli aveva venduto la moglie. Ma era un uomo risoluto: teneva un martello infilato nella cintura e lo usava per liquidare rapidamente, in silenzio e a poco prezzo i prigionieri turbolenti. Sapeva qual era il punto piú debole del cranio umano: quando tirava fuori il martello, di rado gli toccava colpire due volte. I proiettili di solito li teneva in serbo per i bisonti o altri animali selvatici troppo grandi e troppo veloci per essere liquidati con un martello. Quando i Kiowa erano arrivati con una sola bambina malaticcia, Joe Nibbs li aveva rimproverati per la pigrizia. Gli insediamenti texani si spostavano sempre piú a ovest, risalendo il Brazos e il Trinity.

Se non volevano andare fino in Messico a prendere i prigionieri, almeno potevano darsi un po' piú da fare intorno ai nuovi insediamenti. In gran parte non erano neanche insediamenti, ma solo gruppi di fattorie sparpagliate, sempre maldifese. Avrebbero dovuto fruttare di piú che una bambina malaticcia e un negretto.

Nei carri c'erano coperte, perline, coltelli, specchi, qualche fucile e alcune innocue pozioni e polverine che Joe spacciava per farmaci. Non barattava liquori. Nella Comanchería la vita era già abbastanza pericolosa senza innaffiare il gargarozzo di selvaggi esperti in ogni forma di omicidio.

Viaggiava per le terre indiane con Sam Douglas, un giovane di ventidue anni, esile ma forte. Riparava i carri e legava gli schiavi. Veniva da una famiglia di balenieri del Massachusetts: era cosí bravo a fare i nodi che nei tre anni di servizio per Joe Nibbs non era scappato nemmeno un prigioniero, né maschio né femmina. A volte, se i Comanche sembravano irrequieti, Sam li distraeva intrecciando nodi complicati. Kicking Wolf era particolarmente affascinato da quell'abilità: sedeva accanto a lui e lo incoraggiava a mostrargli tutto il repertorio di nodi; poi pretendeva che Sam li sciogliesse e li rifacesse tutti, ancora e ancora.

Sam Douglas era cresciuto in riva all'oceano; era abituato all'aria fresca e umida. Odiava l'Ovest, la sua sabbia e la sua polvere, e non nutriva alcun affetto per Joe Nibbs, un vecchio avido, empio e violento con i denti neri e un cuore ancora piú nero. Piú di venti volte l'aveva visto infuriarsi, tirare fuori il martello e spaccare il cranio a un uomo o una donna che, se solo fosse stato in grado di controllarsi, avrebbero potuto vendere con buon profitto. Ma restava con il vecchio mercante di schiavi perché era sfavorito da un piede equino e dal labbro leporino, entrambi ostacoli alla soddisfazione della sua notevole libidine. Negli insediamenti le donne lo evitavano, ma viaggiare con un mercante di schiavi risolveva quel problema; tra i prigionieri c'erano sempre ragazze in boccio e a volte anche donne mature. Poiché legarle e sorvegliarle era compito suo, aveva accesso a molte femmine a cui non si sarebbe mai potuto avvicinare, quanto meno con successo, se le avesse incontrate nel Massachusetts. Mentre si godeva quell'accesso, molte si contorcevano e dimenavano, lo supplicavano e piangevano, lo maledicevano e sputavano; ma lui non ci badava. Loro erano schiave e lui era il padrone; dovevano sottomettersi e quasi tutte lo facevano senza costringerlo a picchiarle, frustarle o legargli le gambe ai due lati della cuccetta del carro. Anche se le picchiava un po', era comunque piú gentile di Joe Nibbs. Joe tendeva a frustarle senza motivo, a tormentarle con il manico del martello o a legarle alla ruota del carro e a sbatterle da dietro, da vecchio rude caprone qual era.

Non appena Buffalo Hump e Kicking Wolf entrarono nei Sorrows con quella frotta di bambini messicani, Sam notò la ragazza di nome Rosa. Anche Joe Nibbs la notò. Aveva una bellezza che si vedeva di rado tra le prigioniere.

– Diamine, ne ha preso una graziosa, – disse Joe Nibbs. – Quegli sfaticati dei Kiowa potrebbero andare in giro per un anno senza catturare una simile rarità.

– Compriamola, Joe, – rispose Sam Douglas. – Magari gli Apache la ricomprano. Per lei ci pagherebbero in argento. Ne prendono un sacco dai messicani che ammazzano.

In realtà quello a cui pensava era che potevano tenersi la ragazza per un po'. Che il vecchio Joe ci andasse per primo e la sbattesse da dietro, se voleva. Poi sarebbe stato il suo turno e ne avrebbe approfittato due o tre volte a notte, con la scusa di vedere se era legata bene.

– Sst… zitto riguardo ai 'Pache, – lo istruí Joe. – Buffalo Hump odia tutti, tranne la sua tribú, e anche dei suoi gliene vanno a genio pochi. Non serve che gli diciamo cosa abbiamo intenzione di fare con la ragazza.

Osservarono attentamente i razziatori comanche mentre scendevano nella stretta valle, in fondo poco piú che un crepaccio tra due crinali. In lontananza si vedeva un'ansa del Red. Il vento soffiava forte da nord; sopra il bordo del crinale settentrionale s'increspava una spuma di sabbia, che finiva negli occhi dei prigionieri messicani. I bambini sembravano ben nutriti, notò Sam. Alcuni erano paffuti come il negretto che era legato sul primo carro. Diverse bambine sembravano avere tra gli otto e i nove anni: in mancanza di meglio, potevano essere usate, ma Sam Douglas non si aspettava di doversi abbassare a tanto, non se lo scaltro Joe Nibbs avesse convinto Buffalo Hump a cedergli la giovane donna. Joe aveva comprato prigionieri da quasi tutti i capi piú importanti, a nord e a sud della pista di Santa Fe. Conosceva un passaggio tra i monti Carlsbad che gli permetteva di andare avanti e indietro fra Comanche e Apache, deserto e pianura. Era il piú vecchio mercante di schiavi delle pianure, bravo a indovinare che cosa un certo indiano avrebbe accettato in cambio di una prigioniera speciale. La ragazza che cavalcava dietro a Buffalo Hump, con i polsi stretti da un laccio di pelle grezza, era la donna piú bella ad aver risalito la pista di guerra comanche da quando Sam guidava il carro per Joe.

Era raro che Joe Nibbs si sentisse nervoso tra i pellerossa. Imbrogliava liberamente i bianchi, ma non imbrogliava mai Comanche, Apache, Kiowa, Pawnee e Sioux. Un mercante che imbrogliava gli indiani poteva cavarsela per un anno, o forse due, ma riservando i suoi trucchetti per i bianchi lui se la cavava da quasi venti. Anche un indiano che non parlava una parola della lingua dei bianchi capiva quando lo imbrogliavi: era un'abitudine che non pagava.

Buffalo Hump, però, lo rendeva nervoso. Faceva affari con lui perché era quello che si addentrava di piú in Messico e riportava il maggior numero di prigionieri. Ma con lui era sempre cauto, sempre consapevole di fare qualcosa di non del tutto sicuro, di non del tutto compreso nel novero dei rischi che di norma accompagnavano il traffico di schiavi nelle selvagge praterie del Texas. Era sempre consapevole che forse un giorno Buffalo Hump avrebbe preferito uccidere che barattare. Nei suoi scambi con lui, l'aveva guardato negli occhi una volta sola. Che occhi! Quello che aveva visto l'aveva spaventato al punto che gli aveva dato subito un fucile nuovo di zecca e varie coperte buone. Non appena i Comanche se n'erano andati, aveva ammonito Sam Douglas di tenere gli occhi bassi quando trattava con il grosso Comanche. Nessun uomo saggio incrociava lo sguardo di un cane rabbioso, di un lupo, un orso o un puma. L'animale poteva uscire e causare uno spargimento di sangue, anche solo per un'occhiata.

– Che diavolo, non lo guarderò affatto, – aveva risposto Sam. – Quel maledetto gobbo è bruttissimo, comunque.

Buffalo Hump si accorse subito che i mercanti di schiavi volevano Rosa. Una volta era arrivato mentre il vecchio tormentava la moglie di un missionario morto. L'aveva spiato da lontano mentre la picchiava, e non solo, con il manico del martello. Quella notte la donna, non piú giovane, era morta per le botte e la violenza.

Dal mercante di schiavi Buffalo Hump voleva soprattutto aghi e coltelli. Non mancava molto alla caccia autunnale, e dovevano uccidere molti bisonti prima dell'arrivo dell'inverno. Spesso scoppiavano tempeste di ghiaccio che ricoprivano la pianura per piú giorni di seguito, rendendo difficile cacciare. I bianchi fabbricavano buoni coltelli, molto migliori di quelli di pietra che usava la sua gente quando lui era ragazzino. Dopo la caccia ci sarebbe stato molto da tagliare: le donne avevano bisogno di coltelli e anche di aghi, per cucire i calzoni di pelle di cervo e le pellicce di bisonte. In linea di massima Buffalo Hump disdegnava le coperte dell'uomo bianco: le pellicce di bisonte erano piú calde. Apprezzava invece il tessuto giallo che respingeva la pioggia e permetteva ai guerrieri di cacciare nelle giornate piovose restando asciutti come anatre. I fucili che gli proponevano erano scadenti e i suoi giovani guerrieri non li maneggiavano con cura: in poco tempo ne avrebbero rotti la metà e avrebbero finito le munizioni. Non valeva la pena di rinunciare a buoni prigionieri per armi che di lí a un mese sarebbero state rotte. Lui aveva il bel fucile che gli aveva dato il capo bianco Caleb Cobb. Ci stava attento: nessuno della tribú aveva il permesso di toccarlo. Kicking Wolf era invidioso marcio del fatto che lui possedesse un fucile simile, ma non era cosí sciocco da infrangere il divieto. Buffalo Hump lo usava di rado; non l'aveva nemmeno portato con sé nella razzia, preferiva contare su arco e lancia. Ma una volta aveva sparato a un'antilocapra da molto lontano e l'antilocapra era caduta.

Se il vecchio mercante di schiavi pensava di poter barattare poche armi scadenti con la ragazza messicana, era meglio che ci ripensasse. Lui era disposto a dargli diversi bambini in cambio di una scatola di buoni coltelli affilati. La ragazza aveva intenzione di tenersela. Forse sarebbe stato un inverno freddo: non sarebbe stato male avere una giovane moglie fresca con cui giacere nei giorni in cui il ghiaccio ricopriva le pianure.

– Senti, non nominare la ragazza, non guardarla nemmeno, – disse Joe Nibbs rivolto a Sam Douglas. – Prima contratto per i mocciosi. E ricorda quello che ti ho detto. Non guardarlo negli occhi.

– Perché dovrei? È un maledetto indiano puzzolente, – ribatté Sam.

Kicking Wolf volle subito il bambino nero. Quando lo tirarono giú dal carro, nudo, e vide Buffalo Hump, il bambino si spaventò tanto che cercò di scappare, correndo a tutta velocità con le sue gambette verso il crinale dove spumeggiava la sabbia. I guerrieri comanche lo seguirono, curiosi; Kicking Wolf e gli altri avevano visto pochi neri. Pensavano che fosse un animaletto di qualche tipo: forse potevano addestrarlo a raccogliere la legna, oppure tenerlo per compagnia, come un cucciolo d'orso. Proprio quando il bambino stava per raggiungere il crinale, Kicking Wolf lo prese in braccio, urlante, e lo riportò ai carri.

– Quello è il mio moccioso, ridammelo, – disse Joe Nibbs. Anche Kicking Wolf era uno da cui guardarsi: nelle pianure tutti sapevano che era un ladro abilissimo. Oltre ai cavalli che tiravano i carri, Joe e Sam avevano due asini di riserva. Quella notte li avrebbe impastoiati stretti o Kicking Wolf sarebbe tornato a prenderli.

Kicking Wolf indicò due prigionieri, lasciando intendere che voleva scambiarli con il bambino nero. Prima che Joe Nibbs potesse andare a ispezionarli per assicurarsi che fossero in salute, Buffalo Hump abbassò la lancia davanti ai bambini. Kicking Wolf non aveva messo piede in Messico. Chi era per proporre uno scambio? Mentre loro compivano la razzia, lui aveva indugiato lungo il Pecos per torturare a morte un solo cacciatore di scalpi. Certo, aveva partecipato a molte razzie e rapito molti bambini: bisognava concedergli una parte del bottino. Ma non poteva barattare bambini che non erano suoi. Quei due li aveva rapiti Fast Boy: se qualcuno aveva il diritto di disporne, era lui.

Kicking Wolf era molto seccato da quell'intervento. Il grande ladro di bambini era lui, non Buffalo Hump. Ne aveva rapiti piú di cinquanta dalle loro case e li aveva portati a nord. Era grazie alla sua abilità che negli ultimi inverni la tribú aveva avuto coltelli in abbondanza. Chi era Buffalo Hump per negargli due bambini, quando in cambio voleva solo l'animaletto nero?

– Scambio equo, scambio equo, – disse Joe Nibbs, indicando un bambino messicano che era grande piú o meno come il negretto. Non gli piaceva barattare i neri, non nelle pianure. In cambio di quello lí aveva dato solo un pacchetto di aghi e una copertina. Nel Sud era vantaggioso scambiare i piccoli neri, ma non nelle pianure e tanto meno a ovest dei monti Carlsbad. Gli Apache erano superstiziosi in proposito, di solito li uccidevano.

Buffalo Hump consentí lo scambio: un bambino messicano per il cucciolo nero che Kicking Wolf teneva in braccio. Aveva abbassato la lancia solo per ricordargli che non era lui il capo guerriero. Certo, Kicking Wolf era un razziatore di straordinaria bravura; la necessità di torturare Kirker l'aveva distratto, ma il suo orgoglio andava considerato. Poteva avere il cucciolo nero.

Joe Nibbs tirò fuori il tabacco e gli scambi proseguirono velocemente. Buffalo Hump tenne quattro prigionieri, compresa la ragazza, Rosa. Gli altri tre erano ragazzini abbastanza grandi da essere schiavi utili. Barattò i prigionieri con tre scatole di coltelli, molti aghi, alcuni specchi, una scatola di ami e quattro fucili. Parecchi tra i guerrieri piú giovani si consideravano grandi tiratori. Andava piú che bene portargli qualche fucile da spaccare.

– I fucili non gli piacciono molto, – disse Sam a Joe. – Ne ha presi soltanto quattro. Come facciamo a prenderci la ragazza, se non li vuole?

Ancora legata, Rosa sedeva accanto a un cespuglietto vicino al cavallo di Buffalo Hump. Aveva visto come la guardavano i due mercanti di schiavi, non aveva speranze. O i bianchi o i Comanche l'avrebbero usata e uccisa. Guardava la sabbia spumeggiare oltre il crinale a ogni folata di vento. Avrebbe voluto sdraiarsi e lasciare che la ricoprisse, morire, essere in pace. Guardava cadere la sabbia e si sforzava di non pensare.

Joe Nibbs si poneva la stessa domanda di Sam: cosa poteva offrire a Buffalo Hump per indurlo a separarsi dalla ragazza?

– Ho quel vecchio vetro zingaro, – disse. Alcuni mesi prima nella pianura del Kansas vicino a Fort Lawrence aveva trovato un carro con il cadavere di un vecchio zingaro. Probabilmente l'avevano ucciso i Pawnee, che gli avevano fatto a pezzi il corpo e il carro, avevano preso il whiskey e se n'erano andati. Per caso Joe aveva visto luccicare qualcosa attraverso una crepa nella cuccetta e aveva scoperto una sfera di vetro, o cristallo, cosí ben nascosta che i Pawnee non l'avevano notata.

– Forse vorrà quel vetro, – disse, andando a prenderlo sul carro dalla coperta in cui l'aveva avvolto. Aveva le dimensioni di un piccolo melone. Quando ci guardavi dentro, ti allungava la faccia.

– È vetro zingaro, portalo al tuo stregone, può usarlo per predire il futuro, – disse Joe, offrendo la sfera a Buffalo Hump.

I guerrieri si affollarono intorno alla sfera, esclamando nel vedere che il vetro gli allungava la faccia. Buffalo Hump lo trovò un oggetto molto strano: se lo rigirò tra le mani e lasciò che lo toccassero anche i giovani guerrieri. Era chiaramente un oggetto di potere, ma non era convinto che lo si potesse usare per predire il futuro.

– Sí, è un vetro profetico, ecco cos'è, – insisté Joe. – Portalo al tuo stregone. Gli dirà dove si trovano i bisonti e qual è il momento migliore per andare a caccia. Vi dirà quando andare in guerra e quando restare a casa.

Buffalo Hump non era convinto, ma con il declinare del pomeriggio cominciò a volere il vetro. Voleva portarlo all'accampamento principale per studiarlo. Forse ne avrebbe capito il potere. Sua madre era vecchia e sapeva molte cose. Forse avrebbe capito perché il vetro allungava le facce.

Tuttavia, decise che avrebbe ucciso i mercanti, il vecchio e anche il giovane. Voleva prendere tutti i coltelli; nei carri c'erano parecchie altre scatole. Con tutti quei coltelli non avrebbero avuto bisogno di mercanti per parecchi inverni; non voleva che Joe Nibbs entrasse nel suo territorio con un oggetto simile. Se davvero era profetico, quel vetro poteva causare molti danni. Tra la sua gente c'era chi si ammalava e moriva solo perché aveva incontrato i bianchi. Con un vetro come quello il vecchio mercante poteva provocare molti morti. Forse era un trucco per seminare la morte tra i Comanche, prendergli le pellicce, i cavalli e i terreni di caccia. I bianchi non la smettevano piú di arrivare risalendo lungo fiumi e ruscelli, spingendosi sempre piú a nord e a ovest, verso la Comanchería. Il vetro era un brutto segno. L'avrebbe portato all'accampamento principale e mostrato ai vecchi: forse uno di loro avrebbe saputo cosa fare.

Buffalo Hump lasciò la ragazza messicana ai mercanti e portò i guerrieri oltre il crinale dove spumeggiava la sabbia. Poi gli disse che aveva deciso di uccidere i mercanti, riprendersi i prigionieri e portarsi via tutti i coltelli. Kicking Wolf voleva tornare indietro con lui, per catturare i bianchi e torturarli, ma Buffalo Hump glielo proibí. Invece gli diede il vetro che forse era malefico e tornò indietro da solo. Quando oltrepassò il crinale di sabbia vorticante, il vecchio aveva già legato la ragazza a una ruota del carro e la stava violentando. Il giovane sedeva sulla sponda posteriore del carro, in attesa del proprio turno. Buffalo Hump avanzò silenzioso sulla sabbia soffice. Aveva la lancia e un coltello.

Seduto sul carro, Sam Douglas cercava di decidere se prendere una delle bambine di nove anni o aspettare la notte, quando il vecchio Joe si sarebbe addormentato. Allora avrebbe fatto quello che voleva con Rosa. Aveva intenzione di lasciare in pace le bambine, ma in fondo perché? Erano schiave. Erano lí. Quando aveva una schiava nuova da violentare, il vecchio Joe era fastidioso. Poteva tenere Rosa legata alla ruota del carro per ore.

Poi, prima di rendersene conto, Sam Douglas si trovò a fare proprio quello che aveva giurato di non fare mai: guardò Buffalo Hump dritto negli occhi.

Era un errore, lo sapeva. Pensava che il grosso indiano se ne fosse andato. Invece eccolo lí: l'animale, il puma, l'orso.

Un attimo dopo Buffalo Hump gli affondò il coltello nel cranio. Uno dei prigionieri gridò. Il vecchio mercante Joe Nibbs aveva il martello in mano. Quando si voltò, Buffalo Hump scagliò la lancia: la distanza era poca. La lancia colpí Joe Nibbs al torace, uscí per metà dall'altra parte e si conficcò a terra, bloccando l'uomo piegato un po' all'indietro. Era ancora vivo; lasciò cadere il martello.

Buffalo Hump lo raccolse e colpí il mercante sotto la nuca. La testa gli si rovesciò all'indietro come quella di un pollo.

Poi tornarono i guerrieri; presero i prigionieri, i coltelli, gli asini. Decisero di dare fuoco ai carri e di accamparsi per la notte; potevano mangiare tutte le provviste dei bianchi.

Buffalo Hump non riusciva a estrarre il coltello dal cranio di Sam Douglas. Era conficcato cosí in profondità che nemmeno la sua forza era sufficiente a tirarlo fuori. I guerrieri risero. Il capo aveva conficcato un ottimo coltello nel cranio di un bianco cosí in profondità che non riusciva a estrarlo. Alla fine Buffalo Hump fracassò il cranio con il martello del vecchio mercante e liberò il coltello.

Rosa non riusciva a smettere di piangere. Soffriva per quello che le aveva fatto l'uomo con il martello. Avrebbe voluto essere con la madre, il fratello e la sorellina; ma sapeva di non poter tornare a casa. Era stata con i Comanche; se anche ci fosse tornata, la gente del villaggio l'avrebbe considerata disonorata. Piangeva e ascoltava la sabbia; avrebbe voluto dormire sotto la sabbia, inalarla e morire. Ma non poteva; poteva solo piangere, patire il freddo e aspettare il grosso Comanche che, seduto lí vicino, teneva la cordicella di pelle grezza che le legava i polsi.

Piú tardi, non molto prima dell'alba, uno degli asini ragliò. Il vento era cambiato; adesso soffiava da ovest e l'asino aveva fiutato qualcosa. I cavalli puntarono le orecchie a ovest, ma non nitrirono. I guerrieri intorno al fuoco pensavano che si trattasse di un animale. Gli asini erano vigliacchi: ragliavano ai coyote e perfino ai tassi. Fast Boy, che dormiva poco, si convinse che probabilmente si trattava di un puma. Forse quello che avevano visto prima li stava seguendo, nella speranza di mangiarsi un asino. Gli altri guerrieri risero di lui e risero ancora piú forte quando montò a cavallo e andò a cercarlo. Pensavano che fosse ridicolo da parte sua credere di poter trovare un puma nell'oscurità.

Albeggiava quando Fast Boy tornò al campo, galoppando

a tutta velocità. Si era levato il vento; un alone di sabbia circondava il sole. Buffalo Hump fu seccato da quell'ingresso. Non approvava quel genere di comportamento. Stavano cuocendo la carne di uno dei cavalli del vecchio mercante di schiavi. In aggiunta alla sabbia, ora ci era finita sopra anche la polvere sollevata dal cavallo di Fast Boy.

Ma Buffalo Hump dimenticò l'irritazione quando Fast Boy gli disse che solo tre miglia piú a ovest era accampata una comitiva di bianchi. Era una comitiva piccola, composta soprattutto di donne, disse. Oltre alle donne, c'erano soltanto quattro uomini e un ragazzino. Ma la notizia che spinse Buffalo Hump a perdonarlo per il suo modo avventato di cavalcare e la carne sabbiosa era che uno degli uomini era Fucile nell'acqua, il giovane ranger che aveva ucciso suo figlio. Quando lo venne a sapere, Buffalo Hump cominciò a mettersi la pittura di guerra; gli altri guerrieri lo imitarono. Kicking Wolf non si prese il disturbo: non amava pitturarsi. Fece notare a Buffalo Hump che poteva sgattaiolare oltre la collina e uccidere Fucile nell'acqua e tutti i bianchi in meno tempo di quello che lui e gli altri guerrieri avrebbero impiegato a pitturarsi. Buffalo Hump lo ignorò. Da sempre Kicking Wolf pensava che il suo modo di agire fosse il migliore. A lui non importava che cosa pensasse. Aveva intenzione di pitturarsi perbene. Poi sarebbe andato dai bianchi e avrebbe fatto a Fucile nell'acqua quello che aveva appena fatto al vecchio mercante di schiavi: avrebbe scagliato la lancia cosí forte da trapassarlo senza ucciderlo subito. Poi, prima che morisse, l'avrebbe scotennato e mutilato. Lo scalpo l'avrebbe riportato alla madre di suo figlio, per farle sapere che il ragazzo era stato opportunamente vendicato.

Quando montò a cavallo, fece un discorso ai guerrieri, avvertendoli: dovevano lasciar stare Fucile nell'acqua. L'avrebbe ucciso lui.

A Kicking Wolf quel discorso non piacque molto. Se ne andò a metà, impaziente di dare un'occhiata alle donne. Forse una di loro sarebbe stata bella come la ragazza messicana, o addirittura di piú. Voleva essere il primo a vederle, per prendersi la migliore. Forse ne avrebbe trovata una meno puzzolente di sua moglie.

55.

I cavalli fiutarono gli indiani per primi. Call stava per mettere la sella da amazzone al castrone nero di Lady Carey quando questo cominciò a nitrire e a saltare di qua e di là. Il baio di Gus fece lo stesso e perfino i muli diedero segni di nervosismo. Avevano già piegato e riposto la tenda di Lady Carey; erano tutti piú o meno pronti a intraprendere la cavalcata del giorno. Emerald strigliava il mulo bianco; lo strigliava fedelmente tutte le mattine.

Call scrutò l'orizzonte a est, ma non vide nulla di insolito: solo il bordo luminoso del sole nascente. Lady Carey aveva ancora una tazza di tè in mano. Willy mangiava la pancetta. La signora Chubb cercava di lavargli le orecchie, versando l'acqua di una piccola borraccia su una spugna che si portava dietro allo scopo specifico di lavarlo. Wesley Buttons era scalzo: andava soggetto a crampi ai piedi e la mattina gli piaceva massaggiarsi un po' le dita prima d'infilare gli stivali. Se gli veniva un brutto crampo quando li portava, gli toccava saltare a destra e a sinistra per il dolore finché non gli passava.

Matilda Roberts faceva camminare in tondo la sua giumenta. Di mattina era ombrosa, con una tendenza a sgroppare. Matilda non era certo una domatrice di cavalli selvaggi; preferiva che la giumenta scaricasse il nervoso camminando. Già due volte l'aveva disarcionata; in un caso ci era mancato poco che atterrasse su un cuscino della suocera, perciò valeva la pena di farla passeggiare un po'.

Gus McCrae e Long Bill si erano allontanati dal campo per scaricare il ventre. Long Bill aveva grossi problemi di stitichezza, mentre Gus andava di corpo anche troppo liberamente. Avevano preso l'abitudine di sbrigare i loro bisogni insieme: nel frattempo potevano discorrere di varie cose. Tra quelle che occupavano Gus c'erano le puttane; adesso che mangiava meglio e non era costretto a camminare fino a svenire, aveva ripreso vigore. Argomento di numerose congetture tra lui e Long Bill era se Matilda Roberts avesse intenzione di riprendere il suo vecchio mestiere, ora che erano tornati nel Texas. In tal caso, quando? Gus sperava piú prima che poi. Qualunque momento gli sembrava buono perché ricominciasse a fare la puttana, anche se lui e Long Bill erano i suoi unici clienti.

– Be', ma magari Lady Carey non approva, – ipotizzò Long Bill, accovacciato. – Forse Matty vuole aspettare che ci liberiamo degli inglesi.

– Ma ce ne liberiamo solo a Galveston, – ribatté Gus. – Manca ancora un bel pezzo. Io vorrei una puttana molto prima.

Long Bill non aveva niente da ridire: si era accorto che il campo era in subbuglio. Fianco a fianco, Woodrow Call e Lady Carey guardavano a est. Call stringeva il fucile. Matty era tornata per avvicinarsi agli altri. Preso da una forte agitazione, Long Bill sentí le sue già travagliate viscere serrarsi ancora di piú.

– Sta succedendo qualcosa, – disse, tirandosi bruscamente su i calzoni. – Non è il momento di starsene accovacciati.

I due si affrettarono a tornare al campo, con le armi in pugno. Sembrava una mattina pacifica, ma forse non sarebbe stata pacifica come appariva.

– Ecco Gus, lui ci vede meglio di tutti, – disse Call.

Lady Carey andò a prendere dalla bisaccia un piccolo cannocchiale di ottone.

– Aiutatemi a guardare, caporale McCrae. Il caporale Call pensa che ci siano guai in vista, e pure il mio cavallo.

Lady Carey guardò con il cannocchiale e Gus fece del

suo meglio per scrutare l'orizzonte a occhio nudo, ma vide solo un coyote solitario che trottava verso sud in mezzo alla rada artemisia. Anche lui si sentiva nervoso: non si fidava completamente dei suoi occhi. Ripensò a quanto i Comanche erano stati bravi a nascondersi il giorno in cui avevano ucciso Josh e Zeke.

Emerald si avvicinò, conducendo il mulo bianco.

– I selvaggi sono qui, mia signora, – disse con calma.

– Sí, credo di sí, – rispose Lady Carey. – Credo di sentirne l'odore. Solo che sono talmente selvaggi che non li vedo.

Poi tutti sentirono un suono: un canto acuto. Senza fretta, tenendo il cavallo al passo, Buffalo Hump comparve sul lontano crinale, sotto il sole appena sorto. Cantava il suo canto di guerra. Lentamente si profilò la banda di razziatori al completo. Tutti i guerrieri cantavano il loro canto di guerra, acuto e ripetitivo. Gus ne contò venti, poi vide il ventunesimo, Kicking Wolf, un po' in disparte. Kicking Wolf era a piedi e non cantava. Il suo silenzio era piú minaccioso dei canti di guerra degli altri.

Call si guardò intorno in cerca di una gola o di un dosso che potesse fornire un po' di riparo, ma non c'era nulla, solo pochi cespugli di artemisia. Si erano accampati in aperta pianura. I Comanche erano piú in alto e per giunta avevano il sole alle spalle. Loro erano in quattro contro ventuno e Wesley Buttons non sapeva sparare. In ogni caso, se anche fosse stato un tiratore affidabile, qualora avessero deciso di caricare, i Comanche non avrebbero avuto problemi a sopraffarli. Quattro uomini, quattro donne e un ragazzino non dovevano sembrare un grande ostacolo a una banda di razziatori che inneggiava alla morte e alla tortura. Call si chiese se il gruppetto inglese sapeva cosa facevano i Comanche ai prigionieri; si chiese se doveva dire a Lady Carey, a Emerald e alla signora Chubb come spararsi in modo letale, se la situazione avesse preso una brutta piega. Guardando i Comanche, gli tornarono alla mente le istruzioni di Bigfoot su come puntarsi la pistola nell'occhio. Senza dubbio Bigfoot sapeva esattamente di cosa parlava, ma la signora inglese, la governante e la nera sarebbero state capaci di compiere un gesto simile? E Matilda Roberts?

Lady Carey guardava gli indiani con calma. Come sempre, era vestita solo di nero e portava i suoi tre veli. Non sembrava spaventata, e nemmeno turbata.

– Che ne dite, caporale Call? Possiamo batterli?

– Probabilmente no, signora. Ci hanno sconfitti quando avevamo quasi duecento uomini. Non vedo perché non dovrebbero sconfiggerci ora che ne abbiamo solo quattro.

– È un canto interessante, vero? Non raffinato come l'opera, ma comunque interessante. Mi chiedo che cosa significhi.

– Significa «a morte i bianchi», – rispose Gus. – Significa che vogliono i nostri capelli.

– Be', anche se li vogliono, non possono averli, – disse il giovane Willy. – I capelli mi servono, vero, mamma?

– Certo, Willy, – lo rassicurò Lady Carey. – E non li perderai, ci pensa la mamma. Caporale Call, mi sellate il cavallo?

– Sí, ma non credo che possiamo sfuggirgli, signora, – disse Call.

– Non fuggiremo. La cosa migliore è che io provi con il canto. Vi condurrò oltre i Comanche, signori. Sarò a cavallo, ma voglio che voi andiate a piedi conducendo i vostri. Sellate il mio, caporale Call, e non guardatemi. Ora non deve guardarmi piú nessuno, fino a quando non lo dico io.

– Be', perché no, signora? – chiese Gus, confuso da quel modo di procedere.

– Perché ho intenzione di spogliarmi. Mi spoglierò e canterò le mie migliori arie. Avrò anche bisogno di Elphinstone, il mio bel serpente. Emerald, me lo porteresti?

Con calma, senza affrettarsi, Lady Carey si mise a cantare le scale, svestendosi. Fece salire la voce sempre piú in alto, di ottava in ottava, fino a quando gli acuti non furono piú acuti di quelli dei Comanche. Emerald prese il boa dal cesto in groppa al mulo e, mentre Lady Carey si svestiva, lasciò che le si avvolgesse intorno alle spalle.

– Willy, credo che tu dovresti montare il pony, – disse Lady Carey. – Voi andate a piedi. Matilda, puoi prendere i miei vestiti e portarli per me? Mi serviranno, naturalmente, quando avremo sparpagliato quei selvaggi. Non mi avete ancora sellato il cavallo, caporale Call. Per favore, stringete bene il sottopancia, in modo che quella bestia nera non salti. Stamattina devo essere una vera e propria Lady Godiva e non voglio che mi faccia scherzi.

Call sellò il cavallo e diede le redini a Matilda, insieme alla sua pistola. Non credeva che avrebbero superato i Comanche, qualunque cosa facessero. Lady Carey si svestisse pure, se voleva; Buffalo Hump li avrebbe uccisi comunque.

Mentre Lady Carey si spogliava, Call tenne gli occhi bassi; cosí fecero anche Long Bill e Wesley Buttons. Avevano finito per apprezzare Lady Carey, per riverirla quasi, ed erano decisi a non offenderne il pudore, benché fossero sconcertati da quell'iniziativa.

Gus, tuttavia, non resisté e diede una sbirciata. Lady Carey sembrava cosí normale che quasi si dimenticò della sua condizione fino a quando, mentre lei si voltava a dare un indumento a Matilda, non intravide un tratto di pelle nera e corrosa. Aveva il collo e il petto neri; dalle spalle le pendevano falde di pelle ingiallita. Gus si prese un tale spavento che per poco non vomitò la colazione. Non la guardò piú, anche se notò che le sue gambe, bianchissime, non sembravano affette dalla malattia, tranne che per una sola macchia nera sul polpaccio.

– Ossignore, – disse, ma nessun altro guardava e nessuno lo sentí.

Lady Carey si tenne il cappello e i tre veli che le coprivano la faccia. Tenne anche i suoi begli stivaletti neri. Matilda guardò il corpo di Lady Carey e si dispiacque: con lei la signora inglese era stata piú gentile della sua stessa madre. Vederne il giovane corpo annerito e gialliccio per la malattia la fece sentire impotente. Eppure prese gli indumenti, uno alla volta, via via che glieli passava, e li piegò con cura. La signora Chubb era calma, cosí come Emerald; nessuna delle due aveva visto cosa erano in grado di fare i Comanche, rifletté Matilda.

Dopo essersi svestita, Lady Carey montò in groppa al castrone nero, si sistemò con fermezza sulla sella da amazzone e prese il serpente.

– Bene, rimanete in fila. Anche tu, Willy, rimani in fila. Voglio che voi texani vi mettiate nel mezzo, subito dietro a Willy. Matilda, la signora Chubb ed Emerald staranno in coda. Emerald, se non ti dispiace, prendi la spada di mio marito. Sguainala e tieni la lama in alto. Ricordati, è affilata. Non tagliarti.

La nera sorrise: che idea, non si sarebbe tagliata affatto. Call aveva notato spesso la bella spada nel bagaglio, ma non sapeva che fosse del marito di Lady Carey. Emerald la prese e la sguainò. Andò a mettersi in fondo alla fila e attese.

– Bene, avanti marsch, – disse Lady Carey. – Canterò molto forte, dopotutto sono una voce sola contro venti. Willy, forse è meglio che ti tappi le orecchie.

– Oh, no, mamma, – rispose Willy. – Canta pure forte, non mi dà fastidio.

In groppa al bel castrone nero, Lady Carey si avviò su per il lungo pendio verso i Comanche, con il boa drappeggiato sulle spalle. Cantava ancora le scale, ma dopo pochi passi smise e cominciò a cantare con voce forte e acuta in italiano, la lingua che aveva spinto l'intendente Brognoli a risvegliarsi un attimo per poi morire.

La schiera di Comanche era ancora a circa duecento metri di distanza. Guardandoli da sotto i suoi tre veli, Lucinda Carey cavalcò lentamente verso di loro, cantando l'aria. Quando fu solo a un centinaio di metri, allargò le braccia; a Elphinstone piaceva attorcigliarcisi intorno. Sentiva di avere una buona voce. L'aria veniva dalla nuova opera del signor Verdi, il *Nabucco*: gliel'aveva insegnata lui stesso, due anni addietro a Milano, non molto tempo prima che lei e il marito, Lord Carey, salpassero insieme per il Messico.

Piú avanti la schiera di Comanche aspettava. Lady Carey si guardò indietro. Il figlio, i quattro ranger e le tre donne camminavano tutti obbedientemente alle sue spalle. In fondo alla fila Emerald si era scoperta un seno: teneva in alto la bella spada di Lord Carey, con la lama affilata che luccicava alla prima luce del giorno. Emerald si fermò e d'impulso si scrollò di dosso il mantello bianco. Ben presto anche lei camminava nuda verso la schiera di guerrieri.

Quando fu abbastanza vicina da vedere la grande gobba del capo comanche e le strisce di pittura ocra che aveva su faccia e petto, Lucinda, Lady Carey, spalancò la gola e cantò l'aria a pieni polmoni: lasciò che la sua voce s'innalzasse e poi s'innalzasse ancora. Per un attimo finse di trovarsi alla Scala, dove aveva avuto l'onore d'incontrare il signor Verdi. Si riempí i polmoni, respirando come lui le aveva insegnato nelle poche lezioni che lo aveva supplicato di impartirle: le note alte e piene risuonarono limpide nell'aria secca del Texas.

Piú avanti, il capo guerriero aspettava, con la lunga lancia nella mano destra.

56.

Kicking Wolf si stufò di ascoltare i canti di guerra. Corse avanti, con l'intenzione di uccidere per primo. Avrebbe lasciato a Buffalo Hump il texano chiamato Fucile nell'acqua, visto che aveva ucciso suo figlio; non sarebbe stato giusto privare il capo della sua vendetta. Aveva intenzione di uccidere quello alto che camminava sempre accanto a Fucile nell'acqua. Lui era basso e avrebbe ucciso quello alto; Buffalo Hump, che era alto, poteva uccidere quello basso.

Perciò corse avanti e si accovacciò dietro a una piccola macchia di chaparral; aveva incoccato una freccia ed era pronto a scagliarla. Sentí un canto di morte giungere dai texani, ma siccome voleva sorprenderli, una volta appostatosi dietro il chaparral non alzò gli occhi. Certo, era giusto che i bianchi cantassero un canto di morte: di lí a poco sarebbero morti tutti, a meno che non fosse possibile prenderne un paio per torturarli. Ma era un po' stupito; che lui ricordasse, i bianchi non avevano mai cantato. Ogni tanto, quando c'era la cavalleria, un uomo suonava un piccolo corno per incitare i soldati; una volta aveva ucciso uno di quegli uomini, vicino al San Saba, e si era portato a casa il corno. Ma non era un buon corno; quando aveva provato a soffiarci, aveva emesso un suono rauco come la scoreggia di un bisonte. Alla fine l'aveva buttato via.

Poi Kicking Wolf si rese conto che non stava ascoltando un normale canto di morte: la voce si levava al cielo piú alta di qualunque voce comanche. Le note erano cosí acute e forti che, quando chi cantava si avvicinò, il canto parve riempire l'aria e perfino rimbalzare sulle rupi lontane e tornare indietro. Stupefatto da tanta potenza, Kicking Wolf si alzò, pronto a uccidere.

Aveva la freccia incoccata; dalla potenza del canto sapeva che la persona era vicina, ma quello che vide quando balzò in piedi gli gelò il cuore e lo riempí di terrore: lí, in groppa a un cavallo nero, c'era una donna con il volto coperto, il seno nero e le spalle ridotte a pelle giallastra e bianche ossa. Peggio ancora, la donna aveva un serpente enorme avvolto intorno alle braccia nude: il serpente di gran lunga piú grosso che lui avesse mai visto. Aveva la testa protesa lungo il collo del cavallo. Faceva guizzare la lingua e sembrava guardare proprio lui.

Kicking Wolf era cosí spaventato che, se non avesse avuto la gola paralizzata per la paura, avrebbe intonato subito il proprio canto di morte. La donna sul cavallo nero era Donna Morte, venuta con la sua pelle nera e il suo grosso serpente a uccidere lui e il suo popolo.

Kicking Wolf lasciò cadere la freccia dall'arco, poi lasciò cadere perfino l'arco, si voltò e corse verso il capo guerriero al massimo della velocità consentitagli dalle corte gambe. Alle sue spalle sentiva la voce squillante di Donna Morte e immaginava la testa del grosso serpente che si avvicinava sempre di piú. In preda al panico, pestò un cactus cattivo; le spine gli trafissero il piede, ma non smise di correre. Sapeva che, se avesse rallentato anche di pochissimo, il grosso serpente di Donna Morte l'avrebbe ucciso.

Quando videro Kicking Wolf correre verso di loro, i Comanche intorno a Buffalo Hump pensarono che fosse solo un piano astuto che il tozzo piccoletto si era inventato per attirare i bianchi piú vicino a frecce e lance. Ma insieme a Kicking Wolf giungeva quello strano canto acuto, che risuonava nell'aria come la maledizione di una vecchia strega. Alcuni Comanche si agitarono un po': guardarono il capo guerriero, che rimase fermo dov'era. Solo quando Kicking Wolf lo raggiunse con il terrore stampato in faccia,

Buffalo Hump capí che non era uno stratagemma. Kicking Wolf era intrepido in battaglia: attaccava chiunque e una volta aveva ucciso sei Pawnee in uno scontro solo. Eppure, adesso era cosí spaventato che, pur avendo spine di cactus conficcate in un piede e sangue sui mocassini, correva ancora. Gli passò accanto senza fermarsi: aveva addirittura lasciato cadere l'arco. Non lo vedeva senza arco da quando era un ragazzino.

Fino ad allora Buffalo Hump aveva ascoltato il canto di morte con ammirazione: non ne aveva mai sentito uno cosí potente. Il canto tornava indietro riflesso dalle alture lontane, come se il fantasma di chi cantava fosse già lí a chiamarlo. Ma c'era qualcosa che non andava: Kicking Wolf era terrorizzato e quel sonoro ed echeggiante canto di morte stava scatenando il panico tra i guerrieri. Poi Buffalo Hump vide Donna Morte, con il corpo nero in putrefazione; vide il grosso serpente con la testa ripiegata sul collo del cavallo. Era cosí sbigottito che alzò la lancia, ma non la scagliò. Dietro Donna Morte, in fondo in fondo, c'era una nera nuda che brandiva una spada; la nera conduceva un mulo bianco.

Alla vista di Donna Morte con il suo grosso serpente, i guerrieri comanche si sbandarono, ma Buffalo Hump non cedette. Peggio del serpente avvolto intorno alle spalle di Donna Morte era il mulo bianco che seguiva l'alta nera con la spada. Molto tempo prima la sua vecchia nonna, che era una sciamana, gli aveva detto di fuggire da una donna con un mulo bianco, poiché l'arrivo del mulo bianco era un presagio di catastrofe per i Comanche. Non temeva il grosso serpente; poteva uccidere qualunque serpente. Ma lí di fronte a lui c'era il mulo bianco della profezia degli spiriti di sua nonna: non poteva uccidere una profezia.

Era la fine, lo sapeva. I guerrieri scappavano; Kicking Wolf era scappato. Buffalo Hump abbassò la lancia, ma non scappò. Non poteva uccidere i texani, nemmeno Fucile nell'acqua, non in quel momento; erano sotto la protezione di Donna Morte. Ma non gli sarebbero sfuggiti; li avrebbe uccisi piú tardi, quando Donna Morte dormiva e il mulo bianco non c'era piú.

Risalí un po' la collina e attese. Se Donna Morte avesse cercato di attaccarlo, avrebbe combattuto e, se fosse riuscito a restarle di fronte, forse avrebbe vinto, perché esisteva un'altra profezia, secondo la quale solo una lancia che gli trafiggeva la gobba l'avrebbe ucciso. Non doveva permettere alla donna con il mulo bianco e la spada scintillante di mettersi alle sue spalle. Fino a quando la gobba era protetta, nemmeno Donna Morte poteva ucciderlo.

– Non guardarlo, – disse Call, mentre lui e Gus gli sfilavano lentamente davanti. – Lady Carey li ha terrorizzati quasi tutti, ma lui no. Non guardarlo. Se ci attacca, magari gli altri tornano indietro e non possiamo competere con venti Comanche, nemmeno se sono spaventati.

Piano piano, senza alzare lo sguardo, i texani e le donne superarono il crinale dove si trovava Buffalo Hump. Mentre passavano quasi sotto di lui, Lady Carey cantò ancora piú forte. Innalzò la voce come se cercasse di scagliarla tra le nuvole. Lasciò le redini sul collo del cavallo e cantando spalancò le braccia.

Buffalo Hump sedeva immobile sopra di loro, mentre il vento del deserto scompigliava le penne che aveva legato alla lancia. Call non alzò lo sguardo, ma passandogli sotto sentí l'odio del capo guerriero. Tese i muscoli, preparandosi a essere infilzato dalla lancia come era capitato a Gus, durante una notte tempestosa non molto piú a sud.

Quando ebbero superato il crinale e giudicarono sicuro fermarsi, Lady Carey smontò. Matilda le portò i vestiti. Gli uomini abbassarono lo sguardo mentre si rivestiva. Il boa fu risistemato nel cesto in groppa all'asino. Emerald si rimise il mantello e ripose la spada di Lord Carey nel suo bel fodero. Nella concitazione l'asino era riuscito a tirare fuori dal bagaglio il cappello di paglia della signora Chubb e ne aveva mangiato la metà.

– Ecco, chi ha detto che l'opera non serve a nulla? – disse Lady Carey, quando rimontò in sella. – Dovrò scrivere al signor Verdi che i selvaggi comanche non hanno apprezzato le sue arie.

Quando ripresero il viaggio, videro una cosa strana: nel deserto a nord Buffalo Hump faceva rinculare il cavallo, un passo dopo l'altro. Dei suoi guerrieri non c'era traccia, ma lui non aveva girato il cavallo per andare a cercarli. Era ancora rivolto verso di loro: un passo dopo l'altro, faceva rinculare il cavallo.

– Non l'abbiamo ucciso, – disse Call. – Dovevamo farlo.

– Hai ragione, – disse Gus. – Dovevamo farlo. È ancora là fuori, secondo me tornerà.

– Se torna, non mi troverà, – intervenne Long Bill. – Se mai arrivo in una città, ho intenzione di darmi alla carpenteria e di dormire in un posto dove posso chiudere le porte a chiave. Ne ho abbastanza di dormire all'aperto.

– Chissà perché fa rinculare il cavallo, – disse Call. – Non abbiamo armi che sparano cosí lontano. Non lo colpiamo manco se ci proviamo.

– Va' a chiederglielo, Woodrow, se sei cosí curioso, – disse Gus.

57.

Quando entrarono a San Antonio al crepuscolo, due frati scalzi conducevano un piccolo gregge di capre dentro le mura della vecchia missione in riva al fiume. All'interno, da qualche parte, un prete cantava.

– Caspita, sono i vespri, – disse Lady Carey. – Non è incantevole, signora Chubb? Mi ricorda un po' Roma.

– Per me va piú che bene un semplice inno inglese, – rispose la signora Chubb e poco dopo aggiunse: – Un semplice inno inglese e niente asini. Non mi riconcilierò mai con gli asini, temo.

Dieci giorni dopo, sul molo di Galveston, la signora Chubb si lamentava ancora degli asini, con qualunque marinaio le desse retta.

– Non solo mi ha morso il dito del piede, ma si è mangiato anche il mio miglior cappello, – diceva, ma nessuno l'ascoltava.

Lady Carey pagò i texani cento dollari a testa, una somma cosí ingente che nessuno dei quattro si capacitava di averla. A Matilda ne diede duecento, suscitando l'invidia di Gus: dopotutto, che cosa aveva fatto Matilda piú di lui? Poi, mentre Call, Gus, Matilda, Wesley e Long Bill aspettavano sul molo nella calda brezza salata, il gruppetto inglese s'imbarcò su una nave il cui albero era piú alto della maggior parte di quelli veri. Il giovane Willy li salutò con la mano e anche Lady Carey, sempre con i suoi tre veli. La signora Chubb era sparita, sempre brontolando, ed Emerald, la spilungona nera, fissava la riva senza salutare.

I texani rimasero a guardare la nave che salpava, intraprendendo il viaggio nella grande pianura grigia del mare. Mentre la nave si allontanava, Gus aveva ripreso a parlare di puttane, ma Call era ammutolito dall'immensa distesa d'acqua. Non si aspettava che il mare fosse cosí vasto: di lí a poco la nave che portava Lady Carey e i suoi compagni rimpicciolí, come avrebbe fatto un carro che attraversava un mare d'erba.

Che Woodrow Call si lasciasse soggiogare dall'oceano, se voleva; dal canto suo, Gus McCrae non era mai stato cosí felice: era ricco, era al sicuro e il porto di Galveston brulicava di puttane. Aveva già fatto visita a cinque di loro.

– Ragazzi, mi sa che per me è giunto il momento di lasciare i ranger, – disse Long Bill, con un sospiro. – È uno spasso raro, ma non è del tutto sicuro.

Woodrow Call non disse nulla; la piccola nave era sparita. Guardava il mare.

Wesley Buttons sapeva di non poter piú rimandare il ritorno a casa: doveva andare ad annunciare alla madre che i due fratelli erano morti, uccisi dai soldati messicani nel New Mexico.

Matilda Roberts pensava che era piú lontana che mai dalla California, ma almeno aveva dei quattrini in tasca.

– Su, Woodrow, vieni, – disse Gus, prendendo l'amico per il braccio. – Andiamo un po' a puttane e poi facciamoci una galoppata fino a Austin.

– Austin? Perché? – chiese Call.

– Cosí scopro se la ragazza dell'emporio vuole ancora sposarmi.

Indice

p. 3 Parte prima

91 Parte seconda

383 Parte terza

491 Parte quarta

Stampato per conto della Casa editrice Einaudi
presso ELCOGRAF S.p.A. - Stabilimento di Cles (Tn)
nel mese di febbraio 2024

C.L. 25765

Ristampa						Anno			
0	1	2	3	4	5	2024	2025	2026	2027